Tip des Monats

In derselben Reihe
erschienen außerdem als Heyne-Taschenbücher:

Nora Roberts

ZWEI SPANNENDE FRAUENROMANE

Sehnsucht der Unschuldigen

Zärtlichkeit des Lebens

WILHELM HEYNE VERLAG
MÜNCHEN

HEYNE TIP DES MONATS
Nr. 23/150

SEHNSUCHT DER UNSCHULDIGEN / Carnal Innocence
Copyright © 1991 by Nora Roberts
Published by Arrangement with Author
Copyright © 1993 der deutschen Ausgabe by
Wilhelm Heyne Verlag GmbH & Co. KG, München
Aus dem Englischen von Peter Pfaffinger
(Der Titel erschien bereits in der Allgemeinen Reihe
mit der Band-Nr. 01/8740.)

ZÄRTLICHKEIT DES LEBENS / Promise Me Tomorrow
Copyright © 1984 by Nora Roberts
Published by Arrangement with Author
Copyright © 1994 der deutschen Ausgabe by
Wilhelm Heyne Verlag GmbH & Co. KG, München
Aus dem Englischen von Christiane Haack
(Der Titel erschien bereits in der Allgemeinen Reihe
mit der Band-Nr. 01/9105.)

Umwelthinweis:
Das Buch wurde auf
chlor- und säurefreiem Papier gedruckt.

2. Auflage

Copyright © 1998 by Wilhelm Heyne Verlag GmbH & Co. KG, München
Printed in Germany 1998
Umschlagillustration: Bavaria Bildagentur/Pix, Gauting
Umschlaggestaltung: Atelier Ingrid Schütz, München
Satz: (2970) IBV Satz- und Datentechnik GmbH, Berlin
Druck und Bindung: Elsnerdruck, Berlin

ISBN 3-453-13169-X

Sehnsucht der Unschuldigen

Dem Colonel und seinen Yankee gewidmet

Prolog

An einem eisigen Februarmorgen fand Bobby Lee Fuller die erste Leiche. Zumindest hieß es, er habe sie gefunden, wenngleich er in Wirklichkeit über die verstümmelten Reste von Arnette Gantrey geradezu gestolpert war. Im Endeffekt lief es natürlich auf das gleiche hinaus, und noch lange Zeit sollte ihr weißes Gesicht Bobby Lee bis in seine Träume verfolgen.

Hätte er sich am Abend davor nicht wieder einmal endgültig mit Marvella Truesdale zerstritten, dann wäre er brav zur Schule gegangen und hätte sich mit Shakespeares *Macbeth* herumgeplagt. Statt dessen aber war er zum Gooseneck-Fluß hinunter gelaufen. Weil ihn der letzte Streit in seiner anderthalbjährigen krisengeschüttelten Romanze mit Marvella ziemlich mitgenommen hatte, hatte er beschlossen, mal einen Tag gar nichts zu lernen, um wieder etwas zu sich zu kommen. Vor allem wollte er dieser spitzzüngigen Marvella zeigen, daß er ein echter Mann war und kein Waschlappen.

In seiner Familie hatten die Männer ja immer das Zepter fest in der Hand gehabt – oder wenigstens so getan als ob. Einer wie er wollte doch mit so einer Tradition nicht einfach brechen!

Mit neunzehn Jahren war Bobby Lee eine Bohnenstange von über einsachtzig, der freilich das Wachstum in die Breite noch bevorstand. Aber immerhin baumelten an seinen dürren Ärmchen große Hände, die bei der Arbeit gut zupacken konnten. Die hatte er von seinem Vater geerbt. Von seiner Mutter hatte er das volle schwarze Haar und die dichten Wimpern. Das Haar kämmte er sich gern nach hinten, ganz so wie sein großes Vorbild James Dean.

Dean war für ihn ein Mann von echtem Schrot und Korn. So einer gab sich gewiß nicht mit Büchern und Lernen ab. Wäre es nach Bobby Lee gegangen, würde er auch nicht mehr die Schulbank drücken, sondern vierzig Stunden die Woche in Sonny Talbots Autowerkstatt arbeiten. Aber leider hatte seine Mama andere Pläne mit ihm, und niemand in Innocence, Mississippi, legte sich freiwillig mit Happy Fuller an. Daß ihr Ältester nun auch im zweiten

Anlauf mit Pauken und Trompeten durch die Abschlußprüfung gefallen war, das hatte Happy ihrem Sohn noch immer nicht verziehen. Und wäre er nicht so niedergeschlagen gewesen, hätte sich Bobby Lee garantiert mehr dahintergeklemmmt, doch Marvella gehörte zu den Mädchen, bei denen ein Mann – zumal einer von echtem Schrot und Korn – sich zu Unüberlegtheiten hinreißen ließ.

So schwänzte Bobby Lee wider bessere Einsicht die Schule, hockte sich trotz klirrender Kälte an das Ufer des Gooseneck und ließ die Angelleine im trüben, braunen Flußwasser treiben. Sein Daddy sagte immer, wenn ein Mann große Probleme wälze, dann solle er sich irgendwo ans Wasser setzen und einfach mal sehen, was so anbiß. Es komme auch gar nicht darauf an, ob man etwas fange, Hauptsache, man sei draußen.

»Scheißweiber!« schimpfte Bobby Lee und verzog die Lippen zu einem in langen Stunden vor dem Spiegel geübten höhnischen Grinsen. »Die können mich doch alle kreuzweise, die dämlichen Zicken!«

Er konnte gut ohne die Schmerzen leben, die Marvella ihm mit ihren hübschen Händen zufügte. Seit sie es zum ersten Mal auf dem Rücksitz seines Cutlass miteinander getrieben hatten, hatte sie ihn ständig auseinandergenommen und nach ihrer Fasson wieder zusammengesetzt.

Irgendwie gefiel das alles Bobby Lee Fuller überhaupt nicht. Selbst dann nicht, wenn sie sich mal nicht stritten und sie ihn mit ihrer Liebe überschüttete. Oder sie ihm auf dem Gang der Jefferson Davis High School mit ihren blauen Kulleraugen nur für ihn bestimmte Geheimnisse zuzuflüstern schien. Und auch dann nicht, wenn sie ganz nackt war und ihn zur Ekstase trieb.

Vielleicht liebte er sie ja doch, und vielleicht war sie wirklich intelligenter als er, aber der Teufel sollte ihn holen, wenn sie ihm weiter auf der Nase herumtanzte!

Bobby Lee ließ sich ins Schilf zurücksinken. In der Ferne hörte er das einsame Pfeifen eines Güterzugs und über sich das Flüstern des naßkalten Winterwinds. Die Angelleine dümpelte träge im Wasser. Kein Fisch wollte anbeißen.

Warum ging er nicht einfach nach Jackson und streifte endlich den Staub von Innocence von seinen Schuhen ab? Er war ja ein guter Automechaniker – ein verdammt guter sogar – und konnte in der Stadt sicher auch ohne Abschlußzeugnis einen passablen Job finden. Verdammter Mist, man brauchte doch nichts über so einen obskuren Macbeth oder stumpfwinklige Dreiecke zu wissen, um einen kaputten Vergaser wieder hinzukriegen! In Jackson würde er den anderen schon zeigen, wie man Autos repariert. Über kurz oder lang, würde er sich auch selbständig machen, und dann konnte sich Marvella Truesdale in Innocence ihre blauen Kulleraugen nach ihm ausheulen.

Eines Tages würde er dann zurückkommen. Ein Lächeln huschte bei diesem Gedanken über sein markantes Männergesicht, und seine schokoladenbraunen Augen leuchteten, daß Marvella Herzklopfen bekommen hätte. Jawohl, er würde zurückkommen! Und die Zwanzigdollarscheine würden nur so aus den Taschen seines maßgeschneiderten italienischen Anzugs quellen. Aus seinem Fuhrpark würde er sich seinen klassischen Cadillac herauspicken und durch die Stadt rauschen. Mit soviel Reichtum würden selbst die Longstreets nicht mehr mithalten können.

Marvella aber würde sich nach ihm verzehren. Vor Larssons Laden würde sie stehen und ihre knochigen Hände vor den großen Brüsten ineinander verkrallen. Dicke Tränen würden bei seinem Anblick ihre Wangen hinunterkullern.

Und wenn sie sich schluchzend vor ihm auf die Knie warf und beteuerte, wie leid ihr all ihr Nörgeln tat, würde er ihr vielleicht – aber wirklich nur vielleicht – verzeihen.

In seinem Wunschdenken vergaß Bobby Lee ganz seinen Zorn. Während die Sonnenstrahlen langsam die schneidend kalte Luft erwärmten, ging er zu den fleischlichen Aspekten ihrer Aussöhnung über.

Er wollte mit ihr nach Sweetwater fahren. Diese herrliche alte Plantage hätte er bis dahin längst den Longstreets abgekauft. Marvella würde vor lauter Ehrfurcht nach Luft schnappen. Und er, der romantische Gentleman, würde sie die breiten, geschwungenen Treppen zur Veranda hinaufführen.

Obwohl – oder vielmehr weil – er in Sweetwater gerade mal das Erdgeschoß gesehen hatte, ging seine Fantasie mit ihm durch. Das Schlafzimmer, in das er die zitternde Marvella tragen würde, ähnelte einer Hotelsuite in Las Vegas – sein gegenwärtiger Inbegriff allen Luxus'.

Schwere rote Vorhänge, ein herzförmiges Bett, so groß wie eine Wiese, ein Teppich, so dick und weich, daß man darin waten konnte. Dazu spielte Musik. Irgend etwas mit Klasse, Bruce Springsteen oder Phil Collins schwebten ihm vor. Genau, bei Phil Collins wurde Marvella immer ganz geil.

Und dann würde er sie auf das Bett legen. Sobald er sie küßte, würde sie nasse Augen bekommen. Sie würde ihm sagen, wie dumm sie doch gewesen sei, daß sie nur ihn liebe und den Rest ihres Lebens an seiner Seite verbringen wolle, um ihn glücklich zu machen.

Dann würde er mit den Händen über ihre unglaublich weißen Brüste mit den rosa Spitzen streichen und sie ein kleines bißchen drücken, so wie sie es gern hatte.

Langsam würde sie die Schenkel spreizen, ihre Finger würden sich in seine Schultern bohren und tief aus ihrer Kehle würde dieses Schnurren kommen. Und dann ...

Die Leine wurde straff. Mit einem Blinzeln setzte Bobby Lee sich auf. Es tat weh, denn die Jeans spannte sich um sein geschwollenes Glied. Er holte die Leine mit einem wütend zappelnden, dicken Fisch ans fahle Morgenlicht. Weil er sich aber vorstellte, Marvella wäre da und er würde ihn ihr zuwerfen, zog er zu schwungvoll, und seine Beute verfing sich mitsamt der Schnur im Schilf. Fluchend sprang er auf und watete ins Wasser, denn eine gute Angelleine ist mindestens ebenso wertvoll wie die Beute am Haken.

Das Tier versuchte sich noch immer zu befreien. Er hörte es mit dem Schwanz auf das Wasser klatschen. Grinsend riß Bobby Lee an der Leine. Sie blieb hängen. Erbost trat er gegen eine verrostete Dose und drang weiter in das hohe Schilf vor. Plötzlich glitt er aus und landete auf beiden Knien. Und starrte Arnette Gantrey genau in die Augen.

Ihre erstaunte Miene spiegelte die seine wider – geweitete Augen, ein aufgerissener Mund und unnatürlich weiße Wangen. Der Fisch lag zappelnd zwischen ihren verstümmelten nackten Brüsten.

Bobby Lee sah auf den ersten Blick, daß das Mädchen tot war. Aber das war noch gar nicht das Schlimmste. Den entsetzlichsten

Anblick bot das Blut. Es war aus einer Unmenge von zerklüfteten Löchern in ihrem Fleisch gequollen, war im Boden um die Leiche herum versickert, hatte ihre wasserstoffblonden Haare in eine rote, verkrustete Masse verwandelt und bildete um den tiefen Riß in ihrer Kehle ein rotes Halsband. Auf allen Vieren wich er zurück. Doch das bemerkte er genausowenig wie die rauhen Tierlaute, die aus seiner Kehle drangen. Nur daß er in Blut kniete, nahm er halb bewußt war.

Bobby Lee rappelte sich auf. Im nächsten Augenblick kam ihm schon das Frühstück hoch und ergoß sich über seinen neuen schwarzen Anorak. Aber darauf achtete er nicht mehr. So schnell ihn die Beine trugen, rannte er zurück nach Innocence.

Seine Rute, Leine und ein Gutteil seiner Kindheit blieben im blutgetränkten Schilf zurück.

1

Der Sommer, das bösartige grüne Vieh, spielte mit den Muskeln und legte ganz Innocence, Mississippi, lahm. Einer großen Anstrengung bedurfte es dazu freilich nicht. Schon vor dem Bürgerkrieg war Innocence kaum mehr als ein Fliegendreck auf der Landkarte gewesen. Obwohl sein Boden sich vorzüglich für Ackerbau eignete – vorausgesetzt, man hielt die dampfige Hitze und den Wechsel von Überschwemmungen und Dürreperioden aus –, blieb der Wohlstand Innocence vorenthalten.

Daran hatte auch der Bau der Eisenbahnstrecke nichts geändert. Die Züge fuhren zwar so nahe an Innocence vorbei, daß ihr Pfeifen zu vernehmen war, doch abgesehen von seinem überaus lästigen Widerhall ließ der Fortschritt Innocence links liegen. Knapp ein Jahrhundert nach der Eisenbahn hatte sich der Interstate durch das Mississippi-Delta gegraben und Memphis und Jackson miteinander verbunden, und wieder bekam Innocence außer Staub nichts davon ab.

Es gab hier weder berühmte Schlachtfelder noch Wunder der Natur, die Touristen mit ihren Kameras und Geldscheinen hätten anziehen können. So war auch nie ein Hotel entstanden, das solche Leute verwöhnt hätte. Nur eine kleine, von den Konsens in peinlicher Ordnung gehaltene Pension stand mitten im Ort. Etwas außerhalb lag Sweetwater, die einzige historische Plantage aus der Zeit vor dem Bürgerkrieg und seit über zwei Jahrhunderten Eigentum der Longstreets. Interessiert hatte sich dafür bislang noch niemand. Im *Southern Homes* hatte einmal ein Artikel über Sweetwater gestanden, aber das war in den frühen Achtzigern gewesen, als Madeline Longstreet noch gelebt hatte. Inzwischen lagen sie und ihr Trunkenbold von Gemahl längst unter der Erde, und das Haus wurde von ihren drei Kindern bewohnt und geführt. Den dreien gehörte so ziemlich die halbe Stadt, aber das nützten sie nie aus.

Man konnte sagen – und tat das auch –, daß die Longstreets die herbe Schönheit ihrer Eltern geerbt hatten, aber nichts von ihrem

Ehrgeiz. Es fiel schwer, die charmanten, schwarzhaarigen jungen Leute mit den goldenen Augen nicht zu mögen – sofern die Bewohner des verschlafenen Nests im Delta überhaupt soviel Energie aufgebracht hätten. So verübelte niemand Dwayne, daß er in die Fußspuren seines Daddys trat und ebenfalls kräftig soff. Auch wenn er gelegentlich einen Wagen zu Schrott fuhr oder in McGreedys Kneipe ein paar Tische demolierte, so ließ er sich nie lumpen und bezahlte großzügig den Schaden, sobald er seinen Rausch ausgeschlafen hatte. Allerdings wurde es im Laufe der Jahre immer schwerer, ihn nüchtern anzutreffen. Es wurde gemunkelt, in seinem Leben wäre bestimmt alles ganz anders gekommen, wenn er in dem exklusiven Internat, in das ihn seine Eltern als Kind gesteckt hatten, nicht so unglücklich gewesen wäre. Oder wenn er neben der Vorliebe seines Vaters für Sour Mash auch etwas Liebe zum Land geerbt hätte.

Weniger freundliche Zungen behaupteten, daß er dem vielen Geld zwar das tolle Haus und seine rasanten Luxuslimousinen zu verdanken hatte, daß er sich davon aber nie so etwas wie ein Rückgrat würde kaufen können.

Nachdem Dwayne 1984 Sissy Koons in andere Umstände gebracht hatte, hatte er sie ohne viel Federlesens geheiratet. Genausowenig hatte er dann zwei Kinder und unzählige Flaschen Sour Mash später gemurrt, als Sissy die Scheidung verlangte. Zu keinem Zeitpunkt hatte es böses Blut gegeben. Warum auch? Gefühle waren ja nie im Spiel gewesen. Sissy war unbehelligt mit den Kindern zu einem Schuhvertreter nach Nashville gezogen, der schon auf sie wartete.

Josie Longstreet, die jüngste im Haus und die einzige Tochter, hatte mit einunddreißig Jahren bereits zwei Ehen hinter sich, die trotz ihrer Kurzlebigkeit die Bewohner von Innocence mit Stoff für endlosen Klatsch versorgt hatten. Diese beiden Erfahrungen hatten ihr in etwa soviel ausgemacht wie anderen Frauen die Entdeckung der ersten grauen Haare. Ganz ohne Wut, Verbitterung und Angst war es also auch bei ihr nicht abgegangen, aber danach war alles schnell vorbei gewesen. Aus den Augen, aus dem Sinn.

Eine Frau denkt genausowenig an graue Haare wie an die Trennung, wenn sie ›bis daß der Tod uns scheide‹ geschworen hat. Aber im Leben kommt es nun mal anders, als man denkt, wie Josie ihrer Busenfreundin Crystal, der Besitzerin des Schönheitssalons, gerne philosophisch erklärte. Ansonsten ging es in ihren Gesprächen vornehmlich um die Männer zwischen Innocence und Tennessee, die Josie der Reihe nach ausprobierte, um sich für ihre zwei Mesalliancen zu entschädigen.

Josie wußte, daß genügend schmallippige alte Schachteln hinter vorgehaltener Hand tuschelten, Josie Longstreet sei um keinen Deut besser als unbedingt notwendig. Über solche Behauptungen lächelten andererseits genügend Männer insgeheim, denn sie hatten erlebt, wie gut Josie sein konnte.

Tucker Longstreet vergnügte sich gern mit Frauen. Zwar nicht in dem Ausmaß wie seine kleine Schwester mit Männern, aber er konnte nicht klagen. Daß er darüber hinaus auch einiges vertrug, war bekannt. Freilich schaute er nie so tief ins Glas wie sein älterer Bruder.

Für Tucker war das Leben eine breite, bequeme Straße. Er hatte nichts gegen das Laufen, vorausgesetzt, er durfte das Tempo selber bestimmen. Umwege störten ihn nicht, allerdings verlor er das eigentliche Ziel nie aus den Augen. Die Reise zum Traualtar hatte er sich bislang erfolgreich erspart. Die Erfahrungen seiner Geschwister hatten ihre abschreckende Wirkung nicht verfehlt. Viel lieber ging er unbeschwert seiner eigenen Wege.

Tucker war ein lockerer, allgemein beliebter Bursche, der es trotz seiner Großzügigkeit nicht nötig hatte, mit dem geerbten Reichtum zu protzen. Wer in Schwierigkeiten steckte und Geld brauchte, wandte sich nie vergebens an den guten Tuck. Zudem tat er nicht gnädig herum, sondern verlieh die Dollars ohne großes Aufhebens. Neider gab es natürlich auch in Innocence. Mochten sie auch behaupten, wer Geld im Überfluß habe, könne leicht etwas abgeben, so änderte das nichts an der Farbe der Scheine.

Anders als sein Vater war Tucker nicht auf Wucherzinsen aus und sperrte auch kein Lederbüchlein mit den Namen seiner Schuldner in die Schreibtischschublade. Er verlangte nie mehr als bescheidene zehn Prozent. Und für die Namen und Zahlen genügte sein scharfer, oft unterschätzter Verstand.

Sein Motiv war niemals Profitdenken, wie er dem Geld zuliebe ohnehin kaum je einen Finger rührte. Kredite bereiteten ihm erstens keine Mühe, und zweitens schlug in seinem trägen Körper ein großzügiges Herz, an dem allerdings hin und wieder sein schlechtes Gewissen nagte. Er hatte im ganzen Leben nichts getan, womit er das immense Vermögen verdient hätte. So war auch nichts leichter, als es mit vollen Händen auszugeben. Daß dem so war, nahm Tucker gähnend als die selbstverständlichste Sache der Welt hin. Gegen seine gelegentlichen Gewissensbisse wußte er im übrigen ein probates Heilmittel. Er legte sich im Schatten der großen Eiche in die Hängematte, zog den Hut übers Gesicht und schlürfte ein kaltes Bier, bis das Unwohlsein sich wieder verzog.

Und genau das tat er gerade wieder einmal, als Della Duncan, seit gut dreißig Jahren Haushälterin bei den Longstreets, den Kopf aus dem Fenster steckte und rief: »Tucker Longstreet!«

Tucker blieb mit geschlossenen Augen liegen und schaukelte friedlich weiter. Auf dem flachen nackten Bauch balancierte er eine Flasche Dixie-Bier. Damit sie nicht kippte, stützte er sie mit der linken Hand.

»Tucker Longstreet!« Dellas gellende Stimme schreckte die Vögel auf dem Baum über ihm auf. Kreischend flatterten sie davon. Eine Schande, dachte Tucker, hatte er doch zu ihrem fröhlichen Gezwitscher zusammen mit dem Brummen der Bienen so herrlich geträumt. »Ich meine dich, Tucker Longstreet!«

Seufzend schlug Tucker die Augen auf. Zwar war er der Arbeitgeber, aber wenn eine Frau einen schon als Kind gewickelt hatte, war es mit der Autorität nicht weit her. Widerwillig schob Tucker den Hut aus dem Gesicht und blinzelte in die Richtung, aus der ihre Stimme kam.

Richtig, im ersten Stock erblickte er Dellas nur zum Teil von einem Kopftuch bedecktes feuerrotes Haar und darunter ein sorgfältig geschminktes, mißbilligend dreinschauendes Gesicht. Drei weiße Perlenketten klimperten gegen das Fensterbrett.

Tucker setzte sein unschuldigstes Lächeln auf. »Was ist?«

»Du wolltest doch in die Stadt fahren und mir eine Packung Reis und eine Kiste Cola besorgen.«

»Tja, ähh ...« Tucker rieb sich mit der noch immer kühlenden Flasche den Bauch, ehe er sie an die Lippen führte. Nach einem langen

Schluck fuhr er fort: »So was in der Richtung hab' ich dir wohl versprochen, Della. Wenn es ein bißchen abgekühlt hat, fahre ich los, okay?«

»Raff dich mal lieber sofort auf. Sonst kriegst du heute abend einen leeren Teller vorgesetzt.«

»Bei der Hitze kann man sowieso nichts essen«, brummte Tucker, aber Della hatte ein feines Gehör.

»Was soll denn das schon wieder?«

»Ich fahr' ja schon.« Anmutig wie ein Ballettänzer glitt er aus der Matte und trank im Gehen sein Bier aus. Als er sie dann von unten angrinste, rutschte der Hut nach hinten, und beim Anblick seiner strahlenden Augen schmolz Della sofort dahin. Sie mußte sich förmlich zwingen, ihre Lippen weiterhin streng zu schürzen.

»Auf der Hängematte schlägst du eines Tages noch Wurzeln. Man könnte glatt meinen, du wärst schwer krank und könntest nur noch liegen.«

»Im Liegen kann ein Mann aber auch eine Menge schöne Dinge tun, Della.«

Unwillkürlich lachte sie auf. »Aber sieh nur zu, daß dich nicht eine wie diese Schlampe von Sissy angelt und du vor dem Traualtar endest wie mein armer Dwayne.«

»Aber ich doch nicht!«

»Und bring unbedingt Toilettenpapier mit.«

»Okay, aber wirf mir bitte den Geldbeutel und die Autoschlüssel runter.«

Dellas Kopf verschwand für einen kurzen Augenblick. Kurz darauf erschienen ihre roten Haare wieder im Fenster, und sie warf ihm nacheinander das Verlangte zu. Mit zwei geschickten Handbewegungen fing Tucker alles auf. Einmal mehr erkannte Della, daß der Junge bei weitem nicht so langsam war, wie er immer tat.

»Zieh dir das Hemd an und steck es ordentlich unter den Gürtel«, befahl sie ihm, als wäre er ein Kind.

Im Gehen zwängte Tucker sich in sein Hemd. Sein Porsche wartete vor dem Haus, von dessen Veranda zwölf schlanke Säulen emporragten und die mit einem filigranen Schmiedeeisengeländer eingefaßte Loggia im ersten Stock abstützten.

Noch ehe er in das Gefährt stieg, ein spontaner Kauf von vor einem halben Jahr, klebte ihm das Hemd auf der schweißnassen Haut. Kurz wägte Tucker die Vorteile der Klimaanlage gegen die des Fahrtwinds im Gesicht ab. Er entschied sich dafür, das Dach offen zu lassen.

Tucker ließ sich gern Zeit. Nur beim Fahren konnte es ihm nie schnell genug gehen. Kieselsteine spritzten davon, und er brauste im ersten Gang die lange, gewundene Auffahrt hinunter. Elegant umkurvte er das Beet mit den noch von seiner Mutter gepflanzten Pfingstrosen, Hibiskus und knallroten Geranien. Alte Magnolienbäume säumten zu beiden Seiten die Auffahrt. Ihr schwerer Geruch stieg ihm angenehm in die Nase. Im nächsten Augenblick schoß er an dem seinem Ururgroßonkel Tyrone gewidmeten Kreuz vorbei. Der war mit sechzehn von einer bösartigen Stute abgeworfen worden und hatte sich das Genick gebrochen. Das Kreuz erinnerte aber auch daran, daß Tuckers Ururgroßvater diese Plantage nie geerbt hätte, wenn nicht sein älterer Bruder seinen Dickschädel unbedingt an dieser Stute hätte durchsetzen wollen. Womöglich hätte Tucker dann in einem Wohnblock in Jackson sein Dasein fristen müssen. So wußte er nie so recht, ob er beim Anblick dieses Kreuzes Trauer oder Dankbarkeit empfinden sollte.

Dann hatte Tucker das hohe, breite Tor schon hinter sich gelassen. In der Luft hing der Geruch von Teer, der in der Gluthitze weich geworden war, und von brackigem Wasser aus dem Teich hinter dem Wäldchen. Laut Kalender sollte der Sommer ja erst in einer Woche anfangen, aber die Bäume und das Delta wußten es besser.

Tucker setzte sich die Sonnenbrille auf, griff dann blind in den Stapel Kassetten und schob eine in den Recorder. Weil er die Musik der fünfziger Jahre über alles liebte, besaß er bis auf einige Elvis-Presley-Aufnahmen nichts, was jüngeren Datums als 1962 war. Im nächsten Augenblick dröhnte Jerry Lee Lewis' mit Whiskey getränkte Stimme aus den Lautsprechern und verhieß, begleitet von rasanten Klavierakkorden, eine heiße Fahrt.

Als die Nadel um die Achtzig-Meilen-Marke tanzte, stimmte Tucker in den Gesang mit ein. Er verfügte über eine ausgezeichnete Stimme. Dazu trommelten seine Finger den Takt auf dem Lenkrad.

Hinter der nächsten Anhöhe mußte er weit nach links ausweichen, sonst hätte er einen schnittigen BMW gerammt. Er drückte kurz auf die Hupe, nicht aus Verärgerung, sondern um die Fahrerin zu grüßen, und fuhr ohne vom Gas zu gehen weiter. Ein Blick in den Rückspiegel verriet ihm, daß der andere Wagen halb auf der Straße und halb auf der Auffahrt zu Edith McNairs Haus stand.

Während Jerry Lee Lewis mit rauher Stimme sein ›Breathless‹ sang, dachte Tucker über die Fahrerin des BMW nach.

Miss Edith war vor zwei Monaten gestorben. Im April war das gewesen, genau zu der Zeit, als die zweite verstümmelte Leiche im Wasser gefunden worden war. Man hatte Suchtrupps organisiert, weil Francie Alice Logan bereits seit zwei Tagen vermißt worden war. Bei der Erinnerung an das mühselige Durchkämmen des Schilfs biß Tucker unwillkürlich die Zähne aufeinander. Er hatte sich damals weiß Gott kein Bein ausgerissen, in der Hoffnung, daß andere auf sie stoßen würden. Und dann war doch er zusammen mit Burke Truesdale über die Leiche gestolpert.

Es war wahrlich kein schöner Anblick gewesen, zu sehen, was das Wasser und die Fische der ehedem so knackigen Francie angetan hatten, mit der er sich ein paarmal getroffen hatte, ohne allerdings mit ihr im Bett zu landen.

Da sein Magen sich umzudrehen drohte, stellte er Jerry Lee Lewis lauter. Er konnte, er durfte nicht an Francie denken. Besser, er beschäftigte sich mit Miss Edith, die im Alter von fast neunzig Jahren sanft entschlafen war.

Nun wußte Tucker aber, daß im Umkreis von fünfzig Meilen niemand einen BMW besaß. Andererseits hatte er von einer Enkelin aus dem Norden gehört, die sich hier nie hatte blicken lassen, die aber wohl allem Anschein nach das Haus geerbt hatte. So konnte die Fahrerin nur diese ominöse Yankee sein, die sich nach dem Tod der Oma mal die Erbschaft ansehen wollte.

Mit dieser Invasion aus dem Norden wollte sich Tucker aber auch nicht beschäftigen. Er zündete sich eine Zigarette an, nicht ohne vorher ein Stück von der Spitze abzubrechen.

Eine halbe Meile hinter ihm klammerte sich Caroline Waverly immer noch an das Lenkrad und wartete, bis ihr das Herz nicht mehr bis zum Halse klopfte.

Idiot! Schwachkopf! Rücksichtsloser Trottel!

Erst jetzt merkte sie, daß sie immer noch auf der Bremse stand. Langsam trat sie wieder aufs Gas und fuhr ganz in den überwachsenen Feldweg hinein.

Ein paar Zentimeter näher, und er hätte sie voll erwischt. Und dann drückte der unverschämte Kerl auch noch auf die Hupe! Oh, hätte er doch angehalten! Dem hätte sie aber ihre Meinung gegeigt!

Dann hätte sie sich bestimmt gleich viel besser gefühlt. Inzwischen schaffte sie es ganz gut, ihre Wut gleich abzureagieren – seit Dr. Palamo ihr erklärt hatte, daß sie ihre Gefühle immer unterdrücke und deshalb ständig Magengeschwüre und Kopfschmerzen bekam. Die natürlich auch eine Folge von permanentem Streß waren.

Nun, in beide Richtungen hatte sie ja jetzt etwas geändert. Caroline nahm ihre schweißnassen Hände vom Steuer und wischte sie an ihrer Hose ab. Hier am Delta des Mississippi, wo sich die Füchse und Hasen gute Nacht sagten, wollte sie einmal richtig Urlaub machen. Nach ein paar Monaten Ruhe würde sie sich dann wieder auf die nächste Tournee vorbereiten können, vorausgesetzt, sie kam in dieser sengenden Hitze nicht um.

Was die Unterdrückung ihrer Gefühle betraf, so hatte sie sich endlich von allen inneren Fesseln befreit. Bei ihrem häßlichen und endgültigen Bruch mit Luis hatte sie sich so herrlich ausgetobt, daß sie sich fast wünschte, sie könnte nach Baltimore zurückgehen und dasselbe noch einmal tun.

Fast.

Aber das war jetzt vorbei. Luis mit seinem schnellen Mundwerk und seiner brillanten Intelligenz lag ein für alle Mal hinter ihr. Die Zukunft interessierte sie nicht die Bohne, solange sie nicht richtig ausgespannt hatte. Zum ersten Mal in ihrem Leben wollte Caroline Waverly, Wunderkind, Musikerin aus Leidenschaft und emotionaler Krüppel, ausschließlich ans Hier und Jetzt denken.

Dafür war dieses Nest der ideale Ort. Hier machte ihr keiner Vorschriften. Endlich rannte sie auch nicht mehr vor den eigenen Problemen davon. Mit dem Ja und Amen zu den Wünschen und Erwartungen ihrer Mutter war es vorbei. Sie strampelte sich nicht mehr ab, nur um dem gerecht zu werden, was die anderen in sie hineinprojizierten.

Am Ende dieses Sommers, dessen war sie sicher, würde sie genau wissen, wer Caroline Waverly nun wirklich war.

Nachdem sie sich beruhigt hatte, fuhr sie langsam weiter. Sie konnte sich vage daran erinnern, diesen Weg schon einmal entlanggelaufen zu sein. Es war bei einem Besuch bei ihren Großeltern gewesen. Einem kurzen natürlich. Carolines Mutter hatte nach Kräften die Bindungen zu ihrer Heimat abgeschnitten. Aber den Großvater hatte Caroline trotzdem nie vergessen. Er war groß und kräftig gewesen, hatte ein rotes Gesicht gehabt und hatte sie einmal früh am Morgen zum Angeln mitgenommen. Erst hatte sie den Köder nicht am Haken aufspießen wollen, doch dann hatte er ihr erklärt, der alte Wurm könne es gar nicht erwarten, einen großen Fisch zu fangen.

Als sich die Leine dann endlich gespannt hatte, hatte sie vor Aufregung gezittert. Voller Ehrfurcht und Stolz war sie schließlich mit drei Welsen zurückgekehrt.

Ihre Großmutter, eine große, schlanke Frau mit stahlgrauen Haaren, hatte die Beute in einer schweren schwarzen Pfanne gebraten. Ihre Mutter hatte sich geweigert, auch nur einen Bissen davon zu essen, aber Caroline, damals eine dürre, flachsblonde Sechsjährige mit langen, schmalen Fingern und grünen Augen hatte den Fisch mit wahrem Heißhunger verzehrt.

Das Haus tauchte nun vor ihr auf. Sie lächelte. Es hatte sich so gut wie gar nicht verändert. Die Farbe blätterte von den Fensterläden ab, und das Gras davor stand knöchelhoch, aber es war immer noch das schmucke einstöckige Gebäude mit der überdachten Veranda und dem Kamin auf der linken Seite.

Etwas brannte ihr in den Augen. Sie versuchte, ihre Tränen wegzublinzeln. Trauer war doch wirklich nicht angebracht. Ihre Großeltern hatten beide ein langes, erfülltes Leben geführt. Warum sollte sie sich da schuldig fühlen? Als ihr Großvater vor zwei Jahren gestorben war, hatte sie sich gerade in Madrid aufgehalten. Sie hatte mitten in einer Europatournee gesteckt, und ein Termin hatte den anderen gejagt. Da hatte sie unmöglich zur Beerdigung heimfliegen können. Und was hatte sie nicht alles versucht, um ihre Großmutter in die Stadt zu locken? Zwischen zwei Konzerten hatte sie da immer wieder mal heimdüsen und sie besuchen können.

Aber Edith war mit ihrem Haus verwachsen gewesen, in das sie siebzig Jahre zuvor als Braut gekommen war, in dem ihre Kinder geboren und aufgewachsen waren und in dem sie praktisch ihr ganzes Leben verbracht hatte.

Von ihrem Tod hatte Caroline erst zwei Wochen nach der Beerdigung erfahren. Wegen totaler Erschöpfung hatte sie zu der Zeit in einem Krankenhaus in Toronto gelegen.

Schuldgefühle waren also wirklich fehl am Platze …

Doch während sie noch im Wagen saß und die Klimaanlage ihr sanft einen kühlenden Luftzug ins Gesicht blies, wurde Caroline von ihren Gefühlen überwältigt.

»Es tut mir leid, daß ich nicht da war«, flüsterte sie in die Stille hinein. »Daß ich nie da war.«

Seufzend fuhr sie sich mit ihren grazilen Fingern durch das geschmeidige honigblonde Haar. Es half ihr auch nicht weiter, wenn sie im Wagen blieb und vor sich hinbrütete. Höchste Zeit, daß sie ihre Sachen reinschaffte und sich einrichtete. Das Haus gehörte jetzt ihr, und sie beabsichtigte, es auch für sich zu nutzen.

Kaum hatte sie die Wagentür geöffnet, verschlug es ihr den Atem, so heiß war es. Keuchend nahm sie den Geigenkasten vom Rücksitz. Bis sie das Instrument und die schwere Kiste mit den Notenblättern auf der Veranda absetzte, lief ihr der Schweiß in Strömen herunter.

Noch dreimal mußte sie zum Wagen zurück und sich mit zwei Koffern, zwei Einkaufstüten von einem Supermarkt, in dem sie sich mit Lebensmitteln eingedeckt hatte, und zum Schluß mit ihrer Tonbandmaschine abmühen, bis endlich alles in einer Reihe vor der Haustür stand und sie den Schlüsselbund aus der Tasche ziehen konnte. Jeder, egal ob der für den Eingang, den Keller, die Hintertür oder die Garage, war mit einem Schildchen versehen. Triangeln gleich klimperten sie gegeneinander, als sie nach dem richtigen suchte.

Mit einem lauten Knarzen, wie es sich für ein altes Haus gehörte, öffnete sich die Tür. Ein dunkler, verstaubter Flur wurde sichtbar.

Ein Gefühl von Einsamkeit überschwemmte Caroline. Sie nahm die Geige auf, das wichtigste Stück von allen, und trat ein.

Der Flur endete hinten bei der Küche. Zur Linken führte eine steile Treppe in den ersten Stock. Auf dem Geländer aus echter

Eiche lag eine dicke Staubschicht. Direkt unter der Treppe stand neben einer leeren Vase ein schweres schwarzes Telefon. Dort stellte Caroline ihr Instrument ab und machte sich an die Arbeit.

Als erstes schaffte sie die Einkaufstüten in die Küche, die mit ihren gelben Wänden und den weißen Glasvitrinen noch genauso aussah wie damals in ihrer Kindheit. Weil im Haus eine Hitze wie in einem Backofen herrschte, räumte sie die Lebensmittel gleich in den Kühlschrank. Erleichtert stellte sie fest, daß er blitzblank geputzt war.

Ihr war gesagt worden, daß die Frauen aus der Nachbarschaft nach der Beerdigung zum Putzen gekommen waren. Bislang hatte Caroline das Wort von der Nachbarschaftshilfe auf dem Land nie so recht geglaubt. Jetzt konnte sie sich von seiner Richtigkeit überzeugen. Trotz des zwei Monate alten Staubs und der Spinnweben in sämtlichen Ecken hing noch überall ein schwacher Geruch von Bohnerwachs.

Mit auf dem Holzboden klappernden Absätzen ging sie zum Flur zurück und warf einen Blick ins Wohnzimmer. Den alten Fernseher und die Musiktruhe, die aussah wie ein Kunstwerk aus vergangenen Zeiten, gab es immer noch. Auch hier hatte sich dichter Staub auf die Möbel gesenkt. Es herrschte eine gespenstische Atmosphäre im Zimmer. Die nächste Station war das Büro ihres Großvaters mit seiner Jagdgewehr- und Scheibenpistolensammlung und seinem gewaltigen, unter den Lehnen inzwischen etwas ausgefransten Ohrensessel.

Caroline wuchtete beide Koffer hoch und erklomm die Treppe zum ersten Stock, um sich ein Zimmer auszusuchen.

Aus Sentimentalität, aber auch aus praktischen Erwägungen entschied sie sich für das Schlafzimmer ihrer Großeltern. Das massive Ehebett und die darauf ausgebreitete Steppdecke mit dem in der Mitte aufgestickten Ehering versprachen Komfort. Vielleicht barg die Zedernholztruhe an seinem Fußende sogar ein paar ungeahnte Geheimnisse. Die mit winzigen Rosen und Veilchen gemusterte Tapete wirkte auf alle Fälle anheimelnd auf sie.

Caroline stellte die Koffer ab und trat auf den Balkon. Die Tür hatte die ganze Zeit offengestanden. Unter ihr führten die Gartenrosen einen nicht sehr aussichtsreichen Kampf gegen das Unkraut.

Hinter einem Grüppchen Eichen plätscherte ein Bach gegen einen Steinbrocken oder versunkenen Holzblock, und in der Ferne konnte sie im Dunst ein breites braunes Band sehen, den mächtigen Mississippi.

Vögel, vor allem Spatzen, Amseln, Lerchen und Eichelhäher und vielleicht auch ein Puter mit seinem rauhen Gurgeln, schmetterten eine Symphonie in den heißen Himmel hinauf.

Die anmutige, zarte, möglicherweise eine Spur zu dünne Frau mit grazilen Händen und grünen Augen blieb einen Moment träumend stehen. Der Ausblick, die Geräusche und die Düfte lösten sich auf. Sie war wieder bei ihrer Mutter im Zimmer, in dem es immer nach Chanel roch und die Wanduhr leise tickte. Bald mußte sie wieder zur Probe.

»Wir erwarten von dir nur das Beste, Caroline.« Der Tonfall ihrer Mutter ließ keine Widerrede zu. »Alles andere wäre eine Enttäuschung, ist dir das klar?«

Carolines Zehen krümmten sich in ihren Schuhen. Sie war erst fünf Jahre alt. »Jawohl, Ma'am.«

Sie sah sich im Salon. Die Arme taten ihr weh vom zweistündigen Üben. Draußen schien die Sonne so herrlich. Vor dem Fenster erblickte sie ein Rotkehlchen. Es hockte so komisch auf seinem Ast, daß sie in Kichern ausbrach und die Geige absetzte.

»Caroline!« gellte die Stimme ihrer Mutter durch den Raum. »Du bist noch lange nicht fertig. Ohne Disziplin wirst du nie auf Tournee gehen. Fang bitte noch mal von vorne an.«

»Es tut mir leid, Mutter.« Seufzend legte die zwölfjährige Caroline die Geige wieder auf die Schulter. Sie hatte das Gefühl, sich Blei aufzuladen.

Sie wartete auf ihren Auftritt und kämpfte gegen das flaue Gefühl im Magen an. Vom Üben, den endlosen Proben und den vielen Reisen war sie schrecklich müde. Wie lange steckte sie nun schon in dieser Tretmühle? War sie achtzehn oder schon zwanzig?

»Caroline, trag um Himmels Willen mehr Rouge auf. Du siehst ja aus wie eine wandelnde Leiche.« Schon wieder die ungeduldige, zänkische Stimme ihrer Mutter. »Kannst du denn nicht mit etwas Begeisterung bei der Sache sein? Begreifst du nicht, wie dein Vater und ich uns abgerackert haben, nur um dich dahin zu bringen, wo du jetzt stehst? Und was machst du? Zehn Minuten vor dem Konzert trödelst du vor dem Spiegel herum!«

»Es tut mir leid.«

Es hatte ihr immer leid getan.

Auch als sie in Toronto im Krankenhausbett gelegen und sich ihrer Erschöpfung wegen geschämt hatte.

»Was soll das heißen, du hast den Rest der Tournee abgesagt?« Das angespannte, erregte Gesicht ihrer Mutter hing direkt über ihr.

»Es geht einfach nicht mehr. Es tut mir leid.«

»Es tut dir leid? Davon kann sich keiner was kaufen. Du machst nicht nur deine Karriere kaputt, es ist auch einfach unverzeihlich, wie du Luis im Stich gelassen hast.«

»Er war doch mit einer anderen zusammen«, protestierte Caroline kleinlaut. »Ich habe sie vor dem Auftritt erwischt – in der Garderobe.«

»Unsinn! Und selbst wenn, dann hast du das alles nur dir allein zuzuschreiben. So wie du dich in der letzten Zeit hast gehen lassen! Läufst herum wie ein Gespenst, sagst wichtige Interviews ab und gehst plötzlich auf keine Partys mehr. Was habe ich nicht alles für dich getan – und das ist der Dank! Du hinterläßt einen Scherbenhaufen nach dem anderen, und ich soll das bei der Presse für dich in Ordnung bringen! Wie stellst du dir das eigentlich vor?«

»Keine Ahnung.« Es tat gut, die Augen zu schließen und das alles einfach auszusperren. »Es tut mir leid, aber ich kann einfach nicht mehr.«

Nein, dachte Caroline und schlug die Augen wieder auf. So konnte es nicht mehr weitergehen. Sie konnte nicht mehr erfüllen, was alle von ihr erwarteten. Jetzt nicht. Und auch in Zukunft nie wieder. War sie nun egoistisch, undankbar und total verwöhnt, wie ihre Mutter es ihr ins Gesicht geschleudert hatte? Aber all das schien nun nichts mehr zu bedeuten. Hauptsache, sie war jetzt hier. Alleine das zählte.

In diesem Augenblick wirbelte Tucker Longstreet im zehn Meilen entfernten Innocence eine gehörige Staubwolke auf und jagte Jed Larssons fettem Beagle Nuisance, der im Schatten der Markise über der Tür zum Gemischtwarenladen auf der Straße gedöst hatte, einen gewaltigen Schrecken ein. Winselnd rappelte sich der alte Hund auf und trottete an einen sichereren Ort.

Tucker stieg aus und ließ den Autoschlüssel in der Tasche verschwinden. Er wollte die Einkäufe für Della so schnell wie möglich erledigen, heimbrausen und sich gleich wieder auf der Hängematte ausstrecken. Etwas anderes konnte er sich an einem heißen Tag wie diesem gar nicht vorstellen. Er erspähte den Wagen seiner Schwester, der schräg vor dem Chat 'N Chew stand und gleich zwei Parkplätze belegte.

Eigentlich, so sagte er sich, war gegen ein Glas eisgekühlte Limonade nichts einzuwenden. Bei der Gelegenheit konnte er vielleicht auch ein Stück Blaubeertorte mit Eis verdrücken.

Später sollte Tucker seinen kleinen Umweg noch schwer bereuen.

Das Chat 'N Chew war Eigentum der Longstreets. Nicht anders verhielt es sich mit dem Waschsalon, der Pension, dem Supermarkt, dem Jagd- und Waffengeschäft und einem guten Dutzend Wohnhäusern. Die Geschwister waren so klug – oder faul – gewesen und hatten jeweils Geschäftsführer eingesetzt. Dwayne, der sich um die Mietshäuser kümmerte, ließ sich an jedem Monatsersten blicken, sammelte die Schecks ein oder hörte sich die Ausreden an und schrieb die Schadensmeldungen und Reparaturwünsche auf.

Tucker war für die Buchführung zuständig, ob es ihm paßte oder nicht. Einmal hatte er so laut gejammert, daß Josie sich seiner erbarmt hatte. Aber binnen kurzer Zeit hatte sie alles so gründlich durcheinander gebracht, daß Tucker Tage gebraucht hatte, um die Bilanzen wieder zu korrigieren.

Im Grunde störte ihn diese Arbeit gar nicht übermäßig. Um die Buchhaltung konnte man sich in aller Ruhe am Abend kümmern, wenn es kühler war und man einen kalten Drink neben sich stehen hatte. Es war eine zwar lästige, aber bei seinem Zahlengedächtnis alles andere als schwierige Aufgabe.

Ins Chat 'N Chew ging Tucker für sein Leben gern. Die Imbißstube fiel schon von außen durch die breite Fensterfront auf, die von jeher mit Bekanntmachungen für Flohmärkte, Versteigerungen und Theateraufführungen an der hiesigen Schule zugeklebt war.

Drinnen stachen als erstes die im Laufe der Jahre vergilbten, mit Brandflecken übersäten Bodenfliesen ins Auge. Die roten Resopal-

tische und -stühle hatte Tucker erst vor einem halben Jahr ange-
schafft, doch die Farbe verblaßte bereits und wirkte nun eher rosa.

Jede Nische hatte ihre eigene Jukebox. Für einen Vierteldol-
lar konnten sich die Kunden drei Lieder vorprogrammieren. Weil
Earleen Volksmusik bevorzugte, bot die Box ein recht einseitiges
Programm an. Glücklicherweise war es Tucker gelungen, ein paar
Rock 'n' Roll-Stücke aus den fünfziger Jahren hineinzuschmug-
geln.

Vor der Theke reihte sich ein Dutzend Barhocker auf, alle mit derselben blaßroten Sitzfläche wie die Stühle. Und an der Wand hinter
der Theke hing eine Tafel mit den Angeboten des jeweiligen Tages.
Entzückt stellte Tucker fest, daß es heute wirklich Blaubeerkuchen
gab.

Der Handvoll Gäste freundlich zunickend, ging Tucker durch
den verrauchten Raum schnurstracks zur Theke, wo Josie in ein
Gespräch mit ihrer Freundin Earleen vertieft war. Sie tätschelte ihm
nur zerstreut den Arm und ließ sich in ihrem Redefluß nicht stören.

»Und da hab' ich gesagt, Justine, hab' ich gesagt, wenn du einen
Mann wie Will Shiver heiratest und glücklich werden willst, gibt es
nur eins: Du kaufst ein Vorhängeschloß für seinen Hosenschlitz und
behältst die Schlüssel. Dann macht er sich vielleicht hin und wieder
mal in die Hose, aber das ist auch schon alles.«

Kichernd wischte Earleen die Theke mit einem feuchten Tuch ab.
»Warum sie ausgerechnet so einen Schwerenöter wie Will heiraten
muß, werde ich nie verstehen.«

»Der Mann ist ein regelrechter Tiger im Bett – hab' ich mir sagen
lassen –«, meinte Josie zwinkernd. »Hi, Tucker.« Erst jetzt wandte
sie sich ihrem Bruder zu und drückte ihm einen schmatzenden Kuß
auf die Wange. Dann wedelte sie mit den Fingern vor seiner Nase
herum. »Ich habe mir gerade die Nägel machen lassen. Knallrot. Na,
was sagst du?«

Pflichtschuldigst nahm er sie in Augenschein. »Siehst aus, als hättest du gerade jemand die Augen ausgekratzt. Earleen, gib mir doch
bitte eine Limo und einen Blaubeerkuchen mit viel Vanilleeis.«

»Das hätte wohl Justine ganz gerne mit mir getan.« Angetan von
Tuckers galantem Lob, strich sich Josie über ihre schwarzen Haare.
Grinsend nahm sie ihre Cola Light und sog an dem dicken Stroh-

halm. »Sie war vorhin im Schönheitssalon drüben und hat fürchterlich mit der Glasperle angegeben, die sie für einen Diamanten hält. Ein Geschenk von Will. Wahrscheinlich hat er sie auf dem Jahrmarkt gewonnen.«

»Bist du etwa eifersüchtig, Josie?« Der Schalk blitzte in Tuckers Augen auf.

Sie richtete sich auf. Für einen kurzen Moment schob sie die Unterlippe vor. Trotzig warf sie ihre schwarzen Haare nach hinten. »Wenn ich ihn haben wollte, würde ich ihn auch kriegen. Aber abgesehen vom Bett ist die Type stinklangweilig.« Sie rührte mit dem Strohhalm in ihrem fast leeren Glas herum und warf einen Schlafzimmerblick zur Tür, durch die soeben zwei Jungen eingetreten waren. Beide liefen sofort rot an. »Wir zwei haben dasselbe Schicksal, Tucker: Wir wirken nun mal unwiderstehlich auf das andere Geschlecht.«

»Es ist schon ein Kreuz«, versetzte Tucker mit einem Lächeln in Richtung Earleen und biß herzhaft in den Blaubeerkuchen.

Josie trommelte mit den Fingern auf der Theke herum. Seit Wochen plagte sie wieder dieselbe Rastlosigkeit, die sie innerhalb von fünf Jahren in zwei gescheiterte Ehen getrieben hatte. Zeit zum Weiterziehen, dachte sie bei sich. Nach ein paar Monaten in Innocence sehnte sie sich immer nach der großen, weiten Welt. War sie jedoch eine Zeitlang irgend woanders, zog es sie wieder zum beschaulichen Leben in ihrer Heimatstadt zurück.

Jemand hatte eine Münze in den Musikautomaten geworfen. Randy Trevor schmachtete von Liebesleid. Ungeduldig trommelte Josie den Takt dazu und warf einen schrägen Blick auf Tucker. »Wie kannst du so etwas am hellichten Tag in dich hineinschaufeln?«

Tucker schob sich gerade wieder einen großen Bissen zwischen die Zähne. »Ich mache den Mund auf und kaue.«

»Und nimmst nicht ein Gramm zu! Ich dagegen muß bei jedem Bissen höllisch aufpassen, sonst werde ich um die Hüften so breit wie Mamie Gantrey.« Trotzdem konnte sie es sich nicht verkneifen, etwas von Tuckers Eis zu stiebitzen. »Bist du nur zum Naschen in die Stadt gefahren?«

»Ich soll was für Della kaufen. Übrigens, unterwegs habe ich ein Auto zum Haus der McNairs fahren sehen.«

»Hmmm.« Wahrscheinlich hätte Josie sich etwas mehr für die Neuigkeit interessiert, wenn nicht in diesem Moment Burke Truesdale hereingekommen wäre. Sogleich setzte sie sich auf, schlug ihre hübschen, langen Beine übereinander und schenkte ihm ein honigsüßes Lächeln. »Hallöchen, Burke.«

»Josie. Tuck. Was treibt ihr denn hier?«

»Ach, wir vertreiben uns nur die Zeit«, erwiderte Josie. Burke war ein Kraftpaket von einsachtzig mit Schultern wie ein Möbelpacker und Augen wie ein Bernhardiner in einem quadratischen Gesicht. Er war Tuckers bester Freund und gehörte zu den wenigen Männern, die Josie gern gehabt hätte, doch nie bekommen hatte.

»Ist ja auch brutal heiß.« Burke setzte sich halb auf einen Hocker. Seine vielen Schlüssel klimperten bei jeder Bewegung. Im Sonnenlicht blitzte sein Sheriffstern. Earleen stellte ihm ein Glas eisgekühlten Tee hin. Er trank es in einem Zug leer.

Beim Anblick seines auf und ab hüpfenden Adamsapfels leckte Josie sich unwillkürlich die Lippen.

»Miss Ediths Enkelin ist heute in das leere Haus eingezogen«, verkündete der Sheriff. »Caroline Waverly heißt sie. Soll eine berühmte Musikerin aus Philadelphia sein. Sie hat vorhin angerufen, damit ihr das Telefon und der Strom wieder angeschlossen werden.«

»Wie lange bleibt sie?« fragte Earleen, die jede Neuigkeit begierig aufnahm. Als Geschäftsführerin des Chat 'N Chew gehörte das gewissermaßen zu ihren Pflichten.

»Keine Ahnung. Miss Edith hat ja nie viel von ihrer Familie erzählt. Ich weiß nur, daß sie mal von einer Enkelin gesprochen hat, die mit einem Orchester oder so was in der Weltgeschichte herumzieht.«

»Muß ein gutbezahlter Job sein«, meinte Tucker. »Ich hab' sie vor einer Viertelstunde mit einem nagelneuen BMW zum Haus fahren sehen.«

Burke wartete, bis Earleen sich um andere Gäste kümmerte. »Tuck, ich muß mich mit dir unterhalten. Wegen Dwayne.«

Tuckers Gesicht blieb nach außen hin freundlich, aber in ihm schrillten sämtliche Alarmglocken. »Weswegen denn?«

»Er hat sich gestern abend wieder vollaufen lassen und bei McGreedy drüben zu randalieren angefangen.«

Tuckers Züge spannten sich nun doch an. »Bekommt er jetzt Schwierigkeiten mit dir?«

»Reg dich ab, Tuck. Er hat sich nur mordsmäßig aufgeführt, und ich wollte nicht, daß er in seinem Zustand heimfährt. Da habe ich ihn eben für die Nacht in die Ausnüchterungszelle gesteckt. Als ich ihn das letzte Mal heimgebracht habe, hat Miss Della einen halben Tobsuchtsanfall bekommen.«

»Ja, stimmt.« Tucker beruhigte sich wieder. Er hatte Freunde, er hatte seine Familie, und er hatte Burke, eine Mischung aus beidem. »Wo ist er denn jetzt?«

»Noch in der Zelle. Er hat einen Mordskater. Da du gerade in der Stadt bist, kannst du ihn ja sicher heimfahren. Seinen Wagen könnt ihr später holen.«

»Vielen Dank, Burke.« Die Worte sagten nichts über Tuckers maßlose Enttäuschung aus. Dwayne war zwei Wochen lang trocken gewesen. Aber soviel stand bereits fest: Nach einem Rückfall war es ein langer, steiniger Weg, bis Dwayne sich wieder erholte.

Tucker erhob sich und zückte die Geldbörse. In diesem Moment fiel die Tür mit einem derartigen Krach ins Schloß, daß die Gläser auf dem Regal klirrten. Tucker erkannte mit einem Blick, daß Ärger ins Haus stand.

»Du Hurenbock! Du Dreckskerl!« spuckte ihm Edda Lou Hatinger ins Gesicht und stürzte sich auf ihn. Hätte Burke nicht blitzschnell reagiert, Edda Lou hätte seinem Freund das Gesicht zerkratzt.

»Hey, hey«, rief Burke, während Edda Lou trotz seines Griffs wild um sich schlug.

»Du bildest dir wohl ein, du kannst so mit mir umspringen, was?«

»Edda Lou.« Seine Erfahrungen hatten Tucker gelehrt, nicht die Ruhe zu verlieren. »Jetzt hol mal tief Luft, Du tust dir ja noch weh.«

»Ich tu' *dir* weh, du Schuft!«

Nur widerwillig schlüpfte Burke in die Rolle des Sheriffs. »Jetzt reiß dich zusammen, Mädchen, oder ich stecke dich ins Gefängnis. Was meinst du, wie sich dein Daddy darüber freuen würde?«

»Ich krümme dem Scheißkerl schon kein Härchen«, zischte sie, woraufhin Burke sie losließ und sie sich wirklich nur das Kleid glattstrich.

»Wenn du mit mir über die eine Sache da reden willst ...«, setzte Tucker an.

»Genau, darüber werden wir uns unterhalten«, fuhr sie ihn an. »Und zwar hier und sofort!« Sie wirbelte zu den anderen Gästen herum, die betreten wegsahen oder wenigstens so taten. Auf ihrem Hals glänzten Schweißperlen. »Hört mal alle her! Ich muß euch was über diesen edlen Mister Longstreet erzählen.«

»Edda Lou ...« Tucker legte begütigend eine Hand auf ihren Arm. Sie fuhr herum und versetzte ihm mit dem Handrücken einen Schlag über den Mund.

»Laß sie reden«, bat Tucker Burke mit einer beschwichtigenden Geste und wischte sich den Mund ab.

»Und wie ich reden werde! Du hast mir geschworen, daß du mich liebst!«

»Das habe ich nie getan!« protestierte Tucker, der selbst in Augenblicken der größten Leidenschaft sorgsam auf seine Worte achtete. Ja, vor allem dann.

»Aber du hast alles getan, damit ich es glaube!« schrie Edda Lou. Der Geruch ihres billigen Parfums mischte sich mit ihrem Schweiß zu einem betäubenden Gestank. Irgendwie fühlte Tucker sich an eine frische Leiche erinnert. »In mein Bett hast du dich geschlichen und mir gesagt, ich sei die Frau, auf die du gewartet hättest. Du hast gesagt ...« – Tränen schossen nun aus ihren Augen und liefen mit der Schminke über ihr verschmiertes Gesicht – »Du hast mir gesagt, du willst mich heiraten!«

»O nein!« Tucker packte nun doch die Wut, obwohl er sich vorgenommen hatte, ruhig zu bleiben. »Das war deine Idee, meine Liebe. Ich habe dir von Anfang an gesagt, daß du das vergessen kannst.«

»Was soll eine Frau denn anderes denken, wenn ein Mann mit Blumen daherkommt und Champagner kauft? Du hast mir gesagt, ich würde dir mehr bedeuten als jede andere!«

»Du hast mir ja auch etwas bedeutet.« Es stimmte. Tucker hatte sie alle gern gemocht.

»Ach was! Für dich zählt doch nur ein einziger Mensch – und das ist Tucker Longstreet.«

Sie hatte sich dicht vor ihm aufgebaut und funkelte ihn bitterböse an. Wie er sie so keifen und schäumen sah, begriff er selbst nicht mehr, was er je an ihr hatte finden können. Und es paßte ihm überhaupt nicht, daß die Jungen von vorhin einander feixend anstießen.

»Dann hast du es ja ohne mich viel besser.« Er legte zwei Dollar auf die Theke.

Sie verkrallte sich in seinem Arm. »Du meinst wohl, du kommst so billig davon, was? Du meinst wohl, du kannst mich wegwerfen wie alle anderen.« Aber da biß er auf Granit. Mit ihr nicht! Das hatte sie sich fest vorgenommen. Schließlich hatte sie vor all ihren Freundinnen von der Hochzeit geredet und war auch schon nach Greenville gefahren und hatte die schönsten Brautkleider anprobiert. Ihr war klar, daß sie sich unsterblich blamieren würde, wenn sie ihn jetzt nicht bekam. »Du kannst nicht mehr zurück. Du hast mir Versprechungen gemacht.«

»Nenn mir doch eine.« Wütend riß er sich los.

»Ich bin schwanger!« Es war ihr letzter Trumpf. Zufrieden registrierte sie das sofort einsetzende Gemurmel an den Tischen.

Tucker erbleichte. »Was hast du gesagt?«

Ihre Lippen kräuselten sich zu einem hämischen Grinsen. »Du hast dich nicht verhört, Tuck. Denk mal scharf nach, was das bedeutet.«

Mit in die Höhe gerecktem Kinn stürmte sie hinaus. Tucker blieb wie ein begossener Pudel zurück. Den Schlag mußte er erst noch verdauen.

»Na so was«, meinte Josie grinsend an die gaffenden Gäste gewandt. Sie legte die Hand auf die ihres Bruders. »Jede Wette, daß sie lügt!«

Tucker starrte sie benommen an. »Was?«

»Ich habe gesagt, sie ist genausowenig schwanger wie du. So alt er ist, der Trick zieht fast immer. Laß dich damit nicht einfangen.«

Tucker wollte zuallererst nachdenken. Dazu brauchte er unbedingt Ruhe. »Hol doch bitte du Gwayne aus dem Gefängnis. Und kannst du die Sachen für Della besorgen?«

»Warum ...«

Aber er stapfte schon zur Tür hinaus. Josie gab einen resignierten Seufzer von sich. Er hatte ihr nicht gesagt, was Della haben wollte.

2

Dwayne Longstreet hockte, die Hände gegen die Schläfen gepreßt, auf seiner Gefängnispritsche und stöhnte wie ein verwundeter Hund. Vorhin hatte er drei Aspirin geschluckt. Bis sie wirkten, mußte er noch eine Weile mit den Kettensägen in seinem Kopf leben, die sich immer näher ans Zentrum heranfraßen. Kurz nahm er seine Hand von der Schläfe, schlürfte einen Schluck schwarzen Kaffee und klemmte gleich wieder den Kopf fest. Halb fürchtete er, halb hoffte er, er würde ihm abfallen.

Nach dem Erwachen aus einem Vollrausch verachtete er sich jedesmal aufs neue. So auch heute. Daß er es nicht lassen konnte und immer wieder sehenden Auges in dieselbe Falle trottete!

Das Trinken selber war es gar nicht einmal. Nein, Dwayne trank für sein Leben gern. Er liebte den Geschmack von Whiskey auf der Zunge. Wie er so angenehm in der Kehle brannte und dann in den Magen rutschte – ein Gefühl wie beim Kuß einer tollen Frau! Nach dem zweiten Drink schließlich breitete sich in seinem Kopf ein so herrliches leichtes Gefühl aus.

Und auf das alles sollte er verzichten?

Gegen die Räusche selbst hatte er eigentlich auch nichts einzuwenden. Hatte man erst einmal fünf, sechs Drinks hinuntergekippt, dann schwamm alles so wunderbar angenehm im Kopf, dann wirkte alles so leicht und lustig. Dann vergaß er endlich, daß in seinem Leben so vieles schiefgelaufen war, daß er zum Beispiel seine Frau und zwei Kinder an so einen dämlichen Schuhvertreter verloren hatte, auch wenn er die Frau nie wirklich gewollt hatte, und daß er in einem elenden Drecksloch festsaß, nur weil ihm nichts Besseres einfiel.

Da tat es doch gut, wenn er so richtig losließ und vergaß!

Nur das, was danach geschah, das war ihm nicht so recht. Wenn die Hand automatisch nach der Flasche griff, wenn er gar nichts mehr schmeckte, aber trotzdem weitersoff, weil der Whiskey da war und weil er, Dwayne, da war.

Genausowenig paßte es ihm, daß er im Suff manchmal aggressiv wurde und Streit suchte, sich sogar prügelte. Dabei war er weiß Gott ein friedfertiger Mensch – ganz im Gegensatz zu seinem Vater. Nur in Ausnahmefällen machte ihn der Whiskey zu einem Beau Longstreet, was ihm im Nachhinein immer leid tat.

Das alles mochte zur Not noch angehen. Richtig unheimlich jedoch waren ihm die Zustände, in denen er am Ende nicht wußte, ob er randaliert hatte oder still und leise weggetreten war. In beiden Fällen wachte er mit schöner Regelmäßigkeit in der Ausnüchterungszelle auf und wurde von einem mörderischen Kater geplagt.

Behutsam, weil er leidgeprüft aus Erfahrung wußte, daß die Holzfäller in seinem Kopf sich jederzeit in einen bösen Bienenschwarm verwandeln konnten, stand er auf. Durch das Fenster fiel grelles Sonnenlicht herein. Dwayne schirmte mit einer Hand seine Augen ab und tastete sich langsam zur Tür. Burke sperrte ihn nie ein.

Als erstes schleppte er sich aufs Klo, denn die Blase drückte bereits gewaltig. Danach spritzte er sich über dem Waschbecken etwas kaltes Wasser ins Gesicht, bis seine Augen nicht mehr ganz so brannten. Voller Sehnsucht dachte er an sein Bett.

Draußen knallte jemand die Eingangstür zu. Mit schmerzverzerrter Miene sog er die Luft zwischen zusammengebissenen Zähnen ein. Und stöhnte auf, als Josie fröhlich nach ihm rief.

»Dwayne? Bist du da? Dein Schwesterchen ist gekommen, um dich heimzubringen!«

Als er in der Tür erschien und sich erschöpft gegen den Pfosten lehnte, zog Josie die Augenbrauen hoch. »Ach du lieber Himmel, du siehst ja aus, als wärst du unter eine Dampfwalze geraten! Sag mal, wie kannst du denn mit dem vielen Blut in den Augen überhaupt noch sehen?«

»Habe ich . . .« Seine Stimme klang wie ein Reibeisen. Er hustete und unternahm einen zweiten Anlauf. »Habe ich wieder einen Wagen kaputtgefahren?«

»Soviel ich weiß, nicht. Aber jetzt komm mal schön brav mit Tante Josie mit.« Sie griff nach seinem Arm, prallte jedoch zurück. »Junge, Junge! Für die Fahne brauchst du ja einen Waffenschein! Da, nimm das.« Aus ihrer Handtasche zog sie eine Schachtel Tictacs und schob ihm gleich ein paar Pillen in den Mund. »Du willst doch nicht, daß ich umkippe, oder?«

Dwayne ließ sich anstandslos zur Tür führen. »Della wird toben, was?« murmelte er.

»Das nehme ich an. Aber wenn sie erst das mit Tucker hört, wird sie deine Eskapaden schnell vergessen.«

»Tucker? Ach, Scheiße!« Dwayne prallte zurück vor dem strahlenden Sonnenschein draußen.

Kopfschüttelnd reichte ihm Josie ihre Sonnenbrille, ein flottes Ding, dessen Fassung mit Rheinsteinen besetzt war. »Tucker hat Ärger. Zumindest behauptet Edda Lou, daß er sie in Schwierigkeiten gebracht hat. Aber wir werden ja noch sehen, ob das stimmt.«

»Heiliges Kanonenrohr!« Einen Moment vergaß Dwayne ganz die eigenen Probleme. »Hat er sie geschwängert?«

Josie öffnete für ihn die Beifahrertür. »Sie hat ihm drüben im Chat 'N Chew eine Szene gemacht. Jetzt wird wohl die ganze Stadt wissen wollen, ob er ihr was angehängt hat.«

»Allmächtiger!«

»Aber eins kann ich dir jetzt schon sagen. Ob er sie nun dick gemacht hat oder nicht, das sollte er sich zehnmal überlegen, ob er das hysterische Weibsstück zu uns ins Haus holt.«

Dwayne hätte ihr nur zu gerne von ganzem Herzen zugestimmt, doch er hatte vollauf damit zu tun, sich die Hände gegen die pochenden Schläfen zu pressen.

Tucker fuhr aus gutem Grunde nicht nach Hause. Dort hätte sich nur eine wutentbrannte Della auf ihn gestürzt. Nein, er brauchte Ruhe zum Nachdenken.

Einem Impuls folgend, trat er auf die Bremse und blieb mit quietschenden Reifen am Straßenrand stehen. Nach Hause war es noch gut eine Meile. Ächzend stieg er aus und suchte Zuflucht in einem schattigen Wäldchen. Die grünen Blätter milderten die brütende Hitze gleich um ein paar Grad, doch er suchte Abkühlung nicht für seine Haut, sondern für seinen Verstand.

Vorhin, im Restaurant, hatte ihn für einen kurzen Augenblick ein unbändiges Verlangen gepackt, Edda Lou an die Gurgel zu gehen und so lange zuzudrücken, bis sie garantiert nie wieder keifen konnte. Den Impuls bedauerte er keineswegs, ja er hatte die Vorstellung regelrecht genossen. Die Hälfte von ihren Anschuldigungen bestand ohnehin aus Lügen. Das hieß freilich auch, daß die andere Hälfte die Wahrheit war.

Gereizt stieß er einen tiefhängenden Zweig beiseite und lief in gebückter Haltung durch das Dickicht zum Teich. Aufgeschreckt klappte ein Reiher sein Bein zusammen und glitt tiefer ins Wasser. Nachdem er sich vergewissert hatte, daß keine Schlange darunter lag, ließ Tucker sich auf einem umgestürzten Baum nieder. Seufzend zog er eine Zigarette aus der Tasche, schnitt die Spitze ab und zündete sie an.

Er hatte das Wasser schon immer geliebt, nicht so sehr die tosende Brandung des Ozeans, sondern vielmehr die Dunkelheit und Stille der schattigen Teiche, das Murmeln der Bäche und das stetige Rauschen der Flüsse. Schon als Junge hatten ihn solche Gewässer angezogen. Unter dem Vorwand, angeln zu gehen, hatte er sich stundenlang an ihre Ufer verzogen und einfach sinniert oder gedöst und die ganze Zeit dem ewig gleichen Zirpen der Grillen gelauscht.

Damals hatten ihn nur kleine kindliche Probleme geplagt. Ob ihm die Eltern wegen einer schlechten Note in Erdkunde den Kopf abreißen würden, mit welchem Trick er sie dazu bringen könnte, ihm zu Weihnachten ein neues Fahrrad zu schenken, und später, ob er am Valentinstag Arnette oder Carolanne zum Tanzen auffordern sollte.

Mit zunehmendem Alter waren die Probleme größer geworden. Die tiefe Trauer, in die ihn die Nachricht vom Tod seines alten Herrn versetzt hatte, als dessen Cessna auf dem Weg nach Jackson abgestürzt war, würde er bestimmt nie vergessen. Aber das war noch gar nichts gewesen im Vergleich zu seiner Verzweiflung, als er seine Mutter zusammengesackt im Garten gefunden hatte. Der sofort herbeigeholte Arzt hatte nur noch Tod durch Herzversagen feststellen können.

Damals hatte er oft an dieser Stelle Linderung für seinen Schmerz gesucht, und letztendlich auch gefunden. Nur gelegentlich brach die Trauer in den unerwartetsten Momenten wieder in ihm auf, wenn er zum Beispiel zum Fenster hinaus sah und eigentlich damit rechnete, daß seine Mutter halb versteckt unter ihrem Strohhut und dem roten Chiffontuch gerade die verblühten Rosen abschnitt.

Madeline Longstreet hätte Edda Lou abgelehnt. Sie hätte sie für primitiv, billig und verschlagen gehalten. Während Tucker den Rauch inhalierte und langsam wieder ausstieß, überlegte er, daß sie ihre Abneigung wahrscheinlich in diese gequälte Höflichkeit gekleidet hätte, die die vornehmen Südstaatendamen so vorzüglich als ihre schärfste Waffe einsetzten.

Und seine Mutter war eine echte Landaristokratin gewesen.

Edda Lou dagegen hatte andere Vorzüge, wenn auch nur körperliche. Große Brüste, breite Hüften und eine Haut, die sie morgens und abends mit Schönheitscreme geschmeidig hielt. Ihre Lippen waren stets zu allem bereit und ihre Hände ungemein geschickt. Bei Gott, mit ihr hatte es wirklich Spaß gemacht!

Geliebt hatte er sie allerdings nicht. Und er hatte auch nie dergleichen behauptet. Liebesschwüre waren in Tuckers Augen ein billiges Mittel, eine Frau ins Bett zu locken. Er hatte sich nicht nur im Bett um sie bemüht. Männer wie er hörten auch dann nicht damit auf, um eine Frau zu werben, wenn sie ihre Beine für ihn gespreizt hatten.

Aber kaum war sie ihm mit Andeutungen aufs Heiraten gekommen, hatte er einen Rückzieher gemacht. Fortan war er nur noch einmal pro Woche mit ihr ausgegangen, und auf Sex hatte er ganz verzichtet. Unverblümt hatte er ihr erklärt, daß er mit der Ehe nichts am Hut habe. Selbst zu diesem Zeitpunkt hätte alles noch gut ausgehen können, aber sie hatte ihn einfach nicht ernst genommen. Der selbstgefällige Ausdruck in ihren Augen hatte sie verraten. So hatte er Schluß gemacht. Es war nicht ganz ohne Tränen, aber doch wenigstens zivilisiert abgegangen. Jetzt freilich begriff Tucker, daß sie ihre Hochzeitspläne nie hatte fallenlassen.

Ihm war nun auch klar, daß sie von dem Gerücht, er hätte schon wieder eine andere, Wind bekommen hatte.

All das war wichtig, und unwichtig zugleich. Wenn Edda Lou wirklich schwanger war, dann konnte er getrost davon ausgehen, daß trotz aller Vorsicht er der Vater war. Dann mußte er sich eben eine Lösung einfallen lassen.

Eigentlich erstaunte ihn bei all dem, daß Austin Hatinger nicht schon längst mit geladenem Gewehr bei ihm aufgetaucht war. Austin gehörte nicht unbedingt zu den Feinfühligsten, und die

Longstreets hatte er seit jeher auf dem Kieker. Er haßte sie genaugenommen seit dem Tag, als Madeline LaRue sich für Beau Longstreet entschieden und damit Austins Träumen von einer Ehe mit ihr ein jähes Ende bereitet hatte.

So war aus Austin ein verbitterter Eigenbrötler geworden. Jedermann wußte, daß er seine Frau regelmäßig schlug. Genauso brutal verfuhr er mit seinen fünf Kindern, deren ältester derzeit wegen wiederholten Autodiebstahls in Jackson einsaß.

Austin hatte ebenfalls schon ein paar Nächte hinter Gittern verbracht. Körperverletzung, Erregung öffentlichen Ärgernisses – und immer hatte er dabei Bibelzitate ausgespuckt oder sich sonstwie auf seinen Schöpfer berufen. Tucker ging davon aus, daß es nur eine Frage der Zeit war, bis Austin mit seinem Gewehr oder seinen gewaltigen Fäusten auf ihn losging.

Über kurz oder lang würde er sich noch etwas einfallen lassen müssen.

Mit Edda Lou konnte es auch nicht weitergehen wie bisher. Da hatte er sich Verantwortung aufgehalst. Aber er würde einen Teufel tun und diese Verantwortung heiraten. Im Bett mochte sie ja ganz gut sein, aber bei Gesprächen mit ihr brauchte man schon Zündhölzer, damit einem die Augen nicht zufielen. Doch obwohl sie alles andere als Geist versprühte, war sie gerissen wie eine Füchsin. Einer solchen Frau wollte er wirklich nicht für den Rest seines Lebens jeden Morgen beim Frühstück gegenübersitzen.

Er wollte das für sie tun, was er konnte und was er für richtig hielt. Geld hatte er ja zur Genüge. Und wenn seine Wut verraucht war, konnte er vielleicht auch ein bißchen Zuneigung für das Kind, wenn schon nicht für die Mutter, empfinden. Er hoffte wenigstens, es würde Zuneigung sein, und nicht dieses flaue Gefühl in der Magengrube.

Tucker massierte sich die Schläfen und wünschte sich, Edda Lou möge einfach verschwinden. Recht würde es ihr ja geschehen für die häßliche Szene vorhin im Restaurant. Wenn ihm nur etwas einfiele ...

Ein Rascheln im Gebüsch ließ ihn herumfahren. Wieder stieg Wut in ihm auf. Wenn Edda Lou ihm tatsächlich gefolgt war, sollte sie jetzt aber ihr blaues Wunder erleben ...

Caroline trat aus dem Wald und unterdrückte einen Schrei. Dort im Schatten am Teich, wo sie einst mit ihrem Großvater geangelt hatte, stand mit weit aufgerissenen, goldenen Augen, geballten Fäusten und wutverzerrtem Gesicht ein Mann.

Unsicher spähte sie nach irgendeiner Waffe, doch dann bemerkte sie, daß der Fremde sich entspannte.

»Was suchen Sie hier?«

»Ich schaue einfach so ins Wasser.« Mit einem verlegenen Lächeln versuchte Tucker sie von seiner Harmlosigkeit zu überzeugen. »Ich hätte nie damit gerechnet, daß hier jemand vorbeikommt.«

Caroline traute dem Frieden noch nicht ganz. So angenehm seine Stimme mit dem typischen Singsang der Südstaaten auch klang, sie war sich nicht sicher, ob er sich nicht doch nur über sie lustig machte. Daß er mit seinen Augen lächelte, erkannte sie durchaus. Zugleich lag in seinem Gebaren eine gewinnende Sinnlichkeit.

»Wer sind Sie?«

»Tucker Longstreet. Ich wohne eine Meile weiter unten. Mir ist schon klar, daß ich auf Ihrem Grund nichts verloren habe.« Schon wieder blitzte ihr dieses gewinnende Lächeln entgegen. »Tut mir leid, wenn ich hier einfach so eingedrungen bin. Miss Edith hatte nie was dagegen, wenn ich mich hier ans Wasser gesetzt habe, und darum hielt ich es nicht für nötig, um Erlaubnis zu bitten. Sie sind doch Caroline Waverly, nicht wahr?«

»Richtig.« Ihr abwehrender Tonfall kam ihr angesichts seines rustikalen Charmes plötzlich allzu rüde vor. Um ihn abzumildern, versuchte sie es mit einem Lächeln, beließ es ansonsten aber bei ihrer kühlen Haltung. »Sie haben mich ganz schön erschreckt, Mr. Longstreet.«

»Ach, nennen Sie mich einfach Tucker.« Lächelnd nahm er sie etwas genauer in Augenschein. Ein bißchen zu dünn für seinen Geschmack, aber ihr Gesicht war so blaß und elegant wie die Kameebrosche, die seine Mutter so gerne auf einem schwarzen Samtband getragen hatte. Obwohl er sonst lange Haare bevorzugte, gefiel ihm ihr kurzer Schnitt. Er betonte ihren anmutigen Hals und ihre großen Augen. Tucker steckte die Hände in die Taschen. »Immerhin sind wir jetzt Nachbarn. In Innocence legt man Wert auf gute Nachbarschaft.«

Der Kerl würde mit seinem Charme noch die Fische zum Singen bringen. Einen von dieser Sorte kannte Caroline recht gut. Ob nun seine Worte im Südstaatensingsang oder im trällernden spanischen Tonfall daherkamen, sie waren tödlich.

Sie nickte – huldvoll, wie er dachte. »Ich bin dabei, mir das Grundstück anzusehen. Ich wußte nicht, daß sich auch Fremde hier herumtreiben.«

»Es ist nun mal ein schönes Fleckchen Erde. Haben Sie sich schon eingelebt? Wenn Sie was brauchen – ein Anruf genügt.«

»Ich weiß Ihr Angebot zu schätzen, aber ich komme schon allein zurecht. Ich bin erst seit einer Stunde da.«

»Ich weiß. Ich bin auf dem Weg in die Stadt an Ihnen vorbeigefahren.«

Caroline setzte schon zu einer nichtssagenden Antwort an. Plötzlich verengten sich ihre Augen zu Schlitzen. »In einem roten Porsche vielleicht?«

Er antwortete mit einem breiten Grinsen. »Ein schönes Gefährt, was?«

»Dann waren Sie dieser verantwortungslose Idiot! Sie sind mit mindestens hundert Sachen auf mich zugebraust.«

Ihre Zerbrechlichkeit war wie weggewischt. Mit ihren zorngeröteten Wangen wirkte sie umwerfend schön. Tucker dachte nicht daran, die Hände aus den Taschen zu ziehen. Er hatte es schon immer so gehalten, daß er die Wut einer Frau, wenn sie ihn schon traf, wenigstens genoß.

»Aber nicht doch. Soweit ich mich erinnere, bin ich höchstens achtzig gefahren. Auf einer schön geraden Strecke jage ich ihn vielleicht schon mal auf hundertzwanzig Meilen hoch, aber ...«

»Sie hätten mich fast gerammt!«

Tucker schien diese Möglichkeit zu erwägen, schüttelte dann jedoch bedächtig den Kopf. »Das stimmt nicht. Ich hatte genügend Zeit, Ihnen auszuweichen. Von Ihrem Standpunkt aus sah das vielleicht gefährlicher aus, als es tatsächlich war. Allerdings tut es mir schrecklich leid, daß ich Sie an ein und demselben Tag gleich zweimal erschreckt habe.« Das schalkhafte Funkeln in seinen Augen freilich warb nicht unbedingt nur um Verzeihung. »Wo ich doch normalerweise ganz anders auf eine schöne Frau wirken will.«

Wenn Carolines Mutter ihrer Tochter eins eingetrichtert hatte, dann war es Stolz. Ehe Tucker sich versah, hatte sie ihn schon wieder angefaucht: »Sie haben hier überhaupt nichts zu suchen! So einer wie Sie gehört angezeigt!«

Die Empörung der Nordstaatlerin reizte ihn. Spöttisch erwiderte er: »Sie können gern zur Polizei gehen, Ma'am. Fragen Sie einfach nach Burke. Burke Truesdale ist der Sheriff hier.«

»Und ganz bestimmt ein Cousin von Ihnen«, stieß sie zwischen den Zähnen hervor.

»Das nicht, Ma'am. Aber seine kleine Schwester hat einen Cousin von mir geheiratet. Sie haben es nicht schlecht getroffen.«

»Da bin ich aber froh.«

»Das nenne ich gutnachbarliche Beziehungen«, meinte Tucker mit einem breiten Grinsen. »Aber wenn Sie zu Burke gehen, grüßen Sie ihn doch bitte recht herzlich von mir.«

Caroline bedachte ihn mit einem verächtlichen Blick. »Wir beide sind uns wohl im klaren darüber, daß das nichts bringen würde. Wenn Sie jetzt nur so freundlich wären und unverzüglich von meinem Grund verschwinden würden, wäre ich Ihnen unendlich dankbar. Ich denke, es gibt tausend andere Orte, an denen Sie sitzen und ins Wasser schauen können.«

Sie machte auf dem Absatz kehrt und wollte schon davonstürmen, als Tucker ihr noch eine letzte Spritze nachsandte: »Übrigens, Miss Waverly! Herzlich willkommen in Innocence. Und einen angenehmen Tag noch!«

Ohne sich umzudrehen, hastete Caroline weiter. Da Tucker nicht allzu unhöflich sein wollte, wartete er mit dem Losprusten, bis sie außer Hörweite war. Wären ihm seine Probleme nicht bis zum Hals gestanden, hätte er sich sicher noch einige andere Späße auf Kosten der hübschen Großstädterin erlaubt. Aber auch so fühlte er sich jetzt wieder um einiges besser.

Edda Lou schwamm wieder ganz obenauf. Nachdem sie von Tuckers Ausflug mit Chrissy Fuller nach Greenwich gehört hatte, war sie sehr wütend gewesen und hatte nun schon befürchtet, sie hätte sich mit dieser Szene im Restaurant alles vermasselt. Aber im Gegenteil – vor allen Leuten war es ihr gelungen, Tucker zu demütigen. Einen Bären mit einem Ring durch die Nase hätte sie nicht besser vorführen können.

Natürlich konnte er ihr immer noch mit süßen Worten kommen. Tucker Longstreet konnte Süßholz raspeln wie kein zweiter weit und breit. Aber diesmal hatte sie ihn am Haken und gab ihn bestimmt nicht mehr frei. In Null Komma nichts würde sie den Ring am Finger und den Ehevertrag in der Hand haben. Keiner würde sie mehr schief ansehen, sobald sie erst einmal in sein großes Haus eingezogen war.

Und sie, Edda Lou Hatinger, die auf einer Schmuddelfarm mit ein paar gackernden Hühnern im Vorhof und dem ewigen Gestank nach Schweinefett in der Küche aufgewachsen war, würde Kleider tragen wie die feinen Leute, in einem französischen Bett schlafen und zum Frühstück Champagner trinken.

Tucker gefiel ihr zwar ausnehmend gut, aber den weit größeren Platz in ihrem hungrigen Herzen nahmen sein Haus, sein Name und sein Bankkonto ein. In Innocence würde sie dann nur noch in einem riesigen rosa Cadillac vorfahren. Bei Larsson sollten dann andere an der Kasse sitzen.

Und nie mehr würde sie mühsam die letzten Cents zusammenkratzen müssen, um mit Ach und Krach die Pension zu bezahlen, weil ihr Daddy sie hochkantig rausgeschmissen hatte und sie windelweich schlagen würde, falls sie sich noch einmal daheim blicken ließ. Sie würde eine Longstreet sein.

So vor sich hinträumend, lenkte Edda Lou ihren winzigen Ford an den Straßenrand. Es wunderte sie keineswegs, daß Tucker sie mit seinem Briefchen ausgerechnet für Mitternacht an den kleinen Teich bestellt hatte. Sie fand die Idee süß. Eben wegen Tuckers ausgesprochenem Sinn fürs Romantische hatte Edda Lou sich ja in ihn verliebt – soweit ihr gieriges Herz Liebe zuließ. Tucker betatschte sie nicht ständig und griff ihr nicht bei der ersten Gelegenheit unters Höschen, wie die anderen, mit denen sie ausging.

Nein, Tucker unterhielt sich gern mit ihr. Auch wenn sie bestenfalls die Hälfte von seinen Phantastereien verstand, so wußte sie seine Zurückhaltung doch zu schätzen.

Und seine großzügigen Geschenke – Parfüm, soviel das Herz begehrte, und immer wieder Blumensträuße. Einmal hatte sie bei ei-

44

nem Streit eine bühnenreife Heulnummer hingelegt, und das hatte ihr ein Nachthemdchen aus reiner Seide eingebracht.

Da Vollmond war, zog Edda Lou ohne Taschenlampe los. Sie wollte die Stimmung nicht kaputtmachen. Folglich ließ sie das Haar in voller Länge über ihre Schultern fallen und zupfte an ihrem knappen Top, aus dem die üppigen Brüste fast herausquollen. Die hautengen Hot pants kniffen sie ein wenig, aber Schönheit muß eben leiden, wie sie sich gerne sagte.

Wenn sie ihre Karten richtig ausspielte, würde Tucker sie in Null Komma nichts ausgezogen haben. Allein beim Gedanken daran wurde ihr heiß zwischen den Beinen. Keiner war so gut wie Tucker. Manchmal vergaß sie in ihrer Erregung sogar fast das viele Geld. Heute nacht wollte sie ihn unbedingt in sich spüren. Nicht nur, weil es in der freien Natur etwas Besonderes war, sondern weil das Timing ideal paßte. Mit etwas Glück war sie morgen dann tatsächlich schwanger.

Mit traumwandlerischer Sicherheit schritt Edda Lou durch die Geißblattsträucher mit ihrem betörenden Duft, während das Mondlicht in stetig wechselnden Mustern auf das Laub fiel. Da sie auf dem Land geboren und aufgewachsen war, machten ihr die vielen verschiedenen Geräusche der Nacht keine Angst. Das Quaken der Frösche, das Rascheln der Gräser, das Zirpen der Grillen oder das Rufen der Eulen nahm sie schon gar nicht mehr wahr.

Zwei gelbe Augen blitzten Edda Lou im Mondlicht an. Sie mochten einem Fuchs oder einem Waschbär gehören, verschwanden aber, als sie näher herantrat. Ein kleines Tier, ein junger Vogel wahrscheinlich, quietschte verzweifelt. Edda Lou schenkte dem Tod des Tieres ungefähr soviel Beachtung wie ein New Yorker dem Schrillen einer Sirene. Hier jagten nun einmal in der Nacht der Fuchs und die Eule ihre Beute.

Auf dem weichen Boden verursachten Edda Lous Schritte keinerlei Geräusch. Im Mondlicht wirkte ihre Haut beinahe so glatt und vornehm wie Marmor. Und ihr siegesgewisses Lächeln verlieh ihrem Gesicht eine Art von wilder Schönheit.

»Tucker?« Sie rief ihren Freund mit der Kleinmädchenstimme, mit der sie ihn gern umschmeichelte. »Tut mir ja so leid, daß ich zu spät komme, Liebling.«

Keine Antwort. Sie blieb am Ufer stehen und kniff die Lippen zusammen. Und schon war die Schönheit von vorhin verschwunden. Absichtlich war sie zehn Minuten zu spät gekommen, weil er ruhig Blut und Wasser schwitzen sollte.

Wütend setzte sie sich auf den Baumstamm, auf dem Tucker wenige Stunden zuvor gehockt hatte. Das sollte er ihr noch büßen! Da war sie doch tatsächlich zu ihm gerannt, kaum hatte er mit dem kleinen Finger gewunken. Noch nicht einmal das! Einen windigen zerknitterten Zettel hatte er ihr geschrieben:

Komm um Mitternacht zum Teich der McNairs. Dort regeln wir alles wieder. Ich möchte nur ein kleines bißchen mit dir allein sein.

War das nicht wieder typisch für ihn? Erst kochte er sie weich mit seinem Gesäusel, und dann ließ er sie in der Nacht warten! Fünf Minuten wollte sie ihm noch geben. Wenn er sich bis dahin nicht blicken ließ, würde sie eben mit dem Auto vor dem großen Haus vorfahren. Tucker Longstreet würde schon noch begreifen, daß er mit ihren Gefühlen nicht spielen durfte.

Hinter ihr raschelte es im Laub. Sie drehte sich um und klimperte vorsichtshalber schon einmal mit den Wimpern. Ein Schlag auf dem Hinterkopf ließ sie vornüber zu Boden stürzen.

Das eigene Stöhnen klang gedämpft in Edda Lous Ohren. Der Schädel tat ihr weh, als hätte ihn eine Axt gespalten. Vorsichtig reckte sie den Hals. Oh, das tat weh! Sie wollte die Hände gegen die Schläfen pressen und stellte fest, daß sie hinter ihrem Rücken festgebunden waren.

Plötzlich waren die Schmerzen vergessen. Angst packte sie. Sie riß die Augen auf und öffnete den Mund zu einem Schrei. Aber der war zugestopft. Sie hatte den Geschmack eines mit Eau de Cologne betupften Tuchs auf der Zunge. Verzweifelt zerrte sie an den Fesseln.

Nun erst bemerkte sie, daß sie splitternackt war. Sie scheuerte sich den Rücken und den Po an einer Baumrinde wund. Jemand hatte sie mit Händen und Füßen an eine Eiche gefesselt und dabei ihre Beine so geschickt gespreizt, daß ihr Dreieck in seiner ganzen Verwundbarkeit offen stand. Schreckensvisionen von Vergewaltigungen schossen ihr durch den Kopf.

»Edda Lou. Edda Lou.« Von irgendwoher kam ein heiseres Flüstern. Sie verdrehte entsetzt die Augen. Nirgendwo war die Person auszumachen, von der die Stimme ausging.

Wieder wollte sie schreien und meinte, an dem Tuch zu ersticken.

»Edda Lou, ich habe schon lange ein Auge auf dich geworfen. Endlich ist es soweit. So ganz nackt im Mondschein, romantisch was? Und wir sind ganz allein, du und ich. Wolln wir es miteinander machen?«

In namenlosem Entsetzen sah Edda Lou eine Gestalt aus dem Dickicht treten, sah nackte Haut im Mondlicht schimmern, sah ganz kurz eine lange Messerklinge aufblitzen.

Gräßliche Angst und Ekel packten sie, denn sie begriff, was nun auf sie wartete. Ihr Bauch zog sich zusammen und hob sich. Der Geschmack von Erbrochenem stieg in ihr hoch. Die Gestalt kam immer näher. Ihre schweißnasse Haut schimmerte im Mondlicht. Von ihr strömte der Geruch von Wahnsinn aus.

Das Tuch erstickte Edda Lous Flehen im Keim. Blut rann in dünnen Bächen ihren Rücken und ihre Schenkel hinunter. Die Hände erreichten ihre Haut, fingen an zu streicheln und zu drücken. Nun kam auch der Mund hinzu. Heiße Tränen der Angst strömten über ihre Wangen, als die Lippen sich gierig um ihre schutzlosen Brustwarzen schlossen.

Mit dem ganzen schweißnassen Körper rieb sich die Gestalt an ihr und stellte Dinge mit ihr an, die sie nie für möglich gehalten hatte. Bei jedem Kuß dieser Lippen, bei jedem neuen Körperkontakt, bei jeder Berührung durch die kalte, flache Klinge erschauerte sie am ganzen Leib.

Nur zu genau erfuhr sie jetzt, was mit Arnette und Francie geschehen war. Sie mußte dasselbe namenlose Grauen, derselbe Ekel in ihrem letzten Moment gepackt haben.

»Du willst es doch! Und wie du es willst!« Der geflüsterte Sprechgesang übertönte das Pochen in Eddas Kopf. »Hure!« Das Messer drehte sich. Sorgfältig, fast ohne ihr Schmerzen zu bereiten, fuhr es an Edda Lous Arm hinab. Als sich der Mund gierig über die klaffende Wunde beugte, fiel Edda Lou in Ohnmacht.

»Nichts da!« Eine Hand weckte sie mit mehreren verspielten Ohrfeigen wieder auf. »Huren dürfen bei der Arbeit nicht schlafen.« Es folgte ein kurzes, schrilles Lachen, ein sich überschlagendes Kichern vielmehr. Blutverschmierte Lippen öffneten sich zu einem Grinsen. Edda Lous glasige Augen richteten sich auf ihren Peiniger. »So ist es gut. Du sollst alles genau sehen. Bist du fertig?«

»Bitte, bitte!« wimmerte sie in sich hinein. »Bitte bring mich nicht um. Ich verrate auch keinem was!« Edda Lou roch die eigene Angst, das eigene Blut.

»Nein!« Die Stimme bebte vor Erregung. Und dann näherte sich ihr das Gesicht bis auf wenige Zentimeter. Aus den Augen, die sie doch so gut gekannt hatte, leuchtete der pure Wahnsinn. »Du bist es nicht wert, daß man dich fickt!«

Eine Hand riß den Knebel aus ihrem Mund. Zum Vergnügen gehörte anscheinend auch der letzte schrille Schrei. Er wurde jäh unterbrochen. Die Hand, die das Messer führte, durchschnitt Edda Lou die Kehle.

Caroline setzte sich abrupt in ihrem Bett auf. Ihr Herz pochte zum Zerspringen. Sie schlug die Hände vor die Brust. In ihrer Panik hätte sie fast das Nachthemd zerfetzt.

Da schreit jemand, dachte sie, und ihr Keuchen hallte im Zimmer wider. War da etwa ein Unglück geschehen?

Mit einem Satz war sie aus dem Bett und tastete nach dem Lichtschalter. Erst jetzt begriff sie, wo sie war und ließ sich zurück aufs Kissen plumpsen. Das hier war eben nicht Philadelphia. Nicht Baltimore. Nicht New York. Nicht Paris. Sie war im tiefsten Mississippi und schlief im Bett ihrer verstorbenen Großeltern.

Die Geräusche der Nacht drangen ins Zimmer. Frösche, Grillen, Zikaden. Und Eulen. Und noch einmal durchbrach ein gellender Schrei die Nacht. Unheimlich. Das klang wie die Stimme einer Frau. Jetzt fiel es ihr wieder ein. Schreiende Eulen wurden sie hier genannt. Ihre Großmutter hatte sie einmal vor vielen Jahren beruhigen müssen, weil dasselbe Kreischen sie aus dem Schlaf gerissen hatte.

Das war doch nur eine Schreiende Eule, mein Goldschatz. Dir kann gar nichts geschehen. Bei uns bist du so sicher wie ein Bär in seiner Höhle.

Caroline schloß die Augen und lauschte dem gedehnten Buuuu-huuu einer anderen Eule mit ungleich besseren Manieren. So geht es eben zu auf dem Land, hielt sie sich vor und versuchte, nicht mehr auf das Ächzen und Knarzen überall in diesem alten Haus zu achten. Bald würden diese Geräusche ihr genauso vertraut sein wie die vorbeifahrenden Autos auf den Straßen und das Heulen einer Sirene in der Ferne.

Ihre Großmutter hatte bestimmt recht gehabt: Sie war hier so sicher wie ein Bär in seiner Höhle.

3

Tucker saß auf der Terrasse. In seinem Rücken rankten sich violette Klematis an der weißen Pergola empor. Der Duft lockte einen Kolibri an. Mit in allen Farben leuchtenden, schwirrenden Flügeln schwebte er über dem Kelch einer der zarten Blüten und saugte den süßen Nektar. Aus dem Haus kam das geschäftige Summen von Dellas Staubsauger und mischte sich mit dem der Bienen draußen.

Unter dem Glastisch hatte sich Buster, der hochbetagte Wachhund, ein behagliches Plätzchen eingerichtet. Hin und wieder hob er unter Aufbietung sämtlicher Energien schwanzwedelnd den Kopf und blickte voller Hoffnung auf Tuckers Frühstück.

Tucker schenkte all den Lauten und Gerüchen des Morgens kaum Aufmerksamkeit. Er registrierte sie mit derselben Zerstreutheit, mit der er seinen eisgekühlten Fruchtsaft, den schwarzen Kaffee und Toast zu sich nahm.

Er widmete sich seinem morgendlichen Lieblingsritual, der Lektüre der Post. Wie immer war ein Stapel von Modezeitschriften für Josie dabei. Sobald er eine zwischen die Finger bekam, warf er sie auf den gepolsterten Stuhl neben ihm. Bei jedem Aufprall verdrehte Buster die Augen freudig nach oben, um sogleich ein enttäuschtes Grunzen von sich zu geben.

Auch ein Brief für Dwayne aus Nashville war diesmal dabei. Tucker erkannte Sissys überkorrekte, kindliche Handschrift. Stirnrunzelnd hielt er den Umschlag gegen die Sonne, dann legte er ihn beiseite. Um eine Mahnung wegen ausgebliebener Unterhaltszahlungen für die Kinder konnte es sich nicht handeln. Als Buchhalter der Familie hatte er erst vor zwei Wochen den monatlichen Scheck ausgefüllt und abgeschickt.

Sein Ablagesystem sah so aus: Rechnungen landeten auf wieder einem anderen Stuhl, persönliche Post wurde auf den Tisch hinter die Kaffeekanne gelegt, und Bettelbriefe von allen möglichen gemeinnützigen Organisationen steckte er in eine Papiertüte.

Für ihre Erledigung hatte sich Tucker ein eigenes Verfahren ausgedacht. Einmal jeden Monat griff er blind in die Tüte und zog willkürlich zwei Umschläge heraus. Das waren dann die Adressen, an die die nächste großzügige Spende ging, egal ob es sich um das Rote Kreuz, den World Wildlife Fund oder irgendeine Gesellschaft für die Erhaltung von Wandhaken ging. Damit, so sagte sich Tucker, genügten die Longstreets ihren Wohltätigkeitsverpflichtungen. Und wenn die Organisationen sich wundern sollten, daß sie einen Monat einen Scheck über mehrere tausend Dollar erhielten und dann jahrelang gar nichts mehr, dann war das in Tuckers Augen allein ihr Problem.

Das mechanische Aussortieren der Post half ihm, dringendere Sorgen zumindest einstweilig zu verdrängen. Im Grunde wußte er nicht, wie er sich Edda Lou gegenüber verhalten sollte. Sie redete ja nicht einmal mehr mit ihm. In den zwei Tagen seit der gräßlichen Szene vor aller Leute Augen hatte sie sich kein einziges Mal gerührt. Ja, sie ging nicht einmal ans Telefon.

Das war alles zutiefst beunruhigend, zumal sie äußerst nachtragend war und heimtückisch wie eine Schlange zubeißen konnte. Die lange Wartezeit auf den längst fälligen Angriff machte Tucker mehr als nervös.

Er stapelte die Umschläge mit Sonderbriefmarken für Dwayne, weil er sie gerne an seine Kinder weiterschickte, und stieß auf einen fliederfarbenen und dezent parfümierten Umschlag, der nur von einem Menschen stammen konnte.

»Tante Lulu!« Er grinste von einem Ohr zum anderen. Seine trüben Gedanken waren wie weggeblasen.

Lulu Boyston Longstreet, eine Cousine von Tuckers Großvater, gehörte dem in Georgia lebenden Zweig der Familie an. Über ihr Alter ließ sie die Leute gern spekulieren. Allgemein wurde sie für Mitte siebzig gehalten, behauptete jedoch seit Jahr und Tag, sie sei fünfundsechzig. Sie war steinreich, maß in ihren Schuhen mit stets großzügigen Absätzen kümmerliche einsfünfzig und war das verrückteste Huhn im ganzen Land.

Tucker betete sie an. Auch wenn der Brief ›an meine Lieben Longstreets‹ adressiert war, riß Tucker ihn sofort auf. Er wollte nicht warten, bis seine Geschwister sich irgendwann wieder einmal blicken ließen.

Er überflog den ersten Absatz des mit rosa Tinte vollgekritzelten Bogens und stieß einen Jubelschrei aus. Tante Lulu wollte ihnen einen Besuch abstatten.

Sie drückte es immer so aus, ließ dabei aber offen, ob sie nur zum Essen vorbeischauen oder einen ganzen Monat bleiben wollte. Tucker hoffte inbrünstig, letzteres würde der Fall sein. Etwas Abwechslung hatte er dringend nötig.

Bei ihrem letzten Besuch hatte Lulu einen Riesenkarton voller Eistörtchen mitgebracht. Dazu hatte sie einen Papierhut mit einer Straußenfeder getragen. Eine ganze Woche lang hatte sie das lächerliche Ding nicht abgenommen, nicht einmal in der Nacht. Sie feiere ein paar Geburtstage, hatte sie zur Erklärung verkündet. Irgend jemand werde schon Geburtstag haben.

Tucker leckte sich die Erdbeermarmelade von den Fingern und warf den Rest seines Toastbrots für Buster auf den Boden. Die übrige Post wollte er später sichten. Zuallererst mußte er jetzt Della mitteilen, daß sie das Gästezimmer für Tante Lulu herrichten solle.

Doch in dem Moment, in dem er die Tür aufstieß, vernahm er den Motor von Austin Hatingers Laster. In ganz Innocence gab es nur ein Fahrzeug, das ein derart obszönes Knallen von sich gab. Tucker widerstand dem ersten Impuls, sich im Haus zu verbarrikadieren, und drehte sich wieder um. Freilich machte er sich schon jetzt auf einiges gefaßt.

Inzwischen sah er schwarze Auspuffgase zwischen den Magnolien aufsteigen. Seufzend zog Tucker eine Zigarette aus der Tasche, brach die Spitze ab und wartete.

Er war noch nicht einmal zum ersten Zug gekommen, da hielt der Laster schon vor dem Haus, und Austin zwängte sich aus der Kabine. Als erstes spuckte der Mann auf den Kiesweg. Zu seinen Füßen bildete sich eine widerwärtige gelbe Lache. Austin war so sperrig und verwittert wie sein alter Ford. Allerdings hielten ihn nicht Bindfaden und Spucke zusammen, sondern Muskeln und Sehnen. Unter dem speckigen Pflanzerhut saß ein Gesicht, das so durchfurcht war wie die Rinde eines Baums. Tiefe Linien gingen von seinen walnußbraunen Augen aus, gruben sich in wettergegerbte Wangen und umrahmten seinen harten, nie lächelnden Mund.

Kein einziges Härchen lugte unter dem Hut hervor. Austin fuhr jeden Monat zum Friseur und ließ sich einen Bürstenschnitt verpassen. Vielleicht, so spekulierte Tucker des öfteren, stellte das eine Art nostalgische Erinnerung an seine Zeit bei der Armee dar. Den Namen seines Corps, *Semper Fi*, hatte er unter die amerikanische Fahne auf den bei jeder Bewegung hervorquellenden Bizeps tätowieren lassen. Austin, der einen bei jeder Gelegenheit darauf aufmerksam machte, daß er ein gottesfürchtiger Christ war, hatte sich zeitlebens nie mit frivolen Dingen wie nackten Mädchen abgegeben.

Tucker stellte erleichtert fest, daß Austin sein Gewehr auf dem Beifahrersitz hatte liegen lassen. Er hoffte, dieses kleine Zeichen der Höflichkeit bedeutete ein gutes Omen.

»Austin.« Tucker stieg eine Stufe hinab – er wollte schließlich nicht unfreundlich wirken.

»Longstreet!« Die Stimme erinnerte an einen über Beton rollenden rostigen Nagel. »Wo, zum Teufel, steckt mein Mädchen?«

Tucker hatte mit allem gerechnet, nur nicht mit dieser Frage. »Wie bitte?«

»Du gottloser Scheißkerl! Wo, zum Teufel, ist meine Edda Lou?«

Diese Charakterisierung seiner Person entsprach schon eher dem, worauf Tucker sich eingestellt hatte. Er richtete sich auf. »Ich habe Edda Lou seit der Szene, die sie mir vorgestern im Restaurant gemacht hat, nicht mehr gesehen.«

Austin setzte schon zur nächsten Tirade an, doch Tucker unterbrach ihn mit erhobener Hand. »Du kannst von mir aus gern auf mich sauer sein, Austin. Und weil ich mit deiner Tochter geschlafen habe, kann ich mir gut vorstellen, daß du einen gewaltigen Haß auf mich schiebst.« Er machte einen tiefen, langen Zug und stieß den Rauch genüßlich aus. »Wahrscheinlich hast du vorher schon längst geahnt, daß wir was miteinander haben, und angetan warst du davon bestimmt nicht. Das kann ich dir auch gar nicht verübeln.«

Austins Lippen entblößten schiefe, gelbe Zähne. Kein Mensch hätte seine Grimasse mit einem Lächeln verwechselt. »Dir Scheißkerl hätte ich die wertlose Haut sofort über den Kopf ziehen sollen, als du dich an sie rangemacht hast.«

»Schon möglich. Aber Edda ist keine Minderjährige mehr. Da kann ihr keiner mehr dreinreden.« Tucker zog noch einmal an seiner Zigarette, betrachtete den Stummel und schnippte ihn davon. »An den Tatsachen läßt sich nun auch nicht mehr rütteln, Austin.«

»Du hast leicht reden. Aber meine Tochter muß deinen Bastard austragen.«

»Bei dessen Produktion sie sich mit vollem Engagement beteiligt hat«, versetzte Tucker und versenkte beide Hände in den Hosentaschen. »Ich werde dafür sorgen, daß es ihr während der Schwangerschaft an nichts fehlt. Und die Unterhaltszahlungen danach werden auch nicht knapp bemessen sein.«

»Große Worte!« Austin spuckte wieder aus. »Eitles Geschwätz, sag' ich. Süßholz raspeln war ja schon immer deine Stärke, Tucker. Aber jetzt laß dir mal was gesagt sein. Ich kümmere mich schon selber um mein eigen Fleisch und Blut. Und jetzt will ich auf der Stelle mein Mädchen wiederhaben!«

Tucker zog eine Augenbraue hoch. »Du glaubst doch nicht etwa, daß Edda Lou hier ist?«

»Lügner! Hurenbock! Deine Seele ist so schwarz wie deine Sünden!«

»Da will ich nicht mit dir streiten«, erwiderte Tucker so ruhig wie möglich. »Trotzdem ist Edda Lou nicht bei mir. Du kannst dich gern umsehen, aber ich versichere dir noch einmal, daß ich seit ihrer großen Szene nichts mehr von ihr gesehen oder gehört habe.«

Austin überlegte kurz, ob er ins Haus eindringen sollte. Aber vor einem Longstreet wollte er sich gewiß nicht lächerlich machen. »Na gut, hier ist sie wohl nicht. In der Stadt ist sie aber auch nicht zu finden. Soll ich dir sagen, was ich glaube? Du Dreckskerl hast den Teufel an die Wand gemalt, und jetzt ist sie bestimmt in eine Engelmacherklinik gegangen.«

»Edda Lou und ich haben über nichts gesprochen. Wenn sie sich für so etwas entschieden hat, dann war es allein ihre Idee.«

Tucker hatte vergessen, wie behende dieser Mann trotz seiner massiven Statur sein konnte. Das letzte Wort war noch nicht heraus, da war Austin schon nach vorne gesprungen, packte ihn am Hemd und zog ihn einfach zu sich herunter.

»So sprichst du nicht über mein Mädchen. Bevor sie sich mit dir einließ, war sie eine gottesfürchtige Christin. Schau dich doch nur an, du mieses, kleines Schwein! Hast den ganzen Tag nichts zu tun und lebst mit einem versoffenen Bruder und einer Hure als Schwester in einem großen, feinen Haus! Aber ihr werdet alle noch in der Hölle schmoren, wie euer der Sünde verfallener Vater!« Sein Gesicht war puterrot angelaufen. Speichel lief aus seinen Mundwinkeln.

Tucker zog in der Regel gütliche Gespräche jeder Auseinandersetzung vor. Aber irgendwo waren auch seiner Geduld Grenzen gesetzt, und zwar genau dort, wo der andere zu weit ging.

Mit einem Magenschwinger überraschte er den Älteren derart, daß er ihn losließ. »Jetzt hör mir mal gut zu, du frömmelnder Misthaufen! Meine Familie ziehst du nicht in den Dreck! Die Geschichte geht nur Edda Lou und mich etwas an. Ich habe es dir vorhin schon gesagt und sage es dir jetzt noch einmal. Ich werde alles für Edda Lous Unterhalt tun. Wenn du aber glaubst, ich hätte sie als erster flachgelegt, dann bist du noch dämlicher, als ich dachte.« Tucker steigerte sich nun seinerseits in seinen Zorn hinein. Die Beleidigungen und der Ärger ließen ihn alle Klugheit vergessen. »Und halte mich ja nicht für blöd. Ich hab' gleich kapiert, was sie mit mir vorhat. Wenn ihr zwei jetzt glaubt, ihr kriegt mich mit euren Drohungen vor den Altar, dann habt ihr euch gewaltig getäuscht!«

Austins Kinnmuskeln zitterten. »Zum Ficken ist sie dir also gut genug, aber nicht zum Heiraten!«

»Sehr richtig!«

Dem ersten Fausthieb konnte Tucker noch ausweichen, der zweite jedoch landete mit voller Wucht in seinem Magen. Ihm blieb die Luft weg, und er kippte langsam nach vorne. Noch ehe er reagieren konnte, hagelte es Treffer ins Gesicht und gegen den Hals.

Plötzlich schmeckte und roch Tucker sein eigenes Blut. Ihn packte eine gräßliche Wut. Ohne auf die Schmerzen in seinen Knöcheln zu achten, drosch er Austin die Faust mit solcher Wucht gegen das Kinn, daß er selbst dabei zurückprallte.

Das tat gut! Verdammt gut!

Ein Teil von ihm dachte messerscharf. Er mußte auf den Füßen bleiben. Von seiner Schnelligkeit hing alles ab, denn an Körperkraft war er dem bulligen Austin in keiner Weise gewachsen. Wenn er einmal auf dem Boden landete, würde er – wenn überhaupt – bestenfalls mit mehreren Knochenbrüchen und einem zu Brei geschlagenen Gesicht davonkommen.

Keuchend standen sie einander gegenüber und schenkten sich nichts. Fäuste hämmerten gegen Knochen. Blut und Schweiß flossen in Strömen. Tucker dämmerte, daß er gar nicht mehr um die Ehre seiner Familie kämpfte, sondern nur noch um sein nacktes Leben. In Austins Augen schimmerte der unverhüllte Wahnsinn. Panik schnürte Tucker die Kehle zu.

Seine schlimmsten Ängste wurden bestätigt, als Austin mit eingezogenem Kopf wie ein Rhinozeros auf ihn losging. Im nächsten Augenblick wurden Tucker die Füße weggerissen, und er landete rücklings in den Pfingstrosen. Austin stieß ein gräßliches Triumphgeheul aus. Tucker hatte keine Kraft mehr. Sein Atem ging rasselnd und stoßweise. Aber noch hatte er seine Wut – und die Angst. Als er sich eben mühsam aufrappeln wollte, stürzte sich Austin auf ihn. Eine fleischige Pranke schloß sich um seine Kehle, die andere verpaßte ihm harte Treffer in die Nieren.

Er versuchte Austins Kinn wegzudrücken, aber sein Gesichtsfeld verschwamm bereits. Er sah nur noch diese Augen, in denen die blanke Lust am Töten funkelte.

»Zur Hölle mit dir!« kreischte Austin. »Ich hätte dich schon viel früher umbringen sollen, Beau!«

In seiner Todesangst griff Tucker ihm in die Augen.

Austin heulte auf wie ein verwunderter Koyote und ließ von Tuckers Kehle ab. Gierig sog Tucker die Luft wieder ein. Es brannte und tat höllisch weh, doch seine Lebensgeister kehrten zurück.

»Du bist ja total verrückt! Ich bin nicht mein Vater!« Wütend und keuchend richtete Tucker sich auf, bis er sich auf allen Vieren halten konnte. Komischerweise bekam er ausgerechnet jetzt Angst, er müsse sich übergeben, mitten in die zertretenen Blumen.

Beim Anblick von Austins blutüberströmtem Gesicht stellte Tucker voller Genugtuung fest, daß er ihm eine ordentliche Abreibung verpaßt hatte. Was wollte er jetzt noch mehr außer einem kalten Duschbad, einem Eisbeutel und einer Packung Schmerztabletten? Er versuchte, sich ganz aufzurichten, doch blitzschnell hatte Austin einen von den Steinen gepackt, die das Beet umrandeten und zielte damit auf Tuckers Kopf.

»Gott im Himmel!« krächzte Tucker. Er wußte, daß der andere zu einem tödlichen Schlag ansetzte.

Ein Schuß ließ sie beide zusammenfahren.

»Ich hab' noch eine volle Ladung für dich, du Rabenaas!« schrie Della, die plötzlich auf der Veranda erschienen war. »Und die ist genau auf deinen widerwärtigen Schwanz gerichtet. Leg den Stein dahin zurück, wo du ihn her hast, und zwar dalli. Mich juckt's schon gewaltig in den Fingern.«

Der Wahnsinn verglomm in Austins Augen. Ein Ausdruck heftigen, aber wenigstens nicht irren Zorns trat an seine Stelle.

»Umbringen würde dich das wahrscheinlich nicht«, meinte Della in einem fast schon freundlichen Ton. Die Schrotflinte ruhte fest auf ihrer Schulter. Sie fixierte Austin durch das Visier. Auf ihren Lippen spielte ein grimmiges Lächeln. »Aber du müßtest die restlichen zwanzig Jahre in eine Plastiktüte pinkeln.«

Austin ließ den Stein fallen. Als er dumpf auf den Boden schlug, drehte sich Tucker plötzlich der Magen um.

»Ich bin gekommen, um Gericht zu halten!« schrie Austin. »Der wird schon noch dafür zahlen, was er meinem Mädchen angetan hat!«

»Zahlen wird er!« rief Della. »Wenn das Mädchen sein Kind auf die Welt bringt, wird Tucker dafür sorgen, daß es ihr an nichts fehlt. Aber ich bin nicht so leichtgläubig wie er, Austin. Erst wollen wir Beweise sehen, ehe er seine Unterschrift unter irgendwelche Papiere setzt.«

Austin erhob sich mit geballten Fäusten. »Soll das etwa heißen, daß mein Mädchen lügt?«

Della hielt die Flinte nach wie vor auf seinen Unterleib gerichtet. »Ich sage lediglich, daß Edda Lou von jeher gerade so gut war, wie sie sein mußte, und daß ich ihr das auch überhaupt nicht verüble. Aber wenn du noch einen Funken Verstand im Leib hast, dann gehst du mit ihr zum Doktor Shays. Der wird schnell feststellen, ob sie was im Bauch hat. So, und jetzt zieh Leine, oder ich pumpe dich mit Schrot voll.«

In ohnmächtiger Wut ballte Austin die Fäuste. Blut lief ihm wie Tränen die Wangen herunter. Er achtete nicht darauf. Noch einmal spuckte er vor Tucker aus. »Ich komme wieder. Aber dann wird dich keine Frau mehr schützen können.«

Er stolzierte zu seinem Laster zurück, kletterte hinein, wendete und holperte die Auffahrt hinunter. Eine schwarze Rauchwolke stieg hinter ihm auf.

Tucker blieb im verwüsteten Blumenbeet sitzen und ließ den Kopf auf die Knie sinken. Oh nein, er wollte noch nicht aufstehen. In den Blumen hatte er es doch so gut …

Mit einem langen Seufzer setzte Della die Flinte ab. Sorgfältig lehnte sie sie gegen das Geländer, dann lief sie die Stufen hinunter und stieg neben Tucker in das Beet. Er sah zu ihr auf. Gerade wollte er sich bedanken, da verpaßte sie ihm eine Backpfeife, daß ihm die Ohren dröhnten.

»Um Himmels willen, Della!«

»Dafür, daß du mit den Eiern denkst.« Sie knallte ihm noch eine. »Und die ist dafür, daß du mir diesen Wahnsinnigen ins Haus schleppst.« Ein dritter Hieb landete auf seinem Kopf. »Und das ist dafür, daß du die schönen Blumen deiner Mama kaputtgemacht hast.« Mit einem zufriedenen Lächeln verschränkte sie die Hände vor die Brust. »So, und wenn du jetzt die Beine entknotest, kannst du mit ins Haus kommen. Dann mache ich dich sauber.«

Tucker wischte sich mit dem Handrücken den Mund ab. Geistesabwesend betrachtete er die Blutspuren. »Jawohl, Ma'am.«

Da sich Della jetzt einigermaßen sicher war, daß ihr die Hände nicht mehr zitterten, hob sie ihm mit dem Zeigefinger das Kinn an. »Er hat dir ja anständig was verpaßt. Aber er sieht nicht besser aus.«

»Na, hoffentlich.« Mühsam rappelte Tucker sich auf. Sein Atem ging noch ganz flach. Er hatte ein Gefühl, als sei eine Herde Mustangs über seine Brust hinweggaloppiert. »Ich werde nachher zusehen, ob ich die Blumen wieder hinkriegen kann.«

»Das will ich auch hoffen.« Della legte einen Arm um seinen schmerzenden Rücken und führte ihn ins Haus.

Auch wenn er sich wegen Edda Lou bestimmt keine grauen Haare wachsen lassen wollte, so nagte an Tucker doch ein gewisses Unbehagen. Wahrscheinlich war sie nur für ein paar Tage untergetaucht, um dem Zorn ihres Vaters zu entgehen. Und bestimmt rechnete sie auch damit, daß Tucker deshalb um so heftiger von Gewissensbissen geplagt wurde. Andererseits konnte er den Anblick der im Wasser treibenden süßen kleinen Francie nicht vergessen.

Und was unternahm Tucker gegen all die unangenehmen Gedanken? Er setzte seine Sonnenbrille auf, um die schlimmsten blauen Flecken über dem linken Auge zu verbergen, schluckte zwei Schmerztabletten und machte sich auf den Weg in die Stadt.

Die Sonne brannte gnadenlos hernieder. Am liebsten wäre Tucker sofort wieder mit Eisumschlägen und einem Whiskey ins Bett gekrochen. Nun, nach seinem Gespräch mit Burke sollte ihn niemand daran hindern.

Mit etwas Glück traf er ja auch Edda Lou hinter der Theke von Larssons Laden an, wo sie Tabak, Eis am Stiel und Grillkohle verkaufte. Doch im Vorbeifahren verriet ihm ein Blick durch das Schaufenster, daß der nicht besonders helle Kirk Larsson an ihrer Stelle bediente.

Vor dem Büro des Sheriffs hielt Tucker an. Ächzend zwang er sich aus dem Wagen und stieß die Tür zu Burkes kleinem Reich auf. Es war nicht viel mehr als eine verrauchte Schuhschachtel mit einem Schreibtisch aus Restbeständen der Armee, zwei Drehstühlen, einem ramponierten Schaukelstuhl aus Holz und einem Gewehrschrank, dessen Schlüssel an Burkes dickem Bund hing, sowie einem neuen Kaffeeautomaten, ein Weihnachtsgeschenk von Burkes Frau. Der Holzboden war übersät mit weißen Farbklecksern aus der Zeit, als die Wände zum letzten Mal gestrichen worden waren.

Am hinteren Ende führte eine Tür in ein winziges Klo, von dem man in einen kaum größeren Vorratsraum gelangte.

Tucker hatte nie so recht verstanden, wie Burke, immerhin Sohn eines ehemals wohlhabenden Farmers, sich damit zufriedengeben konnte, Bußzettel zu verteilen, bei Schlägereien zu schlichten und gelegentlich auf Betrunkene aufzupassen.

Aber Burke war ganz zufrieden mit sich und seinem Leben. So wie er auch seit siebzehn Jahren eine glückliche Ehe mit der Frau führte, die er seinerzeit als Schuljunge geschwängert und sofort geheiratet hatte. Seinen Stern trug er mit einigem Stolz zur Schau, und er erfreute sich in einer Stadt, deren Einwohner sich ungern von anderen etwas vorschreiben ließen, großer Beliebtheit.

Bei Tuckers Eintreten saß Burke stirnrunzelnd über einen Haufen Akten gebeugt am Schreibtisch. Über ihm wirbelte ein Ventilator ein wenig den abgestandenen Rauch und die heiße Luft durcheinander.

»Burke.«

»Hi, Tuck. Was führt dich ...« Er verstummte beim Anblick von Tuckers geschwollenem Gesicht. »Mensch, wo bist denn du reingelaufen?«

Tucker schnitt eine Grimasse, was ihm gehörige Schmerzen verursachte. »Austins Fäuste.«

Burke grinste zurück. »Und wie sieht er aus?«

»Noch schlimmer, sagt Della. Ich konnte nicht drauf achten, weil ich meine Knochen zusammenhalten mußte.«

»Wahrscheinlich wollte sie deine Gefühle nicht verletzen.«

Tucker ließ sich auf dem ausgefransten Drehstuhl nieder. »Da könntest du recht haben. Aber das ganze Blut auf meinem Hemd stammt sicher nicht bloß von mir.«

»Edda Lou?«

»Yeah. So wie er es sieht, habe ich eine blütenreine Jungfrau verführt, die im ganzen Leben noch keinen Schwanz gesehen hat.«

»So ein Blödsinn.«

»Das sage ich auch. Aber er kapiert nicht, daß sie fünfundzwanzig ist und mit mir geschlafen hat und nicht mit meinem alten Herrn.«

»Na, hoffentlich.«

Tucker verzog die geschwollenen Lippen zu einem schmerzhaften Grinsen. »Edda Lous Mama wird wohl jedesmal ein Stoßgebet in den Himmel schicken, wenn er sie anfaßt.« Er wurde sofort wieder ernst. Er wollte nicht daran denken, wie Austin auf seine arme zartgliedrige Frau einprügelte. »Die Sache ist die, Burke: Ich will fair sein, verstehst du?« Ihm fiel wieder ein, daß er seinen Freund aus mehr als einem Grund aufgesucht hatte. Bislang tastete er sich noch an sein erstes Anliegen heran. »Mit dir und Susie läuft es ja ganz gut ...«

»Wie am ersten Tag, und das obwohl uns damals alle gewarnt haben. Marvella kam ja noch vor der Abschlußprüfung auf die Welt, und dann mußten wir zwei Jahre bei meiner Familie leben, bis wir uns was Eigenes leisten konnten. Da war Tommy schon unterwegs. Dann Parker. Dann Sam. Vier Babys in fünf Jahren.«

»Warum hast du dir die Hose nicht zunähen lassen?«

»Und du?«

»Die Sache ist ganz einfach: Ich liebe Edda Lou einfach nicht. Ob mit oder ohne Bauch. Okay, die Verantwortung habe ich trotzdem. Aber heiraten kann ich sie nicht. Ich kann einfach nicht, Burke.«

Burke räusperte sich. »Alles andere wäre auch eine Riesendummheit. Susie hat mir erzählt, daß Edda Lou schon seit Wochen damit angibt, wie sie nach der Hochzeit auf Sweetwater leben will. Susie hat ja selber nie darauf geachtet, aber die anderen dafür um so mehr. Klingt ganz so, als hätte es das Mädchen auf deine Farm abgesehen.«

Das verletzte Tucker einerseits in seiner Eitelkeit und verschaffte ihm zugleich Erleichterung. Edda Lou war also auf seinen Namen und sein Geld ausgewesen. Er schüttelte den Kopf. Sie hätte sich doch denken müssen, daß er früher oder später davon Wind bekommen würde.

»Eigentlich bin ich ja nur gekommen, um dir zu sagen, daß ich seit der Szene im Restaurant nichts mehr von ihr gehört habe. Austin hat sich eingebildet, sie würde sich bei mir verstecken. Er weiß also auch nicht, wo sie ist. Hast du vielleicht eine Ahnung?«

»Genausowenig wie du.«

»Na ja, vielleicht ist sie bei einer Freundin untergeschlüpft. Trotzdem, seit der Sache mit Francie ...«

»Mhmm.« Burke bekam beim bloßen Gedanken daran ein flaues Gefühl in der Magengrube.

»Bist du da oder bei Arnette schon weitergekommen?«

»Keinen Zentimeter. Der Sheriff vom County hat den Fall übernommen. Ich habe dem Gerichtsmediziner geholfen, und den Kollegen habe ich meine Unterlagen gezeigt, aber die tappen allesamt im Dunkeln. In Nashville haben sie vor einem Monat auch eine Frau aufgeschlitzt. Wenn es Parallelen gibt, schaltet sich das FBI ein.«

»Ehrlich?«

Burke nickte stumm. Es paßte ihm nicht, wenn Bundesbeamte sich in seine Arbeit einmischten. Womöglich behandelten sie ihn noch von oben herab, weil sie meinten, so ein Provinzler könne nicht einmal einen Betrunkenen hinter Schloß und Riegel bringen.

»Na ja, und weil ich eben an Francie gedacht habe, mache ich mir jetzt Sorgen«, fuhr Tucker fort.

»Ich werde mich umhören«, versprach sein Freund und erhob sich. »Wie du gesagt hast, bestimmt ist sie bei einer Freundin untergeschlüpft und denkt sich, sie muß dich nur lange genug schwitzen lassen, dann machst du ihr schon noch einen Antrag.«

»Yeah.« Erleichtert, die Bürde weitergereicht zu haben, stand Tucker ebenfalls auf und humpelte zur Tür. »Du gibst mir Bescheid, ja?«

»Aber klar doch.« Burke begleitete ihn nach draußen und warf einen nachdenklichen Blick auf die Stadt, in der er aufgewachsen war, in der nun seine Kinder die Straßen unsicher machten. In der er alle kannte und von jedermann gegrüßt und respektiert wurde.

»Schau dir das an!« Tucker pfiff durch die Zähne. Gegenüber stieg Caroline Waverly aus ihrem BMW und ging zu Larssons Laden. »Die Frau ist erste Sahne! Da kriegt man schon vom Hinsehen Appetit.«

»Edith McNairs Enkelin?«

»Richtig. Hatte mit ihr zu tun. Tritt auf wie eine Fürstin und hat die größten grünen Augen, die mir je untergekommen sind.«

»Du hast auch ohne sie schon genug Probleme am Hals«, schmunzelte Burke, der solche Anzeichen zu deuten wußte.

»Eine Schwäche von mir«, gab Tucker zu und hinkte zu seinem Wagen. Auf halbem Weg wechselte er die Richtung. »Ich hab' ja ganz vergessen, daß ich noch Zigaretten brauche.«

Burke ging zurück in sein Büro. Sein Grinsen erstarb. Francie war ihm wieder eingefallen. Edda Lou hätte Tucker doch bestimmt Tag und Nacht zugesetzt, bis sie endlich sein Jawort gehabt hätte. Daß sie darauf verzichtet haben sollte, hinterließ einen ganz schlechten Beigeschmack.

Im Grunde fand sie sich schon prima zurecht, sagte sich Caroline, als sie hinüber zum schattigen Wäldchen auf ihrem Grundstück schlenderte. Die Damen in Larssons Laden mochten vielleicht etwas schrullig gewesen sein, aber einen so warmherzigen Empfang hatte sie selten erlebt. Es tat gut zu wissen, daß sie nur in die Stadt zu fahren brauchte, wenn sie sich einsam fühlte.

Besonders sympathisch hatte sie Susie Truesdale gefunden. Sie hatte eigentlich nur eine Geburtstagskarte für ihre Schwester kaufen wollen, hatte sich dann aber festgeplaudert und war über zwanzig Minuten geblieben.

Natürlich hatte sich auch dieser Schwerenöter namens Longstreet eingefunden. Außer Flirten hatte der Kerl wohl nichts im Kopf. Trotz seiner dunklen Sonnenbrille hatte man gleich erkennen können, daß er sich geprügelt hatte. Darauf angesprochen, hatte er gleich vor allen Frauen im Laden die Mitleidstour abgezogen. Das taten ja alle von dieser Sorte. Luis war da um keinen Deut besser. Beim geringsten Kratzer wollten ihm sämtliche Frauen gleich Blut spenden.

Gott sei Dank war sie fertig mit den Männern. Und mit seinem umwerfenden Charme war Tucker bei ihr gerade an die Richtige geraten. Diese Abfuhr würde er so schnell nicht vergessen.

Mit einem verkniffenen Lächeln dachte sie an seinen südlichen Tonfall. »Miss Caroline«, hatte er sie genannt und dabei das ›ss‹ in der für die Südstaatler typischen Weise gesummt. Bestimmt hatten seine Augen hinter der dunklen Sonnenbrille dazu gelacht.

Ein Jammer nur um die schönen Hände mit den langen Fingern und breiten Handflächen, dachte sie und bückte sich unter den tiefhängenden Zweigen. Wie hatte er sich nur die Knöchel so aufschlagen können? Die Haut war ja völlig abgeschürft!

Sie ärgerte sich schon wieder über ihr idiotisches Mitgefühl. Kaum war er leicht hinkend eingetreten, waren sämtliche Frauen schon um ihn herumgeschwirrt, und eine hatte den Namen Edda Lou genannt. Caroline sog den Duft von frischem Grün tief in sich ein und lächelte vor sich hin.

Es sah ganz danach aus, als hätte sich dieser aalglatte Charmeur ganz schön was eingebrockt. Seine Freundin war schwanger und hatte offensichtlich verlangt, daß er sie heiratet. Und dem Stadtklatsch zufolge gehörte ihr Vater zu den Zeitgenossen, die schnell zum Gewehr griffen.

Jetzt, während sie innehielt und einen Zweig zwischen die Finger nahm, roch sie endlich das Wasser. Gott, wie weit sie von Philadelphia weg war!

Der kurze Ausflug in die Stadt hatte Caroline Spaß gemacht. Das Gespräch der Frauen hatte sich um die ewig gleichen Themen gedreht: Kinder, Kochrezepte, Männer, Sex. Egal, ob im Norden oder Süden, kaum waren Frauen untereinander, wurde Sex das Thema Nummer eins. Und hier unten nahmen sie sich dabei kein Blatt vor den Mund. Man war sofort im Bilde darüber, wer mit wem schlief.

Muß an der Hitze liegen, dachte Caroline und setzte sich auf einen Baumstamm, um ins Wasser zu schauen und sich die Musik des Frühabends anzuhören.

Sie war froh, daß sie trotz allem nach Innocence gekommen war. Jeden Tag fühlte sie sich ein Stück gesünder. Die Stille, die Sonne, die gnadenlos den letzten Rest Energie aus einem herausbrannte, die friedliche Idylle an diesem Teich im Schatten von mit Moos überwachsenen Bäumen. Sie gewöhnte sich allmählich sogar an die Geräusche der Nacht, die auf dem Land so schwarz war, daß man die Hand nicht vor den Augen sah.

Letzte Nacht hatte sie zum ersten Mal seit Wochen acht Stunden durchgeschlafen. Und war ohne diese quälenden Kopfschmerzen aufgewacht. Das Alleinsein, die Heiterkeit der Kleinstadt und ihrer ländlichen Rituale verfehlten ihre Wirkung nicht.

Ihre Wurzeln, die sie so lange nicht hatte spüren dürfen, deren Daseinsberechtigung ihre Mutter immer wütend abgestritten hatte, waren jetzt fest im Erdreich verankert. Nichts und niemand sollte sie herausreißen.

Sie konnte sich sogar wieder einmal als Anglerin versuchen. Schon beim Gedanken daran brach Caroline in Lachen aus. Ob ihr Wels überhaupt noch schmecken würde? Sie hob einen Kieselstein auf und warf ihn ins Wasser. Beim Aufprall gab es ein so lustiges Geräusch, daß sie gleich den nächsten hinterherschickte. Es sah herrlich aus, wie sich immer größere Kreise um das Zentrum bildeten. Sie stand auf und suchte nach flachen Steinen. Warum sollte sie sie nicht über das Wasser schlittern lassen und zählen, wie oft sie hüpften? Auch das war ein fast vergessenes Bild aus ihrer Kindheit. Ihr Großvater hatte neben ihr gestanden und ihr erklärt, wie man den Arm am besten anwinkelte.

Voller Freude über diese willkommene Erinnerung nahm sie einen besonders flachen Stein zwischen die Finger. Komisch nur, daß sie das Gefühl nicht los wurde, jemand beobachte sie. Ein kleiner Schauer lief ihr plötzlich über den Rücken, als sie etwas Weißes aus den Augenwinkeln registrierte. Sie sah genauer hin – und erstarrte. Ein Schrei blieb in ihrer Kehle stecken.

Jemand starrte sie an, doch die aufgerissenen Augen sahen nichts. Direkt an der dunklen Wasseroberfläche schaukelte ein Gesicht sanft auf und nieder. Verfilztes blondes Haar quoll hervor, das sich in der Wurzel eines alten Baums verfangen hatte.

Caroline wich zurück. Ihr Atem kam stoßweise, begleitet von einem angsterfüllten Wimmern. Doch sie konnte den Blick nicht von diesem Gesicht wenden, über dessen Kinn die Wellen immer wieder hinwegschwappten und dessen leblose Augen von einem Sonnenstrahl beleuchtet wurden.

Erst als sie die Hände vor die Augen schlug und so das Bild aussperrte, war sie imstande loszuschreien. Der Laut brach sich im Dickicht und hallte über das Wasser. Erschrocken flatterten die Vögel von ihren Ruheplätzen auf den Bäumen in die Luft.

4

Obwohl sie sich mehrfach übergeben hatte, stieg immer noch schubweise saure Magenflüssigkeit in ihr hoch. Wenigstens gelang es Caroline aber wieder ruhig zu atmen. Burke Truesdale hatte sie erst gar nicht gebeten, ihn zum Teich zu begleiten. Ein Blick auf ihr kreidebleiches Gesicht hatte genügt. Obwohl sie nun auf der Veranda saß und ihr die Hände kaum noch zitterten, war es ihr ein Rätsel, wie sie den Weg vom Teich zum Haus allein bewältigt hatte.

Caroline ballte die Fäuste und kämpfte den Mageninhalt mit aller Kraft zurück. Ihr war übel, schwindlig, und sie hatte Angst. Aber woher nahm sie sich das Recht dazu? War *sie* etwa tot? Sie war völlig unversehrt und in Sicherheit. Anders als diese arme Frau. Dennoch ließ sie den Kopf auf die Knie sinken und wagte nicht aufzusehen, solange ihr Magen sich nicht beruhigt hatte und es in ihren Ohren so dröhnte.

Oh, wie sie diese Symptome haßte! Sie verabscheute sie mit einer Leidenschaft, die nur Leute nachvollziehen können, die selbst vor kurzem wegen einer langwierigen Krankheit hilflos zusehen mußten, wie andere über sie verfügten.

Ein Knattern riß Caroline aus ihren Gedanken. Erschöpft hob sie nun doch den Kopf. Unter dem tiefhängenden Wein über der Auffahrt holperte ein klappriger Kombi heran. Teilnahmslos sah sie zu, wie er neben dem Straßenkreuzer des Sheriffs anhielt. Ein korpulenter Mann mit einem um den Hals geknoteten roten Halstuch und einem weißen Hemd kletterte heraus. Unter seinem weißen Hut quollen dichte, pechschwarz gefärbte Haare hervor, die er sich mit sehr viel Pomade nach hinten gebürstet hatte. Tränensäcke unter den Augen und ein Doppelkinn ergänzten sein Gesicht. Knallrote Hosenträger sorgten dafür, daß ihm die schwarze Freizeithose nicht zwischen den Knien herumschlabberte. Beim Anblick seiner festen, auf Hochglanz polierten schwarzen Schuhe mußte Caroline unwillkürlich ans Militär denken, auch wenn die große Tasche aus brüchigem Leder in seiner Hand sofort seinen Beruf verriet.

»Sie sind bestimmt Miss Caroline.«

An jedem anderen Tag und Ort hätte sie über seine Fistelstimme grinsen müssen. Im Fernsehen gestern hatte ein Gebrauchtwagenverkäufer genauso gesprochen. Fast unheimlich, diese Ähnlichkeit.

Der Mann trat näher und blieb auf der untersten Stufe zur Veranda stehen. »Ich bin Doc Shays und war fast fünfundzwanzig Jahre lang der Hausarzt Ihrer Großeltern.«

Caroline antwortete mit einem vorsichtigen Nicken. »Guten Tag.«

Der erfahrene Arzt mußte sie nicht lange mustern, um einen schweren Schock zu konstatieren. »Burke hat mich hierher bestellt.« Mit einem großen weißen Taschentuch wischte er sich dicke Schweißperlen aus dem Gesicht. Wenn es sein mußte, konnte er schon schnell sein, aber man sah ihm sofort an, daß er eine langsame Gangart bei weitem bevorzugte. »Verflucht heißer Tag, was?«

»Ja.«

»Gehen wir doch lieber rein. Da ist es kühler.«

»Ich weiß nicht ...« Sie blickte hilflos zum Wäldchen hinüber. »Ich soll hier nämlich warten. Er ist da rübergegangen und will nachsehen ... Ich hab' Steinchen ins Wasser geworfen und da hab' ich ihr Gesicht gesehen.« Shays setzte sich neben sie und fühlte ihr mit sicheren Fingern den Puls. »Wessen Gesicht, meine Liebe?«

»Keine Ahnung.«

Als er in seine Tasche griff, erstarrte sie. Monatelange Erfahrungen mit aufmerksamen Ärzten, die immer schnell mit der Spritze zur Hand gewesen waren, hatten Caroline in ständige Alarmbereitschaft versetzt. »Ich will nichts! Ich brauche nichts!« Sie sprang auf. Obwohl sie sich um einen normalen Tonfall bemühte, überschlug sich ihre Stimme. »Ich hab' doch nichts! Kümmern Sie sich lieber um die andere. Sie haben doch sicher was für sie dabei.«

»Alles zu seiner Zeit, mein Mädchen.« Damit sie sich wieder beruhigte, klappte er die Tasche zu. »Setzen Sie sich doch wieder hin und erzählen mir schön der Reihe nach, was passiert ist. Dann sehen wir weiter.«

Caroline setzte sich zwar nicht, aber nach einigen Atemzügen gewann sie ihre Selbstbeherrschung zurück. Auf keinen Fall wollte, durfte sie noch einmal im Krankenhaus landen. »Es tut mir leid. Ich rede wahrscheinlich recht zusammenhangloses Zeug daher.«

»Alles halb so schlimm. Die meisten Leute sagen nur die Hälfte der Zeit vernünftige Sachen, und die andere Hälfte trainieren sie ihre Kiefer. Sagen Sie mir einfach, was Sie gesehen haben.«

»Ich meine, daß sie ertrunken ist«, antwortete Caroline zögernd. »Im Teich. Ich habe nur das Gesicht gesehen ...« Ihre Stimme erstarb. Sie hatte wieder das Bild von vorhin vor Augen, und schon wurde sie fast wieder hysterisch. »Sie war wohl schon tot!«

Ehe Shays zur nächsten Frage ansetzen konnte, trat Deputy Carl Johnson aus dem Wäldchen. Seine sonst makellose Uniform war nicht mehr ganz trocken und starrte stellenweise vor Schmutz. Trotzdem marschierte er fast schon im Stechschritt über den von der Sonne ausgebleichten Rasen. Er war eine imposante Erscheinung von einem Meter neunzig. Unter der kastanienbraunen Haut spannten sich gewaltige Muskeln. Man sah ihm an, daß er seine Machtposition genoß und auf seinen gestählten Körper ungeheuer stolz war. Im Augenblick aber kämpfte er um Fassung und suchte nichts dringender als ein stilles Plätzchen, wo er sich unbeachtet übergeben konnte.

»Doc.«

»Carl.«

Mehr Worte waren nicht vonnöten. Fluchend tupfte Shays sich wieder das Gesicht ab.

»Miss Waverly. Dürfte ich bitte ihr Telefon benützen?«

»Aber natürlich. Können Sie mir sagen ...« Ihr Blick wanderte zum Wäldchen hinüber. In Gedanken war sie bei dem Anblick dahinter. »Ist sie tot?«

Carl zögerte nur kurz. Er schob die Dienstmütze zurück, so daß seine dichten schwarzen Locken zum Vorschein kamen und sagte: »Jawohl, Ma'am. Der Sheriff würde Sie gern sprechen, Doc.«

Shays erhob sich mit einem müden Nicken.

»Im Flur steht ein Telefon«, murmelte Caroline und eilte dem Polizisten nach. »Deputy ...«

»Johnson, Ma'am, Carl Johnson.«

»Deputy Johnson, ist sie ertrunken?«

Er warf ihr einen schnellen Blick zu. »Nein, Ma'am. Das ist sie nicht.«

Burke kauerte, den Kopf von der Leiche abgewandt, auf dem Baumstamm. Neben ihm lag eine Polaroidkamera. Er brauchte noch ein wenig Zeit, bis er wieder seine Haltung als Hüter des Gesetzes annehmen konnte. Bis er wieder einen klaren Kopf bekam und sein Magen sich beruhigte.

Mit dem Tod war er bereits des öfteren konfrontiert gewesen. Er hatte sein Aussehen, seinen Geruch schon als Junge kennengelernt, als er mit seinem Vater auf die Jagd gegangen war. Am Anfang hatten sie aus reiner Freude am Sport geschossen. Später dann, nach einer Mißernte, hatten sie es getan, damit wenigstens Fleisch auf den Tisch kam.

Er hatte auch den Tod von Mitmenschen erlebt. Angefangen hatte es mit dem Selbstmord seines Vaters nach dem Verlust der Farm. Und hatte ihn nicht die Tragödie seines Vaters direkt zu dieser Toten hier geführt? Ohne Farm, aber mit einer Frau und zwei Kindern, die auf ihn angewiesen waren, hatte er sich als Deputy und später als Sheriff verdingt. Der Sohn eines reichen Farmers hatte zwar zunächst nach dessen sinnlosen Selbstmord das Land, das ihm erst alles gegeben und später alles genommen hatte, gehaßt, hatte das Leben geradezu verabscheut, hatte dann aber doch seine Talente in die richtige Bahn gelenkt: Er sorgte für Recht und Ordnung.

Doch selbst der grausame Fund in der Scheune damals, als sein Vater unter dem Dachsparren gebaumelt hatte und nur das leise Knarzen bei der Reibung am Holz zu hören gewesen war, hatte ihn nicht auf diese sadistisch zugerichtete Tote im Teich der McNairs vorbereitet.

Komisch, dachte Burke, während er gierig an einer Zigarette sog, wie wenig er Edda Lou doch gemocht hatte. Sie hatte etwas Ordinäres an sich gehabt, einen verschlagenen Ausdruck in den Augen, bei dem ihm jedes Mitgefühl vergangen war, und das, obwohl sie mit diesem brutalen Austin Hatinger als Vater mehr als geschlagen war.

Aber dann erinnerte er sich an das Weihnachtsfest vor vielen Jahren, als er und Susie sie auf der Straße gesehen hatten. Sie war damals allenfalls zehn gewesen. Ihr Haar war in einem strengen Knoten hinten zusammengebunden gewesen, und der Saum des mehrfach geflickten Kleidchens war an den Seiten viel zu kurz gewesen.

Sie hatte die Nase gegen Larssons Schaufenster gepreßt und eine Puppe mit blauem Umhang und einem Diadem aus Rheinsteinen angestarrt.

Sie war noch ein kleines Mädchen gewesen, das so gern ans Christkind geglaubt hätte. Und hatte bereits gewußt, daß es keins gab.

Hinter sich hörte Burke ein Rascheln. Er wandte sich um. »Doc?« Dann stieß er den Rauch aus und sagte nur: »Oh, mein Gott!«

Shays legte die Hand auf seine Schulter, drückte sie kurz und beugte sich über die Leiche. Der Tod war auch für ihn kein Fremder. Und seine Erfahrung hatte ihn gelehrt, daß er nicht nur zu den Alten kam. Diese Form der blindwütigen Zerstümmelung freilich überstieg sein Fassungsvermögen.

Sanft hob er die schlaffe Hand der Toten hoch und begutachtete das kreisrund aufgeschlitzte Gelenk. Die Knöchel wiesen dasselbe Merkmal auf. Der Anblick bereitete ihm physische Schmerzen. Was für eine Hoffnungslosigkeit darin doch zum Ausdruck kam! Diese Ringe in der zerfetzten Haut bedrückten ihn fast mehr als die brutalen Einschnitte am Rest des Körpers.

»Sie war eins der ersten Babys, das ich nach meiner Rückkehr nach Innocence entbunden habe.« Mit einem Seufzer tat er das, was Burke nicht vermocht hatte: Er schloß der Toten die Augen. »Schlimm, wenn Eltern die eigenen Kinder beerdigen müssen. Aber bei Gott, für Ärzte ist es nicht minder traurig.«

»Er hat sie gräßlich zugerichtet«, würgte Burke hervor. »Genauso wie die anderen.«

Er nahm die Kamera. Die Aufnahmen würden sie noch brauchen. Und irgend etwas mußte er ja bis zum Eintreffen des Untersuchungsrichters noch tun. Das Entsetzen schnürte ihm die Kehle zu. Er schluckte. »Sie wurde an den Baum dort drüben gefesselt. Getrocknetes Blut klebt noch daran. Wo sie mit dem Rücken an der Rinde gescheuert hat, ist die Haut total aufgeschürft. Der Mörder hat eine Wäscheleine benutzt. Ein paar Teile davon liegen noch herum.« Er ließ die Kamera sinken. Zorn loderte in seinen Augen auf. »Was, zum Teufel, hatte sie hier nur zu suchen?«

»Das kann ich dir auch nicht verraten, Burke. Ich kapier selber viel zuwenig. Sie hat einen Schlag auf den Hinterkopf abbekommen.«

Shays' Finger glitten sanft über die Tote, als wäre sie eine Patientin, die es zu schonen galt. »Vielleicht hat er sie hierher verfrachtet Vielleicht ist sie auch von selber gekommen und hat sich mit ihm gestritten.«

Burke nickte stumm. Er, wie alle anderen in der Stadt wußten, mit wem Edda Lou sich gestritten hatte.

Caroline lief auf der Veranda auf und ab. Einerseits hielt sie die Ungewißheit kaum noch aus, andererseits wurde ihre Angst vor dem Anblick im Schilf eher noch größer.

Ein Sedan kroch die Auffahrt entlang. Ihm folgte ein Kombi mit getönten Fenstern. Der Untersuchungsrichter, sagte sie sich. Aus dem Kombi kletterten zwei Männer mit einer Bahre und einer großen schwarzen Plastikplane. Caroline wandte sich ab. Die Plane erinnerte sie mit brutalem Nachdruck an die Frau im Teich, die kein Mensch, keine Frau mehr war, sondern nur noch eine Leiche, die unter dem würdelosen Verpacktwerden nicht mehr leiden würde. Das Leiden blieb den Lebenden vorbehalten. Caroline fragte sich, ob und welche Hinterbliebenen nun wohl trauern und mit dem Schicksal hadern würden.

Das Herz tat ihr weh, so sehr drängte es sie, Geige zu spielen. Mit der Leidenschaft ihrer Musik, das wußte sie, würde sie alles andere vertreiben. Diese Zuflucht stand ihr wenigstens immer offen, wenn ihr alle anderen Wege versperrt waren.

Sie lehnte sich gegen einen Pfosten und spielte mit geschlossenen Augen im Geiste eine Melodie. Von den vollen, reichen Tönen in ihrem Kopf war sie derart durchdrungen, daß sie den nächsten Wagen gar nicht kommen hörte.

»Hallo!« Josie knallte die Wagentür zu und lief gleich zur Veranda. Im Gehen schleckte sie ein Kirscheneis.

»Hey!« rief sie und begrüßte Caroline, die erst jetzt aufsah, mit einem freundlichen, neugierigen Lächeln. Hier geht's ja zu wie auf dem Jahrmarkt!« Sie leckte genüßlich die letzten Reste Eis vom Stiel und fügte erklärend hinzu: »Ich hab' die ganzen Wagen hier abbiegen sehen, und da wollte ich einfach wissen, ob hier was Besonderes los ist.«

Caroline stierte sie verständnislos an. Das war schon komisch, ja obszön, daß jemand soviel Leben versprühte, wo doch der Tod über diesem Ort schwebte. »Ich verstehe nicht.«

»Ist auch nicht so tragisch.« Immer noch lächelnd stieg Josie die Stufen hinauf. »Ich bin bloß furchtbar neugierig, das ist alles. Ich bin Josie Longstreet.« Sie streckte ihr ihre vom Eis klebrige Hand entgegen.

»Caroline. Caroline Waverly.« Beim Händeschütteln schoß es Caroline in den Kopf, wie mechanisch man doch die Etikette befolgte. Wenn das nicht absurd war Josie legte den Stiel auf das Geländer. »Gibt's Ärger hier draußen, Caroline? Ich sehe Burkes Wagen. Aufregender Mann, was? Ist jetzt siebzehn Jahre verheiratet und hat seine Frau kein einziges Mal betrogen. Mir ist noch kein anderer untergekommen, der die Ehe so verdammt ernst nimmt. Aber so ist es nun mal. Ach, Doc Shays ist auch da! Ich erkenne seinen Wagen. Der Mann ist vielleicht ein Original! Hat Haare so schwarz wie Schuhwichse und knallt sie sich nach hinten wie die Rock 'n' Roll-Stars in den fünfzigern. Aber reden tut er mit einer richtigen Mickey-Mouse-Stimme, finden Sie nicht auch?«

Caroline brachte fast ein Lächeln zustande. »Ja. Ach, es tut mir leid, setzen Sie sich doch bitte.«

Josie zog eine Zigarette aus der Handtasche und zündete sie sich mit einem goldenen Feuerzeug an. »Machen Sie sich um mich mal keine Gedanken. Komisch, Sie haben lauter Besucher hier, aber ich sehe keine Menschenseele.«

»Sie sind . . .« Caroline sah zu den Bäumen hinüber. Sie schluckte. »Da kommt der Sheriff.«

Josie richtete sich fast unmerklich auf. Sie schenkte Burke ein gewinnendes Lächeln, das erstarb, als sie plötzlich den Ausdruck in seinen Augen bemerkte. An ihrem fröhlichen Tonfall änderte sich jedoch nichts. »Also wirklich, Burke. Jetzt bin ich aber eifersüchtig. Bei uns auf Sweetwater läßt du dich kaum je blicken, und hier machst du gleich deine Aufwartung.«

»Ich bin von Berufs wegen hier, Josie.«

»Ach so?«

»Miss Waverly. Ich muß Sie sprechen. Können wir hineingehen?«

»Natürlich.«

Josie ergriff seinen Arm. Ihre Miene war nun ganz ernst. »Burke?«

»Ich habe jetzt keine Zeit, Josie.« Er wußte, daß er sie eigentlich zum Gehen auffordern müßte, aber ihm war klar, daß Caroline weibliche Gesellschaft heute dringend nötig hatte. So sagte er nur: »Bitte warte. Kannst du ein bißchen bei ihr bleiben, wenn ich weg bin?«

Die Hand auf seinem Arm fing an zu zittern. »Wie schlimm ist es?«

»Schlimmer geht's nicht. Geh doch in die Küche und mach uns irgendwas Kaltes zum Trinken. Ich rufe dich dann.«

Caroline führte ihn in den Salon, wo er sich auf die gestreifte Couch setzte. Die kleine Kuckucksuhr, die sie seit dem Tag ihrer Ankunft täglich aufzog, tickte fröhlich vor sich hin. Sie konnte ihren eigenen Schweiß riechen und die Möbelpolitur, mit der sie den Kaffeetisch erst an diesem Morgen behandelt hatte.

»Miss Waverly. Es tut mir unendlich leid, daß ich Sie gerade jetzt mit meinen Fragen belästigen muß, aber ich halte es für das Beste, wir bringen es schnell hinter uns.«

»Ich verstehe.« Nichts hatte sie verstanden, sagte sie sich. Wie konnte sie auch, hatte sie doch nie zuvor eine Leiche entdeckt. »Wissen Sie ... wissen Sie, wer es ist?«

»Ja, Ma'am.«

»Und ihr Deputy ... Johnson?« Unbewußt rieb sie sich die Kehle, als würden ihr die Worte steckenbleiben. »Er sagt, sie sei nicht ertrunken.«

»Nein, Ma'am.« Burke zog einen Notizblock und einen Stift aus der Tasche. »Es tut mir leid, aber ich muß Ihnen mitteilen, daß sie ermordet wurde.«

Caroline nickte stumm. Einen Schock bedeutete das nicht mehr. Ein Teil von ihr hatte es gewußt, seit sie in die aufgerissenen leblosen Augen geschaut hatte. »Was soll ich jetzt tun?«

»Erzählen Sie mir bitte alles, was Ihnen in den letzten achtundvierzig Stunden aufgefallen ist.«

»Aber da war ja gar nichts los. Ich bin doch erst angekommen und versuche, mich hier einzuleben ... und bin in einem einzigen Putzen.«

»Ich verstehe.« Er schob den Hut zurück und wischte sich mit dem Unterarm den Schweiß von der Stirn. »Aber denken Sie doch noch einmal nach. Haben Sie vielleicht einen Wagen auf Ihrem Grundstück gehört oder sonst etwas Ungewöhnliches bemerkt?«

»Nein ... Das heißt, ich bin ja nur die Geräusche aus der Großstadt gewohnt, und darum kam mir eigentlich alles ungewöhnlich vor. Die Stille hier draußen wirkt so entsetzlich laut, wenn Sie verstehen, was ich meine. Und dann die Vögel und die Insekten. Die Eulen.« Sie hielt inne. Das letzte bißchen Farbe wich aus ihrem Gesicht. »Neulich ... das war gleich in der ersten Nacht – da habe ich ... o Gott ...«

»Lassen Sie sich ruhig Zeit, Ma'am.«

»Erst dachte ich, eine Frau würde kreischen. Ich hatte schon geschlafen, und der Lärm hat mich geweckt. Ich bekam schreckliche Angst. Dann fiel mir wieder ein, wo ich war, und daß es ja diese Eulen gibt – Schreiende Eule werden Sie bei Ihnen, glaube ich, genannt.« Schuldgefühle schwappten in ihr hoch. Caroline schloß die Augen. »Ich bin gleich wieder eingeschlafen. Vielleicht war es auch diese Frau. Dann hat sie um Hilfe gerufen – und ich habe mich einfach umgedreht!«

»Vielleicht war es auch wirklich eine Eule. Und selbst wenn, Miss Waverly, niemand hätte ihr mehr helfen können. Können Sie mir die Uhrzeit sagen, wann Sie aufgewacht sind?«

»Nein, es tut mir leid. Ich habe nicht auf die Uhr gesehen.«

»Gehen Sie oft zu diesem Teich?«

»Zweimal bis jetzt. Mein Großvater ist früher dort mit mir angeln gegangen.«

»Ich habe dort auch schon einige dicke Welse gefangen«, erwiderte Burke in seinem jovialsten Ton. »Rauchen Sie?«

»Nein. Aber lassen Sie sich deshalb nicht stören.«

Burke zündete sich zerstreut eine Zigarette an. In Gedanken war er bei dem Stummel, den er neben dem Baumstamm gefunden hatte. Edda Lou war Nichtraucherin gewesen. »Also, niemand hat sich auf Ihrem Grundstück zu schaffen gemacht? Und besucht hat Sie auch noch niemand?«

»Wie gesagt, ich bin ja erst angekommen. Aber jetzt fällt's mir wieder ein. Am ersten Tag ist mir jemand über den Weg gelaufen. Er hat behauptet, meine Großmutter hätte ihm erlaubt, sich an den Teich zu setzen.«

Burkes Miene verriet keine Regung, doch sein Herz setzte einen Schlag aus. »Wissen Sie den Namen?«

»Er nannte sich Longstreet Tucker Longstreet.«

Tucker lag in seiner Hängematte, drückte sich ein kaltes Bierglas auf das geschwollene Auge und litt vor sich hin. Sein Körper fühlte sich nicht mehr an, als wäre eine Herde Pferde darüber hinweggetrampelt, nein, er kam ihm so vor, als wäre er meilenweit durch die Landschaft geschleift worden. Inzwischen ärgerte er sich über seinen Stolz. War seine Ehre wirklich ein blaugeschlagenes Auge wert?

Außerdem war Edda Lou bestimmt weggefahren und lachte sich in ihrem Versteck ins Fäustchen über das ganze Trara. Je länger er darüber nachdachte, desto mehr war Tucker davon überzeugt, daß er sich mit Austin für nichts und wieder nichts geprügelt hatte.

Wenn Edda Lou nun aber wirklich schwanger war, würde sie das Baby garantiert nicht abtreiben lassen. Damit hätte sie ja ein ideales Druckmittel gegen ihn. Ein Druckmittel, so schwante ihm, von dem er zeitlebens nicht loskommen würde.

Nichts nahm einen so in Beschlag wie eine Familie, überlegte er sich. Und im Blut des Babys würde sich das seine mit dem von Edda Lou mischen. Aber ihre guten und schlechten Anlagen würden neu vermengt werden, und von Gott oder dem Schicksal oder vielleicht nur der Zeit würde es abhängen, welche Züge sich letztendlich durchsetzten.

Tucker tat einen tiefen Schluck und drückte die Flasche gleich wieder gegen sein Auge. Es hatte ja doch keinen Sinn, über die Zukunft zu spekulieren. Die allmächtige Gegenwart bot schon genug Probleme, besser, er dachte an etwas Schönes. An Caroline Waverly zum Beispiel. Er mußte grinsen bei der Erinnerung an ihre hochnäsige Miene in Larssons Laden neulich. Da bekam er richtig Lust, sie flachzulegen. Nicht, daß er im Augenblick etwas mit Frauen vorgehabt hätte. Erstens taten ihm noch sämtliche Knochen weh, und zweitens glaubte er, im Augenblick eine Pechsträhne erwischt zu haben. Aber die Vorstellung war ja ganz nett. Ihm gefiel der Klang ihrer Stimme – die so weich war und so ganz anders als der kühle, abweisende Blick. Was er wohl tun müßte, damit sie ihn an sich heran ließ? Mit einem Lächeln auf den Lippen schlief Tucker ein.

»Tuck!«

Er murmelte etwas Unverständliches und versuchte, die Hand, die da an seiner Schulter rüttelte, wegzuschubsen. Die plötzliche Bewegung brachte mit einem Schlag die vergessen geglaubten Schmerzen zurück. Er schlug mit einem lauten Fluch die Augen auf. »Kreuzdonnerwetter, darf man denn gar nicht mehr seine Ruhe haben?« Er blinzelte Burke ins Gesicht. »Burke? Du hier? Ich bin noch nicht ganz wach, aber du kannst dir schon mal ein Bier holen. Du weißt ja, wo es ist.«

»Ich bin dienstlich hier, Tucker. Ich muß mit dir sprechen.«

»Bei einem Bier spricht sich's leichter.« Er grinste seinen Freund an. Aber als er dessen Miene bemerkte, wurde er mit einem Schlag ernst. »Was ist los?«

»Eine schlimme Sache, Tuck.«

Er wußte es, noch ehe es ausgesprochen wurde. Mit einem Satz sprang er aus der Hängematte. »Es ist wegen Edda Lou, nicht wahr?«

»Tuck ...«

»Laß mir eine Minute Zeit, ja?« In hilfloser Wut trommelte Tucker gegen den Baum. »Bist du dir auch ganz sicher?«

»Ja. Es war wie bei Arnette und Francie.«

»O Gott!« Er preßte den Kopf gegen den Baumstamm, versuchte, die gräßlichen Bilder zu verscheuchen. Gut, er hatte sie nicht geliebt und hatte sogar einen Punkt erreicht, an dem er sie nicht einmal mehr gemocht hatte. Aber er hatte sie berührt, hatte ihre Zunge geschmeckt, war in sie eingedrungen. Und deswegen wurde er von einem Gefühl der Trauer ergriffen, nicht nur ihretwegen, sondern auch um das kleine Kind, obwohl er es nie gewollt hatte.

»Jetzt setz dich doch wieder hin.«

»Nein!« Tucker wandte sich abrupt um. Sein Gesicht war nun nicht mehr dasselbe. Aus seinen Augen blitzte der harte, gefährliche Blick, den nur wenige sehen durften. »Wo hast du sie gefunden.«

»Im Teich der McNairs. Vor zwei Stunden.«

»Das ist ja ganz in der Nähe.« Seine Schwester fiel ihm ein. Sie und Della mußten doch irgendwie geschützt werden. »Sie ... Caroline sollte da draußen nicht allein bleiben.«

»Josie und Carl sind bei ihr. Josie hat ihr ein paar Gläser von Miss

Ediths Apfelbrandy aufgeschwatzt. Caroline hat übrigens die Leiche gefunden.«

»Scheiße!« Er setzte sich wieder auf die Hängematte und verbarg das Gesicht in den Händen. »Was, zum Teufel, sollen wir nur tun, Burke? Was wird hier gespielt, verflucht noch mal?«

»Ich muß dir ein paar Fragen stellen, Tucker. Aber zuvor will ich dich vor Austin warnen. Ich mußte ihm vorhin die Nachricht überbringen. Paß auf deinen Arsch auf, Tuck.«

Tucker zündete ein Streichholz an, vergaß aber, daß er keine Zigarette im Mund hatte und verbrannte sich den Finger. »Du glaubst doch nicht etwa ...« Er warf das Zündholz zu Boden und sprang auf. »Verflucht noch mal, Burke! Du kennst mich doch!«

Burke wünschte sich, er hätte das Bier angenommen. Dann hätte er sich den bitteren Geschmack aus dem Mund spülen können. Tucker war sein bester Freund. Und ausgerechnet er stand unter Verdacht. »Das hat damit überhaupt nichts zu tun, versteh mich doch.«

Panische Angst schnürte Tucker die Kehle zu. »Ach, komm mir doch nicht mit so einem Blödsinn!«

»Es ist mein Job, Tucker. Ich muß es hinter mich bringen.« Obwohl es ihm von Herzen weh tat, zog Burke schließlich sein Notizbuch aus der Tasche. »Vor zwei Tagen hattest du in aller Öffentlichkeit einen Streit mit Edda Lou. Seitdem wird sie vermißt.«

Tucker zündete ein weiteres Streichholz an. Diesmal hatte er auch an die Zigarette gedacht. Er sog den Rauch tief ein und ließ ihn langsam nach draußen strömen. »Was soll das denn? Willst du mir jetzt Handschellen anlegen und mir meine Rechte vorlesen oder was?«

»Verflucht noch mal, Tucker! Ich habe mir gerade zwei geschlagene Stunden lang angeschaut, was der Mörder mit dem Mädchen angestellt hat. Wenn du mir Vorwürfe machen willst, such dir bitte einen anderen Zeitpunkt aus.«

»Also gut, erledige deine dämliche Pflicht.«

»Ich möchte wissen, ob du Edda nach der Szene im Restaurant gesehen hast oder mit ihr gesprochen hast.«

»Bin ich nicht am Tag drauf zu dir ins Büro gekommen, um dir zu sagen, daß ich sie nirgendwo erreicht habe?«

»Wohin bist du nach eurem Streit gegangen?«

»Ich bin zum ..:« Tucker wurde leichenblaß und verstummte. »Menschenskinder, ich bin zum Teich der McNairs gegangen.« Er führte die Zigarette an den Mund, hielt aber jäh inne. In seine Augen trat ein Funkeln. »Aber das hast du vorher schon gewußt, nicht wahr?«

»Ja. Aber ich bin froh, daß du es mir von selber gesagt hast.«

»Leck mich doch.«

Burke packte ihn wütend vorne am Hemd. »Jetzt hör mir mal gut zu. Mir gefällt das genausowenig wie dir. Aber es ist meine Pflicht und ist nichts, aber absolut nichts im Vergleich zu dem, was das FBI mit dir anstellen wird. Wir haben hier drei tote Frauen. Sie wurden alle aufgeschlitzt wie Fische. Edda Lou hat dir in aller Öffentlichkeit gedroht, und keine zwei Tage später wird sie tot aufgefunden.«

»Aber du weißt doch, daß ich Hunderte von Male am Teich war. Du übrigens auch. Und nur, weil ich mich über Edda Lou geärgert habe, bin ich noch lange kein Mörder. Was habe ich denn bei Arnette und Francie ausgefressen?«

In Burkes Gesicht arbeitete es. »Du bist mit allen dreien ausgegangen.«

Das saß. Benommen tastete Tucker sich rückwärts zur Hängematte. »Mensch, Burke, das kannst du doch nicht glauben!«

»Was ich glaube, hat damit nichts zu tun. Verstehst du nicht, ich muß dir diese Fragen stellen. Ich muß wissen, wo du vorgestern abend warst!«

»Soll ich's dir sagen? Er hat beim Kartenspielen sein letztes Hemd an mich verloren.« Josie war unbemerkt zu ihnen getreten. In ihren Augen lag ein eigenartig hartes Funkeln. »Verhörst du wirklich meinen Bruder, Burke? Ich muß schon sagen, du erstaunst mich.«

»Es ist meine Pflicht, Josie.«

»Dann tu sie auch gefälligst. Aber du suchst doch einen Frauenhasser. Was willst du da bei dem armen Tuck, wo du doch genau weißt, wie magisch ihn die Damen anziehen.«

»Wolltest du nicht bei Caroline bleiben?« fragte Tucker.

»Susie und Marvella sind auch noch gekommen«, meinte Josie achselzuckend. »Das waren mir dann doch zu viele Frauen auf einmal. Außerdem hat sie es sowieso recht gut verkraftet. Kann sein, daß dein Typ daheim verlangt wird, Burke. An deiner Stelle würde ich lieber darauf achten, daß deine Jungen nicht das Haus auf den Kopf stellen.«

»Du hast mit Tucker Karten gespielt?« fragte Burke ohne auf den unverhohlenen Rauswurf zu achten.

»Das ist in unserem Land doch noch kein Verbrechen, oder?« Josie nahm Tucker die Zigarette aus dem Mund und machte einen tiefen Zug. »Wir sind bis zwei, halb drei aufgeblieben. Tucker hat ein bißchen zuviel getrunken, und ich habe achtunddreißig Dollar gewonnen.«

»Das ist gut!« rief Burke mit vor Erleichterung belegter Stimme. »Seid mir nicht böse, wenn ich euch befrage. Ich dachte mir nur, es würde euch leichter fallen, wenn ich euch verhöre und nicht das FBI.«

»Tut es nicht.« Tucker stand auf. »Was wird nun aus ihr?«

»Ich habe sie in die Leichenhalle gebracht. Wenn das FBI kommt, sehen wir weiter.« Burke verstaute sein Notizbuch in der Tasche und wandte sich zum Gehen. »Geh Austin nach Möglichkeit aus dem Weg.«

Mit einem säuerlichen Grinsen strich Tucker sich über die geprellten Rippen. »Mach dir da mal keine Sorgen.«

Burke wich verlegen seinem Blick aus. Drei Rhododendronbüsche schienen plötzlich sein ganzes Interesse zu wecken. »Na gut, dann gehe ich mal. Willst du morgen im Büro vorbeischauen? Wäre nicht schlecht, wenn die vom FBI einen guten Eindruck von dir bekämen.«

»Einverstanden.« Tucker atmete auf, als sein Freund davontrottete, aber dann rief er ihn noch einmal zurück: »Hey, das Bier wartet noch immer auf dich.«

»Danke für die Einladung, aber ich seh' doch mal lieber daheim nach dem rechten.«

»Ich muß krank sein, Tucker«, seufzte Josie. »Du kannst dir gar nicht vorstellen, wie sauer ich auf den Kerl bin, aber trotzdem möchte ich nichts lieber als unter seine Hose.«

Lachend tätschelte Tucker ihr die Wange. »Das ist nur der Longstreet-Reflex. Josie, ich will ja nicht an deiner Aufrichtigkeit zweifeln, aber wir haben doch seit Wochen nicht mehr Karten gespielt.«

»Na und? Irgendwie verschmelzen die Tage miteinander. Aber findest du nicht auch, daß es so einfacher ist?«

Behutsam nahm Tucker ihr Kinn zwischen die Finger und sah ihr ernst in die Augen. Das war seine Art, Leute anzusehen, wenn etwas ihm sehr wichtig war. »Kann schon sein. Aber jetzt mal ganz ehrlich. Du glaubst doch nicht, daß ich der Mörder bin?«

»Ach, mein Schatz. Wir sind doch zusammen aufgewachsen. Und du bist eben ein Gemütsmensch – selbst wenn du dich mal aufregst. Ich weiß, daß du keiner Fliege etwas zuleide tun könntest. Was ist schon dabei, wenn wir die ganze Nacht Karten gespielt haben?«

Tucker zögerte. Irgendwie erschien es ihm nicht richtig. Aber andererseits erleichterten kleine Notlügen einem hin und wieder das Leben. Was, zum Beispiel, würden die Jungs im Chat 'N Chew sagen, wenn sie erführen, daß er den ganzen Abend Gedichte gelesen hatte?

Und wer würde es ihm glauben?

5

In dieser Nacht wurden in ganz Innocence die Häuser verrammelt und die Gewehre geladen, und trotzdem stellte sich der Schlaf nur schwer ein.

Auch am nächsten Morgen galt überall der erste Gedanke Edda Lou.

Bei Darleen Fuller Talbot, Happy Fullers drittem Kind und ersten großen Enttäuschung, war die Trauer gemischt mit Apathie. Als Teenager war sie in Edda Lous Schlepptau überallhin mitgegangen. Es war eine aufregende Zeit gewesen. Gemeinsam waren sie nach Greenville getrampt, hatten in Larssons Laden Schminkzeug gestohlen, hatten Schule geschwänzt und in Spook Hollow die ersten Abenteuer mit Jungen erlebt. Zusammen hatten sie auch Ängste ausgestanden, wenn die Periode sich verspätet einstellte, hatten freimütig ihre sexuellen Erfahrungen ausgetauscht und waren zahllose Male mit wechselnden Verehrern zu viert ausgegangen. Bei ihrer Hochzeit war Edda Lou die Ehrenjungfrau gewesen, und umgekehrt hätte auch sie ihre Freundin zum Traualtar begleiten sollen, sobald Tucker Longstreet endgültig an der Angel gezappelt hätte.

Nun lebte sie nicht mehr, und Darleens Augen waren vom vielen Weinen verquollen. Sie brachte kaum noch die Energie auf, den kleinen Scooter in sein Laufgitter zu setzen, ihrem Mann auf dem Weg in die Arbeit nachzuwinken und gleich danach zur Hintertür zu schlurfen, um ihren Liebhaber Billy T. Bonny hereinzulassen, der in seinem verschwitzten T-Shirt und seiner zerrissenen Bluejeans bereits gewartet hatte.

Er nahm sie gleich in seine mit Tätowierungen übersäten Arme. »Du darfst dich nicht so grämen, mein Zuckerbaby. Ich kann dich nicht weinen sehen.«

»Ich kann noch gar nicht glauben, daß sie tot sein soll«, schluchzte Darleen in seine Schulter. »Sie war meine allerliebste und engste Freundin, Billy.«

»Ich weiß.« Voller Mitgefühl drückte er seine breiten Lippen auf ihren Mund und fuhr sogleich liebkosend mit der Zunge darum herum. »Sie war ein prächtiges Mädchen, und wir alle werden sie sehr vermissen.«

»Sie war für mich mehr als jede Schwester.« Darleen löste sich etwas von ihm, so daß er unter ihr Nachthemdchen greifen konnte. »Belle und Starita haben mir nie soviel bedeutet.«

»Die waren bloß neidisch, weil keine so schön ist wie du.« Er streichelte ihre bereits harten Brustwarzen und bewegte sich mit ihr zum Tisch.

Mit tränenglänzenden Augen knöpfte sie ihm die Hose auf. »Ich würde ihr Leben sofort gegen das von Edda Lou tauschen! Ist mir doch egal, ob sie Blutverwandte sind oder nicht. Mit Edda Lou konnte ich über alles reden, selbst über uns zwei. Sie hat sich auch immer für mich gefreut. Nur als ich Junior geheiratet und Scooter gekriegt habe, da ist sie ein bißchen neidisch geworden, aber das ist ja nur natürlich, findest du nicht auch?«

»Mmmm.« Er zog ihr das Nachthemdchen aus und küßte ihr die Brüste.

Darleen fing zu seufzen an und zog ihm die Boxershorts herunter. »Ich sollte doch bei ihrer Hochzeit mit Tucker die Ehrenjungfer abgeben. Und dann wurde sie so brutal zugerichtet!«

»Denk einfach nicht dran, Schatz.« Sein Atem kam stoßweise. Mit den Händen schob er ihre Schenkel auseinander. »Laß deinen Billy T. nur machen, und du wirst das alles schnell vergessen. Das wäre sicher auch in Edda Lous Sinn.«

»Ja. In meinem Herzen wird immer ein Platz für sie reserviert sein.« Stöhnend drückte sie sich fester gegen seine Hand. Ein Schauer überlief sie. Sie schob ein Marmeladeglas beiseite und legte sich auf den Tisch. Ihre Finger schlossen sich um seinen Rücken. Noch einmal klappte sie die Augen auf. Er hatte sein Kondom schon vorher übergezogen. Sie strahlte ihn selig an. »Du bist ja so gut zu mir, Schatz.« Sie führte sein Glied in sich hinein, und er fing an zu stoßen. »Mit dir macht es ja soviel mehr Spaß als mit Junior. Der tut es immer nur im Bett.«

Angestachelt von ihrer Schmeichelei, schob Billy T. sie ein Stückchen höher. Weil sie bereits kam, merkte sie gar nicht, daß sie sich den Kopf am Hängeschrank angestoßen hatte.

Beim Aufwachen stellte Caroline überrascht fest, daß sie wunderbar geschlafen hatte. Vielleicht war es die Kraft des Unterbewußten, sinnierte sie. Dann hätte sie sich den schlimmen Erfahrungen einfach durch Flucht entzogen. Es konnte aber auch an der wohltuenden Gegenwart von Susie Truesdale und ihrer Tochter gelegen haben, die sie im Zimmer nebenan untergebracht hatte. Vielleicht war es aber auch nur das Bett ihrer Großeltern, in dem sie sich einfach gut aufgehoben fühlte. Wie dem auch sei, als sie erwachte, schien die Sonne ins Zimmer herein und der Duft von frischem Kaffee kitzelte ihr die Nase. Zuerst war sie peinlich davon berührt, daß ihre Gäste das Frühstück bereiteten, während sie noch schlief. Das Argument erschien ihr dann aber doch recht fadenscheinig, nach dem grauenhaften Erlebnis von gestern. Fast hätte sie sich noch einmal umgedreht, entschloß sich dann aber doch zum Aufstehen und stellte sich als erstes unter die Dusche.

Als sie frisch gewaschen und angezogen unten erschien, saßen Susie und Marvella bereits am Tisch und unterhielten sich bei Kaffee und Rührei mit gedämpfter Stimme.

Mutter und Tochter sahen einander verblüffend ähnlich. Sie waren beide hübsche Frauen mit hellblondem Haar und blauen Augen. Sie hatten den gleichen geschwungenen Mund, der sich zu einem Lächeln formte, als sie Caroline erblickten. Zwischen ihnen herrschten eine Vertrautheit, eine Nähe und gegenseitige Achtung, wie Caroline sie mit ihrer Mutter nie erlebt hatte.

»Wir hatten gehofft, du würdest noch ein bißchen länger schlafen.« Susie schenkte ihr gleich eine Tasse Kaffee ein.

»Ich komme mir vor, als hätte ich eine ganze Woche geschlafen. Danke. Es war wirklich nett von euch, daß ihr über Nacht geblieben seid. Ich ...«

»Aber dazu sind Nachbarn ja da. Marvella, servier Caroline doch das Frühstück.«

»Also wirklich, ich ...«

Susie drückte sie sanft auf einen Stuhl. »Du mußt jetzt erst was essen. Nach so einem Schock braucht man einfach Brennstoff.«

»Moms Rührei ist unschlagbar! Wenn man ißt, geht es einem immer gleich besser. Nach meinem großen Streit mit Bobby Lee haben Mom und ich einen Riesenbecher Schokoladeneis verdrückt.«

Es kostete Marvella einige Mühe, Caroline nicht anzustarren. Nur zu gerne hätte sie sie gefragt, wo sie sich die Haare hatte schneiden lassen. Bobby Lee hätte allerdings einen Anfall bekommen, wenn sie sich solche Locken in ihr schulterlanges Haar hätte drehen lassen.

»Mit viel Schokolade im Bauch läßt sich so manches leichter ertragen«, meinte Susie lächelnd und reichte Caroline eine Scheibe Toastbrot. »Ich habe ein bißchen von der Himbeermarmelade deiner Großmutter genommen. Du hast doch hoffentlich nichts dagegen.«

»Im Gegenteil!« Fasziniert betrachtete Caroline das handbeschriftete Etikett. »Ich wußte gar nicht, daß so etwas im Haus ist.«

»Ach, Miss Edith hat jedes Jahr Unmengen eingemacht. Und hat damit in den letzten sechs Jahren immer den ersten Preis beim Volksfest gewonnen.« Mit diesen Worten öffnete Susie den Schrank und deutete auf zwei Regale voller Marmeladegläser. »Mit diesem Vorrat dürftest du auf Jahre hinaus eingedeckt sein.«

So viele bunt beschriftete Gläser, und so liebevoll angeordnet! Das plötzliche Bewußtsein des Verlusts und die Scham schnürten Caroline die Kehle zu. »Ich konnte sie nicht sehr oft besuchen.«

»Sie war sehr stolz auf dich. Immer hat sie von ihrer kleinen Caro erzählt, daß du in der ganzen Welt herumgekommen bist und sogar vor Präsidenten und Königen gespielt hast. Deine Postkarten hat sie alle aufgehoben und bei jeder Gelegenheit hergezeigt.«

»Eine davon kam aus Paris«, schaltete Marvella sich ein. »Mit dem Eiffelturm vorne drauf. Miss Edith hat sie mir für ein Referat geliehen.«

»Marvella hat nämlich zwei Jahre Französisch gelernt.« Susies Augen ruhten voller Stolz auf Marvella. Sie selbst hatte wegen des Kindes zwei Monate vor dem Abschluß die Schule verlassen müssen. Um so mehr entzückte es sie, daß ihre Tochter die Hochschulreife erlangt hatte. Sie warf einen Blick auf die Uhr. »Honey, mußt du nicht in die Arbeit?«

Marvella sprang auf. »O Gott, ich muß los!«

»Marvella arbeitet in einer Anwaltskanzlei als Sekretärin. Wegen der Sache gestern haben sie ihr erlaubt, heute auszuschlafen. Nimm meinen Wagen, Liebling. Daddy wird mich schon abholen. Und halte unterwegs nicht an und nimm niemanden mit, hast du verstanden?«

»Ich bin doch nicht dämlich.«

»Das nicht. Aber du bist meine einzige Tochter. Und bitte ruf mich an, wenn du später heimkommst.«

»Aber klar.«

»Und sag Bobby Lee, daß es mit eurem Rendezvous im Wagen vorbei ist. Wenn ihr zwei schon romantisch werden müßt, dann bitte daheim im Wohnzimmer.«

Marvella lief dunkelrot an. »Mom ...«

»Wenn du's ihm nicht sagst, muß ich es tun. Jetzt aber nichts wie los!« Sie stand auf und gab ihrer Tochter einen Abschiedskuß.

»Jawohl, Ma'am.«

»Kaum zu glauben, daß sie mir über den Kopf wächst«, schmunzelte Susie, nachdem die Tür ins Schloß gefallen war.

»Ein entzückendes Mädchen.«

»Ja, das ist sie. Aber auch ein unverbesserlicher Dickkopf, der genau weiß, was er will. Seit zwei Jahren ist sie ganz versessen auf Bobby Lee Fuller. Und darum wird sie ihn wohl auch heiraten. Na ja, als ich mich damals in Burke verguckte, war die Hochzeit eigentlich auch schon besiegelt. Man sorgt sich halt, wenn sie so jung anfangen, aber bei uns war es ja auch nicht anders.« Sie sah stirnrunzelnd auf Carolines Teller hinunter. »Viel hast du ja nicht gegessen.«

»Es tut mir leid.« Caroline zwang sich noch zu einem Bissen, dann legte sie resigniert die Gabel beiseite. »Ich kannte das Mädchen ja gar nicht, aber es ist alles so schrecklich ... Vor Marvella wollte ich dir vorhin nicht so viele Fragen stellen, aber stimmt es denn, daß dieses Mädchen schon das dritte Opfer ist?«

Susie nickte. »Im Februar hat es angefangen. Und alle drei wurden erstochen.«

»Mein Gott!«

»Burke spricht nicht viel darüber, aber ich weiß, daß es entsetzlich schlimm sein muß. Sie werden irgendwie verstümmelt.« Susie stand auf und machte sich daran, den Tisch abzuräumen. »Als Mutter – als Frau – habe ich Angst. Und ich sorge mich auch um Burke. Er nimmt sich das alles zu sehr zu Herzen, als ob es seine Schuld wäre. Er meint, er hätte das alles vielleicht verhindern können.«

Caroline ließ heißes Wasser in die Spüle laufen. »Gibt es keine Verdächtigen?«

»Wenn Burke etwas weiß, äußert er sich nicht darüber. Bei Arnette haben alle noch an einen Landstreicher geglaubt. In einer so kleinen Stadt mit acht-, neunhundert Einwohnern kann man sich schwer vorstellen, daß es einer von uns gewesen sein soll. Aber als dann auch Francie ermordet wurde, sind die Leute schon etwas vorsichtiger geworden. Dem eigenen Nachbarn hätte es trotzdem immer noch niemand zugetraut. Aber jetzt ...«

»Jetzt traut keiner mehr dem anderen, wie?«

»Das stimmt.« Da Caroline das Geschirr spülte, fing Susie an, die sauberen Teller abzutrocknen. »Trotzdem halte ich es immer noch für das Wahrscheinlichste, daß ein Wahnsinniger draußen in den Sümpfen sein Unwesen treibt.«

Carolines Blick wanderte zum Fenster hinaus zu den Bäumen, die ihr bedrohlich nah erschienen. »Wie tröstlich.«

»Ich wollte dich nicht erschrecken. Aber so allein hier draußen mußt du dich unbedingt in acht nehmen.«

Caroline kniff die Lippen zusammen. »Dieser Tucker Longstreet und Edda Lou sollen einen Streit gehabt haben. Stimmt es, daß sie ihn zum Heiraten zwingen wollte?«

»Sie hat es mehr oder weniger versucht.« Susie brach in schallendes Gelächter aus. »Du kennst Tucker Longstreet nicht, sonst hättest du eben nicht so dreingeschaut. Die Vorstellung, er könnte jemanden töten, ist einfach lachhaft. Es würde ihn viel zuviel Anstrengung und Gefühle kosten. Auf beiden Gebieten scheint es bei Tucker zu hapern.«

Caroline mußte wieder an Tuckers Miene bei ihrer Begegnung am Teich denken. An Gefühlen hatte er es da eigentlich nicht fehlen lassen – und zwar gefährlichen.

»Burke wird sich wohl eingehend mit ihm unterhalten müssen«, fuhr Susie beim Wegräumen des Geschirrs fort. »Leicht wird es ihm nicht fallen, denn die zwei sind wie Brüder. Drum kann ich dir auch eines sagen: Tucker ist ein herzensguter Mensch. Er könnte keiner Fliege was zuleide tun. Wenn er eine Frau sieht, denkt er bestimmt an kein Messer. Das einzige, was ihn beschäftigt, ist, wie er unter ihr Höschen kommt.«

»Die Sorte kenne ich«, blaffte Caroline.

»Glaub's mir ruhig, bei einem wie Tuck ist keine Frau sicher. Wenn ich nicht glücklich verheiratet wäre, würde er mir vielleicht auch ganz gut gefallen. Er hat das gewisse Etwas. Ich trau' mich wetten, daß er über kurz oder lang auch bei dir aufkreuzen wird.«

»Dann holt er sich aber eine blutige Nase.«

Lachend räumte Susie die letzten Teller weg. »Da möchte ich dabeisein. So, jetzt müssen wir aber ran an die Arbeit.«

»Arbeit?«

»Ich kann dich doch nicht so ohne Schutz allein lassen.« Sie trocknete sich die Hände ab und ging zu ihrer Handtasche hinüber. Daraus zog sie einen Revolver, einen tödlich aussehenden .38er.

»Um Himmels Willen!« entfuhr es Caroline.

»Das ist ein Smith & Wessen. Revolver liegen mir irgendwie besser in der Hand als automatische Pistolen.«

»Ist er ... geladen?«

»Aber natürlich! Leer würde er mir ja nichts nützen. Ich habe damit beim Scheibenschießen den ersten Preis gewonnen – noch vor Burke. Er weiß nicht so recht, ob er sich deswegen schämen oder ob er stolz auf mich sein soll.«

»Und du trägst das Ding einfach so in der Tasche herum?« ächzte Caroline.

»Seit Februar. Hast du schon mal geschossen?«

»Nein!« rief Caroline. Sie verschränkte unwillkürlich die Hände hinter dem Rücken.

»Und du traust es dir wohl auch nicht zu. Aber bei mir lernst du schon noch, dich zu wehren, wenn ein Mann auf dich losgeht. Warte, dein Großvater hatte doch eine Waffensammlung. Das wäre ja gelacht, wenn wir da nichts Passendes finden würden.«

Susie legte ihren .38er auf den Küchentisch und lief ins Wohnzimmer.

»Susie!« rief Caroline verwirrt und folgte ihr. »Ich kann mir doch eine Waffe nicht so wie ein ... ein Kleid aussuchen!«

»Es ist aber beides gleich interessant.« Susie blieb vor dem Waffenschrank stehen. Den Zeigefinger nachdenklich auf den Lippen musterte sie die Sammlung. »Wir fangen am besten mit etwas Kleinem an. Aber das Laden üben wir mit einer Flinte. Da kriegt man am schnellsten ein Gefühl dafür ... Wenn so ein Bursche dich belästigen will, legst du einfach an und sagst dem Dreckskerl, daß du direkt auf seinen Bauch zielst. Was meinst du, wie schnell der Leine zieht! Und wenn nicht, kriegt er eine Ladung Schrot auf den Pelz.«

»Ist das dein Ernst?«

»In dieser Gegend wissen wir uns schon zu helfen. Na, ist das kein Prachtstück?« Susie öffnete die Vitrine und nahm einen alten Armeecolt heraus. Mit einem gekonnten Griff klappte sie die Trommel auf. Sie war leer. Caroline sah mit offenem Mund zu, wie Susie sie wieder zuklappte, auf die Wand zielte und abdrückte. »Gut. Jetzt werden wir mal sehen, wo er die Munition hatte.« Gleich bei der ersten Schublade hatte sie Glück. Sie wählte die passenden Kugeln aus und wandte sich grinsend zu Caroline um.

»So, und jetzt zerteppern wir ein paar Dosen.«

Freudensprünge hatte Special Agent Matthew Burns nicht gerade vollführt, als man ihn in ein verstaubtes Provinzkaff im Mississippi-Delta geschickt hatte. Er war ein Großstadtmensch, der gern mal in die Oper ging, durch die Nationalgalerie bummelte und gegen ein Gläschen Châteauneuf nichts einzuwenden hatte. Gerade auf dieses Wochenende hatte er sich besonders gefreut. Er hatte Karten fürs Ballett besorgt, hatte einen Tisch im Watergate-Restaurant reserviert und hätte zwischendrin bestimmt Zeit für ein Schäferstündchen mit seiner neuesten Eroberung gefunden.

So aber hieß es Reisetasche und ein paar belegte Brötchen auf den Rücksitz eines Mietwagens mit defekter Klimaanlage werfen und ab nach Innocence düsen.

Burns wußte, daß der Fall einigen Staub aufwirbeln würde, und ging bei aller Bescheidenheit davon aus, daß keiner besser für den Job geeignet war als er. Serienmörder waren seine Spezialität.

Trotzdem war er stinksauer wegen des verpatzten Wochenendes. Sein Zorn stieg noch, denn die Luft wurde immer unerträglicher. Wenigstens enttäuschte ihn das Kaff nicht. Es war genauso erbärmlich, wie er erwartet hatte – ein paar verschwitzte Fußgänger, ein, zwei streunende Köter, verstaubte Ladenfenster. Ein Kino gab es natürlich nicht. Mit einem Schauder entzifferte er die ausgebleichten Buchstaben, die auf das einzige Restaurant im Ort hinwiesen:

Chat 'N Chew. Gott sei Dank hatte er seine Kaffeemaschine mitgenommen.

Aber auch der beste Job war nun mal kein Zuckerschlecken, tröstete er sich, als er vor dem Sheriffsbüro vorfuhr. Er nahm nur seine Aktentasche mit, sperrte sorgfältig ab und trat beim Sheriff ein.

Burke saß an seinem Schreibtisch und telefonierte gerade. Weil er Notizen auf seinen Block kritzelte, hatte er den Hörer zwischen Kinn und Schulter festgeklemmt. »Jawohl, Sir. Sobald er kommt. Ich ...« Er sah auf und erkannte sofort, daß es sich um den FBI-Mann aus dem Norden handeln mußte. »Sekunde bitte ... Sind Sie Special Agent Burns?«

»Richtig. Vorschriftsgemäß ließ Burns seine Dienstmarke aufblitzen.«

»Er ist soeben eingetroffen«, rief Burke in den Hörer und reichte ihn dem Mann vom FBI. »Ihr Boß.«

»Chief Hadley? Jawohl, Sir ... In Greenville hatte ich Probleme mit dem Auto ... Dr. Rubinstein dürfte gegen drei Uhr eintreffen ... Jawohl, ich werde mich darum kümmern. Die haben hier anscheinend nur einen Apparat.« Er drückte die Hand auf die Muschel und fragte Burke: »Haben Sie ein Faxgerät?«

»Ein Faxgerät? Nein, warum?«

»Dann schicken Sie uns auch unbedingt ein Faxgerät, Boß. Ich melde mich wieder, sobald ich mich einigermaßen auskenne. Jawohl, Sir.«

Er legte auf. Bevor er sich auf dem Drehstuhl niederließ, überprüfte er mißtrauisch die Sitzfläche. »Also gut. Sie sind Sheriff ...«

»Truesdale. Burke Truesdale.« Es folgte ein kurzer, steifer Händedruck, der etwas Babycreme auf Burkes Hand hinterließ. »Tja, wir haben hier ein ganz schönes Schlamassel, Agent Burns.«

»Das ist mir gesagt worden. Drei Verstümmelungen in viereinhalb Monaten. Irgendwelche Verdächtigte?«

Eine Entschuldigung lag Burke auf der Zunge. Er verkniff sie sich gerade noch. »Nein, keine. Erst dachten wir an einen Landstreicher. Aber die Möglichkeit kommt ja jetzt kaum noch in Frage, zumal es in Nashville einen praktisch identischen Mord gegeben hat.«

»Ich nehme an, Sie haben eine Akte angelegt.«

»Natürlich.« Burke erhob sich.

»Warten Sie noch. Vorläufig genügt ein mündlicher Bericht. Erst will ich das Opfer sehen.«

»Wir haben sie in der Leichenhalle aufgebahrt.«

»Wie sinnig«, meinte Burns trocken. »Schauen wir sie uns an. Danach gehen wir an den Tatort. Haben sie ihn abgesichert?«

Langsam lief Burke die Galle über. »Versuchen Sie mal, ein mit Schilf bewachsenes Ufer abzusichern!«

»Ich verlasse mich auf Ihr Wort.«

Caroline sog die Luft ein, biß die Zähne aufeinander und drückte ab. Der Rückstoß riß ihr den Arm weg, und in ihren Ohren dröhnte es. Eine Dose kippte um – allerdings nicht die, auf die sie gezielt hatte.

»Es wird ja schon«, ermutigte sie Susie. »Aber du darfst die Augen nicht zumachen.« Sie führte es ihr mit drei Schüssen vor. Nacheinander flogen drei Dosen davon.

»Sollte ich es nicht lieber mit Steinen versuchen!« rief Caroline ihr zu, als Susie die Dosen wieder hinstellte.

»Du wirst nach der ersten Geigenstunde ja auch nicht gleich eine Symphonie gespielt haben. So, entspann dich noch mal. Laß dir ruhig Zeit. Na, wie fühlt sich das Ding in der Hand an?«

»Es fühlt sich richtig ...« Mit einem verlegenen Lächeln sah Caroline auf den Revolver hinunter.

»Sexy, nicht wahr? Aber denk dir nichts. Ich bin ja deine Freundin. Weißt du, mit dem Ding hast du Macht in der Hand. Macht, Kontrolle und Verantwortung. Genau wie beim Sex. Meinen Kindern sage ich so was natürlich nicht. Probier's noch mal. Konzentrier dich auf die erste Dose links. Stell dir irgend jemand vor. Hast du einen Ex-Mann?«

»Nein danke.«

»Oder einen früheren Freund, einen der dich wirklich genervt hat?«

»Den Luis!« zischte Caroline.

»Wow! War das ein Spanier oder so was?«

»Oder so was. Er war eine aalglatte mexikanische Ratte.« Sie drückte ab – und sah mit offenem Mund die Dose runterfallen. »Ich habe getroffen!«

»Dir hat eben nur der richtige Anreiz gefehlt. Los, auf die nächste.«

»Wären Nähnadeln nicht was Passenderes für Damen?« rief Burke ihnen plötzlich von der Auffahrt her zu.

Lächelnd senkte Susie den Revolver. »Beim nächsten Preisschießen mußt du mit einer Konkurrentin mehr rechnen, Liebling. Aber sag mal, was ist mit dir denn los? Du siehst so müde aus.«

»Ich bin auch müde. Darf ich vorstellen? Agent Burns, das ist meine Frau Susie, und das ist Caroline Waverly. Miss Waverly hat gestern die Leiche gefunden.«

»Caroline Waverly?« rief Burns ehrfürchtig. »Ich kann's nicht fassen!« Er ergriff Carolines Hand und führte sie an seine Lippen. Susie verdrehte hinter seinem Rücken die Augen und stieß Burke an. »Ich habe Sie erst vor ein paar Monaten im Konzert erlebt und besitze mehrere Platten von Ihnen.«

Caroline blinzelte ihn verständnislos an. Das alles schien ja so weit weg zu sein. Fast glaubte sie, er habe sie verwechselt.

»Danke schön.«

»Oh nein. Ich danke Ihnen! Ich kann Ihnen gar nicht sagen, wie oft Sie mich durch Ihr herrliches Spiel vor dem Wahnsinn gerettet haben.« Sollte sich die Fahrt in die Provinz für ihn doch noch gelohnt haben? Er hatte ihre Hand immer noch nicht losgelassen, und seine Wangen waren vor Aufregung gerötet. »Daß ich die Königin der Konzertsäle ausgerechnet hier antreffe . . .«

»Das hier war das Haus meiner Großmutter. Ich bin erst vor wenigen Tagen angekommen.«

»Das alles muß einfach schrecklich für Sie gewesen sein, Miss Waverly. Aber seien Sie versichert, daß ich alles in meiner Macht Stehende tun werde, um den Fall schnellstmöglich zu klären.«

»Das ist sehr beruhigend, Agent Burns.« Caroline mied Susies Blick. Sie wußte, daß sie sonst losgeprustet hätte.

»Aber das ist doch selbstverständlich.« Er wandte sich zu Burke um. »Sehen wir uns den Tatort an, Sheriff.«

»Ganz süß«, kommentierte Susie, sobald sie außer Hörweite waren. »Wenn man auf Typen mit Anzug und Krawatte steht.«

»Glücklicherweise stehe ich im Moment auf überhaupt keinen Typ.«

»So was kann sich schnell ändern. So, jetzt bringe ich dir bei, wie man eine Waffe putzt, und dann mixen wir den Männern einen kalten Drink. Sag mal, ich wußte gar nicht, daß du so berühmt bist. Ich dachte immer, Miss Edith trug mit ihrer Enkelin ein bißchen arg dick auf.«

»Hängt Ruhm nicht vom Boden ab, auf dem man steht?«

»Da hast du wohl recht.« Susie wandte sich zum Haus um. Und weil sie zu Caroline schnell Zuneigung gefaßt hatte und weil sie glaubte, ein bißchen Wärme würde ihr gerade jetzt guttun, legte sie ihr einfach den Arm um die Schulter. »Sag, kannst du auch das ›Orange Blossom Special‹ spielen?«

Zum erstenmal seit Tagen lachte Caroline befreit auf. »Ich wüßte nicht, was dagegen spräche.«

6

Tucker legte die Füße auf Burkes Schreibtisch, schlug sie übereinander und wartete. Nicht daß ihm das Warten etwas ausmachte – im Gegenteil! Er war darin sogar ein ausgesprochener Meister, was ihm häufig als Faulheit ausgelegt wurde. Zu Unrecht, denn im Grunde zeichnete er sich durch grenzenlose Geduld aus, und die entsprang einem Gemüt, das mit sich und der Welt in Einklang stand.

Im Augenblick war es freilich mit dem inneren Frieden nicht weit her. Und weil er die ganze Nacht so gut wie kein Auge zugetan hatte, erschien ihm bis zu Burkes Eintreffen ein kleines Nickerchen durchaus angebracht.

Die Nachricht von der Ankunft des FBI-Mannes hatte sich in Windeseile auch bis nach Sweetwater verbreitet. Ohne ihn gesehen zu haben, wußte Tucker bereits, daß Special Agent Burns sich wie ein Leichenbestatter kleidete und einen schicken Mercury fuhr. Und daß er zusammen mit Burke zum Teich der McNairs gegangen war und das tat, was die Burschen vom FBI an Tatorten eben so tun, war ihm ebenfalls bekannt.

Mord. Seufzend schloß Tucker die Augen. Wenn man so entspannt dasaß und dem Surren des Ventilators lauschte, kam einem die Vorstellung, im Leichenschauhaus um die Ecke könnten die Überreste von Edda Lou Hatinger liegen, fast schon unwirklich vor.

Mit einem unwirschen Ächzen versuchte er die Erinnerung an seine Rachsucht zu verscheuchen. Er hatte sich richtig darauf gefreut, ihr ordentlich seine Meinung zu geigen und sie aufheulen zu hören, wenn endlich bis in die letzten Windungen ihres verschlagenen Gehirns durchgedrungen war, daß sie sich das mit ihrem Einzug in Sweetwater abschminken konnte.

Nur weil er in seiner Dummheit die Kassiererin von Larssons Laden sexy gefunden hatte, ein paarmal mit ihr das Bett geteilt und an ihrer sanften Haut genuckelt hatte, mußte er sich jetzt ein Alibi aus den Fingern saugen, damit sie ihn nicht wegen Mordverdachts einsperrten.

Vorwürfe hatte er sich ja schon einige anhören müssen. Faulheit, was in Tuckers Augen keine Sünde war. Leichtsinn im Umgang mit Geld, was er bereitwillig zugab. Feigheit, was Tucker lieber als Diskretion bezeichnete. Ehebruch, wogegen er sich auf das Schärfste verwahrte. Mit verheirateten Frauen hatte er außer vor einigen Jahren mit Sally Guilford nie geschlafen – und die hatte in Scheidung gelebt.

Aber Mord? Zum Totlachen, wenn es nicht so schrecklich gewesen wäre! Sein Vater hätte keine Hemmungen gehabt und sich schiefgelacht. Er war der einzige Mensch gewesen, den Tucker wirklich gefürchtet hatte. Und selbst er hatte es Tucker bei den ihm verhaßten Jagden nicht austreiben können, absichtlich danebenzuschießen.

Aber Edda Lou war natürlich nicht erschossen worden. Er hatte Francies verstümmelten Körper allzugut in Erinnerung, um nicht zu wissen, was mit Edda Lous sanfter, weißer Haut geschehen war.

Tucker zog eine Zigarette aus der Tasche und schnitt die Spitze ab – mittlerweile verzichtete er schon auf fast einen ganzen Zentimeter Rauchgenuß. Er zündete sie sich gerade an, als Burke in Begleitung eines mürrisch dreinblickenden, verschwitzten Mannes in einem schwarzen Anzug hereinkam.

Die ständige Gesellschaft des FBI-Manns hatte Burke auch nicht gerade in die beste Laune versetzt. »Fühl dich nur wie zu Hause«, knurrte er mit einem Blick auf Tuckers Füße und knallte die Tür zu.

»Ich tue mein Bestes.« Tucker setzte sein lässigstes Grinsen auf, obwohl ihm eigentlich das Herz in die Hose rutschte. »Du solltest dir endlich mal ein paar Zeitschriften anschaffen, Burke. Jagdblätter und Waffenkataloge stillen meinen Bildungshunger ja nicht unbedingt.«

»Mal sehen, ob ich für das nächste Mal ein paar Nummern vom *Playboy* auftreiben kann.«

»Wäre nicht schlecht.« Tucker blies Rauchkringel in die Luft und musterte Burkes Begleiter. Trotz der Hitze hatte der Bursche die Krawatte nicht einmal gelockert. Allein deswegen schon war er Tucker auf Anhieb zuwider. »Tja, ich habe mir gedacht, ich schaue einfach mal vorbei und stehe euch Rede und Antwort.«

Burke nickte. Er stelzte majestätisch hinter seinen Schreibtisch und stellte in seinem amtlichsten Ton vor: »Tucker Longstreet. Special Agent Burns.«

»Willkommen in Innocence.« Tucker hielt es nicht für der Mühe wert, sich zu erheben. Er reichte ihm nur träge die Hand. Voller Schadenfreude stellte er fest, daß Burns sichtlich unter der schwülen Luft litt. »Was macht Sie zum Special Agent Burns?«

»Mein Rang.« Burns maß den in seinen abgewetzten Schuhen und der legeren, doch teuren Baumwollhose auf dem Stuhl fläzenden Tucker mit einem verächtlichen Blick. Die Antipathie war beiderseitig. »Was wollten Sie zu Protokoll geben, Mr. Longstreet?«

»Tja, wir könnten mit dem Wetter anfangen. Sieht ganz so aus ...«

»Tucker war ein ... äh ... Freund des Opfers«, schaltete Burke sich mit einem warnenden Blick auf seinen Freund ein. Er wußte, daß Tucker sich auf Kosten des FBI-Agenten aus dem Norden lustig machen wollte.

»*Ein intimer Freund*, lag dir wohl auf der Zunge«, meinte Tucker. Weil er schon wieder ein flaues Gefühl in der Magengrube bekam, drückte er die Zigarette aus.

Burns ließ sich auf dem letzten freien Stuhl nieder und zog einen Minirecorder und einen Notizblock aus der Tasche. »Sie möchten also eine Aussage zu Protokoll geben?«

»Das eigentlich nicht unbedingt. Burke hat mir nur gesagt, Sie würden mir ein paar Fragen stellen wollen. Und weil ich ein netter Kerl bin, stehe ich Ihnen eben zur Verfügung.«

Ungerührt schaltete Burns das Gerät ein. »Sie und die Verstorbene standen in engem Kontakt zueinander, wie ich gehört habe?«

»In hautengem Kontakt, sonst war nichts.«

»Mensch, Tuck!«

»Es stimmt aber. Edda Lou und ich haben uns ein paarmal getroffen, hatten Spaß miteinander und haben ein paar Laken zerwühlt. Vor kurzem habe ich die Beziehung abgebrochen, weil sie mir plötzlich mit Heiratsabsichten daherkam.«

»Haben Sie sich in aller Freundschaft getrennt?«

Tuckers Augen nahmen einen harten Ausdruck an. »Das kann ich nicht behaupten. Sie werden ja schon gehört haben, was für eine Szene sie mir im Restaurant gemacht hat. Mit einigem Recht kann ich davon ausgehen, daß Edda Lou die Schnauze voll hatte.«

»Das haben Sie so gesagt, Mr. Longstreet.« Burns deutete auf den Recorder. »Sie war also hochgradig erregt.«

»Stinksauer.«

»Sie behauptete, Sie hätten ihr Versprechungen gemacht ...«

Tucker setzte träge die Füße auf den Boden. »Das wäre nicht meine Art. Ich mache nie Versprechungen, weil ich sie sowieso nicht halten würde.«

»Sie hat in aller Öffentlichkeit erklärt, sie sei schwanger.«

»Richtig, ja.«

»Und danach haben Sie das ... Chat 'N Chew abrupt verlassen? Könnte man nicht auch mit einigem Recht davon ausgehen«, – er musterte Tucker mit einem verkniffenen Lächeln – »daß Sie ... die Schnauze voll hatten, Mr. Longstreet?«

»So wie die auf mich losgegangen ist und mir eröffnet hat – und das vor einem guten Dutzend Unbeteiligter –, daß sie schwanger ist, und mir mit Konsequenzen gedroht hat? Unbedingt.« Und mit einem trägen Nicken fügte er hinzu: »Davon kann man mit einigem Recht ausgehen.«

»Aber Sie hegten nicht die Absicht, sie zu ehelichen?«

»Absolut nicht.«

»Und weil Sie über die Demütigung empört waren und sich in einer Falle wähnten, hatten Sie ein Mordmotiv.«

Tucker benetzte sich hastig die Zunge. »Nicht solange ich ein Scheckheft habe. Lassen Sie mich eins bitte klarstellen, mein Bester. Edda Lou war geldgierig und durchtrieben. Vielleicht bildete sie sich tatsächlich ein, sie könnte mich mit ihrer Strategie zum Ringetauschen bringen, aber am Ende hätte sie sich garantiert mit einem Scheck zufriedengegeben. Vorausgesetzt, es hätten genügend Nullen draufgestanden. Ich hatte sie gern. Vielleicht nicht mehr so wie am Anfang, aber immerhin. Ich schlafe nicht heute mit einer Frau und schlitze sie morgen auf.«

»Das ist aber geschehen.«

Tuckers Augen blitzten gefährlich auf. »Aber nicht durch meine Hand.«

»Sie waren auch mit Arnette Gantrey und Frances Alice Logan bekannt.«

»Wie praktisch ganz Innocence.«

»Unterhielten Sie auch eine Beziehung mit ihnen?«

»Ich bin mit beiden ausgegangen. Aber im Bett war ich mit keiner. Wobei es bei Arnette allerdings nicht an Versuchen meinerseits gefehlt hat.«

»Sie hat sie abblitzen lassen?«

»Verflucht noch mal! Wir waren Freunde. Sie hatte eigentlich ein Auge auf meinen Bruder Dwayne geworfen, aber der hat das nie mitgekriegt. Die Francie war schon eine tolle Frau ... Aber ich will nicht über sie sprechen.«

»Ach so?«

»Finden Sie mal die Leiche einer Freundin!« brauste Tucker auf. »Sie mögen so was ja gewohnt sein, ich bin es jedenfalls nicht.«

»Interessanterweise pflegten Sie Beziehungen zu allen drei Opfern«, bemerkte Burns in einem sanften Ton. »Wurde Miss Logan nicht in Spook Hollow gefunden? Das ist immerhin in der Nähe Ihrer Farm. Und den Teich auf dem Grundstück der McNairs haben Sie am Tag der Ermordung von Miss Hatinger aufgesucht.«

»Richtig. Und zigmal davor auch schon.«

»Laut Miss Waverlys Aussage wirkten sie angespannt, um nicht zu sagen erregt.«

»Hatten wir uns nicht darauf geeinigt, daß ich die Schnauze voll hatte? Darum bin ich auch an den Teich gegangen. Dort ist es so friedlich.«

»Und eine abgelegene Stelle ist es auch. Können Sie mir sagen, was Sie an diesem Abend sonst noch getan haben, Mr. Longstreet?«

Tucker log, ohne mit der Wimper zu zucken: »Ich habe mit meiner Schwester Karten gespielt. Da ich nicht ganz bei der Sache war, hat sie mir so dreißig, vierzig Dollar abgeknöpft. Zum Schluß haben wir noch ein Gläschen getrunken und sind ins Bett gegangen.«

»Um wieviel Uhr war das?«

»So gegen zwei, halb drei.«

»Agent Burns«, schaltete Burke sich ein. »Ich möchte hinzufügen, daß Tucker am Tag nach dem Mord zu mir kam und sich besorgt nach Miss Hatinger erkundigte. Er hatte sie weder bei ihren Eltern noch in ihrer Unterkunft erreicht.«

Burns zog ironisch eine Augenbraue hoch. »Alles notiert, Sheriff. Wie kommen Sie denn zu diesem blauen Auge, Mr. Longstreet?«

»Das verdanke ich Edda Lous Vater. Von ihm erfuhr ich auch, daß sie verschollen war. Erst wollte er mir nicht glauben, daß ich sie nicht bei mir versteckt hielt, und dann meinte er, ich hätte sie in eine Abtreibungsklinik gefahren.«

»Haben Sie denn mit der Verstorbenen über Abtreibung gesprochen?«

»Sie verstarb, ehe wir das Thema anschneiden konnten.« Tucker stand auf. »Mehr habe ich nicht zu sagen. Wenn Sie noch Fragen haben, können Sie ja nach Sweetwater kommen. Tschüs, Burke.«

Burke wartete, bis die Tür ins Schloß fiel. »Agent Burns, ich bin mit Tucker zusammen praktisch aufgewachsen und kann Ihnen versichern, daß er Edda Lou nie hätte töten können, egal, wie wütend er war.«

Burns schaltete den Kassettenrecorder aus. »Ist es nicht ein Glück, daß wenigstens ich ein objektives Auge habe? Jetzt ist es wohl an der Zeit für einen Besuch in der Leichenhalle, Sheriff. Der Gerichtsmediziner dürfte ja inzwischen eingetroffen sein.«

Tucker verstand die Welt nicht mehr. Niemandem hatte er etwas getan. Stets hatte er sich nur um seinen eigenen Kram gekümmert – und was brachte es ihm ein? Rippenprellungen, ein geschwollenes Auge und neuerdings auch noch einen Mordverdacht.

Mit achtzig Sachen raste er am Ortsschild von Innocence vorbei.

Schuld an dem ganzen Schlamassel waren ja ohnehin nur die Frauen. Wenn Edda Lou ihn nicht bei jedem Einkauf in Larssons Laden wie rein zufällig gestreift hätte, wäre er nie mit ihr ausgegangen. Wenn Della ihn an jenem Tag nicht zum Einkaufen in die Stadt geschickt hätte, hätte sich Edda Lou nicht auf ihn stürzen können. Und wenn diese Waverly nicht ins Schilf gegangen wäre, hätte ihn auch niemand verdächtig wütend dreinblicken sehen können.

Ja, hätte er vor Freude in die Luft springen sollen?

So sehr ihn Edda Lou auch angekotzt hatte, den Tod hatte sie doch nicht verdient. Andererseits sah er überhaupt nicht ein, warum er das alles ausbaden sollte. Dieser Scheißyankee hatte ihn mit Fragen bombardiert und ihn dazu angeglotzt, als wäre er ein Schwerverbrecher. Und immer von oben herab. Was bildete sich dieser Schnösel denn eigentlich ein?

Caroline Waverly hatte genau denselben Blick aufgesetzt. Wahrscheinlich war sie händereibend zu ihrem Landsmann gelaufen und hatte ihm brühwarm von ihrem Verdacht gegen den Südstaatler erzählt!

Knapp hinter dem Weg zum Haus der McNairs sprang Tucker auf die Bremse, riß das Lenkrad herum, daß die Reifen quietschten, und brauste nach einem halsbrecherischen Wendemanöver den Kiesweg hinunter. Die gnädige Frau wollte er persönlich zur Rede stellen.

Der Laster hinter ihm war Tucker nicht aufgefallen. Austins blaugeschlagene Augen dagegen verengten sich beim Anblick des roten Flitzers zu Schlitzen. Grinsend bog er nun ebenfalls in die Auffahrt ein. Sein Karabiner lag griffbereit auf dem Sitz neben ihm. Er vergewisserte sich, daß er geladen war, setzte einen Tarnhut auf und stieg aus.

Die Jagd zu Ehren Gottes konnte beginnen.

Caroline hatte nichts gegen das Alleinsein. Auch konnte sie sich nicht vorstellen, daß jemand in ihr Haus einsteigen und sie im Schlaf ermorden könnte. Sie war doch eine Fremde hier, und da konnte ihr keiner Böses wünschen. Den Revolver hatte sie längst wieder in den Schrank gelegt. Und dort sollte er auch bleiben.

Wenn sie sich eine Freude machen wollte, dann mit der Geige. Seit ihrer Ankunft hier hatte sie sie gerade einmal gestimmt. Sie nahm das Instrument aus dem Koffer und strich über das edle Holz. Üben hatte sie nicht mehr nötig, sagte sie sich. Nein, es war einfach der Drang in ihr, nur für sich selbst zu spielen.

Mit geschlossenen Augen legte sie das Instrument auf ihre Schulter, und klemmte es automatisch mit dem Kinn fest. Es war wie bei einer Frau, die ihren Geliebten empfängt.

Sie entschied sich für Chopin wegen seiner Heiterkeit, die nie ganz frei war von Melancholie.

Wie immer durchdrang sie die Musik ganz und gar.

Sie dachte nicht mehr an Tod oder Angst. Luis, der sie betrogen hatte, und ihre Familie, die sie wohl verloren hatte, waren weit weg. Sie dachte auch nicht über die Musik nach – sie fühlte sie in sich.

Carolines Chopin hörte sich an wie Tränen. So empfand es Tucker beim Betreten der Veranda. Keine heißen Tränen der Leidenschaft, sondern langsame, schmerzende. Solche, die aus der Seele bluten. Die Töne rührten an sein Herz, krochen ihm gleich Schauern über die Haut.

Er klopfte, aber so sachte, daß er es selbst kaum vernahm. Dann drückte er die Klinke vorsichtig herunter, öffnete die Tür und trat ein. Lautlos huschte er in die Richtung, aus der die Töne kamen, und trat in den Salon. Sie stand in der Mitte des Raums. Ihr Blick war auf das offene Fenster gerichtet, so daß er sie nur vom Profil sehen konnte. Ihre Augen waren geschlossen, und um ihre Lippen spielte ein Lächeln, das so schön und wehmütig war wie die Musik.

Tucker spürte, daß diese Töne, diese Stimmung nur aus ihrem Herzen fließen konnten und sich so nie wiederholen lassen würden. Sie hingen in der Luft wie eine geflüsterte Frage.

Er ließ die Hände in die Taschen gleiten, lehnte sich gegen den Türrahmen und ließ sich einfach mit den Klingen treiben. Es war für ihn eine völlig neue Erfahrung, bei einer Frau eine solch weihevolle Stille zu erleben, sich so hingezogen zu ihr zu fühlen und doch in keinem Moment an Sex zu denken.

Irgendwann verhallte die Musik, und Stille senkte sich über den Raum. Tucker empfand das Ende fast wie körperlichen Entzug. Wäre er klug gewesen, er wäre lautlos zur Tür hinausgeschlüpft und hätte anschließend geklopft. Statt dessen gab er seinem ersten Impuls nach und klatschte.

Sie fuhr zusammen. Angst trat jäh in die soeben noch verzauberten Augen, und als sie ihn erkannte, Verärgerung.

»Was wollen Sie hier?«

»Ich habe geklopft.« Er bedachte sie mit demselben lässigen Grinsen wie bei ihrer Begegnung am Teich. »Sie werden mich nicht gehört haben.«

Caroline setzte die Geige ab, hielt jedoch den Bogen hoch in die Luft, als gelte es, einen Angriff abzuwehren. »Vielleicht wollte ich auch einfach nicht gestört werden.«

»Kann schon sein. Aber die Musik hat mir so gut gefallen. Ich spiele ja auch ein bißchen Jazz, so aus Spaß an der Freude. Aber bei Ihnen ... da hört man, daß Sie davon leben können.«

»Was für ein faszinierendes Kompliment.« Sie legte ihr Instrument mitsamt Bogen beiseite.

»Nur eine ehrlich gemeinte Feststellung. Ich mußte an ein Kleinod denken, das meiner Mutter gehörte, eine Perle in einem Bernstein-klumpen. Sie war wunderschön, aber sie machte mich immer un-heimlich traurig, weil sie nie raus konnte. Daran haben Sie mich vorhin erinnert. Sagen Sie, spielen Sie immer so traurige Stücke?«

»Ich spiele, was mir gefällt. Hatten Sie einen besonderen Grund, einfach so ungebeten in mein Haus zu spazieren, Mr. Longstreet?«

»Nennen Sie mich ruhig Tucker«, entgegnete er grinsend. »Ich nenne Sie ja auch Caroline. Oder Caro. Für Miss Edith waren Sie ja immer die Caro. Das gefällt mir.«

»Sie haben meine Frage noch nicht beantwortet.«

»Bei uns schaut man gern aufs Geratewohl bei seinen Nachbarn vorbei. Aber zufälligerweise hatte ich einen besonderen Grund. Wollen Sie mir keinen Stuhl anbieten?«

Sie warf den Kopf zurück. »Nein.«

»Menschenskinder, Sie wissen gar nicht, wie gut Sie mir gefallen, wenn Sie die Spröde rauskehren. In der Hinsicht bin ich ein bißchen pervers.«

»Und in anderer Hinsicht?«

Tucker setzte sich schmunzelnd auf die Sofalehne. »Da müssen wir uns erst besser kennenlernen. Dann würden Sie auch rausfin-den, daß ich recht locker bin. Aber ich habe gewisse Standards.«

»Wie herrlich. Also, warum sind Sie gekommen?«

»Ihre Art zu sprechen gefällt mir. So sanft und kalt wie Pfirsicheis. Pfirsicheis ist eine meiner Leidenschaften.«

Caroline ertappte sich bei einem Lächeln. Hastig drückte sie die Lippen aufeinander. »Wenn Sie meinen, daß Ihre Leidenschaf-ten mich interessieren, haben Sie sich getäuscht. Außerdem bin ich nicht in Stimmung, Gäste zu empfangen. Ob Sie es glauben oder nicht, ich habe zwei anstrengende Tage hinter mir.«

Er wurde wieder ernst. »Das mit Edda Lou muß schlimm für Sie gewesen sein.«

»Für sie war es wohl schlimmer.«

Tucker hielt es im Sitzen nicht mehr aus. Erregt lief er im Zimmer auf und ab. »Nach ein paar Tagen hier in der Gegend werden Sie ja schon einiges von dem Klatsch mitgekriegt haben.«

Sie konnte sich eines Anflugs von Mitgefühl nicht erwehren. Sie wußte nur zu gut, wie unangenehm es sein konnte, wenn andere wild über einen spekulierten. »Wenn Sie sagen, der Klatsch hier ist so drückend wie die Luft, widerspreche ich Ihnen ausnahmsweise nicht.«

»Ich kann Sie ja nicht daran hindern zu denken, was Sie wollen, aber vorher möchte ich wenigstens Stellung nehmen.«

Sie zog eine Augenbraue hoch. »Ich kann mir nicht vorstellen, daß meine Meinung für Sie maßgeblich sein sollte.«

»Dem Yankee mit den Lackschuhen haben Sie sie ja brühwarm aufgetischt.«

Caroline wartete. Gefährlich kam er ihr nicht mehr vor, sondern eher bedrückt. »Wenn Sie Agent Burns meinen, so habe ich ihm lediglich mitgeteilt, was ich gesehen habe. Oder waren Sie etwa nicht am Teich?«

»Verflucht noch mal! Natürlich war ich dort! Aber habe ich denn wie einer ausgesehen, der einen Mord plant?«

»Sie sahen wütend aus. Woher soll ich wissen, was in Ihrem Kopf vor sich geht?«

»Wenn Sie mir so einen Mord zutrauen, sollten Sie lieber die Beine in die Hand nehmen und um Ihr Leben rennen.«

»Wollen Sie mir etwa drohen?« Bebend vor Empörung baute Caroline sich unmittelbar vor ihm auf. »Männer von Ihrer Sorte kenne ich zur Genüge, Tucker. Nichts ist für Sie schlimmer, als wenn eine Frau sich nicht gleich für Sie zerreißt. Das kratzt an Ihrem Stolz als Mann. Und wenn eine auf Sie hereinfällt wie diese Edda Lou, dann können Sie sie gar nicht schnell genug los werden. Ob so oder so.«

Das saß. »Honey, Frauen kommen, Frauen gehen. Ich verzehre mich nach keiner. Aber daß ich sie umbringe, das glauben Sie ja selber nicht. Mensch ...«

Er riß sie plötzlich zu Boden. Carolines spitzer Schrei wurde von Tuckers Gewicht erstickt. Im nächsten Augenblick detonierte eine Explosion über ihrem Kopf. Sie meinte, der Krach käme vom Aufprall. »Was bilden Sie sich ein, Sie ...«

»Bleiben Sie unten, verdammt!«

»Wenn Sie nicht sofort von mir ...«

Was immer sie auch sagen wollte, es ging unter im nächsten Schuß, der das Couchkissen knapp über ihren Köpfen zerfetzte.

Ihre Finger verkrallten sich in seinen Armen. »Um Himmels Willen! Jemand will uns erschießen!«

»Erraten, Schätzchen.«

»Was sollen wir nur tun?«

»Wir können natürlich liegen bleiben und hoffen, daß er von selber weggeht. Aber den Gefallen wird er uns wahrscheinlich nicht tun.« Sein Kopf lag so nahe über dem ihren, daß ein Beobachter die beiden für ein Liebespaar hätte halten müssen. Und in einer weniger bedrohlichen Situation hätte Tucker mehr getan, als ihre vollen, sinnlichen Lippen lediglich zu registrieren. »Verdammter Mist, der Kerl ist so verrückt, daß er Sie mit abknallt – und hält das für den Willen Gottes.«

»Wer denn?« Sie hämmerte verzweifelt auf seinen Rücken.

»Edda Lous Papi.«

»Die Frau, die ermordet wurde? Und ihr Vater schießt auf uns?«

»Auf mich in erster Linie. Aber wenn Sie mit draufgingen, würde es ihn auch nicht stören. Ich habe das Gewehr im Gebüsch aufblitzen sehen.«

»Das ist doch verrückt. Man kann doch nicht einfach in die Häuser wildfremder Menschen schießen!«

»Ich werde es ihm bei Gelegenheit sagen. Haben Sie eine Waffe im Haus?«

»Ja. Im Büro meines Großvaters.«

»Gut. Dann tun Sie bitte folgendes. Bleiben Sie unten und halten Sie sich still.«

Sie nickte. »Das wird mir nicht schwerfallen. Sagen Sie, wollen Sie ihn erschießen?«

»Hoffentlich bleibt es mir erspart.« Tucker kroch als erstes hinter die Couch. Dort atmete er tief durch. Dann wagte er sich aus der Deckung und krabbelte zum Türrahmen. Wenn er sich hier zu erkennen gab, würde wohl kein Blindgänger Caroline treffen. »Mensch Austin, du Idiot! Im Haus ist eine Frau!«

»Edda Lou war auch eine Frau.« Eine dritte Kugel durchschlug das Fenster. »Jetzt bist du fällig, Longstreet. Denn die Rache ist mein, sprach der Herr. Danach werde ich dich in Streifen schneiden, so wie du es mit Edda Lou getan hast.«

»Du willst doch nicht auch eine unschuldige Dame umbringen?«

»Wer sagt mir denn, daß sie keine von deinen Huren ist? Der Herr führt meine Hand. Auge um Auge, Zahn um Zahn, denn der Sold der Sünde ist der Tod.«

Während Austin weiter aus der Bibel zitierte, robbte Tucker über den Flur. Im Büro konnte er sich endlich aufrichten. Mit schweiß-feuchten Fingern schnappte er sich eine Remington und lud sie hastig. Ein schwerer Druck lastete plötzlich auf seiner Brust – womöglich würde er die Waffe benutzen müssen. Er huschte zum Fenster an der Rückseite des Hauses und kroch auf die Terrasse. Im nächsten Augenblick verschwand er in den Büschen.

Austin hatte keine fünf Meter vor der Veranda unter einem Ahorn Stellung genommen. Der Schweiß floß in Strömen an ihm herunter. Immer noch Bibelsprüche brabbelnd und wüste Drohungen ausstoßend, zielte er weiter auf die Fensterfront. Sämtliche Scheiben waren bereits zerborsten.

Er hätte ins Haus stürmen und sie beide erschießen können. Aber er wollte, mußte Gewißheit haben, daß Tucker quälende Angst litt. Mehr als dreißig Jahre lang hatte er darauf gewartet, es den Longstreets heimzuzahlen. Jetzt war sein großer Tag gekommen.

»Dir schiess' ich die Eier weg, Tucker. Und den Schwanz auch, auf den du so stolz bist. Das ist die gerechte Strafe für einen Wüstling. Schwanzlos wirst du in der Hölle braten. So will es Gott. Hörst du mich, du verfluchter Heide?«

Tucker stieß seine Flinte gegen Austins linkes Ohr. Er konnte nur hoffen, daß der Verrückte nicht merkte, wie sehr seine Hand zitterte. »Natürlich höre ich dich. Du brauchst gar nicht so zu schreien. Leg dein Gewehr weg, Austin, oder ich jage dir eine Kugel in den Kopf.«

»Dich bringe ich um!« Austin versuchte den Kopf zu heben, doch Tucker stieß ihn nach unten.

»Heute aber nicht. Jetzt wirf dein Gewehr weit weg. Und den Patronengürtel bitte nicht vergessen. Aber schön langsam! Ich weiß selber, daß ich kein guter Schütze bin, aber auf die Entfernung würde ich keine Fisimatenten riskieren.«

Er atmete auf, als Austin ihm zögernd Folge leistete. »Caroline!« rief er ins Haus. »Ruf doch Burke an und sag ihm, er soll sich schleunigst hierher bemühen. Und dann bräuchte ich ein Seil.«

Der Patronengürtel fiel nun auf den Boden. Tucker stieß ihn mit dem Fuß beiseite. »Also, wie war das mit meinem Schwanz, Austin?«

Zwei Minuten später näherte sich Caroline mit einer Wäscheleine. »Er ist schon unterwegs. Ich habe nur . . .« Der Anblick des auf dem Boden liegenden Mannes ließ sie jäh verstummen. Schweiß und zerlaufende Tarnfarbe entstellten sein zerfurchtes Gesicht. Obwohl Tucker über ihm stand und das Gewehr gegen seine Schläfe drückte, wirkte er plötzlich ängstlich und vergleichsweise verletzlich auf sie.

»Da ist das Seil«, rief sie mit unnatürlich hoher Stimme.

»Gut. Kannst du dich vielleicht hinter ihn stellen?«

Caroline benetzte sich hastig die Lippen und beschrieb einen großen Bogen um den Muskelprotz. »Wie hast du . . . er ist doch so groß . . .«

»Vor allem ist er ein Großmaul. Er hat so laut gezetert, daß er den Sünder hinter sich gar nicht gehört hat. Kannst du mit dem Ding umgehen?«

»So ungefähr.«

»So ungefähr ist gut. Stimmt doch, Austin, oder? Sie schießt dir garantiert was weg, wenn du dich zu hastig bewegst. Nichts ist gefährlicher als eine Frau mit geladenem Gewehr. So, drück es ihm einfach gegen den Kopf, während ich ihn hinten festbinde.« Er gab ihr die Flinte. Ihre Blicke begegneten sich. Unendliche Erleichterung lag darin. Für einen kurzen Moment waren sie enge Freunde.

»So ist es gut. Aber nicht auf mich richten. Wenn er sich rührt, drückst du einfach ab. Aber mach die Augen zu, denn sein Kopf sieht dann ziemlich übel aus.«

Mit einem Augenzwinkern gab er ihr zu verstehen, daß die Drohung nur für Austins Ohren bestimmt war. Sie ging auf das Spiel ein: »Alles klar. Das Dumme ist nur, mir zittern die Hände so. Hoffentlich drücke ich nicht aus Versehen ab.«

»Tu, was du kannst, Caro. Keiner wird dir was anhängen.« Grinsend knüpfte Tucker Austin die Hände und Füße fest. »Ich finde es nicht nett von dir, daß du die schönen Fenster zerschossen hast. Und Miss Ediths Couch hast du auch kaputtgemacht. Wo sie sie doch so gemocht hat . . .«

Tucker richtete sich auf und ließ sich die Flinte zurückgeben. »So, mein Schatz, ich denke, ein Bier habe ich mir jetzt redlich verdient.«

Sie hätte am liebsten wie eine Irre losgekichert. »Ich habe aber kein ... Bier im Haus. Aber geht Wein zur Not auch? Ich habe einen Chardonnay.«

»Aber klar ... Hauptsache, es fließt die Kehle runter.«

Caroline lief zur Veranda hinauf. Oben drehte sie sich noch einmal um. Tucker hatte eine Zigarette aus der Tasche gezogen und brach gerade die Spitze ab. »Warum tust du das?«

»Hmmm?« Er blinzelte sie verständnislos an.

»Daß du die Spitze abbrichst.«

Er sog den Rauch genüßlich ein. »Ach, ich versuche aufzuhören. So rauche ich immer weniger. In zwei Wochen rauche ich nur noch halbe Zigaretten und irgendwann gar nicht mehr. Gibst du den Chardonnay auch in ein schönes großes Glas?« Er schenkte ihr sein charmantestes Lächeln. Sein Gesicht war noch immer kreidebleich.

»Klar.« Sirenenheulen kam näher. Sie stieß einen wenn auch zittrigen Seufzer aus. Noch stand sie nahe genug bei Tucker, um zu hören, daß er nicht minder erleichtert aufatmete. »Das größte, das ich finden kann.«

7

Donnergrollen im Osten kündigte ein Gewitter an. Eine Brise, die erste seit Carolines Eintreffen hier in Mississippi, erhob sich und bewegte die Blätter des Ahornbaumes, unter dem noch vor einer halben Stunde ein Mann mit geladenem Gewehr gestanden hatte.

Es erschien ihr abwegig, ja unmöglich, während Caroline auf der Veranda saß und Chardonnay aus einem Wasserglas trank. Die fast leere Flasche stand festgeklemmt zwischen ihrer und Tuckers Hüfte.

Ihr Leben, so entschied sie nach einem weiteren tiefen Schluck, hatte in den letzten zwei Tagen einige interessante Wendungen genommen.

»Nicht schlecht, das Zeug«, meinte Tucker und schwappte den Wein in seinem Glas hin und her. Allmählich fühlte er sich leicht beschwipst – ein Zustand, der ihm immer sehr behagte.

»Es ist meine Lieblingssorte.«

»Meine auch – seit heute.« Er lächelte sie an. »Angenehme Brise, was?«

»Sehr angenehm.«

»Der Regen ist ja auch überfällig.«

»Das stimmt wohl.«

Tucker lehnte sich zurück und ließ den Wind über sein Gesicht streichen. »Ostwind. Da regnet es nicht bei dir herein.«

Caroline warf einen zerstreuten Blick auf die zerschossenen Fensterscheiben. »Zur Abwechslung mal eine gute Nachricht. Da wird die Couch wenigstens nicht naß. Das eine Einschußloch wird sie schon verkraften.«

Er gab ihr einen freundschaftlichen Klaps auf den Rücken. »Du bist ja ganz schön hart im Nehmen, Caro. Genügend Frauen wären heute durchgedreht, aber du hast dich wacker geschlagen.«

»Nicht der Rede wert.« Sie füllte ihr Glas neu. »Darf ich dir eine Frage stellen, Tucker? Sie hat mit eurer Gegend zu tun.«

»Nur zu.« Er streckte ihr sein Glas entgegen, damit sie ihm ebenfalls nachschenkte. »Heute darfst du mich so ziemlich alles fragen.«

»Ich würde zu gerne wissen, ob Morde und Schießereien bei euch in Mississippi an der Tagesordnung sind.«

»Tja, richtig kompetente Auskunft kann ich dir natürlich nur über Innocence und die Zeit, seit der meine Familie hier lebt, geben.«

»Natürlich.«

»Nun, da muß ich sagen, daß die Art von Mord, die du meinst, ziemlich neuartig für diese Gegend ist. Ansonsten ist mir nur ein Fall geläufig. Und da war ich noch ein kleiner Junge. Damals hat Whiteford Talbot dem guten Cal Beauford ein hübsches Loch in den Rücken verpaßt. Er hat ihn dabei ertappt, wie er aus seinem Schlafzimmerfenster geklettert ist. Und seine Frau, die Ruby, war splitternackt.«

»Das ist wirklich etwas ganz anderes«, gab Caroline zu.

»Eben. Und ansonsten haben sich vor nicht ganz fünf Jahren die Bonny-Jungs gegenseitig eine Ladung Schrot in den Pelz gebrannt. Aber das war wegen einer Sau. Außerdem nimmt sie sowieso keiner ernst, weil sie Brüder sind und etwas verrückt.«

»Ich verstehe.«

Komisch, dachte Tucker. Er mochte sie wirklich gern. Nicht nur, weil sie ihm gefiel, sondern auch, weil man Pferde mit ihr stehlen konnte.

»Aber in der Regel geht es friedlich in Innocence zu.«

Caroline sah ihn über das Glas hinweg stirnrunzelnd an. »Sag mal, ist das immer deine Masche?«

»Was?«

»Das Gehabe vom lockeren Kumpel.«

»Nur wenn ich es für angemessen halte«, grinste er.

Sie seufzte. Der Himmel über ihnen wurde zusehends dunkler. Das Donnergrollen rückte bedrohlich näher, und die ersten Blitze zuckten auf. Trotzdem fühlte Caroline sich verdammt wohl hier draußen.

»Machst du dir eigentlich Sorgen? Als der Sheriff diesen Mann da abgeführt hat, hat er gedroht, er würde dich schon noch kriegen.«

»Ach, der Wirrkopf bringt mich nicht um den Schlaf.« Er legte den Arm um sie. »Zerbrech dir meinetwegen nur nicht dein hübsches Köpfchen. Es wäre schade drum.«

Sie wandte sich abrupt ab. »Tickst du noch ganz richtig oder willst du wirklich eine solche Extremsituation benutzen, um mich zu verführen?«

»Aua!« Er war gutmütig genug, um über diese Abfuhr zu lachen, und erfahren genug, um den Arm nicht wegzuziehen. »Bist du immer so abweisend?«

»Bei bestimmten Männern, ja.« Sie schob seine Hand fort.

»Du bist zu hart, Caro. Wo wir doch soviel zusammen durchgemacht haben. Zumindest zum Essen könntest du mich einladen.«

»Dazu habe ich eigentlich keine Lust.«

»Willst du mir nicht noch ein Stück vorspielen.«

Caroline schüttelte ernst den Kopf. »Eine Zeitlang will ich für niemanden mehr spielen.«

»Das ist ein Jammer! Weißt du was? Dann spiele ich dir eben was vor.«

Sie zog erstaunt die Augenbrauen hoch. »Spielst du etwa auch Geige?«

»Das nicht. Aber das Radio kann ich anmachen.« Tucker sprang auf, schlenderte, um einen geraden Gang bemüht, zu seinem Wagen und schob eine seiner Kassetten in den Recorder.

»Fats Domino. ›Blueberry Hill‹!« rief er und kam mit ausgestreckten Armen zu ihr zurück. Bevor Caroline ablehnen konnte, hatte er sie hochgezogen. »Bei dem Stück juckt's mich immer in den Füßen. Da kann ich keine schöne Frau sitzen sehen.«

Caroline hätte sich immer noch losreißen können, aber die Situation war ja harmlos. Und nach der Aufregung in den letzten Tagen war gegen ein bißchen Ablenkung auch nichts einzuwenden. So ließ sie sich lachend von Tucker zum Rasen führen. Er war ein geübter Tänzer, und sie genoß die flüssigen Bewegungen.

»Angenehm?« raunte er.

»Mm-hmm. Du bist vielleicht ein bißchen zu angenehm, Tucker. Aber das ist mir immer noch lieber, als ein Heckenschütze vor dem Haus.«

»So sehe ich das auch.« Er drückte die Wange gegen ihr Haar, das sich so sanft wie Seide anfühlte. Auch er hatte nicht das geringste gegen den Druck ihrer langen, schlanken Schenkel an den seinen. Und freiwillig hätte er die Hand bestimmt nicht von ihrem Rücken genommen.

Das erotische Knistern überraschte ihn nicht. Das war ja so selbstverständlich wie das Atmen. Allerdings erstaunte ihn seine unbändige Lust, sie über die Schulter zu werfen und nach oben in ihr Schlafzimmer zu tragen. Sonst ließ er sich doch immer Zeit und genoß auch das Werben. Jetzt, im Zwielicht kurz vor dem Sturm dagegen, juckte es ihn in allen Gliedern. Wahrscheinlich, so sagte er sich, lag es am Alkohol.

»Es regnet ja«, flüsterte Caroline. Ihre Augen waren geschlossen, und sie wiegten sich eng aneinandergeschmiegt im Takt der Musik.

»Mm-hmm.« Er konnte die Regentropfen auf ihren Haaren und ihrer Haut riechen, was seine Lust noch steigerte.

Sie lächelte. Es war ein herrliches Gefühl, wie die dicken, schweren Tropfen ihre Kleider durchnäßten. In ihrem ganzen Leben hatte sie noch nie mit Schußwaffen zu tun gehabt, schoß es ihr durch den Kopf. Aber im Regen getanzt hatte sie auch noch nie. »Ach, das ist so angenehm kühl!«

Tucker erstaunte, daß die Tropfen auf seiner Haut nicht zu zischen anfingen, so heiß fühlte sie sich an. Sein Mund glitt über ihr Ohr. Er spürte, wie ein Schauer sie durchlief, als er zärtlich ihr Ohrläppchen zwischen die Zähne nahm.

Ihre Augen klappten auf. Einen kurzen Augenblick erstarrte sie. Sein Mund wanderte weiter zu ihrem Kinn hinunter. Ein angenehmes Kribbeln machte sich in ihrer Magengrube bemerkbar, doch als er ihre Lippen erreichte, gab sie ihm plötzlich einen Stoß in die Brust.

»Was bildest du dir überhaupt ein?«

»Na, ich will dich küssen.«

»Nein!«

Er starrte sie verblüfft an. Mit tropfnassen Haaren stand sie dicht vor ihm. In ihren Augen funkelte neben Leidenschaft mindestens genausoviel feste Entschlossenheit. Am liebsten hätte er sich trotz ihrer Weigerung das genommen, wonach es ihn drängte. »Caroline, du bist zu hart«, seufzte er.

Die Alarmglocken in ihrem Kopf verhallten. Er drängte sie also nicht. »Das höre ich nicht zum ersten Mal.«

»Trotzdem gebe ich nicht auf. Vielleicht überlegst du es dir ja noch anders.«

»Das glaube ich nicht.«

Seine Augen lachten sie an. Noch einmal glitten seine Hände über ihren Rücken, dann ließ er sie los. »Na, wenn das keine Herausforderung für mich ist ... Aber du hast einen schweren Tag hinter dir. Da warte ich eben noch ein bißchen.«

»Heißen Dank.«

Er nahm ihre Hand und streichelte die Knöchel mit seinem Daumen. »Aber du wirst an mich denken, wenn du dich heute ins Bett legst, Caro.«

»Ich werde wohl eher an die Fenster denken, und wie ich sie am schnellsten reparieren lassen kann.«

Tuckers Blick wanderte hinüber zu den Glaszacken in den verwitterten Holzrahmen. »Tja, da schulde ich dir noch was«, sagte er. In seine Augen trat plötzlich ein entschlossener Ausdruck, der sie wieder an die Ereignisse vor ihrem Tanz im Regen erinnerte.

»Ich finde, daß mir da eher Austin Hatinger was schuldet«, widersprach sie. »Aber das macht mir die Fenster auch nicht ganz.«

»Ich kümmere mich schon darum.« Tucker sah ihr noch einmal in die Augen. »Naß siehst du wirklich verdammt gut aus. Wenn ich noch länger bleibe, muß ich dich wieder küssen.«

»Dann solltest du lieber gehen.« Sie wollte ihm die Hand entziehen, da fiel ihr Blick auf seinen Wagen. Caroline brach in Kichern aus. »Hey, Tucker, wußtest du, daß dein Dach offen ist?«

»Scheiße!« Er fuhr herum. Tatsächlich trommelte der Regen auf die Polstersitze. »Das ist eben das Dumme an den Frauen. Sie lenken einen von allem ab.« Er beugte sich über ihre Hand und drückte die Lippen zu einem langen Kuß auf ihre Finger. »Ich komme wieder, Caroline.«

»Aber dann bring bitte Fensterglas und einen Hammer mit«, sagte sie lächelnd.

Tucker glitt in den Wagen, warf ihr noch eine Kußhand zu und fuhr los, ohne das Dach zuzukurbeln. Im Rückspiegel sah er noch, wie sie im Regen stand und ihm nachblickte. Ihr Haar erinnerte ihn an ein nasses Weizenfeld, und ihre Kleider schmiegten sich eng an ihre Rundungen. ›Ain't it a Shame?‹ schmetterte Fats Domino aus dem Lautsprecher. Tucker fand auch, daß es ein einziger Jammer war.

Caroline ging erst zum Haus zurück, als der Wagen verschwunden war. Noch einmal setzte sie sich auf die Verandastufen, um den vom Regen verwässerten Wein auszutrinken. Susie hatte recht gehabt, dachte sie sich. Tucker war nicht mehr zu einem Mord fähig als sie selbst. Und er hatte wirklich etwas Besonderes an sich. Sie rieb die Hand, die er geküßt hatte, an ihrer Wange und stieß einen langen, zittrigen Seufzer aus.

Ein Glück nur, daß sie nichts von ihm wollte. Mit geschlossenen Augen reckte sie das Gesicht dem Regen entgegen. Ein wahres Glück!

Am nächsten Morgen wachte Caroline furchtbar schlecht gelaunt auf. Sie hatte kaum geschlafen, und dieser Tucker war ihr die ganze Zeit nicht aus dem Sinn gegangen. Im Morgengrauen hatte sie eine von Dr. Palamos Schlaftabletten eingenommen.

Aber sie hatte sich nicht rumkriegen lassen. Irgendwie war sie sich diesen Beweis schuldig gewesen. Doch was war die Folge davon? Sie wurde von höllischen Kopfschmerzen geplagt.

Beim Duschen wurde ihr dann sonnenklar, wem sie den Ärger zu verdanken hatte. Es lag an Tucker, daß sie soviel Wein getrunken hatte. Tucker war schuld, daß sie kaum ein Auge zugetan hatte und von sexuellem Verlangen geplagt worden war. Und wäre Tucker nicht gewesen, müßte sie sich heute nicht um die Reparatur der Fensterfront kümmern. Was wußte sie, wie viele Moskitos und sonstiges Getier bis dahin ungehindert in ihre Wohnung schwirrten.

Das also sollte die Ruhe und Beschaulichkeit auf dem Land sein – tote Frauen und übergeschnappte Männer mit Schießgewehren? Wütend stieg sie aus der Dusche und trocknete sich ab. Warum war sie nicht zum Sonnenbaden nach Südfrankreich geflogen? Sie gab sich die Antwort sogleich selber. Weil sie nach Hause hatte kommen wollen. Weil sie die Sonnenuntergangsstimmung auf ihrer Veranda hatte erleben wollen. Weil dieses Haus ihr Inbegriff von Heimat war, obwohl sie als Kind nur so wenige, doch dafür um so wertvollere Tage in ihm hatte verbringen dürfen. Nichts und niemand sollte ihr das kaputt machen.

Caroline reckte entschlossen das Kinn, zog den Morgenrock über, rauschte die Treppe hinunter und – stieß einen Schrei aus.

Ein bulliger Schwarzer mit Schultern wie ein Ringkämpfer stand vor einem der zerborstenen Fenster. In seiner Hand glänzte etwas Metallenes. Caroline überlegte fieberhaft. Sollte sie zum Telefon stürzen? Sollte sie zum Wagen rennen und hoffen, daß der Schlüssel steckte? Oder sollte sie einfach schreien wie am Spieß?

»Miss Waverly, Ma'am?«

»Ich habe den Sheriff alarmiert«, krächzte sie.

»Tuck hat mir schon gesagt, daß Sie Ärger hatten.«

»Ich ... wie bitte?«

»Machen Sie sich keine Sorgen. Hatinger sitzt hinter Schloß und Riegel, und das andere krieg' ich schnell hin.«

»Was kriegen Sie hin?«

Er machte eine Geste. Sie wollte loskreischen, doch dann erkannte sie, daß der metallisch glänzende Gegenstand nichts als ein Metermaß war. Er legte es an das kaputte Fenster an.

»Ach, Sie wollen die Fenster neu verglasen!«

»Richtig, Ma'am. Tuck hat mich gestern abend noch angerufen. Aber Ihnen hat er anscheinend nicht Bescheid gesagt. Typisch für ihn.« Er schmunzelte.

»Nein, er hat es mit keinem Wort erwähnt.« Caroline wußte nicht so recht, ob sie verärgert oder erleichtert sein sollte.

Der Mann sah sie aus haselnußbraunen Augen freundlich an. »Tja, da hab' ich Ihnen wohl einen schönen Schrecken eingejagt.«

»Ach, das ist nicht so schlimm.« Sie brachte ein Lächeln zustande. »So langsam gewöhne ich mich hier an alles. Sie haben mir Ihren Namen noch nicht genannt.«

»Toby March. Ich erledige hier alle Arten von Handwerksarbeiten.«

»Freut mich, Mr. March.«

Nach kurzem Zögern ergriff er die ausgestreckte Hand. »Ach nennen Sie mich einfach Toby. Das tun hier alle.«

»Schön, Toby. Ich bin Ihnen dankbar, daß Sie so schnell kommen konnten.«

»Ich bin dankbar für jeden Job. Wenn Sie mir einen Besen bringen, räume ich die Scherben weg.«

»Schön. Darf ich Ihnen einen Kaffee anbieten?«

»Machen Sie sich meinetwegen keine Umstände.«

»Wo denken Sie hin? Ich wollte sowieso einen machen.«

»Dann hätte ich natürlich nichts gegen ein Täßchen.«

»Ich bringe ihn gleich raus. Entschuldigen Sie mich bitte einen Moment.« Das Telefon schrillte.

Caroline eilte in den Gang. »Hallo?«

»Guten Morgen. Na, du führst aber ein aufregendes Leben.«

»Susie! Hat jemand behauptet, Kleinstädte seien langweilig?«

»Bestimmt keiner, der aus einer kommt. Burke hat mir alles erzählt. Ich wollte ja zu dir fahren, aber die Jungen lassen einem keine ruhige Minute! Wie geht's dir jetzt?«

»Wenn man mal von einem Kater, strapazierten Nerven und sexuellem Frust absieht ... nur ein kleines bißchen durcheinander.«

»Wer könnte es dir verdenken? Was anderes. Hast du Lust, zu unserem Barbecue zu kommen? Da kannst du im Schatten sitzen, plaudern, essen, bis du dich nicht mehr rühren kannst und einfach den ganzen Ärger vergessen.«

»Das klingt ja großartig!«

»Also bis fünf. Unser Haus ist das letzte am Marktplatz. Das gelbe mit den weißen Fensterläden. Wenn du uns nicht findest, dann folge einfach dem Geruch von Gegrilltem.«

»Prima. Um fünf bin ich da. Vielen Dank, Susie.«

Caroline legte auf und eilte in die Küche zurück. Bald mischten sich die Düfte von frischem Kaffee, getoastetem Brot und Himbeermarmelade. Draußen klopfte ein Buntspecht gegen einen Baumstamm, und auf der Veranda sang Toby mit vollem, warm klingendem Bariton einen Gospel-Song über die Suche nach Frieden.

Caroline stellte plötzlich fest, daß ihre Kopfschmerzen wie weggeblasen waren. Es war doch schön, zu Hause zu sein.

In nicht allzu großer Entfernung lag jemand in durchgeschwitzten Laken und stöhnte im Schlaf. Träume strömten wie ein tiefer, dunkler Fluß durch das Unterbewußtsein. Träume von Sex, Blut und Macht, die meistens schnell in Vergessenheit gerieten, jedoch beim Aufwachen noch einmal gleich Schmetterlingen mit rasierklingenscharfen Flügeln durch die Hirnwindungen taumelten und brennende Wunden hinterließen.

Frauen. Immer ging es um Frauen. Diese brutalen Schlampen mit ihrem widerwärtigen Gegrinse. Und trotzdem ließ sich die Gier nach ihnen nicht leugnen! Die Sehnsucht nach ihrer sanften Haut, ihrem dezenten Geruch, der Hitze, die von ihnen ausströmte. Wie gräßlich! Tage-, wochen-, ja monatelang ging es ohne sie. Während dieser Zeit fielen Freundlichkeit, Wärme und Respekt nicht schwer. Doch dann stellte eine wieder etwas an. Und das schrie nach Bestrafung!

Damit gingen die Schmerzen von vorne los. Die Gier wuchs, und nichts außer Blut konnte sie stillen. Aber trotz aller Schmerzen und sogar allen Hungers ging die Hinterlist nicht verloren. Das Wissen, daß, egal wie intensiv auch gesucht wurde, niemand dem Geheimnis auf die Spur kommen würde, verschuf stets aufs neue wilde Triumphgefühle.

Der Wahnsinn wirkte fort in Innocence, doch er wußte sich geschickt zu verbergen. Während der Sommer immer heißer wurde, schwärte er fort in der Seele, die ihn wider Willen beherbergte. Und grinste.

8

Der Lärm von nebenan drang durch das Schlafzimmerfenster an Darleen Fuller Talbots Ohren und brachte sie in Wallung. Lud diese hochnäsige Susie Truesdale doch glatt ihre Nachbarin nicht zum Barbecue ein! Eine einzige Unverschämtheit! Dabei hätte Darleen etwas Abwechslung dringend nötig gehabt. Okay, Susie traf sich nie mit Darleen. Die Longstreets, die Shays' und selbst die arroganten Cunninghams waren ihr anscheinend lieber. Die hatten es gerade nötig! Wußte sie doch, daß der ach so tolle John Cunningham seine schnippische Alte mit Josie Longstreet betrogen hatte.

Und anscheinend hatte Susie ganz vergessen, daß sie heiraten hätte müssen. Ihr Bauch war schon ganz dick gewesen, aber sie war als Kellnerin im Chat 'N Chew noch hin und her geflitzt. Na gut, Burke Truesdale stammte aus einem reichen Haus, aber sein Daddy hatte alles verloren und sich aufgehängt und außer haufenweise Schulden nichts hinterlassen.

Weder die Truesdales noch die Longstreets waren etwas Besseres als sie. Konnte ihr Daddy denn etwas dafür, daß er nur in einer Baumwollfabrik arbeitete. Dafür trank er nicht – und er lebte.

In Darleens Augen war es die reinste Provokation, daß Susie sie all das gegrillte Fleisch und die scharfen Saucen schnuppern ließ und sie nicht aus ihrer Einsamkeit erlöste. Sogar ihren Bruder hatte sie eingeladen. Aber Bobby Lee hatte ja auch noch nie auf ihre Gefühle Rücksicht genommen.

Zum Teufel mit ihm und den bescheuerten Truesdales und allen anderen! Sie wäre ja sowieso nicht auf die Scheißparty gegangen – ob mit oder ohne Junior, der diese Woche Spätschicht an der Tankstelle schob und erst um Mitternacht heimkam. Und wie hätte sie schließlich lachen und sich den Magen vollschlagen können, wo doch ihre beste Freundin am Dienstag beerdigt werden sollte?

Sie seufzte – was Billy T., der nach Leibeskräften an ihrer rosigen Brust saugte, als ein Anzeichen dafür mißverstand, daß sie sich ein bißchen mehr ins Zeug legen wollte.

Er richtete sich etwas auf und steckte die Zunge in ihr Ohr. »Weißt du was, Baby? Du oben, ich unten.«

Das riß sie aus ihrer Lethargie. Junior machte es dieser Tage nur im Bett und ständig in ein und derselben Stellung.

Als sie fertig waren, drehte sich Billy T. mit einem zufriedenen Grunzen zur Seite und zündete sich eine Zigarette an. Darleen stierte zur Decke und lauschte der Musik von nebenan.

Sie zog einen Schmollmund. »Sag mal, Billy, findest du das nicht auch gemein, daß sie eine Party geben und ihre nächste Nachbarin nicht einladen?«

»Ach was, Darleen, mach dir doch wegen solchen Leuten keine Gedanken.«

»Aber so was gehört sich einfach nicht!« Wütend, weil er kein Verständnis zeigte, sprang Darleen auf und holte sich ihr Talkpuder mit dem Rosenduft. Das vertrieb den Geruch nach Schweiß und Sex am schnellsten. Schließlich mußte sie bald Scooter bei ihrer Mutter abholen. »Verstehst du nicht? Sie hält sich für was Besseres. Und ihre Marvella ist genauso eingebildet. Als ob man was Besonderes wäre, bloß weil man mit den Longstreets befreundet ist!« Darleen zwängte sich in ihr ausgebleichtes T-Shirt mit dem Konterfei von Elvis. Auf so etwas wie Unterwäsche verzichtete sie bei dieser Hitze. »Soll ich dir sagen, was dieser Tucker Longstreet im Augenblick treibt? Er macht sich an die Neue, die Waverly, ran. Und das, obwohl Edda Lou noch nicht einmal unter der Erde ist!«

»Ach, der Tucker war doch schon immer der letzte Idiot.«

»Aber Edda Lou hat ihn nun mal leidenschaftlich geliebt. Einmal hat er ihr sogar Parfum geschenkt.« Sie sah Billy T. auffordernd an, doch der war viel zu sehr damit beschäftigt, Kringel in die Luft zu blasen. Darleen wandte sich enttäuscht ab. »Wie ich sie alle hasse! Und wenn Burke und Tucker nicht solche Busenfreunde wären, säße Tucker längst hinter Gittern.«

»Ach was. Tucker ist ein Blödmann, aber nie und nimmer ein Mörder. Das weiß doch jeder, daß es ein Schwarzer war. Weiße Frauen aufschlitzen – zu so was sind nur Nigger in der Lage.«

»Trotzdem ... Er hat sie fallen lassen wie eine heiße Kartoffel. Ich finde es nur gerecht, wenn er dafür auch büßt.« Sie drehte sich wieder zu Billy um. In ihrem Auge glänzte eine Träne. »Jemand sollte ihm mal ans Leder gehen, damit er kapiert, was es heißt, eine Frau so kurz vor ihrem Tod unglücklich zu machen.« Von drüben erscholl Gelächter. Darleen zwinkerte erbost die Träne weg. »Weißt du, ich würde so ziemlich alles für einen tun, der den Mumm hat und es Tucker ordentlich heimzahlt.«

Billy T. drückte bedächtig seine Zigarette aus. »Soll ich dir was sagen, Schätzchen? Wenn du zu mir rüberrutschst und mir zeigst, wie wichtig es dir ist, dann lasse ich mir vielleicht was einfallen.«

»Ach, Honey!« rief Darleen, zwängte sich wieder aus dem T-Shirt mit dem Konterfei von Elvis und kniete sich zwischen Billys Schenkel. »Du bist ja so lieb!«

Während Darleen Billy T. auf Hochtouren brachte, brutzelten im Garten nebenan die Spareribs. Am Grill stand Burke. In der einen Hand hielt er eine Flasche Bier, mit der anderen streute er großzügig Gewürze über das Fleisch. Susie rannte mit Schüsseln und Tellern beladen zwischen der Küche und dem Picknicktisch hin und her und gab zwischendurch ihren Kindern Anweisungen, sie sollten sich um den Kartoffelsalat kümmern, mehr Eis holen und gefälligst die Finger von den gefüllten Eiern lassen.

Caroline bewunderte die perfekte Organisation. Die Küchentür ging in einem fort auf und zu, aber keiner stand dem anderen im Weg. Nur der Jüngste, Sam, half nicht, sondern zeigte Tucker stolz seine Karten mit den berühmtesten Baseballspielern. Die beiden fläzten sich auf dem Rasen und alberten herum.

Der FBI-Mann hatte sich neben Caroline gesetzt und langweilte sie mit Fachsimpeleien über das letzte Promenadenkonzert. Sie hörte nur mit halbem Ohr hin, nickte hin und wieder, murmelte ihre Zustimmung und ließ ihren Blick schweifen. Die anderen Gäste waren weitaus interessanter als Burns' Geschwätz.

Unmittelbar vor ihr klatschten die Inhaberin des Schönheitssalons, Crystal irgendwas – den Nachnamen hatte sie vergessen – und Birdie Shays über die allerneuesten Affären.

Im Schatten der mächtigen Eiche hatte sich eine Traube um den inzwischen ebenfalls eingetroffenen Gerichtsmediziner gebildet, einen hageren, dunkelhaarigen Burschen, über dessen flapsige Bemerkungen vor allem die jüngeren Damen ein ums andere Mal in Kichern ausbrachen. Caroline verstand nicht so recht, wie einer Tag für Tag Autopsien durchführen und trotzdem Witze reißen konnte.

Josie hatte sich auf eine Schaukel gesetzt und flirtete mit ihm und allen anderen Männern in ihrer Reichweite. Etwas abseits auf der Terrasse saßen Dwayne Longstreet und Doc Shays und nippten an ihrem Bier. Noch weiter hinten tauschten Marvella Truesdale und Bobby Lee Fuller verliebte Blicke aus.

Eine Vielzahl von Gerüchen stieg Caroline in die Nase – das Bier, das saftige Fleisch, die von der Nachmittagssonne angestrahlten Blumen. Eins von den Kindern hatte eine neue Kassette in den Ghettoblaster geschoben, und ein bittersüßer, langsamer Blues von Herzensweh erhob sich über die anderen Geräusche. Caroline kannte zwar Bonnie Raite nicht, aber sie wußte, was gute Musik war.

Sie wollte den Blues hören. Sie wollte Sam lachen und kreischen hören, denn inzwischen lieferten er und Tucker sich einen fröhlichen Ringkampf. Sie wollte den Klatsch der Frauen hören.

Sie wollte zur Musik tanzen, durch den rauchverhangenen Dunst vor dem Grill lugen und Burke und Susie beim Küssen zusehen. Die zwei wirkten noch genauso wie Teenager, die sich heimlich Augenblicke der Liebe ergattern. Sie wollte empfinden, was Marvella empfand. Bobby Lee hatte sie gerade bei der Hand genommen und zog sie durch die Küchentür.

An all dem wollte sie teilhaben, anstatt eine Tirade über Rachmaninow über sich ergehen lassen zu müssen.

»Wenn Sie mich bitte entschuldigen, Matthew ...«, murmelte Caroline mit einem zerstreuten Lächeln. »Ich glaube, Susie braucht meine Hilfe.«

Während Sam Tuckers Rücken mit den Fäusten bearbeitete, hatte Tucker nur Augen für Carolines Beine, die unter den weißen Shorts vorzüglich zur Geltung kamen. Seufzend schüttelte er Sam ab und stand auf.

»Mann, du hast mich ganz schön aufgearbeitet. Jetzt hab' ich ein Bier dringend nötig.«

Caroline blieb vor dem Grill stehen. »Riecht ja großartig, Burke.«

»Fünf Minuten noch, dann können wir zuschlagen.«

»Immer diese leeren Versprechungen«, lachte Susie.

»Was möchtest du trinken, Caroline?«

»Im Moment nichts, danke. Braucht ihr noch Hilfe?«

»Honey, wozu, meinst du, habe ich vier Kinder? Setz dich einfach hin und laß dich verwöhnen.«

»Ich, ähh ...« Sie warf einen ängstlichen Blick auf Burns, der gerade ein Glas Chardonnay an den Mund führte und nicht im entferntesten daran dachte, mit anderen Leuten das Gespräch zu suchen.

»Ach so.« Susie war Ihrem Blick gefolgt. »Zu tun gibt es genug. Kannst du vielleicht die Essiggurken holen? Sie sind im Hängeschrank neben dem Kühlschrank.«

Caroline zog dankbar los. Auf der Terrasse tippte Doc Shays freundlich an seinen Hut. Dwayne, der schon einen sitzen hatte, bedachte sie mit einem liebenswürdigen, doch etwas geistesabwesenden Lächeln.

Caroline lief weiter in die Küche und prallte zurück. Vor dem Kühlschrank standen Bobby Lee und Marvella in einer innigen Umarmung vereint. Beim Knallen der Tür sprangen sie jäh auseinander. Marvella lief knallrot an und nestelte an ihrer Bluse herum. Bobby Lee brachte ein halb stolzes, halb belämmertes Lächeln zuwege.

»Es tut mir schrecklich leid ...« setzte Caroline an. Sie wußte nicht, wer von den dreien am verlegensten war. »Ich wollte nur etwas für Susie holen, aber ich kann ja später noch mal kommen.« Sie wich zurück zur Tür, die in diesem Moment von Tucker aufgerissen wurde.

»Du kannst die zwei doch nicht allein lassen, Caro! Weißt du nicht, was für gefährliche Orte Küchen sein können?« Er zwinkerte Bobby Lee zu. »Geht mal lieber in den Garten, wo eure Mamas euch im Auge haben.«

»Wir sind achtzehn und volljährig!« rief Marvella mit einem erbosten Funkeln in den Augen.

»Eben darum.« Grinsend kniff Tucker sie am Kinn.

»Außerdem heiraten wir bald«, versetzte Marvella.

Bobby Lee bekam glühende Ohren. »Marvella! Ich habe doch noch nicht mit deinem Vater gesprochen!«

»Aber wir beide wissen doch, was wir wollen, oder?«

»Äh, klar. Aber trotzdem muß ich erst mit ihm sprechen, ehe wir es den anderen sagen.«

Sie hakte sich bei ihm ein und zerrte ihn zur Tür. »Dann schieb's aber nicht länger auf.«

Tucker starrte den beiden verblüfft nach. »Menschenskinder. Die hat doch neulich noch an meiner Schulter gesabbert, und jetzt redet sie vom Heiraten.«

»lhren Blicken nach zu urteilen, war das mehr als Gerede.«

»Wie konnte sie nur so schnell achtzehn werden?« rief Tucker. »Vor einer Minute war ich selber noch achtzehn!«

Mit einem belustigten Lächeln tätschelte Caroline ihm den Arm. »Mach dir mal nicht zu viele Gedanken, Tucker. In kürzester Frist sabbert dir das nächste Baby das Hemd voll.«

»Heiliger Bimbam! Dann wäre ich ja so was wie ein Opa! Und dabei bin ich gerade erst dreiunddreißig! In dem Alter wird man doch nicht Großvater!«

»Es wäre ja nur ein Ehrentitel«, tröstete sie ihn.

»Ja und? Besser, ich denke gar nicht an so was.«

»Ein weiser Beschluß.« Sie öffnete den Hängeschrank. »Sag mal, weißt du, wo die Essiggurken sind?«

»Im Schrank ganz oben. Du mußt dich nur strecken.«

Tucker sah zu, wie Caroline sich auf die Zehenspitzen stellte und vergaß beim Anblick der weit nach oben rutschenden Shorts ganz den Gedanken ans Alter. Sie hatte wirklich tolle Schenkel und einen entzückenden runden Hintern.

Carolines Finger streiften das Glas, als sie seinen Blick bemerkte. »Ist dir noch zu helfen, Tucker?«

»Tja, gegen so ein Fieber bin ich machtlos. Aber ich helfe dir mal lieber.« Grinsend schlenderte er zu ihr hinüber. Als er nach dem Glas griff, berührten sich ihre Körper. »Du riechst gut, Caro. Zu so einem Duft würde ich nur zu gern jeden Morgen aufwachen.«

»Und dir Kaffee und Schinken machen lassen?«

Er streifte mit den Lippen sachte ihren Hals. »Ich denke da eher an eine schöne, lange Nummer im Bett.«

In ihr passierte zuviel auf einmal. Und viel zu schnell. Es juckte sie am ganzen Körper, und ihre Beine wurden ganz schwach. So war es ihr seit ... Luis nicht mehr gegangen.

Sie fing sich wieder. »Du bedrängst mich, Tucker.«

»Ich versuche mein Bestes.« Er nahm das Glas herunter und stellte es auf den Tisch. Dann umfaßte er ihre Hüften und drehte sie langsam zu sich herum. »Ist es dir auch schon mal so gegangen, daß du etwas ständig im Kopf hattest, eine Melodie zum Beispiel, und du erst sehr viel später gemerkt hast, wie herrlich sie ist?«

Seine Hände glitten langsam nach oben. Dabei streifte er mit den Daumen ihre Brüste. Das Blut hämmerte in ihren Schläfen. »Doch, ich denke schon«, murmelte sie.

»Und das ist eben mein Problem mit dir, Caroline. Du gehst mir nicht mehr aus dem Kopf. Man kann fast schon sagen, ich bin fixiert.«

Sie standen so nahe beieinander, daß ihr eine blasse, faszinierende grüne Schattierung um seine Pupillen auffiel. »Vielleicht solltest du dann mal an ein anderes Stück denken, Tucker.«

Er drückte sie fester an sich. Da sie in seinen Armen steif wurde, begnügte er sich mit einem Küßchen auf ihre Unterlippe und ließ sie los. Ihr steter, nie ausweichender Blick übte einen eigenartigen Reiz auf ihn aus. Er merkte, wie sich eine Art Beschützerinstinkt in ihm regte und gleichzeitig seine Knie schwach wurden. »Hat er dich verletzt oder nur enttäuscht?« fragte er unvermittelt.

»Ich verstehe nicht, was meinst du.«

»Du scheust, Caro. Und das hat bestimmt einen Grund.«

Ihre Schwäche von vorhin wich fester Entschlossenheit. »Das Wort ›scheuen‹ ist wohl eher bei Pferden angebracht. Ich habe schlicht und einfach kein Interesse. Wie kommst du überhaupt darauf, daß ich dich anziehend finde?«

»Das ist aber gelogen, Caro«, protestierte Tucker sanft. »Das mit dem angeblich fehlenden Interesse, meine ich. Wenn draußen nicht so viele Leute wären, würde ich es dir auf der Stelle beweisen. Aber ich bin Frauen nicht böse, wenn sie verführt werden wollen.«

»Das glaube ich dir aufs Wort, daß du jede Menge Frauen verführt hast!« rief sie hitzig. »Edda Lou zum Beispiel.«

Tucker wich zurück. Der Ausdruck der Belustigung in seinen Augen wich Zorn, um sofort etwas anderem – war es Trauer? – Platz zu machen. Entsetzt legte Caroline eine Hand auf seinen Arm. »Tucker, das tut mir leid. Das war abscheulich von mir.«

Mit einem Schluck Bier spülte er einen Teil der Verbitterung hinunter, aber eben nur einen Teil. »Der Wahrheit kommt es ja nahe genug.«

Caroline schüttelte energisch den Kopf. »Du bist bei mir in ein Fettnäpfchen getreten, aber das entschuldigt noch lange nicht so eine gemeine Bemerkung. Bitte verzeih mir.«

»Vergiß es.« Seine Lippen kräuselten sich nach oben, doch Caroline sah, daß seine Augen nicht mitlächelten. Draußen hörten sie Burke etwas rufen. Klingt fast so, als könnten wir endlich essen. Geh du mit dem Glas schon mal voran. Ich komme gleich nach.«

»Gut.« Caroline blieb in der Tür noch einmal stehen. Wie gerne hätte sie noch etwas Versöhnliches gesagt, aber für eine Entschuldigung war es zu spät.

Als die Tür hinter ihr zufiel, lehnte Tucker den Kopf gegen den Kühlschrank. Er vermochte seine Empfindungen in diesem Moment selbst nicht zu erklären, ihm fehlten die Worte. Seine Gefühle kamen immer so schnell, auch die unangenehmen. Aber daß so viele widersprüchliche Emotionen auf einmal in ihm durcheinanderwirbelten, das war neu und mehr als nur ein bißchen unheimlich.

Edda Lou verfolgte ihn bis in seine Träume. Mit ihrem zerfetzten und vom Wasser aufgedunsenen Körper war sie ihm im Schlaf erschienen. Ihre mit Moos verfilzten Haare waren getrocknet und an ihrer Haut klebte verkrustetes schwarzes Blut. Mit knochigen Fingern deutete sie auf ihn. Worte waren nicht mehr nötig. Er verstand auch so, was sie ihm sagen wollte. Du bist schuld! Sie war tot, und es war allein seine Schuld. Gott im Himmel! Was sollte er nur tun?

Josie trat leise in die Küche und legte einen Arm um ihn. »Tucker, Honey, geht's dir nicht gut?«

Beschissen, hätte er fast gesagt, doch er seufzte nur: »Nur ein bißchen Kopfweh. Zuviel Bier auf nüchternen Magen.«

»In der Handtasche habe ich Aspirin. Extrastark steht drauf.«

»Ach, nein. Wenn ich was esse, geht es bestimmt gleich weg.«

»Dann hol dir mal eine ordentliche Portion.« Josie legte den Arm um seine Hüfte und ging mit ihm auf die Terrasse hinaus. »Dwayne ist schon wieder blau, und ich möchte nicht gleich zwei Männer heimschleppen müssen, zumal ich mich für später verabredet habe.«

»Wer ist denn der Glückliche?«

»Dieser Doktor vom FBI. Teddy Rubinstein heißt er. Zum Anbeißen süß, sag' ich dir. Ich probier' ihn für Crystal aus, hab' ich mir gesagt. Sie wirft ihm die ganze Zeit scnmachtende Blick rüber.«

»Du bist eben eine wahre Freundin, Josie.«

»Ich weiß. So, jetzt aber ran an die Spareribs!«

Hinter den Baumwollfeldern lag der hufeisenförmige Teich, dem Sweetwater seinen Namen verdankte. Süß, wie der Name verhieß, war das Wasser freilich schon lange nicht mehr. Seit Generationen hatte man den Boden mit Unkraut- und Insektenvertilgern bearbeitet. Die Gifte waren schließlich ins Grundwasser eingedrungen und von dort in den Teich. Aber auch wenn sein Wasser nicht mehr genießbar war und man es sich doppelt überlegte, ob man einen Fisch daraus braten sollte, so bot er immer noch einen herrlichen Anblick, vor allem bei Vollmond wie in dieser Nacht.

Das Schilf wiegte sich träge in den sanften Wellen, und mittendrin ragten Baumstümpfe heraus wie alte, dunkle Knochen. Die Nacht war so klar, daß man sogar sehen konnte, wie sich das Wasser unter dem Flügelschlag der Mücken kräuselte.

Dwayne war vom Bier, das er auf der Party getrunken hatte, auf Wild Turkey, sein Lieblingsgetränk, umgestiegen. Die Flasche war allenfalls zu einem Viertel leer, doch er fühlte sich bereits sturzbetrunken. Am liebsten hätte er sich ja zu Hause bis zum Umkippen vollaufen lassen, wenn nicht Della gewesen wäre. Und ihm standen Frauen, die an ihm herumnörgelten, bis oben.

Für den Exzeß heute hatte Sissys letzter Brief den Ausschlag gegeben. Jetzt wollte sie also ihren Schuhvertreter heiraten. An und für sich war es ihm ja egal. Sollte sie doch tun, was sie wollte. Er hatte sowieso nie etwas mit ihr am Hut gehabt. Die Ehe mit ihr war ein Betriebsunfall gewesen, nichts anderes. Aber er sah ums Verrecken nicht ein, warum er noch mehr Geld aus sich herauspressen lassen sollte. Weil sie mit den Kindern vor seinen Augen herumwedelte etwa?

Was hatte er nicht schon alles gezahlt? Teure Privatschulen, die edelsten Klamotten, und das, obwohl sie und ihr aalglatter Liebhaber seine Besuche bei den Jungen mit allen möglichen Tricks so gut wie unterbunden hatten. ›Kontakte nur unter Aufsicht‹, hieß es. Angeblich, weil er zuviel trank.

Dwayne stierte wütend ins dunkle Wasser und genehmigte sich wieder einen tiefen Schluck. Sie hatten ihn als eine Art Monster hingestellt. Dabei hatte er nie eine Hand gegen die Jungen erhoben. Gewalttätig war er nämlich nicht – ganz im Gegensatz zu seinem Vater. Nur das mit dem Trinken hatte er von ihm geerbt. Sissy Koons hatte damals genau gewußt, was sie erwartete, als sie die Beine für ihn gespreizt hatte. Und nach der Hochzeit hatte er ihr ein schönes Haus gekauft und tausend andere Dinge, die ihr Herz begehrte.

Im Grunde hatte sie mehr bekommen als sie verdiente, sagte er sich jetzt. Ihr Brief war der letzte Beweis. Aber wenn sie glaubte, dieser schleimige Schuhvertreter würde seine Kinder adoptieren dürfen, hatte sie sich gewaltig getäuscht. Der Teufel sollte ihn holen, wenn er den verhüllten Drohungen nachgab und ihr noch höhere Unterhaltszahlungen überwies.

Um das Geld ging es ihm eigentlich gar nicht. Darum kümmerte sich ohnehin Tucker. Es ging ums Prinzip. Mehr Geld, gab sie ihm auf ihre hinterhältige Art zu verstehen, oder deine Söhne tragen einen anderen Namen.

Seine Kinder, die er so liebte! Das Symbol seiner Unsterblichkeit! Waren sie nicht sein Fleisch und Blut, sein einziger Bezug zur Zukunft, einer der wenigen Lichtblicke in seinem verpfuschten Leben?

Ein einziges Mal hatte er sich vergessen und Sissys beste Gläser zertrümmert, als der kleine Dwayne gar nicht mehr zu heulen aufgehört hatte. Und gleich war Sissy ins Zimmer gestürzt und hatte sich aufgeführt, als hätte er ihren Sohn gegen die Wand geschmissen.

Ihr wollt einen richtigen Grund zum Heulen? Bei Gott, den könnt ihr haben! hätte sein Daddy gebrüllt. Und alle hätten gezittert wie Espenlaub.

Wenn er es genau bedachte, hatte er damals sogar dasselbe geschrien. Nur hatte Sissy nicht gezittert. Sie war lediglich vor lauter Erregung und Abscheu knallrot angelaufen und hatte zurückgeschrien.

Um Haaresbreite hätte er sie geohrfeigt. Die Hand hatte er sogar schon erhoben, doch dann war die Hand seines Vaters vor seinen Augen aufgetaucht, und er war zurückgewichen. Danach war er aus dem Haus getorkelt und hatte seinen Wagen zu Schrott gefahren.

Als Burke ihn am Tag drauf heimgebracht hatte, war das Haus verrammelt gewesen. Was für eine Demütigung! Sie hatte sich aus dem Fenster gelehnt und gekeift, sie würde sich einen Anwalt nehmen.

Wochenlang hatte sich ganz Innocence den Mund darüber zerrissen, wie Sissy seine Kleider aus dem ersten Stock hinuntergeworfen hatte. Nur ein mehrtätiger Vollrausch hatte ihm über diese Schmach hinweggeholfen.

Und jetzt hatte Sissy den Rachen immer noch nicht voll!

Das Allerschlimmste freilich war, daß sie aus ihrem Leben etwas machte. Sie hatte Sweetwater mit einer Leichtigkeit abgeschüttelt, mit der eine Schlange ihre Haut abstreift. Und er? Er steckte im Schlamm seiner Vergangenheit fest und kam nicht los von der Bürde der Hoffnungen, die sein Vater in ihn gesetzt hatte. Frauen waren in der Hinsicht ungleich freier. Nein, er sah keinen Grund, warum er sie dafür nicht hassen sollte.

Dwayne setzte die Flasche ab und glotzte grübelnd ins Wasser. Wieder einmal stellte er sich vor, wie es wäre, wenn er einfach hineinginge, immer tiefer versänke, einen letzten, einen tödlichen Schluck nähme und seine Lungen sich mit Wasser füllten.

Die Augen weiter auf das stille Wasser gerichtet, versank er statt dessen im Whiskey.

Josie saß im McGreedy und genoß den Flirt vor dem großen Augenblick. Neben dem Schönheitssalon war die Kneipe ihre zweite große Anlaufstation im Ort. Sie liebte die mit Whiskey bespritzten Wände, den klebrigen Boden und die wackeligen Tische.

Sie konnte in der trübsten Stimmung eintreten, doch kaum schlugen ihr die rauchverhangene Luft, das Stimmengewirr, das Poltern der Billardkugeln und die Countrymusik aus der Jukebox entgegen, war sie wie ausgewechselt.

Heute hatte sie Teddy mitgebracht. Gerade riß er einen besonders schmutzigen Witz. Unter schallendem Gelächter schlug sie ihm auf die Schulter.

»Du bist ein Urvieh, Teddy! Hast auch wirklich keine Frau irgendwo versteckt?«

»Zwei Ehemalige«, meinte Teddy grinsend.

»Na, so ein Zufall. Ich hab' auch zwei Stück hinter mir. Der erste war übrigens Anwalt.« Sie dehnte in gespieltem Entsetzen beide Silben. »Ein aufstrebender junger Mann aus gutem Hause. Meine Mutter sprang vor Freude im Dreieck. Aber ein Jahr war noch nicht rum, da langweilte er mich schon zu Tode.«

»Ein Spießer?«

»Ach, Honey! Was hab' ich nicht alles probiert, um ihn aufzumöbeln. Partys hab' ich gegeben. Einmal hab' ich mich sogar als blonder Rauschgoldengel verkleidet. Stell dir das nur vor – ich und eine blonde Perücke! Aber dem guten Franklin – so hieß er – war nie zum Feiern zumute.«

Teddy konnte sie sich trotz ihrer pechschwarzen Mähne gut mit einer blonden Perücke vorstellen. *Ihm* war immer zum Feiern zumute, vor allem mit einer solchen Frau. »Kein Sinn für Humor«, bemerkte er.

»Du hast den Nagel auf den Kopf getroffen. Als ich mich dann wieder auf Männersuche begab, hielt ich nach einem ganz anderen Typ Ausschau. Schließlich lernte ich einen Cowboy von der härtesten Sorte kennen. Hatte eine Ranch in Oklahoma.« Sie seufzte. »Eine Zeitlang ging es ja drunter und drüber. Aber dann fand ich raus, daß er mich betrog. Das wäre ja gar nicht so schlimm gewesen, aber er hat es nicht mit Cowgirls getrieben, sondern mit Cowboys.«

»Aua!« rief Teddy und verzog mitleidsvoll die Miene. »Und ich dachte immer, ich wäre schlimm dran, weil ich mir von meinen Frauen sagen lassen mußte, was für einen abscheulichen Beruf ich ausübe. Frauen halten meine Tätigkeit in der Regel nicht für salonfähig.«

»In meinen Augen ist sie faszinierend!« Mit einer Handbewegung bestellte Josie zwei weitere Gläser Bier und rutschte näher an ihn heran, bis sie mit ihrem nackten Fuß seine Wade reiben konnte. »Da muß man doch ganz schön was auf dem Kasten haben, wenn man solche Tests durchführt, die Leiche ritschratsch aufschneidet und danach den Mörder bestimmt. Mir will einfach nicht in den Kopf, wie ihr das schafft. Ihr habt doch bloß eine nackte Leiche.«

Teddy nippte bedächtig an seinem Bier. »Tja, das ist natürlich eine Frage der Technik. Du mußt es dir wie ein Puzzle vorstellen, dessen Einzelteile man eben zusammensetzt. Todesursache, Zeit und Tatort. Kleidungsfasern oder auch Blutspuren, die nicht vom Opfer stammen, können einem weiterhelfen. Hautabschürfungen. Haare.«

Josie erschauderte theatralisch. »Das klingt ja unheimlich! Und habt ihr bei Edda Lou schon solche Spuren gefunden?«

»Wir kennen den Zeitpunkt, den Tatort und die Vorgehensweise des Mörders. Sobald ich meine Untersuchungen abgeschlossen habe, werde ich die Ergebnisse mit den Erkenntnissen des Unter-suchungsrichters über die anderen zwei Mordfälle in der Gegend vergleichen. Hast du wirklich alle beide gekannt?«

»Von Kindheit an. Mit Francie und Arnette bin ich in die Schule gegangen. Arnette und ich haben in unserer wilden Jugend so-gar die Typen gemeinsam aufgerissen. Und Edda kannte ich, als sie noch ein kleines Mädchen war. Freundinnen waren wir ja nicht ge-rade. Trotzdem ist es eine komische Sache, wenn ich mir vorstelle, daß sie jetzt tot sein soll.«

Mit ihrer schwarzgelockten Mähne, den goldenen Augen und der bronzefarbenen Haut sah Josie aus wie eine Zigeunerin, ein Erschei-nungsbild, das ihre großen Ohrringe und die schulterfreie Bluse noch unterstrichen. Teddy lief beim bloßen Anblick das Wasser im Mund zusammen.

»Ob sie viel gelitten hat, weißt du wohl auch nicht?« fuhr Josie mit sanfter Stimme fort.

»Ich kann dir versichern, daß die meisten Wunden ihr erst nach ihrem Tod zugefügt wurden.« Er drückte ihr mitfühlend die Hand. »Denk am besten nicht dran.«

»Das sagst du so leicht!« Sie senkte den Blick auf den Tisch, dann sah sie ihm wieder in die Augen. »Um die Wahrheit zu sagen ... ich kann zu dir doch ehrlich sein, nicht wahr, Teddy?«

»Aber natürlich.«

»Der Tod fasziniert mich.« Sie lachte verlegen auf und rutschte noch näher an ihn heran. Ihr Parfum stieg ihm verführerisch in die Nase, und er spürte ihre warme Brust an seinem Arm. »Dir kann ich's ja sagen, weil es zu deinem Beruf gehört. Wenn im Fernsehen oder in den Zeitungen was von einem Mord kommt, dann werde ich richtig sensationslüstern.«

»So geht es fast allen«, meinte Teddy schmunzelnd. »Die meisten geben es bloß nicht zu.«

»Da hast du recht. Weißt du, wenn im Fernsehen von so ungelösten Fällen berichtet wird, dann bauschen die das immer zu richtigen Shows auf, mit allem Drum und Dran. Aber wahrscheinlich kriegen wir alle ein bißchen Angst, weil irgend jemand durch die Stadt streift und vielleicht schon nach dem nächsten Opfer Ausschau hält. Aber aufregend ist das ja auch, verstehst du das?«

Teddy prostete ihr zu. »Tja, irgendwie müssen die Schmierblätter ja ihre Auflagen steigern.«

»Ich muß dir noch was gestehen, Teddy. Ich bin entsetzlich neugierig. Weißt du, ich hab' noch nie eine Leiche gesehen. Eine richtige, meine ich. Bevor sie in der Leichenhalle aufgebahrt werden, werden sie ja immer hergerichtet.«

»Josie, so etwas muß man wirklich nicht unbedingt sehen.«

Sie verstärkte den Druck auf seine Wade. »Na ja, vielleicht kommt dir das etwas pervers vor, aber findest du nicht auch, daß es einen … pädagogischen Zweck hätte?«

Teddy war bereits klar, daß er einen Fehler beging. Andererseits konnte kaum jemand Josie Longstreet widerstehen, hatte sie sich einmal etwas in den Kopf gesetzt. Hinzu kam noch, daß sie beide ziemlich angeheitert waren. So fand Teddy nach drei vergeblichen Anläufen das Schlüsselloch und sperrte die Leichenhalle auf.

»Ist das der Dienstboteneingang?« kicherte Josie.

»Das Leichenschauhaus«, erklärte Teddy feierlich.

Josie schüttelte sich vor Lachen. Sich gegenseitig stützend, torkelten sie durch die Tür. »Gott, ist das dunkel! Richtig unheimlich!«

»Ich kann das Licht anmachen.«

»Bloß nicht! Das würde die Stimmung nur zerstören.« Ihr Herz pochte wie wild. Damit er ihr es auch glaubte, nahm sie seine Hand und legte sie auf ihre Brust.

Es kam zu einem langen, gierigen Kuß. Teddy drückte sie fest an sich und fuhr mit den Händen unter ihre Bluse. Sie trug einen extrem knappen BH, aus dem ihre dicken und bereits steinharten Warzen praktisch in die Hand fielen.

»Uff, du hast ja Muskeln fast wie ein Mann«, stöhnte er. Sein Atem kam stoßweise. Mit dem Mund machte er sich über ihre Brust her, die Hände wanderten nach unten zu den Shorts.

»Nicht so hastig, Schatz. Du bist ja geil wie ein junger Ziegenbock!« Lachend entwand sie sich ihm. »Jetzt werde erst mal Licht.« Mit einer Hand fuhr sie in ihrer Handtasche herum und förderte ein Lämpchen von der Größe eines Füllers zutage. Damit beleuchtete sie die Wände in einem solchen Tempo, daß die Schatten zu tanzen anfingen. »Wohin jetzt?«

Teddy ließ die Finger über ihren Arm krabbeln, bis sie erschauerte. »Da lang«, sagte er und watschelte wie eine Ente nach links.

»Du bist vielleicht eine Nummer, Teddy!« kicherte sie und schmiegte sich an ihn. »Das riecht ja nach ... toten Rosen und weiß der Himmel noch was!«

»Das ist der Atem der verstorbenen Seelen, meine Liebe.« Was hätte er schon davon gehabt, wenn er ihr erklärt hätte, daß der Geruch von Balsam, Formaldehyd und den scharfen Mitteln der Putzfrau herrührte. Er führte sie durch eine weitere Tür und fand mit Hilfe ihrer Taschenlampe gleich den richtigen Schlüssel.

»Willst du es auch wirklich?«

Josie schluckte einmal und nickte.

Teddy stieß die Tür auf. Insgeheim verfluchte er die Inhaber mit seinem Ordnungssinn. Ein Knarzen hätte sich jetzt gut gemacht, aber hier mußte alles tipptopp sein.

Josie holte tief Luft und schaltete das Licht an. »Mensch, das sieht ja aus wie beim Zahnarzt! Wozu braucht ihr denn die Schläuche dort?«

Er zog grinsend die Augenbrauen hoch. »Willst du's wirklich wissen?«

Sie benetzte sich die Lippen. »Na ja, vielleicht doch nicht. Das da unter dem Laken ... ist sie das?«

»Sie und keine andere.«

Josie spürte, wie in ihr alles zu zittern anfing. »Ich will sie sehen.«

»Okay, aber anfassen darfst du nichts.«

Teddy ging hinüber und zog die Decke weg.

»Mein Gott«, flüsterte Josie. »Sie ist ja grau!«

»Ich hatte für das Make-up noch keine Zeit.«

Eine Hand gegen den Bauch gepreßt, trat Josie einen Schritt näher heran. »Ihre Kehle . . .«

»Die Todesursache.« Er rieb mit der Handfläche über Josies runden, festen Hintern. »Das Messer hatte eine zehn bis fünfzehn Zentimeter lange Klinge. Und jetzt schau dir mal den Arm an. Siehst du die Färbung am Handgelenk? Dort, wo die Haut sich geschält hat? Daran kann man erkennen, daß sie mit einer normalen Wäscheleine gefesselt wurde.«

»Wow!«

»Sie war übrigens Nägelkauerin.« Dazu schnalzte er in gespieltem Entsetzen mit der Zunge und drehte gleichzeitig den Kopf der Leiche um. »Bitte die Quetschung am Hinterkopf zu beachten. Das heißt, sie wurde vor ihrem Tod niedergeschlagen. Lange kann sie nicht bewußtlos gewesen sein, doch die Zeit hat unseren Mutmaßungen nach gereicht, um sie zu fesseln und zu knebeln. In ihrem Mund fanden wir Faserspuren, die von einem roten Baumwolltuch stammten.«

»Und das konntet ihr alles erkennen?«

»Das und noch mehr.«

»Wurde sie . . . vergewaltigt?«

»Die Untersuchungen darüber habe ich noch nicht abgeschlossen. Mit etwas Glück finden wir Spermien, die uns die Bestimmung der DNS ermöglichen würden.«

»Oh!« Die Abkürzung hatte sie schon einmal gehört. »Und der Mörder hat mit ihr auch das Baby getötet?«

»M-mm. Der Hormonspiegel war völlig normal.«·

»Wie bitte?«

»Da war nichts unterwegs.«

Josie sah nachdenklich auf das leblose graue Gesicht hinunter. »Ich hab' ihm ja gesagt, daß sie gelogen hat.«

»Wem?«

»Ach, nichts.« Es war nicht der richtige Moment, um Tucker mit ins Spiel zu bringen. Josie sah sich im Raum um. Die vielen Flaschen,

Röhrchen und die hauchdünnen blitzenden Instrumente faszinierten sie. Neugierig nahm sie ein Skalpell in die Hand. Ehe sie sich's versah, hatte sie sich in den Daumen geschnitten. »Scheiße!«

»Baby, ich hab' dir doch gesagt, du sollst nichts anfassen.«

»Ich wußte nicht, daß das so scharf ist.«

»Scharf genug, um alles mögliche wegzuschneiden.« Mit einem Taschentuch betupfte er in rührender Besorgnis die Wunde.

»Wenn du saugst, hört es schneller zu bluten auf.«

Josie führte den verletzten Daumen zwischen seine Lippen und ließ sich die Wunde ablecken. Mit einem wohligen Stöhnen schloß sie die Augen. Konnte es etwas Intimeres geben, als das Blut des anderen zu schlucken? Sie schlug die Augen wieder auf. Sie schimmerten vor Erregung.

»Ich hab' was für dich, Teddy.« Während er ihren Daumen tiefer in den Mund nahm, tastete sie mit der anderen Hand nach ihrer Tasche, die sie irgendwo zwischen den vielen Instrumenten abgestellt hatte. Sie fand sie und griff mit zitternden Fingern hinein. Unterdessen glitt seine Hand an ihrem Oberschenkel hinauf bis zum Saum der Shorts, fand den Weg unter das Höschen, erreichte ihr Ziel. Ihre Muskeln fingen unkontrolliert zu zucken an.

»Da ist es.« Seufzend zog sie ein Kondom aus der Tasche. »Soll ich es dir überziehen?«

Teddys Unterhose fiel zu Boden. »Heute bist du mein Gast.«

Gegen zwei Uhr in der Nacht fuhr eine durch und durch befriedigte und erschöpfte Josie vor ihrem Haus in Sweetwater vor. Unter Tuckers rotem Porsche lag Billy T. Bonny und fluchte in sich hinein, als die Scheinwerfer auf ihn zuschossen. In zehn Minuten wäre er fertig gewesen. Warum mußte sie ausgerechnet jetzt kommen?

Josie trat auf die Bremse, und Kieselsteine prasselten gegen seine Arbeitsschuhe. Mit verschmierten Fingern packte Billy den Schraubenschlüssel fester. Er machte sich so klein wie möglich. Ansonsten konnte er nur hoffen, daß sie ihn nicht bemerkte. Trotzdem weckten Josies Füße sein Interesse. Sie waren nackt in den roten Sandalen. Um den Knöchel hatte sie eine Goldkette. Kurz bekam er Lust auf sie. Ihr süßlich schwerer Duft hing in der Luft. In ihn mischte sich der Geruch von eben vollzogenem Geschlechtsverkehr.

Sie summte Patsy Clines ›Crazy‹. Plötzlich ließ sie ihre Handtasche fallen. Der ganze Inhalt – Lippenstifte, Wechselgeld, zwei Spiegel, eine Schachtel Tic-Tacs, ein Feuerzeug, ein Fläschchen mit Aspirin, ein paar Kondome und eine Pistole mit perlenbesetztem Griff – ergoß sich auf den Boden. Billy T. biß sich auf die Zunge, um nicht laut zu fluchen, denn jetzt bückte sie sich auch noch und klaubte ihre Habseligkeiten auf.

Unter dem Bauch des Porsche liegend, mußte er zusehen, wie ihre Finger herumtasteten und sie die Sachen nebst nicht wenigen Kieselsteinen wahllos in die Handtasche warf.

»Ach, scheiß drauf«, brummelte sie. Mit einem herzhaften Gähnen stand sie auf und verschwand im Haus.

Billy T. wartete noch eine gute halbe Minute, ehe er seine Arbeit fortsetzte.

9

Wie jeden Sonntag morgen hatte sich fast ganz Innocence in einer
der drei Kirchen versammelt und führte seine feinsten Kleider vor.
Zu den wenigen Ausnahmen gehörte Tucker. Er zog es vor, ausgestreckt auf seinem Bett zu liegen und vor sich hin zu dösen.

Er liebte die Friedhofsstille, wenn seine Geschwister noch schliefen oder die Sonntagszeitung studierten und Della in der Stadt
war.

Zu Lebzeiten seiner Mutter hatte es dergleichen nicht gegeben.
Da war die Familie frisch gewaschen und im Sonntagsstaat gesammelt in die Kirche marschiert, wo sie in der vordersten Bank ihre
Sitze hatte. Nach dem Gottesdienst hatte man sich mit Bekannten
über die Predigt unterhalten, Nachrichten über die Ernte und den
neuesten Klatsch ausgetauscht und Neugeborene bewundert. Wer
fortgezogen war und bei seinen Eltern auf Besuch weilte, war stolz
herumgezeigt worden, während die Heranwachsenden, allen voran
Tucker, die Gelegenheit zu einem Flirt genützt hatten.

Rechtzeitig zum Mittagessen waren sie alle heimgefahren: gla-
sierter Schinken, Süßkartoffeln, selbstgebackene Biskuits, in Braten-
fett schwimmende grüne Bohnen und hin und wieder Pekannußku-
chen. Und stets hatte seine Mutter für frische Blumen auf dem Tisch
gesorgt.

Ihr zuliebe hatte sein Vater an Sonntagen auf Alkohol verzichtet – vor Sonnenuntergang zumindest. Darum nahmen sich diese
langen Sonntagnachmittage in Tuckers Erinnerung auch so friedlich, so verträumt aus. Vielleicht verklärte er im Nachhinein vieles –
jedenfalls war es dann eine tröstliche Illusion.

Ein Teil Tuckers sehnte sich nach diesen vergangenen Zeiten. Andererseits sprach aber auch wirklich nichts gegen das Dösen in einem stillen Haus, wenn drinnen nur der Ventilator surrte, draußen
die Vögel friedlich zwitscherten und man selbst sich in dem schönen Gefühl wiegen konnte, daß absolut nichts zu erledigen anstand.

Ein vorfahrender Wagen störte Tucker jedoch in seiner Ruhe. Ärgerlich wälzte er sich auf die andere Seite, was vergessen geglaubte Schmerzen auslöste, und hoffte, der Störenfried werde sich wieder verziehen.

Vergeblich. Als jemand wiederholt unten an der Haustür klopfte, schlug er ein Auge auf. Sonnenstrahlen blendeten ihn. Er überlegte kurz, ob er sich taub stellen sollte, aber da Josie im anderen Flügel des Hauses schlief und Dwayne nach dem Rausch von gestern wohl noch nicht ansprechbar war, mußte wohl oder übel er den Besucher empfangen.

»Ich will schlafen!« rief er und zog das Kissen über beide Ohren.

Das Klopfen hörte auf. Tucker wollte sich schon zu seinem Erfolg beglückwünschen, da vernahm er Burkes Stimme unter seinem Fenster.

»Tucker, gib deinen müden Knochen mal einen Ruck! Ich muß mit dir sprechen. Es ist wichtig, hörst du?«

»Alles ist immer wichtig«, brummte Tucker und kletterte aus dem Bett. Ein stechender Schmerz schoß ihm in die Schulter. Nackt wie er war, trat er auf die Loggia.

»Ja, um Gottes Willen!« Burke drückte eine Zigarette aus und musterte nachdenklich Tuckers Körper, der immer noch aussah wie die Handpalette eines Malers. Vorherrschend waren die Farben Schwarz, Blau, Grün und Gelb. »Mann, der hat dich ja ganz schön zugerichtet.«

»Hast du mich deswegen geweckt, um mir diese aufregende Neuigkeit mitzuteilen?«

»Komm raus, dann verrate ich dir den Grund. Aber zieh dir vorher was an, sonst buchte ich dich wegen Erregung öffentlichen Ärgernisses ein.«

»Leck mich am Arsch, Sheriff.« Tucker stolperte in sein Zimmer zurück und stieg nach einem wehmütigen Blick auf das zerwühlte Bett in eine dünne Baumwollhose. Dazu setzte er noch eine Sonnenbrille auf, mehr Kleidung erachtete er nicht für nötig.

Da er an diesem Morgen alles andere als gut auf Burke zu sprechen war, machte er noch einen Umweg auf die Toilette. »Noch nicht einmal einen Kaffee darf ich trinken!« schimpfte er beim Betreten der Veranda.

Burke hatte es sich auf dem Schaukelstuhl bequem gemacht. Den frisch polierten Schuhen nach zu urteilen, war er direkt vom Gottesdienst gekommen.

»Tut mir leid, daß ich dich so früh aus den Federn reiße. Ist ja erst Mittag.«

»Gib mir wenigstens eine Zigarette.«

Burke war so freundlich und wartete, bis Tucker sein Ritual hinter sich gebracht hatte. »Und du glaubst wirklich, du gewöhnst dir das Rauchen ab, wenn du die Spitzen abschneidest?«

»Langfristig schon.« Tucker sog den Rauch ein und stieß ihn langsam wieder aus. Nach dem zweiten Zug fühlte er sich geringfügig besser und setzte sich nun ebenfalls. »Also, was führt dich zu nachtschlafender Zeit hierher?«

»Ich habe mich heute morgen mit Doktor Rubinstein unterhalten. Er saß beim Frühstück im Chat 'N Chew und hat mich reingewunken. Er wollte mich über ein paar Sachen aufklären. Vor allem wollte er wohl Burns eins auswischen. Den Kerl kann er genausowenig ausstehen wie ich. Inzwischen hat er mein Büro total in Beschlag genommen, der Burns, meine ich. Kann nicht gerade behaupten, daß mir das paßt.«

»Du hast mein vollstes Verständnis. Kann ich jetzt wieder ins Bett zurück?«

»Tucker, es ist wegen Edda Lou.« Burke befingerte nervös seinen Sheriffstern. Ihm war klar, daß er Interna nicht an Außenstehende weitergeben durfte, zumal an Leute wie Tucker, der nach wie vor vom FBI verdächtigt wurde. Aber die lange Freundschaft galt in seinen Augen mehr als das Gesetz. »Sie hatte nichts im Bauch, Tuck.«

»Hä?«

»Sie war nicht schwanger. Das kam bei der Autopsie heraus. Ich dachte mir, du hast ein Recht, das zu erfahren.«

Ein ohrenbetäubendes Dröhnen stieg in Tuckers Kopf. Benommen starrte er auf seine Zigarette und wiederholte langsam, jede Silbe betonend: »Sie war nicht schwanger?«

»Nein.«

»Ganz sicher?«

»Rubinstein ist ein Fachmann, und er sagt nein.«

Mit geschlossenen Augen lehnte Tucker sich zurück und fing an zu schaukeln. Ihm dämmerte, daß ein Großteil seiner Schuldgefühle von dem Kind herrührten. Aber es gab gar keins, hatte nie eins gegeben, und seine Trauer verwandelte sich urplötzlich in rasende Wut.

»Sie hat mich angelogen.«

»Das stimmt wohl.«

»Sie hat sich vor all den Leuten hingestellt und mir ins Gesicht gelogen.«

Burke, der sich jetzt überflüssig vorkam, erhob sich.

»Ich wollte es dir nur sagen. Es wäre unfair gewesen, wenn du die ganze Zeit geglaubt hättest ... na ja ... ich finde, du hast ein Recht, es zu wissen.«

Tucker nickte nur stumm. Mit geschlossenen Augen blieb er sitzen, bis er hörte, wie Burkes Wagen ansprang und das Motorbrummen sich auf der langen, gewundenen Auffahrt entfernte.

Schwarzer, gräßlicher Zorn sammelte sich in seiner Magengrube, stieg ihm in blubbernden Blasen in die Kehle und sorgte für einen nachhaltig bitteren Geschmack im Mund. Tucker kannte diese Anzeichen. Zu einer anderen Zeit hätte er Angst davor bekommen.

Er wollte irgend etwas packen, zerschlagen, zerfetzen, in den Staub treten.

Auf einmal sprang er aus dem Stuhl und jagte ins Haus und die Treppen hinauf in sein Zimmer. Dort schleuderte er zuerst eine Lampe gegen die Wand. Dann schnappte er seine Schlüssel, riß sein Hemd von der Stuhllehne und zwängte sich beim Hinausgehen in einen Ärmel.

»Tuck?« Mit verquollenen Augen stolperte Josie ins Treppenhaus. »Tuck, warte, ich muß dir was sagen.«

Er stürmte wortlos an ihr vorbei. Sie rannte ihm nach. Beim Wagen erreichte sie ihn. Er riß gerade die Tür auf.

»Tucker, was ist denn los mit dir?«

Er stieß sie weg. »Laß mich in Ruhe!«

»Honey, ich will dir doch bloß helfen. Wir gehören zusammen!«

»Laß mich in Ruhe, hörst du?«

»Laß mich doch bitte was sagen, Tucker!« rief sie unter Tränen. »Mensch, Tucker, gestern war ich mit dem Doktor vom FBI zusammen.« Sie mußte brüllen, um das Dröhnen des Motors zu übertönen. »Edda Lou war gar nicht schwanger! Es hat nie ein Baby gegeben! Sie wollte dich bloß reinlegen, so wie ich's dir gesagt habe!«

Sein Kopf fuhr zu ihr herum, und wütende Blicke bohrten sich in ihre Augen. »Ich weiß.« Kieselsteine spritzten auf, und der Porsche schoß die Auffahrt hinunter.

Mit einem Schmerzensschrei griff sich Josie ans Schienbein. Sie hatte einen Stein abbekommen. Frustriert packte sie eine Handvoll Kiesel und warf sie dem Wagen nach.

»Herrgott im Himmel, was ist'n das für'n Krach?« In der Tür zur Terrasse stand schwankend Dwayne und rieb sich die Augen.

»Ach, nichts«, seufzte Josie und erklomm langsam die Stufen zur Veranda. Im Moment konnte sie nichts für Tucker tun, aber Dwayne hatte ihre Hilfe bitter nötig. »Komm mit, Liebling. Jetzt machen wir uns erst mal einen anständigen Kaffee.«

Das Lenkrad vibrierte unter Tuckers Hand. Mit Vollgas raste er in Richtung Stadt und kümmerte sich nicht darum, daß das Heck ausschwenkte und die Reifen kreischten.

Damit kam sie ihm nicht davon. Unentwegt wiederholte er sich das. Damit kam sie ihm nicht davon. Er biß die Zähne aufeinander und trat das Gaspedal bis zum Boden durch. Er wußte weder, wohin er fuhr, noch, was er überhaupt tun würde. Aber etwas tun mußte er. Und zwar auf der Stelle.

Seine Hand schloß sich fester um das Lenkrad, denn gleich kam die Kurve mit der Abzweigung zur Farm der McNairs. Doch er konnte drehen, soviel er wollte, der Wagen schoß wie ein Pfeil geradeaus weiter. Fluchend trat er auf die Bremse, die sich als genauso nutzlos erwies.

Unter dem Schutz des breitkrempigen Sonnenhuts ihrer Großmutter nahm Caroline die üppig wuchernde Hecke am Wegrand in Angriff. Trotz der Hitze und ihrer bereits schmerzenden Arme fühlte sie sich blendend. Mit der messerscharfen Heckenschere mit dem schön altmodischen Holzgriff ging die Arbeit ja wie von selbst. Dazu trug sie zum Schutz gegen mögliche Blasen Handschuhe. Während Caroline also die Hecke stutzte, stellte sie sich vor, daß ihre Großmutter vor Jahren genau wie sie ausgesehen haben mußte.

Caroline wußte, daß sie warten und die Arbeit Toby hätte überlassen können. Die prompte Reparatur ihrer Fenster hatte sie so be-

eindruckt, daß sie ihn für alle möglichen anfallenden Handwerkstä-
tigkeiten eingestellt hatte. Dennoch verschaffte es ihr ein Erfolgser-
lebnis, selbst etwas zu vollbringen. Nur sie, ihre Arbeit, die Sonne
und die vom Gesang der Vögel erfüllte Mittagsluft waren da. Was
wollte sie mehr? Kurz hielt sie inne und rieb sich die schmerzende
Schulter.

Das Aufheulen eines Motors störte die friedliche Stimmung. Das
konnte nur Tucker sein. Den starken Motor seines Wagens kannte
sie inzwischen. Irritiert stemmte sie die Hände in die Hüften. Irgendwann würde er seinen Schlitten um einen Baum wickeln und
im Krankenhaus landen. Wenn er demnächst zu ihr kam, würde sie
es ihm gleich unter die Nase reiben. Der Mann war ja ...

Ein jähes Reifenkreischen riß Caroline aus ihren Gedanken. Ein
gräßlicher Schrei folgte. Noch ehe sie Glas bersten hörte, rannte sie
los.

Die Schere fiel ihr aus der Hand. Über den heulenden Motor erhob sich Carl Perkins' Stimme mit seiner eindringlichen Warnung
vor ›Blue Suede Shoes‹.

»Um Gottes Willen!« Caroline sah zunächst nur Furchen im Gras,
dann den Porsche. Er hatte sich in den Pfosten verkeilt, an dem vor
wenigen Augenblicken noch ihr Briefkasten gehangen hatte. Auf
der Straße verstreut liegende Glassplitter funkelten im Sonnenlicht
wie Diamanten. Jetzt erst erblickte sie Tucker. Die Stirn ans Lenkrad gepreßt, hockte er in seinem Sitz. Kreischend rannte sie auf ihn
zu. »Tucker! O Gott, Tucker!«

Was konnte sie nur tun? Ihn aus dem Wagen zerren? Ihn liegen
lassen? Sie berührte mit sanfter Hand seine Wange und stieß einen
Schreckensschrei aus, denn sein Kopf fuhr ruckartig hoch.

»Scheiße!«

»Du Idiot!« schluchzte sie. »Ich dachte, du wärst tot! Das hättest du auch verdient, so wie du fährst! Im Wagen führst du dich
ja schlimmer auf als ein Halbstarker. Wie kannst du ...«

»Sei still, Caro!« Er fuhr sich mit zitternder Hand an die Schläfe
und stellte fest, daß sie blutete.

Sie riß die Tür für ihn auf. »Wenn du nicht verletzt wärst, würde
ich dir eine runterhauen!« Statt dessen beugte sie sich über ihn und
half ihm aus dem Porsche.

»Sei vorsichtig. In meiner momentanen Stimmung würde ich zurückschlagen.« Tucker wurde schwindlig. Er mußte sich auf den hinteren Kotflügel, der den Unfall unbeschädigt überstanden hatte, stützen. »Mach bitte das Radio aus, ja? Und zieh den Schlüssel ab.«

Sie folgte wutschnaubend. »Den Briefkasten hast du mir kaputtgemacht. Es ist ja nur ein Glück, daß dir kein anderer Wagen im Weg war.«

»Morgen kaufe ich dir einen neuen.«

»Sachen ersetzen, das fällt dir leicht, was?« Nach der überstandenen Angst überschlug sich ihre Stimme. Dennoch legte sie die Hand um seine Hüfte. Ohne ihre Hilfe wäre er vermutlich umgekippt. Immer noch schimpfend, führte Caroline ihn zu ihrem Haus.

Die spitzen Kieselsteine erinnerten ihn schmerzhaft daran, daß er keine Schuhe anhatte. »Warum so böse, Caroline?«

Etwas an seiner Stimme – nicht der Zorn, sondern etwas Klägliches – ließ sie aufhorchen. »Du kannst dich ruhig richtig auf mich stützen«, murmelte sie. »Ich bin nicht so schwach, wie ich aussehe.«

»Du siehst aus, als könnte die nächste Böe dich fortwehen.« Das Haus verschwamm vor seinen Augen. Kurz fühlte er sich einer Ohnmacht nahe. Er blinzelte, was ihm so weh tat, daß er wieder klar im Kopf wurde. »Komisch, früher haben mir zierliche Frauen nie gefallen ...«

»Soll ich mich jetzt geschmeichelt fühlen?«

»Aber zerbrechlich bist du ja nicht. Du hältst sogar eine Menge aus. Und jetzt bist du stinksauer auf mich. Aber bitte warte noch ein bißchen mit dem Schreien.«

»Warum sollte ich schreien?« Seine hohle Stimme verriet ihr, daß er jederzeit umkippen konnte. Sieh zu, daß er sich ärgert, redete sie sich zu. Hauptsache, das Adrenalin steigt. »Was geht es mich an, wo du deinen Wagen zu Schrott fährst? Aber mußte es ausgerechnet auf meinem Grundstück sein?«

»Das nächste Mal werde ich's beherzigen, Honey. Ich muß mich hinsetzen.«

»Wir sind schon fast auf der Veranda. Dort kannst du dich setzen.«

»Ich mag's nicht, wenn Frauen mich rumkommandieren.«

»Dann bin ich ja fein raus.« Sie hatten die Stufen zur Veranda geschafft. Da er sich immer noch aufrecht hielt, schleppte sie ihn weiter ins Wohnzimmer.

»Du hast doch gesagt, ich . . .«

»Dann habe ich eben gelogen.«

Er lachte verbittert auf. »Das tun Frauen ja immer.«

»So, jetzt darfst du dich setzen.« Sie setzte ihn auf die Couch mit dem Einschußloch, half ihm, die Füße hochzulegen und klemmte ein Kissen zwischen seinen Kopf und die Lehne. »So, jetzt rufe ich erst Doc Shays an, und danach wasche ich dir das Blut weg.«

»Bitte keinen Arzt. Es ist ja nur eine Beule, und so was bringt mich nicht um.«

»Aber es könnte eine Gehirnerschütterung sein.«

»Und tausend Sachen mehr. Er würde mir nur eine Spritze geben, und wenn ich etwas hasse, dann sind es Spritzen.«

Da Caroline Tuckers Vorbehalte gegen Spritzen teilte, verstand sie ihn nur zu gut. So schlimm sah die Beule schließlich auch nicht aus. Außerdem wirkte er klar im Kopf. »Okay, dann wasche ich dich nur, und danach sehen wir weiter.«

»Schön. Wie wär's mit einem Eimer voll Eis und einer Flasche Bier darin?«

»Eis, ja, Bier, nein. So, jetzt bitte stillhalten.«

»Bei der Frau krieg' ich ums Verrecken kein Bier«, murmelte Tucker. »Da verblute ich hier so vor mich hin, und sie meckert in einem fort an mir herum.«

»Ich habe gute Ohren, Tucker!« rief sie aus der Küche.

Seufzend schloß Tucker die Augen und schlug sie erst wieder auf, als Caroline ihm einen nassen, kalten Lappen auf die Stirn legte. »Wieso trägst du eigentlich diesen häßlichen Hut?«

»Er ist überhaupt nicht häßlich.« Erleichtert stellte sie fest, daß die Wunde über dem Auge nicht sehr tief war.

»Honey, du kannst ja tragen, was du willst, aber ich sehe ihn, und ich sage dir, daß er häßlich ist.«

»Von mir aus.« Ärgerlich fegte sie ihn vom Kopf. Dann nahm sie vom Kaffeetisch, auf dem sie eine ganze Batterie Medikamente aufgereiht hatte, ein Fläschchen Jod.

Tucker beäugte es mißtrauisch. »Bitte nicht.«

»Hasenfuß.«

Lächelnd ergriff er ihr Handgelenk. »Ich finde dich wirklich toll, mein Herz.«

»Damit kannst du dich nicht bei mir einschmeicheln.« Sie öffnete das Fläschchen mit der anderen Hand und träufelte ein paar Tropfen auf die Wunde. Er stieß einen wüsten Fluch aus. »Hab dich nicht so, Tucker.«

»Du könntest wenigstens ein bißchen drüberblasen.«

Das tat sie dann auch. Er ließ ihr Handgelenk los und streichelte ihren Schenkel. Nach einem letzten kühlenden Hauch stieß sie seine Hand fort.

»Hast du denn gar kein Mitleid mit einem Schwerverletzten?«

Caroline nahm eine Mullbinde vom Tisch. »Stillhalten. Ich muß dir einen Verband anlegen. Aber wenn du wieder an mir herum-fummelst, wickele ich dir den ganzen Kopf damit ein.«

»Jawohl, Ma'am.« Sie ging sanft zu Werke, und er hätte sich auch ganz wohl gefühlt, hätten in seinem Kopf nicht solche Schmerzen getobt.

»Hast du dir sonst noch irgendwo weh getan?«

»Keine Ahnung. Sieh doch nach.«

Ohne weiter auf sein Feixen zu achten, knöpfte sie ihm das Hemd auf. »Hoffentlich lehrt dich das . . . Oh, o Gott, Tucker!«

Er riß die Augen auf. »Was? Was denn?«

»Du bist ja überall grün und blau . . .«

Er hatte sich von dem Schreck schon wieder erholt »Ach, das ist von Austin.«

»Das sieht ja schlimm aus! Der Mann gehört eingesperrt!«

Er mußte grinsen. »Er sitzt ja schon hinter Schloß und Riegel. Carl hat ihn doch abgeholt.«

»O Mann, der hat dich ja ganz schön zugerichtet.« Sie strich vor-sichtig über seine Blutergüsse.

»Lächelnd ist er aber auch nicht gerade weggegangen«, verkün-dete Tucker nicht ohne Stolz.

»Das geschieht ihm nur recht. Ach, ihr Männer seid alle verrückt.«

Tucker richtete sich auf. »Ich hab' ja nicht angefangen. Er hat Streit gesucht.«

»Ach, sei still und schluck das.« Sie hielt ihm eine Tablette vor den Mund.

»Was ist das?«

»Etwas, dem deine Kopfschmerzen garantiert nicht gewachsen sind. Dir brummt doch der Schädel, oder?«

Dankbar ergriff er die Tablette. Bevor er sie schluckte, las er jedoch das Etikett auf dem Fläschchen. Es konnte ja sein, daß er Doc Shays um mehr bitten mußte. »Kann ich jetzt ein Bier haben?«

»Nein.«

»Na, von mir aus. Dann tu mir aber bitte einen Gefallen und ruf Junior Talbot an. Er soll den Wagen abschleppen.«

»Ich kümmere mich darum. Aber schlafe mir ja nicht ein. Falls du doch eine Gehirnerschütterung hast, mußt du unbedingt wach bleiben.

»Warum?«

»Keine Ahnung«, erwiderte sie genervt. »Die Ärzte sagen es halt immer.«

»Okay. Ich verspreche dir, daß ich nicht einschlafen werde, wenn du gleich zurückkommst und mir die Hand hältst.«

»Wenn du einschläfst, rufe ich sofort Doktor Shayes an und sage ihm, er soll mit seiner längsten Spritze kommen.«

»O Gott, bist du hart!« Aber seine Lippen kräuselten sich zu einem Lächeln.

Drei Minuten später kam Caroline mit einer Packung Eiswürfel zurück. »Junior kommt so schnell wie möglich, hat er gesagt.«

Da Tucker nur schläfrig grunzte, legte sie ihm einen Würfel auf die Stirn. Zur Antwort erhielt sie ein dankbares »Aaahhhh!«

»Sag mal, soll ich deine Familie benachrichtigen!«

»Noch nicht.« Della dürfte noch in der Stadt sein. Josie wird erst gar nicht ans Telefon gehen, und Dwayne wird seinen üblichen Kater haben. Außerdem ist es bei uns in der Familie nichts Besonderes, wenn ein Auto zu Schrott gefahren wird.«

Sie runzelte böse die Stirn. »Ihr solltet lieber stricken lernen oder Krocket spielen. Wohin wolltest du überhaupt so schnell?«

»Keine Ahnung.«

»Und deswegen bist du barfuß und mit über hundert Sachen gerast?«

»Du hast einen Hang zum Übertreiben. Es waren höchstens achtzig.«

»Das hätte aber ins Auge gehen können.«

»Irgend jemanden wollte ich ohnehin umbringen.«

Er sah ihr in die Augen. Sie erkannte, daß die Schmerztablette bereits wirkte, doch eine andere Art Schmerz, der weitaus tiefer lag als körperliches Unwohlsein, fiel ihr auf.

»Ist etwas passiert?«

»Sie hatte gar kein Baby«, hörte er sich sagen.

»Wie bitte?«

»Sie war nicht schwanger. Sie hat mich angelogen. Sie hat mir ins Gesicht gesagt, daß sie ein Baby erwartet. Und das war eine Lüge.«

Es dauerte eine Weile, bis Caroline begriff, daß Tucker von der Frau redete, die sie im Teich gefunden hatte.

»Oh, das tut mir leid.« Sie wußte nicht so recht, wie sie reagieren sollte. Verlegen faltete sie die Hände im Schoß.

Er wiederum fragte sich, warum er es ihr erzählte, aber nachdem er damit angefangen hatte, sprudelte es aus ihm heraus. »Das war es ja, was in der letzten Zeit so an mir genagt hat. Einmal hat sie mir etwas bedeutet. Es war nicht die große Liebe, aber immerhin ... Und wenn ich daran dachte, daß nicht nur sie gestorben ist, sondern auch ein Teil von mir, dann ... Aber es war gar kein Teil von mir in ihr. Sie hatte nur gelogen!«

»Vielleicht war es ein Irrtum. Sie kann ja geglaubt haben, sie sei schwanger.«

Er lachte bitter auf. »Ich hatte fast zwei Monate nicht mehr mit ihr geschlafen. Frauen wie Edda Lou passen schon auf sich auf. Die wußte ganz genau, was los war.« Er schloß die Augen für einen Moment. »Warum rege ich mich nur so auf? Sie hat gelogen, aber das bedeutet, daß kein Baby gestorben ist, und ich brauche mir deswegen kein schlechtes Gewissen mehr zu machen.«

Caroline hatte seine Hand ergriffen. Nun führte sie sie sogar an ihre Wange. Plötzlich wurde ihr klar, daß unter seiner glatten Oberfläche tiefe Gefühle verborgen lagen, die nur mit Mühe den Weg ans Tageslicht fanden. Und der Teil in ihr selbst, der für ihn weich geworden war, würde sich nie wieder verhärten.

»Manchmal verletzt uns das, was hätte sein können, mehr als das, was ist.«

Er drehte die Handfläche um, so daß ihre Hände sich ineinander verschlossen. »Ich glaube, du hast genau verstanden, was ich meine.«

Sie lächelte ihn an und ließ ihn widerspruchslos ihre Knöchel küssen. »Das stimmt.« Behutsam entzog sie sich ihm schließlich doch. »Ich geh' mal nachsehen, ob Junior schon da ist.«

So schnell wollte Tucker sie aber nicht loslassen. Er richtete sich mühselig auf. »Wir können ja gemeinsam gehen. Du mußt mich nur ein bißchen stützen.«

Caroline sah auf seine ausgestreckte Hand hinab. Wie dumm sie doch war, wenn sie glaubte, er verlange zuviel von ihr. Sollte sie ihm wirklich in diesem einen Augenblick, in dem es ihm schlecht ging, die Hilfe verweigern? Noch einmal ergriff sie seine Hand und hielt sie fest umschlossen.

10

Junior Talbot kletterte aus seinem Abschleppwagen, nahm seine Baseballmütze ab und kratzte sich nachdenklich am Kopf. Ohne auf die unter seinen Arbeitsschuhen knirschenden Glassplitter zu achten, schlurfte er zunächst einmal um den demolierten Porsche herum und stellte fest: »Sieht ganz so aus, als hättest du da ein Problem, Tucker.«

»Kommt mir auch so vor«, stimmte Tucker zu. »Sag mal, hast du einen Glimmstengel übrig?«

»Ich denke schon.« Junior zog eine Packung Zigaretten aus der Brusttasche seines verschmierten Overalls und tippte dagegen, bis eine herausrutschte. Nachdem Tucker sie genommen hatte, zog er auch eine für sich heraus und steckte die Packung wieder ein. Mit der Zigarette im Mundwinkel musterte er den demolierten Kotflügel. Nach längerem Schweigen meinte er: »War mal'n hübsches Auto.«

Tucker wußte, daß Junior nicht zu den schadenfrohen Zeitgenossen gehörte. Es war eben seine Art, das Offensichtliche festzustellen. Tucker beugte sich über den Wagen, öffnete das Handschuhfach, fand dort eine Streichholzschachtel, zündete seine Zigarette an und bot Junior ebenfalls Feuer an. »Aber in Jackson können sie ihn vielleicht wieder herrichten, oder?«

Das ließ sich Junior eine Weile durch den Kopf gehen, ehe er erwiderte: »Wahrscheinlich schon. Kann sein, daß der Rahmen sich verzogen hat. Aber selbst dafür haben sie seit neuestem ein Gerät. Vor ein paar Jahren noch hättest du die Kiste wegwerfen müssen.«

»Tja, den Fortschritt kann keiner aufhalten«, erwiderte Tucker mit einem breiten Grinsen.

Caroline fragte sich langsam, ob sie den beiden Klappstühle bringen sollte, damit sie es etwas bequemer hatten.

»Aber eins will mir nicht in den Kopf«, fuhr Junior fort. »Du bist doch weit und breit der beste Fahrer. Wie konntest du da den Pfosten abrasieren?«

»Das war so«, erklärte Tucker nach einem tiefen Zug. »Der Wagen hat sich irgendwie selbständig gemacht. Das Lenkrad hat mir einfach nicht mehr gehorcht.«

Junior paffte mit einem bedächtigen Nicken vor sich hin. Nach einer Weile kam er zu der Feststellung. »Aber so wie's aussieht, hast du auch nicht gebremst.«

»Doch, aber da war kein Widerstand.«

In Juniors Augen blitzte etwas auf. Bei jedem anderen hätte er nur mit den Achseln gezuckt, aber wenn Tucker so etwas sagte, dann mußte es stimmen. »Na, wenn das kein Rätsel ist ... Lenkrad kaputt, Bremse kaputt ... und dabei war die Kiste doch bloß ein halbes Jahr alt, oder?«

»Richtig.«

»Dann wollen wir uns das Ganze doch mal anschauen.«

»Wäre nett von dir, Junior.«

Während Junior zu seinem Abschleppwagen zurücktrottete, sah Caroline Tucker besorgt an. »Ist dir noch schwindlig?«

Er fühlte sich wieder gut, weil er aber ihre Zuwendung nicht verlieren wollte, antwortete er mit einem tapferen Lächeln: »Ein bißchen noch, aber das geht bald vorüber.« Er verkniff sich ein Grinsen, als sie einen Arm um seine Hüfte legte, um ihn zu stützen.

»Heute strengst du dich nicht mehr an«, befahl sie. »Ich bringe dich heim.«

Heim sollte er? Ausgerechnet jetzt, da sich endlich die ersten Fortschritte einstellten! »Vielleicht lege ich mich bei dir noch ein bißchen auf die Couch, bis ich wieder ganz bei Kräften bin ...«

Sie schwankte, das sah er ganz genau, doch im nächsten Moment dröhnte eine Hupe los. Tucker unterdrückte einen Fluch, denn Dwaynes weißer Cadillac schoß auf sie zu und kam mit quietschenden Reifen mitten in der Auffahrt zum Stehen. Dwayne hatte sich noch nicht rasiert, und seine Haare standen in alle Richtungen ab.

»Menschenskinder, was machst du denn für Sachen?«

Mit einem Blick vergewisserte er sich, daß Tucker wohlauf war und widmete seine Aufmerksamkeit dem demolierten Wagen, den Junior gerade an den Abschlepphaken hängte.

»Bist du auf Spazierfahrt, Dwayne?«

»Nein. Crystal hat angerufen. Die halbe Stadt weiß schon Bescheid. Du kannst von Glück reden, daß Josie nicht an den Apparat gegangen ist. Was meinst du, was du von der zu hören gekriegt hättest ... Aber sag mal, Tuck, wie hast du es bloß geschafft, dein hübsches, kleines Spielzeug so plattzumachen?«

Caroline platzte nun endgültig die Hutschnur. »Seien Sie froh, daß es nicht schlimmer ausgegangen ist!« giftete sie Dwayne an. »Aber zum Glück hat nur sein Betonkopf ein paar Schrammen abbekommen. Ich verstehe ja, daß Sie sich um den Gesundheitszustand Ihres Bruders sorgen, aber lassen Sie mich ihnen versichern: Er ist mit dem Schrecken davongekommen.«

Junior unterbrach seine Arbeit und vergaß vor lauter Staunen, an seiner Zigarette zu ziehen, Dwayne gaffte Caroline entgeistert an, und Tucker biß sich auf die Lippen, um nicht laut loszuplatzen. Sie war also doch verrückt nach ihm.

»Das habe ich schon bemerkt, Ma'am«, flötete Dwayne in seinem höflichsten Tonfall. »Ich bin ja nur gekommen, um ihn heimzufahren.«

»Ihr seid ja alle ein Muster an Fürsorglichkeit.«

»Tja, wir halten eben zusammen.« Trotz seiner blutunterlaufenen Augen sah Dwaynes Gesicht charmant aus, als er lächelte.

Caroline gab sich geschlagen. »Leute wie euch habe ich im ganzen Leben noch nicht kennengelernt.«

»Ich bin fertig, Tuck!« rief Junior. »Sobald ich mehr weiß, sage ich dir Bescheid.«

»Das ist nett von dir, danke.«

Als Junior losfuhr, wandte Tucker sich ab. Er konnte einfach nicht mit ansehen, wie sein schöner Wagen abgeschleppt wurde.

»War nett, Sie mal wieder zu sehen«, sagte Dwayne im Gehen. »Komm schon, Tuck. Im Fernsehen läuft ein Baseballspiel. Es reicht, wenn ich den ersten Durchgang verpasse.«

»Gleich!« rief Tucker und wandte sich noch einmal Caroline zu. »Danke fürs Verpflegen. Und fürs Zuhören. Ich wußte gar nicht, daß ich auch eine gute Zuhörerin nötig hatte.«

Sie begriff, daß er es aufrichtig meinte. Das sonst so spöttische Funkeln in seinen Augen fehlte diesmal. Und sein Tonfall war alles andere als ironisch. »Das war doch eine Selbstverständlichkeit.«

»Trotzdem möchte ich mich revanchieren. Ich möchte dich für heute abend zum Essen einladen.« Da sie Anstalten machte, den Kopf zu schütteln, nahm er ihr Kinn zwischen zwei Finger. »Ich möchte, daß du mich in einem anderen Licht kennenlernst als bisher. Und ich möchte dich ganz einfach sehen. Punktum.«

Carolines Herz setzte einen Schlag aus, doch sie entgegnete schließlich mit fester Stimme. »Von Männern habe ich fürs erste die Nase voll, Tucker, und zwar ohne Ausnahme.«

»Nachbarn am Sonntag zum Dinner einzuladen ist bei uns auf dem Land ein alter Brauch.«

Sie mußte unwillkürlich lächeln. »Na gut, gegen gutnachbarschaftliche Beziehungen habe ich nichts einzuwenden.«

»Mensch, Tuck, gib ihr endlich einen Kuß und steig ein!«

Lächelnd fuhr Tucker ihr mit dem Daumen über die Lippen. »Das läßt sie ja nicht zu, Dwayne. Noch nicht. Also, bis gegen fünf, Caro. Ich zeige dir dann Sweetwater.«

»Einverstanden.«

Sie sah ihm nach, wie er zu dem weißen Cadillac schlenderte und auf der Beifahrerseite einstieg. Im Vorbeifahren lächelte er sie noch einmal an, dann verschwand der Wagen um die Kurve.

»Mensch, da lasse ich in der Stadt alles stehen und liegen, weil ich glaube, du hast dir den Schädel gebrochen – und dann eröffnest du mir, du erwartest Besuch!« Wütend ließ Della das Nudelholz auf den Teig für den Auflauf krachen. »Jetzt weiß ich nicht einmal, wieviel wir eingenommen haben. Susie Truesdale hat allein weitergemacht, aber die hat von Verkaufen doch keine Ahnung!«

Da Tucker diese Tirade nun schon seit drei Stunden über sich ergehen lassen mußte, entschloß er sich endlich zum Handeln. Er zog einen Zwanzigdollarschein aus der Tasche und knallte ihn auf den Tisch. »Da. Das ist mein Beitrag für euren Wohltätigkeitsmarkt.«

»Pffhh!« schnaubte Della, nahm aber mit geschickten Fingern den Schein an sich und ließ ihn in die Schürzentasche gleiten. Doch sie war alles andere als fertig mit Tucker. »Ich dachte, mich trifft der Schlag, als Earleen mit der Nachricht gekommen ist, daß dein Wagen nur noch Schrottwert haben soll. Ich hab' dir ja gleich gesagt, daß das ausländische Zeug nichts taugt. Und dann fällt dir nichts

Besseres ein, als am Tag des Herrn wie ein Henker zu fahren. Und ich Närrin rase Hals über Kopf heim, weil ich mir solche Sorgen um dich mache – und was höre ich? Du hast jemanden zum Essen eingeladen! Und dann muß es auch noch Ediths Enkelin sein! Wo ich Edith doch so gemocht habe. Und sie hat mir erzählt, daß die Kleine schon in Paris war, und im Buckingham Palast, und mit unserem Präsidenten im White House gegessen hat. Und ich hatte noch nicht einmal Zeit, das Tafelsilber zu polieren. Aber es kommt heute auf den Tisch! Deine Mutter selig würde sich sonst im Grabe umdrehen!« Erschöpft wischte sich Della den Schweiß aus dem Gesicht. »Und du läßt mich schuften und glaubst wohl, das Essen kocht sich von allein. Typisch Männer.«

»Helfe ich dir etwa nicht?« knurrte Tucker, ohne von der Kartoffel aufzuschauen, die er gerade schälte.

»Und was für eine Hilfe du bist! Du schneidest die halbe Kartoffel mit weg und verdreckst mir den Boden!«

»Herrgott im Himmel!«

»Zieh mir in meiner Küche ja nicht den Namen des Herrn in den Schmutz! Noch dazu am Sonntag!«

»Ich wische ja auch den Boden, Della.«

»Das wirst du auch tun. Aber nicht mit meinem Geschirrlappen!«

»Nein, nein, Ma'am.« Es war wohl an der Zeit, schwerere Geschütze aufzufahren. Tucker stellte die Schale mit den Kartoffeln in die Spüle und legte einen Arm um Dellas Hütte. »Ich wollte mich doch bloß erkenntlich zeigen, weil Caroline mich verarztet hat.«

»Ich habe doch gesehen, wie hübsch sie ist«, brummelte Della. »Da kann ich mir schon vorstellen, wie du dich erkenntlich zeigst.«

»Ich will nicht leugnen, daß der Gedanke mir auch durch den Kopf gegangen ist«, meinte er grinsend.

»Durch die Unterhose, willst du sagen!« versetzte Della, aber sie konnte sich ein Lächeln kaum noch verkneifen. »Ist sie nicht ein bißchen dürr für deinen Geschmack?«

»Ach, bei deinen Kochkünsten nimmt sie bestimmt bald ein paar Pfund zu. Und weil du die beste Köchin weit und breit bist, wollte ich sie mit deinem überbackenen Schinken beeindrucken.«

»Na ja, ich wäre die letzte, die ihr was halbwegs Anständiges mißgönnt ...«

»Was halbwegs Anständiges? Im Weißen Haus bekommt sie nichts Besseres!« rief Tucker und kniff Della liebevoll in die Wange.

Schmunzelnd schob sie seine Hand fort. »Wenn ich nicht fertig werde, bekommt sie gar nichts. Jetzt wirf die Kartoffeln ins kochende Wasser und dann schieb ab. Du stehst mir nämlich mehr im Weg, als du mir hilfst.«

»Jawohl, Ma'am!« Tucker drückte ihr noch einen dicken Kuß auf die Wange und verschwand im Wohnzimmer, wo Dwayne vor dem Fernseher hockte. Das Baseballspiel lief immer noch.

»Du könntest dich auch mal wieder rasieren.«

»Jetzt, wo es um die Wurst geht? Na gut von mir aus.«

Zufrieden ging Tucker nach oben. Er wollte gerade in sein Zimmer treten, da rief Josie: »Tucker? Bist du es, Honey?«

»Ich will mich duschen.«

»Kannst du mir vorher bei einer Kleinigkeit helfen?«

Ein Blick auf die alte Wanduhr bestätigte ihm, daß er noch eine gute halbe Stunde Zeit hatte, und er schlenderte zum Zimmer seiner Schwester.

Dort sah es aus wie in einem Warenhaus beim Ausverkauf. Blusen, Kleider, Spitzenwäsche, Schuhe lagen über den Boden, das Bett, die Stühle und sogar das Fensterbrett verstreut herum. Er bekam von ihr nur den mit einem roten Morgenrock bedeckten Rücken zu sehen. Den Kopf hatte sie in den großen Kleiderschrank gesteckt, in dem sie nach noch mehr Kleidungsstücken suchte.

Wie immer hing eine Mischung von allen möglichen Parfums, Pudern und Lotionen in der Luft.

Tucker warf einen prüfenden Blick in den Raum und stellte fest: »Du hast ein Rendezvous.«

»Teddy fährt nach Greenville mit mir. Vorher hab' ich ihn zum Essen eingeladen. Weil wir sowieso Besuch kriegen, kommt es auf einen mehr oder weniger auch nicht an. Sag, wie findest du das da?«

Sie drehte sich um und hielt sich ein rosa Lederröckchen an die Hüfte.

»Für Leder ist es zu heiß heute.«

Josie zog eine beleidigte Schnute, denn in diesem Minirock kamen ihre Beine am besten zur Geltung. Schließlich warf sie ihn auf den Boden. »Du hast recht. Jetzt weiß ich, was ich brauche! Das kleine rosa Baumwollkleid. Letzten Monat hatte ich es bei einer Garten-party in Jackson an. Es hat mir einen Heiratsantrag und drei un-sittliche Annäherungsversuche eingebracht. Herrgott, wenn ich nur wüßte, wo es ist ...«

Tucker sah zu, wie Josie das Chaos auf dem Boden durchwühlte. »Wolltest du Teddy nicht für Crystal ausprobieren?«

»Das habe ich auch. Das Dumme ist nur, ich habe gemerkt, daß er nicht der Richtige für Crystal wäre. Außerdem reist er in ein paar Tagen wieder ab. Das würde ihr doch nur das Herz brechen. Tut dir der Kopf eigentlich noch weh?«

»Nicht übermäßig.«

»Schau!« Sie deutete auf einen kleinen Bluterguß auf ihrer Wade. »Das warst du. Du bist heute früh so schnell davongebraust, daß ich einen Stein abbekommen habe. Jetzt muß ich eine Salbe drauf-schmieren, wenn ich das Kleid anziehe.«

»Tut mir leid.«

»Ist schon gut Du warst eben aufgebracht. Aber noch vor der Be-erdigung wird der ganze Ort wissen, daß sie gelogen hat.«

Er bückte sich nach einem unter einem Stapel von Kleidern fast verborgenen rosa Stoff und überreichte ihr das Kleid, das sie suchte.

»Oh, danke.« Sie betastete den Verband auf seiner Stirn. Einen Moment lang standen sie nahe beieinander. Sie teilten weitaus mehr als das Gesicht ihrer Mutter und den Nachnamen. Die Bande zwi-schen ihnen waren weitaus mehr als Blut. Sie gingen von Herz zu Herz.

»Es tut mir leid, daß sie dir so weh getan hat, Tuck.«

»Mein Stolz hat ein paar Kratzer abbekommen. Sonst war nichts.« Er gab Josie einen sanften Kuß auf die Lippen.

»Du bist viel zu nett zu den Frauen. Da verlieben sie sich bloß im-mer in dich, und du handelst dir Ärger ein. Wenn du nur ein bißchen gröber mit ihnen umspringen würdest, bliebe dir einiges erspart.«

»Ich werde es beherzigen. Der nächsten Frau sage ich einfach, daß sie häßlich ist.«

»Aber sage auf keinen Fall wieder Gedichte auf!«

»Von wem hast du das?«

»Carolanne hat mir erzählt, daß du Gedichte rezitiert hast, als ihr euch am Lake Village die Sterne angeschaut habt.«

Tucker stemmte die Hände in die Hüften. »Daß ihr Frauen bei der Maniküre auch immer aus dem Nähkästchen plaudern müßt ...«

»Ihr Männer prahlt ja auch beim Bier mit eurem ach so langen Schwanz.«

»Ich mache Frauen nie wieder Komplimente«, knurrte Tucker und rauschte ins Bad.

Caroline war von Sweetwater so beeindruckt, daß sie mitten auf der Auffahrt stehenblieb und staunte. Das in der Nachmittagssonne perlweiß glänzende Haus war mit seiner anmutig geschwungenen Fassade, den filigranen Eisenverzierungen, den schlanken Säulen und den glitzernden Fenstern eine wahre Pracht. Überall blühten Blumen. Sie kletterten die Pergolas empor, überwucherten die mit Ziegeln eingefaßten Beete. Die Luft war durchdrungen vom Duft der Magnolien, Gardenien und Rosen.

Auf dem Rasen vor dem Haus flatterte an einem weißen Mast eine an den Rändern etwas ausgefranste Flagge der Südstaaten.

Im Hintergrund erblickte Caroline hübsche Steingebäude. Sie ahnte, daß einmal die Sklaven dort gewohnt hatten.

Der weitläufige Rasen grenzte an schier unendliche, überaus fruchtbare Baumwollfelder. Inmitten eines dieser Felder sah sie einen vereinzelten Baum stehen, eine Zypresse, die man, sei es aus Faulheit, sei es aus Sentimentalität, nicht gefällt hatte.

Caroline wußte nicht genau warum, aber dieser eine Baum ließ ihr die Tränen in die Augen schießen. Seine Beharrlichkeit, das Er- habene, das er verkörperte, berührten sie im tiefsten Winkel ihres Herzens. Gewiß war er schon im vergangenen Jahrhundert dage- wesen und hatte den Aufstieg und Fall des Südens beobachtet, den Kampf um Unabhängigkeit und, letztendlich die Niederlage.

Wie viele Aussaaten mochte er im Frühling erlebt haben und wie viele Ernten im Sommer?

Ihr Blick wanderte zurück zum Haus. Es war ebenfalls ein Sym- bol für Fortbestand und Wandel, die erhabene Eleganz des ›Grand Old South‹, die im Norden so gern als Behäbigkeit mißverstanden wurde. Seit Generationen hatte es Menschen auf die Welt kommen, leben und sterben sehen. Und nichts brachte das ruhige Mississip- pidelta aus seinem Rhythmus. Der langsame Puls seiner Kultur und

Tradition pochte unbeirrt fort. Der Beweis stand ja vor ihren Augen. Nicht anders verhielt es sich mit dem Haus ihrer Großeltern, ja eigentlich mit ganz Innocence. Caroline wunderte sich, daß ihr das erst jetzt bewußt wurde.

Und als Tucker auf die Veranda trat, fragte sie sich, ob sie auch ihn erst jetzt richtig verstand. Sie legte mit ihrem Auto die letzten Meter zum Haus zurück und stieg vor einem Petunienbeet aus.

»So wie du vorhin im Auto gesessen hast, dachte ich schon, du wolltest wieder zurückfahren.«

»Im Gegenteil! Ich habe mich nur nicht sattsehen können.«

Auch Tucker bekam die Augen nicht voll genug und wartete mit einer Antwort, bis sein Herzschlag sich normalisierte. Caroline trug ein hauchdünnes weißes Kleid, das sich bei einer Brise bestimmt herrlich aufbauschen würde. Zwei schmale Träger hielten es über den Schultern zusammen, ihre Arme waren nackt. Um den Hals hatte sie eine Kette mit glänzenden Steinchen gelegt. Das straff nach hinten gekämmte Haar ließ die Ohren frei. An ihnen baumelten zwei genau zur Kette passende Steinchen. Es gehörte zu den Geheimnissen einer Frau, wie sie ihr Gesicht verändert hatte. Ihre Augen wirkten tiefer und ihre Lippen dunkler. Als sie die Stufen zu ihm hinaufstieg, bemerkte Tucker einen verführerischen Hauch von Parfum. Er ergriff mit der linken Hand ihre Rechte und drehte Caroline wie im Tanz langsam im Kreis. Sie lachte belustigt auf. Beim Anblick des tiefen Rückenausschnitts mußte er schwer schlucken.

»Ich muß dir was sagen, Caroline.«

»Ja? Was denn?«

»Du bist potthäßlich. So, das mußte ich unbedingt loswerden.«

»Eine interessante Eröffnung.«

»Meine Schwester hat mich drauf gebracht. Damit die Frauen sich nicht gleich in mich verlieben.«

Warum mußte sie bei seinen Bemerkungen immer lächeln? »Na ja, vielleicht klappt's. Warum bittest du mich nicht hinein?«

»Darauf warte ich vielleicht schon allzu lange.«

Tucker führt Caroline zur Tür, um gleich wieder stehenzubleiben. Er wollte sehen, wie sie sich auf der Türschwelle mit den Blumen und Magnolienbäumen im Hintergrund machte. Sie hatte ihm nie besser gefallen.

»Willkommen in Sweetwater.«

Kaum war Caroline eingetreten, schlug ihr eine kehlige Stimme entgegen. »Wenn du schon Leute einlädst und mir die ganze Arbeit aufhalst, könntest du zumindest den Tisch decken.«

Oben auf dem Absatz einer gewundenen Treppe stand, eine Hand auf der Ballustrade, die andere in die füllige Hüfte gestemmt, Della.

»Das tue ich noch!« gellte Josies Stimme durch das Haus. »Was regst du dich überhaupt so auf? Ich muß mich nur noch fertig schminken.«

»So wie die sich anpinselt, kann das ja Monate dauern«, brummelte Della. Der Ausdruck der Empörung auf ihrem Gesicht schlug beim Anblick Carolines jäh in Neugierde um. »Na so was, Sie sind bestimmt Ediths Enkelin.«

»Ich glaube, ja.«

»Edith hat mir viel von Ihnen erzählt. Sie hatte Sie sehr gern.«

»Danke.«

»Das ist Della«, stellte Tucker vor. »Sie paßt auf uns auf.«

»Ich versuche es seit dreißig Jahren, aber ich weiß nicht, ob es viel geholfen hat. Führ sie schon mal in den Salon und schenke ihr einen Sherry ein, den guten. Das Essen kommt bald.« Della sandte einen wütenden Blick die Treppe hinauf und hob die Stimme. »Wenn sich die Dame des Hauses vielleicht bequemt, den Tisch zu decken ...«

»Das kann ich doch auch tun«, setzte Caroline an, doch Della zerrte sie schon zum Salon.

»Kommt nicht in die Tüte. Tucker hat die Kartoffeln geschält, und das Mädchen deckt den Tisch. Das ist ja wohl das mindeste, wenn sie schon diesen Leichenarzt da einlädt.« Sie tätschelte Caroline kurz den Arm und verschwand schon wieder in Richtung Küche.

»Äh ... Leichenarzt?«

Tucker schenkte grinsend zwei Gläser Sherry ein. »Gerichtsmediziner.«

»Ach, dieser Teddy. Er ist sicher ein ... interessanter Mann ...«

Caroline ließ bewundernde Blicke über das Zimmer mit seinen Seidenvorhängen und türkischen Teppichen schweifen. Die zwei Doppelsitzer waren in sanften Pastelltönen gehalten. An den tapezierten Wänden, den handbestickten Kissen und dem großen Polsterschemel dagegen herrschten kühle Farben vor. So kamen die herrlichen antiken Möbel besser zur Geltung. Auf dem Kaminsims aus reinem Marmor stand eine wunderschöne Vase mit frischen Rosen darin.

»Das Haus übertrifft alle meine Erwartungen!« Sie ließ sich den Sherry reichen. »Vielen Dank!«

»Später gibt es eine Führung mitsamt Details über die Geschichte.«

»Darauf bin ich schon ganz gespannt.« Caroline stellte sich ans Fenster, das einen prächtigen Ausblick auf den Garten und die Felder dahinter bot. »Ich wußte gar nicht, daß ihr auch Ackerbau betreibt ...«

»Wir sind Baumwollpflanzer«, erklärte Tucker und stellte sich neben Caroline. »Die Longstreets gibt es hier seit dem achtzehnten Jahrhundert, seit 1796 genauer gesagt, als Beauregard Longstreet beim Pokern Henry Van Haven um sechshundert Morgen fruchtbarstes Land in der Gegend von Natchez betrog. Das geschah in einem Freudenhaus mit dem Namen ›The Red Star‹.«

Caroline wandte sich abrupt um. »Das hast du bestimmt erfunden.«

»Aber nein. So habe ich es von meinem Daddy gehört, und er hat es von seinem Daddy und so weiter, bis eben zu diesem schicksalsträchtigen Aprilabend. Das mit dem Betrügen ist Spekulation und auf dem Mist der Larssons gewachsen. Die sind nämlich mit den Van Havens verwandt.«

»Schlechte Verlierer«, meinte Caroline lächelnd.

»Kann schon sein. Aber wie dem auch sei, an den Folgen läßt sich nicht mehr rütteln. Tja, Beau hat seinen Erwerb mit einem der begehrtesten Mädchen des Hauses, einer Millie Jones, gefeiert, und der gute Henry hat sich in Grund und Boden geärgert. In der Nacht noch hat er Beau aufgelauert, als der sich auf den Nachhauseweg begab.«

Caroline nippte kopfschüttelnd an ihrem Sherry. »Du solltest Geschichtenerzähler werden, Tuck.«

»Ich erzähle es dir nur so, wie es war. Nun, Millie war mit Beaus Leistungen außerordentlich zufrieden – habe ich dir schon gesagt, daß die Longstreets im Bett einen hervorragenden Ruf genießen?«

»Nicht, daß ich wüßte.«

»Ist aber über die Jahrhunderte verbürgt«, versicherte Tucker ihr. Ihm gefiel, wie ihre Augen beim Lachen aufleuchteten. Hätte seine Geschichte nicht gestimmt, er hätte sich schnell eine für Caroline ausgedacht. »Tja, Millie war glücklich über Beaus Leistung und die Goldmünze, die er ihr zum Abschied gab, und winkte ihm noch nach. Das war unser aller Glück, denn sie bemerkte Henry mit geladenem Gewehr im Anschlag hinter den Büschen. Sie stieß gerade noch rechtzeitig einen Warnschrei aus. Henrys Schuß ging zwar los, aber die Kugel versengte nur Beaus Frack am Ärmel. Er hatte eben blitzschnell reagiert. Und nicht nur das! Im nächsten Moment hatte er sein Messer gezogen und schleuderte es in die Richtung, aus der der Schuß gekommen war. Damit spießte er Henry auf, wie mein Großvater das auszudrücken beliebte.«

»Natürlich war er im Messerwerfen genauso versiert wie in der Liebe ...«

»Ein Multitalent, richtig. Und weil er zugleich ein kluger Kopf war, zog er es vor, Natchez zu verlassen, ehe man ihm noch unbequeme Fragen über einen mausetoten Mann gestellt hätte. Romantisch war er übrigens auch. Die Millie aus dem Freudenhaus nahm er mit.«

»Und wurde hier im Delta Baumwollpflanzer.«

»Wurde Baumwollpflanzer, steinreich und mehrfacher Vater. Sein Sohn hat dieses Haus 1825 errichtet.«

Caroline blieb für ein paar Augenblicke stumm. Man ließ sich nur allzu leicht von dem natürlichen Fluß seiner Worte, dem Rhythmus seiner Stimme einfangen, sinnierte sie. *Dabei ist es gar nicht so wichtig, wieviel davon stimmt und wieviel erfunden ist. Die Art und Weise, wie er erzählt, macht es aus.* Caroline ging in die Mitte des Raums zurück. Sie spürte, daß er sie gleich wieder in den Arm genommen hätte und war sich nicht ganz so sicher, ob sie ihn daran hätte hindern wollen. »Über die Geschichte meiner Familie weiß ich nicht besonders viel. Vor allem nichts, was zweihundert Jahre zurückreichen würde.«

»Hier im Delta blicken wir mehr zurück als nach vorne. Die Geschichte liefert den allerbesten Stoff für den Klatsch. Und das Morgen ... wie soll ich sagen, das kommt doch ganz von selber, findest du nicht auch?«

Tucker bildete sich ein, ein leises Seufzen gehört zu haben, hätte es aber nicht beschwören können.

»Ich habe mein ganzes Leben mit Gedanken an das Morgen verbracht – habe für den nächsten Monat, die kommende Konzertsaison vorausgeplant ...« Diesmal seufzte Caroline laut und vernehmlich – und etwas wehmütig, wie ihm vorkam. »Es muß wohl an der Luft hier liegen, daß ich seit meiner Ankunft so gut wie gar nicht an die nächste Woche gedacht habe ... Wozu ich auch gar keine Lust habe«, fügte sie nach einer Pause hinzu. Ihr fielen plötzlich die endlosen Telefongespräche mit ihrem Manager ein, nachdem sie ihn von ihren Urlaubsplänen in Kenntnis gesetzt hatte.

Tucker verspürte einen unbändigen Drang, Caroline wieder zu halten. Dann wieder bekam er Angst, eine solche Geste würde diesen einzigartigen Augenblick verderben.

»Warum bist du so unglücklich, Caro?«

Sie sah überrascht zu ihm auf. »Das bin ich ja gar nicht.« Gleichzeitig wurde ihr klar, daß das nur eine Halbwahrheit war. Und zur anderen Hälfte eben eine Lüge.

»Ich kann fast genausogut zuhören wie reden. Vielleicht willst du das auch eines Tages herausfinden.« Mit sanfter Hand streichelte er ihr das Gesicht.

»Vielleicht.« Sie wich zurück. »Ich höre Leute kommen.«

Tucker begriff, daß er sich noch gedulden mußte und trat wieder ans Fenster. »Der Leichenarzt«, sagte er grinsend. »Gehen wir doch nachsehen, ob Josie den Tisch gedeckt hat.«

11

Im Gefängnis von Greenville hockte Austin Hatinger auf der steinharten Pritsche seiner mit Graffiti verschmierten Zelle und starrte den Schatten an, den die Gitter auf den Boden warfen.

Für Austin stand fest, warum er wie ein gewöhnlicher Verbrecher, wie ein Tier gefangengehalten wurde.

Schuld daran war einzig und allein Beau Longstreet mit seinem Reichtum. Und nach seinem Tod hatte der gottlose Schuft den gesamten Besitz seinen Bastarden in den Rachen geworfen!

Madeline mochte zwar den Ring dieses Verräters am Finger getragen haben, doch in den Augen Gottes hatte sie immer zu einem anderen gehört, nämlich zu ihm, Austin Hatinger!

Beau war nicht wie er nach Korea, dieses stinkende Drecksloch, gegangen und hatte Amerika vor der Gelben Gefahr gerettet. Nein, er war zurückgeblieben in seinem sündigen, bequemen Leben und hatte noch mehr Geld gescheffelt. Austin hatte von Anfang an vermutet, daß Beau Madeline mit einem Trick zur Ehe verlockt hatte. Das entschuldigte zwar nicht ihren Betrug, aber Frauen waren nun einmal schwach – schwach im Körper, schwach im Willen, schwach im Geist. Ohne die Führung einer strengen Hand neigten sie zur Dummheit und Sünde. Gott war sein Zeuge, daß er sein Bestes versucht hatte, um Mavis auf den Pfad der Tugend zu führen.

Er hatte sie geheiratet, als ihn die Verzweiflung geblendet und die Fleischeslust verzehrt hatten. ›Das Weib, das du mir zugesellet, hat mir von dem Baum gegeben, und ich aß.‹

O ja! Mavis hatte ihn verführt, und er, der schwach im Fleisch gewesen war, war der Lust erlegen. Austin wußte, daß bei Eva der Satan durch die Frau sprach, denn das weibliche Geschlecht verfiel eher der Sünde und riß in seiner Tücke den Mann mit ins Verderben.

Dennoch war er ihr treu geblieben. Ein einziges Mal in fünfunddreißig Jahren hatte er sich einer anderen zugewandt.

Bei der Erfüllung seiner ehelichen Pflichten hatte er aber immer statt Mavis Madeline unter sich gefühlt, gerochen, geschmeckt, gestoßen. So hatte der Herr ihn daran erinnert, wer seine eigentliche Frau war.

Madeline hatte Gleichgültigkeit vorgeheuchelt. Aber all die Jahre, in denen sie mit Beau gegangen war, hatte er gewußt, daß sie ihn nur hatte blenden und reizen wollen, wie es eben die Art der Frauen war. Ihr entrüstetes Nein auf seinen Heiratsantrag hin hatte auch nur zu diesem Verstellungsspiel gehört.

Hätte Beau sich nicht an sie herangemacht, hätte sie auf seine Rückkehr aus Korea gewartet. Damit aber hatte sein Ende angefangen.

Hatte er nicht im Schweiße seines Angesichts gearbeitet, bis die Finger wund und der Rücken krumm waren, nur um seiner Familie ein menschenwürdiges Leben zu ermöglichen? Und was hatte Beau in dieser Zeit getan? Er hatte sich in seinem vornehmen Haus zurückgelehnt und gelacht!

Gelacht über ihn!

Aber eins hatte Beau nicht gewußt. Trotz all seines Geldes, seiner teuren Kleider und edlen Autos hatte er nicht geahnt, daß eines staubtrockenen Hochsommernachmittags, an dem der Himmel in der Hitze weiß geflimmert hatte, Austin Hatinger sich das genommen hatte, was ihm zustand.

Er konnte sich noch erinnern, wie sie damals ausgesehen hatte. Das Bild vor seinem geistigen Auge war so scharf und deutlich, daß seine Finger zitterten und das Blut heiß in ihm aufwallte.

Madeline war mit einem Korb voller milder Gaben für seinen in der Wiege plärrenden Sohn die Stufen zu seiner Veranda heraufgestiegen. Drinnen lag seine Frau Mavis stöhnend in den Wehen.

Madeline trug ein blaues Kleid und einen weißen Hut mit einem in der Luft wehenden blauen Tuch. Unter dem Hut quollen schwarze Locken hervor und umrahmten ihr milchig weißes Gesicht. Ja, ja, mit Beaus gottlosem Geld hatte sie sich genug Cremes für ihre Haut leisten können.

Wie ein Frühlingsmorgen sah sie aus und kam mit lachenden Augen herauf, als hätte sie die Armut, die kaputten Treppen, die mehrfach ausgebesserten Kleider auf der Wäscheleine, die im Staub vergeblich nach Körnern pickenden Hühner nicht gesehen.

In ihrem kühlen Tonfall bot sie ihm den Abfall aus Beaus sündigem Haus an, die Strampelhosen der Babys, die Beau in den Unterleib der Frau gesät hatte, die er ihm arglistig geraubt hatte. Er konnte ihre Stimme kaum hören, denn Mavis wimmerte und schrie nach einem Arzt.

»Hol doch den Arzt, Austin«, sagte Madeline mit ihrer quellwasserklaren Stimme, und der freundliche Ton brannte ein Loch in seinen Leib. »Beeil dich, ich kümmere mich solange um deine Frau und den Kleinen.«

Was sich in diesem Moment seiner bemächtigte, war nicht Wahnsinn – diese Vorstellung hätte Austin nie gelten lassen –, sondern sein Gerechtigkeitssinn. In gerechtem Zorn packte er Madeline und schleifte sie hinter die Büsche.

O ja, sie tat, als wolle sie ihn nicht. Sie schrie, flehte und schlug um sich, aber das war nichts als Heuchelei. Gott hatte ihn dazu ermächtigt, in sie einzudringen und seinen Samen in sie zu verströmen. Und am Ende erkannte sie dieses Recht auch an.

Ihre Tränen waren versiegt, als er sich umdrehte und in den weißen Himmel hinaufstarrte. Schweigend stand sie auf und ging. Zurück blieben sein Triumphgeheul in seinen Ohren und ein bitterer Geschmack auf der Zunge.

Tag für Tag, Nacht für Nacht hatte er danach auf Beau gewartet. Sein zweiter Sohn war geboren worden, seine Frau hatte mit versteinerter Miene auf dem Bett gelegen, und Austin hatte, die Winchester im Anschlag, gewartet. Der Drang zu töten hatte rasende Schmerzen in ihm erzeugt, doch Beau war nie gekommen.

So hatte er begriffen, daß Madeline ihrer beider Geheimnis gewahrt hatte. Und das war sein Verderben gewesen.

Inzwischen waren Beau und Madeline tot und ruhten Seite an Seite im Familiengrab.

Doch ihr Sohn lebte weiter. Und mit ihm hatte sich der Kreis des Bösen geschlossen. Ihr Sohn hatte seine Tochter verführt und beschmutzt. Das Mädchen war nun tot.

Er hatte ein Recht auf Rache. Die Rache war sein Schwert.

Austin richtete den Blick noch immer auf die Schatten der Gitter auf dem Boden. Doppelte Gitter sozusagen. Mit dem hereinbrechenden Abend waren sie weiter nach Westen gewandert. Zwei Stunden lang war er dagesessen und ihnen mit den Augen gefolgt.

Es war Zeit, einen Plan zu schmieden. Angewidert sah er an seiner blauen Hose herunter. Gefängnistracht. Bald war er sie ja los. Er würde entkommen, denn der Herr half denen, die sich selbst halfen.

Und dann würde er nach Innocence zurückkehren und das tun, was er vor über dreißig Jahren versäumt hatte. Er würde den Teil von Beau töten, der in seinem Sohn fortlebte. Und die Rechnung endlich begleichen.

Caroline trat auf die mit Blumen geschmückte Veranda und sog in tiefen Zügen die Sommerdüfte ein. Langsam ging es auf den Abend zu. Das Licht war jetzt angenehmer, und im Gras schwirrten Insekten. Caroline wußte nicht mehr, wann sie zuletzt so satt gewesen war wie heute. Jedenfalls war es ein herrlich angenehmes Gefühl.

Das Dinner war weitaus mehr gewesen als jede Menge Häppchen auf Silbergeschirr. Sie hatte es als eine langsam auftauchende Insel im Meer der Zeit empfunden, und dort waren die erlesensten Gerüche, köstlichsten Leckereien und amüsantesten Plaudereien verborgen gewesen.

Teddy hatte mit seiner Serviette Zauberkunststücke vorgeführt, Dwayne, der diesmal erstaunlich nüchtern geblieben war, hatte sein beträchtliches Talent als Parodist unter Beweis gestellt, und Tucker und Josie hatten eine Anekdote nach der anderen über Sexskandale, von denen die meisten bereits ein halbes Jahrhundert zurücklagen, zum Besten gegeben.

In ihrer Familie waren solche Dinner ganz anders verlaufen. Ihre Mutter hatte die Konversation beherrscht und nur züchtige Themen zugelassen. Steril und leblos war es bei ihnen zugegangen.

Um so mehr hatte Caroline diesen Tag genossen. Sie war richtiggehend traurig, daß er sich nun dem Ende zuneigen sollte.

»Du siehst glücklich aus«, bemerkte Tucker.

»Warum sollte ich auch nicht?«

»Du bist einfach ein schöner Anblick so.« Er nahm Caroline bei der Hand. Als ihre Finger sich ineinander verschlossen, spürte er nicht so sehr Widerstand, sondern vielmehr Unsicherheit. »Hast du Lust auf einen Spaziergang?«

»Gern.«

Es war ja ein wunderschöner Abend an einem herrlichen Flecken Erde.

Ein Spaziergang war es eigentlich nicht in Carolines Augen, was sie im betörenden Duft der Rosen und Gardenien erlebten, sondern ein Ineinanderfließen. Sie hatten keine Eile, kein Ziel, keine Probleme. Und floß nicht auch Tucker durchs Leben?

Ein Glitzern im Schein der untergehenden Sonne fiel ihr auf. »Ist das dort ein See?« wollte Caroline wissen.

»Sweetwater«, erwiderte Tucker und lenkte sofort die Schritte in diese Richtung. »Am Südufer hat Beau sein Haus gebaut. Ein paar Reste von den Grundsteinen sind noch zu sehen.«

»Gott, müssen die einen Ausblick gehabt haben! Fruchtbarstes Land, so weit das Auge reicht! Wie fühlt man sich da eigentlich?«

»Keine Ahnung. Es ist halt da.«

Caroline gab sich mit dieser Antwort nicht zufrieden, stammte sie doch aus einer Großstadt, in der sogar die Reichen wenig Land besaßen und die Leute sich in den wenigen Grünflächen drängten. »Aber wenn man all das hat ...«

»... dann läßt es einen nicht mehr los.« Er staunte über den eigenen Ausspruch, doch dann tat er ihn mit einem Achselzucken ab. »Man kann es nicht aufgeben, wenn man sich vor Augen hält, daß es von einer Generation zur nächsten weitergereicht worden ist. Immerhin ernährt Sweetwater die Longstreets seit fast zwei Jahrhunderten.«

»Würdest du es wirklich aufgeben wollen?«

Wieder hoben sich seine Schultern, eine Geste, die sie inzwischen zur Genüge kannte. »Vielleicht will ich mal ein paar andere Gegenden kennenlernen. Andererseits ist das Reisen wirklich zu kompliziert und am Ende die vielen Mühen vielleicht gar nicht wert.«

»Laß es bleiben.«

Er lächelte unwillkürlich über ihren ungeduldigen Ton. »Noch habe ich ja gar nichts in der Richtung unternommen. Aber ich lasse es mir durch den Kopf gehen.«

Caroline wandte sich enttäuscht ab. »Du weißt genau, was ich meine. Erst tust du so, als sei in deinem Kopf noch etwas anderes als bloß immer der Gedanke an den bequemsten Weg, und dann kehrst du doch wieder den lässigen Macho heraus!«

»Was ist denn der Sinn und Zweck von steinigen Wegen?«

»Wie wär's mit den richtigen?«

Tucker kannte kaum Frauen, die Diskussionen über philosophische Probleme nicht scheuten. Um das Gespräch auch richtig zu genießen, zündete er sich eine Zigarette an. »Na ja, was für den einen richtig ist, muß nicht unbedingt das Maß aller Dinge für den anderen sein. Dwayne hat einen Universitätsabschluß, und was hat ihm das eingebracht? Er brütet den ganzen Tag darüber herum, wie es hätte sein sollen. Josie heiratet zweimal Hals über Kopf, fliegt auf alles, was sich rasiert und landet am Ende doch immer auf der Schnauze.«

»Und was ist mit *deinem* Weg?«

»Ich nehme die Dinge, wie sie kommen. Du dagegen ...« Er sah ihr kurz in die Augen. »Du dagegen malst dir aus, wie es sein wird, ehe du losgehst. Das heißt aber noch lange nicht, daß einer von uns sich irrt.«

»Aber wenn ich es mir ausmale und es dann doch nicht paßt, kann ich es immer noch ändern.«

»Versuchen kannst du's«, meinte Tucker. »Aber ›Laßt uns einsehn, daß Unbesonnenheit uns manchmal dient, wenn tiefe Pläne scheitern.‹ Hamlet.«

Caroline verschlug es die Sprache. Tucker wäre der letzte gewesen, von dem sie ein Shakespearezitat erwartet hätte.

Er legte den Arm um sie und drehte sie halb im Kreis. »Schau dir das Baumwollfeld dort drüben an. Der Humus ist gut einen Fuß tief und voll mit Kunstdünger. Dazu versprühen wir jede Menge Unkrautvertilger, damit im Sommer geerntet, gepreßt, ausgeliefert und verkauft werden kann. Ich kann mich natürlich um all das zu Tode sorgen, aber es würde kein bißchen helfen.«

»Aber es gibt doch mehr im Leben als ...«

»Fangen wir mal ganz von vorne an, Caro«, unterbrach er sie. »Die Baumwolle wird ausgesät, geerntet, und irgendwann landet sie als Kleid bei dir. Klar, ich könnte mich nächtelang im Bett wälzen und mich sorgen, ob es zuviel oder zuwenig regnet, ob die Fernfahrer streiken, ob die Schwachköpfe in Washington uns wieder eine Rezession bescheren. Oder aber ich wache frisch und munter am nächsten Morgen auf. Das Ergebnis ist in beiden Fällen genau dasselbe.«

»Deine Logik klingt bestechend!« rief Caroline lachend. »Trotzdem hat die Sache irgendwo einen Haken.«

»Sag's mir, wenn du einen findest. Solange halte ich mein Argument aber für hieb- und stichfest. Ich gebe dir ein anderes Beispiel. Ich darf dir keinen Kuß geben, weil du Angst hast, du könntest mich zu sehr mögen.«

»Du bist ja unglaublich selbstgefällig! Ich könnte ja auch merken, daß ich dich überhaupt nicht mag.«

Tucker legte ungerührt seinen Arm um ihre Hüfte. »Wie dem auch sei, du suchst die Lösung, noch ehe das Problem überhaupt da ist. Von so was kriegt man aber nur Kopfschmerzen.«

»Ach, wirklich?« Sie ließ die Arme steif herabhängen, machte aber keinerlei Anstalten, sich ihm zu entziehen.

»Trau mir ruhig, Caroline. Ich habe da Studien angestellt. Genausogut kann man an einem Schwimmbecken stehen und sich sorgen, ob das Wasser vielleicht zu kalt ist. Du hättest mehr davon, wenn dich einer mit einem Tritt in den Allerwertesten hineinbeförderte.«

»Hast du das etwa vor?«

»Ich könnte dir gestehen, daß ich es versucht habe, damit du dir keine Gedanken mehr über das Wenn und Aber machst. Aber ehrlich gesagt ...« Er senkte den Kopf, und etwas in ihr fing an zu zucken, als sein warmer Atem über ihre Lippen strich. »... Der bloße Gedanke daran hält mich stundenlang wach – wo ich meinen Schlaf doch brauche.«

Caroline blieb stockteif stehen, obwohl seine Lippen über die ihren glitten und ihr Herz schneller pochte. Angewandte Verführung, sagte sie sich. Sie hatte vergessen, wie geschickt manche Männer die Bedürfnisse einer Frau auszunutzen verstanden.

»Du kannst meinen Kuß erwidern, wenn du willst«, murmelte Tucker. »Wenn nicht, mache ich einfach weiter, wie es mir gefällt.«

Zunächst erforschte er träge ihr Gesicht, zeichnete mit den Lippen die Schläfen, die geschlossenen Augenlider, die Wangen nach. Weil er von Natur aus sanft war, gab er dem in ihm wachsenden Drang, Besitz zu ergreifen, nicht nach. Statt dessen konzentrierte er sich auf das erste schwache Zittern, den nachlassenden Widerstand, bis ihr

Körper sich allmählich an den seinen schmiegte, auf ihren schneller fliehenden Atem. Und erst jetzt legte er den Mund wieder zärtlich auf den ihren.

Diesmal öffneten sich ihre Lippen von selbst. Schritt für bittersüßen Schritt verstärkte er den Druck, und dann glitten ihre Hände an seinen Armen hinauf. Und es war so herrlich zu spüren, wie sie nachgab, zu hören, wie ihr Atem immer schneller ging, und zu riechen, wie ihr betörend weibliches Parfum sich über die Düfte des Abends erhob.

Caroline dachte längst nicht mehr – was Wunder bei diesem steten Sausen in ihren Ohren! Sie hatte sich an ihn geklammert, um nicht zu stürzen, was die Welt aber nicht daran hinderte, wild um sie herumzuwirbeln. Ihre Vorsicht hatte sich in Rauch aufgelöst. Mit einem hilflosen Stöhnen gab sie sich dem Kuß hin.

Sein Mund trank aus dem ihren. Doch das reichte nicht. Was er bekam, schmeckte süß und scharf zugleich. Mit jedem Zug begehrte er mehr. Zunge und Zähne gruben sich immer tiefer in sie hinein. Und dennoch ließ die Qual nicht nach.

Aber ein Kuß sollte doch keine Qualen bereiten! Es sollte ihm doch nicht vor den Augen schwimmen, nur weil sie sich fester an ihn drückte! Und warum zitterte er auf einmal? Weil sie seinen Namen stöhnte?

Tucker wußte, was es hieß, eine Frau zu begehren. Es war ein natürlicher und angenehmer Teil des Mannseins. Aber deswegen klapperten doch die Knie nicht gegeneinander, bis man Angst bekam, man würde zu Boden sinken und um Liebe betteln!

Er spürte, daß er im nächsten Moment rückwärts in den See fallen würde. Vorsichtig führte er Caroline mit sich einen Schritt vom Ufer weg. Die Wange an die ihre geschmiegt, rang er nach Luft.

Caroline hielt mit zitternden Händen seine Hüften umfaßt. Nach und nach tauchten ihre Gedanken durch den Nebel ihrer Gefühle wieder an die Oberfläche. Zu lange war es her, daß es zu einer innigen Umarmung gekommen war, daß sie wahre Sehnsucht auf den Lippen eines Mannes geschmeckt hatte. Da konnte man sich durchaus für ein paar Augenblicke verlieren.

Aber jetzt hatte die Welt sich wieder zurückgemeldet. Das Blut hämmerte nicht mehr in ihren Schläfen. Sie konnte die Insekten summen und schwirren, die Frösche quaken hören. Und der lockende Ruf eines Ziegenmelkers drang an ihr Ohr.

Die Sonne versank hinter dem Horizont. Das Licht schwebte in diesem letzten verzauberten Moment zwischen Tag und Nacht, doch der Tag verebbte und nahm die Glut der Leidenschaft mit sich.

»Kann sein, daß wir beide uns getäuscht haben«, erklärte Tucker.

»Inwiefern?«

»Du, weil du geglaubt hast, ich sei dir egal, und ich, weil ich dachte, nach einem Kuß würde ich besser schlafen können.« Mit einem tiefen Seufzer hob er den Kopf. »Ich muß dir was sagen, Caro. Seit ich es mit fünfzehn zum erstenmal in der Scheune mit Laureen O'Hara getrieben habe, habe ich immer gedacht, es sei nichts als ein Vergnügen, eine Frau zu begehren. Du bist die erste Frau in meinem Leben, bei der die Sache etwas komplizierter ist.«

Caroline wollte ihm gern glauben, daß seine Empfindungen ihr gegenüber komplizierter, intimer, gefährlicher waren als alles zuvor Erlebte. Und gerade weil sie ihm glaubte, bekam sie solche Angst, daß sie sich aus der Umarmung löste. »Wir sollten es wohl besser bleiben lassen.«

Sein Blick flackerte über ihre vollen, sinnlichen Lippen. »Das hältst du noch für möglich?«

»Es ist mein Ernst, Tucker.« Eine Spur Verzweiflung schwang in ihrer Stimme mit. »Ich habe eben erst eine gräßliche Beziehung beendet und habe keine Lust, mich gleich in die nächste zu stürzen ... Und dein Leben ist im Moment auch so kompliziert genug!«

»Normalerweise würde ich dir ja zustimmen. Aber wenn du wüßtest, wie dein Haar jetzt gerade im Abendlicht aussieht ... Wie ein Engel mit Heiligenschein. Vielleicht brauche ich jemanden, der mich erlöst. Ist das nichts – der Engel und der Sünder?«

»So einen Unsinn habe ...«

Tuckers Hand legte sich blitzschnell auf ihre Lippen. Mit immer noch sanftem, doch eindringlichem Ton erklärte er: »An dir ist etwas, das ich noch nicht richtig festmachen kann, Caroline. Aber es nagt zu allen möglichen und unmöglichen Zeiten an mir. Für solche Reaktionen gibt es normalerweise einen triftigen Grund.«

»Bei mir fließt die Zeit anders dahin als bei dir,« entgegnete Caroline mit, wie sie meinte, bewundernswert fester Stimme, und das obwohl sie das Herz bis in die Kehle schlagen spürte. »In ein paar Monaten gehe ich auf Europatournee. Eine kurze Affäre im Sommer hat da in meinen Plänen nichts zu suchen.«

Die Ahnung eines Lächelns huschte über Tuckers Lippen. »Du verplanst wirklich alles.« Er trat einen Schritt vor und drückte einen kurzen, festen Kuß auf ihre Lippen. »Ich werde dich haben, Caroline. Früher oder später werden wir das Letzte auseinander herausholen. Aber die Wahl des Zeitpunkts möchte ich dir überlassen.«

»So einen miesen, selbstgefälligen Ausspruch habe ich im ganzen Leben noch nicht gehört!«

»Das kommt auf den jeweiligen Standpunkt an. Ich habe es als eine faire Warnung aufgefaßt. Auf keinen Fall wollte ich, daß dir die Galle überläuft.«

Tucker nahm Caroline bei der Hand und führte sie zum Haus zurück. Es war bereits so dunkel, daß man Glühwürmchen in der Luft tanzen sehen konnte. »Hast du Lust, dich ein bißchen auf die Terrasse zu setzen?«

»Ich habe nicht vor, mich neben dich zu setzen – egal wo.«

»Also, wenn du so mit mir sprichst, glaube ich wirklich noch, daß du mich für unwiderstehlich hältst.«

»Der Tag, an dem ich einem selbsternannten Don Juan aus der Provinz ...«

Lachend hob er sie hoch und wirbelte sie einmal im Kreis herum. »Ich bin ja so verrückt nach deinem frechen Mund!« rief er und gab ihr einen schmatzenden Kuß. »Wetten, daß du in eins von diesen teuren Internaten in der Schweiz gegangen bist!«

»Bin ich nicht. Und jetzt setze mich bitte ab. Bitte. Ich höre jemanden kommen.«

Tucker setzte sie nicht ab, aber er warf einen Blick über den Rasen. Zwei Scheinwerfer näherten sich. »Bin ja gespannt, wer um die Zeit noch zu uns will.«

Teils aus Jux, teils weil er den warmen Druck ihres schlanken Körpers nicht missen wollte, trug er sie zur Auffahrt. »Weißt du, recht viel mehr als ein Mehlsack wiegst du eigentlich nicht. Du fühlst dich nur angenehmer an.«

»Der Mann ist ein Dichter«, schnaubte sie.

Er konnte der Versuchung nicht länger widerstehen. »Wärst du nur einer von Milliarden Sternen, dich, und nur dich, würd ich stets begehren«, rezitierte er grinsend.

Caroline suchte noch nach einer passenden Antwort, da stellte Tucker sie auf den Boden, gab ihr einen freundlichen Klaps auf den Hintern und winkte dem aus seinem rostigen Cutlass steigenden Bobby Lee zu.

»Mensch, Junge, du solltest längst bei deiner holden Marvella sein!«

»Hab' ich auch noch vor, Tucker. Aber ich muß dir unbedingt was sagen.« Erst jetzt bemerkte er, daß noch jemand neben Tucker stand. »'N Abend, Miss Waverly.«

»Schönen guten Abend, Bobby Lee. Entschuldigt mich bitte, aber ich werde mich jetzt besser bei Della bedanken und dann heimfahren.«

»Dafür ist es noch viel zu früh«, widersprach Tucker und ergriff ihre Hand. »Was führt dich hierher, Bobby Lee?«

»Junior hat doch heute deinen Wagen geholt. Mein Gott, der sieht ja ganz schön übel aus!«

»Er war schon ein Prachtstück. Und hatte keine fünftausend Meilen auf dem Tacho! Und? Hat sich der Rahmen verzogen?«

»Und wie!«

Caroline blieb gerne noch ein bißchen länger, ihr wollte nur nicht in den Kopf, wozu der Junge eigentlich gekommen war. »Und du bist den ganzen Weg hierher gefahren, nur um Tucker zu sagen, daß der Rahmen sich verzogen hat?« fragte sie unvermittelt.

Die zwei Männer sahen sie perplex an. Für Tucker stand längst fest, daß Bobby Lee auf etwas ganz anderes hinaus wollte.

»Das nicht, Ma'am«, erklärte Bobby Lee höflich. »Ich wollte Tucker vielmehr sagen, wie es dazu kam. Jeder weiß ja, daß er so gut fahren kann wie die von der Formel I . . .«

»Danke für das Kompliment, Bobby.«

»Tja, und dann ist mir immer durch den Kopf gegangen, daß Junior keine Bremsspuren gesehen hat.«

»Kunststück. Die Bremse ging nicht.«

»Ja, das hat er gesagt. Aber so mir nichts, dir nichts gehen die nicht kaputt. Drum hab' ich das Bremssystem genauer unter die Lupe ge-

169

nommen. Wenn ich nicht so neugierig gewesen wäre, hätte ich es wohl nie bemerkt.«

»Was denn?« rief Caroline, die im Gegensatz zu Tucker Bobby Lees bedächtige Art ganz ungeduldig machte.

»Daß Löcher in der Bremsleitung sind. Keine Rostlöcher, wie es theoretisch möglich wäre, sondern schön sorgfältig reingebohrte, so daß die Bremsflüssigkeit ausgelaufen ist und die Bremsen Tucker soviel genützt haben wie einem Stier ein Euter, wenn Sie den Ausdruck verzeihen, Miss Waverly. Und bei der Lenkung war die Spurstange angesägt.«

»O Gott!« Carolines Finger verkrallten sich in Tuckers Arm. »Heißt das, daß da jemand absichtlich Sabotage an Tuckers Wagen verübt hat? Er hätte ja tödlich verunglücken können!«

»Schon möglich«, räumte Bobby Lee ein. »Aber ich glaube eher, da wollte ihm bloß jemand einen Streich spielen, wo doch jeder weiß, wie gut er fährt.«

»Danke, daß du es mir gleich gesagt hast.« Nach außen hin wirkte Tucker freundlich, doch innerlich kochte er. »Sag mal, du gehst jetzt doch sicher zu Marvella.«

»Das hatte ich vor.«

»Könntest du vorher den Sheriff informieren. Aber ansonsten sag bitte keiner Menschenseele ein Wort, hörst du!«

»Wenn du es so haben willst.«

»Vorläufig auf alle Fälle. So, jetzt fahr aber zu deiner Marvella. Sonst kriegst du noch was zu hören, wenn du sie warten läßt.«

»Alles klar. Schönen Abend noch, Tucker. Wiedersehen, Miss Waverly.«

Caroline wartete, bis die Rücklichter in der Ferne verschwunden waren. »Vielleicht hat er sich auch getäuscht. Er ist ja noch so jung.«

»Er ist einer der besten Mechaniker in dieser Gegend. Und was er sagt, klingt plausibel. Wenn ich nicht so durcheinander gewesen wäre, hätte ich es selbst gemerkt Fragt sich nur, wer mir was Böses will.«

»Was Böses? Ich will ja dein fahrerisches Können nicht in Abrede stellen, aber der Unfall hätte dich das Leben kosten können.«

»Reg dich nur wieder ab, Caro. Obwohl du mir erregt durchaus gefällst.«

»Stell mich nicht als dummes Weibchen hin! Ich wollte dir nur helfen.«

»Das ist lieb von dir. Aber ich muß das Ganze erst noch verdauen. Vorher will ich nichts unternehmen.«

»Es liegt doch auf der Hand, daß es jemand aus Edda Lou Hatingers Familie war. Es sei denn, irgendein eifersüchtiger Ehemann wollte sein Mütchen an dir kühlen.«

»Mit verheirateten Frauen habe ich nichts am Hut, bis auf die eine damals ...« Er bemerkte ihren wütenden Blick und wurde wieder ernst. »Austins Familie scheidet auch aus. Austin sitzt hinter Schloß und Riegel, und Mavis könnte einen Schraubenzieher nicht von einem Hammer unterscheiden.«

»Er hat ja auch Söhne.«

»Sicher. Aber Vernon ist eine technische Niete, und Cy ist ein grundanständiger Kerl.«

»Sie könnten jemanden angeheuert haben?«

»Womit denn?« spöttelte Tucker. Im nächsten Moment drückte er schon wieder liebevoll seine Lippen auf ihre Schläfe. »Steigere dich nicht hinein, Honey. Am besten, wir überschlafen die Sache erst.«

»Du vielleicht!« rief sie und entzog sich ihm.

»Es reicht doch, daß mein Auto kaputt ist und ich eine Riesenbeule habe. Warum soll ich dem Täter dann auch noch den Gefallen tun und mir die Ruhe rauben lassen?«

Nicht zum erstenmal bemerkte Caroline bei ihm ein Funkeln in den Augen, das sie warnte und zugleich ihr Herz schneller schlagen ließ.

»Wenn ich in der Nacht nicht schlafen kann, dann nur wegen dir. Versuchen wir doch ganz ...«

Ein sich nähernder Scheinwerfer lenkte Tucker ab. »Herrgott noch mal, was ist denn heute los?«

»Ich gehe jetzt«, sagte Caroline. »Morgen rufe ich Della an und bedanke mich bei ihr.«

»Warte noch eine Sekunde.« Mit zusammengekniffenen Augen versuchte Tucker den Wagen zu erkennen. Das einzige, was er jedoch mit Bestimmtheit zu sagen vermochte, war, daß der Auspuff weggebrochen war. Das Gefährt näherte sich mit einem Krach, der Tote hätte wecken können.

Dann blieb ein schwarzer Lincoln neben Carolines BMW stehen, und eine kleine weißhaarige Dame in einem weißen T-Shirt, einer Bluejeans und Springerstiefeln stieg aus. Tucker stieß Jubelschreie aus.

»Tante Lulu!«

»Bist du das, Tucker?« Sie hatte eine Stimme wie ein Güterzug – laut, ratternd und total verstaubt. »Was treibst du in der Dunkelheit mit dem Mädchen da?«

»Weniger, als mir lieb ist.« Mit zwei Riesenschritten erreichte Tucker seine Tante, beugte sich weit hinunter und küßte sie auf die gepuderte Wange. »Du bist noch immer die gleiche Schönheit.«

»Du Schwerenöter.« Kichernd boxte sie ihm in den Arm.

»Laß dich ansehen. Du siehst deiner Mutter ähnlicher als sie selbst. He, du da! Komm mal her, damit ich dich sehen kann!« Sie winkte Caroline mit einem knochigen Finger zu sich herüber.

»Verschreck sie mir aber nicht«, mahnte Tucker.

»Darf ich vorstellen? Tante Lulu, das ist Caroline Waverly.«

»Waverly. Waverly. Aus der Gegend stammt sie aber nicht.« Sie musterte Caroline neugierig von oben bis unten.

»Und dein Typ ist sie auch nicht. Du magst sie doch sonst mit einem Riesenbalkon.«

»Oh, danke für das Kompliment«, erwiderte Caroline nach einigem Überlegen.

»Eine Yankee!« kreischte Tante Lulu.

»Mich laust der Affe, eine Yankee!«

»Nur zur Hälfte«, erklärte Tucker hastig.

»Sie ist Miss Ediths Enkelin.«

Lulus Augen verengten sich. »Edith McNair?«

»Richtig, Ma'am. Ich verbringe den Sommer im Haus meiner Großeltern.«

»Sind die nicht erst kürzlich gestorben? Aber sie waren beide Mississippier von echtem Schrot und Korn. Das ist schon mal etwas. Sind deine Haare echt, Mädchen, oder ist das eine Perücke?«

»Meine ...« Automatisch griff sich Caroline an den Kopf. »Das sind meine Haare, warum?«

»Schön. Leuten mit falschen Haaren traue ich nämlich genausowenig wie Yankees. Tucker, du trägst meine Koffer ins Haus. Und dann bringst du mir einen Brandy. Außerdem mußt du Talbot anrufen, weil ich einen neuen Auspuff brauche. Der alte ist irgendwo auf dem Highway liegengeblieben.« Kurz vor der Veranda blieb sie stehen. »Was ist mit dir, Mädchen?«

»Ich . . . ich wollte mich gerade verabschieden.«

»Tucker, erklär dem Mädchen, daß Yankees gefälligst mit mir zu trinken haben, wenn ich ihnen schon was anbiete.« Sagte es und polterte mit ihren Springerstiefeln die Stufen hinauf.

»Die ist schon ein Original, was?« rief Tucker und drehte noch den laufenden Motor ab.

»Das stimmt«, entgegnete Caroline und beschloß, den Brandy anzunehmen. Sie hatte ihn bitter nötig.

12

Der Schweiß floß in Strömen an Cy Hatinger herunter. Selbst unter
den Achseln, wo er früher nie geschwitzt hatte, troff es. Das lag natürlich an den Haaren, die dort seit neuestem sprossen. Zwischen
den Beinen wuchsen ihm jetzt auch welche. Teils war er stolz darauf, teils war es ihm ungeheuer peinlich.

Daß er so schwitzte, lag nicht nur an der bereits glühenden Vor-
mittagshitze, es hatte auch mit seiner Aufregung und Angst zu tun.
Wenn sein Vater erführe, wohin er unterwegs war, würde es Hiebe
hageln. Da half auch die Gewißheit nichts, daß er im Gefängnis saß.
Bei allem, was Cy tat, waren Schuldgefühle sein Begleiter.

Dabei wollte er nur bei den Longstreets um Arbeit bitten. Doch
selbst seiner Mutter hatte er dieses Geheimnis nicht anvertraut. Die
saß nur den ganzen Tag mit verweinten Augen vor dem Fernseher.
Trost schien sie allein bei den Fernsehpredigern zu finden, die mit
sonorer Stimme wider Sünde und Verfehlungen wetterten und gegen großzügige Spenden die Erlösung versprachen.

Einmal war Cy fürchterlich erschrocken, denn der Fernsehpredi-
ger hatte plötzlich die Züge seines Vaters angenommen und ihm mit
seinen allwissenden Augen ins Gesicht gestarrt.

»Du hast ja Haare zwischen den Beinen, Kerl!« hatte er ihn ange-
herrscht. »Und sündige Gedanken im Kopf. Von da ist es zur Hure-
rei nicht mehr weit! Ich sage dir, du hast ein Teufelswerkzeug zwischen den Beinen!«

Aber sein Vater konnte ihn ja gar nicht sehen. So schnell würde
er aus dem Gefängnis nicht herauskommen. Da erging es ihm nicht
besser als A. J. Sein ältester Bruder war von Laden- zu Autodiebstahl
übergewechselt und verbüßte nun eine mehrjährige Haftstrafe. Als
die Zellentür hinter ihm ins Schloß gefallen war, hatte sein Vater gebrüllt, daß er nun keinen Sohn mit dem Namen Austin Joseph mehr
habe. Nun, da er ebenfalls einsaß, fragte Cy sich, ob das bedeutete,
daß er nun keinen Vater mehr habe. Diese Vorstellung erleichterte
ihn kurz. Schon wieder packten ihn Schuldgefühle.

Aber Cy wollte sich nicht mehr mit seinem Vater beschäftigen. Er wollte an den Job bei den Longstreets denken. Seine Mutter hätte ihm den Gang nach Sweetwater bestimmt verboten. Und dabei wäre ihr Gesicht kreidebleich geworden. So sah sie auch immer aus, wenn sein Daddy zu ihrer Bestrafung schritt.

Was für Sünden hatte seine Mutter eigentlich begangen, daß sie zeitlebens dafür büßen mußte?

Und wenn blaue Augen und Blutergüsse sie wieder einmal vor dem Satan gerettet hatten, erzählte sie den Nachbarn, daß sie die Treppe hinuntergefallen war. Selbst dem Sheriff tischte sie diese Geschichte mit einem verängstigten Lächeln auf.

Egal, wie brutal er sie knüppelte und mit Fausthieben traktierte, seine Mutter blieb auf der Seite ihres Mannes. Schon deswegen konnte Cy sie nicht in seinen Plan einweihen.

Vor sich erblickte er die Abzweigung zum Grundstück der McNairs. Eine Meile noch, dann hatte er es geschafft. Seine Fußsohlen brannten inzwischen, und die Zunge klebte ihm am Gaumen.

Durch die morgendliche Stille drang ein fröhliches Singen zu ihm herüber – Jims Daddy, der bei der Neuen, Miss Waverly, eine Anstellung gefunden hatte. Sein Freund Jim hatte ihm das gesagt.

Und noch etwas hatte Jim ihm erzählt: Sein Daddy hatte ihn im ganzen Leben noch nie geschlagen. Und wenn er die zwei gemeinsam zum Angeln gehen sah, darin glaubte er ihm das auch aufs Wort.

Es wäre ein Leichtes gewesen, hinüberzugehen und Toby um ein Glas Wasser zu bitten. Er hätte seine blitzenden Zähne zu einem freundlichen Grinsen entblößt und ihm sofort etwas angeboten. »Schau mal, wer gekommen ist, Jim!« hätte er gerufen. »Sieht ganz so aus, als ob dein Freund uns beim Streichen helfen wollte! Klar, danach wartet auch'n prima Mittagessen auf ihn.«

Nur zu gerne hätte Cy den Weg zu Miss Ediths Haus eingeschlagen! Fast lenkten ihn seine Füße automatisch dorthin, doch er blieb wie angewurzelt stehen.

Meine Söhne treiben sich nicht mit Niggern rum! donnerte Austins Stimme in ihm. *Wenn der Herr gewollt hätte, daß wir mit ihnen verkehren, hätte er sie als Weiße erschaffen!*

Aber nicht nur deswegen ließ Cy den Umweg bleiben – oft genug hatte er sich ja heimlich mit Jim getroffen – nein, er wußte, daß er die letzte Meile nach Sweetwater nicht mehr schaffen würde, wenn er jetzt mit Jim und seinem Vater Fenster strich und Tomatensandwichs aß.

So marschierte er weiter, obwohl ihm das Hemd am Leib klebte und ihm schlecht war vor Hunger und Erschöpfung. Mechanisch setzte er einen Fuß vor den anderen.

Sweetwater hatte Cy bislang erst zweimal gesehen. Manchmal meinte er, er habe sich das alles nur eingebildet – die hohen weißen Mauern, den großzügigen Rasen, den herrlichen Garten. Aber jetzt, da es in der flimmernden Luft vor ihm auftauchte, begriff er, daß die Wirklichkeit seine Fantasien bei weitem übertraf.

Ehrfürchtig ging Cy die Kiesauffahrt hinunter, vorbei an den duftenden Blumenbeeten, in denen sein Vater, wie er geprahlt hatte, Tucker grün und blau geschlagen hatte.

Cy hoffte, Miss Della würde ihm aufmachen. Er mochte die rothaarige Hausbedienstete, die immer bunten Schmuck trug, sehr gern. Einmal hatte sie ihn für einen halben Dollar ihre Einkaufstasche tragen lassen. Dabei hatte sie so runde, kräftige Arme, daß der Weg zum Auto ein Kinderspiel für sie gewesen wäre.

Ja, wenn sie aufmachte, würde sie ihn bestimmt in die Küche bitten und ihm als erstes ein Glas Limonade und vielleicht einen Keks anbieten. Und er würde sich artig bedanken und sich nach Lucius Gunn, dem Aufseher auf Sweetwater, erkundigen.

Schwankend und etwas benommen stand er vor der massiven Tür mit dem blitzblank polierten Messingklopfer. Hastig benetzte er sich die ausgetrockneten Lippen, dann hob er die Hand.

Die Tür sprang auf, noch ehe er den Klopfer berühren konnte. Vor ihm stand nicht Miss Della, sondern eine kleine, ältere Dame mit orange bemalten Lippen und einer Adlerfeder im Haar. Daß die Steine, die von ihren Ohren herabbaumelten, echte Diamanten waren, konnte Cy nicht wissen.

Und daß sie ihn mit gellendem Kriegsgeheul empfangen würde, hatte Cy auch nicht ahnen können.

Erschrocken wich er zurück. »Ich ... ich ... ich ...« stammelte er nur.

»Du darfst den armen Jungen doch nicht so erschrecken, Tante

Lulu!« rief Tucker und näherte sich mit einem freundlichen Grinsen, das langsam erstarb, als er Cy Hatinger erkannte. »Was kann ich für dich tun, Cy?«

»Ich ... ich wollte wegen Arbeit nachfragen«, brachte der Junge hervor und kippte ohnmächtig um.

Etwas rann, als Cy erwachte, an seiner Schläfe herunter. Einen entsetzlichen Augenblick lang hielt er es für Blut. Er versuchte sich mühsam aufzurichten.

»Ganz ruhig, mein Junge.«

Er erkannte Dellas Stimme. In seiner Erleichterung wäre Cy fast wieder in seine Ohnmacht abgedriftet, doch Della hielt ihn mit ein paar leichten Klapsen auf die Wange wach, bis er endlich die Augen aufschlug.

»Bist einfach umgekippt«, erklärte sie und hielt ihm ein Glas Wasser an die Lippen. »Wenn Tucker dich nicht rechtzeitig aufgefangen hätte, wärst du voll mit dem Kopf auf die Veranda gekracht. So schnell habe ich den Kerl seit seiner Kindheit nicht mehr erlebt, als er die Fensterscheibe eingeschmissen hatte und sein Daddy ihn verprügeln wollte.«

Hinter dem Sofa stand Lulu. Langsam beugte sie sich nun über ihn. Cy fand, daß sie nach Flieder duftete.

»Ich wollte dich gar nicht so erschrecken, mein Kleiner.«

»Nein, nein, Ma'am. Ich ... hatte wohl zuviel Sonne abgekriegt.«

Tucker, dem der ängstliche Tonfall nicht entging, trat nun ebenfalls ans Sofa. »Laßt doch das Trara. In diesem Haus hat es schon ganz andere Sachen gegeben.«

Della wollte ihm schon giftig ins Gesicht springen, aber ein warnendes Glimmern in Tuckers Augen hielt sie zurück. Sie verstand auf der Stelle. »Kannst du dich um ihn kümmern, Tucker? Ich habe noch einiges zu erledigen. Im roten Zimmer gehören die Vorhänge dringend ausgewechselt Du hast doch Geschmack, Lulu. Könntest du mich vielleicht beraten?«

Als die zwei Frauen verschwunden waren, setzte Tucker sich an den Kaffeetisch. »Weißt du, meine Tante Lulu ist ein bißchen exzentrisch, aber ein ganz lieber Mensch. Zur Zeit bildet sie sich eben ein, daß Indianerblut in ihren Adern fließt.«

»Jawohl, Sir.« Cy wäre vor Scham am liebsten im Boden versunken. Er stand mit etwas wackeligen Knien auf. »Ich muß jetzt aber heim.«

Tucker musterte erstaunt das kreidebleiche Gesicht. Der Junge hatte immerhin zehn Meilen zu Fuß zurückgelegt. »Moment mal, du wolltest doch wegen Arbeit nachfragen. Weißt du was, jetzt kommst du erst mal mit in die Küche, und wir machen uns ein anständiges Frühstück. Dabei unterhalten wir uns in aller Ruhe.«

»Das wäre riesig nett von Ihnen, Sir.«

Auf dem Weg in die Küche gab Cy sich alle Mühe, nicht stehenzubleiben und mit offenem Mund zu gaffen. So etwas Prächtiges wie die Gemälde im Flur hatte er im ganzen Leben noch nicht gesehen. Die sonnendurchflutete und trotzdem kühle Küche mit ihren glänzenden weißen Kacheln und der blaßrosa Arbeitszeile überwältigte Cy nicht minder. Und kaum bekam er den Inhalt des zum Bersten gefüllten Kühlschranks zu sehen, lief ihm das Wasser im Mund zusammen. Die Augen fielen ihm schier aus dem Kopf, als Tucker eine Platte voller Schinken herausnahm.

»Setz dich schon mal. Ich brate das kurz an.«

Cy hätte die Platte Tucker am liebsten aus der Hand gerissen und alles kalt verschlungen, aber er nahm gehorsam Platz.

»Wir müßten auch noch irgendwo Kekse haben. Was ist dir lieber: Kaffee oder Cola?«

»Eine Cola wäre toll. Danke, Mr. Longstreet.«

»Du kannst mich ruhig Tucker nennen, nachdem du schon bei mir umgekippt bist.« Tucker öffnete eine große Flasche und stellte sie vor Cy auf den Tisch.

Ehe der Schinken in der Bratpfanne brutzelte, hatte Cy bereits die halbe Flasche geleert. Wer so durstig war, hatte sicher auch einen Mordshunger. Tucker schlug ein paar Eier mehr in die Pfanne. Sie brannten am Rand etwas an, und in der Mitte zerlief der Dotter, aber Cys Augen leuchteten dankbar auf.

Beim Essen musterte Tucker den Jungen aufmerksam. Irgendwie erinnerte er ihn an ein Gemälde des Apostels Johannes in der Familienbibel. Beide wirkten jung und zerbrechlich, aber aus ihnen leuchtete ein inneres Feuer. Der Junge freilich war nicht nur dürr wie so viele Kameraden in seinem Alter, er wirkte regelrecht ausgemergelt. Die Ellbogen und Knie standen hervor, und die Arme und Beine waren kaum mehr als Stecken. Was stellte der alte Dreckskerl mit seinem Sohn nur an? Wollte er ihn verhungern lassen?

Geduldig wartete Tucker, bis Cy den Teller mit dem Brot ausgewischt hatte. »Du suchst also Arbeit«, setzte er dann an. »Schwebt dir etwas Bestimmtes vor?«

»Jawohl, Sir. Sie suchen doch immer Leute für die Ernte.«

»Darum kümmert sich normalerweise Lucius, aber der ist für ein paar Tage nach Jackson gefahren.«

Cy sah alle seine Felle davonschwimmen. War er den ganzen Weg hierhergelaufen, um unverrichteter Dinge wieder heimgeschickt zu werden? Er riß seinen ganzen Mut zusammen. »Aber Sie können mir doch sagen, ob Sie Leute brauchen?«

Tucker suchte in der Tat Arbeitskräfte, doch wie sollte er dem hohlwangigen Jungen nur beibringen, daß er viel zu schwach für die harte Arbeit auf den Feldern war? Und ein Hatinger, der Bruder der ermordeten Edda Lou und somit Austins Sohn, war das letzte, was er auf der Plantage brauchen konnte. Aber der Junge wich seinem Blick nicht aus. Und aus seinen Augen sprachen soviel Hoffnung, Verzweiflung und kindliche Unschuld.

»Sag mal, kannst du einen Traktor fahren?«

Cys Kehle schnürte sich zusammen. »Jawohl, Sir.«

»Kannst du auch Stiefmütterchen von Unkraut unterscheiden?«

»Ich denke ja.«

»Und kannst du einen Nagel in die Wand hauen, ohne dir auf den Finger zu klopfen.«

»Meistens«, sagte Cy mit zitternden Lippen.

»Weißt du, für die Feldarbeiten brauche ich eigentlich niemanden, aber was mir fehlt, ist ein Mann für alle Gelegenheiten, so eine Art Faktotum. Traust du dir das zu?«

»Ich ... mache alles, was Sie wollen.«

»Bist du mit vier Dollar die Stunde einverstanden?« Tucker zündete sich bedächtig eine Zigarette an und tat so, als hätte er das ehrfürchtige Seufzen nicht gehört. »Darüber hinaus kriegst du von Della täglich gegen Mittag ein warmes Essen. Du mußt es nicht runterschlingen, aber ich erwarte von dir, daß du auf die Uhr siehst und nur die Zeit berechnest, die du tatsächlich gearbeitet hast.«

»Keine Sorgen, Mr. Longstreet, ähh ... Mr. Tucker. Ich werde Sie bestimmt nicht betrügen.«

»Nein, das kann ich mir auch nicht vorstellen.« Der Junge war ganz und gar nicht wie die anderen Familienmitglieder. »Wenn du willst, kannst du morgen anfangen.«

»Morgen in der Früh bin ich da! Und ich ... Aber morgen ... das heißt ...«

»Ach ja, richtig, morgen ist ja Edda Lous Beerdigung. Weißt du was, du kannst heute schon was für mich erledigen, und am Mittwoch fängst du richtig an, einverstanden?«

»Ja, Sir, sehr gerne. Und ... danke!«

»Schön, dann komm mal mit.«

Tucker erhob sich und führte den Jungen über die Terrasse und den grünen Rasen zu einem Schuppen. Die Tür ging mit einem gräßlichen Knarzen auf. »Die kannst du bei Gelegenheit ölen«, meinte Tucker geistesabwesend. Er war schon lange nicht mehr in diesem Schuppen gewesen. Der modrige Torfgeruch weckte tausenderlei Kindheitserinnerungen in ihm. Seine Mutter hatte den Torf immer für den Garten verwendet.

Das, was Tucker suchte, stand am anderen Ende gegen die Wand gelehnt. Grinsend zog Tucker sein altes Zehngangrad heraus. Die Reifen waren platt, die Ketten hatten Öl dringender nötig als die Türangeln, und der Sitz war mit einer dichten Staubschicht bedeckt, aber ansonsten mußte es noch fahrtüchtig sein. Tucker erinnerte sich, wie er als Junge damit gefahren war – schon damals war er gerast, die Sonne im Rücken und das ganze Leben vor sich.

»Das sollst du putzen und herrichten.«

»Jawohl, Sir.« Ehrfürchtig strich Cy über die Lenkstange. Er hatte auch einmal ein Rad gehabt, ein klappriges Ding, das er gegen eine handgeschnitzte Flöte eingetauscht hatte, doch in einem Tobsuchtsanfall hatte sein Vater es demoliert. *Das wird dich lehren, dein Vertrauen in weltliche Güter zu setzen!*

»Und danach sollst du es für mich in Schuß halten«, fuhr Tucker fort. »Ein gutes Fahrrad ist wie ...« Er biß sich auf die Zunge. Fast hätte er ›wie eine schöne Frau‹ gesagt. »... Wie ein Pferd. Muß regelmäßig geritten werden. Wär ganz gut, wenn du damit jeden Tag in die Arbeit und heimfahren würdest.«

Cy schnappte aufgeregt nach Luft. »Ich soll auf Ihrem Rad fahren? Meinen Sie wirklich?«

»Kannst du denn nicht radfahren?«

»Doch ... aber ich weiß nicht, ob sich das gehört.«

»Es gehört sich auch nicht, daß du jeden Tag zwanzig Meilen läufst und vor meiner Tür in Ohnmacht fällst. Hör zu: Ich habe das Rad, aber ich benutze es nicht mehr. Wenn du für mich arbeiten willst, kannst du mir nicht gleich beim ersten Auftrag widersprechen, kapiert?«

Der Junge benetzte sich die Lippen. »Nein, Sir. Es ist bloß wegen meinem Daddy. Wenn er was merkt, kriegt er einen Anfall.«

»Du bist doch ein aufgeweckter Kerl. Da wird dir sicher ein Versteck in der Nähe von eurem Haus einfallen.«

»Da wäre vielleicht der Durchlaß, der unterirdische Kanal, in der Dead Possum Lane. Jim und ich haben da immer heimlich gespielt, weil der Bach ja sowieso meistens ausgestrocknet ist.«

»Sehr schön. Wenn du Werkzeug brauchst, findest du es im Schuppen. Ansonsten brauchst du nur Della oder mich zu fragen. Schreib dir die Arbeitszeit auf. Am Freitag wird der Lohn ausbezahlt.«

Cy sah Tucker beim Davongehen nach. Dann widmete er sich dem staub- und rußverschmierten Rennrad.

Drei Stunden später bog Cy mit stolzgeschwellter Brust zum Grundstück der McNairs ab. Schon von weitem sah er Jim und seinen Vater auf einer Ausziehleiter hocken und die Fassade streichen. Ein freundliches Hellblau blitzte ihm entgegen. Cy konnte seine Freude nicht mehr verbergen. Er stieß einen Jubelschrei aus.

Toby hielt im Streichen inne. »Heiliger Strohsack! Schau mal, was dein Freund da hat! Sag mal, Cy, hast du das gestohlen oder was?«

»Wo denken Sie hin? Mr. Tucker hat's mir für den Weg zur Arbeit geliehen. Ich hab' nämlich einen Job bei ihm!«

»Verarsch uns nicht ...« Jim biß sich zu spät auf die Lippe. Sein kleiner Ausrutscher hatte ihm bereits eine Kopfnuß von seinem Vater eingebracht. »Tut mir leid.« Das Grinsen war ihm deswegen freilich nicht vergangen. »Du willst doch wohl nicht sagen, daß du für ihn Baumwolle zupfst!«

»Das nicht, aber Mr. Tucker hat mich zu einem Mann für alle Gelegenheiten gemacht. Und ich kriege für jede Arbeitsstunde meinen Lohn.«

»Ehrlich?«

»Seid mal 'n bißchen leiser, Jungs«, mahnte Toby die Jungs mit einem bedächtigen Kopfschütteln. »Wenn ihr den ganzen Tag so rumbrüllt, meint Miss Waverly noch, wir tun nichts, und schickt uns weg.«

»Das wird sie bestimmt nicht tun.« Belustigt steckte Caroline den Kopf zum Fenster heraus. »Im Gegenteil, ich finde, ihr habt euch eine Kaffeepause längst verdient. Und ich freue mich doch schon so auf die Limonade von deiner Frau, wenn du mir noch ein Glas anbietest, Toby.«

»Aber gerne, Miss. Geh du als erster runter, Jim. Aber nicht zu hastig.«

Als auch Toby unten war, bewunderte Jim längst das neue Fahrrad und ließ sich lang und breit erzählen, wie Cy dazu gekommen war.

Nun trat auch Caroline aus dem Haus. Toby reichte ihr einen Pappbecher, und sie murmelte ein zerstreutes Dankeschön. Soweit sie verstanden hatte, wollte Tucker diesen hohlwangigen Jungen für sich arbeiten lassen. Sie wandte sich stirnrunzelnd an Toby. »Der Junge gehört doch noch in die Schule.«

»Ach, ein bißchen Taschengeld wird ihm bestimmt nicht schaden.«

»Trotzdem. Wie heißt er überhaupt?«

»Das ist Cy. Cy Hatinger.«

Ein kalter Schauer überlief sie. »Hatinger?«

»Ja, richtig. Aber von seinem Vater hat er so gut wie gar nichts geerbt. Er ist ein guter Junge. Und ein enger Freund von Jim.«

Caroline kämpfte mit ihrem Gewissen. Sie hatte kein Recht, ein Kind zu verurteilen, nur weil es den Namen Hatinger trug. Das Schrillen der Fahrradklingel riß sie aus ihren Gedanken. Die zwei Jungen betätigten sie abwechselnd.

»Cy?«

Sein Kopf schoß nach oben – wie bei einem Reh – scheu und in ständiger Alarmbereitschaft.

»Ich wollte gerade was zum Essen machen. Möchtest du auch etwas?«

»Nein, Ma'am. Danke, Ma'am. Ich habe vorhin bei Mr. Tucker gefrühstückt und bin noch ganz satt.«

Er wollte noch mehr sagen, doch auf einmal fuhr er herum und starrte ängstlich einem Wagen entgegen, der die Auffahrt heraufgekrochen kam. »Das ist der Mann vom FBI«, sagte er mit tonloser Stimme.

Sie alle sahen schweigend zu, wie Matthew Burns anhielt und sich aus dem Wagen zwängte.

Er war alles andere als erfreut, so viele Leute anzutreffen. Eigentlich hatte er mit Caroline allein plaudern wollen. Immerhin brachte er ein halbwegs freundliches Lächeln zustande.

»Guten Tag, Caroline.«

»Hallo, Matthew. Was kann ich für Sie tun?«

»Keine Angst, ich bin nicht dienstlich hier, ich wollte mich nur erkundigen, wie es Ihnen so geht.«

»Gut, danke.« Ihr war klar, daß sie ihn so nicht abspeisen konnte. »Darf ich Ihnen einen Eistee anbieten?«

»Das wäre sehr nett von Ihnen.« Burns blieb vor dem Fahrrad stehen. »Sag mal, bist du nicht Hatingers Sohn?«

»Jawohl, Sir. Ich muß jetzt heim.« Cy hatte noch in zu guter Erinnerung, wie Burns nach der Verhaftung seines Vaters zu ihnen ins Haus gekommen war und seine schluchzende Mutter mit Fragen bedrängt hatte.

»Tja, und wir müssen weiterarbeiten, Jim«, brummte Toby.

»Bei der Hitze könnt ihr ruhig länger Pause machen, Toby«, meinte Caroline.

»Toby?« Matthew fixierte den breitschultrigen Schwarzen. »Toby March?«

Toby nickte. »Jawohl, Sir.«

»Sie wollte ich schon längst verhören. Diese Narbe in Ihrem Gesicht verdanken Sie doch Austin Hatinger.«

»Ich muß jetzt los«, murmelte Cy und schwang sich aufs Rad.

Caroline musterte den FBI-Mann mit einem mißbilligenden Blick. »Vor diesem Kind hätten Sie das wirklich nicht zu sagen brauchen!« tadelte sie ihn, sobald Cy außer Hörweite war.

»Ach was. Die Stadt ist so klein, da wissen doch auch die Kinder längst alles. Also, Mr. March, haben Sie einen Moment Zeit?«

Toby wandte sich zunächst an seinen Sohn. »Jim, du streichst das Fenster an der Rückfront.«

»Ach, Mensch, Daddy!«

»Tu, was ich dir sage!«

Mit hängendem Kopf schlich Jim davon.

»Was wollen Sie von mir wissen, Mr. Burns?«

»Agent Burns, bitte. Wie kam es zu dieser Narbe?«

»Das ist zwanzig Jahre her. Austin Hatinger fing mich auf der Straße ab und beschuldigte mich, ich hätte ihm was gestohlen.«

»Aha. Was denn, wenn ich fragen darf?«

»Ich soll ihm ein Seil gestohlen haben. Aber ich habe im ganzen Leben noch kein fremdes Eigentum angerührt!«

»Und seitdem ist die Atmosphäre zwischen Ihnen vergiftet?«

Toby starrte zu Boden. »Freunde sind wir nicht unbedingt.«

Burns zückte seinen Notizblock. »Sheriff Truesdale berichtete mir von einem ein halbes Jahr zurückliegenden Vorfall. Vor Ihrem Grundstück wurde ein brennendes Kreuz aufgestellt, wofür Sie Mr. Hatinger und seinen ältesten Sohn verantwortlich machten.«

Tobys Augen blitzten auf. »Ich konnte es nicht beweisen. Ich konnte auch ein paar Tage später nichts beweisen, als ich aus dem Laden kam und meine Autoreifen aufgeschlitzt waren. Vernon Hatinger stand auf der anderen Straßenseite und feilte sich grinsend die Fingernägel. In der Tasche hatte er ein Messer stecken. Ich konnte ihm nichts beweisen, auch wenn er sagte, ich solle froh sein, daß es die Reifen waren und nicht mein Gesicht.«

»Sie konnten nichts beweisen, aber Sie waren erbost – was ich Ihnen nicht verüble. Dennoch muß ich festhalten, daß Sie ein Motiv hatten, es ihm heimzuzahlen.«

In Tobys Gesicht arbeitete es. »Ich bring' keine Leute um!« brauste er plötzlich auf.

»Das mag schon sein«, entgegnete Matthew kühl.

»Aber in meinem Block stehen noch andere Sachen. So sollen Sie zu Austin Hatinger gesagt haben ... ich zitiere: ›Was geht es Sie an, ob mein Jim mit Ihrem Cy spielt. Kümmern Sie sich lieber darum, für wen Ihr Töchterchen die Beine spreizt!‹«

»Das ist schon möglich.«

»Und Sie geben zu, daß mit dieser Tochter die vor kurzem ermordete Edda Lou Hatinger gemeint war?«

»Er hatte mich und meine Familie beleidigt. Da kann es schon mal passieren, daß man Sachen sagt, die man später bereut.«

»Trotzdem haben Sie auf Miss Hatingers sexuelle Gewohnheiten angespielt.«

»Ich war wütend. Seine Tochter kann nichts für seine Fehler.«

»Aber es wäre interessant zu wissen, wie Sie zu diesem Wissen gekommen sind?«

»Das weiß doch jeder, daß sie leicht zu haben war.«

»Nun gut. Es gibt jedoch Zeugen, die beschwören können, daß Sie allein das Zimmer der Edda Lou Hatinger aufsuchten ...«

»Das ist eine unverschämte Lüge! Ich war nie in ihrem Zimmer, wenn sie da war.«

»Aber Sie waren dort.«

Toby starrte seinem Gegenüber fünf lange Sekunden in die Augen. »Ja«, sagte er schließlich. »Aber nur, um die Fenster zu streichen. Ich war längst fertig, als sie heimkam. Ich habe meiner Frau vor fünfzehn Jahren Treue geschworen und habe sie auch nie betrogen. So, und jetzt entschuldigen Sie mich bitte, ich muß mit meiner Arbeit fertig werden.«

Erst jetzt bemerkte Caroline, daß sie zitterte. Als Toby um die Ecke gegangen war, rief sie: »Das war ja grausam!«

Matthew verstaute seinen Notizblock in der Tasche. »Das tut mir leid, Caroline. Vernehmungen sind nie sehr angenehm.«

»Sie glauben doch nicht im Ernst, daß Toby das Mädchen umgebracht hat!« Sie wollte es ihm ins Gesicht schreien, zwang sich aber zu einem ruhigen Ton. »Das sieht man doch auf den ersten Blick, daß er ein herzensguter Mensch ist.«

›Glauben Sie's mir ruhig, Caroline, die wenigsten Mörder sehen wie Verbrecher aus, am allerwenigsten Serienmörder. Ich könnte Ihnen Verhaltensmuster zeigen, bei denen Ihnen Hören und Sehen vergehen würde.«

»Ersparen Sie sie mir«, entgegnete Caroline kühl.

»Es tut mir leid, daß Sie immer wieder in diese Sache hineingezogen werden. Darf ich hoffen, daß wir dieses Gespräch bald in einer angenehmeren Atmosphäre fortführen? Und vielleicht könnten Sie mir bei dieser Gelegenheit etwas vorspielen?«

Caroline atmete dreimal durch. Vielleicht, so dachte sie, konnte er nichts für seine Überheblichkeit und merkte es nicht einmal. »Seien Sie mir nicht böse, Matthew, aber ich bin noch immer auf Urlaub.«

»Ach so? Na gut, angeblich gibt es hier ein halbwegs gutes Restaurant. Dürfte ich Sie am Wochenende dorthin einladen?«

»Danke, Matthew, aber ich halte mich zur Zeit am liebsten zu Hause auf.«

Endlich begriff er. »Schade. Na ja, die Arbeit ruft.« Enttäuscht, aber immer noch nicht geschlagen, schlenderte er zum Wagen. »Den Eistee probiere ich ein andermal, wenn ich darf.«

»Gut. Auf Wiedersehen.«

Kaum hatte sich der Staub wieder gesetzt, ging sie in ihr Haus zurück. Zum erstenmal seit Tagen nahm Caroline die Geige in die Hand und spielte.

13

Über Nacht hatte ein Tief dem durstigen Delta Regen beschert. Am Morgen freilich waren die Wolken träge nach Arkansas weitergezogen. Zurück blieben nur ein paar Pfützen, die jedoch schnell wieder austrocknen würden.

Vor einem offenen Grab hatte sich eine kleine Gruppe Leute bis zu den Knöcheln in vom Boden aufsteigenden Dunstschwaden versammelt. Das Wasser verdampfte bereits in der herabstechenden Sonne.

In seinem Sonntagsanzug stand regungslos, an Händen und Füßen gefesselt und von zwei grimmig dreinblickenden Polizisten flankiert, Austin Hatinger.

Er lauschte dem Prediger. Er sah zu, wie der Sarg seiner Tochter in die dunkle, feuchte letzte Ruhestätte gesenkt wurde. Und er schmiedete Pläne.

Hatinger hörte das langgezogene Heulen seiner Frau. Sein Blick fiel auf ihr von Trauer und nicht versiegen wollenden Tränen entstelltes Gesicht, und er traf eine Entscheidung.

Während die letzten Regentropfen verdampften, senkte er den Kopf und starrte mit weit aufgerissenen Augen konzentriert in das schwarze Loch. Prompt stellten die Tränen sich ein. Sollten die anderen das ruhig für Trauer halten. Sollten sie einen gebrochenen Mann in ihm sehen.

Er wartete, wartete bis zum Ende des Gottesdienstes, wartete, bis die Frauen an seine Gattin herantraten und Worte des Mitgefühls murmelten.

Als dann die ersten zu ihren Wagen gingen, stieß ihn einer der Polizisten an. »Hatinger.«

»Bitte ... Ich muß noch ... beten. Mit meiner Frau beten.«

Die Beamten traten verlegen von einem Fuß auf den anderen. Seine Masche wirkte also. »Bitte«, flehte er noch einmal mit zitternder Stimme. »Sie war doch meine Tochter, meine einzige Tochter. Ein Vater muß seine Tochter beerdigen dürfen.« Er hielt den Blick gesenkt. Sie durften sein von Haß verzerrtes Gesicht nicht sehen. »Ich muß doch meine Frau in den Arm nehmen und sie trösten. Sehen Sie nicht, wie unglücklich sie ist?«

»Lassen wir ihn doch, Lou«, meinte der Beamte zu seiner Rechten. »Nehmen wir ihm ruhig die Handschellen ab. Weglaufen kann er ja nicht. Aber hören Sie, mehr als fünf Minuten geben wir Ihnen nicht.«

»Gott segne Sie!« Während die Polizisten ihm die Handschellen abnahmen, beobachtete Austin aus den Augenwinkeln, wie Burke davonfuhr. Er trat mit ausgebreiteten Armen auf Mavis zu. Schluchzend sank sie an seine Brust.

Einen Moment blieb er so stehen und musterte heimlich die zwei Beamten, die mit zu Boden gesenktem Blick dem Tod ihre Ehrfurcht bekundeten.

Auf diese Gelegenheit hatte er gewartet. Blitzschnell stieß er seine Frau gegen den Polizisten mit dem Namen Lou. Der kam ins Stolpern und fiel mit ihr ins offene Grab. Bevor der andere zu seiner Waffe greifen konnte, hatte Austin ihm den Kopf in die Brust gerammt. In einem kurzen Kampf entriß er ihm die Pistole. Im Grab versuchte Lou sich unterdessen von der hysterisch schluchzenden Mavis zu befreien.

Mit einem Kolbenhieb über die Schläfe, schlug Austin den Polizisten bewußtlos, und noch ehe die Leute begriffen, was da geschah, packte er Birdie Shays an der Gurgel.

»Ich bring sie um!« brüllte er. »Gebt mir die Schlüssel, oder ich jage ihr eine Kugel in den Kopf!«

Birdie wimmerte vor sich hin. Vergeblich versuchte sie, sich aus dem eisernen Griff zu winden.

»Wohin wollen Sie denn, Hatinger?« rief Lou. »Überlegen Sie doch mal! Sie haben keine Chance!«

»Der Herr wird mir den Weg weisen.« Jawohl! Gott verlieh Austin neue Kräfte. Er spürte, wie sie durch seine Adern strömten. »Du, mein Herr, ich werde dir folgen!« schrie er mit glänzenden Augen und drückte fester zu. »Zehn Sekunden oder ich mache sie kalt. Und danach pumpe ich euch mit Blei voll!«

Fluchend warf Lou ihm die Schlüssel vor die Füße.

»Deine Knarre auch.«

»Du Dreckskerl ...«

»*Fünf* Sekunden.« Mit einer Kopfbewegung bedeutete Austin seinem Sohn Vernon, die Ketten um seine Füße zu lösen.

»Bring die Drecksäcke doch alle um, Daddy«, murmelte Vernon zwischen den Zähnen. »Ich helf dir. Und dann hauen wir ab nach Mexiko.«

»Ich gehe hier erst weg, wenn ich fertig bin!«

Kaum war er frei, stieß Austin die von Weinkrämpfen geschüttelte Birdie zum Grab. Kurz kämpfte sie ums Gleichgewicht, dann landete sie schon rittlings auf Lou.

Die drei waren noch nicht aus dem Loch gekrabbelt, da sprang Austin Hatinger in Birdies Buick und brauste davon. Bei sich hatte er zwei Police Specials, und in sich trug er tödlichen Haß.

Caroline spielte gerade wieder Geige, da klopfte Deputy Carl Johnson bei ihr an und meldete Austins Flucht.

Mit ihrer inneren Ruhe war es für diesen Nachmittag vorbei. Caroline nahm sich zwei Dinge vor. Als erstes wollte sie wieder die Schießübungen aufnehmen und diesmal am Ball bleiben. Und zweitens mußte ein Hund her. Den allerersten Impuls, ihre Sachen zu packen und Hals über Kopf abzureisen, nahm sie schon gar nicht mehr ernst. An seine Stelle war ein ungleich tieferes Gefühl getreten: Das hier war nun ihr Zuhause, das es zu beschützen galt.

So fuhr sie in die Hog Maw Road, wo, wie ihr der kleine Jim erzählt hatte, Happy Fullers Hündin vor zwei Monaten geworfen hatte.

Happy hatte die Trauerkleidung schon wieder mit ihrer Arbeitskluft vertauscht. Sie war mehr als erfreut über den unerwarteten Besuch, denn sie wurde nicht nur den letzten Welpen los, sondern konnte bei der Gelegenheit auch gleich die aufregende Neuigkeit hinausposaunen.

»Ich kann Ihnen gar nicht sagen, wie entsetzt ich war«, sprudelte sie los. »Wissen Sie, ich war eigentlich zum Grab meiner Mutter, Gott habe sie selig, gegangen, da höre ich auf einmal Schreie. Ich dreh' mich um und seh gerade noch, wie dieser Deputy aus Greenville und Mavis zusammen ins Grab fallen. Als nächstes schlägt Austin mit einem gewaltigen Hieb den anderen Polizisten k. o. und packt die arme Birdie an der Gurgel. Ich dachte, mir bleibt das Herz stehen. Wo Birdie doch meine beste Freundin ist! Leichenblaß war sie, die Arme. Und dieser Schuft hält ihr die Pistole an die Schläfe und stößt wüste Drohungen aus! Aber dann ist es ja doch glimpflich abgelaufen. Der Deputy hat Austin die Schlüssel vor die Füße geworfen, und sein Sohn Vernon hat ihm die Fußfesseln abgenommen. Niemandem ist etwas passiert. Das Schlimme ist nur, daß dieser Irre jetzt auf freiem Fuß ist. Er hat die Aufregung genutzt und ist mit Birdies Wagen geflohen. Na ja, wir können froh sein, daß alles vorbei ist. Das muß man sich mal vorstellen. Das Ganze wäre fast zum Lachen gewesen, wie Mavis und der Sheriff im Grab hockten. Mavis schluchzte und betete, und der Sheriff fluchte wie ein Droschkenkutscher. Und dann fiel auch noch die arme Birdie ins Grab!«

Happys Lippen zitterten schon. Erst verbiß sie sich noch mühsam ein Grinsen, dann sah sie jedoch, wie Caroline um eine ernste Miene kämpfte. Da konnte Happy nicht mehr an sich halten. Schließlich bogen sich beide vor Lachen, bis ihnen die Tränen kamen und Happy ein Taschentuch brauchte.

»Ich sage Ihnen, den Anblick werde ich mein Leben lang nicht vergessen. Kaum war Austin davongefahren, rannte ich zu den dreien hinüber. Es war ein einziges Knäuel aus Armen und Beinen auf dem Sarg. Ausgesehen hat es wie in einem von diesen perversen Filmen, mit Gruppensex und so. Nicht daß ich so was je gesehen hätte, aber Sie verstehen schon.«

»Natürlich«, kicherte Caroline.

»Der Rock war Birdie bis zur Hüfte gerutscht, und so saß sie dem armen Deputy auf der Brust. Die leichteste war sie ja nie, und er wird danach ganz schön nach Luft geschnappt haben, könnte ich mir vorstellen. Sein Gesicht war puterrot angelaufen. Und Mavis klammerte sich an seine Beine und kreischte irgendwas von der Hand Gottes.«

»Schrecklich!« preßte Caroline hervor und wurde schon wieder von einem Lachanfall geschüttelt Erschöpft ließ sie sich schließlich auf die Erde plumpsen. Bald beruhigte sich auch Happy und setzte sich daneben.

»Uff«, keuchte Happy und schneuzte sich ausgiebig. »Bin ich

froh, daß Birdie das nicht mitgekriegt hat. Sie hätte mir den Lachanfall bestimmt nie verziehen. Aber jetzt hole ich Ihnen den Hund. »Princess! Princess! Komm zum Frauli und bring deinen Kleinen mit!« Sie können ihn geschenkt haben, Caroline. Ich bin froh, wenn ich ihn los bin. Aber fragen Sie mich nicht nach dem Vater. Princess ist in der Hinsicht nicht sehr wählerisch. Ich hätte sie längst sterilisieren lassen sollen.«

Caroline sah eine große, dicke Hündin mit gelbem Zottelfell herbeitrotten. Um sie hüpfte ein kräftiger Welpe mit ebenso gelbem Fell. Alle paar Sekunden schnappte er nach einer der Zitzen seiner Mutter, von denen sie ihn allerdings mit einem Knurren vertrieb. Offensichtlich hatte sie das Gefühl, ihren Mutterpflichten Genüge getan zu haben.

»Hierher!« Happy klatschte kurz in die Hände, worauf der Welpe den Gedanken an die Muttermilch aufgab und herbeigesprungen kam. »Bist du nicht ein absolut nutzloser kleiner Spinner?«

Der Kleine winselte zustimmend und wedelte so heftig mit dem Schwanz, daß er mit dem Hinterteil fast gegen die Schnauze stieß.

Happy erhob sich. »Sie können sich schon mal mit ihm anfreunden. Ich hole uns etwas Kaltes zum Trinken.«

Caroline musterte den Welpen etwas mißtrauisch. Süß war er ja mit seinen abstehenden Ohren und dem treuen Blick. Und es war geradezu herzzerreißend, wie er einem die Pfote in den Schoß legte – aber was sie suchte, war ein ausgewachsener Wachhund. Was hatte sie davon, wenn sie den Welpen ins Herz schloß und am Ende doch wieder auf Tournee ging?

Es war wohl ein Fehler gewesen, hierher zu kommen. Sie hätte sich lieber nach dem nächsten Zwinger erkundigen und dort einen zähnefletschenden Dobermann verlangen sollen.

Aber dieser Welpe war so schön kuschelig und warm! Und noch während Caroline sich stirnrunzelnd über ihn beugte, leckte er ihr die Hände ab. Dann verlor er das Gleichgewicht und purzelte zu Boden, um sogleich im Kreise seinem eigenen Schwanz nachzujagen. Kaum hatte er schließlich hinein gebissen, rannte er winselnd zurück und sah mit seinen großen, traurigen braunen Augen zu Caroline auf.

»Du Dummerjan«, schalt sie ihn und nahm ihn in die Arme. Doch wie vergalt das Vieh ihr die Liebkosungen? Es sabberte ihr über die Wange.

Als Happy mit dem Eistee kam, hatte Caroline den Welpen bereits ›Useless‹ getauft. Sie fand, daß er mit einem roten Halsband entzückend aussehen würde.

In Larssons Laden fand Caroline sofort, was sie sich vorgestellt hatte. Dazu kamen zehn Pfund Hundefutter, eine Leine, zwei Plastikschalen und ein Kissen, auf dem der Kleine schlafen sollte.

Useless mußte solange im Wagen bleiben und heulte die ganze Zeit. Einmal sah sie kurz hinaus. Er hatte die Füße auf das Armaturenbrett gestemmt und sah sie mit einem anklagenden Blick an. Kaum stieg sie wieder ein, kletterte er auf ihren Schoß. Nach einem kurzen Scharmützel erwies er sich als der Willensstärkere und gab seinen Posten während der gesamten Heimfahrt nicht mehr preis.

»Mit dir habe ich mir was eingehandelt, du nutzloses Vieh«, stöhnte Caroline, woraufhin Useless einen zufriedenen Seufzer von sich gab. »Das Problem ist nun mal, daß ich schon als Kind einen kleinen Hund haben wollte. Aber das haben mir meine Eltern nicht erlaubt. Hundehaare auf dem Teppich fand meine Mutter ganz pfui.«

Sie streichelte ihn unter dem Fahren immer wieder und genoß das warme Gefühl auf dem Schoß. »Das Dumme ist nur«, fuhr sie fort, »daß ich in zwei Monaten weg muß und nicht weiß, wann ich zurückkomme. Nicht, daß wir keine Freunde werden können. Solange ich da bin, werden wir bestimmt prima miteinander auskommen. Aber wir dürfen beide nicht vergessen, daß das nichts für alle Ewigkeit sein kann.«

Useless schmiegte sich an ihre Brust und leckte ihr das Kinn ab.

Als Caroline in ihre Auffahrt abbog, hatte sie sich längst in Useless verliebt und machte sich selbst heftigste Vorhaltungen.

Da half es auch nichts, daß Tucker mit einer Flasche Wein und einem Strauß gelber Rosen auf der Verandatreppe saß.

14

»Arbeitest du eigentlich nie?« rief Caroline und zwängte sich schwer beladen mit dem zappelnden Welpen, ihrer Handtasche und einer Einkaufstüte aus dem Wagen.

»Nur, wenn ich erwischt werde.« Tucker legte die Rosen beiseite und schlenderte ihr entgegen. »Was hast du denn da, Caro?«

»Ich nenne das einen Hund.«

Grinsend tätschelte er Useless. »Süßer kleiner Bursche.« Er warf einen Blick in den Kofferraum. »Sag, brauchst du Hilfe?«

»Wo denkst du hin?«

»Ich kann dir sagen, was ich denke: Du bist froh, daß ich gekommen bin. Du hättest nur gerne, daß du es nicht wärst. Trag die Ladung, die du in den Händen hast, schon mal rauf. Den Rest besorge ich.«

Caroline protestierte nicht, schon allein deswegen, weil es sie interessierte, ob Tucker mit seinen Armen noch etwas anderes anfangen konnte, als den Pulsschlag einer Frau zu beschleunigen.

Als er mit den anderen Tüten kam, versuchte Caroline gerade, dem sich windenden Useless das neue Halsband anzulegen. Tucker stellte alles ab und setzte sich neben sie. Sogleich beschnüffelte der Welpe seine Hand. Tucker liebkoste ihn an einer bestimmten Stelle zwischen den Hinterbeinen, worauf er rhythmisch mit dem Hinterfuß auf den Boden pochte. »Du bist mir der Richtige. Solche Hunde mag ich. Wie heißt er überhaupt?«

»Useless«, brummte Caroline. Sie beäugte mißtrauisch, wie der Hund, *ihr* Hund, es sich auf Tuckers Schoß bequem machte. »Er soll mir einen Wachhund abgeben.«

»Einen Wachhund? Dann zeig mir mal deine Zähne, Kleiner.« Gehorsam nuckelte der Welpe an seinem Daumen. »Die werden ihm bestimmt bald wachsen. Und in zwei Monaten reicht er dir bis an die Knie.«

»In zwei Monaten bin ich in Europa. Vielleicht reise ich sogar früher ab. Kann sein, daß ich nach Washington zum Proben muß.«

»Du *mußt* proben?«

»Dort habe ich eben einen Auftritt. Aber für Useless werde ich schon eine gute Unterkunft finden.«

Tucker sah zu ihr auf. Seine goldenen Augen nahmen einen leicht strengen Ausdruck an. Hin und wieder setzte er diesen Blick auf. Caroline meinte dann immer, er durchschaue ihre Maske und lege sie bloß bis zu ihrem wahren Kern. Mit leiser Stimme sagte er: »Wenn man will kann man einen Hund wahrscheinlich auf Tourneen mitnehmen. In deinem Geschäft bist du ziemlich bekannt, was?«

Zu ihrem Ärger hielt sie seinem Blick nicht stand. Sie mußte sich abwenden, denn noch verbarg sie einiges vor sich selbst. »Tourneen sind eine heikle Angelegenheit«, erwiderte sie und wollte es dabei bewenden lassen.

Das ließ er jedoch nicht zu.

»Macht es dir Spaß?«

»Es gehört zu meinem Beruf.« Caroline griff nach dem Hund, der von Tuckers Schoß kletterte und sich auf Erkundungstour begeben wollte. »Sonst läuft er noch weg.«

»Ach, er will nur die Umgebung beschnüffeln. Aber du hast meine Frage nicht beantwortet, Caroline. Macht es Spaß?«

»Darum geht es ja überhaupt nicht. Wer Konzerte gibt, muß eben reisen.« Von Flughafen zu Flughafen, dachte sie für sich. Von Stadt zu Stadt. Von Hotel zu Hotel. Von Probe zu Probe. Sie spürte einen Druck in der Magengegend – ein Warnzeichen. Es hieß loslassen, wenn sie nicht wieder ein Geschwür bekommen wollte. Daß Kopfschmerzen im Anzug waren, spürte sie bereits seit einiger Zeit.

Tucker, der selbst so gut wie nie unter Anspannung stand, erkannte Carolines Symptome sofort. Ganz beiläufig massierte er ihr den Nacken. »Ich habe noch nie verstehen können, wieso andere immer das tun, was sie eigentlich gar nicht wollen.«

»Ich habe nicht gesagt ...«

»Eben. Du hast nicht gesagt: ›Mensch, Tuck! Es gibt nichts Schöneres! Nach London jetten, in Paris Zwischenstop machen, kurz mal in Venedig oder Wien vorbeischauen ...‹ Die Gegenden wollte ich mir ja schon immer ansehen. Du warst dort, aber übermäßig begeistert hörst du dich nicht gerade an.«

Was habe ich denn schon gesehen? fragte sie sich. Was habe ich denn erlebt zwischen Interviews, Proben, Auftritten und dem nächsten Flug?

»Es gibt auf dieser Welt auch Menschen, die Spaß nicht zu ihrem einzigen Lebenszweck erheben.« Sie erkannte die eigene Stimme, zuckte aber entsetzt zusammen, denn sie klang so überheblich.

Tucker zündete sich eine Zigarette an. »Wenn das kein Jammer ist ... Schau dir nur diesen Hund da an. Er schnüffelt herum und ist glücklich wie ein Frosch, der den Bauch voller Fliegen hat. Er hebt an allen Ecken das Beinchen und sprengt den Rasen, spielt mit allem, was ihm in die Quere kommt, und wenn er Lust hat, macht er ein Nickerchen. Hunde wissen eben, wie man das Leben genießt.«

Caroline verkniff sich ein Lächeln. »Sag mir bitte Bescheid, wenn du das Bedürfnis verspürst, meinen Rasen zu sprengen.«

Tucker ging nicht darauf ein. Mit einem ernsten Blick betrachtete er die glühende Zigarettenspitze. »Ich habe mich bei Doc Shays wegen der Tabletten erkundigt, die du mir neulich gegeben hast. Er hat gesagt, sie sind so ziemlich das stärkste Mittel auf dem Markt. Da habe ich mich gefragt, warum du so etwas brauchst.«

Sie erstarrte. »Und was geht das dich an?«

Er legte eine Hand auf ihre Wange. »Caroline, mir liegt sehr viel an dir.«

Sie war sich dessen bewußt – nicht minder als er –, daß er das Dutzende von Male zuvor auch schon gesagt hatte. Und beide spürten, daß es diesmal etwas ganz anderes war. Verlegenes Schweigen machte sich breit.

»Ich neige nun mal zu Kopfschmerzen«, sagte sie schließlich und verabscheute sich sofort für den spröden Ton.

»Regelmäßig?«

»Was soll das sein? Ein Verhör? Tausende leiden unter Kopfschmerzen, vor allem, wenn sie nicht den ganzen Tag im Schaukelstuhl verbringen.«

»Noch lieber lege ich mich ja in eine Hängematte«, entgegnete er fröhlich. »Aber die Rede war von dir.«

Carolines Augen nahmen einen abweisenden Ausdruck an. »Laß mich in Frieden, Tucker.«

Normalerweise hätte er auch sofort locker gelassen. Es war nicht seine Art, Leute zu bedrängen. »Ich will nicht, daß es dir schlecht geht.«

»Mir geht es ja nicht schlecht.«

»Oder daß ich mich um dich sorgen muß.«

»Dich sorgen.« Sie wiederholte es zweimal und ließ den Kopf mit einem fast schon hysterischen Auflachen sinken. Der Welpe zu ihren Füßen fing an zu winseln. »Weshalb solltest du dich schon sorgen? Weil ein Wahnsinniger Frauen aufschlitzt und in meinen Teich wirft? Oder weil Austin Hatinger geflohen ist und vielleicht noch mal auf meine Fenster ballert? Natürlich werde ich in der Nacht ruhig schlafen und keinen Gedanken daran verschwenden, daß er alles daran setzen wird, dich zu durchlöchern.«

»Ach, wir Longstreets landen immer auf den Füßen.«

»Das habe ich gesehen. Mit einem blauen Auge und einem bandagiertem Kopf.«

»Nächste Woche habe ich das längst vergessen. Und bis dahin sitzt auch Austin wieder hinter Schloß und Riegel. Trotzdem würde ich es für das beste halten, wenn du deinen Hund und was du sonst noch brauchst, nimmst und für ein paar Tage zu uns nach Sweetwater kommst. Keine Angst, wir haben mehr als ein Dutzend freie Zimmer. Du mußt also nicht bei mir schlafen, es sei denn, du gestehst dir endlich ein, daß du früher oder später sowieso dort landen wirst.«

»Danke für das großzügige Angebot, aber ich muß ablehnen.«

Ein Anflug von Verärgerung blitzte in Tuckers Augen auf. »Caroline, falls du glauben solltest, ich will zu dir unter die Bettdecke schlüpfen, wir haben drei Sittenwauwaus und jede Menge solide Türen mit einbruchssicheren Schlössern im Haus.«

»Versuchen würdest du's trotzdem!« rief sie lachend. »Bilde dir nicht ein, ich könnte dich nicht in Schach halten, aber ich muß nun mal hierbleiben.«

»Du mußt ja nicht gleich für alle Ewigkeit einziehen.« Zu seiner Überraschung stellte Tucker fest, daß es ihm bei der Vorstellung gar nicht kalt den Rücken hinunterlief. »Du bist unser Gast, bis Austin wieder da sitzt, wo er hingehört.«

»Es geht nicht, Tucker«, beharrte Caroline. »Bis auf die letzten zwei Monate habe ich nie selbst über mich bestimmt. Mein ganzes

Leben lang habe ich immer nur das getan, was andere von mir wollten, bin dahin gegangen, wohin sie mich schickten und habe mich richtig dressieren lassen.«

»Willst du's mir erzählen?«

Caroline stieß einen gequälten Seufzer aus. »Jetzt bitte nicht. Ein andermal vielleicht. Jetzt habe ich hier ein Zuhause gefunden, und das will ich nicht so schnell preisgeben. Meine Großmutter hat ihr gesamtes Leben hier verbracht. Meine Mutter wurde hier geboren, auch wenn sie es später nicht mehr wahrhaben wollte. Gott sei Dank konnte sie mir nicht ausreden, daß auch Blut der McNairs in meinen Adern fließt ... Sag mal, schenkst du mir diese Blumen da, oder sollen sie verwelken?«

Tucker hatte sein Pulver zwar noch längst nicht verschossen, hielt es jedoch für das Klügste, Caroline in Frieden zu lassen. Wer nie nach seinen eigenen Vorstellungen hatte leben dürfen, zerbrach eher, als daß er sich biegen ließ. Mit einer Unschuldsmiene hob er die Rosen hoch. »Die da? Willst du sie denn?«

»Ich will nicht, daß sie kaputtgehen«, erwiderte sie achselzuckend.

»Ich auch nicht. Schließlich bin ich extra deswegen nach Rosedale gefahren. Den Wein habe ich übrigens auch dort gekauft. Dazu mußte ich mir Dellas Wagen borgen. Das Dumme mit Della ist, daß man von ihr nichts kostenlos bekommt. Du hättest die Liste mit Aufträgen sehen sollen, die sie mir in die Hand gedrückt hat! Sachen in die Reinigung bringen, zum Markt fahren und den halben Woolworth ausräumen, weil sie so tolle Angebote haben. Nur beim Negligé habe ich gestreikt, auch wenn es ein Hochzeitsgeschenk für Dellas Nichte werden sollte. Unterwäsche für Frauen kaufe ich grundsätzlich nicht, wenn ich nicht mit ihnen intim bin.«

»Ein Mann, ein Wort.«

»Tja, das ist eine Frage des Prinzips bei mir.« Tucker legte die Rosen mit den im Sonnenlicht schillernden Blüten auf Carolines Schoß. »Ich dachte mir, Gelb steht dir am besten.«

Sie sog den Duft tief in sich ein. »Sie sind herrlich. Jetzt erwartest du sicher, daß ich mich überschwenglich bei dir bedanke, zumal du dir solche Mühe gemacht hast.«

»Mit einem Kuß wäre ich schon zufrieden.« Er lächelte sie an.

»Denk nicht darüber nach, Caroline. Tu's einfach. Das hilft besser gegen Kopfschmerzen als jede Tablette.«

So beugte sie sich vor und drückte ihre Lippen sanft auf seinen Mund. Der Geschmack war so herrlich wie der Duft der Rosen zwischen ihnen – und, wie sie merkte, mindestens genauso erfrischend. Mit verträumten Augen wollte sie sich von ihm lösen, aber er zog sie näher an sich heran. »Ihr Yankees laßt euch auch für nichts Zeit«, murmelte er und küßte sie fester.

Er drängte sie nicht, sondern genoß einfach. Ihr dämmerte durch den Wirbel der Gefühle, wie langsam, wie tief ein Kuß sein konnte, wenn man sich einfach fallen ließ.

Selbst als seine Finger über ihren nackten Hals glitten, geriet sie nicht in Panik. Sie drückte ja selbst die Hände gegen seine Brust und spürte Tuckers schnellen, kräftigen Herzschlag.

Schließlich war er es, der sich löste. Dabei hatte er sie kaum berührt. Er hatte es nicht gewagt. Hätte er mehr getan, als ihren Hals zu streicheln, er hätte nicht mehr aufhören können.

Irgendwie wurde hier eine andere Melodie gespielt, als er gewöhnt war. Welche, mußte er noch herausfinden.

»Gehe ich recht in der Annahme, daß du mich nicht ins Haus bittest?«

»Richtig«, sagte sie und stieß einen langen Seufzer aus. »Noch nicht.«

»Tja, dann begebe ich mich wieder auf den Heimweg.« Tucker erhob sich, wenn auch widerstrebend. »Schließlich habe ich Tante Lulu eine Revanche beim Backgammon versprochen. Sie schummelt zwar, aber nicht so geschickt wie ich.«

»Danke für die Blumen und den Wein.«

Vorsichtig stieg Tucker über den Welpen, der auf der obersten Treppe schlummerte, zwängte sich in Dellas Oldsmobile und kurbelte noch einmal das Fenster herunter.

»Den Wein bitte kaltstellen. Ich komme wieder.«

Der Wagen verschwand in einer Staubwolke. Caroline fragte sich, warum diese lockere Bemerkung in ihren Ohren wie eine Drohung geklungen hatte. Aber komischerweise hatten sich ihre Kopfschmerzen genauso wie der Druck im Magen in Nichts aufgelöst.

Josie und Crystal saßen an ihrem Lieblingstisch im Chat 'N Chew. Der offizielle Anlaß war ein Dinner, aber da sie sich beide praktisch permanent auf einer Abmagerungskur befanden, ging es ihnen vor allem um den neuesten Klatsch.

Josie stocherte in ihrem Hühnchensalat herum. Ein dickes, saftiges Steak mit fetttriefenden Pommes frites wäre ihr lieber gewesen. Sie tröstete sich damit, daß eine Frau ab Dreißig auf jedes Pölsterchen achtgeben mußte.

Ihre Mutter war bis zu dem Tag, an dem sie im Rosenbeet tot umgefallen war, gertenschlank geblieben. Josie wollte es nicht anders halten.

Seit dem Tag, an dem ihr der Unterschied zwischen ihrer Mama und ihrem Daddy aufgegangen war, hatte Josie sich in einem ständigen, wenn auch unterschwelligen, Wettstreit mit ihrer Mutter befunden. Trotz gelegentlicher Schuldgefühle hatte sie dem Bedürfnis nicht widerstehen können, erst genauso schön und dann noch schöner, erst genauso begehrenswert, darin begehrenswerter zu sein.

Beim Versuch, die stille Würde ihrer Mutter zu erreichen, war Josie allerdings kläglich gescheitert. So hatte sie sich nach ihrer ersten Ehe auf die derbe, großspurige Art ihres Daddys verlegt. Das Aussehen einer aufregenden *femme fatale* in Verbindung mit einem bodenständigen Charakter entsprach ihrem tatsächlichen Wesen weitaus eher, wie sie befand. Als Kind hatte sie ihre Charakterzüge zusammengestückelt. Jetzt schien das Puzzle vollendet.

Im Gegensatz zu ihrer Freundin verzehrte Crystal ihre mit Thunfisch gefüllte Tomate mit wahrem Heißhunger, ohne deswegen ihr Plappern zu unterbrechen. Wie immer hörte Josie nur mit halbem Ohr hin.

Sie hatte Crystal gern – und das, seit sie sich in der ersten Klasse ewige Freundschaft geschworen hatten. Als Kinder reicher Eltern hatten sie damals noch nicht ahnen können, wie weit sie sich auseinanderentwickeln würden. Josie war über Debütantinnenbälle in ihre erste Ehe getaumelt. Crystal hatte schwer arbeiten müssen, nachdem ihr Vater, ein reicher Anwalt, mit einer Sekretärin auf und davon gegangen und ihre eigene Ehe nach zwei Abgängen geschieden worden war.

Trotzdem suchte Josie ihre Freundin immer wieder auf, wenn es sie zurück nach Innocence verschlug. Als sentimentaler Mensch wollte sie diese Sandkastenfreundschaft auch als Erwachsene fortsetzen. Auch fand sie, daß sie sich gerade wegen ihrer Gegensätze gut ergänzten. Crystal war klein und leicht rundlich, Josie dagegen groß und schlank. Mit ihren Sommersprossen sah Crystal aus wie ein blühendes blondes Milchmädchen, während Josie mit ihren schwarzen Haaren und ihrem dunklen Teint viel von einer Zigeunerin hatte.

Crystal war gerade beim allerneuesten Gerücht angelangt, daß nämlich der FBI-Mann einen Schwarzen verdächtige, was sie sich ja schon die ganze Zeit gedacht habe, als die Tür aufging.

Crystal beugte sich vor und flüsterte: »Da kommt Darleen Talbot mit ihrem Baby. Soll ich dir was sagen? Es gibt Leute, und es gibt Abschaum.«

Josies Blick huschte zu Darleen hinüber. »Billy T. Bonny, was?«

»Ich hab's ja schon immer geahnt. Aber neulich habe ich ihn bei Darleen zur Hintertür reinschlüpfen sehen, und das keine zehn Minuten, nachdem Junior in die Arbeit gegangen war. Und sie hatte nichts als ein winziges rosa Nachthemdchen an. Ich war bei Susie Truesdale und habe ihr gerade die Haare gewaschen. Normalerweise mache ich ja keine Hausbesuche, aber weil ihr Kleinster krank war, konnte sie nicht in den Salon kommen. Tja, und so habe ich alles durch das Fenster genau gesehen.«

»Hat Susie was gesagt?«

»Na ja, sie hatte den Kopf im Waschbecken. Aber danach habe ich so ganz beiläufig eine Bemerkung fallenlassen. Gesagt hat sie nur, daß sie nie den Schmutz vor fremden Haustüren kehrt, aber ich habe ihr angesehen, daß sie genau Bescheid weiß.«

»So, so, dann betrügt Darleen also ihren Mann mit Billy T.« Josie sog nachdenklich an ihrer Cola. Ihre Augen nahmen einen abwesenden Ausdruck an. Crystal spürte, daß sie etwas ausheckte.

»Woran denkst du, Josie?«

»Weißt du, ich finde, daß Junior wahnsinnig lieb dreinschauen kann, auch wenn er nicht unbedingt der Hellste ist.«

»Na so was. Soviel ich weiß, ist er der einzige Mann zwischen zwanzig und fünfzig, den du keine zweimal angeschaut hast.«

»Man kann doch einen Mann mögen, ohne was mit ihm haben zu

wollen.« Josie betrachtete verträumt ihren mit Lippenstift rot verschmierten Strohhalm. »Ich finde, jemand sollte ihm mal einen kleinen Tip geben, was sich da in seinem Haus abspielt, wenn er in der Arbeit ist.«

»Ach, ich weiß nicht, Josie.«

»Aber ich, und das reicht.« Sie kramte aus ihrer Tasche einen Block und einen Stift. »Wollen wir doch mal sehen. Ich schreibe ihm eine kurze Nachricht, und du gibst sie ihm.«

»Ich? Wie stellst du dir das vor?«

»Ganz einfach. Du kaufst dir doch jeden Tag auf dem Weg in die Arbeit einen Schokoriegel.«

»Ja schon, aber ...«

»Nichts leichter als das«, fuhr Josie fort und kritzelte hastig ein paar Zeilen. »Wenn du reingehst, lenkst du Junior ein bißchen ab, solange die Kasse offen ist. Dann wirfst du diesen Zettel rein und gehst.«

»Du weißt doch, daß ich nicht lügen kann.«

»Das Ganze dauert keine zwei Sekunden.«

Da Crystal immer noch zögerte, mußte Josie zu anderen Mitteln greifen. »Weißt du noch, was Darleen über die Frisur gesagt hat, die du ihr neulich verpaßt hast? Du hättest die Haare falsch getönt, und sie seien ganz strähnig. So was könne sie gerade noch selber machen.«

»Die Schlampe hat kein Recht, so über mich herzuziehen. Tausendmal habe ich ihr gesagt, daß ihre Haare so dünn sind, daß nur ein Profi noch was retten kann. Na ja, hoffentlich fallen sie ihr bald aus.«

Josie wedelte grinsend mit dem Zettel vor ihrer Nase herum. Crystal riß ihn an sich.

»Schau sie dir nur an«, tuschelte Crystal. »Sitzt da und schminkt sich, während ihr Baby sich mit Eis vollkleckert.«

Josie drehte sich unauffällig um. Sie hatte schon eine Bemerkung auf den Lippen, daß Darleen ein bißchen Kirscheis im Gesicht durchaus nicht schaden würde, da fiel ihr plötzlich ein Lippenstift mit goldenem Halter auf.

»Wenn das nicht komisch ist ...« murmelte sie.

»Was denn?«

»Ach, nichts. Ich bin gleich wieder da.« Sie erhob sich und schlenderte zu Darleen hinüber. »Hallo Darleen. Dein Kleiner entwickelt sich ja prächtig.«

»Er ist ja auch schon acht Monate alt.« Darleen fühlte sich geschmeichelt, daß Josie extra ihretwegen aufgestanden war. Sie legte den Lippenstift beiseite und wischte Scooten das Gesicht ab. Der fing aus Wut über die Störung gleich an zu brüllen, was Josie die Gelegenheit gab, den Lippenstift eingehender zu betrachten.

Sie hatte sich nicht getäuscht. Es war derselbe, den sie sich in Jackson gekauft hatte. Und nicht ganz zufällig vermißte sie den ihren seit ein paar Tagen … genauer gesagt, seit sie mit Teddy in der Leichenhalle gelandet war und ihr vor dem Haus die Handtasche auf den Boden gefallen war.

Und am nächsten Tag hatte Tucker seinen Wagen schrottreif gefahren, weil ihm jemand Löcher in die Bremsleitung gebohrt hatte.

»Du hast aber einen tollen Lippenstift, Darleen. Und er steht dir wirklich gut.«

In Josies Augen trat ein lauernder Blick, doch Darleen hatte nur Ohren für das Kompliment. »Rot ist sexy, finde ich. Die Männer wollen doch sehen, was auf sie zukommt.«

»Ich mag Rot selber gern. Aber diese Schattierung habe ich noch nie gesehen. Wo hast du ihn denn her?«

»Ach.« Darleen errötete leicht, aber sie hielt den Stift voller Stolz ins Licht. »Es war ein Geschenk.«

Ein grimmiges Lächeln spielte auf Josies Lippen. »Geschenke sind doch was Tolles, findest du nicht auch?« Ohne auf eine Antwort zu warten, drehte sie sich um und stürmte vorbei an der verblüfften Crystal zum Ausgang.

Eine Viertelstunde später wurde Tucker unsanft aus seinem nach drei hart umkämpften Partien Backgammon wohlverdienten Nickerchen gerissen. Er blinzelte noch schlaftrunken in die tiefstehende Abendsonne, da tischte ihm Josie schon sämtliche Details auf.

»Mach mal langsamer, Josie. Herrgott, ich bin noch nicht mal richtig wach.«

Sie versetzte ihm einen Stoß, daß er fast aus der Hängematte gepurzelt wäre. »Dann wach endlich auf Tucker, verflucht! Wenn ich dir doch sage, daß es Billy T. Bonny war, der dir die Bremsen kaputt gemacht hat! Und ich will jetzt von dir wissen, was du zu tun gedenkst.«

»Er hat also mit deinem Lippenstift die Bremsleitungen durchlöchert oder was?«

»Aber nein, du Holzkopf!« Josie holte tief Luft und erklärte ihm noch einmal die ganze Geschichte von A bis Z.

»Honey, nur weil Darleens Lippenstift so aussieht wie deiner . . .«

»Tucker!« Sie boxte ihn kräftig in den Arm. Geduld gehörte nicht zu Josies Tugenden. »Eine Frau erkennt ihren Lippenstift unter tausend anderen.«

»Aber du hättest ihn überall verlieren können.«

»Ich habe ihn aber nicht überall verloren. Er ist mir in der Auffahrt aus der Tasche gefallen. Ich hatte ihn vor dem Treffen mit Teddy benutzt, und am nächsten Morgen war er weg. Mein kleiner Perlmuttspiegel fehlt übrigens auch. Wahrscheinlich hat sich das Luder den genauso unter den Nagel gerissen!«

Tucker kletterte mit einem resignierten Seufzer aus der Hängematte. An Schlaf war nicht mehr zu denken. Wütend war er nicht, auch wenn ihm das Ganze etwas weit hergeholt schien.

»Wohin gehst du, Tucker?«

»Zu Burke.«

Josie stemmte die Hände in die Hüften. »Kannst du das nicht selbst in die Hand nehmen? Daddy war da aus einem anderen Holz geschnitzt. Der hätte Billy T. schon längst das Gewehr in den Arsch gesteckt.«

»Ich bin aber nicht Daddy, Josie.« Rein äußerlich blieb Tucker gelassen, nur seine Augen sprachen eine andere Sprache.

Josie tat ihre dumme Bemerkung schon wieder leid. Sie schlang die Arme um ihren Bruder. »Liebling, das war wirklich gemein von mir! Ich hab's ja auch nicht so gemeint. Ich bin bloß furchtbar wütend.«

Er gab ihr einen liebevollen Klaps. »Ich weiß. Laß mich die Sache nur auf meine Weise bereinigen. Und wenn ich wieder nach Jackson komme, kaufe ich dir einen neuen Lippenstift.«

»Ruthless Red heißt er.«

»So, und jetzt beruhige dich nur wieder. Kann ich deinen Wagen haben?«

»Okay, Tuck.« Sie lächelte schon wieder. »Aber ganz ungestraft läßt du Junior doch nicht davonkommen, oder?«

15

Tucker suchte Burke vergeblich in dessen Büro. Barb, die Teilzeitsekretärin, erklärte ihm aber, er könne ihn auf der Dog Street Road antreffen, wo sie eine Straßensperre errichtet hatten.

Auf der Fahrt sah Tucker mehrere Polizeihelikopter tief über den Feldern schweben. Er erinnerte sich voller Unbehagen an die Suche nach Francie. So gerne er es verdrängt hätte, das kalkweiße Gesicht der Toten tauchte wieder vor seinem geistigen Auge auf. Fluchend schob er eine Kassette in den Recorder. Zu seiner Erleichterung hatte nicht einer von Josies Lieblingsstars oben gelegen, sondern Roy Orbinson, dessen wehmütiges ›Crying‹ ihn auf der Stelle beruhigte. Niemand war ermordet worden, sie suchten nur einen entsprungenen Irren. Einen Irren mit zwei, .38er Police Specials.

Auf der langen, geraden Strecke konnte Tucker die Straßensperre schon von weitem erkennen. Der Sinn einer solchen Maßnahme wollte ihm nicht in den Kopf. Austin würde doch sofort umkehren, wenn er mit Birdies Buick zufällig daherkäme.

Die Sperre bestand aus grell orange gestrichenen Holzlatten und zwei Einsatzwagen der Polizei. Kühlerhaube an Kühlerhaube standen sie da, daß man hätte meinen können, zwei große schwarzweiße Hunde beschnüffelten einander. Tucker bremste ab. Sofort bauten sich zwei Polizisten mit entsicherten Gewehren vor ihm auf. Er nahm zwar nicht an, daß sie erst schießen und dann fragen würden, war aber doch erleichtert, als Burke sie zurückwinkte.

»Du hast ja eine richtige Operation laufen«, meinte Tucker beim Aussteigen.

»Der County-Sheriff spuckt Gift und Galle«, brummte Burke. »Er kann nicht verwinden, daß diese Panne ausgerechnet jetzt passieren mußte, wo das FBI uns über die Schulter schaut. Seiner Meinung nach ist Austin längst auf dem Weg nach Mexiko, aber laut traut er sich das nicht zu sagen.«

Tucker zog seine Zigaretten aus der Tasche, bot Burke eine an und zündete beide an. »Und was meinst du?«

Burke ließ zunächst den Rauch langsam entweichen. Er hatte einen harten Tag hinter sich und war froh, ein paar Worte mit seinem Freund wechseln zu können.

»Du weißt ja, daß der Bursche die Gegend wie seine Westentasche kennt. Da kann er sich tagelang irgendwo verstecken. Ach übrigens, wir wollen zwei Leute für die Bewachung von Sweetwater abstellen.«

»Das bringt doch nichts.«

»Es geht nicht anders, Tuck. Bei dir leben schließlich auch zwei Frauen.«

Tucker ließ den Blick in die Ferne schweifen, wo die Felder in eine Sumpflandschaft übergingen.

»Eine einzige Scheiße ist das!«

»Da hast du recht.«

Etwas an Burkes Tonfall ließ Tucker aufhorchen. »Sag mal, irgendwo drückt dich doch auch der Schuh.«

»Reicht der Mist hier denn nicht?«

»Mach mir nichts vor. Ich kenne dich doch.«

Burke warf einen vorsichtigen Blick über die Schulter und zog Tucker hinter Josies Wagen, wo die zwei anderen Beamten sie nicht hören konnten. »Bobby Lee ist gestern abend zu uns gekommen.«

»Was für eine sensationelle Nachricht!«

»Er will Marvella heiraten«, rief Burke mit kläglicher Stimme. »Gestern hat er sich ein Herz gefaßt und mich um ein Gespräch unter vier Augen gebeten. Wir sind dann auf die Terrasse hinten gegangen. Ich habe Blut und Wasser geschwitzt, Tuck. Erst dachte ich, er würde mir eröffnen, daß er Marvella geschwängert hat, und habe mir schon überlegt, ob ich ihn dann umbringen muß oder was. Jetzt schau mich nicht so an! Ich weiß ja selbst, daß Susie und ich damals ... Aber es ist doch was anderes, wenn unser Mädchen ... Wie dem auch sei, es war ohnehin blinder Alarm. Sie ist nicht schwanger. Die Kinder heute sind ja viel schlauer als wir damals.« Ein verlegenes Grinsen huschte über sein Gesicht. »Ich weiß noch gut, wie ich mir in Greenville Pariser besorgt habe. Und als es dann zwischen Susie und mir passiert ist, habe ich die Dinger glatt in der Hosentasche vergessen ... Na ja, hätte ich daran gedacht, dann gäbe es heute Marvella nicht ...«

»Und was hast du ihm gesagt, Burke?«

»Was hätte ich schon sagen sollen? Sie ist volljährig. Sie will ihn, er will sie, und damit hat sich die Sache. Dazu hat er einen guten Job und ist ein anständiger Kerl. Er ist nun mal wahnsinnig in sie verliebt, und ich denke, daß er ihr einen guten Mann abgeben wird. Trotzdem bricht es mir das Herz.«

»Wie hat Susie es aufgenommen?«

»Sie hat Rotz und Wasser geheult.« Seufzend warf er die Zigarette auf den Boden und zertrat sie. »Als Marvella damit anfing, daß sie zusammen nach Jackson ziehen wollen, dachte ich schon, es gibt eine Überschwemmung. Irgendwann hatten sie sich die Augen leer geheult, und dann ging die große Diskussion über das Hochzeitskleid und die Ausstattung der Brautjungfern los. Das konnte ich mir nicht mehr anhören und bin gegangen.«

»Du kamst dir vor wie ein alter Knacker, was?«

»Irgendwie, ja.« Burke lächelte schon wieder. Es hatte ihm gut getan, mit einem Freund darüber zu sprechen. »Aber behalte es noch eine Weile für dich. Heute abend wollen sie es den Fullers beibringen.«

»Sag mal, bist du noch für etwas anderes aufnahmebereit?«

»Ich bin froh über jede Ablenkung!«

»Schön.« Tucker lehnte sich gegen den Wagen und erzählte Burke die Geschichte vom Lippenstift und vom Ehebruch.«

»Darleen und Billy T.?« rief Burke verblüfft. »Das ist mir ja ganz neu.«

»Frag Susie.«

Burke nickte seufzend. »Die Frau kann weiß Gott schweigen wie ein Grab. Sie war mit Tommy im dritten Monat schwanger, da hat sie es mir erst gesagt. Sie hatte Angst, ich würde mich aufregen, weil wir sowieso schon von der Hand in den Mund lebten. Na ja, kein Wunder, daß sie es lieber für sich behalten hat – wo doch Marvella ausgerechnet Darleens Bruder liebt.« Burke klimperte gedankenverloren mit seinen Schlüsseln. »Die Sache ist die ... Ich kann unmöglich Billy T. verhaften, nur weil Darleen denselben Lippenstift benützt wie deine Schwester.«

»Ich weiß ja, daß du viel wichtigere Dinge im Kopf hast, Burke. Ich wollte dir nur Bescheid sagen.«

»Das geht schon in Ordnung, Tuck. Ich werde mich mit Susie darüber unterhalten. Und wenn es stimmt, daß Billy T. was mit Darleen laufen hat, dann werde ich ihm bei Gelegenheit auf den Zahn fühlen. So, für heute machen wir Schluß. Die Sonne geht schon unter. Weiß der Teufel, wo Austin sich versteckt hält.«

»Vielen Dank, Burke.«

Jetzt, da er sein Versprechen Josie gegenüber eingelöst hatte, wollte Tucker sich überlegen, wo *er* Billy T. auf den Zahn fühlen konnte.

Als Burke am nächsten Morgen nach allenfalls fünf Stunden Schlaf seine Corn-flakes umrührte, hatte er einen Anlaß mehr zur Sorge. Der Buick war in der Cottonseed Road aufgefunden worden. Somit stand endgültig fest, daß Austin nicht nach Mexiko geflohen war. Und als ob das noch nicht reichte, mußte er sich für den Tag, an dem seine Tochter aus dem Haus ging, Gedanken über die Anschaffung eines Smoking machen.

Susie telefonierte bereits mit Happy Fuller. Wie zwei Generäle bei der Ausarbeitung der Strategie für den nächsten Feldzug, so besprachen sie die Details für die Hochzeitsfeier.

Burke dachte voller Neid an den County-Sheriff, der bestimmt nicht so früh aus den Federn hatte müssen, da riß ihn ein grelles Kreischen von nebenan auf die Beine.

Wie hatte er nur die Talbots vergessen können? Noch ehe Susie aufgeschreckt in die Küche stürzte, war er zum Nachbargrundstück gejagt.

»Du hast ihn umgebracht!« schrie Darleen. Sie stand ganz hinten in ihrer unordentlichen Küche und raufte sich die Haare. Das Oberteil ihres Nachthemdchens hing unter einer im Rhythmus ihrer Schreie wackelnden weißen Brust herunter.

Burke sah höflich weg. Sein Blick fiel auf den umgestürzten Tisch und die zwischen den Resten des Frühstücks mit dem Kopf nach unten liegende Gestalt von Billy T. Bonny.

Über ihn gebeugt stand, eine gußeiserne Bratpfanne in der Hand, junior Talbot.

»Du hast ihn doch hoffentlich nicht erschlagen, Junior?« meinte Burke kopfschüttelnd.

Junior stellte die Pfanne durchaus friedfertig ab. »Das kann ich mir nicht vorstellen. Ich hab' ihm nur einen Hieb verpaßt.«

»Schauen wir ihn uns doch mal an.« Burke beugte sich über den Verletzten, während Darleen unablässig weiterschrie. Der kleine Scooter fing nun auch in seinem Laufgitter an zu brüllen.

»Ist bloß bewußtlos«, erklärte Burke. »An die Beule, die du ihm verpaßt hast, wird er aber noch eine Weile denken. Karren wir ihn am besten zum Doc. Aber vorher erzählst du mir, wie es dazu gekommen ist, Junior.«

»Das war so ... Ich hatte was daheim vergessen und bin noch mal zurückgegangen. Und was seh ich da? Billy T. macht sich an meiner Frau zu schaffen. Wollte sie anscheinend vergewaltigen.« Er warf einen giftigen Blick auf seine Frau. »Das stimmt doch so, oder?«

Ihre Augen hetzten zwischen Billy T. und Junior hin und her. »Ich ...« schniefte sie. »Ja, das stimmt. Er hat sich so schnell auf mich gestürzt, daß ich gar nicht mehr reagieren konnte. Und dann kam Junior zurück und ...«

»Schon gut, kümmere dich jetzt lieber um das Baby«, sagte Junior kühl und zog ihr anscheinend ungerührt das Hemdchen über die Brust. »Keine Angst, Billy T. wird dich nie wieder belästigen.«

Sie schluckte. »Jawohl, Junior.« Dann stürzte sie aus dem Zimmer.

»Ein Mann muß seine Familie doch beschützen dürfen, Sheriff.«

»Da hast du wohl recht, Junior. Komm, faß mit an. Wir bringen ihn zum Doc.«

Cy war glücklich. Fast schämte er sich deswegen. Immerhin war seine Schwester erst beerdigt worden, und über seinen Vater wurde in der ganzen Stadt getuschelt.

Andererseits war er froh, wenn die Haustür hinter ihm zufiel und er seine Mutter nicht sehen mußte, die, seit sie diese komischen Pillen schluckte, den ganzen Tag mit glasigen Augen auf dem Sofa lag.

Und er rannte auch nicht einfach weg von daheim und den Polizisten, die in ihrem Einsatzwagen vor dem Haus auf die mögliche Rückkehr seines Vaters warteten, sondern er ging zur Arbeit. Was hieß ›ging‹? Er *fuhr!*

Fröhlich pfeifend trat er gegen eine Blechdose. Was störte ihn die

Fahrt von zehn Meilen? Begann doch heute die Befreiung des Cy Hatinger. Bis zu seinem achtzehnten Geburtstag wollte er das nötige Geld zusammengespart haben, und dann hatte Innocence ihn die längste Zeit gesehen.

Bis dahin lagen allerdings noch vier schier endlose Jahre vor ihm. Die Hoffnung konnten sie ihm freilich nicht rauben, denn jetzt war er ein Mann für alle Gelegenheiten.

Der Titel gefiel ihm. Vielleicht sollte er sich eine Visitenkarte drucken lassen. Auf ihr würde dann stehen:

Cyrus Hatinger
Mann für alle Gelegenheiten
Keine Arbeit ist mir zu schwer,
keine zu leicht.

Jawohl, er ging seinen Weg. Und mit achtzehn konnte er sich die Fahrkarte nach Jackson, vielleicht sogar nach New Orleans, leisten. Ach was! Ein richtiger Mann ging nach Kalifornien.

Das Lied ›California, Here I Come‹, auf den Lippen, folgte er dem Bett des zu dieser Jahreszeit ausgetrockneten Bachs bis zum Bachdurchlaß. Der war seine und Jims geheime Höhle. Gemeinsam hatten sie ihre Namen in die Gewölbemauer geritzt. Und unlängst hatten sie sich dort die Fotos aus den Playboynummern seines Bruders A. J. angesehen. War das aufregend gewesen! Bis dahin hatte er noch nie eine nackte Frau gesehen. Sein Pimmel war steinhart geworden. In der Nacht danach hatte ihm das Werkzeug des Teufels seinen ersten feuchten Traum beschert. Seine Mutter hatte nicht schlecht gestaunt, als er am nächsten Morgen unbedingt selbst hatte waschen wollen.

Grinsend kletterte er die Böschung hinunter und verschwand im Durchlaß.

Eine Hand schoß aus der Dunkelheit auf ihn zu und drückte ihm den Mund zu. Er versuchte erst gar nicht, sich zu wehren, denn diese Hand, diese Form, ja selbst ihr Geruch, waren ihm wohlvertraut. Seine Angst war zu tief in ihm verwurzelt, als daß er zu schreien gewagt hätte.

»Ich habe dein kleines Schlupfloch gefunden«, flüsterte Austin.

»Die Lasterhöhle, wo ihr euch vergeht, du und dein Nigger. Habt ihr euch da vielleicht einen runtergeholt?«

Cy schüttelte stumm den Kopf. Und er gab nur ein unterdrücktes Stöhnen von sich, als Austin ihn gegen das Gemäuer stieß. Daheim schnallte sein Vater in solchen Momenten immer den Gürtel auf, aber noch im Fallen sah Cy, daß er diesmal keinen trug. Sie mußten ihn ihm im Gefängnis abgenommen haben.

Er schluckte. Sein Vater mußte sich zwar bücken, weil er viel zu groß für das Gewölbe war, aber das machte ihn keineswegs kleiner. Im Gegenteil – er wirkte noch viel größer, bedrohlicher. Mit gespreizten Beinen und vor Schmutz starrenden Händen und Gesicht baute er sich vor ihm auf.

Cy schluckte laut. »Sie suchen dich, Daddy.«

»Ich weiß, daß sie mich suchen. Aber gefunden haben sie mich nicht, oder?«

»N ... nein.«

»Soll ich dir auch den Grund verraten? Gott ist auf meiner Seite. Die gottlosen Dreckschweine finden mich im ganzen Leben nicht! Ich führe nämlich einen heiligen Krieg.« Auf seinen Lippen flackerte ein gespenstisches Lächeln. »Ins Gefängnis haben sie mich gesteckt, aber den Hurenmörder haben sie laufen lassen. Eine Hure war sie. Die Hure von Babylon. Mein Fleisch und Blut hat sich an so einen verkauft.«

Cy begriff nicht, wovon er redete, aber er nickte. »Jawohl, Vater.«

»Sie werden ihrer gerechten Strafe zugeführt. Und zwar alle. Bis in die letzte Generation.« Mit einem bohrenden Blick musterte er seinen Sohn. »Woher hast du das Fahrrad da, Kerl?«

Cy wollte schon behaupten, es gehöre Jim, aber da sein Vater ihn weiter anstierte, fürchtete er, die Zunge würde ihm abfallen, wenn er log. Er zitterte an allen Gliedern.

»Es ist mir geliehen worden. Ich habe jetzt einen Job ... auf Sweetwater.«

Austins Augen verhüllten sich. Seine groben, dicht behaarten Pranken ballten sich, öffneten sich, ballten sich. »Was? In dieses Schlangennest bist du gegangen?«

Mehr noch als den Gürtel fürchtete Cy diese Hände. Tränen

schossen ihm in die Augen. »Ich gehe bestimmt nicht mehr dorthin, Daddy! Ich schwöre es dir! Ich dachte nur …« Eine Hand schloß sich um seine Kehle und drückte ihm mit eisernem Griff die Worte und die Luft ab.

»Sogar mein Sohn verrät mich. Das Fleisch aus meinem Fleisch. Die Knochen aus meinen Knochen.« Er stieß Cy zu Boden. Trotz der Schmerzen wagte der Junge nicht zu schreien. Lange war nur beider Keuchen zu hören.

»Du wirst zurückgehen«, befahl Austin schließlich. »Du wirst alles dort beobachten und mir Bericht erstatten. Du wirst mir sagen, in welchem Zimmer er schläft. Du sollst mir alles erzählen, was du siehst und hörst.«

Cy wischte sich die Tränen aus den Augen. »Jawohl, Vater.«

»Und du wirst mir Essen bringen. Essen und Wasser. Jeden Morgen und Abend bringst du mir etwas Frisches, verstanden?« Austin beugte sich näher über seinen Sohn. Sein Gesicht war eine gräßliche grinsende Grimasse, aus seinem Mund kam faulig stinkender Atem, und seine Iris wurde fast weiß im von draußen hereinfallenden Licht.

»Und du verrätst kein Sterbenswörtchen. Niemandem. Auch deiner Mutter und Vernon nicht!«

Was blieb Cy anderes übrig als ein verzweifeltes Nicken? »Jawohl, Vater. Aber warum willst du dir nicht von Vernon helfen lassen. Er kann den Laster …«

Eine Ohrfeige ließ ihn verstummen.

»Niemandem, habe ich gesagt! Sie werden Vernon überwachen, weil sie wissen, daß er auf meiner Seite steht. Aber auf einen wie dich wird keiner achten. Vergiß nicht, daß ich dich beobachten werde. Wo du auch bist, ich werde dich sehen und hören! Der Herr wird mir Augen und Ohren verleihen. Wenn du einen Fehler machst, wird sein Zorn dich treffen. Mit einem Hieb wird er dich spalten!«

»Ich tue alles, was du von mir willst, ich versprech's dir!«

Austin schüttelte seinen Sohn an den zitternden Schultern. »Wenn du auch nur einem Menschen sagst, daß du mich gesehen hast, kann dich auch der Große Gott nicht mehr retten.«

Für die Fahrt nach Sweetwater benötigte Cy fast eine ganze Stunde. Auf halber Strecke mußte er vom Rad steigen und sich übergeben. Danach ging es nur noch langsam weiter. Die Beine drohten ihm den Dienst zu versagen. Alle Minuten warf er einen ängstlichen Blick über die Schulter. Jedesmal rechnete er damit, seinen Vater den Gürtel schwingend hinter sich auftauchen zu sehen.

Bei Cys Ankunft sichtete Tucker auf der Terrasse gerade die Morgenpost. Er sah kurz auf, als Cy das Rad abstellte.

»Morgen, Cy.«

»Morgen, Mr. Tucker.« Cys Stimme klang belegt. Er räusperte sich. »Tut mir leid, daß ich zu spät komme. Ich ...‹

»Du kannst dir die Arbeitszeit doch selbst einteilen, Cy. So etwas wie eine Stechuhr führen wir hier nicht.«

»Jawohl, Sir. Wenn Sie mir sagen, was ich machen soll, fange ich gleich an.«

»Nur nichts überstürzen«, mahnte Tucker freundlich und steckte dem permanent auf einen Leckerbissen lauernden Buster ein Stück Schinken ins Maul. »Schon gefrühstückt?«

»Jawohl, Sir.«

»Dann komm rauf, setz dich, bis ich mit der Post fertig bin. Ich erkläre dir gleich, was ich heute mit dir vorhabe.«

Zögernd erklomm Cy die drei Stufen zur Terrasse. Buster empfing ihn schwanzwedelnd.

»Der freut sich über Gesellschaft.« Tucker sah grinsend auf. »Ja, sag mal, was ist denn mit dir passiert?«

»Ich habe nichts getan, Sir!«

»Mensch, Junge, dein Ellbogen ist ja total aufgeschürft! Zeig mal her. Du blutest sogar! Sag, hat Vernon dich wieder verprügelt?«

»Nein, nein! Vernon war's nicht. Er wird oft böse, aber ich kann ihm schon aus dem Weg gehen. Mein Daddy ...« Er biß sich auf die Zunge. Fast hätte er sein Geheimnis preisgegeben. »Vernon hat nichts damit zu tun. Ich bin nur gestürzt, ehrlich, Mr. Tucker.«

Tucker hörte sich das Gestammel stirnrunzelnd an. Für ihn stand fest, daß jemand den Jungen geschlagen hatte. Andererseits wollte er ihn nicht zu dem Eingeständnis zwingen, daß sein Vater und sein Bruder ihre Wut gern an ihm ausließen. »Beruhige dich, mein Junge. Jetzt gehst du erst mal ins Haus und läßt dich von Della verarzten.

Und wenn du rauskommst, sage ich dir, womit du heute dein Geld verdienst.«

Mit hängendem Kopf schlich Cy ins Haus. Tucker sah ihm kopfschüttelnd nach. Der Junge tat ihm aufrichtig leid.

Als die Sonne ihren höchsten Stand erreichte, war zweierlei auf Sweetwater geschehen: Cy hatte den halben Rasen gemäht, und die Nachricht von der Talbot-Affäre hatte, dank Dellas heißem Draht zu Earleen, die Longstreets aufgescheucht.

Wie jede Klatschgeschichte wurde sie mit tausend Variationen garniert, doch Tucker interessierte nur ein Aspekt. Es stimmte also, was Josie über Darleen und Billy T. gesagt hatte.

Den halben Nachmittag dachte er die Angelegenheit durch. Dann genehmigte er sich eine von Dellas berühmten Sahnetorten und dachte weiter. Es ging hier immerhin ums Prinzip. Ein Mann konnte ja viel aufgeben, aber ohne seine Prinzipien kam er bestimmt nicht weit.

Mit dem Versprechen, ihr zwei neue Ohrringe zu kaufen und für einen vollen Tank zu sorgen, luchste Tucker Della den Wagen ab und fuhr Richtung Stadt. Eine halbe Meile nach der Abzweigung zu Carolines Grundstück hielt er vor der Old Cypress Road an. Hier kam Billy unweigerlich vorbei, wenn er in die Stadt oder nach Hause wollte. Und daß er jeden Tag in die Stadt fuhr, stand für Tucker fest; denn seit er einen Billardstock halten konnte, hatte Billy T. Tuckers Wissen nach noch keinen Abend in der Bar ausgelassen.

Tucker setzte sich gemütlich auf die Kühlerhaube und zündete sich eine Zigarette an. Er konnte warten.

Statt Billy erblickte er nach ein paar Minuten Caroline. Sie wurde von ihrem Hund an einer roten Leine gezogen.

»Honey!« rief er grinsend. »Wer geht denn da mit wem spazieren?«

Etwas außer Atem kam sie bei ihm an. Useless sprang schwanzwedelnd hoch und versuchte, Tucker den Fuß abzulecken. Tucker beugte sich so weit vor, daß er ihm den Kopf kraulen konnte. »Hier auf dem Land kann man Hunde doch frei laufen lassen, Caroline.«

»Er muß lernen, an der Leine zu gehen«, verteidigte sie sich.

Als wolle er ihr die Zwecklosigkeit eines solchen Unterfangens demonstrieren, verbiß sich Useless in der Leine.

»Ihm scheint das ja nicht zu passen«, kommentierte Tucker lächelnd. »Du siehst übernächtigt aus, Caro. Schlecht geschlafen?«

»Na ja, der Hund hat die ganze Zeit geheult.« Daß sie auch aus Angst, Austin Hatinger könne an ihrer Tür pochen, kein Auge zugetan hatte, verschwieg sie ihm.

»Da helfen nur ein Pappkarton und ein Wecker.«

»Wie bitte?«

»Er trauert um seine Mama. Leg ihn in einen Karton und stell einen Wecker rein. Das Ticken ist wie ein Herzschlag. Das beruhigt ihn, und er schläft ein.«

»Oh, das werde ich ausprobieren.« Caroline hielt es für das Klügste, Tucker nicht zu erzählen, daß der Hund wunderbar eingeschlafen war, nachdem er sich an sie hatte kuscheln dürfen. »Sag mal, wozu stehst du denn hier am Straßenrand?«

»Ach, nur so zum Zeitvertreib. Außerdem stehe ich nicht, ich sitze.«

»Gibt es dafür nicht interessantere Orte? Etwas anderes: Austin Hatinger haben sie noch nicht gefaßt, oder?«

»Soviel ich weiß, nicht.«

»Tucker, Susie war heute bei mir und hat mir von Vernon Hatinger erzählt. Er soll genauso schlimm sein wie sein Vater.«

»Er versucht sein Bestes, würde ich sagen.«

»Sie sagt, er sei für jede Schlägerei zu haben.«

»Das stimmt. Mit mir hat er sich auch schon ein paarmal angelegt. Als Kind konnte ich mit meinen dünnen Ärmchen kaum etwas gegen ihn ausrichten. Er wolle die Sünde aus mir rausprügeln, sagte er immer. Mir ging es gar nicht gut, bis Dwayne kam und ihm eine ordentliche Abreibung verpaßte. Dwayne war damals ein Mordskerl, Kapitän der Rugbymannschaft und Schwarm aller Mädchen. An dem Tag gewann die Sünde haushoch.«

»Eine herzergreifende Geschichte über Bruderliebe, aber verstehst du nicht? Du mußt dich nicht nur wegen Austin, sondern auch wegen Vernon sorgen!«

»Die bringen mich beide nicht um den Schlaf.«

»Glaubst du wirklich, dein großer Bruder kann dich jedesmal beschützen?«

»Dieser Tage braucht er Schutz vor sich selber.« Ein Motor näherte sich donnernd. Tucker erkannte Billys auffrisierten Thunderbird. »Caroline, du solltest jetzt deinen Spaziergang besser fortsetzen. Ich komme vielleicht später vorbei und sehe mir den neuen Anstrich an.«

»Was ist denn?« In seine Augen war ein eigenartiger Ausdruck getreten. Sie hatte ihn schon einmal bemerkt. Damals, als er sie zu Boden gerissen hatte und das Fensterglas geborsten war. Als er sie um ein Gewehr gebeten hatte. Dieser Mann hatte keinen großen Bruder nötig. Er wußte sich selbst zu schützen. »Sag mir bitte, was los ist, Tucker.«

»Nichts, was dich aus der Ruhe bringen sollte. Geh jetzt lieber heim, Caroline.« Er ließ sich von der Kühlerhaube gleiten.

Sie nahm den Welpen auf den Arm, blieb aber stehen und sah, wie Billy T. eine Vollbremsung einlegte.

»Hey, Arschloch!« Billy grinste Tucker frech an. Zwischen den Lippen hatte er lässig einen Zahnstocher hängen. Innerlich kochte er freilich. Nicht nur sein Kopf, auch sein Stolz hatte einen gewaltigen Schlag abbekommen.

Die Hände in den Taschen, schlenderte Tucker auf den anderen zu. »Tag, Billy T. Du hattest heute morgen einen kleinen Unfall, wie ich gehört habe.«

»Was geht dich das an?«

»Ach, ich frage nur interessehalber. Weißt du, zufälligerweise habe ich gerade auf dich gewartet.«

»Was du nicht sagst!«

»Doch, doch.« Zu seinem Verdruß registrierte Tucker aus den Augenwinkeln, daß Caroline ihm folgte. »Da wäre so eine Kleinigkeit, die ich gerne geklärt hätte. Falls du Zeit hast . . .« Ehe Billy T. richtig begriff, war Tucker nach vorne gesprungen und hatte den Zündschlüssel an sich gerissen. »Und die Zeit wirst du dir nehmen.«

»Mir auch recht«, knurrte Billy T. und stieg aus. »Ein blaues Auge reicht dir wohl nicht.«

»Darüber unterhalten wir uns gleich. Caroline, wenn du nicht Abstand hältst, bin ich dir ernstlich böse.«

Billy musterte Caroline mit einem lüsternen Blick von oben bis unten. »Laß sie doch, Tuck. Wenn wir miteinander fertig sind, wird sie vielleicht mal mit einem richtigen Mann ein Bier trinken wollen.«

Caroline reckte wütend das Kinn. »Ein Mann? Ich sehe nur zwei dumme Schuljungen. Ich weiß nicht, was in dich gefahren ist, Tucker, aber ich möchte, daß du mich nach Hause bringst.«

Billy T. schnippte grinsend den Zahnstocher davon. »Na, was haben wir denn da? Läßt dich von ihr blasen, weil es anders nicht mehr geht, was?«

Caroline trat aufgebracht nach vorne, wurde aber von Tucker zurückgehalten.

»So spricht man doch nicht von einer Dame, Billy T. Aber dazu kommen wir gleich. Zunächst sollten wir uns über mein Auto unterhalten.«

»Das ist zum Geradebügeln in Jackson, habe ich gehört.«

»Da hast du dich nicht verhört. Wir zwei waren ja noch nie Freunde und werden es wohl auch nicht mehr. Das würde mich auch nicht weiter stören, aber ich kann dir nicht durchgehen lassen, was du mit meinem Wagen angestellt hast.«

»Warum? Soviel ich weiß, hast du ihn zu Schrott gefahren.«

»Richtig, aber erst nachdem du heimlich, still und leise daran herumgefummelt hast. Darleen hat mir erzählt, daß du ein paar Löcher in die Bremsleitung gebohrt hast. Nett war das ja nicht von ihr, zumal du ihr Josies Lippenstift geschenkt hast.« Das war natürlich ein Bluff, doch weil Billy T. nicht der Hellste war, rechnete Tucker sich gute Chancen aus.

»Die Schlampe ist eine miese, kleine Lügnerin!«

»Das mag schon stimmen, aber diesmal dürfte sie ausnahmsweise die Wahrheit gesagt haben.«

»Und wenn schon«, feixte Billy T. »Beweisen kannst du mir nichts. Selbst wenn ich dir sage, daß ich es war. Jawohl, Darleen war dir böse, weil du Edda Lou so mies behandelt hast. Da bin ich eben eure protzige Auffahrt runtergegangen und hab' ein paar Löcher in deinen Luxusschlitten gebohrt. Dich hab' ich ja noch nie ausstehen können. Aber geh doch vor Gericht und beweis es mir!«

Als müsse er nachdenken, zog Tucker eine Zigarette aus der Tasche. »Da magst du durchaus recht haben, aber ungeschoren kommst du mir trotzdem nicht davon.« Er brach bedächtig die Spitze ab und zündete die Kippe an. »Es hätte ja durchaus jemand aus meiner Familie den Wagen nehmen können. Jemand, der nicht ganz so gut mit dem Lenkrad umgehen kann wie ich. Und so was bringt mich gewaltig auf die Palme, Billy.«

»Und du meinst, du hast was gegen mich in der Hand?«

»In der Hand nicht, aber im Fuß.« Und er versetzte dem immer noch grinsenden Billy einen Tritt in den Unterleib.

Billy sackte mit einem Grunzen zu Boden. Tucker kniete sich über den sich vor Schmerzen krümmenden Mann und packte ihn an den Genitalien.

»Fall mir nicht in Ohnmacht, mein Junge. Erst muß ich dir was sagen, und darüber solltest du in aller Ruhe nachdenken, wenn deine Eier wieder da sind, wo sie hingehören. Hörst du mir auch zu?«

Billy brachte nur ein ›Jaa‹ zustande.

»Sehr schön. Weißt du, wem das Land gehört, das du gepachtet hast? Du bist seit drei Monaten in Zahlungsrückstand. Es wäre zu traurig, wenn ich dir kündigen müßte. Zufällig gehört mir übrigens auch die Fabrik, in der du dein Einkommen aufbesserst. Du kannst mich gerne vor Gericht zerren, aber dann bist du den Job und das Land los. Und bei der Gelegenheit mache ich einen Sopran aus dir.« Wie um seinen Worten Nachdruck zu verschaffen, drückte er fester zu. Billy wand sich hilflos unter seinem Griff.

»Den Wagen habe ich nun mal sehr gemocht«, fuhr Tucker fort. »Fast so gerne wie die Dame, die du vorhin beleidigt hast. Leg dich nicht noch mal mit mir an. Ich bin nicht mehr der dürre Zehnjährige von früher.«

»Laß mich doch in Ruhe«, ächzte Billy. »Du hast mir die Eier zerquetscht.«

»Mach dir deswegen keine Sorgen. Die heilen schon wieder.« Im Aufstehen bemerkte Tucker, daß Caroline den Hund abgesetzt hatte. Und Useless benutzte die Freiheit gleich dazu, an Billys Fuß sein Geschäft zu verrichten.

Grinsend nahm Tucker den Welpen auf den Arm. »Wer den Schaden hat, braucht für den Spott nicht zu sorgen. Komm mit, Honey. Jetzt fahre ich dich gerne heim.«

»Willst du ihn etwa so am Straßenrand liegen lassen?«

»Das habe ich vor. Sag mal, hättest du Lust, ins Kino zu gehen?«

»Ins Kino?« wiederholte Caroline verblüfft. »Tucker, ich habe eben noch zugesehen, wie du den Mann in die ...«

»In guter Gesellschaft nennt man es die Leistengegend. Rutsch rüber, oder willst du fahren?«

»Aber das war doch unfair, was du …«

»Schlägereien sind grundsätzlich unfair, Caroline. Darum gehe ich ihnen für mein Leben gern aus dem Weg.« Tucker drückte ihr einen Kuß auf den Mund, dann ließ er den Motor an. Im Anfahren warf er ganz nebenbei Billys Autoschlüssel auf die Straße. »Also, was ist mit dem Kino, Honey?«

Caroline stieß einen tiefen Seufzer aus. »Was läuft denn?«

16

Während Toby und Jim fröhlich pfeifend die Terrasse strichen, zielte Caroline zum sie wußte nicht wievielten Mal auf eine Dose Hühnchensuppe mit Reis – und verfehlte wieder.

»Du mußt etwas mehr nach rechts halten«, riet Susie. »Beim Abdrücken verziehst du nämlich automatisch nach links.«

»Warum eigentlich?«

»Weil du Angst hast. Halte das nächste Mal den Atem an.«

Caroline folgte dem Rat und schoß wieder daneben. »Heute treffe ich noch eine!« stieß sie hervor. »Vorher gehe ich hier nicht weg!«

»Vielleicht solltest du wieder an diesen Luis denken.«

»Nein. Das Kapitel ist abgeschlossen.«

»Schade. Ich hatte schon gehofft, du würdest mir in einem schwachen Augenblick ein paar gruselige Details erzählen.«

»Da ist höchstens das Klischee zum Gruseln. Ich habe ihn mit einer vollbusigen Flötistin beim Ölwechsel erwischt.«

»Oje! Hast du ihm wenigstens den Maßstab abgebrochen?«

»Nein«, lachte Caroline. »Damals war ich noch nicht so abgehärtet wie jetzt.« Sie schoß und verfehlte wieder. »Einmal werde ich das verdammte Ding doch noch zum Singen bringen!« Wütend setzte Caroline gleich wieder an, und immerhin war nun ein Scheppern zu hören. »Na also!«

Susie klopfte ihr anerkennend auf die Schulter.« Prima! Diesmal hast du richtig gezielt jetzt hast du dir eine Pause redlich verdient.«

»Ich glaube auch.« Mit ungeübten Griffen nahm Caroline die Patronen aus der Trommel. Anders als Susie waren ihr geladene Waffen unheimlich. »Gestern habe ich die erste Dose nach zwei Stunden getroffen. Heute war es ...« – sie warf einen Blick auf die Uhr – »... nach ein drei Viertel Stunden so weit. Möchtest zu einem Drink reinkommen?« Weil Caroline nicht wußte, wohin damit, steckte sie die Patronen in ihre Hosentasche.

»Aber gerne. Ich will doch auch sehen, was Toby und Jim alles geschafft haben. Du hältst sie ja ganz schön auf Trab. Aber das Blau ist wirklich entzückend. Das macht das Haus gleich viel fröhlicher.«

»Das finde ich auch. Heute weißeln sie die Terrasse. Toby, können wir da durch?«

»Aber klar. Sie dürfen nur nicht neben die Planke treten. Schönen Tag, Mrs. Truesdale.«

»Hallo, Toby. Wenn du hier fertig bist, kannst du gleich bei uns weitermachen. Mein Mann spuckt nur immer große Töne.«

»Ich hab' ihm schon vor einem halben Jahr erklärt, wie's geht«, meinte Toby grinsend. »Was machst du denn da, Jim? Du mußt die Planke richtig halten!«

Während die zwei Schwarzen ihre Arbeit fortsetzten, traten Caroline und Susie in die Küche.

»Ach, da ist ja dein neuer Hund!« rief Susie und kniete sich vor Useless, der beim ersten Schuß unter einen Stuhl gekrochen war und sich seitdem nicht mehr hervorgewagt hatte.

»Ja, ja, mein scharfer Wachhund.« Caroline sah lächelnd zu, wie der immer noch am ganzen Leib zitternde Welpe Susie die Hand ableckte. »Ich muß einen Vogel gehabt haben.«

»Das nicht, aber ein weiches Herz.« Susie erhob sich und nahm dankend ein Glas Eistee an. »Ich wollte schon viel früher kommen. Aber du hast keine Ahnung, wie hektisch es bei uns seit Marvellas Verlobung zugeht.« Sie schniefte. »Seitdem die beiden es uns gesagt haben, tropft es aus mir wie aus einem undichten Wasserhahn. Ich muß nur dran denken, und schon heule ich wieder los. Andererseits hatte ich es natürlich kommen sehen. Seit zwei Jahren turteln sie nun schon miteinander rum. Und wenn sie nicht turteln, zanken sie sich – ein untrügliches Anzeichen.«

»Aber sie ist dein Mädchen.«

Susie wischte sich eine Träne aus dem Auge. »Mein erstes noch dazu. Solange ich mit den Hochzeitsvorbereitungen beschäftigt bin, geht es ja noch, aber kaum finde ich Zeit zum Nachdenken, heule ich schon wieder los.«

»Steht der Termin schon fest?« wollte Caroline wissen.

»Marvella will im September heiraten, wegen der Chrysanthemen. Sie will die ganze Kirche damit schmücken. Und ihre fünf

Brautjungfern sollen ein Kleid in den Herbstfarben tragen: Rost-braun und Gold. Rostbraun paßt doch nicht in eine Kirche, habe ich ihr gesagt, aber sie läßt sich nicht dreinreden. Jetzt schau mich doch nicht so an. Ich weiß ja selber, daß die Farben total nebensäch-lich sind. Aber ich bin ganz froh um die Hektik. Sie lenkt wenigstens ab.«

»Ich bin überzeugt, daß Marvella euch trotzdem nicht verloren-geht«, tröstete sie Caroline.

»Hoffentlich kann ich ihr noch klarmachen, daß Rosa besser paßt als Rostrot. Am Wochenende gehen wir in Jackson einkaufen. Du kannst gerne mitkommen, wenn du Lust hast.«

»Danke, aber im Moment brauche ich nichts.«

»Wenn eine Frau nicht ans Einkaufen denkt, dann liegt ihr be-stimmt etwas auf dem Herzen.«

»Nicht nur mir, fürchte ich.«

»Seit der Sache mit Austin sehe ich Burke kaum noch. Er kommt nur noch zum Schlafen nach Hause. Du wirst dir doch wegen die-sem Austin keine Sorgen machen?«

»Ich weiß auch nicht ... Die Sache geht mir nicht mehr aus dem Kopf, auch wenn ich mir zehnmal sage, daß er von mir überhaupt nichts wollen kann. Er hat ja keinen vernünftigen Grund dazu.« Ca-roline trat mit hastigen Schritten ans Fenster. Das Wäldchen bannte ihren Blick, und es war unweigerlich mit dieser schlimmen Erin-nerung verbunden. »Es steckt mehr dahinter, Susie. Weißt du, die Fahndung nach Austin Hatinger drängt das alles nur in den Hinter-grund. Ich kann einfach nicht vergessen, daß ich vor zwei Wochen seine Tochter dort hinten am Teich gefunden habe.«

»Keiner hat das vergessen. Und Francie und Arnette gehen uns auch im Kopf um. Nur sollte man nicht zuviel daran denken – man macht sich sonst noch verrückt. Dieser Agent Burns« – sie senkte ihre Stimme – »hat heute morgen Darleen verhört. Happy hat's mir erzählt. Das Schlimme ist, daß er Burke nicht miteinbezieht. Er hält wohl einzig das FBI für kompetent. Aber das ist ein Riesenfehler. Burke kennt doch hier jeden. Und zu ihm haben die Leute auch Ver-trauen, aber nicht zu diesem Lackaffen aus dem Norden.«

»Ich bin doch auch aus dem Norden«, meinte Caroline lächelnd.

»Mit dir ist das was anderes. Deine Verwandten stammen ja aus unserer Gegend. Du hast höchstens einen besseren Draht zu Burns als unsereins.«

»Überhaupt nicht!« protestierte Caroline.

»Zumindest scheint er sehr viel von dir zu halten.«

»Von der Musikerin Caroline Waverly vielleicht. Die ist aber nicht zu verwechseln mit mir.« Seufzend ließ sich Caroline auf den nächsten Stuhl plumpsen. »Willst du mir nicht verraten, worauf du hinaus willst, Susie?«

»Ich dachte mir nur, weil du und Burns euch doch in denselben Kreisen bewegt, ob du ihm vielleicht eine Anregung geben könntest.«

»Inwiefern?«

»Er kann Burke doch nicht so ohne weiteres schneiden. Das sage ich jetzt nicht, weil ich ihn liebe und es mir weh tut, wie die Sache an ihm nagt. Ich sage es als Mitglied der Gemeinschaft. Der Mörder muß endlich gefaßt werden. Und wenn Burke mit den Leuten spricht, bringen sie bestimmt eher den Mund auf.«

»Da gebe ich dir voll und ganz recht, Susie. Aber mir ist nicht klar, wie ich da helfen kann.«

»Ich dachte mir, du könntest das Thema so ganz nebenbei ansprechen.«

»Na gut, wenn die Möglichkeit sich bietet, will ich es gern versuchen.«

»Ansonsten tut sich nichts zwischen euch?« wollte Susie wissen.

Caroline schüttelte lachend den Kopf. »Absolut nichts. Und es wird auch nie etwas geben zwischen mir und einem Mann, der erst die Musik sieht und danach mich.«

Susie beugte sich neugierig vor. »Oh, da steckt sicher eine Geschichte dahinter.«

»Sagen wir es so, ich habe mich mal mit einem Mann eingelassen, der mich als Instrument und nicht als Frau betrachtet hat. Agent Burns scheint auch einer von der Sorte zu sein.«

»Und hat dir die Sache das Herz gebrochen?«

»Einen kleinen Sprung hat es abbekommen.«

»Da wüßte ich ein Heilmittel – ein kleines Abenteuer mit einem lockeren Burschen.« Sie benetzte sich die Lippen. »Du bist gestern mit Tucker ins Kino gegangen, habe ich gehört.«

»Von wem?«

»Josie hat es Earleen erzählt. Tucker hat sich ja schon mehrerer gebrochener Herzen angenommen.«

»Es hat nur einen Sprung«, verbesserte Caroline. »Aber ein Kinobesuch macht noch lange kein Abenteuer.«

»Wenn ein Mann einer Frau Rosen schenkt, legt er den Grundstein dafür«, widersprach sie grinsend. »Tucker hat sie in Rosedale ausgesucht und ist dabei Marvella über den Weg gelaufen.«

»Das war doch nur eine freundliche Geste ... unter Nachbarn.«

»Mm-hmm. Burke hat mir auch mal einen Strauß Veilchen geschenkt – unter Nachbarn. Neun Monate später kam Marvella auf die Welt ... Na, na, du brauchst doch nicht gleich rot anzulaufen. Ich bin nur ein bißchen neugierig. Und weil du ... gutnachbarschaftliche Beziehungen zu Tucker unterhältst, interessiert es dich vielleicht, daß Burns tausend Fragen über ihn stellt.«

»Was für Fragen?«

»Wegen Edda Lou.«

»Aber ...« Das Herz sprang Caroline plötzlich bis in den Hals. »Ich dachte, er kommt nicht mehr in Frage, weil er für die Mordnacht ein Alibi hat.«

»Vielleicht reicht das dem FBI noch nicht. Andererseits stellt Burns Erkundungen über alle möglichen Leute an.« Sie warf einen bedeutungsschweren Blick auf die Terrasse, auf der Toby arbeitete.

Caroline senkte die Stimme. »Toby? Aber das ist doch absurd!«

»Natürlich ist das absurd. Aber er hat Darleen ausführlich wegen Toby und Tucker verhört. Herausgekommen ist nichts dabei. Trotzdem gibt er keine Ruhe. In Bälde wird er sich wohl wieder bei dir melden.«

»Aber ich habe ihm doch alles gesagt, was ich weiß.«

»Honey, es scheint ihn mächtig zu interessieren, daß Tucker sich ab und zu hier blicken läßt.«

Caroline massierte sich die schon wieder schmerzende Stirn. »Mein Privatleben geht ihn einen feuchten Kehricht an. Das werde ich ihm auch sagen.«

Das Gespräch mit Susie beschäftigte Caroline den ganzen Nachmittag. Ihre Sorgen nahmen noch zu, als Toby und Jim Feierabend machten und sie allein zurückblieb. Unruhig streifte sie durch das Haus und versuchte, sich ihre Rolle in diesem Drama zu erklären.

Sie war eine Fremde hier. Und doch stammte ihre Familie aus Innocence. Sie hatte Edda Lou nicht gekannt, und doch hatte ausgerechnet sie sie gefunden. Sie hatte kein einziges Wort mit Austin Hatinger gewechselt. Und doch hatte er auf sie geschossen.

Mit Matthew Burns hatte sie nichts zu tun – die Sorte kannte sie sehr wohl, aber ihn persönlich eben nicht. Dennoch bewegten sie sich in denselben Kreisen, suchten dieselben Orte auf, sprachen den gleichen Dialekt. Wie sie nur aufgrund dieser Tatsache jedoch neue Verbrechen verhindern helfen sollte, war ihr ein Rätsel. Doch jetzt stand sie bei Susie im Wort.

Sie hatte sich mit dem Hauptverdächtigen – ein besserer Ausdruck fiel ihr nicht ein – eingelassen. Ein weiterer arbeitete für sie. Mit anderen Worten: Sie hatte sich zusätzliche Verpflichtungen aufgeladen.

Oh ja, mit Verpflichtungen kannte sie sich aus. Sie schlichen sich heran und blieben an einem kleben wie tausend winzige, gierige Blutegel, die erst abfielen, nachdem sie einen leergesaugt hatten.

Caroline kannte die Verpflichtungen ihren Eltern, ihrer Musik, ihren Lehrern, den Dirigenten, den Kollegen, ihren Fans gegenüber. Und weil er sie mit Haut und Haaren in Beschlag genommen hatte, war sie auch Luis verpflichtet gewesen.

Komischerweise war sie, um all diesen Verpflichtungen zu entkommen, nach Innocence geflohen. Und was geschah? Sie steckte bis zum Hals im gleichen Schlamassel.

Aber sie war nie ganz unschuldig daran gewesen. Wie Schuppen fiel es Caroline auf einmal von den Augen, daß sie ja immer die Wahl gehabt hatte. Doch sie hatte sich jedesmal fürs Nachgeben entschieden und sich nie gewehrt.

Aber war es diesmal nicht etwas anderes? Gäbe sie denn nicht genauso nach, wenn sie sich aus allem heraushielte? Auch wenn sie nicht glaubte, daß sie etwas bewirken konnte, so gehörte sie doch dazu. Nicht nur zu Tucker, sondern zur Gemeinschaft in Innocence. Für eine Weile zumindest war Innocence ihre Heimat.

»Also gut!« Caroline preßte die Hände gegen die Schläfen. »Ich werde mit ihm reden. Von Yankee zu Yankee.«

Sie schnappte sich die Handtasche und stürmte zur Tür. Just in diesem Moment fuhr Matthew Burns vor dem Haus vor.

»Das muß mein Schicksal sein«, seufzte sie.

»Sie sind am Gehen?« rief Burns beim Aussteigen.

»Nein, das heißt, ja.« Caroline disponierte blitzschnell um. »Aber ein paar Minuten habe ich schon noch Zeit. Möchten Sie reinkommen?«

»Mit dem größten Vergnügen!« Kaum trat er auf die Veranda, fing Useless hinter der Tür an zu knurren.

»Ach, der ist noch ganz klein«, beruhigte ihn Caroline. »Fremden gegenüber ist er sehr mißtrauisch.« Sie öffnete die Tür und ließ Useless hinaus.

»Süß!« rief Burns. Caroline hörte freilich das Wort ›Köter‹ nur zu deutlich heraus.

»Was darf ich Ihnen anbieten? Eistee? Kaffee?«

»Eistee wäre ideal. An die Hitze hier werde ich mich wohl nie gewöhnen.«

»Hitze?« rief Caroline in demselben belustigten Tonfall, der ihr bei so vielen Einheimischen aufgefallen war. »So richtig heiß wird es erst im August Setzen Sie sich bitte. Ich bin gleich wieder da.« Um ihre Schadenfreude zu verbergen schäkerte Caroline auf dem Weg in die Küche mit dem Hund. Als sie mit den Getränken zurückkam, stand Burns immer noch mitten im Zimmer. Mit nachdenklicher Miene betrachtete er das beschädigte Sofa.

»Ein wunderschönes Gesprächsthema, nicht wahr? Ich bin inzwischen soweit, daß ich es nicht restaurieren lasse.«

»Es ist eine Schande!« rief Burns. »Dieser Hatinger hätte ja auch Sie treffen können. Dabei kannte er Sie nicht einmal.«

»Zum Glück hat Tucker blitzschnell reagiert.«

»Wenn er klug gewesen wäre, hätte er Sie nie in eine so gefährliche Lage gebracht.«

Caroline setzte sich. Ihr war klar, daß ein so steifer Mensch wie Burns nie als erster Platz nehmen würde. »Meiner Meinung nach wußte Tucker nicht, daß Austin hinter ihm her war. Er war zumindest genauso überrascht wie ich. Möchten Sie Zitrone oder Zucker?«

»Einen kleinen Spritzer Zitrone, danke.« Burns setzte sich nun auch auf die Couch. »Caroline, da ich Ihre Musik seit Jahren bewundere, kommen Sie mir vor wie eine gute alte Bekannte.«

Caroline setzte ein freundliches Lächeln auf. »Komisch, daß so viele Menschen immer denselben Fehler machen. Die Musik, die ich spiele, stammt doch von allen möglichen Komponisten und ist in keinster Weise ein Teil von mir.«

Burns räusperte sich. »Ich meine, als Bewunderer Ihrer Talente fühle ich mich tief mit Ihnen verbunden. Ich darf doch offen mit Ihnen sprechen?«

»Ich doch hoffentlich auch.« Sie nippte an ihrem Glas.

»Ich bin besorgt, Caroline. Zutiefst besorgt. In der Stadt gehen Gerüchte über Sie und Tucker Longstreet um ...«

»Ist das nicht das Tolle an diesen Kleinstädten? Kaum sitzt man irgendwo fünf Minuten, weiß man schon über alles und jeden Bescheid.«

Burns richtete sich auf, als habe er einen Stock verschluckt. »Ich persönlich gebe ja nichts auf Gerüchte, Klatsch, Andeu ...« Das letzte Wort blieb ihm im Halse stecken, weil Caroline ihm ins Gesicht lachte.

»Seien Sie mir nicht böse, aber Sie haben sich gerade wie ein Politiker bei einer Rede angehört.« Caroline wurde wieder ernst. Wenn Sie etwas für Susie und Burke erreichen wollen, durfte sie es sich nicht mit ihm verscherzen. »Orte wie dieser hier sind ohne Klatsch nicht denkbar, Matthew. Ich meine sogar, er könnte auch Ihnen nützen.«

»In der Tat. So sehr ich solche Gepflogenheiten auch verabscheue, in meinem Beruf sind sie leider von unschätzbarem Wert. Das sollten auch Sie bedenken. Tucker Longstreet wird immerhin dreier auf bestialische Weise verübter Morde verdächtigt.«

Caroline spielte nervös mit dem Glas, schaffte es aber, Burns gelassen in die Augen zu sehen. »Soviel ich verstehe, wird nicht nur er verdächtigt. Die Polizei interessiert sich ja auch für mich.«

»Sie sind doch nur eine Unbeteiligte, die lediglich durch Zufall eine der Leichen gefunden hat.«

»Was heißt ›lediglich‹ Matthew? Ich habe die Leiche nun mal gefunden, und ich bin Mitglied der Gemeinschaft. Ich habe ...« – ein Lächeln spielte auf ihren Lippen, denn sie erkannte in diesem Moment die Wahrheit ihrer Worte – ... »hier Freunde und eine Reihe weitläufiger Verwandter.«

»Und Sie betrachten Tucker Longstreet als Freund?«

Caroline sah ihn mit einer Unschuldsmiene an. »Mir ist nicht ganz klar, als was ich Tucker betrachte. Sagen Sie, ist diese Frage Bestandteil der Vernehmung?«

»Ich untersuche eine Serie von Mordfällen«, erwiderte Burns steif. »Mr. Longstreet steht auf meiner Verdächtigenliste ganz oben. Ich darf ihn nicht aus den Augen lassen. Ihnen ist vielleicht entgangen, daß er Beziehungen zu allen drei Opfern unterhielt.«

»Matthew, ich lebe hier seit über zwei Wochen. In dieser Zeit ist mir nicht entgangen, daß Woodrow und Sugar Pruetts Ehe in einer Krise steckt und daß Bea Stokeys Sohn Leroy einen Strafzettel wegen Geschwindigkeitsüberschreitung bekommen hat. Und genausowenig ist mir entgangen, daß Tucker nie dazu fähig gewesen wäre, diesen Frauen solch abscheuliche Dinge anzutun.«

Wie um seine unendliche Geduld zu zeigen, atmete Burns einmal tief durch. Es faszinierte ihn jedesmal aufs neue, wie leicht Frauen sich an der Nase herumführen ließen. »Die Leute sind seinerzeit auch Ted Bondys Charme auf den Leim gegangen. Ein Serienmörder gibt sich nicht zu erkennen. Das sind gerissene, heimtückische und manchmal hochintelligente Menschen. Oft, ja sehr oft, führen sie über einen längeren Zeitraum hinweg ein ganz normales Leben und sind sich ihrer Verbrechen gar nicht bewußt. Und selbst wenn, dann verbergen sie sie hinter einer Maske. Nach außen hin sind sie stets freundlich und liebenswert. Aber sie lügen, Caroline. Sie lügen, denn das Töten, die Vorfreude darauf, der Stolz auf ihr Geschick, das ist ihr Lebensinhalt. Sie planen schon wieder den nächsten Mord, sie lauern, pirschen sich heran und schlagen zu.«

Caroline erbleichte. Burns registrierte, wie sie sich nervös an die Stirn griff. »Ich mache Ihnen Angst, Caroline. Das ist auch meine Absicht. Jemand, höchstwahrscheinlich ein Mitglied dieser dörflichen Gemeinde, verbirgt sich hinter einer Maske und heckt gerade den nächsten Mord aus. Aber ich werde mein ganzes Wissen, meine ganzen Fähigkeiten einsetzen, um ihn daran zu hindern. Doch möglicherweise reicht das noch nicht aus. Und dann schlägt er doch wieder zu.«

Caroline mußte ihr Glas absetzen. Was half ihr jetzt noch ein kühlendes Getränk, da das Blut ihr in den Adern gefror? »Wenn das stimmt...«

»Es stimmt.«

»Wenn das stimmt«, wiederholte sie, »sollten Sie dann nicht jede sich bietende Hilfe in Anspruch nehmen?«

»Ich verstehe nicht ganz.«

»Sie sind hier ein Fremdling, Matthew. Daran ändert auch Ihre Kennmarke nichts. Ja, die Leute fühlen sich dadurch noch viel mehr beobachtet und machen zu. Wenn Sie ihnen helfen wollen, müssen Sie mit Burke Truesdale zusammenarbeiten.«

Burns brachte ein verkniffenes Lächeln zuwege. »Ihre Anteilnahme freut mich, Caroline, aber das ändert nichts an der Tatsache, daß Sie die Tragweite der Ereignisse nicht ganz begreifen.«

»Das mag schon sein, aber ich kann beurteilen, ob Menschen respektiert werden. Keiner kann Dutzende von verschiedenen Orchestern dirigieren, ohne die jeweilige Kleiderordnung zu kennen. Worauf ich hinaus will, ist folgendes, Matthew: Sie sind der Außenseiter hier. Aber Burke ist mit den Leuten vertraut – im Gegensatz zu Ihnen.«

»Das ist ja das Problem. Er ist voreingenommen, weil er dazugehört. Da gibt es zu viele Freundschaften zu berücksichtigen.«

»Spielen Sie wieder auf Tucker an?«

»Richtig. Sie wissen doch, was ›alte Kumpel‹ sind? Man hat gemeinsam zig Biere gekippt, war zusammen auf der Jagd und hat seine Erfahrungen über Frauen ausgetauscht. Sie haben recht, ich kenne diese Leute nicht. Aber ich habe eine Ahnung von ihrer Mentalität. Da wären Leute vom Schlag dieses Burke Truesdale das letzte, was ich brauchen könnte. Ich halte ihn für einen grundanständigen Mann. Aber solche Leute fühlen sich eben sehr vielen Freunden verpflichtet. Und genau das bereitet mir Sorgen.«

»Darf ich offen zu Ihnen sein, Matthew?«

Burns spreizte die Finger. »Ich bitte Sie sogar darum.«

»So geschwollen, wie sie daherreden, sind Sie das letzte Arschloch«, sagte Caroline und weidete sich daran, wie ihm der Kinnladen nach unten fiel. »In Washington oder Baltimore mag so etwas vielleicht ankommen, aber hier im Delta machen Sie sich nur unbeliebt. Wenn tatsächlich ein weiterer Mord droht, können Sie sich doch nicht von allen Leuten abschotten und sich dann wundern, wenn das Unglück eintritt. Sie können es nur verhindern, wenn Sie sich auf die Menschen hier einlassen und ihr Vertrauen gewinnen. Aber Sie meinen, Sie würden über allem stehen.«

Burns erhob sich steif. »Ich bedaure, daß wir in dieser Angelegenheit kein Einverständnis erzielen. Dennoch muß ich Ihnen unabhängig von Ihren Gefühlen einen Rat geben: Lassen Sie sich vor dem Abschluß der Untersuchung nicht zu sehr mit Tucker Longstreet ein.«

»Ich habe ein schreckliches Laster an mir entdeckt, Mr. Burns. Ich gebe auf Ratschläge einen Dreck.«

»Wie Sie wollen.« Er verneigte sich. »Ich muß Sie ersuchen, sich morgen vormittag in meiner provisorischen Einsatzzentrale einzufinden. Wären Sie mit zehn Uhr einverstanden?«

»Warum?«

»Ich muß Ihnen einige Fragen stellen. Offizielle Fragen.«

»Dann bekommen Sie von mir auch Antworten. Offizielle Antworten.«

Caroline gab sich nicht die Mühe, Burns zur Tür zu begleiten.

17

Caroline mußte nicht lange überlegen, wem ihre Sympathie galt. Kaum war Burns um die Kurve verschwunden, nahm sie Useless an die Leine und lief mit ihm zum Wagen. Die Schlüssel baumelten noch da, wo sie sie gelassen hatte – im Zündschloß.

Sie drehte sich noch einmal um. Die Haustür stand sperrangelweit offen. Kurz erwog sie, zurückzugehen und sämtliche Türen und Fenster zu verriegeln, verwarf den Gedanken aber sofort. Ohne Zugluft würde sich ja nur die Hitze stauen. In weniger als einem Monat hatte Caroline bereits die Gewohnheiten der Einheimischen angenommen.

»Ich werde doch in meinem eigenen Haus keine Angst haben«, erklärte sie dem Hund und setzte ihn auf den Beifahrersitz. Sofort stellte er die Vorderfüße auf das Armaturenbrett und ließ freudig die Zunge heraushängen.

»Mein Haus«, wiederholte Caroline und betrachtete stolz die frisch gestrichene Fassade, die blitzblank geputzten Fenster und den zerkratzten Schaukelstuhl auf der Veranda. »So, jetzt werden wir hier mal Bewegung in die Bude bringen, Useless.« Sie kletterte in den Wagen und fuhr los.

Die Gestalt, die im Schutz der Bäume stand und sie beobachtete, fiel Caroline nicht auf.

Auf der Veranda der Longstreets jaulten aus einem gigantischen Lautsprecher die Statler Brothers. Lulu trug noch immer die Adlerfeder und ihre Springerstiefel. Hinzu kamen Blue jeans, ein vollgekleckerter Malerkittel und Ohrringe mit taubeneigroßen Rubinen darin. Breitbeinig stand sie vor einer Staffelei und erinnerte Caroline eher an einen Boxer vor der dritten Runde als an eine Malerin.

Dwayne fläzte sich im Schaukelstuhl. In der Hand hatte er ein Glas Wild Turkey und im Gesicht ein besäuseltes Lächeln.

»Sieh da, die Caroline.« Er hob sein Glas zum Gruße. »Was führt dich hierher?«

Caroline setzte Useless auf den Boden, der sofort eifrig Busters Duftmarken beschnüffelte. »Mein Hund. Guten Abend, Miss Lulu.«

Lulu brummelte etwas Unverständliches und klatschte mehr Farbe auf die Leinwand. »Meine Oma hat 1863 zwei Yankees von ihrer Plantage vertrieben.«

Caroline sah ihr forsch in die Augen. »Und der Großvater meiner Großmutter hat bei Antietam ein Bein verloren. Aber sie haben General Burnsides Angriff abgewehrt.«

Lulu schürzte nachdenklich die Lippen. »Wann soll das gewesen sein?«

»17. September 1862«, erwiderte Caroline lächelnd. Sie beglückwünschte sich dazu, daß sie in der Familienchronik geschmökert hatte. »Sein Name war Silas Sweeney.«

»Sweeney, Sweeney ... Ach ja, das könnte ein Onkel meines zweiten Mannes gewesen sein.« Lulu sah Caroline wohlwollend aus zusammengekniffenen Augen an. Ihr imponierte, daß das Mädchen sich nichts gefallen ließ. Das bißchen Yankeeblut fiel da nicht so sehr ins Gewicht. Außerdem konnte Tucker nicht ewig ein Junggesellendasein führen.

»Du willst um Tucker herumschwänzeln, was?«

Caroline konnte dieser Frau trotz ihrer exzentrischen Art nicht böse sein. »Ganz bestimmt nicht«, erwiderte sie. »Aber ich muß ihn sprechen. Ist er da?«

»Ja, ja, irgendwo wird er schon sein.« Lulu betrachtete ihr Gemälde, um dann den Pinsel in einen Klecks kräftiges Grün zu tauchen. »Jetzt tritt schon näher, Mädchen. Ich kann es nicht haben, wenn die Leute aus der Ferne gaffen. Dwayne, wo treibt sich dein Bruder rum? Siehst du nicht, daß das Mädchen ihn verführen will?«

»Ich will ihn doch nicht ...« Caroline verstummte, denn Lulu schnüffelte auf einmal an ihr herum.

»Ganz schön gerissen, daß du kein Parfum benutzt.« Sie drohte ihr schelmisch mit dem Pinsel. »Die Männer stehen auf so was, weil sie sonst nur Frauen gewöhnt sind, die wie ein ganzer Drogeriemarkt stinken.«

Caroline zog die Augenbrauen hoch. »Ach, wirklich?«

»Das weißt du doch selber am besten. Da muß man keine ... wie alt bin ich, Dwayne?«

»Sechsundachtzig, Tante Lulu.«

»Sechsundachtzig? Keine Dame aus dem Süden würde es wagen, ein so unziemliches Alter zu erreichen.«

Dwayne stierte nachdenklich in seinen Drink. »Habe ich sechsundachtzig gesagt? Es muß natürlich achtundsechzig heißen.«

»Schon besser. Ein würdiges Alter. Du kannst schon mal reingehen und den arglosen Jungen becircen. Vergiß aber nicht, daß du mir nichts vormachen kannst.«

»Ich werde es beherzigen.« Caroline konnte der Versuchung nicht länger widerstehen und warf einen Blick auf das Gemälde. Es zeigte Dwayne auf seinem Schaukelstuhl sitzend mit einem überproportional großen Whiskeyglas in der Hand. Der Stil lag irgendwo zwischen Picasso und einem Comicheft. Dwaynes Gesicht war grün, aus seinen Augen standen rote Linien hervor und an den Seiten wuchsen ihm gewaltige lila Eselsohren.

»Interessant«, meinte Caroline.

»Mein Daddy hat immer gesagt, wer lebt, um zu trinken, ist ein Esel.«

Carolines Blick wanderte vom Porträt zur Künstlerin. Mit einem Schlag begriff sie, daß diese Tante Lulu gar nicht so verrückt war, wie sie tat. »Mir ist es ein Rätsel, wie manche Leute das Trinken zu ihrem Lebensinhalt machen können.«

»Tja, manchmal ist das Leben Grund genug. Dwayne, wo steckt denn dein Bruder? Ich kann es nicht haben, wenn andere mir beim Malen über die Schulter schauen.«

»In der Bibliothek. Dritte Tür rechts.«

Caroline trat ein. Im Haus war es so still, daß sie es nicht mehr wagte, durch lautes Rufen auf sich aufmerksam zu machen. Ihr kamen langsam Zweifel, ob sich überhaupt jemand im Haus aufhielt.

Die Tür zur Bibliothek war zu. Bestimmt lag Tucker ausgestreckt auf dem bequemen Sofa und hielt ein Nickerchen. Sie klopfte leise an. Keine Antwort. Dann weckte sie ihn eben. Es konnte nicht angehen, daß er vor sich hin schlummerte, während ... Sachte drückte sie die Klinke herunter und öffnete die Tür.

Aber weder lag er auf dem Sofa unter dem Fenster, noch war er in dem großen Sessel vor dem Kamin eingenickt. Verblüfft schritt

Caroline vorbei an den Bücherregalen, einem Gemälde von Georgia O'Keefe und einem antiken Kaffeetisch – und erblickte Tucker an einem massiven Eichenholzschreibtisch. Über einen Stapel Dokumente und Bücher gebeugt saß er da und glitt mit den Fingern beiläufig – nein, geschickt, wie sie auf den zweiten Blick feststellte – über die Tastatur eines Personal Computers.

»Tucker?« In diesem einen Wort steckte ein Abgrund von Erstaunen.

Er antwortete mit einem Brummen, gab noch ein paar Daten ein und sah auf. Sein Gesicht hellte sich sofort auf.

»Ja, Caroline! Da freue ich mich aber!«

»Was machst du denn da?«

»Ach, ich jage da nur ein paar Zahlen durch.« Er schob den Stuhl beiseite und erhob sich. »Nichts, das nicht warten könnte. Wollen wir uns nicht auf die Terrasse setzen und uns den Sonnenuntergang ansehen?«

»Der ist doch erst in zwei Stunden.«

»Ich habe Zeit«, meinte er lächelnd.

Kopfschüttelnd beugte sie sich über den Bildschirm und entzifferte auf der Maske die Wörter: Waschsalon, Chat 'N Chew, Hardware, Pension, Campingplatz. Auf dem Tisch lagen Statistiken, Rechnungen, Quittungen, Preistabellen und ganze Stapel von Prospekten und Akten über Pestizide, Kunstdünger, Saatgut, Fuhrunternehmen.

Caroline trat einen Schritt zurück. »Du arbeitest ja!«

»Gewissermaßen ja. Darf ich dich jetzt küssen?«

Sie schüttelte den Kopf. Noch mußte sie das Ganze verdauen. »Du ... machst die Buchhaltung?«

Er grinste. »Das ist kein Verstoß gegen das Gesetz, solange man keine getürkten Zahlen schreibt, was mein Großvater allerdings mit großem Erfolg fünfundzwanzig Jahre lang praktizierte. Seine Kunst bestand darin, sich nicht erwischen zu lassen. Er war bis zu seinem Todestag eine der tragenden Säulen unserer Gesellschaft. Sag mal, wenn du dich weder küssen lassen noch mit mir auf die Terrasse setzen willst, was kann ich dann für dich tun?«

»Du arbeitest mit einem Computer?«

»Ja gut, ich gebe zu, daß ich am Anfang ein paar Vorurteile hatte, aber wenn man den Bogen raus hat, spart man sich mit den Dingern zentnerweise Zeit. Und für so was bin ich immer zu haben.«

»Und das machst alles du?«

»Was?«

»Das da.« Benommen klopfte sie auf einen von den Stapeln. »Erledigst du ganz allein die Buchführung?«

»Normalerweise erledigt sie sich von selbst. Ich gebe nur die Zahlen ein.« Er drückte ein paar Tasten, und der Computer schaltete sich aus.

»Du bist ja ein Betrüger! Kehrst den lässigen Playboy heraus, der den lieben langen Tag nichts als schlafen will – und dann so was. Das ist Vorspiegelung falscher Tatsachen!«

»Du hast bisher immer nur das gesehen, was du sehen wolltest«, berichtigte Tucker sie. »Ich habe das Gefühl, ihr im Norden versteht unter Faulheit etwas anderes als wir. Wir nehmen die Dinge viel lockerer. Willst du das nicht von uns lernen? Es macht mich ganz fertig, wie ihr immer heiße Luft um euch verbreitet.«

»Und ich hatte geglaubt, ich hätte dich endlich verstanden, und dann verwandelst du dich schon wieder. Du bist ein Geschäftsmann!«

»Das trifft die Sache aber auch nicht, Caro. Mit Geschäftsmann verbinde ich so Leute wie Donald Trump oder Lee Iacocca, Burschen mit tollen Maßanzügen, schmutzigen Ehescheidungen und jeder Menge Magengeschwüren. Der einzige, der bei uns als Geschäftsmann in Frage kommt, ist vielleicht Jed Larsson. Und selbst der trägt bestenfalls am Sonntag einen Anzug.«

»Du wechselst schon wieder das Thema.«

»Nein, nein, ich wollte es dir nur erläutern. Du kannst natürlich sagen, daß ich Transaktionen durchführe. Aber das ist so verdammt hochgegriffen. Ich bin im Rechnen nun mal gut, und darum strengt es mich nicht besonders an.«

Caroline ließ sich erschöpft auf die Couch sinken. »Du verschwendest dein Leben also gar nicht!«

Er setzte sich neben sie. »Ich habe immer gedacht, ich würde es genießen. Aber wenn es dich glücklich macht, will ich es gerne mit Verschwenden versuchen.«

»Ach, sei doch mal eine Minute still! Ich muß nachdenken.« Sie verschränkte die Arme über der Brust. Arglos? fragte sie sich. Seine Tante Lulu hatte das gesagt. Was für ein Witz! Der Mann wußte genau, was er tat, und offensichtlich setzte er seit Jahren seine Vorstellungen auch durch. Hatte sie es nicht mit eigenen Augen gesehen? Dieser Mann konnte einen Menschen verträumt angrinsen und ihm im nächsten Moment mit einem Blick die Seele bloßlegen.

»Du hast mir mal erzählt, daß Dwayne studiert hat, aber nichts daraus macht. Von dir hast du mir nichts gesagt.«

Tucker grinste. »Ich habe ja auch keinen Abschluß. Mit dem Lernen hatte ich es nicht so. Ich habe nur ein paar Kurse in Management und Rechnungswesen belegt. Aber mir war schnell klar, daß es hinter dem Schreibtisch tausendmal bequemer ist als auf dem Baumwollfeld. Soll ich dir mein Studienbuch zeigen?«

»Und ich bin rausgefahren, weil ich dachte, ich müßte dich schützen!« stöhnte Caroline.

»Mich schützen?« Tucker legte den Arm um sie. »Das ist ja wahnsinnig lieb von dir! Hmmm, riechst du gut!«

»Es ist nichts als stinknormale Seife.«

»Dein Geruch macht mich ganz verrückt.« Er küßte ihren Hals. »Vor allem die Stelle da zwischen Hals und Schulter.«

Caroline erschauerte. »Ich wollte eigentlich ... Tucker, nein ...« Ihre Stimme erstarb, während Tucker sie hinter dem Ohr liebkoste.

»Sprich nur weiter«, murmelte er. »Ich habe nicht das geringste dagegen.«

»Bitte laß das.«

»Na gut.« Er wandte sich wieder dem Hals zu. »Na denn, schieß los.«

Wider besseres Wissen legte sie den Kopf zurück und bot ihm so den ganzen Hals. »Matthew Burns war vorhin bei mir.« Sie spürte, wie er erstarrte und sich nur langsam wieder beruhigte.

»Das ist alles andere als überraschend. Ein Blinder mit Krückstock kann sehen, daß er ein Auge auf dich geworfen hat.«

»Nein, nein, diesmal war es nichts Persönliches ...« Caroline ließ alle Vorsicht fahren und wandte sich Tucker ganz zu. Mit trägen, genüßlichen Küssen sog er sofort an ihren Lippen. Sie stieß einen gedehnten Seufzer aus. »Er sagte, ich solle die Hände von dir lassen.«

»Hmmmm, zu meiner großen Enttäuschung hast du mich bisher viel zu wenig angefaßt.«

»Er sprach noch über den Fall. Den Mord ... Was machst du denn da?« Sie setzte sich abrupt auf und starrte an ihrer geöffneten Bluse herunter.

»Ich war dabei, dir die Kleider auszuziehen. Das Ziel verfolge ich schon seit geraumer Zeit. Aber so, wie es aussieht, muß ich es wieder verschieben.«

Caroline knöpfte ihre Bluse hastig zu. »Ich lasse es dich wissen, wenn ich ausgezogen werden will.«

»Caroline, du hast es mich vorhin durchaus wissen lassen, bis du dann doch wieder zu denken angefangen hast.« Tucker erhob sich und mixte sich einen Drink. Den hatte er zur Abkühlung dringend nötig. »Möchtest du auch einen?«

»Nein. Du kannst von mir aus gerne sauer sein, aber ...«

»Sauer?« Er prostete ihr zu. »Soll ich dir sagen, was du in mir anrichtest, Baby? Ich habe noch nie eine Frau gehabt, die mich mit einem Minimum an Aufwand so auf Hochtouren bringt.«

»Ich wollte dich eigentlich nur warnen.«

»Genau das habe ich gemeint.« Er trank das Glas in einem Zug leer, überlegte kurz, ob er sich noch einen Drink mixen sollte und entschied sich schließlich für eine halbe Zigarette. »Wer ist Luis?«

Ihr Mund klappte zweimal auf und zu. »Wie bitte?«

»Du hast mich schon verstanden. Du willst mir nur nicht antworten. Susie hat neulich erwähnt, daß du ziemlich schlecht auf einen Luis zu sprechen bist. Blöder Name.«

»Weil Tucker so unendlich würdiger klingt!«

»Das hängt wohl vom jeweiligen Standpunkt ab, Caro«, meinte er grinsend. »Wer ist er?«

»Jemand, auf den ich schlecht zu sprechen bin«, sagte sie leichthin. »Willst du dir jetzt anhören, weswegen ich ...«

»Hat er dich verletzt?«

Ihre Blicke begegneten sich. Caroline erkannte in seinen Augen Geduld, Mitgefühl und, zu ihrem Erstaunen, eine stille, tiefe Kraft.

»Ich würde dir gerne versprechen, daß ich dich nie verletzen werde, aber das ist wohl nicht möglich.«

Etwas rührte sich in ihr. Eine Tür, die sie für immer verschlossen gehalten hatte, ging ganz langsam auf. »Ich will keine Versprechungen«, stieß sie fast verzweifelt hervor.

Er betrachtete nachdenklich seine Kippe und drückte sie aus. »Ich habe noch nie welche gegeben. Sie sind mir zu gefährlich. Aber mir liegt an dir, Caroline. Bis über beide Ohren liegt mir an dir.«

»Ich . . . bin noch nicht so weit.« Sie erhob sich. »Mir liegt auch sehr viel an dir, Tucker. Aber weiter darf es nicht gehen. Ich bin gekommen, weil mir an dir liegt und weil ich dir sagen will, daß Matthew Burns dir den Mord an Edda Lou Hatinger anhängen will.«

»Da wird er sich schwertun. Ich habe Edda Lou nicht umgebracht, Caroline.«

»Das weiß ich. Ich verstehe dich vielleicht nicht immer, aber das weiß ich. Matthew glaubt, daß der Schlüssel zu den Morden an Francie, Arnette und Edda Lou bei dir zu finden ist. Er hat auch ein paar Andeutungen über Toby fallenlassen. Wir schreiben zwar bald das Jahr zweitausend, aber hier im tiefsten Süden sind die Rassenkonflikte vielleicht . . .«

»Toby und Winnie sind hier hoch angesehen. Die wenigsten sind so primitiv wie die Hatingers und Billy T. Bonny.«

»Aber trotzdem. Ich will nicht, daß Toby und seiner Familie etwas zustößt.« Sie trat einen Schritt auf ihn zu. »Und ich will nicht, daß dir etwas geschieht.«

»Dann will ich dich gerne beruhigen.« Tucker hob ihr Kinn an und sah Caroline mit einem ruhigen, steten Blick in die Augen. Sachte massierte er ihr die Stelle über der Nasenwurzel, wo Ihre Streßfalten sich manifestierten. »Du hast Kopfschmerzen. Es wäre schlimm für mich, wenn ich daran schuld wäre.«

»Das bist du nicht. Die Situation ist schuld.«

»Dann denken wir eben nicht mehr an die Situation. Wir setzen uns auf die Terrasse und schauen uns den Sonnenuntergang an.« Er drückte ihr einen flüchtigen Kuß auf die Stirn. »Und du mußt auch nicht mit mir schmusen, es sei denn, du willst es.«

Sie lächelte unwillkürlich. »Und was ist mit deiner Arbeit?«

»Honey«, sagte er und legte einen Arm um ihre Hüfte. »An einem läßt sich nicht rütteln: Arbeit führt zu nichts.«

Arm in Arm gingen die beiden ins Freie. Das im Sonnenlicht aufblitzende Fernglas bemerkten sie nicht.

Austin hielt es fest umklammert und ließ die zwei nicht aus den Augen. Seine Lippen bewegten sich lautlos in einem inbrünstigen, tödlichen Gebet. Immer tiefer versank er im Wahnsinn. Und in seiner Sonntagshose steckten zwei Police Specials.

Als Cy den Durchlaß am nächsten Morgen erreichte, wartete sein Vater bereits. Er packte den Jungen gleich am Hemd und stierte ihm in die Augen.

»Du hast doch niemandem was gesagt, oder ich würde dich sofort beim Lügen ertappen.«

»Nein, Daddy. Schau, ich habe dir Hühnerfleisch und ein Sandwich mitgebracht.«

Austin riß ihm den Beutel aus der Hand. »Und das andere?«

»Jawohl, Vater.« Cy reichte ihm einen Kanister Wasser.

Austin schraubte ihn auf und trank in langen, gierigen Zügen. Dann wischte er sich den Mund ab. »Und der Rest?«

Mit zitternden Händen zog Cy aus seinem Lederbeutel ein Jagdmesser hervor.

»Daddy, vor unserem Haus sind lauter Polizisten, aber die Straßenblockaden haben sie abgebaut. Der Weg nach Arkansas ist frei.«

»Du willst mich wohl loswerden, was?«

»Aber nein, ich ...«

Austin bleckte die Zähne zu einem diabolischen Grinsen. Mit einer blitzschnellen Bewegung hielt er dem entsetzten Jungen das Messer unter die Nase. »Aber klar bin ich dir ungelegen! Du willst auf dem Weg der Sünde und Ausschweifung weitergehen, dich mit Niggern rumtreiben und diesem Tucker den rosa Arsch küssen ...«

»Nein, Vater! Ich ... ich ...« Cy starrte in panischer Angst das Messer an. Eine unbedachte Bewegung, und er war tot. »Sie fahnden noch nach dir, und da dachte ich ...«

»Der Herr ist mein Hirte, Kerl. Der sorgt für mich.« Immer noch grinsend strich Austin mit dem Daumen über die Klinge, bis er zu bluten anfing. »Und er hat mir ein scharfes Schwert gegeben. So, jetzt erkläre ich dir, was du zu tun hast.« Er drückte seinem Sohn das Messer an die Kehle. »Hörst du mir auch zu?«

Cy wagte nicht zu schlucken. Er antwortete mit einem unmerklichen Nicken.

»Hörst du mir zu, Kerl?«

»Jawohl, Vater.«

Cy arbeitete wie ein Berserker, um seine Angst in Schweiß zu ertränken. Er leerte zig Schubkarren Humus in den Garten, er hob Löcher für die neuen Pflanzen aus, und er riß Unkraut aus der Erde, bis seine Hände mit Blasen übersät waren – doch die Angst saß tief in seinem Magen wie ein unverdaulicher Klumpen. Vom Mittagessen bekam er keinen Bissen hinunter. Gab er normalerweise die Hälfte davon bei seinem Vater ab, so verstaute er heute alle dick mit Schweinebraten belegten Sandwiches und den Zitronenkuchen im Beutel.

Cy wischte sich den Schweiß aus der Stirn und versuchte, alle Gedanken an Gut und Böse zu verscheuchen. Jetzt ging es nur noch ums Überleben. Tag für freudlosen Tag mußte er hinter sich bringen, vier Jahre lang insgesamt, bis er achtzehn war. Der Abend rückte immer näher. Er mußte Tucker zu seinem Vater bringen, oder er schnitt ihm die Kehle durch. Erschöpft schleppte er sich zum Gartenschlauch und spritzte sich Gesicht und Hände ab.

»Na, Feierabend, Junge?«

Cy richtete vor Schreck den Strahl auf die eigenen Schuhe. Tucker grinste ihn freundlich an.

»Della hat mir schon gesagt, daß du heute ein bißchen schusselig bist. Dreh das Wasser lieber ab, ehe du mir noch ertrinkst.«

»Jawohl, Sir.« Cy starrte benommen seine Finger an, die sich zögernd um den Hahn schlossen.

»Mein Gott, ich werde ganz schläfrig, wenn ich dir zuschaue. Möchtest du eine Cola oder noch ein Stück Kuchen?«

»Nein danke, Sir.« Cy wagte nicht, Tucker in die Augen zu sehen. Er kämpfte ein Schluchzen nieder. Vielleicht klappte es gar nicht, dachte er verzweifelt. Vielleicht setzte Tucker ihn nur irgendwo ab. Er biß die Zähne zusammen und humpelte zu seinem Fahrrad.

»Was hast du denn mit deinem Bein gemacht?«

Er muß Mitleid mit dir kriegen, Kerl. Sieh zu, daß er dich in seinem Luxusschlitten heimfährt. Und führ ihn ja zu mir.

»Ach, das ist nichts, Mr. Tucker. Ich bin wohl irgendwo reingetreten.« Cy schickte ein Stoßgebet zum Himmel, Tucker möge dem nicht viel Bedeutung beimessen und ihn heimschicken.

»Komm mal mit ins Haus. Della wird sich das ansehen.«

»Nein, nein, Sir. Es ist nicht so schlimm. Ich fahre jetzt besser.«

Tucker entging nicht, daß Tränen in Cys Augen schimmerten. Er bekam auf einmal ein schlechtes Gewissen. Der Junge war so schmächtig, und er hatte ihn den ganzen Tag schuften lassen. Andererseits lag seine eigene Jugend nicht allzu weit zurück. Er kannte das Ethos der Heranwachsenden noch gut: Sie waren zu stolz, sich etwas schenken zu lassen. Es sei denn, man überlistete sie mit einer kleinen Notlüge. »Weißt du was?« sagte Tucker unvermittelt. »Ich muß noch ein paar Sachen in der Stadt erledigen. Wir packen dein Rad in den Wagen, und du fährst mit mir mit.«

»Soll ich denn wirklich?« murmelte Cy ohne aufzusehen.

»Ich komme ja sowieso an eurem Haus vorbei. Los, hopp, laden wir dein Rad ein, ehe Della was merkt und mir noch eine ellenlange Einkaufsliste in die Hand drückt.«

»Jawohl, Sir.« Mit gesenktem Kopf schob Cy das Rad zum Oldsmobile. In seinem Kopf hämmerte es wie auf einem Amboß.

»Weiß der Kuckuck, wozu sie so eine Riesenkiste braucht«, brummte Tucker und sperrte den Kofferraum auf. »Da gehen locker drei Leichen rein. Und schau dir nur an, was sie so mit sich rumkarrt.« Er schob drei paar Schuhe, einen für den nächsten Wohltätigkeitsmarkt bestimmten Karton alte Kleider und eine Winchester beiseite.

Cys Blick fiel auf das Gewehr.

»Das Ding fährt sie seit Monaten spazieren«, kommentierte Tucker und wuchtete das Rad in den Kofferraum. »Sie sagt, sie braucht es, falls einer sie vergewaltigen will, wenn sie mal eine Panne hat. Kannst du sie dir vorstellen, wie sie sich mit dem Gewehr auf dem Schoß auf den Kühler hockt und auf wildgewordene Vergewaltiger wartet? Ich ehrlich gesagt nicht.«

Cy kletterte wortlos auf den Beifahrersitz. Tucker setzte sich neben ihn und griff als erstes ins Handschuhfach. »Darin verstaue ich meine Kassetten. Bist du mit ein paar Takten Elvis einverstanden?«

»Elvis Presley ist nicht schlecht.« Cy verkrallte seine schweißnassen Finger ineinander.

»Nicht schlecht, sagst du? Elvis ist der König, Mann!« Tucker schob eine Kassette in den Schlitz und ließ den Motor zu den ersten Takten von ›Heartbreak Hotel‹ aufheulen. »Sag mal, wie geht es eigentlich bei euch daheim?«

»Daheim?«

»Geht's deiner Mama einigermaßen?«

»Sie ... kommt zurecht.«

»Wenn ihr etwas braucht, ein bißchen Geld oder so, dann kannst du mich ruhig fragen. Sie muß ja nicht wissen, woher es kommt.«

»Nein, nein, das ist nicht nötig.« Cy starrte krampfhaft zum Fenster hinaus. Er konnte Tucker einfach nicht ins Gesicht sehen. Der Mann war so freundlich, so besorgt. Cy erblickte Tobys Wagen am Ende von Miss Carolines Auffahrt. Wie konnte er mit seinem Freund Jim nach dem heutigen Abend je wieder herumalbern? Bald war er ja ein Mörder.

»Willst du mir nicht sagen, was dich bedrückt, Cy?«

Cy wandte sich nun doch zu Tucker um. Das Herz schlug ihm bis zum Hals. »Nichts, Sir. Was soll schon sein?«

»Ich bin zwar keine vierzehn mehr, aber so lange liegt das auch wieder noch nicht zurück. Ich weiß noch gut, was es heißt, einen Vater zu haben, dem die Hand gern ausrutscht.« Tucker musterte ihn mit einem so warmen und verständnisvollen Blick, daß Cy wieder wegsehen mußte. »Sag mal, Cy. Vorhin auf dem Weg zum Wagen hast du nicht mehr gehumpelt ...«

Der Klumpen schien den ganzen Magen auszufüllen. »Ich ... ich glaube, mir geht es schon wieder besser.«

»Wenn du nicht darüber sprechen willst ...« meinte Tucker nach einer Weile achselzuckend.

Sie fuhren nun an der Böschung des Little Hope entlang. Eine Meile noch, dann hatten sie den Durchlaß erreicht. »Ich ... hab' das Rad in dem Durchlaß dort hinten versteckt.«

»Gut, dann setze ich dich dort ab.«

»Könnten Sie mir vielleicht ...« *beim Abladen helfen und das Rad für mich in den Durchlaß schieben, wo mein Daddy auf Sie wartet. Ich weiß doch, daß Sie mir helfen werden, weil Sie so nett sind.*

»Könnte ich was?«

Sie waren fast da. Cy wischte sich mit dem Handrücken über den Mund. Was er im Magen spürte, war keine Angst mehr, es war lähmendes Entsetzen. *Ich brauche ihn bloß zu bitten, und er tut es.* Cy bemerkte ein Glitzern. War es das Fernglas, oder war es die scharfe Klinge?

»Stop! Halten Sie an!« In panischer Angst packte er das Lenkrad. Der Wagen kam ins Schlingern.

»Was, zum Teufel, ist in dich gefahren?« Tucker riß den Wagen gerade noch herum und trat auf die Bremse. Der Wagen stellte sich quer über die ganze Fahrbahn, aber er stand. »Wir wären fast im Bachbett gelandet!«

»Fahren Sie zurück! Ich flehe Sie an, fahren Sie zurück! Er kommt sonst raus und bringt uns beide um!«

»Ganz ruhig, Junge, ja?«

Während der tote König des Rock 'n' Roll immer noch von der Liebe schmachtete, starrte Cy, von Weinkrämpfen geschüttelt, zum Fenster hinaus.

»Er kommt mir nach und reißt mir die Augen aus. Das hat er immer wieder gesagt: Auge um Auge!« Plötzlich zuckte der Junge am ganzen Leib, sackte vornüber und übergab sich.

Tucker zerrte ihn blitzschnell aus dem Wagen und tätschelte ihm den Kopf, bis kein Erbrochenes mehr kam. Dann wischte er ihm den Mund mit einem Taschentuch ab. »Versuch, langsam zu atmen. Geht es jetzt wieder?«

Cy nickte und brach erneut in Tränen aus, kein hysterisches Schluchzen diesmal, sondern ein herzzerreißendes Weinen.

»Wein dich nur aus, das tut dir gut, das muß wohl raus.« Und nachdem Cy sich etwas beruhigt hatte: »Wer will dir die Augen rausreißen, mein Junge?«

Cy wandte ihm sein tränenverschmiertes Gesicht zu. »Mein Vater! Er hat mir gesagt, ich muß Sie zu ihm bringen. Er hat gesagt, er hat eine Rechnung mit Ihnen offen, und wenn das Auge einen stört, dann muß man es herausreißen. Ich bringe ihm seit Tagen mein Mittagessen. Gestern früh mußte ich ihm einen Gürtel und ein Fernrohr besorgen. Und heute wollte er ein Messer haben.«

»Dein Vater hat sich dort im Bachdurchlaß versteckt?«

»Er wollte Ihnen auflauern!« schluchzte der Junge. »Ich sollte Sie zu ihm bringen, aber das kann ich nicht!« Er fuhr in panischer Angst herum. »Er ist bestimmt schon hinter uns her. Er hat doch die zwei Pistolen!«

»Los, steig ein.«

»Was haben Sie vor, Mr. Tucker? Wollen Sie mich ins Gefängnis bringen?«

»Ich fahre dich nach Sweetwater zurück.«

»Aber ... aber ...«

»Du gehst sofort zu Della ins Haus und rufst Sheriff Truesdale an, hast du verstanden?«

»Jawohl, Sir. Ich werde ihm sagen, wo Daddy ist und was er mir angedroht hat.«

»Und sag ihm vor allem, daß er sich beeilen soll.«

Schon tauchte vor ihnen Tuckers Haus auf. Kieselsteine spritzten auf, und der Wagen hielt an.

»Ich werde ihm alles sagen, Mr. Tucker. Es tut mir leid, daß ich Sie zu ihm locken wollte.«

»Darüber unterhalten wir uns später. Los, geh rein. Della hat die Nummer. Wenn du Burke nicht erreichst, dann verlange seinen Deputy.«

»Jawohl, Sir.« Mit vor Entsetzen geweiteten Augen sah der Junge, wie Tucker das Fahrrad aus dem Kofferraum zerrte und das Gewehr herauszog. »Was haben Sie vor, Mr. Tucker? Wollen Sie etwa dorthin zurück und ihn erschießen?«

Tucker klappte wortlos das Gewehr auf und vergewisserte sich, daß es geladen war. Sein Blick richtete sich auf Cy. »Genau das habe ich vor. Geh jetzt rein und sag Burke, daß ich mich gerade zum Deputy ernannt habe.«

Cy wandte sich um und rannte ins Haus.

18

An eine Schießerei wollte Tucker lieber nicht denken. Die Gewalt war seine Sache nicht. Und nun mußte er wegen Austin Hatinger schon zum zweiten Mal binnen kurzer Zeit zum Gewehr greifen.

Konnte er andererseits die Hände in den Schoß legen und die Verantwortung Burke und Carl zuschieben? Natürlich nicht. Zumal er auch noch Cys verstörtes Gesicht vor Augen hatte.

Er reißt mir die Augen aus!

Wie war der Junge nur darauf gekommen?

Mit fest entschlossener Miene und einem wütenden Funkeln in den Augen trat Tucker auf die Bremse. Dellas Gewehr und einen Feldstecher hatte er griffbereit neben sich liegen. Er führte das Fernglas an die Augen. Gestochen scharf tauchte der Durchlaß vor ihm auf. Doch so sehr er auch die Augen zusammenkniff, nichts rührte sich vor der Öffnung. Keine Menschenseele war an der Böschung auszumachen. Nichts tat sich auf den Hügeln dahinter.

Auf Stokeys Farm, ja, da drängelten sich die Schweine um den Futtertrog, das konnte er deutlich erkennen. Und weiter hinten sah er eine Staubwolke aufsteigen. Das konnte Burke auf dem Weg hierher sein. In der unmittelbaren Umgebung schien sich jedoch niemand aufzuhalten. Drückende Stille lastete über ihm. Für Erleichterung sorgte lediglich vereinzeltes Vogelgezwitscher.

Wenn Austin wartete, dann nur im Halbdunkel des Schachts. Um das herauszufinden, gab es freilich nur eine Möglichkeit.

Tucker hängte sich das Gewehr über die Schulter und steckte ein paar zusätzliche Patronen in die Tasche – für alle Fälle, auch wenn er inbrünstig hoffte, die Sache würde sich erübrigen. In gebückter Haltung huschte er auf den Durchlaß zu. Als er sich bis auf fünf Meter genähert hatte, ließ er sich fallen und robbte weiter.

Vor der Öffnung holte er tief Luft. Erst später sollte er merken, daß er in Schweiß gebadet war.

»Austin! Du wirst dir schon denken, daß ich da draußen bin! Für die Einladung hast du dir ja gewaltige Mühe gegeben. Willst du nicht rauskommen und mit mir in aller Ruhe über das Ganze plaudern? Wir können gern zusammen auf Burke warten.«

Aus dem Schacht drang kein Laut. Über seinem Kopf erhob sich das Krächzen einer Krähe.

»Du machst es mir wirklich schwer, Austin. So, wie du deinen Sohn gequält hast, bleibt mir nichts anderes übrig, als reinzukommen. Ich kann gar nicht anders, als dich zur Rechenschaft ziehen, auch wenn einer von uns beiden das nicht überlebt.«

Er warf einen Stein durch den Eingang und wartete auf den ersten Schuß.

Stille.

»Scheiße«, murmelte Tucker und ließ sich in das Bachbett hinabgleiten. In seinen Schläfen hörte er das eigene Blut tosen. Mit entsichertem Gewehr sprang er in die Öffnung. Zu seiner Überraschung pfiffen ihm keine Kugeln um die Ohren.

Der Durchlaß war leer. Tucker kam sich plötzlich überaus lächerlich vor mit dem Gewehr im Anschlag und seinem wild hämmernden Herz. Er hörte den Widerhall des eigenen Atems.

»Okay«, sagte er leise. »Du hast dich lächerlich gemacht. Aber wenigstens hat dich keiner gesehen.« Er wollte schon wieder hinaus, da blieb er wie angewurzelt stehen.

Versteckte sich Austin womöglich hier irgendwo? Hatte er sich in eine Nische geduckt? Wartete er einfach, bis Tucker nach draußen ging, um ihn dann zu erledigen?

Wie dumm er doch war, schalt Tucker sich und ging einen Schritt weiter. Fluchend hielt er erneut an. Besser dumm als tot, sagte er sich. Aber was sollte er jetzt tun? Noch bevor Tucker sich zu einem Entschluß durchgerungen hatte, hörte er Bremsen quietschen. Gleich darauf wurden zwei Wagentüren zugeknallt.

»Tucker? Alles in Ordnung, Tuck?«

»Hier unten bin ich, Burke. Er ist nicht da.« Erleichtert stellte Tucker das Gewehr ab.

Burke erteilte Carl Anweisungen, sich nach Spuren umzusehen, dann wurde es noch dunkler im Durchlaß. Burkes breite Schultern sperrten die letzten Sonnenstrahlen aus.

»Was, zum Teufel, wird hier gespielt?«

»Ich erkläre dir alles.«

Nach Tuckers Ausführungen steckten sich die beiden Männer eine Zigarette an, Burke eine ganze, Tucker eine halbe.

»Der Junge war so durcheinander, daß ich nicht die Hälfte davon verstanden habe«, meinte Burke. »Er schrie bloß immer, daß du und Austin euch hier drin abknallen würdet.«

»Ich weiß nicht genau, ob ich froh oder enttäuscht sein soll, daß es nicht dazu gekommen ist«, erwiderte Tucker. »Cy ist ein anständiger Junge, Burke. Sein Vater hat ihn total eingeschüchtert, aber er hat das Richtige getan. Bist du einverstanden, wenn er die nächsten Tage bei uns in Sweetwater bleibt? Nach Hause kann er unmöglich zurück. Wenn nicht Austin, dann schlägt Vernon ihn grün und blau. Daß die Zwei Brüder sein sollen, wird mir ewig ein Rätsel bleiben.«

»Laß ihn ruhig bei dir wohnen. Wenn wir Glück haben, bekommt Vernon nicht gleich davon Wind. Aber jetzt konzentrieren wir uns auf die Fahndung nach dem Alten. Du hast dich ja schon selbst zum Hilfssheriff ernannt, wie ich sehe.«

»Mir blieb nichts anderes übrig.« Tucker griff nach dem Gewehr. In diesem Augenblick fiel ihm ein Gekritzel an der Wand auf. »Herrgott, was ist denn das? Ich kann nichts lesen, geh mir doch aus dem Licht, Burke.«

Fluchend entzifferte er die Nachricht:

Auge um Auge

»Allmächtiger im Himmel«, stöhnte Burke. »Sieht aus, als hätte er es mit Blut geschrieben. Ich trommle ein paar Männer zusammen. Wir durchsuchen jedes Haus. Wir kriegen den Burschen heute noch, selbst wenn wir das ganze Land durchkämmen müssen.«

Er reißt mir die Augen aus!

Tucker ballte die Fäuste. »Ich gehe mit, Burke. Sag, kriege ich auch einen von diesen billigen Blechsternen?«

Binnen einer Stunde hatte Burke fünfzehn kräftige und auf ihren Einsatz brennende Männer um sich versammelt. Daß Billy T. Bonny und Junior Talbot, jeder mit einem Gewehr bewaffnet, ebenfalls zum Haufen gehörten, bereitete ihm einige Kopfschmerzen. Er konnte nur hoffen, daß sie im Jagdeifer die persönliche Feindschaft wenigstens für die Dauer des Einsatzes hintanstellten. Der Sicherheit halber teilte er sie verschiedenen Gruppen zu. Junior schickte er zusammen mit Carl los, und Billy T. wollte er selber im Auge behalten. An die Spitze der dritten Gruppe stellte er den etwas langsamen, doch besonnenen Jed Larsson.

Anhand einer Landkarte bestimmte er die Suchgebiete. Dann gab er die letzten Anweisungen.

»Heißsporne kann ich keine gebrauchen. Austin hat zwei Pistolen, und wenn er nicht blind auf Hasen geschossen hat, sind sie noch geladen. Ich habe keine Lust, heute abend zu einer von euren Frauen oder Allerliebsten zu gehen und ihr beizubringen, daß ihr Schatz so blöd war und sich hat abknallen lassen.«

»Wir sind doch nicht so dämlich wie die Bullen vom County«, rief einer unter beifälligen Rufen der anderen. Bei soviel Anspannung bedeutete jeder noch so kleine Scherz eine Art Entspannung. Burke wartete, bis wieder Stille herrschte.

»Austin wurde zuletzt im Bachdurchlaß gesehen. Er hat also eine gute Stunde Vorsprung. Er ist zu Fuß unterwegs, aber er kennt die Gegend wie seine Westentasche. Weiß der Teufel, wo er sich jetzt versteckt. Ich will ihn lebend, verstanden? Wenn ihr ihn seht, benachrichtigt mich per Funk. Die Waffen habt ihr nur zu eurer Verteidigung.«

Einige Männer tauschten feixend Blicke aus. Austin war nicht sehr beliebt im Ort.

»Wenn er abgeknallt wird, müßt ihr jede Menge unangenehme Fragen über euch ergehen lassen, die ihr lieber nicht beantworten würdet.« Um seinen Worten Nachdruck zu verleihen, ließ Burke einen warnenden Blick über die Runde schweifen. Er kannte die Kandidaten, die schnell mit dem Schießeisen bei der Hand waren. »Ihr seid hier nicht auf einer Hirschjagd, ihr seid jetzt auf die Verfassung eingeschworene Diener der Allgemeinheit. So, nun setzt euch in Bewegung und paßt gut auf euch auf. Möge Gott uns helfen.«

Burke zwängte sich mit seinen vier Leuten, darunter auch Tucker, in den Einsatzwagen. An der Old Cypress Road, die Billy T. noch in schlechtester Erinnerung hatte, hielten sie an. Drei Männer sollten in Richtung Osten losgehen, Tucker und Burke nach Westen. Am Teich der McNairs wollten sie sich wieder vereinigen.

»Willst du mir nicht sagen, was es zwischen Billy T. und dir gegeben hat?« fragte Burke, sobald sie allein waren.

»Ach, das ist längst bereinigt«, meinte Tucker. Er warf einen besorgten Blick auf Carolines Haus. »Glaubst du, er könnte es bis hierher geschafft haben?«

»Keine Ahnung. Möglich ist alles. Und vielleicht war es ein Fehler von mir, daß ich die Kollegen vom County nicht eingeschaltet habe.«

»Beim letzten Mal haben sie ja gewaltig Mist gebaut.«

»Kann schon sein«, brummelte Burke. Mehr wollte er zu dem Thema nicht sagen. »Das einzige, wo er nicht sein dürfte, ist sein Haus. Das wird ja von den Kollegen vom County rund um die Uhr bewacht. Aber was weiß man schon bei einem Mann, der nicht ganz richtig tickt.«

»Na, hoffentlich ist er trotzdem dorthin gelaufen. Dann schnappen sie ihn, und wir haben unsere Ruhe.« Tucker ließ Carolines Haus nicht aus den Augen. Im ersten Stock war ihm ein Glitzern aufgefallen. »Das Dumme ist nur, er tickt nicht nur nicht richtig, er ist total übergeschnappt. An dem Tag, an dem wir uns im Blumenbeet geprügelt haben, da hat er sich eingebildet, ich sei mein alter Herr. Er wollte nicht mich totschlagen, sondern den guten Beau. Und jetzt sage ich dir noch etwas. Wahrscheinlich sollte Cy auch gar nicht mich zu diesem Durchlaß locken.«

Burke runzelte die Stirn. Die Tiefenpsychologie war seine Sache nicht, es sei denn, sie deckte sich mit normaler Menschenkenntnis. Davon hatte er durchaus eine Ahnung.

»Kann man einem das mit einer Frau so lange nachtragen?«

»Na ja, in Innocence gehen die Uhren eben anders. Meine Mutter zum Beispiel verließ immer schlagartig das Zimmer, sobald der Name Austin Hatinger fiel, und zwar bis zu ihrem Tod.« Er verstummte, weil Burke die Gegend mit dem Feldstecher absuchte. Sinnierend fuhr Tucker fort. »Das hat mich nachdenklich gemacht. Einmal habe ich Edda Lou gefragt, ob sie wüßte, ob mal irgendwas zwischen ihrem Vater und meiner Mutter war. Sie hat gelacht und mir erzählt, daß ihr Vater immer Madeline schreit, wenn er ihre Mutter verprügelt.« Er wußte nicht warum, aber er hatte ein flaues Gefühl in der Magengrube. »Sag, siehst du was?«

»Nicht das geringste.« Burke schaltete das Walkie-talkie ein, um sich bei den anderen Gruppen zu erkundigen. Auch bei ihnen gab es nichts Neues.

Trotzdem konnte Tucker sich nicht beruhigen, und wenn er sich zehnmal zuredete, Aufgeregtheit sei bei der Jagd nach einem Geistesgestörten unvermeidlich. Er zündete sich nervös eine Zigarette an und starrte unwillkürlich wieder das Fenster im ersten Stock an, das unvermindert in der Sonne glitzerte. Da stimmte doch etwas nicht.

»Burke, ich will mir Carolines Haus genauer ansehen.«

»Ich hab' dir doch gesagt, daß Susie sie angerufen und zu sich eingeladen hat. Wahrscheinlich hocken sie längst bei uns in der Küche und unterhalten sich über den Hochzeitskuchen und die Dekoration der Kirche.«

»Kann schon sein«, brummte Tucker. »Trotzdem kommt mir dort was nicht ganz astrein vor.«

Er hatte sich bereits in Bewegung gesetzt, als sie die Schüsse hörten.

Caroline hatte Maisbrot im Ofen – ein Familienrezept der Fullers, das Happy ihr gegeben hatte. Sie war gerade mit dem Teig fertig geworden, als Susie anrief. Angeblich brauchte sie ihre Hilfe, weil Marvella einfach nicht auf sie hörte. Aber Caroline hatte gleich durchschaut, daß es ihr nicht um die Wahl der Blumen für die Hochzeitsfeier ging. Austin Hatinger war gesehen worden, und Susie wollte nicht, daß sie sich allein in dem abgelegenen Haus aufhielt.

Andererseits war sie ihr natürlich dankbar. Seit einiger Zeit schon zuckte sie bei jedem Knarren zusammen. Da leistete sie der Einladung natürlich nur zu gerne Folge, auch wenn sie davon ausging, daß Austin sich nicht mehr bei ihr blicken lassen würde. Was hätte er auch davon? Trotzdem freute sie sich auf einen Abend in Susies Küche, wo es immer so schön lebhaft zuging und sie garantiert in Sicherheit war.

Aus dem Ofen kam schon ein herrlicher Geruch. Caroline warf einen Blick auf die Schaltuhr und lächelte. Fünf Minuten noch, dann war das Brot fertig. Sie wollte es mitnehmen und Susie probieren lassen. Caroline ging auf die Terrasse hinaus.

»Useless! Wo steckst du? Komm mit, wir fahren spazieren!« Kein Hund ließ sich blicken. Sie versuchte es mit Pfeifen und Händeklatschen. Schließlich hörte sie ein Winseln zu ihren Füßen. Sie begab sich auf Hände und Knie und erspähte den Hund durch eine Ritze zwischen den Holzplanken. Er war tatsächlich unter die Terrasse gekrochen und zitterte vor Angst.

»Du Dummerjan. Komm sofort da raus. Was hast du denn nur?«

Er jaulte zweimal und drängte sich noch weiter in die Ecke. »Hast wohl Angst vor einer Maus, was?« schimpfte Caroline. Sie beschloß, ihn mit einem Hundekuchen hervorzulocken. Gegen Hundekuchen war Useless' ansonsten eiserner Wille nicht gewachsen. Gerade wollte sie sich aufrichten, da erblickte sie Austin Hatinger.

Kurz dachte sie, ihre Fantasie spiele ihr einen Streich. Es war doch unmöglich, daß ein Mann mit zwei Pistolen unter dem Gürtel und einem Messer in der Hand sich über den Hinterhof bei ihr hereinschlich. Es war doch unmöglich, daß ein Fremder ihre frisch gepflanzten Stiefmütterchen zertrat und sie mit zur Grimasse erstarrter Miene anlächelte. Selbst die rot umrandeten Augen lächelten mit. Aus ihnen leuchtete noch etwas anderes: der Wahnsinn.

Caroline war noch immer in der Hocke, als er sie, weiter über das ganze Gesicht lächelnd, ansprach.

»Gott hat mich zu dir geführt, und ich habe Seinen Willen verstanden. Du warst mit ihm zusammen. Ich habe euch gesehen. Du mußt geopfert werden.« Er drehte das Messer in der Hand. Schritt für Schritt näherte er sich. »Wie Edda Lou. Es muß so sein wie bei Edda Lou.«

Caroline schoß hoch und rannte in die Küche. Die Tür knallte sie hinter sich zu und schob den Riegel vor. Plötzlich fing die Schaltuhr zu piepen an. Sie schrie auf. Im nächsten Augenblick warf Austin sich mit seinem ganzen Gewicht gegen die Tür.

Caroline dachte nicht mehr. Allein der Instinkt trieb sie an. Sie riß den auf dem Küchentisch liegenden Colt ihres Großvaters an sich und rannte weiter. Sie mußte es zum Wagen schaffen, doch schon im Rennen hörte sie Holz zersplittern. Die Tür hatte nachgegeben.

Ihr fiel ein, daß der Revolver gar nicht geladen war.

Schluchzend griff sie im Laufen mit schweißnassen Fingern in die Tasche. Die Hälfte der Kugeln fiel ihr aus der Hand. Inzwischen hatte sie die Veranda erreicht. Fast wäre sie die Treppe hinuntergefallen. Sie fing sich gerade noch auf und erreichte ihr Auto – die Reifen waren aufgeschlitzt.

Austin stieß die Haustür auf. »Keiner entgeht dem Willen Gottes. Und ich bin sein Werkzeug. Auge um Auge, spricht der Herr!«

Doch Caroline war schon wieder losgerannt. Die nächste Kugel fiel ihr aus der Hand. »Ruhe!« befahl sie ihren zitternden Händen und schaffte es doch noch, eine Kugel und dann noch eine in die Trommel zu drücken. »O Gott, bitte!« Sie hatte die Bäume fast erreicht. Was mochten sie ihr bieten? Schutz? Oder neues Grauen? Sie warf einen verzweifelten Blick über die Schulter. Austin war nur noch zwei Armlängen hinter ihr. Sie drehte sich um und drückte ab. Nur ein Klicken kam. Und er lächelte.

»Du bist das Lamm Gottes.« Er hob das Messer über den Kopf. Das Glitzern der Klinge verhieß den Tod. Caroline sah ihm in die Augen. Darin leuchtete noch etwas anderes als Wahnsinn. Caroline erkannte einen unheimlichen Stolz.

Plötzlich kam Useless wie ein Pfeil herangeschossen und versenkte seine Zähnchen in Austins Wade. Wohl mehr aus Wut und Schreck heulte Austin auf. Ein Tritt, und der Hund lag reglos auf dem Boden.

»Lieber Gott, hilf mir!« flehte Caroline. Sie hielt einfach auf Austin zu und drückte erneut ab. Der Rückstoß warf sie zu Boden. Benommen blieb sie liegen und starrte den sich ausbreitenden roten Fleck auf Austins weißem Hemd an.

Auf seinen Lippen spielte schon wieder dieses Lächeln oder vielmehr ein verzerrtes Grinsen. Er trat einen Schritt auf sie zu, das Messer hoch über dem Kopf.

»Bitte, bitte, bitte«, wimmerte Caroline, und noch einmal zuckte der Revolver in ihrer Hand. Plötzlich verschwand Austins Gesicht. Der gewaltige Körper vor ihr wurde wie von Krämpfen geschüttelt. Doch zu ihrem namenlosen Entsetzen schien er noch immer unaufhaltsam auf sie zuzukommen. Caroline kreischte los. In panischer Angst krabbelte sie rückwärts. Dann fiel das Messer vor ihren Füßen zu Boden, und Austin folgte nach.

Tucker schlitterte über die Kieselauffahrt. Das Herz klopfte ihm zum Zerspringen, doch anscheinend war Caroline nichts geschehen. Sie trug den Welpen über den Rasen. Hinter ihr lag Austin mit dem Gesicht nach unten. Um ihn herum hatte sich eine Lache aus Blut gebildet.

»Er hat meinen Hund getreten!« Als ob diese Erklärung reichen würde, ging sie an Tucker vorbei zum Haus.

»Burke ...«

Der Sheriff steckte seine Pistole ein und schaltete das Funkgerät an. »Ich schaffe das hier draußen ohne dich. Geh zu ihr und sorge dafür, daß sie erst wieder rauskommt, wenn wir fertig sind.«

Tucker traf Caroline im Salon an. Sie saß, den Welpen auf dem Schoß, im Schaukelstuhl. Er kniete vor ihr nieder und streichelte ihr das Gesicht. »Liebling, hat er dich verletzt?«

»Er wollte mich umbringen! Mit dem Messer. Er hätte mich erschießen können, aber er mußte es mit dem Messer tun. Wie bei Edda Lou, hat er gesagt.« Der Hund regte sich winselnd auf ihrem Schoß. Caroline drückte ihn wie ein kleines Baby an ihre Brust. »Es ist ja alles gut, mein kleiner Liebling.«

»Caroline, Caroline, schau mir in die Augen.« Tucker wartete, bis sie zu ihm aufsah. Ihre Pupillen waren verschwommen, und die Iris darum herum war kaum erkennbar. »Ich bringe dich nach oben. Am besten, ich trage dich, und dann hole ich den Arzt.«

»Nein!« Caroline atmete hörbar durch. Useless leckte ihr das Gesicht ab. »Ich kriege keinen hysterischen Anfall. Ich drehe nicht mehr durch. In Toronto bin ich durchgedreht, aber da war ich noch eine andere. Das passiert mir nie wieder.« Sie schluckte schwer und drückte den Hund an ihre Wange. »Ich habe Maisbrot gebacken. Ich wollte ein Rezept von Happy ausprobieren. Und dann wollte ich das Brot zu Susie mitbringen. Es tut ja so gut, Teil der Gemeinde hier zu sein. Weißt du, als ich hier ankam, wollte ich vor allem allein sein, aber ich hatte keine Ahnung, wie nötig ich es hatte, zu einer Gemeinschaft zu gehören.«

»Es wird alles wieder gut«, murmelte Tucker hilflos. »Es wird alles wieder gut, du wirst schon sehen.«

»Weißt du, ich wollte Maisbrot im Ofen meiner Großmutter backen. Das ist doch nichts Unnormales, oder?«

»Caroline.« Er hob ihr Kinn mit den Fingerspitzen an. Die Spuren der Anspannung, die Wut, waren in seinen Augen noch deutlich sichtbar, aber er sprach mit wohltuend sanfter Stimme. »Ich halte dich ein bißchen, einverstanden?«

»Einverstanden.«

Sie ließ den Kopf auf seine Schulter sinken. Vorsichtig legte er ihren Arm um seinen Hals und trug sie mitsamt dem Hund zur Couch hinüber.

Beide achteten nicht auf das Schrillen des Telefons.

»Ich bleibe heute nacht bei dir«, versprach er. »Ich kann ja hier auf der Couch schlafen.«

»Ich drehe nicht durch, Tucker.«

»Ich weiß, Liebling.«

Caroline stieß einen Seufzer aus. »O Gott, hörst du die Schaltuhr? Das Brot ist wahrscheinlich längst angebrannt!«

Sie verbarg das Gesicht an seinem Arm und weinte.

19

Noch ganz benommen vom Schock und der Schlaftablette, tastete Caroline sich die Treppe hinunter. Im Haus war es totenstill. Sie wußte nicht, wie spät es sein mochte, nur daß die Sonne bereits hoch am Himmel stand.

Und schwül war es. Der dünne Morgenrock klebte ihr schon wieder an der Haut. Sie beschloß, sich einen Eiskaffee zu genehmigen – im Wagen und bei laufender Klimaanlage.

Sie hatte einen Menschen getötet.

Caroline blieb jäh auf der untersten Stufe stehen. Wie eine Athletin, die nach einem langen Sprint um Luft ringt, preßte sie die Faust ans Herz. Die Beine wurden ihr weich, und sie mußte sich setzen.

Sie hatte zwei Kugeln in die Brust eines Mannes gejagt. Ein hoher Preis für ihr Leben! Oh ja, ihr war klar, daß sie aus Notwehr gehandelt hatte. Dazu hätte es Burkes sanfter Fragen und fürsorglicher Unterstützung nicht bedurft. Irgendwo in Austin Hatingers Gehirn war eine Sicherung durchgebrannt, und er war auf sie losgegangen.

Aber die Umstände änderten nichts am Ergebnis. Sie hatte das Leben eines Menschen ausgelöscht. Sie, die außer in einem Wutanfall im Hilton Hotel in Baltimore, bei dem sie ein Champagnerglas an die Wand geworfen hatte, noch nie rabiat geworden war, hatte einen Mann mit zwei .45er Kugeln erschossen.

Ein gewaltiger Sprung, befand sie und massierte sich die Stirn. Zwar mochte sie nach der Landung etwas wackelige Knie haben, doch sie bemerkte noch etwas anderes an sich: Sie konnte damit leben.

Caroline dachte gar nicht daran, sich Vorwürfe zu machen. Sie würde sich nicht mit dem Gedanken quälen, ob oder wie sie die Tat vielleicht hätte verhindern können. Das war die Schwäche der alten Caroline gewesen, die in maßloser Selbstüberschätzung gemeint hatte, sie habe das Recht, die moralische Pflicht und auch die Kraft, sämtliche Bürden auf sich zu nehmen, seien es Konzerte, seien es die Hoffnungen ihrer Mutter, seien es die Affären ihres Liebhabers. Und jetzt auf einmal der gewaltsame Tod eines Wahnsinnigen?

Nein, Caroline Waverly hatte Besseres zu tun, als auf die Stimme zu hören, die sich irgendwie in ihr Gehirn geschlichen und von Schuld, Fehlern und Verantwortung gefaselt hatte.

Sie sprang auf. Das Herz blieb ihr fast stehen, denn es raschelte an der Tür. Schon wollte sie loskreischen, da erkannte sie die Ursache. Useless kratzte winselnd am Glas. Er wollte rein. Caroline lief hin und machte auf.

Der Hund sprang überglücklich an ihr hoch. Mit dem Schwanz durchschnitt er schier die Luft, so heftig wedelte er.

»Wie bist du denn da rausgekommen?« Sie kauerte sich hin und streichelte ihn hinter den Ohren, was er ihr mit einem Hundekuß dankte. Im nächsten Moment schoß er davon und verschwand im Salon.

Caroline folgte. »Du bist doch hoffentlich keine Lassie und führst mich zu irgendeinem Verletzten...« Sie verstummte. Auf der Couch lag Tucker mit entblößter Brust und schlief.

Ihr fiel auf, daß er im Schlaf überhaupt nicht unschuldig wirkte. Das wäre bei seiner intelligenten, verschmitzten Miene gar nicht möglich gewesen. Aber seine Lage sah alles andere als gemütlich aus. Seine Beine hingen von den Knien an herunter, und den Kopf hatte er irgendwie zwischen das Kissen und die Lehne geklemmt Die Arme hatte er über der Brust verschränkt, allerdings nicht ganz freiwillig. Er hatte schlichtweg nicht gewußt, wohin damit. Aber weder diese Haltung, noch die ihm mitten ins Gesicht scheinende Sonne, konnten seinem Schlaf etwas anhaben. Seine Brust hob und senkte sich mit seinen regelmäßigen Atemzügen.

Caroline hatte ganz vergessen, daß er bei ihr hatte bleiben wollen. Langsam kehrte die Erinnerung zurück. Wie lieb er gewesen war! Wie zärtlich er sie gestreichelt hatte, als sie den Schock aus sich herausgeweint hatte! Und was für eine Kraft und Gelassenheit von ihm ausgegangen waren, als er sie während der Vernehmung durch Burke gehalten hatte!

Tucker hatte sie auch ins Bett gebracht. Wie ein Vater, der sein übermüdetes Kind einfach bei der Hand nimmt, so hatte er ihren Protest geduldig übergangen und sie nach oben getragen. Danach hatte er sich neben sie gesetzt und gewartet, bis die Schlaftablette wirkte. Um ihre Angst zu verscheuchen, hatte er ihr die Hand gehalten und eine verrückte Geschichte über seinen Cousin Ham erzählt, der in Oxford eine Gebrauchtwagenhandlung betrieb. Das letzte, woran sie sich erinnern konnte, war ein unzufriedener Kunde, der mit einer Schrotflinte bei ihm aufgetaucht war.

Caroline spürte, wie ein Schloß vor ihrem Herz aufschnappte. »Du steckst doch voller Überraschungen, Tucker«, seufzte sie.

Useless spitzte bei der Nennung des Namens die Ohren, sprang auf die Couch und leckte Tucker das Gesicht ab. Tucker drehte sich ächzend um. »Schon gut, Honey. Ich bin gleich soweit.«

Caroline trat lächelnd näher. »Hoffentlich lohnt sich das Warten auch.«

»Aber immer.« Tucker griff blind nach oben. Seine Hand glitt vom Kopf des Welpen hinunter bis zum Schwanz. Langsam klappten seine Augen auf, und er starrte in das Hundegesicht. »An dich hatte ich aber nicht gedacht ...«

Davon unbeeindruckt, kletterte Useless auf Tuckers Brust. Tucker schloß wieder die Augen und kraulte ihn zerstreut. »Habe ich dich nicht vor die Tür gesetzt?«

»Er wollte rein.«

Tucker schlug die Augen wieder auf. Er schob Useless fort von sich und konzentrierte sich auf Caroline. Der verschlafene Ausdruck war wie weggewischt. Caroline spürte, daß sie gemustert wurde.

»Guten Morgen.« Tucker machte ein bißchen Platz, und sie setzte sich neben ihn. »Tut mir leid, daß wir dich geweckt haben.«

»Das war schon gut so.« Er strich mit einem Finger über ihre Wange. »Na, wie geht's dir heute?«

»Gut. Ehrlich. Ich wollte mich bei dir bedanken, weil du heute nacht hiergeblieben bist.«

Er streckte sich, was nicht ganz ohne eine Grimasse abging. »Ach, ich kann überall gut schlafen.«

»Das sehe ich.« Sie strich ihm gerührt die Haare aus der Stirn. »Das war wahnsinnig lieb von dir, Tucker. Ich bin dir wirklich sehr dankbar.«

Caroline wollte ihre Hand zurückziehen, da nahm er sie zwischen beide Hände. »Soll ich jetzt sagen, daß das nur eine nette Geste war, wie unter guten Nachbarn eben üblich? Aber ich habe mich nun mal schrecklich um dich gesorgt. Du warst leichenblaß. Auch im Schlaf noch.«

»Jetzt aber nicht mehr.« Sie hoffte, daß das auch stimmte. »Aber oben ist noch ein freies Bett. Du hättest auch dort schlafen können.«

»Daran hatte ich auch schon gedacht.« Er verschwieg ihr, daß er, als er zum vierten oder fünften Mal bei ihr nach dem Rechten gesehen hatte, mit dem Gedanken gespielt hatte, zu ihr ins Bett zu schlüpfen. Einfach, weil er sie halten und die Gewißheit haben wollte, daß ihr nichts fehlte. Aber er hatte gefürchtet, daß es nicht dabei bleiben würde. Jetzt freilich brauchte er ihre Nähe.

»Rutsch doch näher.«

Nach kurzem Zögern gab Caroline dem Bedürfnis nach, sich an ihn zu kuscheln. Sie legte den Kopf an seine Schulter, während der Hund es sich zwischen ihnen bequem machte. Sie seufzte.

»Ich bin ja so froh, daß du da bist.«

»Mir tut es nur leid, daß ich nicht früher gekommen bin.«

»Nein, Tucker.«

Er strich liebkosend mit den Lippen über ihre Haare. »Doch, das muß ich loswerden. Ich habe heute nacht deswegen kaum ein Auge zugebracht. Er ist nur meinetwegen auf dich losgegangen. Mich wollte er haben, und du mußtest es ausbaden.«

Sie legte eine Hand auf sein Herz. »Weißt du, früher habe ich auch so gedacht. Daß ich im Mittelpunkt stand und es immer an mir lag, wenn etwas schiefging. Aber dahinter steckt eine gewaltige Überheblichkeit. Und was kommt dabei heraus? Man sorgt sich zu Tode, stopft sich mit Tabletten voll und rennt von Therapeut zu Therapeut. Bitte fang nicht auch mit so etwas an, Tucker, noch dazu, wo ich langsam meinen Weg da raus finde.«

»Ich hatte nun mal Angst um dich. Ich hatte im ganzen Leben noch nie soviel Angst wie bei den zwei Schüssen, als ich meine ganze Machtlosigkeit spürte.«

»Ich hatte vorher oft genug Angst. Aber so schrecklich es ist, gestern habe ich zum ersten Mal etwas dagegen unternommen.« Caroline ballte die Faust, um sie langsam wieder zu öffnen. »Ich bin nicht froh darüber, Tucker. Ich werde mich wohl zeitlebens daran erinnern, wie es ist, wenn man den Abzug drückt. Aber ich kann damit umgehen.«

Tucker beobachtete schweigend die im Sonnenlicht tanzenden Staubkörner. Auch er würde bestimmte Dinge zeit seines Lebens nicht mehr vergessen. Wie er benommen vor Entsetzen über das Feld gejagt war zum Beispiel und die Schüsse in seinem Kopf widergehallt hatten. Oder den Anblick ihrer vom Schock glasigen Augen, als sie den regungslosen Hund auf den Armen getragen hatte.

»Ich bin, weiß Gott, kein Held, Caroline. Ich will auch keiner sein, aber ich werde nicht zulassen, daß dir so etwas noch einmal geschieht.«

»Das ist ja ein hehrer Vorsatz«, meinte sie lächelnd und hob den Kopf, um ihm in die Augen sehen zu können, die ihr Lächeln aber nicht erwiderten, sondern ernst auf ihr ruhten.

»Mir liegt sehr viel an dir.« Das sagte er so langsam, als müsse er es zunächst sich selbst klarmachen. »Noch nie war mir jemand so wichtig wie du, und ich komme nur schwer damit zurecht.«

Die Luft staute sich in Carolines Lunge, wie sonst nur beim Lampenfieber unmittelbar vor dem Konzert, wenn sämtliche Scheinwerfer sich auf sie richteten. »Das Gefühl kenne ich. Ich glaube, wir beide kommen sehr schwer damit zurecht.«

Tucker bemerkte einen Schatten von Furcht in ihren Augen. Und weil ihm eben an ihr lag, weil alles an ihr plötzlich wichtig, ja lebenswichtig für ihn geworden war, bemühte er sich um einen leichten Tonfall.

»Für mich ist es jedenfalls eine ganz neue Erfahrung. Da habe ich mich bis über beide Ohren in eine Frau verliebt und habe sie nicht einmal ausgezogen. Wenn das die Runde macht, ist mein Ruf ruiniert.«

»Dann versuch's doch jetzt.«

Er erstarrte. »Wie bitte?«

»Ich habe gesagt, dann versuch's doch jetzt.« Obwohl noch immer tausend Ängste und Zweifel ihren Blick verhüllten, streckte sie ihm den Kopf entgegen und öffnete die Lippen.

Tucker hatte das Gefühl, in Caroline zu versinken, und auch das war eine neue Erfahrung. Es war ein herrlich langsames Abgleiten in die Wollust und nicht zu verwechseln mit der gierigen Lust, der er früher immer so schnell nachgegeben hatte. Was er empfand, das vermochte er sich selbst noch nicht zu erklären. Es war so hintergründig, so erhaben wie der am Horizont noch helle Abendhimmel.

Und als ihr Körper sich fester an den seinen schmiegte und er ihren Atem im eigenen Mund spürte, da begriff er, daß sie ihm weit mehr anbot als bloße Leidenschaft. Sie schenkte ihm ihr Vertrauen. Auch so etwas erlebte er zum ersten Mal. Sie gehörte nicht zu den Frauen, die sich einem Mann so ohne weiteres hingeben. Er dagegen hatte die Frauen immer so genommen, wie sie kamen.

Tucker streichelte ihr die Wangen. »Caroline. Ich will dich.«

Sie spürte sein Herz heftig gegen das ihre klopfen. Seine Erklärung war so schlicht und doch so ernst, daß sie lächeln mußte. »Ich weiß.«

»Nein, du kannst gar nicht ahnen, wie sehr ich dich will. Ich glaube, ich warte auf dein Einverständnis, seit wir uns zum ersten Mal gesehen haben.«

Ihr Morgenrock glitt wie von selbst von ihren Schultern. Mit den Lippen zeichnete er die anmutige, warme Rundung am Halsansatz nach. Sie fing an zu zittern. Ihr Körper bog sich durch. Wozu unterhielten sie sich? Wozu brauchten sie jetzt noch Worte? Sie wollte empfinden und nicht mehr denken. »Auch das weiß ich.«

»Es ist nur, daß ich ...« Ihr Hals war so weiß, so sanft, so verlockend. »Weißt du, ich war Frauen gegenüber nie sonderlich zurückhaltend.«

Sie strich mit den Händen über seinen nackten Rücken, betastete die kräftigen Muskeln. »Sag mir doch etwas, was ich nicht weiß.«

»Ist es dir auch wirklich recht so?« Er rieb seine Wange langsam an der ihren. Dann sah er ihr tief in die Augen. »Es wäre schrecklich für mich, wenn du das bereuen würdest.«

»Daß du es so kompliziert machst, hätte ich dir nie und nimmer zugetraut.«

Tucker spielte nun mit ihren Haaren. »Ich bin selber total überrascht. Aber es ist ja auch nicht leicht bei dir, Caroline. Wie kann ich dir das nur erklären?«

Erklärungen waren jedoch nicht vonnöten. Sie konnte nur zu gut in seinen Augen erkennen, was er empfand. Und in ihnen flackerte eben auch ein bißchen Angst. »Du brauchst nichts zu sagen. Ich muß nur das Gefühl haben, daß ich lebe.« Verzweifelt zog sie seinen Kopf zu sich heran, bis ihre Lippen sich trafen.

Ihre Bedürfnisse saugten ihn auf, verschluckten ihn. Sie wollte von ihm, was er immer bei anderen Frauen gesucht hatte – simples beiderseitiges Vergnügen, nicht mehr und nicht weniger. Wenn er das mit einer Spur Bedauern registrierte, so ignorierte er es. Er gab ihrem Drängen nach und zog ihr den Morgenrock gänzlich vom Leib. Ihr Körper war so schön schlank und samtweich in seinen Händen. Nein, sie war nicht irgendeine Frau, eine von vielen. Aber er wollte keine Gedanken, keine Zweifel mehr zulassen, sondern einfach genießen.

Caroline gab sich ihrer Erregung vorbehaltlos hin. In diesem Moment verhielt sie sich nicht anders als eine Verhungernde, die ein Stück Brot verschlingt. Ihr Körper wollte Vergnügen von einem anderen Körper. Keine Gedanken. Keine Gefühle. Was sie brauchte, waren Empfindungen, Lust und deren Entladung in schlichtem Sex. Und ein Schrei der Erleichterung, wenn er sie zu einem wilden, nie dagewesenen Orgasmus trieb.

Sie hörte sein rauhes, erregtes Atmen. Und dabei streichelte er sie nur. Er murmelte ihr etwas ins Ohr. Die Worte verstand sie zwar nicht, doch der Ton war so liebevoll, daß sie die Tränen zurückhalten mußte.

Die Heftigkeit ihrer eigenen Gefühle machte ihr angst. Sie wehrte sich dagegen, und gerade deshalb zog sie ihm fast mit Gewalt die Hose über die Hüften. Er erstarrte, als sie mit gieriger Hand zugriff. Das Zimmer drehte sich auf einmal um ihn. Er hatte die Orientierung noch nicht gefunden, da zog sie ihn zu sich heran.

»Caroline, warte noch.«

Aber sie hatte die Schenkel schon um ihn geschlungen, empfing ihn in ihrer herrlich weichen Scheide und forderte von ihm dasselbe rhythmische Stoßen ein, das sie ihm vorgab.

Er war ein Gefangener sowohl ihres Leibs als auch der Bedürfnisse seines eigenen Körpers. So rasten sie gemeinsam zu einer Entladung, die, wie er bereits jetzt wußte, nicht genügen würde.

Caroline lag regungslos auf dem zusammengeknüllten Morgenrock. Sie fühlte sich lebendig. Alle Gliedmaßen taten ihr weh, sie zitterte am ganzen Leib, sie lebte. Wenn sie sich nur nicht so hohl gefühlt hätte!

Und wenn er nur etwas sagte! Wenn er nur den Kopf höbe, sie angrinste und mit einem Witzchen das verlegene Schweigen beendete!

Aber nichts geschah. Sie spürte, wie sein Herzschlag sich beruhigte, sich normalisierte, doch das Schweigen hielt an.

Tucker wußte, daß er schwer auf ihr lag, wollte sich dennoch nicht rühren, zögerte den Moment, in dem sie sich in die Augen sehen mußten, hinaus. Und wollte sich nicht mit sich selbst konfrontieren.

Schlicht und schön war es gewesen, dachte er. Jawohl, schön war es gewesen. Ohne all die heimtückischen, verwirrenden Gefühle. Eine lockere Nummer, sagte er sich leicht enttäuscht. Es gab doch überhaupt keinen Grund zu diesem Gefühl der ... Er scheute sich vor dem Begriff ›innere Leere‹, aber genau das war es – er fühlte sich innerlich leer. Er wünschte, er könnte diese Empfindung mit einem Witz aus der Welt schaffen.

War Edda Lou vielleicht deswegen so verbittert gewesen? Seufzend schlug er die Augen auf und starrte zur kahlen Decke hinauf. Nein, er hatte Edda Lou nichts bedeutet. Sie hatte sein Geld, sein Haus, seinen Namen gewollt, aber nicht ihn. Sex war da nur ein Mittel zum Zweck gewesen.

Aber irgendwann mußte es doch zwischen seinem ersten Abenteuer und diesem gierigen Austausch mit Caroline eine Frau gegeben haben, die ihn geliebt hatte. Die mehr gewollt und sich mit wenig abgefunden hatte. Eine, die nach dem Sturm enttäuscht liegengeblieben war.

Eigentlich geschah es ihm recht so. Zum erstenmal in seinem Leben hatte er mehr gewollt, war er auf eine Frau gestoßen, die ihm genau das verweigert hatte und auch selbst nicht bereit gewesen war, es anzunehmen. Na gut, er hatte immer noch seinen Stolz – ein schwacher Trost.

Nun löste er sich doch von ihr. »Du hast mich kalt erwischt, Liebling.« Er lächelte, doch seine Augen blieben ernst. »Ich hatte keine Zeit, mich richtig für die Party anzuziehen.«

Es dauerte eine Weile, bis sie begriff, daß er ein Kondom meinte. »Ich nehme die Pille«, meinte sie mit einem gezwungenen Achselzucken.

»Tja, dann ...« Er wollte ihr die Haare streicheln, entschied sich dann aber fürs Aufstehen. »Schau mal, sieht so aus, als hätten wir deinen Hund gelangweilt. Er ist eingeschlafen.« Er stieg in seine Hose.

Sie stemmte sich hoch. »Ich mache mal das Frühstück. Das bin ich dir noch schuldig.«

Er maß sie mit einem nachdenklichen Blick, beobachtete, wie sie sich auf die Unterlippe biß, wie ihre von Anspannung gezeichneten Augen krampfhaft an ihm vorbeischauten. »Wenn du willst ... Darf ich mich duschen?«

»Na klar.« Sie wußte nicht genau, ob sie enttäuscht oder erleichtert sein sollte, jedenfalls ertränkte sie ihre Gefühle in einem Wortschwall. »Erster Stock, zweite Tür rechts. Auf dem Regal liegen frische Handtücher. Es dauert eine Weile, bis das Wasser heiß wird.«

»Ich hab's nicht eilig«, bemerkte Tucker und ging hinaus.

Als er sich mit ihrer Seife wusch, kam er in eine ungleich bessere Verfassung. Danach benutzte er ihre Zahnbürste, weil es keine zweite gab. Er ahnte wieder ihren Geschmack im Mund.

Körperliche Erfahrungen ... Es war weit angenehmer, sich auf das Körperliche zu konzentrieren. Was brachte es ihm, wenn er über die Bedeutung einer lockeren Morgennummer vor sich hingrübelte?

Auf der Treppe zwängte er sich ins Hemd. Das ganze Haus duftete schon nach frischem Kaffee und gebratenem Schinken – Alltagsgerüche, die einen nicht an seine Sehnsüchte erinnern sollten, aber genau das taten!

Ein Motorengeräusch schreckte Tucker auf. Er ging vor die Tür und erkannte Special Agent Matthew Burns. Die zwei Männer musterten einander mit unverhohlener Feindseligkeit, halbnackt und unrasiert der eine, in schwarzem Anzug und Krawatte der andere.

Tucker lehnte sich gegen die Verandabrüstung. »Bißchen früh für einen Besuch, würde ich meinen.«

Burns wartete mit der Antwort, bis er den Wagen abgesperrt

hatte. »Ich komme von Berufs wegen. Die Störung ist nicht beabsichtigt, aber unvermeidlich.« Der Frühstücksgeruch stieg ihm in die Nase. Er kniff die Lippen zusammen.

»Um richtig zu stören, hätten Sie früher kommen müssen. Was können wir für Sie tun?«

»Sie bilden sich ja unheimlich viel darauf ein, Longstreet!«

Tucker zog eine Augenbraue hoch. »Worauf?«

»Auf Ihre Eroberungen.«

»Sind Sie etwa deswegen gekommen, weil Sie Nachhilfe brauchen? Aber in diesem Fall könnte ich Ihnen nicht helfen. Da müßten Sie zuallererst an sich arbeiten.«

Burns biß die Zähne zusammen. »Ihr sogenannter ... Stil ist absolut lächerlich.«

»Wenn Sie Streit suchen, können Sie sich die Mühe sparen. Sie interessieren mich nicht.«

»Hilflose Frauen liegen wohl eher in Ihrer Richtung.«

»Wissen Sie ...« setzte Tucker an und rieb sich über die Bartstoppeln. »... Ich habe noch nie etwas mit einer Frau angefangen, die ich als hilflos bezeichnen würde. Bei Caroline ist es nicht anders, darauf können Sie Gift nehmen. Im Augenblick mag sie vielleicht ein bißchen durcheinander sein. Vielleicht braucht sie für eine Weile eine Schulter zum Anlehnen. Ich stehe ihr zur Verfügung, solange sie mich will. Würden Sie das bitte zur Kenntnis nehmen.«

»Ich habe zur Kenntnis genommen, daß Sie keinerlei Skrupel kennen, die Verletzlichkeit einer Frau für Ihre Zwecke auszunützen. Sie sind ein Schmarotzer, Longstreet. Sie haben die Frauen ausgesaugt und fallenlassen. Edda Lou Hatinger war bislang die letzte in einer langen Reihe. Und was Caroline be ...«

»Die kann durchaus für sich selbst sprechen.« Caroline war neben Tucker getreten und hängte sich bei ihm ein. »Sie wollten mich sprechen, Matthew?«

Schwarze, sinnlose Wut schwappte in dem FBI-Mann hoch. Caroline war mit nichts als einem leichten Morgenrock bekleidet. Die Art und Weise, wie sie sich an Tucker schmiegte, verriet nur zu eindeutig Intimität. Er hatte verloren, und das gegen einen erbärmlichen Banausen. Wie konnte eine so hochbegabte, so aufregend schöne Frau sich derart verschwenden? Matthew schluckte.

»Ich wollte Ihnen den beschwerlichen Weg in die Stadt ersparen und Sie bei sich zu Hause vernehmen.«

»Eine gute Idee. Ich bin Ihnen zu Dank verpflichtet. Wenn Sie bitte mit in die Küche kommen. Wir frühstücken gerade.«

»Ich hatte nicht vor, Mr. Longstreets Aussage schon heute morgen zu Protokoll zu nehmen«, erklärte Burns steif.

»Sehen Sie, so können Sie sich Zeit sparen.« Auf dem Weg in die Küche ließ Caroline die zwei Streithähne nicht aus dem Auge. »Darf ich Ihnen etwas anbieten, Matthew?«

»Danke, ich habe bereits gefrühstückt. Aber eine Tasse Kaffee nehme ich gerne an, wenn es Ihnen nichts ausmacht.«

Komisch, dachte Caroline beim Servieren, sie hatte seit gestern nicht mehr daran gedacht, wie sie schreiend den Revolver an sich gerissen hatte, während der Wahnsinnige sich gegen die Tür geworfen hatte. Vom zerborstenen Holz war bis auf ein paar Splitter auf dem Boden nichts mehr zu sehen. Anscheinend hatte Tucker es stillschweigend weggeschafft.

»Sie möchten eine Aussage über die Ereignisse gestern, nehme ich an. Die habe ich Sheriff Burke allerdings bereits in aller Ausführlichkeit geschildert.«

»Ja, das habe ich gelesen.«

Tucker fiel auf, daß Carolines Hände gar nicht zitterten. Aber ihre Blicke flackerten hin und her. Er rieb ihr sanft die Schulter. »Ich kenne mich mit den Gesetzen ja nicht besonders aus. Aber ist das nicht ein Fall für die örtlichen Behörden?«

»In der Regel, ja. Aber wenn Sie es mir nachsehen, ich wäre Ihnen sehr dankbar für Ihre persönliche Stellungnahme.« Burns schaltete seinen Kassettenrecorder ein.

Die Antworten fielen Caroline gar nicht schwer. Sie konnte die Ereignisse wachrufen, als spule sie ein Band im Kopf zurück.

Burns hörte ihr aufmerksam zu, ohne sie zu unterbrechen.

»Ist das nicht seltsam, daß Hatinger die Pistolen nicht benutzte?« fragte er am Ende und schenkte sich eine zweite Tasse Kaffee ein. »Sie waren ja beide geladen, und er galt als ein vorzüglicher Schütze. Haben Sie eine Ahnung, warum er nicht schoß?«

»Er hatte ja das Messer«, sagte Caroline. Ihre Stimme wurde nun doch schrill, was Tucker nicht entging.

»Was soll denn das, Burns? Er war doch übergeschnappt. Was weiß ich, vielleicht hatte er die zwei Pistolen ganz vergessen.«

»Vielleicht. Aber versuchen wir doch mal, die letzten Augenblicke zu rekonstruieren, als Sie sich umdrehten und schossen. Merkte er Ihrer Meinung nach, daß Sie bewaffnet waren? Und machte er Anstalten, auf Sie zu schießen?«

»Das alles passierte ja so schnell.«

Gestern war es ihr freilich wie in Zeitlupe vorgekommen. Sie hatte das Gefühl gehabt, durch Sirup zu laufen. Wieder spürte sie die Hitze, in der sie um jeden Atemzug hatte ringen müssen; sie kämpfte sich durch das dichte, hohe Gras voran, hatte das Glitzern der Klinge in der gnadenlosen Sonne, sein Grinsen, sein breites, gieriges Feixen vor Augen.

»Ich …« Caroline biß sich auf die Unterlippe und verscheuchte die letzten lähmenden Reste ihrer Angst. »Ich drückte ab, aber nichts geschah! Er kam immer näher und grinste unentwegt. Ich habe wohl geweint oder gebetet oder geschrien, ich weiß nicht mehr. Und er kam auf mich zu mit diesem Grinsen im Gesicht. Er sagte, ich sei das Lamm Gottes, und er müsse mich opfern. Es müsse genauso sein wie bei Edda Lou.«

»Sind Sie sich da ganz sicher?« fragte Burns und führte die Kaffeetasse an seinen Mund.

»Ja!« Sie stieß mit zitternden Händen das Frühstück, das sie nicht angerührt hatte, beiseite und sprang auf.

»Moment bitte, ja?« Tucker ergriff Carolines Hand. Er hatte mehr getan, als nur zugehört. Er hatte Burns beobachtet. In seinen Augen hatte der FBI-Beamte sich hinterhältig an Caroline herangeschlichen. »Ihnen geht es gar nicht um einen entflohenen Wahnsinnigen. Für einen wie Sie sind das Provinzpossen. Sie sind eine miese Ratte!«

»Tucker, bitte!«

»Verstehst du nicht? Ihm geht es nur um Edda Lou und die anderen. Du interessierst ihn nicht die Bohne!«

Das Blut wich aus Carolines Gesicht. »Das Messer! O Gott! Er wollte mich nicht erschießen, weil es so sein sollte wie bei Edda Lou! Es mußte mit dem Messer geschehen!«

»Genau.« Tucker wandte sich mit eisiger Stimme an den Beamten.

»Sie benutzen Caroline, um an mehr Informationen über Hatinger heranzukommen. Sie soll Ihnen weiterhelfen, aber das haben Sie ihr wohlweislich verschwiegen, Sie widerwärtiger Schmarotzer!«

Burns setzte seine Tasse fein säuberlich auf die Untertasse. »Ich bin mit der Aufklärung von Serienmorden beauftragt. Ich bin der Allgemeinheit keine Auskünfte schuldig.«

»Ach was! Sie wissen doch, was sie durchgemacht hat. Da wäre es das mindeste gewesen, sie aufzuklären.«

»Ich kann durchaus für mich selbst sprechen«, sagte Caroline. Sie atmete zweimal tief durch. »Ich kannte Edda Lou überhaupt nicht, aber bis ans Ende meines Lebens wird sie jetzt vor meinen Augen im Wasser treiben. Ich war noch nie mit Gewalt konfrontiert, und jetzt habe ich auf einmal einen Menschen getötet. Das mag für Sie nichts Außergewöhnliches sein, Matthew, zumal es sich ja um Notwehr handelt, aber ich habe einen Menschen getötet und muß das verarbeiten. Und jetzt kommen Sie daher und wollen von mir, daß ich Ihnen weiterhelfe, aber wie ich mit der Wahrheit fertig werde, das interessiert Sie nicht.«

»Es ist ja nur eine Hypothese, Caroline. Und in Ihrem eigenen Interesse . . .«

Sie fiel ihm mit einem Aufschrei ins Wort. Betont langsam sprach sie dann weiter. »Ich habe einmal einem Mann gedroht, ich würde ihn umbringen, wenn er noch einmal eben diese Floskel wiederholte. Wörtlich habe ich das natürlich nicht gemeint, aber ich rate Ihnen, kommen Sie mir nicht noch einmal mit diesem Blödsinn.«

Tucker grinste bis zu den Ohren. »Sie kann ganz schön kratzbürstig werden, was? Ach, tut das gut, wenn es mal einen anderen trifft!«

»Ich bedaure außerordentlich, wenn ich Sie aus der Fassung gebracht habe«, erklärte Burns steif. »Aber ich versuche nach bestem Wissen und Gewissen meine Pflicht zu erfüllen. Wir wissen nicht, ob Austin Hatinger die Morde begangen hat, aber nach den gestrigen Ereignissen steht er natürlich im Mittelpunkt unserer Untersuchungen.«

»Können Sie mir sagen, ob die Frauen mit diesem Messer umgebracht wurden?«

»Die nötigen Tests dazu sind noch nicht abgeschlossen. Ich kann

Ihnen jedoch vertraulich mitteilen, daß Hatinger aufgrund seiner psychologischen Struktur einige Kriterien eines Serienmörders erfüllt. Zu nennen wäre der tief verwurzelte Haß Frauen gegenüber. Leider können wir ihn zu seinen Motiven nicht mehr befragen. So bleibt mir nichts anderes übrig, als seine jeweiligen Aufenthaltsorte zum Zeitpunkt der Morde zu rekonstruieren. Solange meine Arbeit sich auf ihn konzentriert, werde ich eine Reihe von Spuren verfolgen müssen.«

»Dann haben Sie sich ja einiges vorgenommen«, meinte Tucker lächelnd. »Wir möchten Sie dabei nicht aufhalten.«

»Ich werde mich auch mit seinem Sohn Cy unterhalten müssen.«

Tuckers Lächeln erstarb. »Er ist bei mir in Sweetwater.«

»Nun gut.« Burns erhob sich. »Eine Frage nur noch, Longstreet. Finden Sie es nicht auch sonderbar, daß Hatinger Caroline ins Visier nahm, nachdem er Ihrer nicht habhaft werden konnte?« Er hatte Tucker an seinem wunden Punkt, den Schuldgefühlen, getroffen und weidete sich daran, wie dessen Gesicht sich verfinsterte. »Wenn Ihnen noch hilfreiche Details einfallen sollten, Sie wissen ja, wo Sie mich erreichen, Caroline. Danke für den Kaffee. Ich finde schon allein zur Tür.«

»Tucker«, setzte Caroline an, sobald sie allein waren, doch er schüttelte den Kopf.

»Ich brauche jetzt erst mal etwas Zeit zum Nachdenken.« Er strich sich durch das fast trockene Haar. Der Duft ihres Shampoos stieg ihm in die Nase. Selbst solche Kleinigkeiten sorgten schon für ein flaues Gefühl in seinem Magen. »Schaffst du es, Caroline? Soll ich vielleicht Josie oder Susie zu dir rüberschicken?«

»Nein, nein, ich schaffe es allein. Aber wie ist es mit dir? Laß dich von Matthew nicht verunsichern. Er bemerkt nicht mehr, daß er Menschen aus Fleisch und Blut vor sich hat, sondern denkt nur noch in den Kategorien Schuld und Unschuld.«

»Ganz schuldlos bin ich leider nicht. Hör zu, ich muß sofort nach Hause und mich um Cy kümmern. Er ist doch noch ein Kind.«

»Ja, tu das unbedingt. Um mich brauchst du dich wirklich nicht zu sorgen.«

Das Alleinsein würde ihr guttun, dachte Caroline für sich. Was heute morgen zwischen ihnen geschehen war, darüber konnten sie auch noch später sprechen. Ihr Blick fiel auf den Teller, den sie nicht angerührt hatte. Useless würde ein königliches Frühstück bekommen.

Tucker legte noch einmal die Hand auf ihre Schulter. »Ich komme wieder.«

»Ich weiß.« Sie wartete, bis er die Tür erreicht hatte. »Tucker. Danke, daß du Matthew darauf aufmerksam gemacht hast, daß ich nicht hilflos bin. Wenn man immer mit Leuten zusammen war, die genau das Gegenteil meinten, dann tut so etwas wahnsinnig gut.«

Sie wandte ihm den Rücken zu. An der Art, wie ihre Schultern verkrampften, erkannte Tucker, daß sie zu der Stelle hinausschaute, an der das verkrustete Blut im Gras klebte.

»Wir werden uns über vieles unterhalten müssen, wir zwei allein.«

Da Caroline keine Antwort gab, hielt er es für klüger, sie fürs erste allein zu lassen.

20

Sein Daddy war tot. Miss Della hatte es ihm gesagt. Kein Gürtel würde mehr auf ihn niedersausen, keine Faust auf ihn eindreschen. Niemand würde ihn mehr im Namen eines blutrünstigen Gottes für seine Faulheit, seine Sünden, seine schmutzigen Gedanken bestrafen.

Miss Della hatte sich in ihrer hellen Küche mit ihm hingesetzt, den Arm liebevoll um ihn gelegt und es ihm schonend beigebracht. Trotzdem wurde er die entsetzliche Angst vor der Hölle nicht los. Hatte sein Vater ihm nicht ausführlich geschildert, wie sich die Sünder dort brüllend vor Schmerzen in einem Meer aus Feuer wanden? Und wie konnte er die Vergebung des Herrn je erreichen, wenn er so böse Gedanken in seinem Herzen nährte? Wieder und wieder flüsterte der Teufel sie ihm zu, und er konnte nicht widerstehen.

Sein Daddy war tot. Und er war froh darüber.

Als die Tränen gekommen waren, hatte Della sie ihm geduldig aus dem Gesicht gewischt. Aber es waren keine Tränen der Trauer oder Verzweiflung gewesen. Es waren Freudentränen gewesen. Eine wahre Flut der Freude, Dankbarkeit und Hoffnung.

Und dafür, so schoß es Cy beim Bewässern des Gartens in den Kopf, würde er bestimmt für alle Ewigkeit mit Höllenqualen bestraft. Er hatte den Tod seines Vaters zu verantworten. Und es tat ihm nicht leid.

Miss Della und auch Tucker hatten ihm versichert, daß er bei ihnen bleiben konnte. Er mußte also nicht nach Hause zurück, in dieses von Angst und Hoffnungslosigkeit beherrschte Haus. Und er war in Sicherheit vor Vernon, in dessen Augen derselbe Haß wie bei seinem Vater funkelte. Seiner Feigheit verdankte er eine so schnell nicht erwartete Freiheit.

Cy richtete den Schlauch weiter auf das Rosenbeet, obwohl sich dort schon eine Pfütze bildete. Er rieb sich die Tränen aus den Augen, Tränen der Freude und zugleich des Entsetzens über seine schwarze Seele.

»Cy.«

Er zuckte zusammen. Nur durch einen schnellen Sprung zur Seite brachte Burns seinen Anzug vor dem Wasserstrahl in Sicherheit. Einen Moment starrten sie einander an, der Junge mit dem verängstigten Blick und dem verquollenen Gesicht und der Beamte, der beweisen wollte, daß sein Vater drei Frauen aufgeschlitzt hatte. Zwischen ihnen spritzte das Wasser sinnlos auf den Boden.

Burns setzte ein freundliches Lächeln auf, was Cy nur noch mehr verunsicherte.

»Ich würde mich gern ein bißchen mit dir unterhalten.«

»Ich muß die Blumen da gießen.«

»Die ertrinken eh bald, wenn du so weitermachst.«

»Ich muß noch tausend andere Sachen erledigen.«

Burns bückte sich und drehte das Wasser ab. »Es dauert nicht lange. Wollen wir nicht reingehen? Diese Hitze ist ja unerträglich.«

»Das geht nicht, Sir. Sehen Sie sich nur meine Schuhe an. Wir können doch den Küchenboden nicht schmutzig machen.«

»Tja, da hast du wohl recht. Aber da ist ja noch die Terrasse.« Ehe Cy widersprechen konnte, packte Burns ihn am Arm und führte ihn mit sich. »Gefällt dir die Arbeit auf Sweetwater?«

»Sehr! Darum möchte ich auch nicht, daß Mr. Tucker mich für einen Faulpelz und Schwätzer hält und mich rausschmeißt.«

Sie traten auf die Terrasse, und Burns wies dem Jungen einen Gartenstuhl unter einem Sonnenschirm. »Ist Mr. Longstreet denn so streng?«

»Im Gegenteil, Sir!« Cy setzte sich widerstrebend. »Er gibt mir eher zuwenig zu tun. Und er sagt mir immer, ich soll mir ruhig Zeit lassen. Er ist richtig besorgt um mich. Manchmal bringt er mir am Nachmittag eine Cola raus.«

Burns zog seinen Kassettenrecorder aus der Tasche. »Ein großzügiger Chef also. Da wird er sicher nichts dagegen haben, wenn ich dich für ein paar Minuten von der Arbeit abhalte.«

»Sie könnten den Chef ruhig persönlich fragen.« Mit diesen Worten trat Tucker auf die Terrasse. Er stellte eine eisgekühlte Coca-Cola vor Cy auf den Tisch. »Da, befeuchte dir anständig die Kehle, Junge.«

»Ich wollte gar nicht mit der Arbeit aufhören!« rief Cy entschuldigend. »Aber Mr. Burns hat mich hierhergeschleift!«

Tucker zog einen Stuhl heran und setzte sich zu ihnen. »Das geht schon in Ordnung, Cy. Von dir hat heute ohnehin keiner erwartet, daß du arbeitest.«

Cy senkte den Kopf. »Ich hätte sonst nicht gewußt, was ich tun soll«, murmelte er.

»In den nächsten Tagen tust du einfach, worauf du gerade Lust hast, einverstanden?« Tucker zog eine Zigarette aus der Tasche und brach die Hälfte ab. Beim Anzünden warf er dem FBI-Beamten einen scharfen Blick zu. »Tja, unser Agent Burns hat sich für heute einiges vorgenommen. Sag ihm einfach alles, was du weißt. Und danach gehen wir ein bißchen angeln, einverstanden?«

Burns kräuselte angewidert die Lippen. »Wenn wir fertig sind, sage ich Ihnen Bescheid. Bis dahin können Sie ja schon mal Würmer suchen, wenn Sie Lust haben.«

»Nichts da! Da der Junge bei mir arbeitet, bin ich so eine Art Vormund. Ich bleibe hier, es sei denn, Cy will mich nicht dabeihaben.«

»Bitte gehen Sie nicht, Mr. Tucker!« rief Cy bestürzt. »Ich habe Angst, daß ich vielleicht was Falsches sage.«

»Du brauchst nichts als die Wahrheit zu sagen. Habe ich nicht recht, Agent Burns?«

»Sehr richtig. Können wir anfangen?«

»Na, dann schalten Sie mal Ihren Recorder ein«, brummte Tucker und drückte die Kippe aus.

Burns bedachte ihn mit einem giftigen Blick. »Die Fragen stelle ich, verstanden? Gegen Ihre Anwesenheit habe ich nichts einzuwenden, aber Sie unterlassen gefälligst jeden Versuch, ihm Stichworte zu geben.«

Statt einer Antwort zeigte Tucker ihm als Zeichen seiner Friedfertigkeit beide Handflächen und lehnte sich zurück.

Schließlich drückte Burns auf den Aufnahmeknopf. Zunächst sprach er den Anlaß, die Namen, das Datum und die Uhrzeit auf Band. Dann wandte er sich mit einem würdevollen Lächeln an Cy. »Ich weiß, daß dieser Schlag dich schwer getroffen haben muß, Cy, und möchte dir mein aufrichtiges Beileid aussprechen.«

Cy wollte sich schon bedanken, da begriff er, daß gar nicht von Edda Lou die Rede war, sondern von seinem Vater. Er starrte hilfesuchend die Tischplatte an.

»Sheriff Truesdale hat sich ja gestern schon mit dir unterhalten, und deine Hinweise waren sehr wertvoll. Wir müssen später noch einmal darauf zurückkommen, aber vorher möchte ich dich etwas anderes fragen. Hat dein Vater jemals etwas über Caroline Waverly gesagt?«

»Er kannte sie so gut wie gar nicht.«

»Also ließ er in deiner Gegenwart nie eine Bemerkung über sie fallen?«

Cy sah verlegen zu Tucker auf. »Kann schon sein, daß er mal was gesagt hat, als ich ihm das Frühstück gebracht habe. Wenn er in Fahrt kam, sagte er ja alles Mögliche.«

»In Fahrt kam?«

»Na ja, das war an den Tagen, an denen Gott mit ihm sprach.«

»Und kam er regelmäßig in Fahrt?«

»Ziemlich oft. A. J. hat gesagt, es würde ihm bloß Spaß machen, andere Leute zu verprügeln, und das mit Gott sei nur ein Vorwand.«

»Hat er dich und die anderen Familienmitglieder denn oft geschlagen?«

»Er ...« Cy stockte. Dann fiel ihm Tuckers Ausdruck von neulich ein. »Ihm ist die Hand schnell ausgerutscht. Freche Antworten ließ er uns nie durchgehen, weil in der Bibel doch steht, daß man seinen Vater ehren muß.«

Tucker schwieg, wiewohl ihm nicht entgangen war, daß Cy nichts von Vater *und* Mutter gesagt hatte. Anscheinend hatte Austin die Heilige Schrift stets nur zu seinen Gunsten ausgelegt.

»Und wenn er in Fahrt kam, rutschte ihm die Hand da besonders gerne aus?«

»Sie rutschte ihm fast immer aus. Wenn er in Fahrt kann, schlug er bloß noch fester zu.«

»Ich verstehe.« Sogar Burns war betroffen von der Beiläufigkeit, mit der der Junge die Brutalität seines Vaters schilderte. »Und in der Zeit, in der du ihm das Essen heimlich gebracht hast, kam er da oft in Fahrt?«

Cy umklammerte die Colaflasche, bis seine Knöchel weiß anliefen. »Ich mußte es ihm bringen. Er hätte mich umgebracht, wenn ich ihm nicht gehorcht hätte. Ich mußte!«

Tucker legte begütigend eine Hand auf seine Schulter. »Agent Burns glaubt ja auch nicht, daß du was dafür kannst, Cy«, beruhigte er ihn. »Niemand hätte das Recht, dir etwas vorzuwerfen.«

»Richtig«, sagte Burns mit rauher Stimme. Er räusperte sich. Die nackte Angst in Cys Gesicht hatte ihn doch sehr betroffen gemacht. »Ich hätte an deiner Stelle ganz genauso gehandelt, mein Junge. Aber ich muß von dir wissen, ob dein Vater je etwas über Miss Waverly gesagt hat.«

»Er hat schon ein paar Dinge gesagt.« Cy zwinkerte hastig, weil ihm Tränen in die Augen schossen. »Er hat gesagt, sie sei eine Sünderin. In allen Frauen würde die Sünde stecken. Deshalb ist auch Lots Frau zur Salzsäule erstarrt, hat er gesagt.«

Burns faltete die Hände. »Ich weiß. Hat er dir auch verraten, warum Miss Waverly eine Sünderin sein soll?«

»Er hat gesagt, sie ...« Sein Blick flackerte zu Tucker hinüber. »Muß ich das wirklich sagen?«

»Es wäre das Beste. Aber laß dir ruhig Zeit.«

Cy rutschte nervös auf seinem Stuhl herum. Er nahm hastig einen Schluck Cola, dann setzte er zögernd zur Antwort an: »Er hat gesagt, so wie sie die Beine für Mr. Tucker breitmacht ...« – er lief dunkelrot an – »... sei sie nichts anderes als eine Hure. Und bei so einer müsse man den ersten Stein werfen ... Bitte seien Sie mir nicht böse, Mr. Tucker.«

»Du kannst ja nichts dafür, Cy.«

»Ich konnte doch nicht ahnen, daß er ihr was antun wollte. Er hat die ganze Zeit so wüste Drohungen ausgestoßen, daß wir gar nicht mehr darauf geachtet haben. Hauptsache, wir haben nichts abgekriegt. Mr. Burns, ich schwöre Ihnen, daß ich nicht wußte, daß er sie umbringen wollte!«

»Keine Angst, mein Junge, das glaube ich dir aufs Wort. Dein Vater hat auch deine Mutter geschlagen, nicht wahr?«

Der gehetzte Ausdruck wich aus Cys Augen. »Wir konnten nichts dagegen tun. Und sie wollte sich nicht helfen lassen. Sogar den Sheriff hat sie angelogen. Eine Frau muß zu ihrem Mann halten, sagt sie immer. Aber Ruthanne meint, daß es ihr gefällt, wenn sie verprügelt wird. Aber das ist doch nicht möglich, oder?«

Burns hielt es für klüger, Cy nicht über solche Dinge aufzuklären. »Da hast du recht. Hat er Ruthanne auch verprügelt?«

»Die nicht. Sie hat sich immer rechtzeitig verkrümelt.«

»Und Vernon?«

»Die haben sich manchmal gestritten, daß die Fetzen geflogen sind. Aber meistens haben sie zusammen was ausgeklügelt. Vernon war ihm immer der liebste. Er ist ihm von uns auch am ähnlichsten. Innerlich genauso wie äußerlich.«

»Und was ist mit Edda Lou? Hat dein Vater sie geschlagen?«

»Sie hat ihn immer provoziert. Und sie hat sich nie was gefallen lassen. Einmal hat sie ihm eine Flasche auf den Kopf geschlagen, als er mit dem Gürtel auf sie losgegangen ist. Danach ist sie ausgezogen und hat sich nie wieder bei uns blicken lassen.«

»Hat er auch etwas über Edda Lou gesagt?«

»Ihr Name durfte bei uns im Haus nicht mehr genannt werden. Aber wenn er in Fahrt kam, hat er was von der Hure von Babylon gebrabbelt. Vernon hat dann immer versucht, ihn anzustacheln. Er wollte sie heimholen und bestrafen. Als Christen hätten sie die Pflicht dazu, hat er gesagt. Aber ich glaube, ihm ging es bloß immer ums Prügeln und nicht so sehr um den Glauben.« Das stellte Cy so schlicht fest, als erzählte er über Vernons Lieblingsessen. »Und als Daddy erfuhr, daß sie mit Mr. Tucker ging, hat er gesagt, sie hätte den Tod verdient. Und hat Mama verprügelt.«

»Cy, kannst du dich erinnern, wann genau dein Vater und Tucker sich gestritten haben?«

Tucker mußte sich ein Grinsen verkneifen. Der Ausdruck ›Streit‹ für die Schlägerei war doch zu schön.

»Ich denke ja. Daddy kam heimgehinkt. Und sein Gesicht war grün und blau geschlagen.«

»Und weißt du auch noch, was zwei Tage davor los war, als Edda Lou ermordet wurde? Kam er an dem Tag auch in Fahrt?«

Es war die erste Frage, bei der Cy länger nachdenken mußte. Seine Augen waren nun nicht mehr glasig vor Angst. Geistesabwesend nahm er einen Schluck Cola. »Ich kann mich nicht mehr genau erinnern. Als er von Edda Lous Schwangerschaft Wind bekam, wurde er fuchsteufelswild. Aber wann das war, das kann ich Ihnen nicht mehr sagen.«

Burns versuchte, ihm noch mit ein paar Fragen auf die Sprünge zu helfen, doch es kam nichts Neues mehr dabei heraus. So beschloß er, den Jungen in Ruhe zu lassen. Er hatte ja noch Ruthanne und Mavis Hatinger. Die konnten sich vielleicht besser erinnern.

»Schön, Cy. Nur noch ein paar Fragen, dann kannst du gehen. Hat dein Vater das Messer, das du ihm bringen mußtest, oft bei sich getragen?«

»Nur wenn er auf Jagd ging. Ein Rehbock am Stück ist viel zu schwer.«

»Hat er dich oder andere Familienmitglieder je mit dem Messer bedroht? Hat er vielleicht einmal etwas von einer gerechten Strafe gesagt?«

Cy vergrub das Gesicht in den Händen. »Er wollte Mr. Tucker die Kehle aufschlitzen! Er hat mir erklärt, wie ich ihn zum Bachdurchlaß locken soll. Und dann wollte er ihn erstechen. Er hat gesagt, er müsse so sterben wie Edda Lou. Das sei göttliche Gerechtigkeit. Und ich müsse Mr. Tucker zu ihm bringen, oder er würde mir die Augen ausstechen. Bitte, Mr. Tucker!« Cy schluchzte nicht mehr, aber er nahm die Hände nicht von den Augen. Es war wie bei einem Kind, das bei einer gräßlichen Szene in einem Horrorfilm nicht zusehen kann. »Bitte, ich will nicht mehr daran denken müssen.«

»Es ist schon gut, Cy.« Tucker erhob sich und stellte sich hinter den Jungen. »Lassen Sie ihn jetzt in Frieden, Burns.«

Burns schaltete den Recorder aus und steckte ihn in die Tasche. »Ich bin kein Unmensch, Longstreet.« Er stand auf. »Mir ist klar geworden, daß es in dieser Stadt weitaus mehr Opfer gibt als die jüngst im Friedhof Begrabenen.« Er wünschte sich, Mitleidsbekundungen würden ihm ähnlich leicht fallen wie Tucker. Da dem aber nicht so war, nickte er dem Jungen aufmunternd zu. Mit steifen, doch durchaus ehrlich gemeinten Worten erklärte er: »Du hast richtig gehandelt, Cy. Mehr kann man von keinem Menschen erwarten. Vergiß das bitte nie.«

Tucker legte Cy beide Hände auf die Schultern und blickte dem FBI-Beamten nach. Zum ersten Mal empfand er Achtung vor diesem Mann.

»So, ich hole uns jetzt zwei Angelruten, Cy. Heute wird nicht mehr gearbeitet.«

Tucker wußte, daß es mehrerer Gespräche und einiger Zeit bedurfte, bis Cy seine Schuldkomplexe überwinden und wieder etwas Selbstvertrauen gewinnen würde.

Burns' kleines Pensionszimmer in Innocence genügte allenfalls bescheidensten Ansprüchen. Andererseits sorgte Mrs. Kinns für peinliche Sauberkeit. Darüber hinaus war sie diskret genug, nie in seinen Sachen herumzustöbern. Seine geheimen Unterlagen hielt er ohnehin immer unter Verschluß.

Das Zimmer war mit einem Doppelbett, einer Kommode und einem Schrank ausgestattet. Dank seiner Überredungskünste hatte er Mrs. Koons nach drei Tagen einen Schreibtisch und einen Stuhl abschwatzen können. Ein Ventilator an der Decke sorgte mehr schlecht als recht für kühlere Luft, aber immerhin hatte er eins der wenigen Zimmer mit Bad bekommen. Burns hatte also durchaus Anlaß zur Zufriedenheit.

Und noch etwas hatte er bekommen.

Ausgestreckt neben ihm lag Josie Longstreet. Burns war noch ganz benommen von ihrem Nahkampf von vorhin. Er hatte keine Ahnung, wie sie nach einer Limonade im Chat 'N Chew bei ihm auf der Matratze gelandet waren. Aber beklagen wollte er sich nicht.

Eine derart wilde Nummer hatte er seit ... Eigentlich hatte er so etwas mit noch keiner Frau erlebt. Die anderen waren alle kühl und reserviert gewesen, sowohl innerhalb wie außerhalb des Betts. Josie dagegen hatte ihm keine fünf Sekunden, nachdem sie ins Zimmer gestürmt waren, die Kleider vom Leib gerissen.

Josie versenkte ihre knallrot angemalten Fingernägel in seinen Rücken und kratzte ihm langsam eine rote Strieme in die Haut. »Honey«, stöhnte sie, »du hast mich bis zum Äußersten getrieben, weißt du das? Aber das dachte ich mir schon, daß ein Tiger in dir steckt.«

Burns wußte, was für Komplimente Frauen in solchen Momenten erwarteten. »Du warst fantastisch! Unglaublich.«

»Ich hatte ja schon lange ein Auge auf dich geworfen, Special Agent. Ich weiß auch nicht, aber Männer mit Abzeichen auf der

Brust haben es mir angetan.« Sie mußte an Burke denken und warf einen schmachtenden Blick zur Decke hinauf. »Sag, hältst du mich für sexy?«

»Sexy ist gar kein Ausdruck! Eine aufregendere Frau ist mir noch nie über den Weg gelaufen.«

Sie schenkte ihm einen Kuß. »Und auch hübsch?«

»Nein, hübsch nicht.« Er war zu sehr mit ihren Haaren beschäftigt, um das Aufblitzen in ihren Augen zu bemerken. »Du bist vielmehr schön wie eine geheimnisvolle Zigeunerin.«

»Ach, das sagst du nur, weil ich nackt neben dir liege und dein Ding schon wieder zuckt«, schnurrte Josie besänftigt.

Normalerweise wäre er verletzt gewesen, aber was sie über sein Satanswerkzeug sagte, stimmte ja. »Ich habe nichts als die Wahrheit gesagt, Josie. Du bist eine Traumfrau.«

Sie fing an zu seufzen, denn er saugte wieder an ihren Brüsten. Obwohl der Ventilator sich direkt über ihnen drehte, waren sie beide schweißgebadet. Und sie waren noch längst nicht am Ende ihres Abenteuers angelangt.

»Weißt du, die wenigsten Männer wissen, was eine Frau gerne hört. Mein erster Mann, der Franklin zum Beispiel, bei dem war nach zwei Monaten der Lack vollständig ab. Er hat sich danach einfach umgedreht und zu schnarchen angefangen. Die nehmen sich, was sie haben wollen, und alles andere ist ihnen egal.«

Burns murmelte eine unverständliche Antwort in Josies Brüste.

»Eine Frau hat doch ein Recht auf nette Worte. Na gut, vielleicht legen nicht alle Wert darauf. Manche sind auch bloß auf eine schnelle Nummer aus und verstehen den Sinn von schönen Worten nicht. Aber das ist eben der Unterschied zwischen Schlampen und richtigen Damen, findest du nicht auch?«

»Ich finde, daß du eine hinreißende Dame bist.«

»Und du bist ein echter Gentleman«, strahlte sie. »Und so intelligent! Ich höre dich wahnsinnig gern über deine Fälle sprechen.« Sie streichelte ihm träge die Lenden. »Es ist ein einziger Jammer, daß wir erst jetzt zueinander gefunden haben, wo du doch bald wieder abreist.«

»Tja, es sieht in der Tat so aus, als stünde der Fall vor der Klärung.«

»Wußte ich's doch! Mir war ja von Anfang an klar, daß du auch die härteste Nuß knacken würdest. Du bist ein Held, Matthew.«

»Ich erledige nur meine Pflicht«, murmelte er. Er war schon wieder erregt, denn sie legte sich auf ihn.

»Und du fängst wirklich bald den Mörder?« hauchte sie und fuhr mit den Lippen über seine Brust. Er war für ihren Geschmack ein bißchen zu blaß, aber durchaus gut gebaut. »Ohne dich würden wir bis in alle Ewigkeit im dunkeln tappen.«

»Ach, das ist eine reine Frage der Erfahrung und der technischen Ausstattung.«

»Deine Ausstattung finde ich kolossal«, gurrte sie und schloß die Hand um sein Glied. »Erzähl mir doch, wie du es angestellt hast. Das ist ja so aufregend.«

Sein Atem ging schneller angesichts der Sachen, die ihre Finger mit ihm anstellten. »Na ja, als erstes muß man die Psyche eines Serienmörders begreifen. Typische Verhaltensmuster. Das ist reine Statistik. Die meisten Morde werden aus einem Impuls heraus verübt. Und die Motive sind in der Regel dieselben.«

»Weiter!« Sie drückte die Lippen auf seinen Bauch. »Ich werde so heiß davon!«

»Leidenschaft, Geldgier, Rache. Aber bei einem Serienmörder ist das anders. Ihm geht es um Kontrolle, Macht, die Jagd als solche. Er will sich heranpirschen. Die Vorfreude zählt mindestens genausoviel wie die Tat.«

»Ja!« Sie leckte ihm die Innenseite seines Schenkels ab. Auf ihre Weise pirschte sie sich auch heran, und die Vorfreude, die Erregung, stieg wie ein Fluß bei Hochwasser. »Weiter!«

»Er plant und weidet sich an seinem Plan. Er wählt das Opfer aus, jagt es. Und während der ganzen Zeit führt er in der Regel ein vollkommen normales Leben. Hat vielleicht Frau und Kinder, einen sicheren Beruf, Freunde. Hat er das Opfer erlegt, wächst bald von neuem die Gier nach frischem Blut. Und natürlich das Kontrollbedürfnis. Die Lust an der Macht.« Seine Hand verkrallte sich in ihren Haaren – sie hatte sein Glied in den Mund genommen. Er geriet ins Keuchen. »Es macht ihm Spaß, die Behörden zu foppen. Er will vielleicht sogar erwischt werden, weil er unter der Schuld leidet, aber sein Trieb ist stärker als alles andere.«

Sie schlängelte sich an ihm hoch, setzte sich rittlings auf ihn. »Er tötet also weiter, bis du ihm das Handwerk legst?«

»Richtig.«

»Und wirst du ihn diesmal daran hindern?«

»Er kann niemanden mehr umbringen.«

»Wie das?« Sie hob kurz den Kopf, dann rieb sie sich mit den Brüsten an ihm.

»Alles spricht für Austin Hatinger – und der ist tot. Wenn sich nicht eine neue Beweislage ergibt, können wir die Akten schließen.«

Josie führte erschaudernd sein Glied in sich ein und richtete den Oberkörper auf. Der Ritt ins Paradies ging von neuem los.

21

Ein Gewitter zog auf. Die Luft hatte sich bereits merklich abgekühlt. Zum ersten Mal seit Tagen wirbelten Windstöße die Blätter durcheinander. Es roch nach Regen. Im Dämmerlicht des vorzeitig hereinbrechenden Abends türmten sich dicke, schwarze Wolken auf.

Auch wenn möglicherweise ein verheerender Sturm Häuser abdecken, Strommasten umknicken und für Überschwemmungen sorgen würde, so atmete das Delta trotzdem erleichtert auf.

Darleen Fuller Talbot stapfte erbost aus dem Haus ihrer Mutter. Wie kam die nur dazu, sie wegen Billy T. derart zur Schnecke zu machen? Wütend riß sie die Wagentür auf und stieg ein. Und ihr Vater war um keinen Deut besser! Er hatte die ganze Zeit nur kopfschüttelnd danebengesessen und ihr kein bißchen geholfen. Zwanzig Minuten hatte Darleen Happys Tiraden über sich ergehen lassen müssen. Was für ein toller Mann Junior doch sei, und daß er es nicht verdient habe, im eigenen Haus betrogen zu werden.

Aber es war doch genausogut ihr Haus! Hatte sie etwa nicht die Hypothek mit unterschrieben? Schniefend wischte sie sich ein paar Zornestränen aus den Augen und ließ den Wagen an. Wie es ihr ging, das interessierte keinen. Immer nur hieß es Junior hinten, Junior vorn. Was wußten die denn davon, wie schlecht sie es bei ihm hatte? War es denn ein Wunder, daß Billy T. ihr fehlte? Ihr Mann schlief ja nicht mehr im selben Bett mit ihr. Nicht daß er vor dem Krach recht viel mehr getan hatte, als nur darin zu schlafen, aber jetzt tat sich gar nichts mehr zwischen ihnen. Sie fühlte sich wie eine ausgetrocknete Jungfer.

Aber da war noch lange nicht das letzte Wort gesprochen. Sie reckte das Kinn den ersten auf die Windschutzscheibe klatschenden Regentropfen entgegen und gab Gas. Scooter blieb ja heute nacht bei seiner Oma, und da würde sie schon dafür sorgen, daß Junior seine ehelichen Pflichten erfüllte. Sonst konnte sie ja gleich ins Kloster gehen. Noch dazu hatte Junior sie und Billy T. gerade vor dem schönsten Moment gestört. Das war doch kein Zustand eine Woche ganz ohne Mann! Und gesund konnte es auch nicht sein.

Das war sicher auch der Hauptgrund für ihre nun schon seit Tagen andauernde Gereiztheit. Zudem fühlte sie sich beobachtet. Nicht etwa wegen der verstohlenen Blicke, die die ganzen Klatschbasen austauschten, sobald sie sie sahen, nein, es steckte weitaus mehr hinter der Sache. Sie kam sich so vor, als würde jemand auf sie lauern. Schließlich waren da noch die Anrufe. Kaum nahm sie aber den Hörer ab, war die Leitung schon wieder tot.

Das konnte freilich an Junior liegen. Möglicherweise überprüfte er einfach, ob sie daheim war. Wahrscheinlich hatte er auch Kumpel damit beauftragt, das Haus zu beobachten, falls Billy T. doch wieder aufkreuzen sollte. Es war eine himmelschreiende Ungerechtigkeit, daß sie ihren Freund verloren hatte, ihr Mann nicht mehr mit ihr schlief und sie sich zu allem Überfluß auch noch die Predigten ihrer Mutter anhören mußte.

Der Wagen kam auf der nassen Fahrbahn ins Schleudern, und Darleen ging vom Gas. Nein, von jetzt an war Schluß mit dem Theater! Tränen hatten nichts genützt – und sie hatte sie eimerweise vergossen. Das Haus auf Vordermann bringen und Kochen hatten genausowenig geholfen. Junior aß wortlos, was auch immer sie ihm vorsetzte, dann verzog er sich und spielte mit Scooter.

Heute nacht hatte er sich mit seiner Frau zu verziehen. Sie wußte bereits, wie sie das anstellen mußte. Zum einen war endlich das vor langem beim Versand bestellte Nachthemd geliefert worden, und zum anderen hatte sie den halben Nachmittag im Schönheitssalon verbracht. Sie mußte nur geschickt zu Werke gehen.

Von Weihnachten hatte sie ja noch die Myrtenwachskerze übrig. Wenn sie dazu die Platte von Randy Travis auflegte und eine Flasche Cold Duck auf den Tisch stellte, war die Sache garantiert gelaufen. Junior wurde nach ein paar Gläsern immer romantisch. Im Bett würde er die Sache mit Billy T. und seinem verletzten Mannesstolz schnell vergessen, und sie wäre wieder ganz seine treue, liebende Gattin. Und wenn sie mal wieder einen Hausfreund fand, dann ließe sie sich bestimmt nicht mehr erwischen.

Darleen trat abrupt auf die Bremse. Die Regentropfen prasselten so dicht hernieder, daß sie den vor ihr quer über die Fahrbahn stehenden Wagen fast nicht gesehen hätte. Sie schlitterte über den Belag und kam Millimeter vor dem anderen Auto zum Stehen.

»Verdammte Scheiße!« Sie blinzelte durch die Scheibe, konnte aber niemanden sehen. Der Wagen stand wie verlassen da. Mit zitternden Fingern öffnete sie die Tür und stieg aus. Der Regen klatschte ihr das für teures Geld durchgestylte Haar sofort ins Gesicht. »Ach Mensch! Wie soll ich denn da meinen Mann zurückbekommen, wenn ich aussehe wie ein begossener Pudel?« schrie sie in die Sturzfluten hinaus. Na ja, sagte sie sich, vielleicht bekam er sogar Mitleid mit ihr, wenn er sie so durchnäßt sah. Aber dafür mußte sie erst heimkommen. Sie stemmte die Hände in die Hüften und trat wütend gegen die Reifen des verlassenen Wagens. »An dem Ding kommt doch kein Schwein vorbei!« Sie konnte ja immer umkehren und zu ihrer Mutter zurückfahren, doch diese Aussicht erschien ihr wenig verheißungsvoll. So ging sie trotz des Regens um den anderen Wagen herum. Vielleicht steckte ja der Schlüssel.

Sie schaute gerade durch das Seitenfenster, als ein Geräusch in ihrem Rücken sie aufschreckte. Das Herz sprang ihr bis in die Kehle, doch dann erkannte sie eine wohlvertraute Gestalt.

»Ich dachte mir schon, daß das dein Auto ist!« rief sie erleichtert. »Bei dem Mistwetter wäre ich fast reingerast. Junior hätte mir den Hals umgedreht, wenn sein Wagen auch nur einen Kratzer abgekriegt hätte.«

»Die Arbeit nehme ich ihm gern ab.«

Darleen sah das Radkreuz nicht, das ihr gegen die Stirn gedroschen wurde.

Das Licht flackerte bei jedem Blitzstrahl und ging schließlich nach einem besonders lauten Donnerschlag ganz aus. Caroline hatte sich bereits auf den Stromausfall vorbereitet und in jedem Zimmer brennende Kerzen und Öllampen aufgestellt.

Die plötzliche Dunkelheit störte sie nicht im geringsten. Im Gegenteil! Sie hoffte, die Telefonleitung würde auch noch durchschmoren, dann brauchte sie keine mitfühlenden oder neugierigen Anrufer mehr abzuwimmeln, die sie den ganzen Tag schon verfolgten.

Von der Veranda aus beobachtete sie das Gewitter, während Useless sich winselnd im Haus verkrochen hatte. Es war schon ein beeindruckendes Naturschauspiel. Ungehindert fegte der Wind über das Gras hinweg, rüttelte an den Fenstern und pfiff um die Ecken herum.

Caroline wußte nicht, ob diese Sturzfluten gut oder schlecht für die Ernte waren. Spätestens morgen beim Einkaufen erfuhr sie es ohnehin. Im Moment staunte sie nur ehrfürchtig und begnügte sich mit der Gewißheit, daß ihr das mit Kerzen erleuchtete Haus jederzeit Zuflucht gewährte.

Nein, Schutz, verbesserte sie sich sofort. Zuflucht hatte sie nicht mehr nötig, denn sie floh vor nichts mehr. Mit dem Versteckspiel von früher war es vorbei. Zum ersten Mal in ihrem Leben genoß sie das Hier und Jetzt. Oder versuchte es zumindest.

Heute morgen hatte sie sich ja noch vor Tucker versteckt. Sie hatte den Geschlechtsverkehr zugelassen, aber der Intimität hatte sie sich entzogen. Sie hatte sich beweisen müssen, daß sie lebte, und hatte zugleich Angst davor gehabt, es auch zu empfinden.

Aber sie beide waren doch voll auf ihre Kosten gekommen. Er hatte sie gewollt, sie hatte ihn gewollt – was machte sie sich da noch Gedanken?

Caroline schloß die Augen und holte tief Luft. Wieder zuckte ein Blitz auf. Der Hund heulte mit dem Donnerschlag los.

»Ist schon gut, Useless, ich rette dich ja!« lachte sie.

Sie fand ihn im Salon, wo seine Schnauze unter der Couchdecke herausragte. Mit beschwichtigenden Worten nahm sie das zitternde Tier in die Arme und ging mit ihm wie mit einem Baby auf und ab.

»Es dauert nicht lange, mein Kleiner. Stürme verziehen sich immer sehr schnell. Sie sollen uns nur aus unserer Trägheit reißen und uns daran erinnern, wie schön Ruhe doch ist. Na, willst du ein bißchen Musik hören?« Sie setzte ihn auf den Stuhl und holte die Geige aus dem Koffer. »Ich spiele dir etwas Leidenschaftliches vor, denn das paßt am besten zu meiner momentanen Stimmung.«

Mit Tschaikovsky fing sie an, dann kam ein Stück von Beethoven an die Reihe und zum Schluß ihre Interpretation von ›Lady Madonna‹.

Als Caroline die Geige absetzte, war es längst finstere Nacht. Ein

Klopfen an der Tür schreckte sie auf. Useless verkroch sich unter der Couch.

Sie huschte zur Tür. Draußen stand ein völlig durchnäßter Tucker. Ihre vorhin noch so ruhigen Hände verschränkten sich auf einmal unablässig ineinander. »Ist es nicht ein bißchen zu stürmisch, um rauszugehen?«

»Ich weiß.«

»Willst du nicht reinkommen?«

»Noch nicht.«

Sie trat näher. Das Wasser tropfte von seinen Haaren herunter. Irgendwie mußte sie an heute morgen denken, als er frisch geduscht aus dem Bad getreten war. »Wie lange bist du denn schon da draußen?«

»Ich bin nur das letzte Stück vom Auto bis hierher gelaufen. Du hast Geige gespielt. Eine Nummer von den Beatles, nicht wahr?«

»Ja, ›Lady Madonna‹. Äh, der Strom ist ausgefallen.«

»Ich weiß. Komm bitte einen Moment raus, Caroline.«

Sie zögerte. Er hatte so etwas Ernstes, so etwas Bestimmtes an sich. »Warum? Ist etwas geschehen?«

»Nicht daß ich wüßte. Komm bitte raus.«

»Von mir aus.« Sie trat über die Schwelle. Ihre Nerven waren zum Zerreißen gespannt. »Sag mal, ist der Regen gut oder schlecht . . . für die Ernte, meine ich.«

»Ich bin nicht gekommen, um mit dir über die Ernte oder Musik zu sprechen. Ich muß etwas wegen heute morgen wissen.«

Sie klammerte sich am Türrahmen fest. »Willst du Bier? Ich habe welches gekauft.«

»Caroline«, sagte er in einem eindringlichen Tonfall, wie sie ihn noch nie bei ihm gehört hatte. »Warum hast du mich heute früh nicht an dich herangelassen?«

»Was meinst du nur? Haben wir uns denn nicht heute früh auf der Couch dort geliebt?«

»Du hast es geduldet, aber du hast mich nicht an dich selber herangelassen. Dazwischen liegt ein gewaltiger Unterschied.«

Sie erstarrte. »Wenn du nur gekommen bist, um an meiner Leistung im Bett herumzunörgeln . . .«

»Ich nörgle nicht, ich frage.« Er trat näher an sie heran, ohne sie jedoch zu berühren. »Aber du hast es gut beschrieben. Du hast eine Leistung im Bett erbracht. Vielleicht mußtest du dir etwas vorspielen, um dir zu beweisen, daß du innerlich nicht tot bist. Das Recht dazu kann dir niemand nehmen. Aber ich muß von dir wissen, ob das alles ist, was du willst. Ich habe mehr zu geben, und gebe es dir auch, wenn du es annehmen willst.«

»Ich weiß nicht. Ich weiß nicht, ob ich es will, wenn ich es überhaupt kann.«

»Ich lasse dich jetzt allein, wenn du darüber nachdenken mußt. Wenn nicht, brauchst du mich nur hereinzulassen.« Tucker streichelte ihr die Wange. »Willst du mich bei dir hereinlassen, Caroline?«

Nicht nur ins Haus, wie sie sofort begriffen hatte. In sie selbst. Mit dem Körper und mit der Seele. Sie schloß die Augen. Als sie sie öffnete, hatte er sich immer noch nicht von der Stelle gerührt.

Sie atmete tief durch, dann trat sie beiseite. »Ich würde mich freuen, wenn du reinkämst.«

Er atmete erleichtert auf. Kaum hatte er die Schwelle überschritten, hob er sie hoch.

»Tucker ...«

Er versiegelte ihr mit einem Kuß die Lippen, dann trug er sie die Treppe hinauf. Heute nacht sollte sie nicht an diesen Luis oder sonst jemanden denken, das schwor er sich.

»Du bist ja naß!« rief Caroline und lehnte den Kopf an seine Schulter.

»Du darfst mir gern aus den Kleidern helfen.«

Sie lachte. Wie leicht es doch war, dachte sie. Wenn man es zuließ. »Du bist ja so lieb!«

»Ich kann noch viel lieber sein.« Auf der Schwelle zum Schlafzimmer blieb er stehen. Sie gaben sich einen langen, innigen Kuß.

»Noch lieber?« rief sie danach. »Das mußt du mir beweisen!«

»Das werde ich auch. Aber du mußt dich ein bißchen gedulden.«

Das Kerzenlicht warf tanzende Schatten an die Wände. Die Hitze hatte sich im Zimmer gestaut und ließ sich auch vom Wind nicht vertreiben. Nur die alten Seidenvorhänge flatterten hin und her. Es roch nach Wachs, Lavendel und Regen, der mit aller Macht auf das Dach über ihnen trommelte.

286

Tucker legte Caroline aufs Bett. Erst mit den Fingerspitzen, dann mit den Lippen liebkoste er ihr das Gesicht. Allmählich ließ ihre Anspannung nach. Nun gab es nur noch den Regen, ihr Seufzen und das sich entfernende Donnergrollen, sie und ihn.

Er ließ sich Zeit, Mund drückte sich auf Mund, Zähne stießen gegen Zähne, ihre Zungen tasteten einander ab, vereinigten sich. Sie versank ganz in dem Frieden, dem puren Vergnügen, ließ sich beschenken.

Sie hatte keine andere Wahl mehr, als nur noch zu empfinden. Langsam und ungemein feinfühlig lockte er ihre tiefsten Empfindungen an die Oberfläche. Ihr Puls raste dahin, das Herz fing an zu flattern, und die Muskeln erlahmten. Noch einmal bäumte sie sich in panischer Angst auf, drehte den Kopf zur Seite. Er ließ sie gewähren und küßte statt dessen ihren Hals. Seine Hände glitten über ihren Körper wie die eines Musikers über die Saiten seines Instruments.

Er beruhigte und verführte in einem. Er spürte, wie sie zwischen dem Bedürfnis und dem Zweifel kämpfte, sah ihrem Gesicht die innere Zerrissenheit an. So zügelte er sich und seine Lust und lockte sie weiter voller Geduld, Nachsicht, ja Mitgefühl mit langen, erregenden Küssen, mit trägen, ihre Sehnsucht weckenden Liebkosungen. Und als ihr Körper sich an den seinen schmiegte, als ihre Lippen seinen Namen murmelten, begriff er, daß sie sich seinem Verlangen nicht mehr widersetzte. War es nicht genau das, was er erhofft hatte?

Tucker zog sie behutsam aus. Ihre Blicke verschränkten sich ineinander. Nackt und verletzlich lag Caroline vor ihm. Sie beide wußten, daß sie mit dieser Vereinigung den hektischen, fahrigen Akt vom Morgen, den sie halb in den Kleidern, praktisch zwischen Tür und Angel vollzogen hatten, auslöschten und durch das Eigentliche, das Wahre ersetzten.

Mit zitternden Händen zog sie ihm das feuchte T-Shirt vom Leib, glitt mit den Fingerspitzen über seine Brust, seinen Bauch. Sie empfand ein triumphierendes Glühen, als seine Muskeln unter ihrer zaghaften Liebkosung zuckten. Sie holte kurz Luft und schnallte seinen Gürtel auf. Um ihm die Blue jeans ganz auszuziehen, mußte sie sich aufsetzen.

Dann knieten sie beide. Die Matratze unter ihnen bog sich ächzend durch. Der Wind draußen legte sich. Die Schwüle, die kurz nachgelassen hatte, kehrte zurück. Der Regen plätscherte nun nur noch auf das Dach. Ihre Hände schlossen sich um seine Taille, die seinen strichen durch ihr Haar. Plötzlich drückte er ihren Kopf nach hinten. Überraschung und wieder Angst flackerten in ihren Augen auf, um sogleich der Leidenschaft zu weichen, denn er küßte sie so heftig wie nie zuvor.

Das Tier unter seiner Fassade kam zum Vorschein. Keine Spur mehr von Trägheit oder Lässigkeit! Sie konnte es brüllen, an seinen Ketten reißen und schnappen hören. Und es drohte sie beide mit einem Biß zu verschlingen.

Carolines Finger verkrallten sich in seinen Hüften und erlahmten, als er sie fester an sich drückte. Er sagte etwas, doch das rauhe Flüstern ging im Tosen ihres Blutes unter.

Jawohl, so und nicht anders hatte er es gewollt. Sie sollte sich ganz ihrem Vergnügen hingeben, damit er nichts als das nackte Bedürfnis in ihrem Mund schmeckte, das leise, hilflose Murmeln tief in ihrer Kehle hörte, das sich automatisch einstellte, weil sie sich an ihn verlor. Er mußte die Gewißheit haben, daß sie sich in diesem Moment mit nichts und niemand außer ihm beschäftigte.

»Caroline.« Er murmelte es gegen ihre Schulter, deren zarte Rundung es ihm so angetan hatte. »Da wäre etwas, das mir sehr wichtig ist.«

»Ja.« Sie streckte die Hände nach seinem Glied aus, doch er ergriff sie am Gelenk.

»Nein, das nicht. Noch nicht.« Vorsichtig, den Blick unablässig auf ihre Augen gerichtet, drückte er sie auf die Matratze und legte sich ganz auf sie. Wieder küßte er ihr die Lippen, was sie beide als Qual empfanden, denn es steigerte nur das Verlangen ins schier Unerträgliche. Er drückte den Mund sanft auf ihr Kinn, dann schloß er langsam, aber bestimmt die Hände um die ihren. »Caroline, ich muß dich zur Raserei treiben.«

»Tucker . . .«

»Wenn ich dich jetzt mit den Händen weitermachen lasse, dann ist es viel zu schnell vorbei.« Er rutschte etwas nach unten und bedeckte ihre Brüste mit trägen Küssen, ließ die Zunge über ihre Warzen zucken. Dann sah er wieder auf, bemerkte, daß ihre Augen sich umwölkten. »Weißt du, bei uns im Süden sagen wir immer: Wenn eine Sache einen Wert haben soll, dann soll man sich Zeit dabei lassen.«

Wieder liebkoste er mit den Lippen ihre Brüste. Sie versuchte verzweifelt, doch vergeblich, die Hände von seinem Griff zu befreien. »Das kann ich nicht.«

»Aber klar kannst du's, Liebling.« Er saugte an ihr, bis sie aufschrie. »Ich zeige es dir. Und wenn es dir nicht gefällt, probieren wir es noch einmal.«

Sie wand sich unter ihm, warf den Kopf auf dem Kissen rastlos hin und her, doch ihr Begehren schwoll unter seinen Küssen an. Mit der Zunge, den Lippen, den Zähnen steigerte er unablässig ihre Erregung. Die Luft im Zimmer war zum Schneiden dick. Mit rasselnden Zügen sog sie die Lungen voll und stieß den Atem durch bebende Lippen wieder aus. Ihr Verstand wehrte sich noch gegen die totale Hingabe, doch der Körper leistete längst keinen Widerstand mehr. Er genoß in vollen Zügen das Gefühl des Erobertwerdens. Er zuckte und strebte mit aller Macht der Erlösung, der wilden, leidenschaftlichen Entladung entgegen, die ihm vorerst jedoch versagt blieb.

Feuchtes Fleisch glitt über feuchtes Fleisch. Er war ja genauso Gefangener wie sie. Ein Stöhnen entrang sich ihr, stieg lockend in die schwüle Luft. Er rieb die Wange gegen ihren Bauch. Der Vorgeschmack auf die letzte, die höchste Vereinigung schwamm in seinem Kopf wie köstlicher Wein. Früher hatte er geglaubt, er wisse alles über das Vergnügen, was es zu wissen gab. Früher hatte er im Brustton der Überzeugung verkündet, die Frauen mochten wechseln, das Vergnügen bleibe dasselbe.

Doch bei Caroline war alles ganz anders – ihr Geruch, der seine Sinne kitzelte, ihr Keuchen, das seinen Herzschlag beschleunigte, und ihre sanfte, bleiche Haut, die unter seinen Lippen zuckte.

Sie bäumte sich ihm entgegen, als seine Zunge die besonders empfindliche Falte am Oberschenkel erreichte und wenige Zentimeter vor ihrer längst glühenden Scham verweilte. Es war eine Qual für sie beide. Er spürte, wie ihr Körper erstarrte und dann nach unten sackte. Nach der stürmischen Entladung in der ersten Klimax blieb sie ermattet liegen. Oder vielmehr, sie zerfloß in seinen Armen, war schwerelos, nahm weder das Zimmer noch die Hitze wahr, sondern nur noch dieses Gefühl der unendlichen Erleichterung. Sie lächelte. Mit den Händen fuhr sie den eigenen noch ganz verzauberten Körper entlang, betastete die schweißnasse Haut, strich sich schließlich durch das Haar.

»Ich glaube, es hat mir trotz allem sehr gut gefallen«, brachte sie hervor.

»Wir sind noch nicht fertig.« Er schob die Hände unter ihre Hüften, hob sie etwas an und drang in sie ein. Damit riß er sie aus ihrer Mattheit. Aus Befriedigung wurde ein so wilder Ritt, daß es ihr die Luft verschlug. Ihre Hände fielen von seiner Schulter herab und verkrallten sich im Laken. Welle um Welle brach die Lust über sie herein, bis nur noch die nackte Gier übrig blieb. Ihre und seine. Es war vorbei mit dem sanften Locken. Seine Hände glitten nicht mehr über ihre Haut, sie forderten mit unverhohlener Rücksichtslosigkeit, die genauso unerwartet kam, wie sie sie erregte.

Dunkle Freuden nahm sie nun in Empfang, dunkle, geheime Freuden, wie sie nur eine schwüle Sommernacht bereithalten kann. Gemeinsam wälzten sie sich im Bett, suhlten sich im Vergnügen wie Tiere bei der Paarung in freier Wildbahn.

Er stemmte sich noch einmal gegen die letzte Flutwelle. Mit zitternden Händen zwang er sie, dasselbe zu tun.

»Sieh mich an!« Seine Brust hob und senkte sich bei jedem mühsamen Atemzug. »Caroline, sieh mich an.«

Ihre Augen klappten auf.

»Das hier ist etwas anderes!« Er senkte den Mund auf den ihren, und seine Worte erstickten zwischen ihren Lippen. Erneut und diesmal endgültig versank er in ihr. »Das ist tausendmal mehr.«

Ermattet blieb Caroline unter ihm liegen. Hier und da machten sich Schmerzen bemerkbar, doch auch darüber lächelte sie. Sie hatte sich immer für begabt im Bett gehalten – auch wenn Luis zum Schluß seine Zweifel angemeldet hatte –, so wunschlos glücklich war sie freilich noch nie gewesen. Sie streckte sich mit einem zufriedenen Seufzer, woraufhin Tucker von ihr glitt und sie die Stellung vertauschten. »Besser?« fragte er, als sie den Kopf an seine Brust schmiegte.

Sie lächelte. »Vorhin war es auch gut.« Sie seufzte wieder und schlug die schwer gewordenen Augenlider auf. »Wir liegen ja am Fußende!« stellte sie verblüfft fest.

»Eine Frage des Geschicks. Gib mir ein paar Minuten Zeit, und ich manövriere uns zum Kopfende zurück.«

Sie preßte die Lippen gegen seine Brust. »Hmmm. Es hat zu regnen aufgehört, ist aber eher noch heißer geworden.«

»Vielleicht hat das ja mit uns zu tun.«

Caroline hob unvermittelt den Kopf. »Weißt du, was ich jetzt will?«

»Honey, warte noch, bis ich wieder bei Kräften bin, dann tue ich alles, was ich kann.«

»Ich werde dich daran erinnern. Aber ...« Sie drückte einen Kuß auf seine Lippen. »Im Moment steht mir der Sinn unbedingt nach Eis. Willst du auch welches, Tucker?«

»Jetzt, da du's sagst ... Ein bißchen würde ich wohl auch runterkriegen. Gehst du es holen?«

»Das hatte ich vor.« Sie gab ihm noch einen Kuß, dann glitt sie aus dem Bett und warf sich einen Morgenrock über die Schultern. »Eine oder zwei Kugeln?«

»Zwei natürlich. Soll ich dir helfen?« Er grinste, weil sie ihre Brüste verschämt bedeckte.

»Das schaffe ich schon allein.«

»Auch gut.« Tucker verschränkte die Hände hinter dem Kopf und schloß die Augen. Caroline war sich fast sicher, daß er die Gelegenheit zu einem Nickerchen nutzen würde.

Beim Füllen der Schälchen schoß ihr durch den Kopf, daß dieser Moment ihr wohl für immer im Gedächtnis bleiben würde. Die drückende Hitze in der Küche, der Geruch von Regen und Petroleum und das erfrischende Glühen nach der vollzogenen Liebe. Und das Eis, das sie im Bett essen wollten.

Summend trug sie die zwei Schalen zum Schlafzimmer, als das Telefon schrillte. Komischerweise verdarb es ihr diesmal nicht die fröhliche Stimmung. Sie stellte eine Schale ab, klemmte den Hörer zwischen Ohr und Schulter und schaufelte sich schon einmal einen Löffel voll in den Mund.

»Hallo.«

»Caroline? Na Gott sei Dank!«

Der Löffel erstarrte mitten auf dem Weg zum Mund. Caroline legte ihn in die Schale zurück und stellte ihr Eis neben das andere. Eines konnte ihr also doch noch die gute Laune verderben – die Stimme ihrer Mutter.

»Hallo, Mutter.«

»Ich versuche schon seit über einer Stunde zu dir durchzukommen. Die Leitung war nicht in Ordnung. Kein Wunder – bei dem erbärmlichen Service in der Provinz.«

»Wir hatten ein heftiges Gewitter. Wie geht's dir und Daddy?«

»Gut, gut. Dein Vater ist auf einer Dienstreise nach New York. Ich hätte ihn gerne begleitet, muß hier aber einigen Verpflichtungen nachkommen.« Georgia Waverly sprach ungemein schnell und hatte den breiten Südstaatenakzent restlos ausgemerzt. »Aber um dich sorge ich mich«, fuhr sie fort.

Caroline konnte sie sich gut vorstellen, wie sie in ihrem geschmackvoll eingerichteten, blitzblank geputzten Salon am Rosenholzsekretär saß und die Eintragungen im Terminkalender abhakte: Blumen bestellen. An Wohltätigkeitsball teilnehmen. Mich um Caroline sorgen.

Schon wieder schwappten Schuldgefühle in ihr hoch.

»Es gibt keinen Grund zur Sorge, Mutter.«

»Bei einer Dinerparty bei den Fullbrights mußte ich erfahren, daß ein Messerstecher auf meine Tochter losgegangen ist!«

»Mir ist ja nichts geschehen!« rief Caroline hastig.

»Das weiß ich«, versetzte ihre Mutter, irritiert über die Unterbrechung. »Carter hat mir alles erzählt, was ich eigentlich von dir hätte erfahren müssen. Ich habe dir ja von Anfang an gesagt, daß du dort unten nichts zu suchen hast. Aber du wolltest wieder mal nicht auf deine Mutter hören. Glaubst du, ich bin entzückt, wenn mir bei der Vorspeise erzählt wird, daß du in einen Mordfall verwickelt bist?«

»Es tut mir leid.« Caroline schloß die Augen. Mit Entschuldigen kaufte sie sich immer von den Vorhaltungen ihrer Mutter frei. »Es ist ja alles so schnell passiert. Aber jetzt ist alles vorbei.«

Caroline erblickte Tucker auf der Treppe oben und wandte sich hastig ab.

»Das stimmt doch überhaupt nicht. Niemand hätte sich für so eine

Provinzposse interessiert, aber sobald dein Name ins Spiel kam, war es eine heiße Nachricht.«

»Herrgott noch …«

»Wie bitte?«

»Nichts.« Ganz ruhig, redete sie sich zu. Nur die Nerven nicht verlieren … »Es tut mir leid, daß du es nicht von mir persönlich erfahren hast. Und mir ist auch klar, daß der Presserummel dir nicht behagt. Aber dagegen kann ich auch nichts machen, Mutter. Ich bin doch selber ganz ohne meine Schuld in die Sache hineingezogen worden. Es tut mir leid, wenn dich das alles beunruhigt.«

»Und wie es mich beunruhigt! Als ob es nicht gereicht hätte, daß wir den Skandal mit deinem Krankenhausaufenthalt und der Absage deiner Termine im Sommer herunterspielen mußten. Und dann auch noch dein Bruch mit Luis in aller Öffentlichkeit.«

»Richtig«, bemerkte Caroline trocken. »Das muß sehr schwer für euch gewesen sein. Es war wohl sehr rücksichtslos von mir, einfach so zusammenzubrechen.«

»Sprich nicht in diesem Ton mit deiner Mutter. Du hättest dich nur nicht in deine Problemchen mit Luis hineinzusteigern brauchen. Und dann vergräbst du dich einfach in der Provinz!«

»Ich vergrabe mich doch nicht.«

»Und vergeudest dein Talent.« Georgia überging den Widerspruch schlichtweg. »Demütigst dich und deine Familie. Glaubst du denn, ich hätte eine einzige Nacht seit deiner überstürzten Abreise durchschlafen können, wenn ich genau weiß, daß du allein und ohne Schutz bist?«

Caroline rieb sich ihre bereits wieder schmerzende Schläfe. »Ich bin seit Jahren allein.«

Auch das oder den wehmütigen Ton überhörte Georgia. »Na ja, du hättest vergewaltigt oder ermordet werden können.«

»Oh ja, das hätte natürlich ein schlimmes Echo in den Medien gegeben.«

Georgia schnappte nach Luft. »Das habe ich nicht verdient, Caroline.«

Wieder massierte Caroline sich die Schläfe. »Es tut mir leid, Mutter. Vielleicht habe ich die ganzen Ereignisse noch nicht verarbeitet.«

Willst du nicht wissen, was geschehen ist, Mutter? Willst du mich nicht fragen, wie ich mich fühle oder ob ich etwas brauche?

»Das verstehe ich. Aber ich erwarte auch von dir Verständnis für meine Gefühle. Ich verlange, daß du auf der Stelle deine Koffer packst und nach Hause fährst.«

»Ich bin zu Hause.«

»Rede keinen Unsinn. Du gehörst dort ebensowenig hin wie ich. Ich habe dich zu etwas Besserem erzogen, Caroline. Dein Vater und ich haben dir den Weg geebnet. Ich werde nicht dulden, daß du das alles nur wegen einer Lappalie wegwirfst.«

»Lappalie? So kann man es natürlich auch ausdrücken. Ich kann mich nur wiederholen, Mutter. Aber es tut mir leid, daß ich weder tun noch sein kann, was du willst.«

»Mir ist schleierhaft, woher dieser plötzliche Starrsinn kommt. Aber er ist sehr häßlich. Luis sieht es ganz genauso, aber er ist etwas toleranter als ich. Er macht sich schreckliche Sorgen ...«

»Moment! Hast du ihn etwa angerufen, obwohl ich dich ausdrücklich gebeten habe, ihn aus dem Spiel zu lassen?«

»Die Wünsche eines Kindes stimmen nicht immer mit dem überein, was gut für es wäre. Wie dem auch sei, ich wollte mit ihm über das Konzert im Weißen Haus sprechen.«

Caroline rieb sich den Bauch. Sie spürte, wie sich wieder ein Knoten zusammenzog. »Seit dem Tag, an dem ihr mich auf die Bühne gedrängt habt, bin ich kein Kind mehr! Und ich brauche seine Meinung nicht.«

»Mit deinem Undank hatte ich gerechnet«, erwiderte Georgia in schneidendem Ton. »Ich kann nur hoffen, daß du Luis gegenüber bessere Manieren an den Tag legst, wenn er dich anruft. Wir beide sind uns dessen bewußt, daß er ein Glücksfall für dich war. Er hat dein künstlerisches Potential als erster erkannt.«

»Er hat wohl eher meine Blauäugigkeit erkannt. Du hast wohl keine Probleme damit, daß er mit der ersten Flötistin gevögelt hat?«

»Deine neue Umgebung hat in erschreckender Weise auf deine Sprache abgefärbt.«

»Ich kenne noch ganz andere Wörter.«

»Diesen Unsinn lasse ich mir nicht länger bieten. Du kommst sofort nach Hause. Für das Konzert im Weißen Haus haben wir nur noch wenige Wochen Vorbereitungszeit. An dein Kleid hast du sicher auch nicht gedacht. Wenn ich nicht einen Termin mit dem Modeschöpfer vereinbart hätte ... Hoffentlich schaden dir diese Schlagzeilen nicht allzusehr.«

So fühlt sich also ein Messer in der Brust an, dachte Caroline. »Du brauchst dir meinetwegen keine Arbeit aufzuhalsen, Mutter. Ich habe mit Frances gesprochen. Am Tag des Konzerts reise ich an, und am Morgen danach fliege ich zurück. Was das Kleid betrifft, so sind die, die ich im Schrank hängen habe, mehr als ausreichend.«

»Bist du noch zu retten? Das ist ein wichtiger Einschnitt in deine Karriere. Ich habe bereits die Termine mit den Journalisten und Fotografen vereinbart.«

»Dann mußt du sie eben absagen. Und laß dir eins versichert sein, Mutter. Ich bin am Leben und guter Dinge. Der Mann, der mich überfallen hat, ist tot. Ich muß es am besten wissen, denn ich habe ihn persönlich erschossen.«

»Caroline ...«

»Richte Daddy bitte meine Grüße aus. Gute Nacht.« Sie legte den Hörer behutsam auf die Gabel und wartete eine volle Minute, bis sie sich sicher war, daß sie den Mund aufmachen konnte, ohne loszuschreien. »Das Eis ist leider geschmolzen, Tucker.«

Sie trug die Schalen in die Küche und stellte sie in die Spüle.

22

Heute schienen die Probleme Tucker nur so nachzulaufen. Sein ganzes Leben hatte er es fertiggebracht, sich an der Oberfläche friedlich treiben zu lassen, doch mit einem Schlag steckte er bis zum Hals in einem wilden Strudel. Im Moment war es Caroline, in der es brodelte, und Tucker wußte noch nicht so recht, wie er sie beruhigen, ihr beim Abbauen ihrer Schuldgefühle helfen sollte. Wie gerne hätte er jetzt eine geraucht, aber seine Zigaretten waren oben und wahrscheinlich ohnehin vom Regen total durchnäßt.

Er nahm seinen Mut zusammen und ging zu Caroline in die Küche, wo im flackernden Licht der Kerzen die Spannung überzukochen drohte. Caroline stand vor dem Fenster und sah in die Dunkelheit hinaus.

Tucker legte ihr eine Hand auf die Schulter. Zu seiner Enttäuschung erstarrte sie. Er wagte dennoch einen Anlauf. »Weißt du, früher habe ich immer versucht, die Situation mit einem Witz zu entkrampfen, wenn eine meiner Freundinnen vor sich hinbrütete. Und wenn das nicht geklappt hat, habe ich schleunigst Reißaus genommen. Aber bei dir ist das ganz anders.«

»Im Moment hätte ich gegen einen Witz nichts einzuwenden.«

Er küßte ihr leicht die Haare. Ausgerechnet jetzt wollte ihm nichts Witziges einfallen. »Sprich mit mir, Caroline«, bat er sie.

»Es gibt nichts zu sagen.«

Tucker sah auf. Im Fensterglas spiegelten sich die Silhouetten ihrer Gesichter. Wie zerbrechlich sie doch waren! Er fragte sich, ob auch sie sich ihrer beider Vergänglichkeit bewußt war.

»Als du vorhin die Treppe runtergegangen bist, habe ich dich trotzdem noch neben mir gespürt. Du warst so weich, so warm. Aber auf einmal bist du so zugeknöpft. Damit komme ich nicht zurecht, Caroline.«

»Es hat nichts mit dir zu tun.«

Tucker zerrte sie unvermittelt vom Fenster fort. »Willst du mich denn nur zum Sex gebrauchen und alles andere ausklammern?« rief er in kaum verhüllter Enttäuschung. »Wenn das, was sich vorhin zwischen uns abgespielt hat, nur eine Freiübung auf durchschwitzten Laken für dich war, dann sag's mir bitte, und ich stelle mich darauf ein. Aber für mich war es mehr! Verflucht, so etwas wie mit dir habe ich noch nie erlebt!«

»Setz mich nicht unter Druck!« rief Caroline mit tränenerstickter Stimme. »Mein ganzes Leben lang habe ich mich von anderen unter Druck setzen lassen. Aber damit ist es vorbei!«

»Aber zwischen dir und mir ist es nicht vorbei. Wenn du glaubst, du kannst zumachen und mich einfach wegschicken, dann hast du dich gewaltig getäuscht. Ich lasse nicht locker. Und daran werden wir beide uns gewöhnen müssen.« Als müsse er es ihr beweisen, schlang er beide Arme um sie.

»Ich muß mich an überhaupt nichts gewöhnen. Ich kann tun und lassen, was ich ...« Caroline verstummte plötzlich und drückte beide Augen fest zu. Dann holte sie tief Luft und löste sich aus der Umklammerung. »Ach, was streite ich mit dir. Du kannst ja nichts dafür, Tucker. Ich allein bin schuld. Und wenn ich dich anschreie, wird es um keinen Deut besser.«

»Von mir aus kannst du mich gern anschreien. Das stört mich nicht. Na ja, nicht allzusehr. Hauptsache, es hilft dir.«

Sie massierte sich schon wieder die Schläfen. »Im Moment helfen mir wohl nur Dr. Palamos Wunderpillen«, meinte sie mit einem resignierten Lächeln.

»Versuchen wir lieber etwas anderes.« Er nahm sie bei der Hand und setzte sie auf einen Stuhl. »Bleib da sitzen. Ich hole den Wein, den ich dir neulich mitgebracht habe, und dann erzählst du mir, was dich so auf die Palme gebracht hat.«

Caroline schloß die Augen. »Auf die Palme gebracht hat ... Meine Mutter hätte einen solchen Ausdruck nie geduldet. Bei ihr heißt es ›irritiert‹, aber ›auf die Palme bringen‹ gefällt mir viel besser. In den letzten Monaten haben mich tausend Dinge auf die Palme gebracht. Das war übrigens meine Mutter vorhin am Telefon.«

»Das habe ich mir schon gedacht.« Er entkorkte die Flasche und schenkte zwei Gläser voll. »Aber weswegen war sie ... irritiert? Wegen der Sache von gestern?«

»Stimmt, ja. Vor allem, weil sie gestern bei einer Party das Hauptgesprächsthema war. Die Yankees klatschen ja auch gerne, auch wenn meine Mutter es lieber ›Kontaktpflege‹ nennt. Aber was sie am meisten bestürzt hat, war, daß die Presse davon Wind bekommen hat, wo ich doch bald einen wichtigen Auftritt habe. Sie hat Angst, der Präsident und seine Staatsgäste wollen Mozarts fünftes Violinkonzert lieber nicht von einer Frau gespielt hören, die kurz zuvor einen Verrückten erschossen hat.« Sie ließ sich das Glas reichen und prostete Tucker zu. »Georgia Waverlys Tochter steht doch nicht für unappetitliche Schlagzeilen! Was sollen die Damen in ihrem Club da nur denken?«

»Kann es nicht sein, daß sie sich um dich sorgt?«

»Kann sein. Sie will bestimmt nicht, daß mir etwas zustößt. Und ich glaube auch, daß sie mich liebt – auf ihre Weise. Nur zeigt sie es eben nie. Sie wollte immer das Beste für mich oder vielmehr das, was sie für das Beste hielt. Und ich habe mich mein ganzes Leben damit herumgequält, sie nicht zu enttäuschen. Und heute mußte ich hart sein und ihr sagen, daß ich das nicht mehr schaffe.«

»Die Leute passen sich neuen Umständen normalerweise schnell an«, meinte Tucker und setzte sich neben sie. »Bei deiner Mutter dauert es vielleicht ein bißchen länger, bis sie die neuen Regeln akzeptiert.«

»Vielleicht akzeptiert sie sie nie. Aber auch mit so etwas muß ich leben können.« Caroline ließ den Wein zwischen beiden Händen im Glas hin und her schwappen, während ihr Blick über das Zimmer schweifte. Mit einem Klicken schaltete der alte Kühlschrank sich ein und fing laut zu brummen an. Das Haus mit seinem durchgetretenen Holzboden, den ausgewaschenen Vorhängen und dem freundlichen Licht der alten Lampen kam ihr auf einmal so anheimelnd, so tröstlich vor.

»Ich liebe dieses Haus«, murmelte sie. »Trotz allem, was ich hier erlebt habe, fühle ich mich hier daheim. Und ich brauche ...«

»Was?«

»Ich brauche das Gefühl, irgendwo dazuzugehören. Ich brauche schlicht und einfach Beständigkeit.«

»Aber für so etwas muß man sich doch nicht rechtfertigen.«

Also hatte er ihr Telefongespräch mitbekommen. Caroline verzog ihre Lippen zu einem angespannten Lächeln. Sie hatte gedacht, sie hätte ihn sich abgewöhnt, aber er war nach wie vor da, dieser Tonfall der Selbstrechtfertigung, wenn sie einmal etwas für sich in Anspruch nahm.

»Da hast du recht«, erwiderte sie nach einigem Zögern. »Ich arbeite noch daran. Verstehst du, meine Mutter wird nie nachvollziehen können, was ich bei dir empfinde. Und von meinen Bedürfnissen hat sie auch keine Ahnung.«

»Dann gibt es also nur zwei Möglichkeiten: Entweder du tust ihr oder du tust dir einen Gefallen.«

»Das habe ich inzwischen auch begriffen. Das Schlimme ist nur, wenn ich wirklich an mich denke, verschwinden selbst die letzten Gemeinsamkeiten. Sie ist hier aufgewachsen, aber sie schämt sich ihrer Herkunft und der zwei Menschen, denen sie ihr Leben und alles andere verdankt.«

»Aber das ist ihr Problem und nicht deins.«

»So einfach ist das nicht. Gerade weil sie sich schämt und den Süden in sich ausmerzen will, bin ich hier gelandet. Es verbindet uns, auch wenn wir es nicht wahrhaben wollen.«

»Von mir aus. Trotzdem kannst du deine Zukunft selbst bestimmen.«

»Die Zukunft wurzelt aber immer noch in dem, was davor kam. Mutter hat mir meine Großeltern vorenthalten. Dabei haben sie so viele Entbehrungen auf sich genommen, nur damit sie in Philadelphia aufs College gehen konnte. Das habe ich aber nicht von ihr gehört, sondern von Happy Fuller. Meine Großmutter hat sogenannte niedere Arbeiten verrichtet, sie hat für andere genäht und gewaschen, um das nötige Geld aufzutreiben. Zum Glück hat sich das bald erübrigt. Gleich im ersten Semester hat Mutter meinen Vater kennengelernt. Es war Liebe auf den ersten Blick, hat Daddy mir einmal erzählt Hast du so etwas schon einmal erlebt?«

»Mein Vater hat sich in meine Mutter verliebt, da war sie erst zwölf Jahre alt. Er mußte sechs Jahre warten.«

»Meiner war schneller. Meine Eltern haben noch im ersten Jahr am College geheiratet. Die Waverlys sind eine vornehme, alteingesessene Familie in Philadelphia. Die Laufbahn meines Vaters als Anwalt war längst beschlossene Sache. Es muß schwierig für meine Mutter gewesen sein, sich in dieser Gesellschaft einen Platz zu erkämpfen, aber soweit ich zurückdenken kann, war sie noch viel versnobter als die Waverlys. Ein Haus im besten Viertel, Kleider von den teuersten Modeschöpfern und Ferien an den exklusivsten Badesträinden.«

»Die meisten treiben es auf die Spitze, wenn sie meinen, einen Mangel wettmachen zu müssen.«

»Oh ja, sie hatte viel wettzumachen. Und binnen kürzester Zeit bekam sie ein Kind, das ihr dabei helfen sollte. Ich hatte natürlich ein Kindermädchen für die schmutzigeren Aspekte der Erziehung, aber um die Etikette, das Dekorum und die richtige Einstellung, darum kümmerte sich Mutter. Sie ließ mich immer in ihren nach Chanel und Treibhausrosen duftenden Salon bringen und erklärte mir dann mit Engelsgeduld, was von einer Waverly erwartet wurde.«

»Und was wurde von einer Waverly erwartet?«

»Absolute Perfektion.«

»Das stelle ich mir hart vor. Weil ich ein Longstreet war, wollte mein Daddy einen ›richtigen Mann‹ aus mir machen. Natürlich sind unsere Vorstellungen irgendwann auseinandergedriftet. Und in den Salon hat er mich auch nicht rufen lassen. Er hat mich lieber in der Scheune verprügelt.«

»Oh, meine Mutter hat nie die Hand gegen mich erhoben. Das war auch gar nicht nötig. Sie kam sehr früh auf die Idee, mir Geigenstunden geben zu lassen. Das hielt sie für schick. Im Grunde sollte ich ihr ja dankbar sein ...« Caroline seufzte. »Aber dann genügte es plötzlich nicht mehr, wenn ich einfach gut spielte. Ich hatte die Beste zu sein. Ich sei ein Wunderkind, hieß es. Spätestens mit zehn Jahren zuckte ich bei dem Wort regelrecht zusammen. Meine Mutter hat für mich die Stücke, die Lehrer, die Kleider für die Vorträge und selbst meine Freunde ausgesucht. Später gab ich Konzerte. Noch nicht viele, weil ich ja noch ein Kind war, aber mit jedem Jahr wurden es mehr. Als ich sechzehn war, stand meine Laufbahn fest. Und zwölf Jahre lang bin ich nicht davon abgewichen.«

»Hattest du denn Lust auf etwas anderes?«

Caroline lächelte. Tucker war der erste Mensch in ihrem Leben, der sie danach fragte. »Sobald ich anfing, mir über etwas anderes Gedanken zu machen, war sie schon wieder da. Sei es persönlich, sei es am Telefon, sei es in einem Brief. Als hätte sie gespürt, daß die

Saat einer Rebellion im Begriff war, Wurzeln zu schlagen. Und sie hat sie im Keim erstickt.«

»Und das hast du zugelassen?«

»Ich wollte, daß sie mich liebt.« Ihre Augen füllten sich mit Tränen, doch sie zwinkerte sie rasch fort. »Ich hatte Angst, ich würde mir ihre Liebe verscherzen, wenn ich mal nicht perfekt war. Sag, klingt das nicht lächerlich?«

»Überhaupt nicht.« Er wischte ihr die Tränen aus dem Gesicht, die ihr trotz aller Gegenwehr über die Wangen flossen. »Es klingt nur sehr traurig – und zwar für deine Mutter.«

Carolines Nasenflügel bebten. Sie holte tief Luft. »Vor etwa drei Jahren habe ich Luis in London kennengelernt. Einen brillanteren Dirigenten hatte ich noch nie erlebt. Er war noch sehr jung, zweiunddreißig, aber er hatte in Europa gewaltig Furore gemacht. Er beherrschte sein Orchester wie ein Matador die Stierkampfarena. Autoritär, überheblich und mit einer wahnsinnigen erotischen Ausstrahlung. Dazu sah er blendend aus.«

»Ich kann ihn mir lebhaft vorstellen.«

Mit einem etwas verlegenen Lachen fuhr sie fort: »Ich war damals fünfundzwanzig und hatte noch nie mit einem Mann geschlafen.«

Tucker setzte sein Weinglas verblüfft ab. »Du hattest ...«

»Ganz richtig. Meine Mutter hielt mich immer an der kurzen Leine, und ich hatte als Jugendliche weder den Mut noch die Kraft, dagegen aufzumucken. Wenn ich dann einmal einen Begleiter zu irgendeinem gesellschaftlichen Anlaß brauchte, suchte sie einen für mich aus, den sie für passend hielt. Sie und ich hatten nicht unbedingt denselben Geschmack. Ich habe mich nie für einen von diesen Schönlingen interessiert.«

Tucker gab ihr einen flüchtigen Kuß. »Deshalb magst du ausgerechnet mich. Bei mir würde deine Mutter graue Haare kriegen.«

»Daran habe ich noch gar nicht gedacht. Ich zähle schon gar nicht mehr, was ich alles bei dir zum ersten Mal erlebe.« Sie prostete ihm lächelnd zu. »Als ich dann später auf Tourneen ging, hatte ich für so etwas wie Abenteuer keine Zeit. Man kann wohl auch sagen, daß ich verklemmt war.«

Tucker dachte an die Frau, mit der er vorhin das Bett zerwühlt hatte. »M-hmmm.«

Sie hätte sich nie träumen lassen, wie tröstlich Sarkasmus sein konnte. »Meine Sexualität habe ich in meiner Musik ausgelebt. Und ich sah mich auch nicht als eine von den Frauen, die sich in den ersten besten attraktiven Mann verlieben, sobald er mit dem kleinen Finger winkt.« Sie schenkte sich das Glas wieder voll. »Nach einundeinhalb Tagen Proben mit Luis wurde ich eines Besseren belehrt.« Sie nahm einen Schluck. Mit einem Achselzucken fuhr sie fort: »Er hat mich richtiggehend überrannt. Blumen, schmachtende Blicke, Schwüre von ewiger Liebe. Er könne ohne mich nicht mehr leben. Vor mir habe sein Leben nie einen Sinn gehabt. Muß ich noch extra sagen, daß meine Mutter ihn anbetete? Er stammt aus altem spanischem Adel.«

»Wie passend«, bemerkte Tucker trocken.

»Oh ja, unbedingt. Als ich dann weiter nach Paris mußte, rief er mich jeden Tag an und schickte mir lauter hübsche, kleine Geschenke und die tollsten Blumensträuße. Einmal flog er übers Wochenende zu mir nach Berlin. So ging es ein gutes Jahr zwischen uns. Ich hatte zwar Gerüchte gehört, daß er was mit einer Schauspielerin oder einer Adeligen hatte, aber die tat ich als böswilligen Klatsch ab. Na ja, vielleicht hatte ich sogar einen Verdacht, aber was meinst du, was ich zu hören bekam, als ich mal eine Bemerkung in der Richtung fallenließ? Aufgeregt hat er sich! Das sei unbegründete Eifersucht, ich solle nicht solche Besitzansprüche stellen und hätte zuwenig Selbstwertgefühl. Ich hatte zu dem Zeitpunkt gerade einen Vertrag für eine anstrengende Tournee unterschrieben.«

Caroline verfiel in ein nachdenkliches Schweigen. Alles tauchte wieder vor ihr auf: die Flughäfen, die Hotels, die Proben und Auftritte. Die Grippe, die sie in Sydney bekommen und die sie in Tokio noch immer nicht auskuriert hatte. Die quälenden Diskussionen mit Luis. Seine Versprechen, die Enttäuschungen. Und das Zeitungsfoto, auf dem er eine umwerfend aussehende Schauspielerin umarmte.

»Ich will dir die Details ersparen, aber die Tournee war gnadenlos. Und von Luis war ich sehr ernüchtert. Kurz, ich war am Boden zerstört. Es kam zu einer Aussprache mit Luis – eine häßliche Szene voller Tränen und Vorwürfe. Rate mal, wer weinte und wer schrie. Zu der Zeit konnte ich noch nicht kämpfen.«

Tucker streichelte ihr die Hand. »Dann hast du's schnell gelernt.«

»Ich bin sehr gelehrig – wenn ich mich zu etwas durchgerungen habe. Leider hat das achtundzwanzig Jahre gedauert. Nach dem Bruch mit Luis wollte ich eigentlich etwas kürzertreten, aber ich ließ mich gleich wieder zu Gastauftritten und einem Fernsehkonzert breitschlagen. Mit meiner Gesundheit ging es bergab, und ich …«

»Moment mal, was meinst du damit?«

Caroline rutschte verlegen auf dem Stuhl hin und her. »Kopfschmerzen. Die war ich zwar gewöhnt, aber sie wurden nun chronisch und immer heftiger. Ich hatte keinen Appetit mehr und nahm ab. Schlafen konnte ich auch kaum noch und fühlte mich jeden Tag wie gerädert.«

»Warum hast du nichts dagegen getan?«

»Ich dachte, ich würde mich nur gehenlassen. Und schließlich fühlte ich mich auch verantwortlich. Die Leute hatten doch ein Recht auf exzellente Musik …« Sie lachte bitter auf. »›Das ist nur eine Ausrede‹, hätte der kluge Dr. Palamo jetzt gesagt. In Wahrheit lief ich vor mir selbst davon. Und dazu benutzte ich meine Arbeit. Ich war nicht nur sexuell verklemmt. Ich war dazu erzogen worden, mich ›schicklich‹ zu benehmen. Dazu gehörte eben auch ein entsprechendes Image. Meine Mutter hatte mir gepredigt, wenn eine Lady sich unwohl fühlt, hat sie noch lange nicht das Recht, sich gehenzulassen. Darum fiel es mir leichter, die Symptome zu ignorieren, statt sie zu behandeln.«

Caroline hielt es im Sitzen nicht länger aus und fing an, in der Küche auf und ab zu schreiten.

»Ja, und dann – ich probte gerade für einen Fernsehauftritt – kam Mutter zusammen mit Luis bei mir in die Umkleidekabine spaziert. Sie hielt mir vor, ich sei zu egoistisch gewesen, ich hätte mich benommen wie ein kleines Kind, wie eine Primadonna, und hätte einen wie Luis gar nicht verdient. Trotzdem wollte Luis mir noch einmal vergeben. Natürlich habe ich mich entschuldigt.«

»Wofür denn?«

»Was auch immer sie hören wollte. Schließlich wollte sie nur mein Bestes und hatte alles getan, damit ich es auch bekam. Hatte sie sich nicht für meine Karriere geopfert?« Caroline stieß einen tiefen Atemzug aus, als könne sie damit all ihre Verbitterung loswerden.

»Sie kann ja nichts dafür, Tucker. Es hat lange gedauert, bis ich das begriffen habe. Und irgendwann werde ich ihr auch verzeihen können. Luis kam an diesem Abend zu mir in die Hotelsuite. Er war furchtbar lieb und voller Reue. Die anderen Frauen seien doch nur ein Ersatz für mich gewesen. Im Grunde seines Herzens habe er sich immer nach mir gesehnt.«

Sie kam zum Tisch zurück und packte ihr Glas. »Kannst du dir vorstellen, daß eine Frau mit auch nur einer halbwegs funktionierenden Hirnzelle auf so ein Gesäusel hereinfällt, Tucker?«

»Doch, ja«, meinte Tucker lächelnd.

Sie starrte ihn verblüfft an. Dann brach sie in Lachen aus. »Dumme Frage. Natürlich bin ich darauf reingefallen. Er war ja immer noch der einzige Mann in meinem Leben gewesen. Mit etwas mehr Erfahrung und Selbstvertrauen hätte ich ihn wahrscheinlich rausgeworfen. Aber so war ich bereit, noch einmal von vorne anzufangen. Wir haben sogar die Hochzeit ins Auge gefaßt. Natürlich nur sehr vage. Wenn die Zeit dafür reif sei, hat er gesagt. Vorher hat er mir natürlich wieder eine Tournee aufgeschwatzt.«

Sie sah etwas überrascht auf ihr Glas hinunter. »Ich werde langsam betrunken.«

»Macht nichts, ich fahre ja. Wie ging es weiter?«

»Luis war der Dirigent und ich die Starsolistin. Mir war klar, daß es eine Tortur sein würde, aber wir waren zusammen. Dr. Palamo warnte mich zwar vor noch schlimmeren Kopfschmerzen, Magengeschwüren und und und, aber ich wollte nicht auf ihn hören.«

»Er hätte dich an ein Krankenhausbett fesseln sollen.«

»Du hättest ihm gefallen.« Caroline nippte an ihrem Glas. »Wie dem auch sei, vor dem Abflug gab meine Mutter noch eine große Party und machte vor den Gästen Andeutungen, wir würden bald heiraten. Luis ging mit schepperndem Gelächter und ständigem Augenzwinkern voll darauf ein. In der Woche darauf landeten wir in Europa einen triumphalen Erfolg. Allerdings wurde meine Schlaflosigkeit immer schlimmer, und Luis brauchte eine eigene Suite. Neben mir könne er unmöglich schlafen, erklärte er mir.«

»So ein Schleimscheißer!«

»Das vielleicht nicht, aber er war glatt, aalglatt. Den Rest will ich dir ersparen. Als Musikerin hat er mich gefordert. Ohne ihn wäre ich nie so weit gekommen. Nur hat er mich im Bett genauso behandelt wie bei den Proben. Ich kam mir vor wie ein Instrument, das man poliert und neu besaitet. Die ganze Zeit fühlte ich mich schlapp, krank und schrecklich unsicher. Er wurde stocksauer, wenn ich abgespannt zur Probe kam. Und ich wurde auch sauer, weil mir die mitleidigen Blicke der anderen Musiker nicht entgingen. Schließlich fing ich mir irgendwo eine Infektion ein. Wochenlang lebte ich ausschließlich von Antibiotika, Fruchtsäften und der Musik. Wir hatten längst aufgehört, miteinander zu schlafen, und er hielt mir vor, ich würde nicht mein Bestes geben, was ja auch stimmte. Dann wiederum versprach er mir, nach der Tournee würden wir als erstes auf Urlaub gehen und so richtig ausspannen. Und ich nahm ihn beim Wort. Aber ich hielt nicht mehr bis zum Ende durch. In Toronto kippte ich in meinem Umkleideraum einfach um.«

»Um Gottes Willen, Caroline!«

»Es klingt schlimmer, als es tatsächlich war. Ich war nur erschöpft. Ich rappelte mich gleich wieder auf und nahm mir vor, mit ihm darüber zu sprechen. Ich glaubte, er würde mich schon verstehen, wenn ich es ihm erklärte. Also ging ich zu ihm rüber ... Er lag auch auf dem Boden. Unter ihm allerdings die Flötistin. Sie waren so mit sich beschäftigt, daß sie mich nicht einmal bemerkten. Ich fühlte mich der Auseinandersetzung nicht gewachsen und ging sofort weg. Das Konzert danach war eine Sternstunde. Drei Zugaben, und ich mußte sechsmal vor den Vorhang. Die Leute tobten noch immer, aber ich klappte nun endgültig zusammen. Was danach kam, weiß ich nicht mehr, nur noch, daß ich in einem Krankenhausbett aufgewacht bin.«

»Er hätte ins Krankenhaus gehört!«

»Ach, er war nicht schuld. Er war nur eins von den Symptomen. Die eigentliche Ursache war ich. Ich und mein elendes Bedürfnis, es allen recht zu machen. Die Diagnose lautete auf physische und psychische Erschöpfung.« Sie ging hastig zum Tisch zurück und kippte den Rest der Flasche in ihr Glas. »Ich empfand das als demütigend. Irgendwie wäre es mir leichter gefallen, wenn sie einen Tumor oder etwas ganz Exotisches gefunden hätten. Dr. Palamo ist dann persönlich zu meiner Behandlung nach Toronto gekommen. Ach, war das angenehm! Kein besserwisserisches ›Habe ich es Ihnen nicht gesagt?‹ oder so. Er hörte mir geduldig zu, und einmal hat er Luis sogar aus dem Zimmer geworfen.«

Tucker hob das Glas. »Auf Dr. Palamo!«

»Er hat mir ungemein geholfen. Wenn ich weinen mußte, ließ er mich einfach weinen. Und wenn mir nach Reden war, hörte er mir zu. Er ist kein Psychiater, aber er war ein Glücksfall für mich. Und als ich einigermaßen wiederhergestellt war, ließ er mich in ein Krankenhaus in Philadelphia überführen. Meine Mutter erzählte überall herum, ich würde mich in einer Villa an der Riviera vom Streß erholen.«

»Caroline, ich muß dir gestehen, deine Mutter wird mir immer unsympathischer.«

»Das macht nichts. Dich würde sie genausowenig mögen. Trotzdem besuchte sie mich jeden zweiten Tag. Mein Vater kam jeden Abend, egal wie dringend seine anderen Termine waren. Die Tournee ging ohne mich weiter. Luis schickte mir aus jeder Stadt Blumen und romantische Briefe. Er hatte keine Ahnung, daß ich ihn mit der Flötistin gesehen hatte. Nach drei Monaten war ich soweit hergestellt, daß ich nach Hause gehen konnte. Ich war noch etwas wackelig auf den Beinen, aber ich fühlte mich stärker als je zuvor. Und ich hatte begriffen, daß ich mich immer wie ein Opfer hatte behandeln lassen. Dabei gehörten meine Talente und Gefühle mir ganz allein. Ich kann dir gar nicht sagen, was für eine gewaltige Erkenntnis das für mich bedeutete. Als dann die Anwälte wegen des Erbes meiner Großeltern an mich herantraten, stand alles weitere für mich fest. Vorher kam es noch zu einer gräßlichen Szene bei meiner Mutter. Ich schrie sie an, ich tobte und natürlich entschuldigte ich mich gleich wieder. Alte Gewohnheiten wird man eben nicht so schnell los. Aber ich bin hierhergefahren!

Das heißt, nicht sofort. In Baltimore habe ich noch einen Zwischenstop eingelegt, weil Luis dort gerade gastierte. Vorher rief ich an, und er war der Charme in Person. Als ich in seiner Suite ankam, hatte er schon ein intimes Dinner herrichten lassen. Dieser Heuchler! Ich machte ihm eine gräßliche Szene. Ich warf sogar mein Champagnerglas an die Wand und stürmte davon. Er wollte mich wieder ins Zimmer zerren. Ein Mann von der Suite gegenüber hörte uns schreien. Er kam mir zu Hilfe und schickte Luis mit einem gewaltigen Kinnhaken zu Boden. Ich kannte den Mann gar nicht, aber ich gab ihm einen Kuß. Mitten auf den Mund. Und dann spazierte ich davon. Es war einfach herrlich! Ich fühlte mich so richtig frei!«

Caroline ließ sich mit einem erleichterten Seufzer auf ihren Stuhl fallen. Ihre Kopfschmerzen waren auf einmal wie verflogen. Und den Knoten im Magen spürte sie auch nicht mehr. »Trotzdem erleide ich manchmal immer noch einen Rückfall. Wie vorhin beim Anruf meiner Mutter zum Beispiel. Man wirft seinen ganzen Ballast eben nicht auf einmal ab. Aber so wie früher werde ich nie wieder sein.«

»Schön.« Tucker ergriff ihre Hand und küßte die Knöchel. »Ich mag dich so, wie du jetzt bist.«

»Ich mich auch – größtenteils wenigstens. Der Bruch mit meiner Mutter kann vielleicht nie gekittet werden, aber dafür habe ich hier etwas anderes gefunden.«

»Ruhe und Frieden?« fragte er lächelnd.

»Richtig. Die Menschen haben keine Ahnung, wie sehr ein paar Morde einen beruhigen können. Aber noch etwas anderes habe ich hier gefunden: Wurzeln. Das mag blöd klingen, weil ich als Kind kaum hier sein durfte. Aber flache Wurzeln sind immer noch besser als gar keine.«

»Im Delta gibt es keine flachen Wurzeln, Caroline. Selbst, wenn die Leute weggehen, ihre Wurzeln können sie nicht ausreißen.«

»Meine Mutter schon.«

»Auch sie nicht. In dir wachsen sie weiter ... Nein, schau mich an.« Er hob ihr sanft das Kinn an, denn sie wollte seinem Blick ausweichen. »Caroline, du hast Entsetzliches durchgemacht. Ein Teil deiner selbst will sich dessen immer noch schämen, und du sperrst dich dagegen, daß ich oder sonst jemand Mitleid mit dir hat. Aber ich habe meine Gefühle noch nie unterdrückt und darum mußt du sie nehmen, wie sie kommen. Mich bedrückt, was du mir erzählt hast, aber egal, wie sehr deine Leute dich verletzt haben, wenn all diese Umstände dich hierher gebracht haben, dann kann ich es nicht übermäßig bedauern.«

Sie lächelte. »Ich auch nicht.«

Sie sah so zerbrechlich aus. Die zierliche Gestalt, die weiße Haut. Zerbrechlich aber nur, solange man ihr nicht in die Augen sah. Darin lagen eine Tiefe, eine Kraft, aus der zu schöpfen Caroline noch gar nicht richtig gelernt hatte. Und er wollte dabei sein, wenn sie ihr Potential, wenn sie sich selbst entfaltete.

»Ich möchte dir einige bestimmte Dinge sagen, mir ist nur noch nicht klar, wie.«

»Bitte erst, wenn ich einigermaßen zur Ruhe gekommen bin. Bis dahin möchte ich alles lieber so lassen, wie es im Moment ist, einverstanden?«

Tucker war zeitlebens geduldig gewesen, doch jetzt, da er zum ersten Mal keinen sicheren Boden mehr unter den Füßen spürte, kam es ihm hart an. Er beugte sich vor, bis seine Lippen die ihren berührten. »Einverstanden. Aber ich würde gerne heute nacht bei dir bleiben.«

Sie lächelte. »Ich dachte schon, du würdest mich das gar nicht mehr fragen.« Sie stand auf und nahm ihn bei der Hand. »Hast du mir heute nicht angeboten, wir könnten es noch einmal versuchen, wenn es mir nicht gefällt?«

»Hat es dir denn nicht gefallen?«

»Na ja ... ich bin mir nicht ganz sicher. Wenn du es mir noch mal zeigst, kann ich es dir vielleicht genauer sagen.«

»Klingt plausibel«, meinte er grinsend und schlug ihren Morgenmantel auf. »Wollen wir es gleich hier am Küchentisch versuchen? Und uns bis zum ... Mist!«

Das Telefon schrillte. Caroline ließ resigniert den Kopf an seine Schulter sinken. »Normalerweise würde ich nicht rangehen, aber sie gibt ja doch nicht auf.«

»Laß mich hingehen. Vielleicht kann ich sie betören, und sie läßt uns heute nacht in Ruhe. Du kannst mittlerweile den Tisch abräumen.« Er drückte ihr ein Küßchen auf den Mund und verschwand.

»Oma«, murmelte Caroline und räumte den Toaster vom Tisch, »schau nicht hin, wenn es dich schockiert.« Aber dann fragte sie sich, ob Liebe in der Küche ihren Großeltern nicht auch ganz gut gefallen hätte.

Tucker kam schon wieder zurück. »Das ging aber schnell! Daß sie so schnell aufgibt, hätte ich ja nie für möglich ...« Sie verstummte jäh beim Anblick seiner bedrückten Miene. »Was hast du? Ist etwas geschehen?«

»Es war nicht deine Mutter. Es war Burke. Darleen Talbot wird vermißt. Wir müssen sie morgen suchen.«

23

»Du solltest dich wirklich lieber ausschlafen«, meinte Tucker besorgt, während Caroline vor dem Spiegel mit den Utensilien einer Frau die Spuren einer langen, wilden Nacht verwischte. Er stand unmittelbar hinter ihr in ihrem engen Badezimmer und fühlte sich so unendlich vertraut mit ihr, weil er an diesem intimen weiblichen Ritual teilnehmen durfte.

»Ich kann einfach nicht den ganzen Tag zu Hause sitzen und auf einen Anruf warten, Tucker«, erklärte Caroline beim Auftragen der Wimperntusche.

»Dann fahr doch nach Sweetwater. Du kannst in meiner Hängematte schlafen.«

»Tucker, mach dir um mich keine Sorgen. Die sind viel eher bei Darleen angebracht. Denk an ihren Mann und den Kleinen! Sag, wie konnte das nur geschehen?«

»Bis jetzt wissen wir ja noch nicht, ob etwas geschehen ist. Man hat nur ihren Wagen am Straßenrand gefunden.«

»Aber warum ist sie überhaupt ausgestiegen?«

»Vielleicht hatte sie sich verabredet. Dort ist es ja ziemlich einsam. Möglich, daß sie für ein paar Tage mit irgendeinem Typ verschwinden wollte, um Junior mal wieder in Aufregung zu versetzen.«

»Hoffentlich hast du recht. Oder meinst du, es ist wie bei den anderen?«

»Du rechnest schon wieder mit dem Schlimmsten, Caroline. Denk lieber an das Heute.« Er streichelte ihr zärtlich den Arm.

Sie schmiegte sich an ihn. »Ich werde es versuchen. Wenn meine Mutter recht hat, kommt heute eine ganze Meute von Journalisten. Mit denen werde ich schon fertig. Vorher muß ich unbedingt zu Happy Fuller. Sie hat Hilfe dringend nötig.«

»Du mußt dort nicht hin. Dort sind schon genug Leute.«

»Doch, ich muß. Ich gehöre hier zur Gemeinschaft und will keine Außenseiterin sein. Soll man nicht andere so behandeln, wie man selbst behandelt werden will?«

Draußen dröhnte eine Hupe.

»Das wird Burke sein. Die Sonne geht auch bald auf.«

»Tja, dann ziehe ich mal los.«

»Tucker.« Caroline hielt ihn am Ärmel fest und küßte ihn. »Das war's schon, was ich dir sagen wollte.«

Er schmiegte seine Wange an die ihre. »Es war sehr schön.«

Tucker war zusammen mit einigen anderen für das Ufer des Gooseneck Creek eingeteilt worden. Erschöpft wischte er sich den Schweiß von der Stirn. Die Luft, war heiß und feucht. Er setzte sich für ein paar Augenblicke auf einen Stein.

Jetzt hätte er gerne ein erfrischendes Bad genommen, aber er mußte sich momentan damit begnügen, ein Tuch ins kühle Naß zu tauchen und sich damit das Gesicht und den Hals abzutupfen.

Genau an dieser Stelle hatte Darleens Bruder Arnette gefunden. Er schickte ein Stoßgebet in den Himmel, daß ihm die nächste gräßliche Entdeckung erspart bleiben möge. Auch wenn er Caroline gegenüber seine Sorgen heruntergespielt hatte, so ging er inzwischen doch von Darleens Tod aus. Wann hätte sie auch in der kurzen Zeit mit einem anderen Mann anbandeln sollen? Und daß sie sich heimlich mit Billy T. getroffen hatte, konnte er sich beim besten Willen nicht vorstellen. Billy T. gehörte nicht zu denen, die wegen einer Frau Komplikationen in Kauf nahmen. Für ihn waren Frauen beliebig austauschbar.

Der unvermeidliche Vergleich mit seinem früheren Selbst hinterließ in Tucker einen schalen Nachgeschmack. Darleen war nicht wegen eines neuen Liebhabers aus dem Wagen gehüpft. Zumal Junior auch erklärt hatte, daß weder Geld noch Kleider von ihr fehlten.

Es konnte somit nur eine Frage der Zeit sein, bis sie gefunden wurde. Tucker stand resigniert auf und durchkämmte weiter das Schilf.

Die Männer verrichteten wortlos ihre Aufgabe. Sie kamen sich wohl alle vor wie Soldaten, die einen Hinterhalt legen. Oder schnurstracks in einen hineinlaufen. Hin und wieder flog ein Hubschrauber über ihre Köpfe hinweg, und ihr Gruppenführer meldete in sein knatterndes Funkgerät den neuesten Stand der Suche, nämlich daß sie nichts gefunden hatten. Das FBI beteiligte sich nicht an der Aktion. Das mochte daran liegen, daß Burns Land und Leute kaum kannte, oder daß er nichts davon hielt. Seiner Meinung nach war Darleen aus Langeweile mit dem ersten besten Verehrer durchgebrannt.

Tucker freilich konnte sich gut vorstellen, daß der Beamte die Möglichkeit eines weiteren Mordes trotz seiner Anwesenheit in Innocence einfach nicht wahrhaben wollte.

Mißmutig schlug Tucker nach den lästigen Mücken. In der Ferne pfiff ein Zug. Warum konnte er nicht einfach aufspringen und mitfahren? Egal wohin.

Als er endlich mit seinem Abschnitt fertig war, kehrte Tucker zum Ausgangspunkt zurück, wo Burke und einige andere bereits warteten. Die Männer achteten nicht auf ihn, denn ein roter Wagen näherte sich mit enormer Geschwindigkeit. Tucker kannte außer sich selbst nur einen Menschen, der so raste.

»Josie. Sie ist anscheinend auf einen Strafzettel von dir aus, Burke.«

Josie trat so abrupt auf die Bremse, daß der Wagen sich querstellte. »Hallo Jungs. Barb hat mir gesagt, wo ihr euch rumtreibt Earleen und ich haben euch Sandwiches geschmiert.« Sie glitt aus dem Auto. In ihren Shorts und dem knappen Hemdchen zog sie einmal mehr bewundernde Blicke auf sich. »Wir lassen doch unsere Männer nicht verkommen! Mensch, Burke, du siehst ja ganz schön mitgenommen aus! Magst du einen Eistee? Ich habe zwei Kannen mitgebracht.« Sie wuchtete einen Korb aus dem Kofferraum. »Tja, Essen auf Rädern nennt man so was. Junior, komm her und laß dich verwöhnen, sonst bin ich dir ernstlich böse.«

Junior stierte jedoch nur wortlos zu Boden. Josie näherte sich ihm vorsichtig und drückte ihm eine Tasse in die Hand.

»Trink das, Junior. Das beruhigt dich. Ein Hitzschlag würde dir auch nichts nützen.« Mit sanfter Hand rieb sie ihm den Rücken.

»Wir haben sie nicht gefunden.«

»Ich weiß. Einen Schluck. Bitte.« Sie führte die Tasse behutsam an seine Lippen. »Ich war vorhin bei deiner Schwiegermutter. Dein Sohn schlummert wie ein Engel. Er ist ja so was von lieb. Und dir wie aus dem Gesicht geschnitten. Vor allem um die Augen.«

Junior nahm zwei große Schlucke und setzte die Tasse ab. Sogleich drückte Josie ihm ein Sandwich in die Hand. Er biß geistesabwesend hinein. Josie legte ihm einen Arm um die Schulter, denn sie wußte, daß nichts einen Menschen so trösten kann wie Wärme und Hautkontakt.

»Es wird alles wieder gut, Junior. Wart's nur ab.«

Tränen quollen ihm aus den Augen und liefen in zwei Strömen über das staub- und schweißverschmierte Gesicht. Dennoch aß er mechanisch weiter. »Als ich sie mit Billy T. in der Küche sah«, murmelte er, »dachte ich, in mir sei was kaputtgegangen und ich würde sie nie wieder sehen wollen. Aber jetzt weiß ich, daß das nicht gestimmt hat.«

Ergriffen von soviel Trauer, drückte Josie ihm einen Kuß auf die Wange. »Es wird alles wieder gut, Honey.«

»Ich will nicht, daß mein Sohn ohne seine Mutter aufwächst.«

»Das wird er auch nicht müssen.« Josies Augen verhüllten sich. Mit einem Taschentuch wischte sie ihm die Tränen aus den Augen. »Hör nur auf deine Josie. Bald kannst du wieder lachen.«

Er war nur leicht betrunken – der Zustand, den Dwayne am liebsten hatte. Die Qualen des Tages verschwammen zu einem angenehmen Summen. Wie erholsam das doch war nach der anstrengenden Suche am Teich der McNairs!

Er war ja freiwillig mitgegangen und war auch bereit, morgen gleich bei Sonnenaufgang wieder loszuziehen. Die Mühen scheute er ja überhaupt nicht. Aber deswegen sollte es ihm auch keiner verübeln, wenn er den täglichen Ärger hinunterspülte.

Bobby Lee hatte ihm leid getan. Der Junge mußte entsetzliche Ängste um seine Schwester ausstehen. Zum Schluß hatte er ihm gar nicht mehr ins Gesicht sehen können, so sehr war es von den Sorgen gezeichnet gewesen.

Dwaynes Kehle fing schon wieder an zu brennen. Er brauchte mehr Whiskey: Konnte er nicht an etwas Schöneres denken? An den Gesang der Grillen zum Beispiel, der für einen angenehmen Kontrast zum Summen in seinen Ohren sorgte. Oder an das Gras, das sich so herrlich weich unter seinen Füßen anfühlte. Er überlegte, ob er die Nacht hier draußen verbringen und den Mond und die Sterne betrachten sollte.

Von hinten trat Tucker an ihn heran. Dwayne reichte ihm seine Flasche, aber Tucker wollte nichts trinken.

»Das Zeug bringt dich noch um.«

»Kannst du dir einen schöneren Tod vorstellen?« erwiderte Dwayne lächelnd.

»Du weißt doch, wie Della sich deinetwegen sorgt.«

»Ich trinke doch nicht, um ihr weh zu tun.«

»Warum trinkst du nur?« seufzte Tucker. Er erwartete keine Antwort, denn er hatte Dwaynes Zustand gleich richtig eingeschätzt: Er war nüchtern genug, um ihn zu verstehen, aber zu angetrunken, um noch ein vernünftiges Gespräch zu führen. »»Die Trunkenheit ist eine Spielart des freiwilligen Wahnsinns‹«, fuhr Tucker fort. »Ich weiß nicht mehr, wo ich das mal gelesen habe, aber es klingt plausibel.«

»Ich bin weder betrunken noch wahnsinnig. Aber ich hätte gegen beides nichts einzuwenden.«

»Es wird immer schlimmer mit dir. Erst dachte ich, du trinkst nur, weil so vieles auf einmal über dich hereingebrochen ist. Erst Daddys, dann Mamas Tod. Und als ob das noch nicht gereicht hätte, kam auch noch die Sache mit Sissy dazu. Eine Zeitlang dachte ich, du würdest nur trinken, weil du es von Daddy geerbt hast. Aber da bin ich mir auch nicht mehr sicher.«

Sichtlich gereizt riß Dwayne ihm die Flasche aus der Hand. »Du säufst ja auch nicht schlecht!«

»Sicher, aber ich mache es nicht zu meinem Lebensinhalt.«

»Jedem das Seine.« Dwayne nahm einen tiefen Schluck. »Von allem, was ich probiert habe, sind die Räusche noch das angenehmste. Da vergesse ich so schön, was für einen Mist ich gebaut habe.«

»So ein Blödsinn!« rief Tucker wütend. Er hatte nie geahnt, wie sehr er unter der Trunksucht seines Bruders litt. Mit einem Schlag wurde ihm nun bewußt, daß er an Dwayne hing, daß ihn die Sorgen um ihn regelrecht zerfraßen. Sollte er denn zusehen, wie der Mensch, den er so bewundert, ja beneidet hatte, vor die Hunde ging? Er packte die Flasche und schleuderte sie ins Wasser. »Ich habe die Schnauze voll von dem Scheiß! Meinst du, ich habe Lust, dich Tag für Tag heimzutragen und dir bei deinem Selbstmord zuzusehen? Reicht es denn nicht, daß Daddy sich umgebracht hat?

Steigt im Vollrausch in sein dämliches Flugzeug und macht eine Bruchlandung. Genausogut hätte er sich eine Pistole in den Mund stecken und abdrücken können!«

Dwayne richtete sich mühsam auf. Er schwankte ein bißchen, aber er sah Tucker fest in die Augen. »Du hast kein Recht, so mit mir zu sprechen! Und über ihn ziehst du auch nicht her, verstanden?«

Tucker packte seinen Bruder aufgebracht am Hemd. »Wer, wenn nicht ich, hat das Recht dazu? Ich habe euch beide geliebt, und ihr habt mir beide weh getan!«

Unter Dwaynes linkem Auge zuckte es. »Ich bin nicht Daddy.«

»Stimmt, das bist du nicht. Er war aber genauso ein Säufer wie du. Der einzige Unterschied ist, daß er gewalttätig geworden ist, und du nicht. Du bist bloß noch eine Jammerfigur!«

»Und was bitteschön bist du?« brüllte Dwayne. »Ich bin der Älteste, und ich habe seine Wut immer als erster abgekriegt. Ich sollte das Scheißerbe der Longstreets übernehmen, ich mußte auf diese dämliche Schule gehen, und mir hat er die Verantwortung für die Felder aufgebürdet! Du hattest deine Ruhe, Tucker. Ich wollte nicht, aber mir hat er seinen Willen aufgezwungen. Jetzt ist er tot, und ich tue das, wozu ich Lust habe.«

»Du tust doch überhaupt nichts! Du versinkst nur immer tiefer im Fusel! Du hast zwei Söhne wie er, aber er hat uns wenigstens aufgezogen.«

Dwayne stürzte sich mit einem gräßlichen Schrei auf seinen Bruder. Im nächsten Augenblick wälzten sie sich auf dem Boden wie zwei wütende Hunde. Als Tucker einen Hieb auf die immer noch nicht ganz verheilte Rippe abbekam, sah er rot. Sie landeten beide im Wasser, doch er drosch blind auf Dwaynes bereits blutendes Gesicht ein. Sie gingen kurz unter und tauchten spuckend und fluchend wieder auf. Beide schenkten sich nichts. Zum Glück minderte das Wasser die Wucht ihrer Hiebe. Die Faust zum Schlag erhoben, standen sie schließlich einander keuchend gegenüber.

Tucker ließ sie als erster sinken. »Du hast schon mal härter zugeschlagen.«

Dwayne betastete seine geschwollenen Lippen. »Und du warst schon mal langsamer.«

Tucker tauchte kurz unter. »Ich wollte mich eigentlich duschen«, meinte er beim Hochkommen, »aber das ist auch nicht so schlecht. Fragt sich nur, was alles im Wasser ist.«

»Ein halber Liter Wild Duck auf jeden Fall«, erwiderte Dwayne grinsend. »Weißt du noch, wie wir als Kinder hier immer geschwommen sind?«

»Ja klar. Glaubst du, du würdest ein Wettschwimmen zum anderen Ufer immer noch gewinnen?«

Zur Antwort kraulte Dwayne los. Nach wenigen Zügen gab er auf. Jahre exzessiven Alkoholkonsums hatten seine Muskeln geschwächt. Tucker schwamm an ihn heran. Als hätten sie sich verabredet, ließen sie sich friedlich nebeneinander unter dem aufgehenden Mond treiben.

»Ich war schon mal schneller«, gab Dwayne zu, nachdem er wieder zu Luft gekommen war. »Es hat sich wohl einiges verändert.«

»Sehr viel sogar.«

»Und ich habe einigen Mist gebaut.«

»Einigen, ja.«

»Weißt du, manchmal kriege ich richtig Angst, Tuck. Beim Trinken weiß ich eigentlich immer, wann ich aufhören müßte, aber meistens sehe ich irgendwie keinen Sinn mehr darin und trinke weiter. Am nächsten Tag wache ich dann mit Kopfschmerzen auf und weiß kaum noch, was los war. Und wenn, dann wie nach einem Traum: Ich kann nichts festmachen.«

»Warum tust du nichts dagegen, Dwayne. Man kann sich heilen lassen.«

»Im Moment fühle ich mich ja ganz wohl so.« Durch halb geschlossene Lider blinzelte Dwayne in die Sterne. »Ich brauche doch nur einen kleinen Schwips, und schon kommt mir alles so herrlich unwichtig vor. Ich muß nur noch lernen, im rechten Moment aufzuhören.«

»Du weißt doch, daß das nicht klappt.«

»Manchmal wünsche ich mir, ich könnte noch einmal von vorne anfangen und ein paar Schwachstellen reparieren. Dann stände ich jetzt ganz woanders.«

»Du warst ja unser Handwerker, Dwayne. Erinnerst du dich noch an das Modellflugzeug, das ich einmal zum Geburtstag gekriegt habe? Ich habe es gleich beim zweiten Flug kaputtgemacht. Daddy hätte mir den Kopf abgerissen, wenn er was gemerkt hätte. Aber du hast es repariert. Mama sagte immer, du hättest Ingenieur werden sollen.«

»Das war auch mein Traum.«

»Davon hast du mir ja nie was gesagt!« rief Tucker überrascht.

»Es hätte ohnehin keinen Sinn gehabt. Die Longstreets sind Baumwollpflanzer und Geschäftsleute. Und da hatte ich als Ältester keine Wahl.«

»Aber das ist noch lange kein Grund, nicht nachzuholen, was du früher nicht durftest.«

»Herrgott, Tuck, ich bin fünfunddreißig Jahre alt! In dem Alter kann man keine Schulbank mehr drücken.«

»Wer es wirklich will, schafft das auch.«

»Vor zehn, fünfzehn Jahren, da wollte ich es. Aber dafür ist der Zug abgefahren. Wie für vieles andere auch.« Er versuchte, die einzelnen Sterne zu erkennen, doch sie verschwammen vor seinen Augen. »Sissy will jetzt ihren Schuhvertreter heiraten.«

»Das war ja klar, daß sie irgendwann wieder heiraten würde – den oder einen anderen.«

»Angeblich will er meine Kinder adoptieren und ihnen seinen Namen geben. Darauf würde sie natürlich verzichten, wenn ich die Alimente kräftig erhöhe.«

»Das brauchst du dir nicht bieten lassen, Dwayne. Es sind und bleiben auch deine Kinder.«

»Das lasse ich mir auch nicht bieten. Sissy muß einsehen, daß man einem Mann nicht ständig auf der Nase herumtanzen kann, selbst mir nicht. Ich war nur immer zu träge, Tucker.« Er seufzte und ließ den Blick über den See schweifen. Aus dem Augenwinkel sah er etwas auf- und untertauchen. Eine leere Flasche, dachte er. Ein schönes Symbol für ein leeres Leben. »Tja, das verdanke ich dem Trinken.«

»Du wirst dem Trinken noch den Tod verdanken, wenn du so weitermachst.«

»Fang nicht schon wieder damit an.«

»Verflucht noch mal! Dwayne!« Tucker wollte näher heranschwimmen, da stieß er gegen etwas Weiches. Er zuckte zusammen. »Scheiß Katzenfische!« fluchte er. »Was müssen die einem immer so einen Mordsschrecken einjagen?« Er riskierte einen Blick über die Schulter. Und auch er sah etwas in den Wellen auf und ab tanzen. Seine Kehle war plötzlich wie ausgedörrt, und sein Herz setzte einen Schlag aus. Was er sah, war nichts anderes als eine weiße Hand. »Oh Gott, oh, mein Gott!«

»Katzenfische tun doch nichts«, brummte Dwayne. »Was regst du dich nur so auf?«

»Ich glaube, wir haben Darleen gefunden«, krächzte Tucker und schloß die Augen.

24

Dwayne war mit einem Schlag ernüchtert. Auf Händen und Füßen kroch er ans Ufer und blieb auf dem Gras liegen. Er kämpfte einen Brechreiz nieder. »Mein Gott, Tucker, was sollen wir nur tun?«

Tucker gab keine Antwort. Er lag auf dem Rücken und starrte in den mit Sternen übersäten Himmel. Es überforderte ihn schon fast, sich aufs Atmen zu konzentrieren. Ihm war kalt, schrecklich kalt.

»In unserem Teich . . .« krächzte Dwayne. »Jemand hat sie in unseren Teich geworfen. Menschenskinder, wir sind mit ihr früher darin geschwommen!«

»Das ist ihr jetzt wohl egal!« Tucker drückte beide Augen fest zu, versuchte das gräßliche Bild auszusperren, doch die Hand mit den gekrümmten Fingern streckte sich ihm weiter aus dem schwarzen Wasser entgegen, als wolle sie ihn locken und mit sich in die Tiefe ziehen. Es wäre alles nicht so schlimm für ihn gewesen, hätte er sich nicht verpflichtet gefühlt, sich zu vergewissern, daß das auch wirklich Darleen war, und ihr den Puls zu fühlen, ob sie vielleicht doch noch lebte. Dabei war ihr Kopf aufgetaucht. So hatte er das vom Messer begonnene und von den Fischen fortgeführte Zerstörungswerk gesehen.

Wie schwach, wie vergänglich die Menschen doch waren! Er empfand es als grausam, daß Schönheit binnen kürzester Zeit zu etwas so Abscheulichem zerfallen konnte.

»Wir dürfen sie so nicht zurücklassen, Tuck«, murmelte Dwayne, obwohl ihm davor graute, ins Wasser zurückzugehen und das, was von Darleen Talbot übriggeblieben war, zu berühren.

»Doch, das müssen wir sogar. Wir müssen Burke alarmieren. Kannst du das tun, Dwayne? Und sag ihm, er soll Agent Burns mitbringen. Ich warte solange hier. Einer muß ja bei der Leiche bleiben. Und . . .« Er unterdrückte einen Fluch.

Caroline trat lächelnd auf die beiden Männer zu. Tucker richtete sich auf und erreichte sie mit drei großen Schritten.

»Na, freust du dich auch?« rief sie lachend und umarmte ihn.

»Seid ihr schwimmen gegangen? Della hat mir gesagt, wo ich euch wahrscheinlich . . .«

»Geh mit Dwayne zum Haus zurück und warte dort auf mich.«

Sie prallte zurück. Erst jetzt begriff sie, daß etwas geschehen sein mußte. Ihr Blick hetzte zwischen Tucker und Dwayne hin und her. Dwaynes Lippen waren aufgeplatzt, Blut klebte an seinem aschfahlen Gesicht. »Habt ihr euch geschlagen? Dwayne, du blutest ja!«

»Ich rufe Burke an«, sagte Dwayne bloß.

Caroline klammerte sich an Tuckers Arm. »Burke? Wozu braucht ihr denn Burke? Was ist los, Tucker?«

Früher oder später mußte sie es ohnehin erfahren. Also beschloß Tucker, ihr reinen Wein einzuschenken. »Wir haben sie gefunden, Caroline. Im Teich.«

»O Gott!« Instinktiv sah sie ins Wasser, doch Tucker verstellte ihr den Blick.

»Dwayne will Burke alarmieren. Geh bitte mit ihm mit.«

Sie schüttelte energisch den Kopf. »Ich bleibe bei dir.«

Da Tucker nur mit den Achseln zuckte, lief Dwayne allein los.

»Bist du dir auch wirklich sicher?« Caroline begriff noch im selben Moment, wie töricht ihre Frage war.

»Leider, ja«, seufzte Tucker.

»Arme Happy.« Sie zögerte. »War es wie bei den anderen? Bitte sag's mir. Ich will es wissen.«

»Es war wie bei den anderen.« Tucker zog Caroline vom Ufer fort. Aneinandergeschmiegt lauschten sie den lockenden Rufen eines Ziegenmelkers und schauten in die Nacht hinaus, vor deren Hintergrund sich die Lichter von Sweetwater sanft abhoben.

Der Erkennungsdienst arbeitete mit kühler, herzloser Präzision. Männer mit im Licht der Scheinwerfer weißen Gesichtern drängten sich am Ufer, fotografierten den Schauplatz, suchten nach Spuren.

»Also gut«, meinte Burke schließlich und nickte in Richtung Wasser. »Ziehen wir sie raus.«

Keiner meldete sich freiwillig. Die Lippen grimmig aufeinandergepreßt, schnallte Burke seinen Gürtel auf.

Zu seiner eigenen Überraschung trat Tucker nach vorne. »Ich gehe rein. Ich bin ohnehin schon naß.«

»Das mußt du dir aber nicht antun, Tuck.«

»Es ist mein Grundstück.« Er legte beide Hände auf Carolines Schultern. »Geh bitte ins Haus zurück.«

»Wir gehen beide zusammen zurück, wenn alles vorbei ist. Du bist sehr tapfer, Tucker.«

Da war er sich nicht so sicher. Vielmehr hielt er sich für dumm. Er wußte doch, was ihn erwartete. Burke hatte schon recht. Was ging es ihn an, zumal genügend Polizisten herumstanden? Trotzdem schwamm er zügig auf die ausgestreckte weiße Hand zu.

Warum fühlte gerade er sich für Darleen verantwortlich? Im Leben hatte sie ihm nie etwas bedeutet, warum dann jetzt? Weil er sie in seinem Teich gefunden hatte, fiel es ihm wie Schuppen von den Augen.

Zum zweiten Mal schlossen sich seine Finger um das leblose Handgelenk. Sein Magen hob sich. Wieder tauchte der Kopf auf, und er sah das lose Haar im Wasser treiben. Bittere Magenflüssigkeit stieg ihm in die Speiseröhre. Er schluckte sie hinunter und zwang sich, einen Arm um Darleens Rumpf zu legen.

Die Männer sahen schweigend vom Ufer aus zu, wie Tucker sich mit der Leiche abmühte. Ein Gewicht zog sie und ihn ständig nach unten. Wieder und wieder rutschten seine Hände ab, während der Kopf der Toten von einer Seite zur anderen rollte. Die Kehle schnürte sich Tucker zu – nicht aus Abscheu, sondern aus Mitleid.

Tucker warf einen verzweifelten Blick zum Ufer. Weiße Gesichter starrten ihn an. Er erkannte Dwayne, der einen Arm um Josie gelegt hatte. Ihre Augen wirkten übergroß im Scheinwerferlicht. Burke und Carl hatten sich bereits hingekniet und streckten die Arme aus, um die Leiche entgegenzunehmen. Carolines Gesicht war tränenüberströmt. Sie stand neben Cy. Ihre Hand ruhte auf seiner Schulter. Burns stand etwas weiter hinten und sah beiläufig zu, als handle es sich hier um ein nicht allzu interessantes Schauspiel.

»Ihre Beine sind an irgendwas gefesselt!« rief Tucker. »Ich brauche ein Messer!«

Burns trat nach vorne. »Das ist ein Beweisstück, Longstreet. Ich brauche alles.«

»Dann kommen Sie doch rein und holen sich Ihr Beweisstück selber, Sie Arschloch!«

»Ich helfe Ihnen, Mr. Tucker!« Bevor ihn jemand daran hindern konnte, sprang Cy ins Wasser.

»Mensch, Junge, geh sofort da raus!«

»Ich bin stark genug.« Cy schwamm unbeirrt weiter. Beim Anblick des Gesichts wurde freilich auch er kreidebleich. Dennoch packte er mit an. »Gemeinsam schaffen wir es schon!«

»Schau nicht hin«, bat ihn Tucker. »Und versuche, nichts zu denken.«

»Ich denke daran, was für ein Riesenarschloch der FBI-Mann ist.«

»Sehr gut.«

Es dauerte nun nicht mehr lange. Bald konnten Burke und Carl die Tote an Land ziehen.

»Schau nicht hin«, bat Tucker Cy zum zweiten Mal. »Du brauchst dich deswegen auch überhaupt nicht zu schämen.« Er selbst hätte nur zu gerne ebenfalls weggeschaut, aber sein Winkel war zu ungünstig. So bekam er das Ausmaß der Verstümmelungen bis ins Detail mit. Er hielt dem Jungen, der nun doch einen Blick riskierte, die Augen zu. »Das hast du gut gemacht, Cy. Geh jetzt an Land und laß dich von Caroline ins Haus bringen.«

»Jawohl, Sir.«

Tucker krabbelte ans Ufer und ließ sich zu Boden sinken. »Gib mir bitte eine Zigarette, Dwayne.«

Josie zündete ihm eine von den ihren an. »Heute hast du dir eine ganze verdient, Tucker. Es tut mir leid, daß ausgerechnet du sie finden mußtest.«

»Mir auch.« Er tat einen gierigen Zug. »Burke, kannst du sie nicht zudecken? So kann man sie doch nicht liegen lassen.«

»Wenn die Zivilisten jetzt bitte nach Hause gehen würden«, schaltete Burns sich ein. »Das ganze Gebiet darf bis zum Abschluß der Ermittlungen nicht betreten werden.«

»Verflucht noch mal, wir kannten sie doch! Was Sie nicht von sich behaupten können.«

»Geh jetzt lieber, Tucker.« Burke legte beschwichtigend eine Hand auf seine Schulter und half ihm beim Aufstehen. »Den Rest mußt du der Polizei überlassen. Wir werden versuchen, die Spurensicherung so schnell wie möglich abzuschließen.«

»Ich habe doch gesehen, was er mit ihr angestellt hat«, widersprach Tucker mit rauher Stimme. »Wie kann man so etwas jemals abschließen?«

»Bitte halten Sie sich zu meiner Verfügung«, forderte Burns ihn auf. »Ich werde Sie und Ihren Bruder in Bälde vernehmen müssen.«

Wortlos wandte Tucker sich ab und ging mit Caroline und Cy zum Haus zurück.

Caroline war keine Meisterköchin, aber sie zauberte auf die Schnelle eine passable Suppe zum Roastbeef, das Della bereits kaltgestellt hatte. Suppen waren ihrer Meinung nach das beste Mittel gegen strapazierte Nerven. Und so, wie Cy seinen Teller leerlöffelte, schien das Wunder seine Wirkung nicht zu verfehlen.

Auch Dwayne aß alles auf. »Das war wirklich nett von dir, Caroline, daß du uns was Warmes gemacht hast.«

»Das meiste ist ja von Della. Ich habe es nur aufgewärmt.«

»Trotzdem ist es nett von dir«, meinte Josie. »Ich verstehe nur nicht, wie Dwayne mit einer so dicken Lippe essen kann. Bist du gegen eine Tür gelaufen, Honey?«

»Tucker und ich hatten eine kleine Auseinandersetzung.« Dwayne schenkte sich eine Tasse mit Eistee ein. Für heute war ihm die Gier nach Alkohol vergangen.

»Tucker hat dich verprügelt? In den letzten Wochen hat er sich ja zu einem richtigen Raufbold entwickelt. So kenne ich ihn ja gar nicht. Sag, weswegen habt ihr euch denn geprügelt? Hast du Caroline vielleicht schöne Augen gemacht?« Sie zwinkerte Caroline zu.

»Unsinn. Wir hatten eben eine Meinungsverschiedenheit. Beim Raufen sind wir ins Wasser gefallen. Wir haben uns schnell wieder versöhnt und wollten ein kleines Wettschwimmen veranstalten. Und dann ist Tucker praktisch gegen die Leiche geprallt.«

Josie schlang die Arme um ihn. »Denk einfach nicht mehr dran. Es war Pech. Pech auf der ganzen Linie.«

»Das ist ja ganz schön kalt, wie du dich ausdrückst«, brummelte Tucker, der in diesem Moment in die Küche kam.

»Aber es ist die Wahrheit«, verteidigte Josie sich. »Die Wahrheit ist eben mitunter kalt. Wenn ihr euch nicht zufällig im Teich geprügelt hättet, wärt ihr nie auf die Leiche gestoßen. Das hätte sie zwar auch nicht lebendig gemacht, aber sie wäre unten geblieben. Und dann würdet ihr nicht wie zwei begossene Pudel aussehen.«

Tucker ließ sich in den nächsten Stuhl sinken. Er wußte, daß seine Nerven zum Zerreißen gespannt waren, aber Josies flapsige Bemerkungen konnte er so nicht durchgehen lassen.

»Wir werden bald nicht mehr ›wie begossene Pudel‹ aussehen, aber Darleen ist für immer und ewig tot.«

»Eben. Ihr hilft nichts mehr, und euch hat es nur geschadet, daß ihr sie gefunden habt.«

»Menschenskinder, Josie! Du bist so einfühlsam wie ein Stockfisch!«

Sie richtete sich steif auf. Ihre Augen glühten. »Wenn es um meine Familie geht, bin ich sehr wohl einfühlsam! Nur diese Schlampe da ist mir scheißegal.«

»Josie!« Dwayne ergriff ihre Hand, doch sie riß sich los.

»War sie denn keine? Daran kann auch ihr Tod nichts ändern. Mir tun nur Happy und die anderen leid. Und daß ihr da mit reingezogen wurdet. Aber wenn du meinst, daß ich kalt bin, Tucker, kann ich auch nichts dran ändern. Dann hebe ich meine Wärme eben für die auf, die sie verdienen.« Mit diesen Worten stürmte Josie hinaus und knallte die Tür hinter sich zu.

In der Küche herrschte betretenes Schweigen. Schließlich erhob Dwayne sich umständlich. »Ich glaube, ich gehe ihr nach und rede mit ihr.«

»Sag ihr, daß es mir leid tut. Es hat ja doch keinen Sinn, aus ihr einen anderen Menschen machen zu wollen.«

»Wollen Sie ein Bier, Mr. Tucker?«

Tucker dankte Cy mit einem schwachen Lächeln. »Das brauche ich fast so wie die Luft zum Atmen. Aber im Moment wäre mir ein Kaffee noch lieber.«

»Bleib sitzen, das mache ich schon.« Caroline nahm eine Tasse aus dem Geschirrschrank und schenkte ihm ein. »Wir sind jetzt alle ein bißchen nervös, Tucker. Sie sorgt sich nun mal um dich.«

»Ich weiß. Aber was anderes: Ist Della bei den Fullers?«

»Ja. Sie und Birdie wollen die Nacht bei Happy verbringen und sich um das Baby kümmern. Tante Lulu ist in ihrem Zimmer oben und sieht fern.«

Caroline fügte lieber nicht hinzu, daß die alte Dame sich mit einer Tüte Popcorn, einer Flasche Bier und der Bemerkung, Fernsehkrimis seien interessanter als solche aus dem richtigen Leben, in ihr Zimmer verzogen hatte.

»Geh du doch zu ihr rauf, Cy«, schlug Tucker vor. »Sie freut sich immer über Gesellschaft.«

»Darf ich den Hund mitnehmen?«

»Aber klar«, lächelte Caroline. »Aber achte darauf, daß Tante Lulu ihm nicht zuviel Bier gibt.«

»Aber bestimmt, Ma'am. Gute Nacht, Mr. Tucker.«

»Gute Nacht, Cy. Danke noch mal für deine Hilfe.«

»Für Sie würde ich doch alles tun, Mr. Tucker.« Der Junge lief knallrot an und rannte mit dem Hund aus dem Zimmer.

»Soviel Dankbarkeit ist schon ein wertvolles Geschenk«, meinte Caroline und stellte einen Teller Suppe vor Tucker. »Aber du wirst ihn doch hoffentlich nicht überfordern?«

»Auf keinen Fall. Mir wäre es allerdings lieber, er würde mich nicht wie einen Herkules, Plato und Clark Kent in einem ansehen.«

Caroline strich ihm liebevoll über die Haare. »Es ist nicht leicht, ein Held zu sein, was?«

»Vor allem, wenn man gar nicht das Zeug dazu hat.«

»Ich denke eher, man lernt nie aus und überrascht sich immer wieder selbst.« Sie setzte sich lächelnd neben ihn. »Willst du die Suppe nicht essen?«

»Doch, doch.« Tucker ergriff ihre Hand. »Du hast dich hier ja schnell nützlich gemacht, Caroline.«

»Tja, ich habe in der letzten Zeit auch einiges über mich gelernt. Gott sei Dank hast du mich vorher nicht gekannt, Tucker.«

»Ach, vorbei ist vorbei.«

»Und das bekomme ich von einem wandelnden Lexikon über zweihundert Jahre Ortsgeschichte zu hören?«

Tucker machte sich über die Suppe her. Ursprünglich wollte er nur ihr zuliebe essen, doch bald merkte er, daß er einen wahren Heißhunger hatte. »Natürlich ist die Vergangenheit überaus wichtig. Ohne sie wäre die Gegenwart nicht denkbar. Aber das, was du vor einem Jahr warst, bedeutet nur einen Bruchteil von dem, was du heute bist.«

»Mir gefällt deine Art zu denken, Tucker.«

»Hmmm.«

»Soll ich heute nacht bei dir bleiben?«

Er sah sie voller Wärme, voller Verlangen an. »Ja, bitte bleib heute nacht bei mir.«

»Gut. Dann schmiere ich dir noch ein Sandwich.«

Caroline bereute bereits, daß sie nach dem Frühstück bei Tucker heimgefahren war. Eine ganze Horde Reporter belagerte ihr Haus. Sie mußte sich regelrecht verbarrikadieren. Ans Telefon ging sie schon längst nicht mehr. Es wäre ohnehin nur wieder einer von diesen Zeitungs- oder Fernsehmenschen gewesen. Zur Ablenkung kramte sie im Schlafzimmer das alte Fotoalbum ihrer Großeltern aus einer Holztruhe hervor.

Fast ihr ganzes Leben fand sie dort dokumentiert. Dazu kamen Zeitungsausschnitte von der Verlobungsfeier ihrer Eltern, die von Profis gemachten Aufnahmen vom Brautpaar – ihre Mutter trug ein prächtiges Brautkleid, ein Erbstück der Waverlys – und die Karte mit der Bekanntgabe der Geburt der kleinen Caroline Louisa Waverly. Sie war nach ihrem Großvater väterlicherseits genannt worden.

Mehrere, wieder von Berufsfotografen geschossene Aufnahmen zeigten die stolzen Eltern mit einem Bündel in den Armen – sie selbst. Später tauchte sie nur noch allein auf. Für jedes Lebensjahr gab es genau ein Studioporträt.

Verwackelte oder falsch belichtete Bilder kamen nicht vor. Die wenigen Schnappschüsse stammten ausschließlich von ihren Großeltern. Sie hatten sie bei einem ihrer kurzen Besuche vor so vielen Jahren gemacht.

Weitere Zeitungsausschnitte dokumentierten ihre Karriere als Musikerin. Seit dem sechsten Lebensjahr hatte sie Konzerte gegeben, und ihre Großeltern hatten eifrig alles gesammelt, dessen sie hatten habhaft werden können.

Mehr war ihnen von ihr nicht vergönnt gewesen, sinnierte Caroline traurig. Und jetzt gehörten diese Fotos und Zeitungsausschnitte zu den wenigen Dingen, die ihr von ihren Großeltern geblieben waren. »Es tut mir alles schrecklich leid«, murmelte sie und sog in tiefen Zügen den ihr aus der Truhe entgegenströmenden Geruch von Lavendel und Zedernholz ein. »Ach, hätte ich es damals nur besser gewußt!«

Mit einem Griff in die Truhe förderte sie einen Pappkarton zutage. Darin fand sie ein in ein Tuch gewickeltes winziges Taufkleid aus Seide mit weißen Bändern dran. Bestimmt hatte ihre Großmutter es als Baby angehabt.

Gerührt strich Caroline mit der Wange darüber. »Du hast es für mich aufgehoben. Ich durfte es nicht tragen, weil ich im Norden aufwuchs, aber du wolltest es mir schenken.«

Sorgfältig legte sie es wieder zurück. Sie nahm sich fest vor, es einmal ihrer eigenen Tochter anzuziehen, sobald es soweit war.

Useless stürmte aus dem Zimmer und kam gleich wieder mit eingezogenem Schwanz zurück, weil jemand wütend an die Eingangstür pochte. Caroline verstaute lächelnd alles in der Truhe. »Reg dich nicht auf, Useless. Das ist nur wieder einer von den blöden Reportern.«

»Caroline! Mach auf, oder ich bring' noch einen von diesen Lackaffen da um!«

»Tucker!« Sie sprang auf und rannte die Treppe hinunter. Kaum hatte sie sie einen Spaltbreit aufgemacht, gab es ein Blitzlichtgewitter. Mikrofone wurden ihr vor den Mund gehalten. Sie zerrte Tucker herein, dann baute sie sich breitbeinig auf der Veranda auf.

»Verschwinden Sie sofort von meinem Grundstück!«

»Miss Waverly, ist es wahr, daß Sie in einen Mordfall verwickelt sind?«

»Miss Waverly, sind Sie wirklich nach Mississippi gereist, um sich von einer gescheiterten Liebesbeziehung zu erholen?«

»Haben Sie wirklich einen Geistesgestörten ge . . .«

»Trifft es zu, daß Sie . . .«

»Runter von meiner Veranda!« brüllte sie. »Das ist Hausfriedensbruch. Wenn Sie nicht sofort von meinem Grundstück verschwinden, hole ich die Polizei. Und wer ohne Einladung auch nur einen Zehen auf meinen Boden setzt, dem schieße ich ihn ab!« Sie knallte die Tür zu und schob wütend den Riegel vor.

Ehe sie sich's versah, hatte Tucker sie in die Arme genommen und einmal im Kreis herumgewirbelt.

»Honey, denen hast du's aber gegeben! Aus dir wird noch eine richtige Südstaatlerin. Dein Yankeeakzent verliert sich bestimmt auch bald.«

Lachend schüttelte sie den Kopf. »Das glaube ich nun auch wieder nicht.« Sie strich Tucker mit der Hand über die Wange. »Du hast dich zwar nicht rasiert, aber du siehst viel besser aus als heute morgen.«

»Das besagt noch nicht viel. Heute früh muß ich wie eine wandelnde Leiche ausgesehen haben.«

»Du hast ja auch die ganze Nacht kein Auge zugetan.«

»Am Nachmittag habe ich ein Stündchen in der Hängematte geschlafen.« Er zog Caroline näher zu sich und küßte sie lange und innig. »Ach, tut das gut! Hoffentlich schraubst du deine Moralbegriffe noch ein bißchen zurück. Du hättest ruhig das Bett mit mir teilen können. Dann hätte ich zwar genausowenig geschlafen, aber das Wachsein hätte mir weitaus mehr Spaß gemacht.«

»Ich fand es einfach nicht richtig, wo doch deine Verwandten im Haus sind und ...«

»Und die Polizisten die halbe Nacht den Teich abgesucht haben«, vollendete er ihren Satz. Er ließ sie los und trat ans Fenster. »Willst du jetzt was für mich tun, Caro?«

»Ich will es versuchen.«

»Dann pack das Nötigste ein und komm mit mir nach Sweetwater.«

»Tucker, ich habe dir doch ge ...«

»Ich brauche dich. Es ist jetzt nicht die richtige Zeit, romantisch zu werden. Und ich lade dich auch nicht ein, weil ich mit dir ins Bett will. Dafür könnte ich genausogut hierbleiben.«

»Du kannst gerne bleiben.«

»Das geht nicht, Caroline. Bitte verlang nicht von mir, daß ich mich zwischen dir und meiner Familie entscheide. Das könnte ich einfach nicht.«

»Ich verstehe nicht, worauf du hinaus willst.«

»Wenn ich ohne dich heimfahre, werde ich von Sorgen um dich zerfressen. Wenn ich bei dir bleibe, gehen mir Josie und Della nicht mehr aus dem Kopf. Der Mörder treibt sich immer noch irgendwo da draußen rum, Caroline. Und er war in Sweetwater.«

»Ich weiß, Tucker. Er hat ja auch die Leiche dort abgeladen.«

»Er hat sie dort getötet! Er hat sie unter dem Baum getötet, den meine Mutter vor Jahren am Ufer gepflanzt hat. Burke hat es mir erzählt. Vielleicht hat er mir zuviel verraten, aber trotzdem sage ich es dir weiter. Du mußt einsehen, warum ich zurück muß, und zwar mit dir. Diese Bestie hat Pfähle in den Boden gerammt und hat sie an Händen und Füßen festgebunden. Sie haben die Löcher entdeckt. Am Boden klebte noch getrocknetes Blut. Ich habe gesehen, was er mit ihr angestellt hat. Den Anblick werde ich bis an mein Lebensende nicht mehr vergessen. Er hat sie genau da zerstückelt, wo ich als Kind immer mit meinen Geschwistern gespielt habe. Genau gegenüber haben wir uns zum ersten Mal geküßt. Du weißt nicht, wie wichtig das alles für mich war und ist. Und ich werde nicht zulassen, daß dieser Unmensch mir das kaputtmacht. Ich bitte dich noch einmal, packe alles, was du brauchst, und komm mit.«

Caroline ergriff Tuckers Hände. »Ich brauche nicht viel.«

25

Schlaflose Nächte waren Caroline sattsam bekannt. In den letzten Jahren hatte sie zunehmend Neidgefühle denjenigen Zeitgenossen gegenüber entwickelt, die einfach ins Bett stiegen, die Augen schlossen und sofort zu schnarchen anfingen. Seit ihrer Ankunft in Innocence war sie den Glücklichen Nacht für Nacht ein Stückchen näher gerückt. Jetzt freilich schien es ihr, als sei sie wieder an ihrem Ausgangspunkt angelangt. Mit offenen Augen lag sie auf dem Bett. Vor ihr zogen sich endlos lange, dunkle Stunden hin und zig vergebliche Versuche, Schlaf zu finden.

Die Tricks der Schlaflosen kannte Caroline alle: heiße Bäder, warmer Brandy, langweilige Bücher. Sie klappte irgendein Buch auf, doch ihre Gedanken schweiften bald von dem bedruckten Papier ab.

An der Hitze konnte es nicht liegen. Ihr Zimmer hier in Sweetwater war wirklich angenehm kühl. Und daß sie fremde Zimmer oder Betten nicht gewöhnt sei, konnte sie auch nicht behaupten, zumal dieses hier den Vergleich mit den besten Hotels in Europa wahrlich nicht zu scheuen brauchte. Das Bett mit seinem zarten Bezug und den Spitzenkissen wirkte sogar ausgesprochen feminin auf sie. Wenn das sie nicht zum Schlafen verführte, dann konnte sie es immer noch auf der massiven Bettcouch mit dem hellblauen Samtbezug versuchen.

Die mit dezenten Wasserfarben besprenkelten blaßrosa Wände strahlten eine freundliche Atmosphäre aus. Frisch aus dem Garten gepflückte Blumen sorgten für einen angenehm süßen Duft. Auf einer zierlichen Frisierkommode standen elegante, im Lampenschein fröhlich glitzernde, antike Fläschchen. Ein mit blauen Steinen eingefaßter Kamin versprach behagliche Wärme an kalten Winterabenden. Caroline konnte sich gut vorstellen, wie sie sich unter das Federbett kuschelte und den prasselnden Flammen zusah. Mit Tucker zusammen!

Es kam ihr ungerecht vor, daß sie sich hier in dieser friedlichen

Idylle an ihn schmiegen konnte, wo doch um sie herum soviel Angst und Trauer herrschten. Wieder war eine Frau ermordet worden und lag in der kalten Leichenhalle, während ihre Familie um sie weinte. Es konnte nicht richtig sein, daß sie angesichts des Todes den Himmel voller Geigen sah. Aber sie war nun einmal verliebt.

Seufzend setzte sich Caroline auf das Fensterbrett, von wo sie in den Garten hinuntersehen konnte, der vom Mondlicht durchflutet war. Es war windstill. Die silbern schimmernden Blumen rührten sich nicht – es herrschte ein Hauch von Magie. Weiter hinten glitzerte etwas – der Teich. Caroline war froh, daß sie die Trauerweiden von hier nicht sehen konnte. Wenn sie auf diese Weise die Schmerzen vor sich verbergen konnte, so wollte sie es heute nacht gerne tun. Im Moment war sie dankbar für dieses herrliche Stück Natur unter dem Vollmond.

Und sie war verliebt.

Man konnte sich weder den Ort noch die Zeit aussuchen, zu der man sein Herz verlor. Inzwischen war Caroline zu der Auffassung gelangt, daß das gleiche auch für den Menschen galt, der es einem raubte. Hätte sie die Wahl gehabt, dann hätte sie sich nicht für das Hier und Heute entschieden. Und der Glückliche hätte auch nicht Tucker geheißen.

Eigentlich war es ein Fehler, sich gerade jetzt zu verlieben, wo sie erst allmählich ihre eigenen Bedürfnisse und die in ihr schlummernden Möglichkeiten erkannte. Sie lernte doch noch, auf den eigenen Füßen zu stehen und ihr Schicksal selbst in die Hand zu nehmen. Ausgerechnet jetzt kam inmitten einer Atmosphäre der Angst und Gewalt eine Liebesbeziehung dazwischen, der nie und nimmer Dauer beschieden sein konnte. Sie mußte schließlich in wenigen Wochen wieder abreisen.

Wie lächerlich es von ihr war, sich in einen Frauenhelden zu verlieben, einen so erfrischend faulen Frauenhelden! Einen Mordverdächtigen! Einen Taugenichts, der Gedichte rezitierte!

Hatte sie sich nicht eingeredet, er sei nichts anderes als eine Westentaschenausgabe von Luis, nur mit einem Südstaatenakzent? Und daß sie anscheinend immer auf dieselbe Sorte von Männern hereinfiel, um sich danach mit Selbstvorwürfen zu zerfleischen?

Doch so sehr sie es auch wollte, sie konnte an all das nicht mehr glauben. In Tucker steckte tausendmal mehr, mehr sogar als er sich selbst eingestand. Sie hatte es an seiner Fürsorglichkeit erkannt, mit der er sich Cys annahm, an seiner Liebe zu seinen Geschwistern, an der Gelassenheit, mit der er Sweetwater und ein gutes Dutzend Betriebe führte, und an seiner Bescheidenheit, denn er verlangte weder Dank, noch ließ er andere seine Macht spüren.

Tucker ging seinen Weg. Er tat, was richtig war, und tat es, ohne lange darüber nachzudenken. Und vor allem schürte er dabei keine unnötigen Ängste vor dem Morgen. Von Tucker ging dieselbe Ruhe aus wie von seinen Nickerchen auf der schattigen Veranda, den Anekdötchen, die er in seinem trägen Südstaatentonfall erzählte, und den kalten Bierchen, die er sich an schwülen Abenden genehmigte.

Caroline lehnte den Kopf gegen die Fensterscheibe. All das, was Tucker verkörperte, hatte sie dringend nötig. Das Leben war nun mal lebenswert, und jeder Mensch sollte mit einem Lächeln hindurchschreiten. Sie brauchte gerade jetzt ein Lächeln. Sie brauchte diese heitere Gelassenheit, die er so mühelos verbreitete. Sie brauchte ihn.

Wozu saß sie noch hier herum und suchte vergeblich Schlaf, wenn das, was sie brauchte, so nahe war?

Caroline sprang jäh vom Fensterbrett herunter. Auf dem Weg zur Loggia nahm sie eine Freesie aus der Vase. Vor dem golden eingerahmten Spiegel blieb sie kurz stehen und strich sich die Haare gerade. Gerade wollte sie in die schwüle Nacht hinaus treten, da ging die Tür wie von selbst auf. Ihr gegenüber stand Tucker. In der Hand hatte er eine Nelke.

Ihr Herz machte einen Satz, und sie wich zurück. »Oh, hast du mich erschreckt!«

»Ich habe Licht bei dir gesehen. Da habe ich mir gedacht, du kannst sicher genausowenig schlafen wie ich.«

»Stimmt.« Sie sah auf die Freesie in ihrer Hand hinunter. »Ich war gerade auf dem Weg zu dir.«

Tuckers Augen leuchteten in einem tiefen Gold. Er nahm Carolines Blume entgegen und gab ihr die seine. »Als wäre es Gedankenübertragung! Gerade habe ich mir überlegt, daß du wegen deiner Schicklichkeit wohl nie zu mir kommen würdest, und habe mich auf den Weg zu dir gemacht ...« Er ließ die Finger durch ihre Haare gleiten. Dann hob er sacht ihr Kinn an. Auf ihrer kühlen Haut fühlte seine Hand sich heiß und fest an. »›Die Sehnsucht kennt die Ruhe nicht‹.«

Sie schmiegte sich an ihn. »Ich will keine Ruhe.«

»Dann gebe ich dir auch keine.« Er zog sie sanft ins Zimmer und schloß die Tür hinter sich.

Ihr erster Kuß war ein gieriger Austausch, als hätten sie seit Jahren und nicht erst wenige Stunden aufeinander verzichten müssen. Doch das Bedürfnis nacheinander war so mächtig wie eine Droge. Von gemurmelten Worten und Stöhnen begleitet, sogen sie aneinander, bis die Lust sich kaum mehr ertragen ließ.

Keuchend drückte Caroline schließlich ihre Lippen an Tuckers Kehle und taumelte mit ihm zum Bett. Er ergriff ihre Hand, als sie das Licht ausknipsen wollte.

»Wir brauchen keine Dunkelheit.« Lächelnd deckte er ihren Körper mit dem seinen zu.

Während Caroline und Tucker sich im Schein der Lampe liebten, der aus dem Norden zurückgekehrte Teddy in der Leichenhalle die Autopsie an Darleen durchführte und der Rest der Bevölkerung von Innocence unruhig schlief, ging es in McGreedys Bar heiß her. Ein langes Wochenende stand bevor, an dessen Ende der Unabhängigkeitstag mit einem Volksfest und einem Feuerwerk gefeiert werden sollte. Bedenken waren erhoben worden. Feierlichkeiten seien angesichts der Mordfälle nicht angebracht, hatte es geheißen, doch der Stadtrat hatte sich letztendlich doch für das Volksfest entschieden. Man wollte sich von einem Geistesgestörten die über zweihundert Jahre alte Tradition nicht kaputtmachen lassen. So zierten also Girlanden die ganze Stadt, und vor allem die Kinder freuten sich auf das Volksfest.

In McGreedys Bar nahmen einige Gäste das Fest schon vorweg. Mochten der Alkohol in Strömen fließen und neben Lachsalven auch ein paar hitzige Worte fallen, McGreedy kannte seine Pappenheimer. Sollte es zu Handgreiflichkeiten kommen, so hatte er hinter dem Tresen ein Gewehr lehnen, mit dessen Hilfe er erfahrungsgemäß jeden Streit schnell schlichtete.

Dwayne, der seit Stunden still vor sich hin trank, bereitete ihm diesmal kaum Kummer. Er wurde ja nur bei Whiskey aggressiv. Heute blieb er beim Bier und wirkte eher unglücklich als betrunken.

An einem anderen Tisch ging es schon wilder zu. Billy T. nahm einen kräftigen Schluck vom Whiskey des Hauses. Ihn ärgerte, daß McGreedy ihn mit Wasser verdünnte, aber diesmal plagten ihn andere Sorgen. Ganz Innocence wußte von seinem Techtelmechtel mit Darleen. Und ausgerechnet sie war ermordet worden. Seine Ehre stand auf dem Spiel.

Mit sechs Kumpanen, darunter sein Bruder John Thomas, ereiferte er sich mit jedem Glas mehr. »Da ist doch was oberfaul!« schimpfte er zum wiederholten Male. »Einen Bullen aus dem Norden holen sie und verhören uns einen nach dem anderen, und in der Zeit schlitzt ein Verrückter nach Belieben unsere Frauen auf!«

Die Runde murmelte beifällig. Zigaretten wurden angezündet, Gläser geleert und Flüche ausgestoßen.

»Ja, sollen wir denn zuschauen und die Bullen weiterpfuschen lassen?« fuhr Billy T. fort. »Danach, wenn es darum geht, die Leichen zu finden, da können sie uns gut gebrauchen. Aber daß wir uns und unsere Frauen schützen wollen, das ist ihnen piepegal.«

»Wahrscheinlich hat er sie erst vergewaltigt und dann aufgeschlitzt«, murmelte Will Shivers in sein Glas hinein. Während die anderen scharfe Sachen tranken, begnügte er sich mit Bier. Seine Verlobte machte ihm ständig Szenen, wenn er sich betrunken bei ihr blicken ließ.

»Das machen die Psychos ja immer!« rief ein anderer. »Weil sie ihre Mutter hassen und sie trotzdem vögeln wollen.«

»So ein Blödsinn!« Billy T. trank seinen Whiskey leer und bestellte mit einer Geste ein weiteres Glas. »Es liegt doch auf der Hand, daß der hier Frauen haßt. Und zwar weiße.«

»Stimmt!« grölte einer. »Negerinnen ist ja nie was passiert.«

Die anderen murmelten ihre Zustimmung. Im Dunst von Whiskey, Tequila und Zigaretten erschien ihnen auf einmal einiges plausibel.

»Eben.« Billy T. beugte sich vertraulich vor. »Die Bullen wollen uns das mit dem Verrückten bloß weismachen. Erst haben sie uns ja auch die Geschichte von Austin Hatinger aufgetischt. Als ob der seine Tochter umgebracht hätte! Aber jetzt weiß ja jeder, daß er es nicht war. Kunststück – es war ein Neger. Trotzdem rücken sie mit der Wahrheit nicht heraus.«

»Jetzt mach aber halblang«, meinte Will. »So was traue ich Sheriff Truesdale nicht zu. Der Kerl ist schwer in Ordnung.«

»Wie kommt es denn dann, daß vier weiße Frauen zerstückelt werden und ihr Mörder immer noch frei herumläuft?«

Alle Augen richteten sich auf Will. Er schätzte richtig ein, daß die anderen bereits zu betrunken waren, um sich zur Besonnenheit mahnen zu lassen, und schwieg.

»Ich kann euch den Grund verraten«, flüsterte Billy T. »Sie wissen nämlich längst, wer es war. Nur haben sie eine Heidenangst vor Rassenunruhen.«

»Mensch, du hast recht!« rief einer. »Die haben ja so gut wie keine Nigger verhört.«

»Die werden schon wissen, warum«, höhnte Billy T. »Einen habt ihr allerdings vergessen – Toby March.«

»Ja, ja, quatschen, das können sie. Und in der Zeit wird die nächste von unseren Frauen abgestochen.«

»Sehr richtig, quatschen können sie«, bestätigte Billy T. Er spürte, daß die Wut, die Angst und der Haß bald überkochen würden. »Und sie werden weiter nur immer ihre Fragen stellen, selbst wenn der Mörder wieder zuschlägt und vielleicht eine von euren Frauen dran glauben muß.«

»Da können wir nicht länger zuschauen!«

»Wir müssen dem einen Riegel vorschieben – egal wie.«

»Ganz richtig.« Billy T. benetzte sich die Lippen. »Und ich kann euch genau sagen, was wir zu tun haben. Sie hatten diesen Drecks-kerl von March schon im Sack und haben einen Rückzieher ge-macht. Dabei weiß doch jeder, daß er auf weiße Frauen aus ist.«

»Er hat sich ja auch an Edda Lou rangemacht!« rief einer. »Ich hab' genau gesehen, wie er aus ihrem Zimmer gekommen ist.«

»Und ich hab' ihn bei Darleen gesehen. Angeblich wollte er nur die Fenster streichen.«

»Und ich hab' ihn in dem Block rumschleichen sehen, wo Arnette und Francie gelebt haben!«

Billy T. lehnte sich feixend zurück. »Da habt ihr's. So hängen die

Morde alle zusammen. Er hat sie ausspioniert und sich die ganze Zeit überlegt, wie er sich an ihnen rächen kann, weil er Frauen haßt. Weiße Frauen. Die Cops mögen ja beide Augen zudrücken, aber ich werde nicht zulassen, daß der Schweinehund wieder eine von unseren Frauen absticht.« Billy T. spürte, daß der richtige Zeitpunkt gekommen war und beugte sich verschwörerisch über den Tisch. »In meinem Wagen habe ich ein schönes, dickes Seil. Und ihr wißt doch alle, wie man mit einem Gewehr umgeht. Feiern wir den Unabhängigkeitstag auf unsere Weise! Brechen wir einem Serienmörder das Genick!« Er stemmte sich hoch. »Wer von euch Mumm hat, holt sich sein Gewehr. Wir treffen uns bei mir. Wir müssen einen Mörder hängen!«

Stühle wurden über den zerkratzten Holzboden geschoben. Sechs Männer polterten zum Ausgang. In ihren Mienen spiegelte sich feste Entschlossenheit gemischt mit Rachlust. In ihren Adern pulsierten eine verquere Art von Gerechtigkeitsgefühl und Freude an Gewalt.

McGreedy, der den Inhalt ihres Gesprächs nicht mitbekommen hatte, ahnte, daß es Ärger geben würde, aber weil sie ihn nicht bei ihm suchten, ging es ihn nichts an, und er polierte erleichtert seine Gläser.

Als einziger von der Runde blieb Will am Tisch zurück. John Thomas wandte sich zu ihm um. »He, was ist mit dir? Kommst du nicht mit?«

»Aber klar doch.« Will hob sein Glas und nahm einen großen Schluck. »Ich trinke nur noch aus.«

»Das will ich auch schwer hoffen.« Mit einem teils zustimmenden, teils drohenden Nicken stürmte Thomas in die Dunkelheit, um seine Remington zu holen.

»O Gott!« Will stürzte verzweifelt den Rest seines Biers hinunter. Er wollte vor den anderen nicht als Feigling dastehen, aber schließlich ging es hier um Mord. Er war nicht betrunken genug, um Lynchjustiz mit Gerechtigkeit zu verwechseln. Was er sah, war ein am Seil baumelnder und mit den Füßen in der Luft strampelnder Toby March, dessen Augen immer weiter hervorquollen und dessen Gesicht blau anlief.

Die traurige Wahrheit war: Ihm graute vor einem solchen Anblick. Da konnte er einfach nicht mitmachen. Das hieße aber, daß seine Saufkumpane ihn in Zukunft schneiden würden. Will sah nur einen Weg, das zu verhindern: Sie mußten irgendwie von ihrem Vorhaben abgebracht werden.

Er schlurfte zu Dwayne hinüber. »Dwayne, hör mir mal zu.«

»Ich hab' dir doch gesagt, du brauchst die Miete erst nächste Woche zu zahlen.«

»Darum geht es gar nicht. Hast du die Burschen gesehen, die gerade rausgegangen sind?«

»Nein, und ich will auch nichts und niemanden sehen, kapiert?« knurrte Dwayne in sein Glas hinein.

»Sie sind auf dem Weg zu March. Sie haben ein Seil dabei.«

Verständnislos schüttelte Dwayne den Kopf. »Was wollen sie denn mit einem Seil?«

»Toby March aufknüpfen. Sie glauben, daß er die Frauen alle auf dem Gewissen hat.«

»So ein Blödsinn! Toby March ist die Gutmütigkeit in Person.«

»Kann schon sein. Aber die Männer holen jetzt ihre Gewehre. Billy T. ist felsenfest davon überzeugt, daß Toby March es war. Und besoffen, wie er ist, schreckt er vor nichts zurück.«

Dwayne rieb sich die Bartstoppeln. »Scheiße, dann müssen wir ihn wohl daran hindern.«

»Das mußt du allein versuchen. Ich kann dir nicht helfen, weil ich sonst für alle hier gestorben bin. Was ich tun konnte, habe ich getan.«

Jedermann war Dwaynes plötzliche Wutausbrüche gewöhnt. Darum erregte er wenig Aufsehen, als er plötzlich aufsprang und Will an der Gurgel packte. »Einen Dreck hast du! Wenn Toby heute ein Härchen gekrümmt wird, mache ich euch fertig, dich genauso wie die anderen!«

»Mensch, Dwayne! Ich kann meinen Freunden doch nicht in den Rücken fallen.«

»Du willst doch das Dach über deinem Kopf nicht verlieren, oder? Du gehst jetzt sofort zum Sheriff. Wenn du ihn nicht in seinem Büro findest, dann gehst du zu ihm nach Hause und sagst ihm alles, was du mir gesagt hast.«

»Dwayne, Billy T. bringt mich um, wenn er das erfährt!«

»Bonny wird niemanden umbringen.« Dwayne stieß Will zur Tür.
»Los, Beeilung!«

Eine voll und ganz zufriedene Caroline legte schläfrig den Kopf auf
Tuckers Brust. »Ich habe ja immer gedacht, daß gute Manieren nicht
alles sein können«, murmelte sie.

»Dann bleib bei mir. Bald wirst du die letzten Reste auch noch
vergessen.«

»Ich glaube, das habe ich schon.« Sie preßte die Wange an die
seine. »Meinst du, wir können so schlafen?«

»Wie Babys«, versprach er und rieb ihr träge den Rücken. Er achtete
nicht weiter auf den Wagen, der die Auffahrt heruntergedonnert kam
und mit quietschenden Reifen stehenblieb. Auch dem Türenknallen
und kurz darauf dem Getrampel auf den Treppen maß Tucker keine
Bedeutung zu. Ob Dwayne betrunken war oder Josie irgendeinem
Liebhaber zürnte, konnte er auch noch morgen erfahren.

Aber dann trommelte Dwayne wütend gegen sämtliche Türen
und brüllte seinen Namen. Caroline schreckte hoch.

»Herrgott noch mal, was der sich wieder für Zeiten aussucht«,
brummte Tucker und zog sich hastig an. »Bleib liegen, ich bring'
ihn schon zur Räson.«

Er hörte sich den Lärm draußen noch ein paar Sekunden an, dann
riß er die Tür auf. »Menschenskinder, Dwayne, mußt du das ganze
Haus aufwecken?«

»Ist schon passiert!« rief Tante Lulu. Sie stand in einem roten Foot-
balldreß in ihrer Tür. »Und ich hatte so schön von Frank Sinatra geträumt ...«

»Leg dich wieder hin, Tante Lulu. Mit dem werde ich schon allein
fertig.«

Doch Dwayne rüttelte Tucker an der Schulter. »Hol dein Gewehr!
Es gibt Ärger!«

»Du kriegst Ärger!« schrie Della, die ebenfalls auf den Gang getre-
ten war. »Und zwar mit mir. Du hast bloß wieder getrunken. Einen
Eimer Wasser sollte ich dir ins Gesicht schütten!« Sie packte ihn am
Arm und versuchte, ihn in sein Zimmer zu drängen.

Dwayne riß sich los. »Ich weiß nicht, wieviel Zeit wir haben,
Tucker. Sie wollen Toby March lynchen.«

»Was sagst du da?«

»Die Bonnys und ihre Spießgesellen sind zu Toby March unterwegs und wollen ihn aufhängen!«

»O Gott! Ich ziehe mich an.«

»Ich komme mit.« Della wollte zurück in ihr Zimmer rennen, doch Tucker hielt sie fest. »Das ist zu gefährlich für dich. Du bleibst da und rufst Burke an. Sag ihm, daß das Feuerwerk etwas früher losgeht als geplant!«

Die Männer polterten die Treppe hinunter.

»Sie sind doch nur zu zweit!« rief Caroline. »Wenn Burke ihnen nicht schnell zu Hilfe kommt, haben sie keine Chance.«

Tante Lulu musterte ihre Fingernägel. »Ich treffe auf fünf Meter noch immer jede Cent-Münze genau in der Mitte.«

Della nickte. »Los, zieht euch was an.«

Der alte Custer kläffte wütend los. »Blödes Vieh«, brummelte Toby und wälzte sich im Bett herum.

»Du bist dran«, murmelte Winnie verschlafen.

»Warum ich?«

»Weil ich immer raus muß, wenn die Babys schreien.« Sie schlug die Augen auf und lächelte Toby im Mondlicht an. »Hast du vergessen? In sechs Monaten kommt schon das nächste.«

»Tja, so gesehen, ist es natürlich fair, wenn ich mit dem Hund rausgehe.«

Sie tätschelte ihm den nackten Hintern. »Bringst du mir bei der Gelegenheit ein Glas Orangensaft mit? Du weißt doch, was für Gelüste schwangere Frauen haben.«

»Das habe ich vor zwei Stunden durchaus gemerkt.« Das brachte ihm ein zufriedenes Kichern und einen weiteren Klaps ein. Gähnend schlüpfte Toby in seine Hose und ging hinaus.

Durch das Schlafzimmerfenster sah er einen Lichtschein. Er unterdrückte einen Fluch. Es war ein brennendes Kreuz. Toby war ein tief religiöser und friedfertiger Mensch, doch wenn ihn etwas zum Kochen brachte, dann war es der Haß bestimmter weißer Rassisten gegen ihn und seinesgleichen.

Er riß die Tür auf und stürmte auf die Veranda. Und spürte etwas Kaltes an seiner Brust: einen Gewehrlauf.

»Der Tag der Vergeltung ist gekommen, Nigger«, feixte Billy T. »Zeit, daß du in der Hölle landest.« Er stieß ihm den Lauf fester gegen die Rippen. »Toby March, du bist des Mordes an Darleen Talbot, Edda Lou Hatinger, Francie Logan und Arnette Gantrey für schuldig befunden und zum Tod durch den Strang verurteilt.«

»Ihr habt sie doch nicht alle!« Toby brachte die Worte kaum über die Lippen. Sein Hund lag zusammengekrümmt auf dem Gras. Sie hatten ihn bewußtlos oder tot geschlagen. Ihn packte lähmende Angst. Er sah John Thomas Bonny und Wood Palmer einen Strick an der alten Eiche befestigen. »Ich hab' niemanden umgebracht!«

»Hört euch das an, Jungs!« höhnte Billy T. »Er will's nicht gewesen sein.«

Trotz seines Schocks bemerkte Toby, daß sie alle sturzbetrunken waren. Das freilich machte sie nur noch unberechenbarer und gefährlicher.

Billy T.s Augen verengten sich zu Schlitzen. »Ihr Nigger könnt doch so gut tanzen. Heute wirst du uns was Schönes vortanzen – ohne den Boden mit den Füßen zu berühren! Und wenn du fertig bist, legen wir dein hübsches kleines Haus in Schutt und Asche.«

Das war kein Spaß. Toby sah ihren Augen an, daß es den Männern blutiger Ernst war. Er würde kämpfen, und er würde natürlich verlieren. Aber seiner Familie durfte nichts geschehen.

Toby stieß das Gewehr beiseite. Mit einem gewaltigen Knall löste sich ein Schuß und versengte ihm den Brustkorb. »Winnie!« brüllte er. »Pack die Kinder und lauf, was du kannst!«

Billy T. rammte ihm den Gewehrkolben ins Auge. »Ich hätte dich ja jetzt schon abknallen können. Ein wunderschönes Loch hätte ich dir in den Bauch pusten können. Aber das Spiel geht anders. Wir hängen ihn!« schrie er den anderen zu. »Tragt ihn schon mal rüber und fesselt ihn!«

Winnie kam herausgerannt und schoß in panischer Angst blind um sich. Billy T. schlug ihr das Gewehr aus der Hand. »Ja, wen haben wir denn da?« Er packte die sich verzweifelt wehrende Frau an der Hüfte. Als sie ihn kratzte, versetzte er ihr einen Fausthieb ins Gesicht Sie sank benommen zu Boden. »Komm, Woody, halt sie fest. Wenn das Dreckschwein aufwacht, soll er sehen, wie das ist, wenn die eigene Frau vergewaltigt wird.«

»Ich vergewaltige doch keine Frauen«, brummte der Angesprochene, dem allmählich doch Zweifel an dieser nächtlichen Aktion kamen.

»Dann schau gefälligst zu!« versetzte Billy T. und riß Winnie an den Haaren hoch. »Aber festhalten kannst du sie wenigstens. Und du gehst ins Haus, John Thomas, und schnappst dir die Kinder. Höchste Zeit, daß die mal was Vernünftiges lernen.«

Winnie stieß spitze Schreie der Verzweiflung aus. Sie biß, kratzte und schlug um sich, doch sie konnte nicht verhindern, daß Woody ihr die Hände hinter dem Rücken fesselte.

Aus dem Haus drangen ein Schrei und dann ein wüster Fluch. John Thomas wankte ihnen entgegen. Aus seiner Schulter spritzte Blut. »Das kleine Aas ist mit dem Messer auf mich losgegangen!«

»Herrgott, der wird nicht mal mit 'nem Kind fertig!« Billy T. ging hinüber und untersuchte die Wunde. »Mann, du blutest ja wie eine abgestochene Sau. Komm mal einer her und verarzte ihn. Und ihr anderen behaltet das Haus im Auge. Wenn der Junge sich blicken läßt, wißt ihr, was ihr zu tun habt!«

Toby kam mit einem Stöhnen zu Bewußtsein. Sein linkes Auge war zugeschwollen, das rechte in Panik weit aufgerissen.

Billy T. beugte sich über ihn. Er genoß seine Macht in vollen Zügen. Sie schmeckte, aber sie stieg zu Kopfe. Sein ganzes Leben war er immer nur eine winzige Nummer gewesen. Und jetzt auf einmal war er Herr über Leben und Tod.

Er riß Toby hoch und zog ihm die Schlinge über den Kopf. »So, die ziehe ich jetzt schön langsam zu, mein Kleiner. Aber ein bißchen lasse ich dich noch leben. Vorher mache ich mit deiner Frau das, was du deinen Opfern angetan hast. Keuch du nur!« Er sah grinsend zu, wie Toby nach Luft schnappte und hilflos an seinen Fesseln zerrte.

»Bei Vergewaltigung mach' ich nicht mit«, verkündete Woody erneut, entschlossener diesmal.

Billy T. wirbelte herum. »Du hältst deine dämliche Fresse, kapiert? Das ist keine Vergewaltigung, sondern höhere Gerechtigkeit.«

»Das blutet immer weiter!«

Einer von den Männern hatte sein Hemd ausgezogen und um John Thomas' Wunde gewickelt. Es war längst in Blut getränkt. Billy

T. spürte, daß er auf der Verliererstraße war. Die Männer traten verlegen von einem Fuß auf den anderen. Keiner wagte, die auf dem Boden liegende Frau anzusehen. Ihnen wollte Billy T. schon zeigen, was ein richtiger Mann war! Er schnallte den Gürtel auf.

»Da kommt ein Auto, Billy!«

»Wahrscheinlich Will. Der war ja schon immer ein Spätzünder.«

Er setzte sich rittlings auf Winnie. Mit einer Hand riß er ihr den Morgenrock auf, da pfiff ein Schuß an seinem Ohr vorbei.

»Das Ding ist genau auf deine Eier gerichtet, Billy T.!« schrie Tucker. »Wetten, daß es potenter ist als du!«

»Das hier geht dich einen Dreck an, Tucker!« Billy T. verfluchte insgeheim, daß er sein Gewehr auf den Boden gelegt hatte. »Wir tun nur das, was die Bullen längst hätten erledigen müssen.«

»Richtig, brennende Kreuze sind ganz dein Stil. Und den Mut, auf wehrlose Menschen loszugehen, hat auch nicht jeder.« Erst jetzt sah Tucker Winnies blutverschmiertes Gesicht. Ihm wurde fast übel. »Und Frauen schlagen. Dazu braucht man natürlich fünf bis an die Zähne bewaffnete Männer!«

»Der Nigger hat unsere Frauen umgelegt!«

Tucker zog eine Augenbraue hoch. »War das bislang nicht deine Spezialität?«

»Den Killer hängen wir heute noch. Und daran könnt ihr uns nicht hindern. Du und dieser Suffkopf von deinem Bruder.« Er riß Winnie blitzschnell hoch und verschanzte sich hinter ihrem Körper. Ehe Tucker reagieren konnte, hatte er sie zwei Schritte mit sich gezerrt und bückte sich nach seinem Gewehr. »Was wollt ihr zwei gegen uns sechs denn ausrichten, hä?«

Ein weiteres Scheinwerferpaar tauchte die Nacht in grelles Licht. Dellas Oldsmobile bremste scharf. Heraus sprangen drei mit Gewehren bewaffnete Frauen.

»Sieht ganz so aus, als wären wir nicht mehr ganz so schlecht dran!« rief Tucker.

»Glaubst du wirklich, wir machen uns wegen ein paar Weibern in die Hosen?«

Della drückte ungerührt ab. Eine Kugel schlug genau zwischen Woodys Füßen ein. »Ihr wißt doch, daß ich schießen kann. An eurer Stelle würde ich nicht zuviel riskieren!«

Woody warf sein Gewehr als erster zu Boden. »Scheiße noch eins! Ich schiess' doch auf keine Frauen!«

»Dann tritt lieber aus der Schußlinie«, riet ihm Tucker. »Jetzt sind wir fünf gegen fünf.« Ein Sirenenheulen kam näher. »Und dabei bleibt es wohl auch nicht lange. Tja, mein lieber Billy T. An deiner Stelle würde ich Winnie jetzt lieber ganz sachte absetzen. Sonst rutscht mir noch der Finger aus, und ich puste deinem Brüderchen ein Loch in die Stirn.«

»Mensch, Billy, laß sie los!« schluchzte John Thomas.

Billy T. benetzte sich die Lippen. »Vielleicht sollte ich dich abknallen, du Memme.«

»Keine schlechte Idee«, meinte Tucker. »Aber du kannst nicht gleichzeitig schießen und eine Frau festhalten.«

»Laß sie los, Billy«, mahnte Woody. »Werft alle eure Waffen weg. Das ist heller Wahnsinn, was ihr da macht!«

Wie auf ein Kommando ließen die Männer ihre Gewehre fallen.

»So, jetzt stehst du ganz allein da, Billy T.!« rief Tucker. »Von mir aus kannst du auch gern allein sterben.«

Billy T. warf sein Gewehr weg und stieß Winnie zu Boden. Schluchzend krabbelte sie auf ihren Mann zu.

Als Billy T. Anstalten machte, zu seinem Wagen zu gehen, sagte Tucker ganz ruhig: »Bleib, wo du bist.«

»Willst du mir etwa in den Rücken schießen?«

Statt einer Antwort zerschoß Tucker die Windschutzscheibe.

»Los, knall ihn doch ab!« feuerte ihn Tante Lulu an. »So spart man Steuergelder.«

»Jetzt laßt es doch gut sein!« Caroline wischte sich die schweißnassen Hände ab und eilte zu Winnie hinüber. »Es ist alles vorbei, Winnie, du brauchst keine Angst mehr zu haben.«

»Meine Kinder!«

»Ich gehe gleich zu ihnen.« Caroline versuchte, Winnie von den Fesseln zu befreien, ehe die Kinder aus dem Haus kamen. Aber da rannten sie schon herbei. Jim schwang noch immer das mit John Thomas' Blut verschmierte Metzgermesser.

Caroline wandte sich Toby zu und löste die Schlinge um seinen Hals. Ihr wurde schwindlig, als sie seine Wunden sah. »Du bist ja verletzt! Schnell, jemand muß einen Arzt holen!«

»Wir bringen ihn ins Krankenhaus. Glaubst du, du schaffst es, Toby?« Tucker kniete sich neben Caroline und half ihr, Tobys Fesseln aufzuschneiden. Die inzwischen eingetroffene Polizei, Burke und Carl, führte bereits Billy T. und seine Spießgesellen ab.

Toby schloß seine Kinder in die Arme. Aus seinem unversehrten Auge strömten Tränen. »Ich glaub', ich bin gar nicht so schlimm verletzt.« Er lächelte Winnie aufmunternd an. »Führst du mich?«

»Aber klar.«

»Na also. Alles halb so schlimm. Dwayne, kannst du mir helfen? Della, fährst du die Kinder nach Sweetwater? Caroline? Wo gehst du hin?«

Sie sah sich nicht um. »Einen Gartenschlauch holen. Soll das Kreuz denn ewig brennen?«

Schreie stiegen in die heiße Sommerluft und mischten sich mit aufgeregtem Juchzen und unbändigem Gelächter. An allen Ecken und Enden blitzten, tanzten und wirbelten bunte Lichter und verwandelten das Eustis Field vor den Toren des Städtchens in eine Sinfonie aus bewegten Farben. Der Jahrmarkt hatte in Innocence Einzug gehalten.

Jedermann kramte bereitwillig nach Kleingeld für eine Tour mit dem Riesenrad, eine atemberaubende Berg- und Talfahrt auf der Achterbahn und das schaurig-schöne Schwindelgefühl auf dem Kettenkarussell.

Kinder rannten in einem fort vorbei. Ihre Finger waren von Zuckerwatte verklebt, ihre Wangen aufgebläht, weil sie gierig Hot dogs oder gebrannte Mandeln in sich hineinstopften. Die älteren unter ihnen versuchten, einander bei den Wurf- und Schießbuden zu überbieten, oder ließen sich vom Kettenkarussell durch die Luft wirbeln.

Wieder ältere Semester forderten in der Bingohalle ihr Glück heraus – meist nur für einen Dollar. Ein paar dagegen fielen dem Spielfieber zum Opfer und verloren bis zu ein ganzes Monatsgehalt an den Einarmigen Banditen.

Jeder Besucher hätte das Treiben für einen vollkommen normalen Jahrmarkt in einer Durchschnittskleinstadt im amerikanischen Süden gehalten. Nur auf Caroline verfehlte der Zauber seine Wirkung.

»Warum habe ich mir bloß diesen Besuch aufschwatzen lassen?«

Tucker legte ihr einen Arm um die Schulter. »Weil du meinem Südstaatencharme eben nicht widerstehen konntest.«

Sie blieb vor einem Stand mit Glaswaren stehen, die man anderswo für den halben Preis bekommen hätte. »Trotzdem ist es nicht passend – nach allem, was geschehen ist.«

»Aber daran ändert ein Volksfest doch auch nichts. Man verlernt höchstens das Lachen nicht ganz.«

»Darleen wird am Dienstag beerdigt.«

»Wenn du zu Hause bleibst und Trübsal bläst, wird sie genauso beerdigt.«

»Nach der Sache von heute nacht ...«

»... ist doch alles in bester Butter«, vollendete Tucker·den Satz. »Billy T. und seine Kumpane hocken im Gefängnis. Vorhin habe ich mit dem Doc telefoniert. Toby und Winnie haben sich schon wieder prächtig erholt. Da, schau dir nur die zwei Jungen an!« – Tucker deutete auf Cy und Jim, die gerade lachend aus ihrem Achterbahnwagen kletterten – »Die feiern die Feste, wie sie fallen, und lassen sich durch nichts den Spaß verderben.«

Er gab Caroline einen Kuß auf die Haarspitzen und führte sie weiter. »Weißt du übrigens, warum das Gelände ›Eustis Field‹ heißt?«

Ein Lächeln huschte über ihre Lippen. »Nein, aber du wirst es mir sicher gleich sagen.«

»Tja, dieser Eustis ist ein Ur-ur-ur-ur-urgroßonkel von mir. Hoffentlich habe ich mich nicht verzählt. Er führte Sweetwater zwischen 1842 und 1866, und alles gedieh unter seinen Händen. Nicht nur die Baumwolle. Er hatte sechs Kinder. Sechs eheliche genauer gesagt und ein gutes Dutzend andere. Er soll die Sklavinnen gerne beglückt haben, sobald sie ins richtige Alter kamen. Das heißt, wenn sie dreizehn oder vierzehn waren.«

»Wie abscheulich! Und nach so einem habt ihr das Gelände benannt?«

»Ich bin noch nicht fertig.« Tucker hielt inne, um sich eine halbe Zigarette anzuzünden. »Bewundernswert war Eustis wahrlich nicht unbedingt. Ohne mit der Wimper zu zucken hat er seine Kinder – die dunkelhäutigen versteht sich – auf dem Sklavenmarkt verkauft. Seine Frau, eine strenggläubige Katholikin, wollte ihn vor dem Höllenfeuer retten und lag ihm ständig in den Ohren, er solle doch seine Sünden bereuen. Aber sie mochte predigen, soviel sie wollte, dem Ruf der Natur war kein Kraut gewachsen.«

»Natürlich soll das gewesen sein?«

»Für Eustis jedenfalls. Eines Tages türmte eine von den jungen Sklavinnen. Das Baby, das sie von Eustis hatte, nahm sie mit. So etwas paßte Eustis natürlich überhaupt nicht. Er hetzte Männer mit scharfen Hunden hinter ihr her und schwang sich höchstpersönlich aufs Pferd. Auf diesem Feld hat er sie erblickt. Er ließ die Peitsche knallen und gab seinem Pferd die Sporen. Das Mädchen hätte nicht den Hauch einer Chance gehabt – wenn nicht sein Pferd gescheut hätte. Keiner weiß, warum es sich auf die Hinterbeine stellte. War es eine Schlange oder gar der Abgrund der Hölle, der sich vor ihm auftat – jedenfalls brach er sich das Genick.« Tucker zog noch einmal an seiner Zigarette, dann trat er sie aus. »Das war genau an der Stelle, wo jetzt das Riesenrad steht. Findest du nicht auch, daß das irgendwie zu seinem Leben paßt? Und jetzt trampeln all die Leute, ob Schwarze oder Weiße, von denen bestimmt nicht wenige ein, zwei Tropfen von Eustis' Blut in den Adern haben, über das Feld, auf dem sein Schöpfer ihn zu sich geholt hat.«

Caroline lehnte den Kopf an seine Schulter. »Und was ist aus dem Mädchen und dem Baby geworden?«

»Das ist das Komische an der Geschichte. Außer ihm hat keiner sie je gesehen. Und sie tauchten auch nie wieder auf.«

Caroline sog den Duft von gebrannten Mandeln ein. »Jetzt hätte ich Lust aufs Riesenrad.«

»Gute Idee. Und danach gewinne ich ein paar Elvisposter für dich, wenn du willst.«

Lachend hakte sie sich bei ihm ein. »Du hast wieder mal gewonnen.«

»Diese Miss Lulu«, sagte Jim und lutschte genüßlich an seinem Eis. »Die ist schon eine Nummer.«

Cy wischte sich den roten Fruchtsaft aus dem Mundwinkel. Voller Bewunderung sah er zu, wie sie ihren Wagen elegant durch den Autoscooter steuerte. »Einmal bin ich in ihr Zimmer geplatzt, da machte sie gerade einen Kopfstand.«

»Warum denn das?«

»Damit ihre grauen Zellen mit Blut versorgt werden und sie nicht senil wird, hat sie gesagt.«

Jim biß grinsend in die Waffel. »Meine Oma sitzt meistens im Sessel und strickt.«

Sie schlenderten über den Rummelplatz. Hier und da blieben sie stehen und beobachteten, wie Bälle geworfen, Pfeile geschleudert oder Glücksräder gedreht wurden. An der Schießbude versuchten sie beide für einen Vierteldollar ihr Glück. Jim gewann eine Gummispinne und Cy eine Plastikpfeife.

Für einen kurzen Moment bannte Madame Voltura ihr Interesse, von der angeblich eine Spannung von tausend Volt ausging. Zum Beweis leuchteten und zischten an ihrem kurvenreichen Körper Birnen in allen möglichen Farben.

»Ach, da steckt bestimmt ein Trick dahinter«, meinte Cy und blies kräftig in seine Pfeife.

»Wahrscheinlich Batterien.«

Cy bohrte mit der Schuhspitze im Lehm herum. »Jimmy, darf ich dich was fragen?«

»Klar.«

»Ich hab' mir überlegt ... Na ja, wie war das für dich, als du diesem John Thomas Bonny das Messer in die Schulter gerammt hast?«

»Da hab' ich nicht viel nachgedacht. Ich war noch ganz benommen, und in meinen Ohren hat es richtig gedröhnt. Ich hab' Lucy im Kleiderschrank versteckt, wie Mama es mir aufgetragen hat. Ich hatte keine Ahnung von dem, was sie meinen Eltern antun wollten.«

»Wollten sie ... wollten sie deinen Daddy wirklich aufknüpfen?«

»Sie hatten ein Seil und Gewehre dabei.« Das brennende Kreuz erwähnte Jim mit keinem Wort. Im nachhinein war es für ihn das Allerschlimmste. »Sie haben die ganze Zeit geschrien, er hätte die Frauen auf dem Gewissen, aber das stimmt nicht.«

»Dasselbe haben sie von meinem Daddy behauptet. Aber er war es genausowenig.«

»Einer muß es aber gewesen sein. Vielleicht sogar einer, den wir gut kennen.«

»Bestimmt sogar.«

›Cy?«

»Ja?«

»Als ich diesen John Thomas Bonny bluten sah, da hat sich mir fast der Magen umgedreht. Mir will nicht in den Kopf, daß es Menschen gibt, die immer wieder zustechen können und denen das auch noch Spaß macht. Die müssen irgendwie verrückt sein.«

»Da hast du wohl recht.« Cy mußte an die Augen seines Vaters denken. Hatte er sich nicht im nachhinein gesagt, er wisse nun alles über den Wahnsinn? Doch er wollte sich nicht schon wieder mit diesen gräßlichen Szenen quälen. Er kramte in seinen Taschen nach Kleingeld. »Hast du Lust aufs Kettenkarussell?«

»Au ja! Wer als letzter hinkommt, kauft die Karten.«

Unter Kriegsgeheul rannten die beiden los, um jäh stehenzubleiben. Wie aus dem Boden gestampft, stellte sich Vernon Cy in den Weg.

»Du läßt es dir ja gut gehen, Kleiner!«

Cy starrte seinem Bruder ins Gesicht, in dem sein Vater weiterzuleben schien. Wie bei Austin war es eine Fratze der Wut. Seine Augen waren glasig und drückten zugleich eine Kälte und Härte aus, daß Cy unwillkürlich zusammenzuckte. Er hatte Vernon seit Austins Beerdigung nicht mehr gesehen. Dort hatte sein Bruder ihn kein einziges Mal angesprochen, sondern ihn nur immer über das offene Grab hinweg mit finsteren Blicken geradezu durchbohrt.

Die Lichter schienen Cy plötzlich das Gesicht zu versengen und den Rest von Innocence in Dunkelheit zu tauchen.

»Was tu' ich denn?«

»Du tust immer was! Hast dir ja klammheimlich einen Job auf Sweetwater verschafft, verplemperst deine Zeit mit Niggern und scherst dich nicht drum, daß sie weiße Frauen umbringen. Selbst deine Schwester ist dir scheißegal! Du bist ja jetzt was Besseres.«

»Jim ist mein bester Freund!« Cy hielt Vernons Blick stand, obwohl ihm klar war, daß es gleich wieder Hiebe hageln würde. Und weil sie Brüder waren, würde sich niemand einmischen. »Wir haben nichts getan!«

»Es reicht, daß du dich mit Niggern rumtreibst. Am Ende hast du noch Edda Lou zu ihnen gelockt. Du hast ja auch Daddys Tod auf dem Gewissen!« Vernon packte Cy erregt am Hemd.

»Ich hab' überhaupt niemanden umgebracht!« schrie Cy. »Daddy wollte Miss Caroline was antun, da hat sie in Notwehr geschossen!«

»Du schmutziger kleiner Lügner!« Vernon gab ihm mit der linken Hand eine schallende Ohrfeige, daß dem Jungen schwarz vor Augen wurde und Blut aus seiner Nase tropfte. »Du hast ihn verraten, und sie haben ihn wie einen Hund abgeknallt. Mit ihrem schmutzigen Geld haben sie das bloß vertuscht. Hältst du mich für blöd oder was? In dir steckt der Satan, Kleiner. Jetzt, wo Daddy tot ist, habe ich die Pflicht, ihn dir auszutreiben.«

Vernon holte zum nächsten Schlag aus. In diesem Moment sprang Jim los und klammerte sich mit beiden Händen an seinen Arm. Zu zweit waren sie dem Bären von Mann noch immer nicht gewachsen, doch mußte Vernon Cy loslassen, wollte er den anderen abschütteln. Kaum hatte er Cy wieder gepackt, heftete Jim sich erneut an ihn und bearbeitete seinen Rücken mit Faustschlägen.

»Renn, was du kannst, Cy! Ich hab' ihn!«

Aber Cy rannte nicht weg. Er schüttelte sich nur kurz und wischte sich das Blut unter der Nase weg. Er glaubte in diesem Moment, Jims Bemerkung von dem Dröhnen in den Ohren zu verstehen. Er wußte nur nicht, ob das Rauschen vom Schlag kam oder vom Blut, das in seinen Schläfen toste. »Ich laufe nicht weg!« schrie er und ballte die blutverschmierten Fäuste.

Grinsend schüttelte Vernon Jim ab. »Du kleiner Hosenscheißer willst es wohl mit mir aufnehmen, was?«

»Ich laufe nicht weg«, wiederholte Cy mit leiser Stimme. Er wischte sich mehr Blut aus dem Gesicht. Sein ganzes Leben war er vor seinem Vater weggelaufen. Aber jetzt wollte er sich stellen. Der letzte Rest seiner Unschuld war verschwunden. Er war nun ein Mann. »Ich laufe nicht weg. Und du hast mich zum letzten Mal verprügelt.«

Immer noch grinsend breitete Vernon beide Arme aus. »Du willst dich mit mir anlegen? Nur zu, Kleiner. Danach erlebst du aber dein blaues Wunder.«

Cys Faust schoß nach vorne. Später sollte er sich fragen, ob das wirklich er gewesen war. Denn der Arm, die Faust, die nie geahnte Kraft und die Wut, die ihn plötzlich beseelte, schienen wie von außen zu kommen. Cy traf genau in der Mitte.

Blut spritzte aus Vernons Nase. Hinter ihnen hatte sich eine Menschenmenge gebildet. Von ihr kamen Anfeuerungsrufe. Cy begriff, daß sie ihm galten, auch wenn er nur noch schemenhafte Schatten sah und ein stechender Schmerz in seinen Arm schoß.

Der Nebel um ihn lichtete sich. Tucker stand plötzlich zwischen ihm und seinem Bruder. »Na so was. Veranstaltet ihr hier eine kleine

Extrashow? Die möchte ich mir nicht entgehen lassen. Was kostet der Eintritt?«

Vernon fletschte die Zähne. »Geh mir aus dem Weg, Longstreet, oder ich schlag' dich zu Brei!«

»Das mußt du auch, wenn du an deinen Bruder ran willst. Aber noch einmal erhebst du mir nicht die Hand gegen ihn.«

»Und wer soll mich dran hindern?«

»Ich.«

»Und ich!« Verschwitzt und leicht schwankend trat Dwayne an die Seite seines Bruders.

Einer nach dem anderen scharten sich die Männer aus der Menge hinter den zwei Longstreets. Schwarze und Weiße bildeten eine Mauer des Schweigens, die doch mit beredter Zunge von der Gerechtigkeit kündete.

Vernon ballte in ohnmächtiger Wut die Fäuste. »Ewig kann er sich ja nicht verstecken, und dann gnade ihm Gott.«

»Er versteckt sich jetzt ja auch nicht«, widersprach Tucker. »Er mag nicht so groß sein wie du, aber er ist im Gegensatz zu dir ein ganzer Mann. Und er steht unter meinem Schutz. Deine Mutter hat es mir unterschrieben. Daran kannst du nichts mehr ändern.«

»Mir doch egal, für wieviel Geld sie ihn an dich verkauft hat. Er ist vom selben Blut wie ich. Du hast zuviel von unserem Blut an deinen Händen kleben.«

Tucker trat einen Schritt vor. Mit bedrohlich gedämpfter Stimme, die nur Vernon verstehen konnte, zischte er: »Du weißt genauso wie ich, daß er dir einen Dreck bedeutet. Das mit der Verwandtschaft ist bloß ein Vorwand. Du willst ihn quälen und nennst das eine Familienangelegenheit. Aber jetzt stehst du ganz allein, Vernon. Wenn du deinem Bruder noch einmal etwas antust, wirst du es hier sehr schwer haben. Deine Familie hat auch ohne dich genug gelitten.«

»Und du bist schuld daran. Die Sache ist noch lange nicht vorbei, Tucker.«

»Wahrscheinlich nicht. Aber heute gibst du Ruhe.« Tucker wandte sich abrupt um und ging zu den anderen zurück. Caroline kümmerte sich inzwischen um Cys blutende Nase. Die Wunde war nicht so schlimm, wie sie aussah.

27

Burke sah mit einem herzhaften Gähnen von seinen Frühstücks-cornflakes auf. »So früh habe ich dich ja seit der Schulzeit nicht mehr auf den Beinen gesehen, Tuck. Auf dem Herd steht noch Kaffee, wenn du willst.«

»Ich wollte dich unter vier Augen sprechen, was in deinem Büro ja nicht möglich wäre.«

»Mein Büro? Du meinst wohl Burns' Büro. Meinen Stuhl habe ich seit drei Tagen nicht mehr unter dem Hintern gespürt, wenn du es genau wissen willst.«

»Kommt er weiter, oder wirbelt er bloß Staub auf?«

»Zumindest führt er einen enormen Papierkrieg. Faxe, Eilsendungen, Konferenzschaltungen mit Washington. An der Wand haben wir seit neuestem eine Karte mit den Tatorten, den Fotos der Opfer und allen möglichen Koordinatensystemen, daß einem ganz schwindlig davon wird.«

Tucker schenkte sich eine Tasse Kaffee ein und setzte sich. »Verraten darfst du mir wohl nichts, oder?«

Ihre Blicke begegneten sich. »Stimmt. Wir haben ein paar Verdächtige, das ist alles.«

»Gehöre ich immer noch dazu?«

»Du hast ein Alibi für Edda Lou.« Burke stocherte in seiner Schale herum. Nach einigem Zögern legte er den Löffel beiseite. »Laß dir eins gesagt sein: Burns hat dich auf dem Kieker. Er kann sich nicht vorstellen, daß du mit Josie die ganze Nacht Karten gespielt hast.«

»Ach, deswegen mache ich mir keine Sorgen.«

»Solltest du aber. Burns würde die ganze Angelegenheit liebend gern dir anhängen. O ja, er ist korrekt und würde nie ein Gesetz brechen, aber wenn er einen Weg sähe, dich fertigzumachen, dann täte er das mit dem größten Vergnügen.«

»Tja, die Abneigung ist ganz meinerseits«, meinte Tucker mit einem dünnen Lächeln. »Haben sie denn schon die Tatzeit bei Darleen ermittelt?«

»Teddy setzt sie zwischen neun Uhr abends und Mitternacht an.«

»Da ich ab neun mit Caroline zusammen war, dürfte ich darin ja wohl endgültig aus dem Kreis der Verdächtigen ausscheiden.«

»Bei einer Serie von Morden wie hier spielen nicht nur Motive und Gelegenheiten eine Rolle. Burns hat sich von einem Psychiater ein Verhaltensprofil erstellen lassen. Wir suchen einen psychisch Gestörten, der Frauen haßt – vor allem solche mit einem leichten Lebenswandel – und der die Opfer alle gut genug kannte, um sich auch allein mit ihnen zu treffen.«

Burkes Corn-flakes waren inzwischen vollkommen durchweicht. Er schaufelte ein paar Löffel in sich hinein, weniger aus Appetit als eher einer Art Pflichtgefühl folgend. »Bei Darleen stehen wir vor einem Rätsel«, fuhr er fort. »Vielleicht ist er ihr auf der Straße nur rein zufällig begegnet. Dann wäre der Mord aus einem Impuls heraus geschehen. Zufall und Impuls passen aber überhaupt nicht zum Verhaltensprofil.«

Eine gute Minute fiel kein Wort mehr. Tucker mußte sich das alles durch den Kopf gehen lassen. Sie hatten also ein Koordinatensystem mit Verhaltensmustern, aber die Anschlüsse paßten noch nicht ganz. »Können wir noch mal auf das zurückkommen, was der Psychiater gesagt hat?« bat er schließlich. »Ihr sucht also jemanden mit einem gestörten Verhältnis zu Frauen – weil er seine Mutter haßt, oder weil irgendeine Frau ihn hat sitzenlassen, richtig?«

»Genau.«

»Vor Darleen hattet ihr auf Austin getippt.«

»Er hätte ins Schema gepaßt. Und nachdem er mit dem Messer auf Caroline losgegangen war, waren wir sogar felsenfest davon überzeugt.«

»Aber Austin hätte schon von den Toten wiederauferstehen müssen, um Darleen zu ermorden. Sag mal, was hältst du eigentlich von erblich bedingten Anlagen? Könnten solche Verhaltensmuster auf irgendwelche Gene zurückzuführen sein?«

»Jeder, der Kinder hat, macht sich über so was Gedanken. Und jeder, der Eltern hat, wohl auch, würde ich sagen.« Burke schob sein Frühstück endgültig beiseite. »Ich habe jahrelang darüber gegrübelt, ob ich die falschen Entscheidungen meines Vaters auf meine

Weise wiederholt habe und mich auch in alle möglichen Ecken habe drängen lassen, in die ich nie wollte.«

»Das tut mir leid, Burke. Ich hätte erst denken und dann fragen sollen.«

»Mach dir keine Vorwürfe. Das Ganze liegt ja schon eine kleine Ewigkeit zurück. Ich kümmere mich jetzt lieber um die Gegenwart und um meine Kinder. Mein Jüngster zum Beispiel ist mir wie aus dem Gesicht geschnitten. Mir wird richtig unheimlich, wenn ich alte Fotografien von mir in dem Alter sehe.«

»Vernon schlägt ja auch ganz nach seinem Daddy«, sinnierte Tucker. »Das kann tiefer gehen als nur die Augenfarbe oder die Form der Nase. Es kann auch die ganze Persönlichkeit, die Gesten und Gewohnheiten betreffen. Ich setze mich damit seit einiger Zeit auseinander, weil es in meiner Familie ja auch so ist.« Tucker zögerte, denn er schnitt ein Thema an, das er normalerweise mit niemandem diskutierte, selbst mit Burke nicht. »Weißt du, Dwayne hat ja dieselben schlimmen Gewohnheiten, die unserem Daddy das Leben gekostet haben. Vielleicht neigt er nicht ganz so zur Gewalttätigkeit, aber die Anlagen stecken in ihm. Und wenn ich in den Spiegel schaue oder Josies oder Dwaynes Gesichter sehe, erkenne ich unsere Mutter wieder. Sie lebt in uns weiter, Burke. Sie liebte doch Bücher und Gedichte – genau wie ich. Ich hatte keine große Wahl. Es ist einfach in mir drin.«

»Das will ich gar nicht bestreiten. Marvella wirft zum Beispiel den Kopf auf dieselbe Weise zurück wie ihre Mutter. Von Susie hat sie auch den Dickschädel, dieses ›Das wäre ja gelacht, wenn ihr nicht nach meiner Pfeife tanzt!‹ Wir reichen unsere Anlagen eben weiter, die guten wie die schlechten.«

»Worauf ich hinaus will: Vernon springt auch nicht sanfter mit seiner Frau um als Austin mit Mavis.«

»Wie kommst du darauf, Tucker?«

»Hast du von der Szene auf dem Jahrmarkt gestern gehört?«

»Daß Cy seinem großen Bruder die Nase blutig geschlagen hat? Marvella und Bobby Lee haben es gesehen. Sie waren alles andere als empört.«

»Vernon ist nicht sehr beliebt im Ort. Sein Vater war es genausowenig. Sie haben dieselbe Visage, Burke. Und vor allem denselben Blick. Ich muß bei den zweien immer an ein Bild denken. Es ist aus einer Kinderbibel, die mir meine Mutter einmal geschenkt hat. Ich weiß nicht mehr, welcher Prophet dargestellt wurde, Jesaja oder Hesekiel oder so. Er ist jedenfalls für vierzig Tage zum Fasten in die Wüste gegangen und dort dem Herrn begegnet. Danach hat er irgendwas von verschiedenen Zungen gepredigt. Das Bild zeigte ihn bei seiner Rückkehr. Er hat denselben wilden Blick wie ein Wiesel, wenn es ein Huhn riecht. Danach habe ich mich immer gefragt, warum Gott sich Verrückte ausgesucht hat, um durch sie zu sprechen. Als Kind dachte ich mir, daß es an der Hitze in der Wüste gelegen haben mußte, die ihnen nicht gut bekommen ist. Heute sage ich mir, daß noch was ganz anderes in ihrem Kopf umging, und daß das nichts mit Erleuchtung oder Nächstenliebe zu tun hatte.«

Schweigend schenkte Burke sich noch eine Tasse Kaffee ein. Burns hatte ihm gegenüber ja auch etwas von inneren Stimmen erwähnt, die bestimmten Serienmördern angeblich zugeflüstert hatten, sie sollten an diesen oder jenen Ort gehen und die Tat verüben. Was ihn selbst betraf, so hatte Burke keinerlei Hang zum Mystischen. Seiner Meinung nach versuchten die meisten Angeklagten durch solche Behauptungen lediglich, wegen Unzurechnungsfähigkeit eine weniger drastische Strafe herauszuschinden. Andererseits konnte er Tuckers Theorie nicht so ohne weiteres beiseitewischen.

»Soll das heißen, daß Vernon Stimmen gehört hat?«

»Ich weiß nicht, was in seinem Kopf vorgeht, aber seinen Augenausdruck gestern werde ich nie vergessen. Es war genau derselbe wie bei Austin, als er sich auf mich gestürzt und den Namen meines Vaters geschrien hat. Und genauso hat dieser Prophet da dreingeschaut. Wenn Vernon Cy hätte erschlagen können, hätte er es garantiert auch getan. Und ich würde auf der Stelle Sweetwater hergeben, wenn er es nicht für einen göttlichen Auftrag gehalten hätte.«

»Mir ist aber nichts von einer wie auch immer gearteten Beziehung mit den Opfern bekannt. Außer der zu seiner Schwester natürlich.«

»Wir leben doch in Innocence. Da läuft man sich ja tagtäglich über den Weg. Kennst du nicht auch den Spruch vom Apfel, der nicht weit vom Stamm fällt? Wenn Austin zum Mord fähig war, müssen wir Vernon ganz bestimmt dasselbe zutrauen.«

»Ich werde mich mal mit ihm unterhalten.«

Tucker lehnte sich zufrieden zurück. Das Telefon schrillte, doch Burke ging nicht hin. Oben war auch noch ein Anschluß, und Susie nahm nach dem dritten Klingeln den Hörer ab.

»Kommst du heute nacht zu uns? Wir veranstalten ein Feuerwerk in Sweetwater.«

»Wenn meine Frau und Kinder nichts dagegen haben.«

»Und Carl auch?«

»Wozu sollte er in der Stadt bleiben, wenn alles zu euch rausfährt? Warum fragst du?«

Tucker rutschte nervös auf seinem Stuhl hin und her. »Na ja, es wird ziemlich heiß hergehen. Jemand könnte das ausnutzen. Ich mache mir schreckliche Sorgen, vor allem um Josie und Caroline. Darum möchte ich euch unbedingt in der Nähe wissen.«

»Burke.« Susie kam im Morgenrock in die Küche.

»Ein Anruf aus dem Büro?« wollte Burke wissen.

»Nein, von Della. Matthew Burns hat Dwayne zum Verhör abführen lassen.«

Wenn er nicht so aufgebracht gewesen wäre, die Vorstellung wäre zum Lachen gewesen. Einfach absurd, daß sein Bruder Dwayne mit dem weichen Herz und den sanften Augen einen Mord begangen haben sollte! Aber daß dieser Lackaffe von FBI-Agent sich erdreistete, seinen Bruder aus dem Bett zu zerren und zum Verhör ins Sheriffsbüro zu verfrachten, war eine bodenlose Unverschämtheit.

Mühsam um Selbstbeherrschung ringend, stürmte Tucker zusammen mit Burke aus dem Haus. Er nahm sich fest vor, diesmal ganz ruhig zu bleiben. Burns wartete ja nur auf einen Anlaß, ihn hinauszuwerfen, aber den Gefallen wollte er ihm nicht tun.

Beim Betreten des Sheriffsbüros warf Tucker Dwayne eine Zigarette zu und zündete sich selbst auch gleich eine an – eine ganze. »Sie stehen ja früh auf, Burns«, grüßte er den Beamten. »Dabei ist heute doch ein Feiertag.«

»Dessen bin ich mir sehr wohl bewußt.« Burns lehnte sich auf Burkes Stuhl zurück. »Mir ist aber auch bekannt, daß für zwölf Uhr ein Umzug geplant ist. Mir liegt es fern, die örtlichen Feierlichkeiten zu stören. Sheriff, mir wurde gesagt, Sie wollen die Innenstadt ab zehn Uhr sperren?«

»Richtig.«

»Mein Wagen steht im Zentrum. Jemand muß ihn für mich zu einer jederzeit erreichbaren Stelle fahren.« Burns legte die Autoschlüssel auf den Tisch.

Carl bemerkte das zornige Funkeln in Burkes Augen und nahm die Schlüssel an sich. »Ich fahre Ihren Wagen in die Magnolia Street.« Auf dem Weg zur Tür wandte er sich noch einmal zu Tucker um. »Tut mir leid, Tuck. Wenn's nach mir gegangen wäre, hätte ich deinen Bruder nicht abgeholt, aber ich hatte einen Befehl.«

»Ist schon gut, Carl. Lange kann er ihn sowieso nicht festhalten. Dein Töchterchen tanzt heute beim Umzug mit, habe ich gehört.«

»Seit Wochen hat sie nichts anderes mehr im Kopf. Ihr Opa hat extra deswegen eine Videokamera gekauft. Er will alles filmen.«

»Wirklich faszinierend, Deputy«, schaltete Burns sich ein. »Aber Sie und ich, wir sind beide dienstlich hier.« Sein Blick richtete sich auf Tucker. »Außenstehende haben hier nichts zu suchen.«

»Ich werde mir ihren Auftritt nicht entgehen lassen, Carl«, versprach Tucker dem hinauseilenden Deputy. Nach einem tiefen Lungenzug wandte er sich an seinen Bruder. »Hat er dir eigentlich deine Rechte vorgelesen, Dwayne?«

»Mr. Longstreet ist nicht verhaftet worden«, mischte Burns sich ein. »Er wird lediglich verhört.«

»Er hat ein Recht auf die Hinzuziehung eines Anwalts, oder?«

Burns spreizte die Hände. »Aber gewiß. Wenn Sie den Eindruck haben, Ihre Rechte würden nicht hinreichend gewahrt, Mr. Longstreet, oder Sie könnten sich durch Ihre Aussagen selbst belasten, so können Sie jederzeit Ihren Anwalt anrufen. Wir warten gerne.«

»Ich bring's lieber gleich hinter mich«, knurrte Dwayne mit einem kläglichen Blick auf Tucker. »Könnte ich aber vielleicht einen Kaffee und ein paar Aspirin haben?«

Burke klopfte Dwayne aufmunternd auf die Schulter. »Wir kriegen dich schon wieder hin.«

»Ich mache Sie noch einmal darauf aufmerksam, Longstreet«,

sagte Burns und deutete mit dem Kinn zur Tür. »Das ist ein offizielles Verhör. Unbefugte haben dabei nichts zu suchen.«

»Burke hat mich zum Hilfssheriff ernannt«, erwiderte Tucker mit einem dünnen Lächeln. »Am Unabhängigkeitstag ist erfahrungsgemäß die Hölle los. Da kann er Verstärkung gut gebrauchen.«

Burke ging auf das Spiel ein. »Das stimmt, Agent Burns. Tucker hat sich in den letzten Jahren als zusätzliche Hilfe immer bestens bewährt.«

»Nun gut.« Burns schaltete seinen Recorder ein. »Mr. Longstreet, Sie sind ansässig auf dem Anwesen Sweetwater im County Bolivar, Mississippi?«

»Richtig, ja.« Mit einem dankbaren Nicken nahm Dwayne eine Tasse Kaffee und die Tabletten entgegen. »Die Longstreets bewirtschaften die Plantage seit fast zweihundert Jahren.«

»Gut. Und Sie leben dort zusammen mit Ihrem Bruder und Ihrer Schwester.«

»Und Della. Sie ist seit über dreißig Jahren unsere Haushälterin. Im Moment wohnt auch unsere Tante Lulu bei uns. Sie ist eine Großtante mütterlicherseits. Keine Ahnung, wie lange sie bleibt. Sie kommt und geht, wann sie will. Einmal ...«

»Sparen Sie sich die Masche vom lieben Jungen«, unterbrach ihn Burns. »Ich möchte nach Möglichkeit noch vor der Parade fertig werden.«

»Ich beantworte ja nur Ihre Fragen«, erwiderte Dwayne mit einem Zwinkern in Richtung Tucker. »Ach ja, im Moment wohnen noch der junge Cy und Caroline Waverly bei uns. Wollten Sie denn das nicht wissen?«

»Ihr Familienstand?«

»Geschieden. Im Oktober werden es zwei Jahre. Da wurde es offiziell bestätigt. Stimmt doch, oder, Tucker?«

»Doch, ja.«

»Und wo lebt ihre Ex-Gattin?«

»In Nashville. Rosebank Avenue. Sie bewohnt dort ein hübsches kleines Haus, von dem es die Jungen nicht weit zur Schule haben.«

»Und sie hieß mit Mädchennamen Adelaide Koons?«

»Sissy«, verbesserte Dwayne. »Weil ihr kleiner Bruder nie Adelaide sagen konnte, wurde sie einfach Sissy genannt.«

»Und Mrs. Longstreet war von ihnen schwanger, als Sie heirateten?«

Dwayne sah stirnrunzelnd in seinen Kaffee. »Mir ist zwar nicht klar, was Sie das angeht, aber ich mache kein Geheimnis daraus.«

»Sie haben sie geheiratet, um dem Kind einen Namen zu geben?«

»Wir haben geheiratet, weil wir es für das Beste hielten.«

Burns faltete die Hände über der Tischplatte und nickte. »Und kurz nach der Geburt Ihres zweiten Sohnes hat ihre Frau Sie verlassen.«

Dwayne trank seinen Kaffee leer. Über den Tassenrand hinweg fixierte er unablässig den Beamten. Seine blutunterlaufenen Augen nahmen plötzlich einen harten Ausdruck an. »Auch das ist kein Geheimnis.«

»Würden Sie zugeben, daß dem eine häßliche Szene voranging? Ich beziehe mich auf das Protokoll meiner bisherigen Ermittlungen: Ihre Frau sperrte Sie nach einem heftigen Streit aus und warf ihre Habseligkeiten aus dem Fenster. Dem Vernehmen nach hatten Sie exzessiv getrunken. Am Tag darauf zog sie zu einem Schuhvertreter und Hobbymusiker nach Nashville.«

Dwayne betrachtete die Zigarette, die er noch nicht angezündet hatte. »Das dürfte so ungefähr stimmen.«

»Was empfanden Sie dabei, Mr. Longstreet, als ihre Frau Sie mit ihren Kindern wegen eines zweitklassigen Gitarristen verließ?«

Jetzt erst zündete sich Dwayne umständlich seine Zigarette an. »Sie mußte wohl das tun, was sie für richtig hielt.«

»Sie sahen das Ganze also eher gelassen?«

»Ich habe nicht versucht, sie aufzuhalten, wenn Sie das meinen.«

»Im Scheidungsurteil wurden Ihnen emotionale Grausamkeit, Gewalttätigkeit und ein unstetes Wesen assistiert. Es hieß, Ihre Kinder müßten vor Ihrer Person geschützt werden. Empfanden Sie das als ungerecht?«

»Sissy war damals nicht gut auf mich zu sprechen. Ich kann auch nicht von mir behaupten, daß ich jederzeit einen guten Familienvater abgab.«

Jetzt platzte Tucker doch der Kragen. »Das mußt du dir nicht bieten lassen, Dwayne! Dieser Idiot hat kein Recht, dich über eine längst vergangene Sache zu verhören!«

Burns neigte nur den Kopf. »Sehen Sie einen Grund, warum Ihr Bruder bekannte Tatsachen nicht bestätigen sollte?«

»Das nicht. Aber ich sehe auch keinen Grund, warum ich Sie nicht mit einem Tritt in Ihren dürren Arsch nach Washington befördern sollte!«

»Das Gespräch können wir bei Gelegenheit fortführen, Longstreet. Im Moment behindern Sie das FBI bei der Arbeit. Bei der nächsten Störung können Sie dem Verhör von der Zelle aus beiwohnen.«

Tucker packte den Beamten an der Seidenkrawatte. »Ich werde Ihnen gleich zeigen, wie wir solche Sachen im Delta regeln!«

»Laß ihn doch!« rief Dwayne.

»Einen Dreck werde ich!«

»Ich habe gesagt, du läßt ihn in Ruhe! Ich habe nichts zu verbergen! Von mir aus kann mir der Scheißyankee Löcher in den Bauch fragen. Ich will das Ganze endlich hinter mich bringen.«

Tucker ließ den Beamten widerstrebend los. »Wir werden das Gespräch bei Gelegenheit fortführen.«

Mit versteinerter Miene rückte Burns seine Krawatte gerade. »Ich freue mich schon darauf.« Er blieb stehen und wandte sich der gigantischen Wandkarte mit den Fotos der Opfer, den Tatorten und Koordinatensystemen zu. Mit dem Finger tippte er auf das Foto einer lächelnden Blondine. »Mr. Longstreet, waren Sie mit Arnette Gantrey bekannt?«

»Natürlich. Wir sind zusammen in die Schule gegangen.«

»Und Francie Logan?« Burns' Finger berührte das nächste Foto – eine Schwarzweißaufnahme der verstümmelten Wasserleiche.

Dwayne wandte den Blick ab. »Jeder kannte doch die Francie. Sie ist ja hier aufgewachsen. Sie lebte eine Zeitlang mit ihrem Mann in Jackson. Nach der Scheidung kam sie wieder zurück.«

»Mit Edda Lou Hatinger waren Sie auch bekannt?«

»Ja. Und weil Sie's mich sowieso gleich fragen werden: Darleen kannte ich auch.«

»Kannten Sie auch eine gewisse Barbara Kinsdale?«

Dwayne verzog seine Stirn in nachdenkliche Falten. »Nein, nie gehört.«

»Sind Sie sich dessen auch ganz sicher?« Burns nahm ein Foto von der Wand und legte es auf den Tisch. »Sehen Sie sich das Bild bitte genau an.«

Dwayne nahm die Aufnahme in Augenschein. Sie zeigte eine hübsche Brünette von etwa dreißig Jahren. »Nein, die habe ich noch nie gesehen.«

»Wirklich nicht?« Burns schlug seine Unterlagen auf. »Barbara Kinsdale. Alter: einunddreißig Jahre. Größe: ein Meter zweiundsechzig. Gewicht: neunundvierzig Kilogramm. Haarfarbe: braun. Erinnert Sie diese Beschreibung nicht an jemanden?«

»Nein, warum?«

»Sollte sie aber. Die Merkmale Ihrer Ex-Frau sind fast identisch. Mrs. Kinsdale war Kellnerin im Stars und Bars in Nashville. Die Bar befindet sich in der unmittelbaren Nachbarschaft der Wohnung Ihrer Ex-Frau. Emmett Cotrain, der Verlobte Ihrer Ex-Frau, tritt in derselben Bar als Gitarrist auf. Eine interessante Häufung von Zufällen, finden Sie nicht auch?«

»Da haben Sie wohl recht.« Auf Dwaynes Stirn bildeten sich dicke Schweißperlen.

»Die Sache wird noch interessanter. Mrs. Kinsdale wurde im Mai in einem See außerhalb von Nashville gefunden. Sie war unbekleidet. Jemand hatte ihr die Kehle aufgeschlitzt und den Rest des Körpers verstümmelt.«

Burns schob ein anderes Foto über den Tisch. Es zeigte die tote Barbara Kinsdale. »Wo waren Sie am 22. Mai dieses Jahres, Mr. Longstreet?«

»Oh, mein Gott!« Dwayne kniff die Augen fest zu. Die Aufnahme zeigte die Tote so, wie die Polizisten sie ans Ufer gelegt hatten – gräßlich verstümmelt und am ganzen Körper grau.

»Muß ich Sie daran erinnern, daß Sie sich zwischen dem 21. und 23. Mai in Nashville aufhielten?«

»Ich bin mit meinen Söhnen in den Zoo gegangen.« Dwayne wagte nun doch einen Blick. Die Tote sah Sissy in der Tat verblüffend ähnlich. »Ich habe das ganze Wochenende mit meinen Söhnen verbracht. Sie schliefen bei mir im Hotel.«

»In der Nacht zum dreiundzwanzigsten wurden Sie aber allein in der Hotelbar gesehen.«

»Da schliefen sie schon. Ich hatte sie ins Bett gebracht und habe

mir dann einen Drink genehmigt. Na ja, zwei, aber nicht mehr –
wegen der Jungs. Sissy hatte von mir mehr Geld und ein größeres
Haus gefordert.«

»Haben Sie nicht kurz vor Mitternacht Ihre Frau angerufen und
mit ihr gestritten? Sie sollen ihr gedroht haben.«

»Jawohl, ich war sauer. Ich wollte ihr kein neues Haus finanzie-
ren, nur damit ihr neuer Typ sich als Vater meiner Söhne aufspielen
kann. Ums Geld ging es mir dabei überhaupt nicht. Diese Forde-
rung war eine einzige Unverschämtheit!«

»Es war wohl eher die Demütigung, nicht wahr? Die Demütigung
durch eine Frau. Sissy hatte Sie ja schon einmal zum Gespött der
Leute gemacht. Und jetzt verlangte sie mehr Geld, weil sie mit einem anderen ein schönes Leben führen wollte.«

»Mit wem sie zusammenlebt, ist mir egal. Ich finde nur, daß es
nicht richtig . . .«

»Nein, richtig ist das in der Tat nicht. Sie haben ihr also gesagt, daß
sie kein Geld von Ihnen bekommt und ihr mit gerichtlichen Schritten gedroht.«

»Ich weiß nicht mehr genau, was ich gesagt habe.«

»Ihre Ex-Gattin schon. Trotz Ihrer Entfremdung ist sie allerdings
nicht so nachtragend, daß sie Ihnen einen Mord zutrauen würde.
Sie hat Ihre Drohungen zu keinem Zeitpunkt ernst genommen. Sie
ist vielmehr in die besagte Bar gegangen und hat sich die Darbie-
tungen der Band bis zum Ende angehört. Sie ist sogar bis nach der
Sperrstunde geblieben, denn sie mußte ja nicht zu den Kindern nach
Hause. Barbara Kinsdale dagegen verließ die Bar um Punkt zwei.
Auf dem unbewachten Parkplatz wurde sie bewußtlos geschlagen
und dann zum See gefahren und brutal ermordet.«

Burns wartete einen kurzen Augenblick. »Besitzen Sie ein Jagdmesser, Mr. Longstreet? Eins mit einer langen Klinge?«

»Das ist verrückt! Ich habe doch niemanden umgebracht!«

»Und wo waren Sie in der Nacht zum ersten Juli zwischen neun
Uhr und Mitternacht?«

»Herrgott noch mal! Burke, was soll denn das?«

»Ohne einen Anwalt sollte er jetzt nichts mehr sagen«, schaltete Burke sich mit vor Empörung bebender Stimme ein. »Sehen Sie
denn nicht, daß der Mann unter Schock steht?«

Burns hob in gespielter Großzügigkeit die Hände. »Das Recht dazu hat er natürlich.«

»In der Nacht habe ich mich in mein Auto gesetzt und bin herumgefahren!« rief Dwayne. »Es regnete, und ich wußte nicht, was ich tun sollte. Und gesoffen habe ich.«

»Und in der Nacht zum dreizehnten Juni?« bohrte Burns weiter.

»Das weiß ich doch jetzt nicht mehr!«

Tucker ergriff seinen Bruder am Arm. »Dwayne, du sagst ab sofort nichts mehr, hörst du?«

»Tucker, du weißt doch, daß ich niemanden . . .«

»Natürlich weiß ich das. Sei bitte still.« Tucker wandte sich an Burns. »Wollen Sie ihn unter Anklage stellen?«

»Binnen vierundzwanzig Stunden werde ich Ihnen den Haftbefehl präsentieren.«

»Schön. Bis dahin können Sie sich ins Knie ficken. Komm, wir gehen, Dwayne.«

Burns nickte den Brüdern huldvoll zu. »Ich rate Ihnen beiden, die Gegend nicht zu verlassen. Der Arm des Gesetzes ist lang.«

28

»Was meinst du, wie viele von den Spinnern bis zwei Uhr einen Hitzschlag kriegen?« Tante Lulu hatte gut reden. Sie saß bequem im Schatten eines gewaltigen rot-weiß-blauen Sonnenschirms auf einem Regiestuhl. Vor sich hatte sie eine Thermoskanne mit eisgekühltem Julep stehen.

Della räkelte sich auf ihrem Klappstuhl. Sie hatte erst gar nicht versucht, Tante Lulu und ihre Hose mit der Flagge der Konföderierten aus dem Bürgerkrieg auf dem linken Bein und der der Vereinigten Staaten auf dem rechten auszustechen. So hatte sie sich nur einen amerikanischen Wimpel in die Haare gesteckt »Ach, weißt du, Lulu, mehr als fünf oder sechs kippen bei unseren Umzügen nie um. Die meisten sind ja noch jung und gesund.«

Eine Blaskapelle defilierte vorbei. Lulu begleitete den Marsch auf einer Miniaturzither aus Plastik. Sie genoß das Schmettern der Trompeten und das Funkeln der Instrumente in der Sonne. Allerdings hätten ihrer Ansicht nach ein, zwei Piccoloflöten dem Ganzen noch etwas mehr Prunk verliehen.

Tante Lulu schenkte sich ein Glas ein. »Wie ich Paraden liebe! Abgesehen von Hochzeiten, Beerdigungen und Pokerpartien kann mich nichts besser unterhalten!«

»Morgen wird dir eine Beerdigung geboten, wenn du willst«, seufzte Della und bediente sich aus Lulus Thermoskanne. »In der letzten Zeit sind es entschieden zu viele geworden. Tja, zum ersten Mal seit fünfzehn Jahren marschieren die Damen vom Gartenverein heute ohne Happy.«

»Warum das?«

»Ihre Tochter wird morgen zu Grabe getragen.«

»Eine schöne Beerdigung wird sie wohl ein bißchen entschädigen«, mutmaßte Lulu. »Was steuerst du zum Leichenschmaus bei?«

»Meine Kokosambrosia. Schau mal, dort drüben. Siehst du die Kleine, die den Stab wirbelt wie ein Derwisch? Das ist Carl Johnsons Tochter.«

»Ein richtiges Energiebündel.« Lulu nippte an ihrem Julep. »Weißt du, Della, das Leben ist ja auch so was wie ein Stab. Man kann ihn zwischen den Fingern herumwirbeln, wenn man einigermaßen Talent hat. Wenn man schnell genug ist, kann man ihn in die Luft werfen und wieder fangen. Man kann ihn aber auch fallen lassen oder jemandem auf den Kopf hauen.« Sie entlockte lächelnd ihrer Zither ein paar Töne. »Paraden sind wirklich herrlich!«

Caroline hatte schweigend zugehört. Lulus Vergleich stimmte sie nachdenklich. Wie recht die alte Frau doch hatte! Caroline glaubte eigentlich nicht, daß sie schon einmal jemandem mit ihrem Stab eins übergezogen hatte, aber ganz gewiß hatte sie ihn bereits mehrere Male fallen lassen. Und erst seit kurzem versuchte sie, ihn zwischen den Fingern herumzuwirbeln.

Cy riß sie mit einer Erklärung aus den Gedanken. »Das da hinten ist die Baumwollprinzessin mit ihrem Hofstaat. Sie wird jedes Jahr von der High School neu gewählt. Mr. Tucker hätte sie mit seinem tollen Auto fahren sollen, aber weil es noch nicht fertig ist, haben sie ein Cabriolet gemietet.«

»Sie ist entzückend.« Caroline lächelte das Mädchen in dem weißen Kleid mit den bauschigen Ärmeln an.

»Sie heißt Kerry Sue Hardesty.« Cy dachte aber nicht an sie, sondern an ihre Schwester, Lee Anne, deren Brüste es ihm seit neuestem gewaltig angetan hatten. Er reckte den Kopf, um sie vielleicht irgendwo zu entdecken. Da sah er plötzlich Jim. Er gestikulierte heftig.

»Geh doch zu ihm rüber, Cy«, schlug Caroline vor. »Wir können uns nach der Parade beim Auto treffen.«

Cy, der nur zu gerne losgerannt wäre, widerstand der Versuchung. Mr. Tucker hatte ihn in einem Gespräch von Mann zu Mann gebeten, gut auf Miss Caroline aufzupassen. »Nein, nein, Ma'am. Ich fühle mich pudelwohl hier. Sehen Sie, da drüben sind Miss Josie und dieser Arzt vom FBI. Sie haben ihn ja wegen Darleen wieder anfordern müssen. Kommen Sie ihm nicht zu nahe. Er hat im Knopfloch eine Rose stecken. Mit dem Ding spritzt er die Leute voll. Da, jetzt hat er schon wieder einen erschreckt!«

»Er ist wirklich ein Original.« Caroline ließ den Blick über die Menge schweifen. »Wo Tucker nur stecken mag...«

»Direkt hinter dir.« Tucker schlang einen Arm um sie und küßte ihr die Haarspitzen. »Du glaubst doch nicht im Ernst, daß ich mir die Parade ohne eine so schöne Frau wie dich ansehen würde.«

Sie schmiegte sich an ihn. »Eigentlich nicht.«

»Soll ich Ihnen und Miss Caroline frische Drinks holen, Mr. Tucker?«

»Nicht nötig. Ich glaube, Tante Lulu hat genug Medizin in der großen Thermoskanne dabei.«

Cy sprang nach vorne, ließ sich von Tante Lulu ein Glas einschenken und reichte es Tucker. »Der FBI-Mensch schaut übrigens auch zu. Er hockt vor dem Sheriffsbüro.«

»Ich habe ihn schon gesehen.« Tucker nippte an dem süßen Drink aus Minze und reichte dann Caroline das Glas.

Caroline trank zum ersten Mal in ihrem Leben das berühmte Nationalgetränk des Südens. »Einen fröhlichen Eindruck macht er ja nicht gerade.«

»Sieht eher so aus, als hätte er eine bittere Pille im Mund«, bemerkte Cy.

»Er versteht Land und Leute eben nicht«, brummte Tucker. »Schaut, da kommt Jed Larsson mit seiner Band!«

Als die Kapelle die Südstaatenhymne, den Dixie, anstimmte, brach die Menge in Jubel aus. Wer noch beim Essen war, sprang spätestens jetzt auf die Beine.

Caroline lehnte lächelnd den Kopf an Tuckers Schulter. Sie verstand die Leute hier sehr wohl.

Vierter Juli, das hieß amerikanischer Unabhängigkeitstag, das hieß eifriges Fähnchenschwingen, das hieß Torte oder ein kühles Bier im Schatten. Es gab zwar auch Leute in schwarzer Trauerkleidung und die Polizei setzte ihre nervenaufreibende Jagd fort, aber heute deckte Innocence ein Flaggenmeer in den Nationalfarben Blau, Weiß und Rot über die Mordserie.

Nach dem Umzug standen mehrere Wettkämpfe auf dem Programm: Tortenessen, Scheibenschießen, Eierklopfen und – jedes Jahr einer der Höhepunkte – Weitspucken mit Melonenkernen.

Stumm vor Verblüffung sah Caroline zu, wie die Sieben- bis Vierzehnjährigen unter den Anfeuerungsrufen der Menge den Kopf in

Blaubeertörtchen steckten und um die Wette kauten, schmatzten, schluckten. Törtchen um Törtchen verschwand in den Schlunden. Sobald ein Kuchenblech leer war, wurde schon das nächste unter das lila verschmierte Gesicht geschoben. Einzige Regel war: Die Hände durften nicht benutzt werden. Nach und nach streckten die jungen Wettstreiter ihre Waffen und ließen sich ins Gras plumpsen. Ratschläge wurden ihnen sogleich erteilt, doch sie stöhnten nur.

»Schaut euch Cy an!« Caroline rieb sich unwillkürlich den Bauch. »Der ist ja inzwischen beim zwölften angelangt!«

»Neuneinhalb hat er erst geschafft«, verbesserte sie Tucker. »Aber er führt. Hopp, hopp, Cy! Einfach runter damit! Nicht kauen!«

»Wie soll er denn da Luft holen?« murmelte Caroline, während Cy das Gesicht im zehnten Törtchen vergrub. »Ihm wird ja noch schlecht!«

»Klar wird ihm schlecht. Aber das gehört dazu. Schau nur, was für eine tolle Technik er hat! Er steckt nicht einfach den Kopf rein, sondern er ißt sich systematisch von außen nach innen durch.«

Caroline begriff nicht, wie Tucker das erkannt haben wollte. Sie sah nur einen Jungen, dessen Kopf bis zum Hals in Blaubeertörtchen vergraben war und hörte die Menge stampfen und schreien. Ein absolut lächerliches und würdeloses Spektakel, sagte sie sich, aber sie ließ sich von der Begeisterung der Leute anstecken. Ehe sie es merkte, feuerte sie ihn schon mit an.

»Weiter so, Cy! Schluck's im Ganzen runter! Sieh nur, jetzt ist er beim zwölften! O Gott, er hat es ausgespuckt! ... Was ist, Tucker?«

Tucker küßte Caroline auf den Mund, während Cy, der trotz der lila Kleckser etwas grün im Gesicht war, zum Sieger erklärt wurde. »Ich bin verrückt nach dir, Caro.«

»Sehr schön. Aber laß mich jetzt bitte dem Sieger das Gesicht abwischen.«

»Das laß mal lieber seine neue Freundin machen. Hast du nicht die verliebten Blicke bemerkt, die er und Lee Anne austauschen? Komm, schauen wir uns das Wettschießen an!«

Der Parkplatz vor der Lutheranischen Kirche war für die Scheibenschützen geräumt worden. Die Vorrunden waren inzwischen abgeschlossen, und frustrierte Verlierer standen im Abseits.

»Josie und Dwayne machen ja auch mit!« rief Caroline.

»Uns wurde das Schießen sehr früh beigebracht. Das war dem guten Beau ein Hauptanliegen.«

»Und du?«

Tucker zuckte mit den Schultern. »Ich habe mich nie nach dem Schießen gedrängt. Schau, da geht Susie an den Stand. Mann, hat die eine ruhige Hand. Ein Glück nur, daß sie einen Polizisten geheiratet hat. Jede Gangsterbande würde sich um sie reißen.«

Tante Lulu kam auf den Platz gestiefelt. An ihren knochigen Hüften baumelte je ein Lederholster mit einem Colt darin. Caroline fuhr sich entsetzt mit der Hand an den Mund. »O Gott, Tante Lulu! Sollte man sie nicht lieber daran...« Wie zur Antwort zog die alte Frau und feuerte. Drei Flaschen explodierten praktisch gleichzeitig. Tante Lulu wirbelte die Colts dreimal um die Finger und steckte sie wieder ein.

»Sie kann so ziemlich jede Waffe zwischen einer .22er und einer AK-47 bedienen«, kommentierte Tucker. »Aber einen Apfel würde ich mir nicht mehr auf den Kopf legen. Sie ist nicht mehr die Jüngste.«

Das Schießen endete mit Susie als Siegerin und einem fürchterlich verärgerten Will Shiver auf dem zweiten Platz. Die Menge strömte zum nächsten Ereignis, dem Wettrennen.

»Sag mal, Tucker. Du bist doch so schnell, warum läufst du da nicht mit?«

»Rennen soll ich? Darling, wenn ich ohne großen Aufwand auch so von einem Punkt zum anderen komme, dann brauche ich doch keinen Schweiß zu vergießen.«

Sie lächelte. »Natürlich. Wie konnte ich nur fragen. Nimmst du denn an überhaupt keinem Wettkampf teil?«

»Doch, einen gibt es schon.«

»Was für einen denn?«

»Wart's nur ab.«

»Mit Fett eingeriebene Schweine?« Caroline hatte schon gedacht, nichts könne sie mehr überraschen, doch als sie die für den Tag in einen Schweinepferch verwandelte Wiese hinter dem Markt sah, mußte sie sich eines Besseren belehren lassen.

Tucker hatte beim Törtchenessen dankend abgelehnt, zum Schießen hatte er keine Lust gehabt, und beim Wettrennen hatte er nur gegähnt. Aber jetzt stand er mit entblößtem Oberkörper im Pferch und wartete auf den Schuß, der das Borstenvieh zur Hatz freigeben sollte. Cy stellte sich neben Caroline und zeigte ihr stolz sein blaues Band.

»Ach, Cy. Wie geht es dir denn jetzt?«

»Prima. Einen Teil habe ich ausgespuckt, und der Rest hat sich gesetzt. Mr. Tucker wird gewinnen.«

»Bist du sicher?«

»Er hat noch nie verloren. Wenn er will, kann er schnell sein wie ein geölter Blitz. Es geht los!«

Unbändiges Gelächter mischte sich mit dem Quietschen der jungen, flinken Schweine und den Flüchen der Männer, wenn ihnen die sicher geglaubte Beute wieder aus den Händen schlüpfte. Als zusätzliche Erschwernis hatte man den Rasen so lange gespritzt und aufgeweicht, bis er vollkommen lehmig geworden war. Die Männer rutschten in einem fort aus und waren bald über und über mit Schlamm bedeckt.

»O Gott, warum habe ich keine Kamera dabei?« stöhnte Caroline zwischen zwei Lachkrämpfen, als Tucker auf dem Hintern an ihr vorbeischlitterte. Er versuchte, ein Schwein im Sitzen zu packen, aber es entwand sich grunzend seinen Händen.

»Der FBI-Doktor ist verdammt gut!« johlte Cy. »Das Schwein wäre ihm nicht mehr entkommen, wenn Bobby Lee ihm nicht in den Weg gerannt wäre. Sehen Sie nur! Mr. Tucker ist auf das große aus! Hopp, hopp, Mr. Tucker! Zeigen Sie's ihnen!«

Burns trat von hinten an Caroline heran. »Eine interessante Volksbelustigung. Schade nur, daß die Leute ihre Würde solch primitiven Jagdinstinkten opfern.«

Caroline streifte ihn mit einem Blick, um sich sofort wieder dem Spektakel zuzuwenden. »Sie würden Ihre Würde auf alle Fälle wahren, nehme ich an.«

»Ich vermag keinen Sinn darin zu entdecken, mich im Schlamm zu suhlen.«

»Das kann ich mir bei Ihnen gut vorstellen. Das Gesuhle macht aber vielleicht Spaß.«

»Das glaube ich gern. Selten habe ich mich so amüsiert. Longstreet sieht sogar überaus natürlich aus, finden Sie nicht auch?«

»Ich werde Ihnen sagen, was ich finde«, setzte Caroline an. Zu mehr kam sie nicht. Cy zupfte sie aufgeregt am Ärmel.

»Mr. Tucker hat ihn!«

Und tatsächlich! Tucker war zwar vom Schlamm kaum noch zu unterscheiden, aber er hielt einen heftig zappelnden jungen Eber über den Kopf und grinste Caroline an. Sie wünschte, sie hätte einen Strauß Rosen, um sie ihm einzeln zuzuwerfen. Kein noch so geschniegelter Matador wäre ihr liebenswerter vorgekommen.

»Der gerechte Siegerlohn – ein Schwein«, bemerkte Burns süffisant.

Caroline hielt es neben ihm nicht länger aus. »Wenn Sie mich bitte entschuldigen. Ich will ihm gratulieren.«

»Einen Moment, bitte.« Er stellte sich ihr in den Weg. »Wohnen Sie immer noch in Sweetwater?«

»Vorläufig, ja.«

»Das würde ich mir an Ihrer Stelle noch einmal genau überlegen. Es ist nicht sehr klug, mit einem Mörder unter einem Dach zu leben.«

»Wovon reden Sie überhaupt?«

Burns warf einen Blick auf die Koppel, wo Tucker sich mit einem Gartenschlauch abspritzte. »Fragen Sie doch Ihren Gastgeber. Ich verrate Ihnen nur soviel: Morgen werde ich eine Verhaftung vornehmen, auch wenn die Longstreets nicht entzückt sein werden. Viel Vergnügen beim Rest der Festivitäten.« Burns stolzierte davon.

»Was meint er damit, Miss Caroline?« bedrängte sie Cy.

»Ich verstehe auch nicht, wovon er spricht, aber ich werde es gleich herausfinden.« Als Caroline sich jedoch den Weg durch die Menge gebahnt hatte, war Tucker verschwunden. »Wohin ist er gegangen?«

»Wahrscheinlich in McGreedys Bar, den Sieg begießen.«

Caroline gab auf. Es hatte keinen Sinn, ihn etwas so Wichtiges zu fragen, wenn ihm andauernd Gratulanten auf die Schulter klopften. Sie mußte ihn alleine treffen. Sie erspähte Della. »Dort unten ist Della, Cy. Lauf doch schon mal zu ihr und fahr mit ihr nach Sweetwater. Ich komme mit Tucker nach.«

»Nein, Ma'am. Mr. Tucker hat gesagt, ich soll auf Sie aufpassen, und das werde ich auch tun.«

Ein Blick auf seine entschlossen aufeinandergebissenen Kiefer verriet ihr, daß es ihm ernst damit war. »Na schön«, seufzte Caroline ergeben. »Dann warten wir eben gemeinsam, bis er kommt.«

Sie setzten sich auf die Stufen von Larssons Laden und sahen zu, wie die Menschenmasse sich hier in der Stadt langsam auflöste. Lachend und schwatzend begaben sich die Leute nach Sweetwater, wo später das Feuerwerk stattfinden sollte.

»Sie sollten sich von dem FBI-Menschen nicht so beunruhigen lassen, Miss Caroline.«

»Das tu' ich schon nicht, Cy. Ich sorge mich nur.«

»Wissen Sie, der ist nämlich wie Vernon.«

»Agent Burns soll deinem Bruder ähneln?«

»Ich meine ja nicht, daß er überall Schlägereien anzettelt und Frauen verprügelt. Aber er hält sich auch für so überaus gescheit und meint, daß er allein recht hat. Und er hat Freude am Quälen.«

Caroline kratzte sich nachdenklich am Kinn. Burns hätte den Vergleich mit einer verächtlichen Bemerkung abgetan, dennoch traf er irgendwie zu. Vernon berief sich immer auf die Heilige Schrift – wie er sie interpretierte. Bei Burns war es das Gesetz – wie er es interpretierte. Und beide mißbrauchten etwas an sich Richtiges und Gutes für ihre persönlichen Machtgelüste.

Caroline mußte an ihre Mutter denken, die ja auch gern Macht in den Händen hielt. »Letztendlich werden solche Leute trotzdem verlieren. Denn wer nicht muß, hält es bestimmt nicht lange bei ihnen aus.«

Tucker kam die Straße heruntergeschlendert. Das Hemd hatte er lässig über die Schulter gehängt, seine Haare und seine Blue jeans waren tropfnaß.

Caroline sprang auf und warf sich ihm in die Arme. Lachend streichelte er ihr den Rücken. »Honey, ich bin nicht sehr sauber!«

»Das ist egal.« Sie senkte die Stimme. »Ich muß dich sprechen, Tucker. Und zwar allein.«

Er hätte gern eine romantische Bitte dahinter gesehen, aber ihr angespannter Tonfall schreckte ihn auf.

»Gut. Sobald wir dazu kommen. Fahren wir erst mal heim. Dort kannst du übrigens gleich weiteressen, Cy. Della hat ein Festmahl gekocht. Zum Nachtisch soll es Törtchen geben.«

»Dieses Jahr rühre ich bestimmt keine Törtchen mehr an«, grinste der Junge.

»Na, na, du darfst doch nicht aus der Übung kommen. Soll ich dir verraten, warum ich bei den eingefetteten Schweinen immer gewinne? Weil ich regelmäßig an Frauen trainiere.« Wie zum Beweis stemmte er Caroline in die Luft.

»Willst du mich etwa mit einem Schwein vergleichen?« rief Caroline lachend.

»Aber nie im Leben! Ich sage nur, wenn ein Mann wirklich will, dann schlüpft ihm nichts durch die Finger.«

In Sweetwater lagen schon überall Decken auf dem Gras. Dort, am Ufer des Teichs, wo vor so kurzer Zeit noch das Grauen geherrscht hatte, musizierten nun eine Fiedel, ein Banjo und eine Gitarre. Eine Gruppe junger Leute hatte sich spontan zu einem Baseballspiel zusammengefunden und entlockte bisweilen mit besonders gelungenen Aktionen den Zuschauern ein Bravo. Auf Klappstühlen hockten alte Männer und unterhielten sich bedächtig über die gute alte Zeit, in der sie eifrig mitgemischt hatten.

»Ist das jedes Jahr so?« wollte Caroline wissen.

»So ungefähr, ja.« Tucker lag auf dem Rücken im Gras und überlegte, ob er sich noch ein Eis antun sollte. »Wie feierst du sonst den vierten Juli?«

»Das kommt darauf an ... Wenn ich auf Tournee bin, ist er ein Tag wie jeder andere. Und daheim gibt es meistens ein Konzert mit anschließendem Feuerwerk. Tucker, ich muß dich etwas fragen. Matthew hat da vorhin so eine komische Bemerkung gemacht ...«

»Das hätte ich mir ja denken können, daß der sich was einfallen läßt, um uns den Spaß zu verderben.«

»Er hat für morgen eine Verhaftung angekündigt. Tucker, steckst du in Schwierigkeiten?«

Er schloß kurz die Augen, dann setzte er sich auf. »Es geht um Dwayne, Caro.«

»Dwayne?« Sie schüttelte benommen den Kopf. »Burns will Dwayne verhaften?«

»Ob er das Recht dazu hat, weiß ich nicht. Unser Anwalt meint, er will sich wahrscheinlich nur aufplustern und Dwayne zu einem unbedachten Schritt reizen. Er kann sich ja nur auf Spekulationen stützen. Beweise hat er nicht in der Hand.«

»Was für Spekulationen?«

»Bei zwei von den Morden hat Dwayne kein Alibi. Und einmal war er in der Nähe. Er versucht, ihm die Sache mit Sissy als Tatmotiv unterzujubeln.«

»Weil sie sich hat scheiden lassen, soll er ein Frauenmörder geworden sein? Dann stünde ja halb Amerika unter Verdacht!«

»Dir kommt die Indizienkette auch recht dürftig vor, wie?«

»Warum machst du dir dann solche Sorgen?«

»Burns mag zwar ein Oberarschloch sein, aber dumm ist er nicht. Es ist nicht nur das Motiv. Dwayne war zufällig in Nashville, als dort ein identischer Mord verübt wurde.«

»Wie bitte? Das mußt du mir erklären!«

Tucker hatte gehofft, es ihr ersparen zu können, doch jetzt mußte die Wahrheit ans Licht. Je mehr er ihr erzählte, desto begreiflicher wurden ihr seine Wut und seine nur zu berechtigten Befürchtungen.

»Was hat euch der Anwalt geraten?«

»Wir sollen so tun, als wäre nichts. Und alles weitere einfach abwarten. Das Beste wäre natürlich, wenn Dwayne mit einem stichfesten Alibi aufwarten könnte. Das Schlimme ist nur, er zweifelt allmählich vor lauter Angst an sich selbst. Er hält einen Filmriß für möglich. Und in der Zeit hätte er ...«

»Um Gottes Willen, Tucker, du glaubst doch nicht ...«

»Ich glaube es nicht!« rief er in kaum noch verhülltem Zorn. »Dwayne ist doch harmlos wie ein kleines Baby! Er fängt zwar im Rausch gern an zu stänkern, aber wenn er jemandem weh tut, dann höchstens sich selbst. Überleg dir doch nur, wie die vier Morde verübt wurden! Okay, dahinter steckte eine Art primitive Wut, aber sie waren bis ins Letzte ausgetüftelt. Einer, der voll ist wie eine Haubitze, wäre dazu nicht in der Lage.«

»Mich brauchst du davon nicht zu überzeugen, Tucker«, sagte Caroline leise. Sie fragte sich freilich insgeheim, ob er selbst seiner Sache so sicher war.

»Er ist mein Bruder.« Für Tucker waren damit alle Fragen beantwortet. Er sah Dwayne weiter drüben mit dem alten O'Hara zusammensitzen. Zwischen ihnen stand eine Flasche von O'Haras Selbstgebranntem. »Er wird vor Sonnenuntergang noch stockbesoffen sein. Aber ich bringe es nicht übers Herz, ihn daran zu hindern.«

»Früher oder später wirst du es müssen, Tucker.« Sie streichelte ihm die Wange. »Kannst du dich noch daran erinnern, wie du mir erklärt hast, man solle nicht soviel grübeln, sondern handeln und das, was schlecht läuft, nach Möglichkeit verbessern?«

»Du willst mir wohl sagen, wenn mein Rat gut genug für dich ist, dann sollte ich ihn selber auch beherzigen?«

Sie lächelte. »Etwas in der Richtung, ja.«

Tucker nickte nachdenklich. »In Memphis oben gibt es ein Sanatorium für Alkoholiker. Es hat einen sehr guten Ruf. Dwayne wäre nicht der erste, den sie dort von der Flasche kuriert hätten. Wenn ich es geschickt genug anstelle, kann ich ihn vielleicht davon überzeugen.«

»Darling, bei deinen Überredungskünsten würdest du sogar einem Verhungernden den letzten Brotkrumen abschwatzen.

»Was du nicht sagst ...«

»Was ich nicht sage ...«

Er drückte ihr einen Kuß auf die Lippen. »Wenn dem so ist, dann könnte ich dir vielleicht auch was aufschwatzen, etwas, wonach es mich schon seit einiger Zeit gelüstet.«

Caroline dachte an das herrlich kühle und vor allem leere Haus und an das Bett in seinem Zimmer. »Ich glaube, du hast mich schon überzeugt. Was genau schwebt dir denn vor?«

»Tja, da ist so eine schwer zu definierende Lust.« Er knabberte an ihrem Ohrläppchen.

»Klingt ja aufregend!«

»Aber ich wollte dir nichts zumuten.«

»Aber bitte, schieß los!«

»Nun ja, weil du doch so zurückhaltend bist, dachte ich, du hast vielleicht Bedenken hier draußen ... in aller Öffentlichkeit.«

Caroline konnte vor Lachen nicht mehr an sich halten. »Was soll ich in aller Öffentlichkeit nicht tun wollen?«

»Dumme Frage. Ein paar Stücke vorspielen. An was hast du denn gedacht?« Er zog schalkhaft eine Augenbraue hoch. »Ich muß schon sagen, Caroline. Du hast eine sehr schmutzige Fantasie.«

»Und die deine geht bisweilen ganz schön verschlungene Pfade. Was soll ich dir denn vorspielen?«

»Was du willst. Daß du Lust hast zum Spielen, das sehe ich dir doch an.«

Caroline setzte zu einer Entgegnung an, hielt jedoch inne. »Du hast recht«, meinte sie achselzuckend. »Ich habe wirklich Lust.«

Tucker gab ihr einen Kuß und sprang auf. »Ich hole dir deine Geige.«

29

Die drei Musikanten am Teichufer nahmen Caroline zunächst zögernd, dann aber durchaus herzlich in ihren Kreis auf. Ähnlich mißtrauisch beäugte Caroline ihrerseits am Anfang auch das Publikum. Caroline fühlte sich an eine Schulklasse erinnert, die einen langweiligen Vortrag einer berühmten Kapazität über sich ergehen lassen muß. Ihr dämmerte, daß sie im Lauf der Jahre Ovationen immer mehr als etwas Selbstverständliches hingenommen hatte. Aber dieser Rasen hier hatte mit einer Bühne nicht das Geringste gemeinsam, er war eben nicht Carnegie Hall.

Caroline kam sich fehl am Platze, ja lächerlich vor. Der virtuose Umgang mit einer Stradivari war hier nicht gefragt. Die Leute wollten etwas Ursprüngliches hören, die Volksmusik der Südstaaten. Am liebsten wäre sie mit einer Entschuldigung auf den Lippen davongestürzt, doch dann lächelte sie der kleine Jim, der ganz vorne hockte, aufmunternd an.

Also bat Caroline die anderen, zunächst ohne sie anzufangen, sie würde mit einfallen, sobald ihr die Melodie ins Ohr gegangen sei. Und wirklich – nach wenigen Takten nur hatte sie das erste Stück erfaßt. Sie klemmte ihre Geige zwischen Schulter und Kinn und stimmte mit ein in ›Whiskey for Breaklast‹.

Der Funke sprang über – nicht nur auf sie. Die Zuhörer klatschten im Takt, wer das Lied kannte, sang aus voller Kehle mit.

»Deine Geige raucht ja richtig!« lobte der Banjospieler, der alte Mr. Koons, als es vorbei war. »So, jetzt heizen wir den Leuten mal ordentlich ein!«

»Aber ich kenne diese Lieder doch kaum ...«

»Das macht doch nichts. Du wirst sie schnell ins Gehör kriegen. Versuchen wir's mal mit ›Rolling in my Sweet Baby's Arms‹.«

Wieder konnte Caroline nach wenigen Takten mitspielen. Mit einem Blues und danach einer schmissigen Nummer ging es weiter. Ihre ursprünglichen Vorbehalte waren wie weggewischt. Caroline war alles andere als ein Fremdkörper in dieser Gruppe.

Dennoch registrierte sie mit einem Auge, daß Burns Dwayne und auch sie beobachtete, daß Bobby Lee beim langsamen ›Tennessee Waltz‹ Marvella zum Tanz auf den Rasen führte, und daß Tucker in einer abgelegenen Ecke mit Burke ein Gespräch führte, ein sehr ernstes, wie sie vermutete. Und sie sah auch, daß Dwayne mit einer Flasche vor den Füßen dahockte und niedergeschlagen zu Boden stierte.

Caroline ließ das alles einfach geschehen. Die Sonne wanderte nach Westen, vom Jahrmarkt drang der Lärm herüber, die Schatten wurden immer länger – und sie genoß die Musik, das Gelächter und das Klatschen der Menge. Zum Teil erstaunte sie das, denn unter dieser Oberfläche drohte ja weiter Gefahr. Hier war sie eine von vielen. Eine Mitspielerin in einem sonderbaren, unheimlichen Spiel. Das Schicksal hatte sie in dieses Knäuel von Hitze, Mord und Wahnsinn verschlagen. Doch sie ließ sich nicht unterkriegen. Nein, mehr noch: Sie handelte. Sie glaubte sogar, hier Heilung von all ihren Übeln gefunden zu haben.

Ihr Blick wanderte zu Tucker hinüber. Ja, sie hatte hier schon viel gewonnen, aber was hinderte sie daran, noch mehr für sich zu erhoffen?

Der alte Koons riß sie aus ihren Träumen. »Mir ist schon schwindlig im Kopf, so gut spielst du!«

»Oh, danke, Mr. Koons.«

»Mensch, Mädchen, du bringst die Fiedel richtig zum Tanzen. Jetzt haben wir uns alle ein Bier redlich verdient.« Er erhob sich mühsam. »Und du hältst dich immer noch für eine Yankee?«

Sie lächelte. Ein größeres Kompliment konnte es im Süden kaum geben. »Nein, Mr. Koons, inzwischen bin ich mir da nicht mehr so sicher.«

»Sie waren wunderbar, Miss Caroline!« strahlte Jim sie an.

»Ach, weißt du, wenn du vorhin nicht so nett gelächelt hättest, hätte ich mich wohl nicht getraut zu spielen.«

Nun kam Toby Arm in Arm mit seiner Frau auf sie zu. Er humpelte noch ein wenig, und seine linke Seite zierte ein dicker Verband. »Wir wollen Ihnen danken, Miss. Ich weiß nicht, was ohne Ihre Hilfe aus uns geworden wäre.«

»Ich schäme mich richtig, daß ich mich noch nicht bei Ihnen gemeldet habe!« rief Winnie. »Ich konnte meinen Mann ja nur ins Krankenhaus fahren, weil unsere Kinder bei Ihnen und Miss Della in so guten Händen waren. Dafür kann ich Ihnen gar nicht genug danken.«

»Ach, das ist wirklich nicht der Rede wert. Unter Nachbarn hilft man sich doch gegenseitig.«

Die kleine Lucy zupfte Caroline am Ärmel. »Miss Caroline, mein Daddy will noch vor dem Feuerwerk die Nationalhymne singen. Mr. Tucker hat ihn extra darum gebeten.«

»Wirklich? Dann freue ich mich schon darauf.«

»So, komm jetzt mit.« Toby nahm seine kleine Tochter bei der Hand. »So wie ich Tuck kenne, sucht er diese Dame schon längst. Da wollen wir die zwei doch nicht stören! Außerdem müssen wir noch ein schönes Plätzchen fürs Feuerwerk finden. Es wird gleich dunkel.«

»Wie lange dauert es denn noch?« drängte Lucy.

»Eine halbe Stunde noch.«

»So lange? Ich warte jetzt schon den ganzen Tag!«

Caroline sah schmunzelnd zu, wie Toby und Winnie mit ihrer immer noch quengelnden Tochter davonzogen.

Jim schnitt eine Grimasse. »Die ist ja noch ein Baby.«

Der überhebliche Ton amüsierte Caroline. Letzte Nacht noch hatte Jim seine kleine Schwester unter Einsatz seines Lebens verteidigt. »Weißt du, was mir soeben gekommen ist, Jim?«

»Nein, Ma'am, was denn?«

»Daß ich nie Geschwister hatte.« Seine verdatterte Miene war zu köstlich. Lachend bückte sich Caroline nach dem Geigenkasten. »Geh doch auch zu deinen Leuten. Ich muß noch schnell ein Telefongespräch führen. Wenn du Tucker siehst, sag ihm bitte, daß ich gleich wieder da bin.«

Caroline verstaute die Geige im Koffer und ging über den grünen Rasen zum Haus mit seinen herrlichen weißen Säulen. Ihre Mutter würde Augen machen, wenn sie ihr so unvermutet alles Gute zum Unabhängigkeitstag wünschte.

Ich habe mich von dir befreit, Mutter. Versuch doch auch, dich von mir zu lösen. Vielleicht finden wir ja zueinander, wenn diese dünnen, straffen Saiten nicht mehr zwischen uns stehen.

Caroline drehte sich noch einmal um. In der Dämmerung war Sweetwater immer besonders schön. Aus der Ferne grüßten die Lichter des Jahrmarkts. Sie verhießen ihr Hoffnung. Das fröhliche Kreischen der letzten Karussellfahrer drang an ihr Ohr.

Bald würden Raketen und Leuchtkugeln durch die Dunkelheit zischen und Böllerschläge losdröhnen. Sie ging weiter. Auf keinen Fall wollte sie dieses Spektakel verpassen.

Caroline war in Gedanken so mit dem Telefonat beschäftigt, daß sie den Stimmen vor dem Haus keine Aufmerksamkeit schenkte. Erst als ihr der erregte Tonfall auffiel, blieb sie jäh stehen. Sie erkannte Josie und Dwayne. Die Geschwister standen auf der Auffahrt unmittelbar vor der Veranda und schrien aufeinander ein. Wenn zwei sich streiten, zog man sich am besten diskret zurück. Caroline überlegte, daß sie auch hinten über die Terrasse ins Haus gelangen konnte. Sie wollte gerade umkehren, da sah sie etwas in Dwaynes Hand aufblitzen. Caroline erstarrte. Es war ein Messer.

Sie wagte sich nicht mehr zu rühren. Während am Rande der Baumwollfelder die Leute gespannt auf den Beginn des Feuerwerks warteten und hier die Grillen ihr lautes Konzert anstimmten, ahnten Bruder und Schwester nicht, daß jemand sie beobachtete.

»Das kannst du nicht machen!« rief Josie wütend. »Dazu hast du einfach kein Recht!«

»Mensch, Josie! An dem Messer klebt Blut!« Benommen, als hätte das matte Glänzen ihn hypnotisiert, starrte Dwayne die Klinge an.

»Gib's mir. Ich kümmere mich schon um alles Weitere.«

»Sieh doch ein, daß ich das nicht kann, Josie. Wie weit soll es denn noch gehen? Mein Gott, ich hab' sie doch gekannt ... Arnette ... Francie ... Warum kann ich nicht aufwachen und merken, daß es ein Alptraum war?«

»Laß los!« zischte Josie ihm ins Gesicht Sie versuchte, ihm das Messer zu entreißen. »Und laß endlich das Geschwätz! Du spinnst doch total! Das höre ich mir nicht noch einmal an.«

»Ich muß ...«

»Du müßt mir zuhören. Sieh mir in die Augen, Dwayne.« Da er Folge leistete, senkte sie die Stimme. »Als Geschwister müssen wir doch zusammenhalten, Dwayne!«

Der Griff seiner schweißnassen Finger um den Griff des Messers lockerte sich etwas. »Ich würde alles für dich tun, Josie. Das weißt du genau, aber ...«

»Sehr schön.« Lächelnd entwand sie ihm das Messer. Caroline atmete erleichtert auf. »Und jetzt tu mir einen Gefallen. Laß mich das Ganze in die Hand nehmen, dann kann überhaupt nichts geschehen.«

Dwayne verbarg schluchzend das Gesicht in den Händen. »Wie kannst du das sagen?«

»Trau nur deiner Josie, Dwayne. Geh zu den anderen zurück und schau dir das Feuerwerk an. Und den Rest vergißt du einfach, das ist das Wichtigste. Denk einfach nicht mehr dran. Um das Messer kümmere ich mich.«

Dwayne ließ die Hände resigniert sinken. »Du weißt doch, daß ich dir nie weh tun würde, Josie. Aber ich habe Angst. Wenn so was wieder passiert ...«

»Es wird nichts mehr passieren.« Sie verstaute die Waffe in ihrer Handtasche. »Es wird nie wieder passieren, Dwayne, und wir werden die Sache gemeinsam hinter uns bringen.«

»Ich würde dir ja so gerne glauben. Aber sollten wir nicht lieber Tucker Bescheid ...«

»Nein! Er darf nichts wissen. Und selbst wenn du es ihm erzählst, es würde dein Gewissen ja doch nicht beruhigen. Geh bitte zu den anderen und hab Vertrauen zu deiner guten Josie.«

»Ich kann einfach nicht mehr denken!« stöhnte er. »Alles geht wie wild durcheinander!«

»Dann denk einfach nicht. Tu, was ich dir sage. Ich komme gleich nach.«

Dwayne setzte sich in Bewegung, blieb jedoch nach zwei Schritten stehen. »Josie«, sagte er, den Blick zu Boden gerichtet. »Wie konnte das geschehen?«

»Darüber werden wir uns später unterhalten, Dwayne. Mach dir jetzt keine Sorgen mehr.«

Er schlurfte an Caroline vorbei, ohne sie zu bemerken. Sie freilich sah sein von Entsetzen gezeichnetes Gesicht nur allzu deutlich. Dann verschluckten ihn die Schatten der Nacht.

Caroline blieb wie angewurzelt stehen. Lähmende Angst bemächtigte sich ihrer. Das Herz pochte ihr bis zum Hals. Dwayne war also schuld an der Verstümmelung von fünf Frauen. Der Bruder des Mannes, den sie liebte, war ein Mörder! Und sie wußte, wie sehr Tucker an seinem älteren Bruder hing. Der Mörder wie die Opfer taten ihr auf einmal unendlich leid. Soviel Leid war angerichtet worden, soviel stand noch bevor. Von ganzem Herzen wünschte sie sich, sie könne sich umdrehen und weglaufen. Und so tun, als hätte sie nichts gesehen, nichts gehört. Als wüßte sie nichts.

Doch Josie täuschte sich. Tucker mußte unbedingt davon erfahren. So sehr sie auch zusammenhielten, eine liebende Schwester war mit diesem schrecklichen Geheimnis überfordert. Tucker mußte es wissen und mit ihr die nächsten Schritte erörtern. Nur gemeinsam konnten sie es schaffen.

Läutlos huschte Caroline über die Veranda ins Haus und hinauf in den ersten Stock. Beklemmende Stille lastete über den Zimmern. Caroline überlegte fieberhaft. Die richtigen Worte wollten und wollten ihr nicht einfallen. Vor Josies Zimmer blieb sie stehen. Die Tür stand offen.

Das Chaos im Raum bildete einen unerwarteten Gegensatz zur Ruhe, die von der vor dem Fenster stehenden Frau auszugehen schien.

»Josie.« Obwohl Caroline mit sanfter Stimme sprach, fuhr die andere erschrocken herum. Ihr Gesicht war im Dämmerlicht blaß wie der Tod.

»Das Feuerwerk geht gleich los, Caroline. Das willst du doch nicht verpassen.«

»Das tut mir ja so leid, Josie. Ich weiß nicht, wie ich euch helfen kann, aber ich möchte tun, was in meiner Macht steht.« Sie merkte, daß sie immer noch den Violinkoffer in der Hand hielt. In ihrer Verlegenheit lehnte sie ihn gegen den Türstock.

»Was tut dir leid, Caroline?«

»Ich habe euch gehört. Dich und Dwayne.« Sie holte tief Luft und trat ein. »Ich habe ihn mit dem Messer gesehen, Josie.«

»O Gott, nein!« Josie sank auf den nächsten Stuhl. Stöhnend verbarg sie das Gesicht in den Händen.

Caroline durchquerte das Zimmer und kauerte sich vor ihr nieder. »Ich kann bestenfalls ahnen, wie es jetzt in dir aussieht, aber ich möchte euch unbedingt helfen.«

»Halte dich da raus!« Josies Stimme wurde eisig. Sie ließ die Hände in den Schoß sinken. Noch schimmerten Tränen in ihren Augen, doch sie würden bald trocknen.

»Du weißt, daß das nicht geht. Nicht nur wegen Tucker. Auch euretwegen. Dafür mag ich euch alle viel zu sehr.«

»Gerade deswegen sollst du dich ja raushalten!« Josie packte Caroline am Handgelenk. »Ich weiß, was du für ihn empfindest, und daß du ihm nicht weh tun möchtest. Laß mich das allein regeln!«

»Und wenn ich auf dich höre, was passiert dann?«

»Dann wird alles schnell vergessen sein.«

»Josie. Diese Frauen sind alle tot. Wie krank Dwayne auch sein mag, niemand macht sie mehr lebendig. Das kann keiner vergessen.«

»Daran ändert sich auch nichts, wenn man alte Wunden aufreißt und unsere Familie ins Unglück stürzt!«

»Es geht um Gerechtigkeit, Josie. Und Dwayne braucht Hilfe.«

Josie sprang auf. »Hilfe?« schrie sie mit sich überschlagender Stimme. »Findet er die etwa im Gefängnis?«

»Er ist krank, Josie«, erklärte Caroline traurig und richtete sich ihrerseits auf. Da inzwischen vollkommene Dunkelheit herrschte, knipste sie Josies Nachttischlampe an. Das Zimmer wurde in einen mattrosa Schein getaucht »Liebe und Verständnis können nur der erste Schritt sein«, fuhr Caroline fort. »Aber ohne ärztliche Hilfe kommt er nicht weiter. Es geht ja nicht nur um ihn. Nur so können noch mehr Morde verhindert werden!«

»Vielleicht haben sie den Tod verdient.« Josie fing an, auf- und abzulaufen. Unablässig massierte sie sich dabei die Schläfen. »Ich finde es auch überhaupt nicht kalt, wenn man so etwas sagt. Du kannst das übrigens gar nicht beurteilen, du kanntest sie ja überhaupt nicht – im Gegensatz zu mir.«

»Ich urteile ja nicht, ich finde nur, daß kein Mensch einen so grausamen Tod verdient hat. Wenn jetzt nichts geschieht, sterben vielleicht noch mehr Menschen, Josie.«

»Da hast du wohl recht.« Josie blieb vor dem Spiegel stehen. Versonnen starrte sie in ihr eigenes Gesicht. »Ich hatte gedacht, weil Dwayne so fertig ist … Aber ich hätte es gleich wissen müssen … Es ist das Blut … Wie bei einem verwilderten Hund … Hat er einmal daran geleckt, gibt es kein Zurück mehr, Caro.«

Caroline stellte sich hinter sie. Ihre Blicke begegneten einander im Spiegel. »Es gibt gute Ärzte. Ich kann euch einen empfehlen, der ihm garantiert helfen wird.«

»Ärzte!« höhnte Josie. »Was für ein Blödsinn. Hast du deine Mutter gehaßt und deinen Daddy geliebt?«

»So einfach ist das nie.«

»Manchmal schon. Hör mal. Da draußen singt Toby March. Wahnsinn, was der Mann für eine Stimme hat!«

»Josie, wir müssen es Tucker sagen. Und wir müssen Dwayne so weit bringen, daß er sich stellt. Es tut mir leid, anders geht es nicht.«

»Ich weiß, daß es dir leid tut.« Seufzend griff Josie in ihre Handtasche. »In der Seele tut es mir weh, Caroline.« Sie fuhr herum. In ihrer Hand blitzte eine Pistole auf. »Du oder meine Familie, Caroline. Du oder die Longstreets. Du weißt, was das heißt.«

»Josie . . .«

»Das ist eine Derringer. Schau sie dir genau an. Mein Daddy hat sie mir zum sechzehnten Geburtstag geschenkt ›Sweet Sixteen‹ hat er mich genannt. Er war ein eingeschworener Verfechter der Selbsthilfe. Ich habe ihn geliebt. Meinen Vater habe ich gehaßt, aber meinen Daddy habe ich geliebt.«

Caroline benetzte sich die trockenen Lippen. Noch hatte sie keine Angst. Der Schock ließ noch keine Gefühle zu. »Steck die Waffe ein, Josie. Du kannst Dwayne so nicht helfen.«

»Es geht nicht nur um Dwayne, sondern um die ganze Familie.«

»Miss Caroline?« Es war Cys Stimme, die durch das Treppenhaus hallte. Die beiden Frauen zuckten zusammen. »Miss Caroline. Sind Sie im Haus?«

Panik flackerte in Josies Augen auf. »Sag ihm, daß er gehen soll, Caro. Ich will nicht auch noch dem Jungen was antun.«

»Ich bin in meinem Zimmer, Cy!« rief Caroline, ohne den Blick vom schwarzen Lauf der Pistole zu wenden. »Geh ruhig voraus. Ich komme gleich nach.«

»Mr. Tucker hat mir aber aufgetragen, daß ich bei Ihnen bleiben soll.«

»Ja, ja, schon gut. Aber ich habe dir doch gesagt, daß ich gleich komme.« Ihre Stimme zitterte leicht. Die ersten Anzeichen der Angst machten sich bemerkbar. »Los, geh schon.«

»Jawohl, Ma'am. Das Feuerwerk fängt gleich an.«

»Schön. Laß es dir nicht entgehen.«

Caroline wagte nicht zu atmen, bis die Tür unten endlich ins Schloß fiel.

»Es hätte mir wirklich leid um den Jungen getan«, wiederholte Josie. »Ich mag ihn nämlich unheimlich gern. Er gehört ja fast schon zur Familie.« Auf ihren Lippen flackerte ein gespenstisches Lächeln.

»Josie ...« Caroline rang um einen halbwegs ruhigen Tonfall. »So lassen sich keine Probleme lösen. Und du weißt doch, daß ich Dwayne nie weh tun würde.«

»Nein, aber du würdest deine Pflicht tun. So wie ich die meine tun muß.« Sie griff wieder in die Handtasche. Diesmal zog sie das Messer heraus. »Es gehörte meinem Daddy. Die Jagd war sein ein und alles. Mit diesem Messer hat er die Tiere immer an Ort und Stelle ausgenommen. Daß er sich die Hände mit Blut besudelte, hat Daddy nicht gestört. Ich habe ihn für mein Leben gern begleitet. Mir hat die Jagd immer unheimlich Spaß gemacht.«

»Josie, bitte steck das Messer weg.«

Josie drehte die Klinge im Lichtschein hin und her. »Tja, aber der gute Tucker hatte es noch nie besonders mit dem Töten. Er hat immer daneben geschossen. Absichtlich. Was hat Daddy ihm nicht für Standpauken gehalten! Na ja, und Dwayne hat zwar fleißig auf die Hasen oder Böcke geschossen, aber wenn es ums Ausnehmen ging, wurde ihm jedesmal schlecht. Ach, waren die zwei empfindlich! Daddy hat sie Memmen genannt. Und dann hat er zu mir gesagt: ›Josie, komm her und zeig es den zwei Memmen.‹« Sie lachte auf. »Tja, und das habe ich auch getan. Beim Anblick von Blut hat sich mir der Magen nie umgedreht. Es hat so einen besonderen Geruch. Irgendwie wild und trotzdem herrlich süß.«

Caroline wich Zentimeter für Zentimeter zurück. Sie wollte etwas sagen, brachte aber nur ein Krächzen hervor. Wieder trafen sich ihre Blicke.

»Nach Daddys Tod habe ich das Messer geerbt.« Sie hielt die Klinge ins Licht. »Es ist auf mich übergegangen.«

Caroline starrte gebannt in das funkelnde Silber. Hinter ihr explodierten die ersten Raketen.

30

Wie lächerlich die hübsche kleine Pistole auf einmal neben dem Messer mit der langen, scharfen Klinge wirkte. Caroline achtete nicht weiter auf die Derringer. All ihre Konzentration und Angst richtete sich auf das glitzernde Silber.

»Josie, so kannst du Dwayne doch nicht beschützen.«

»Glaubst du mir etwa nicht?« Fast hätte Josie laut herausgelacht. Ein Teil ihrer selbst vollführte wahre Freudensprünge. »Tröste dich: Damit bist du in bester Gesellschaft, Caro. Keiner – am allerwenigsten unser hochgeschätzter Special Agent – hätte es einer Frau zugetraut. Such doch jemanden, der Frauen haßt, habe ich ihm gesagt. Aber er hat es nicht kapiert. Du dagegen weißt, daß niemand so abgrundtief hassen kann wie eine Frau.«

Der Schock fuhr Caroline durch sämtliche Glieder, während draußen das Zischen, Prasseln und Knallen richtig losging.

»Warum solltest du hassen?«

»Ich habe meine Gründe, jede Menge sogar.« Josie trat näher heran. Ihre goldenen Augen funkelten vor dem Hintergrund des taghell erleuchteten Himmels. »Ich muß meine Familie schützen. Ich muß mich selbst schützen. Und jetzt bin ich wieder dazu gezwungen. Diesmal wird es mir allerdings keinen Spaß machen, weil ich dich mag, weil ich Hochachtung vor dir habe. Mir ist auch klar, wie sehr es Tucker treffen wird.« Sie bemerkte, daß Caroline zurückwich. »Bitte laß das. Zwinge mich nicht, dich zu erschießen. Du hättest keine Chance. Keiner würde etwas hören.«

Nein, niemand würde sie hören. Sie könnte schreien – so wie Edda Lou damals –, und keiner würde etwas mitbekommen. Die Derringer war genau auf ihre Kehle gerichtet. Eine winzige Kugel würde genügen. Ein unscheinbarer Tod.

»Ich will dich auch nicht leiden sehen«, fuhr Josie fort. »Bei dir soll es anders sein als bei deinen Vorgängerinnen.«

Versuch zu denken! befahl Caroline sich. Etwas mußte ihr doch helfen. Die Familie konnte der Schlüssel sein. Wenn ihr doch nur ein

Weg einfiele, ihn auch zu benutzen! »Tucker und Dwayne werden leiden, Josie.«

»Ich weiß. Ich werde sie trösten.« Ihr Blick schweifte für einen Moment ab, weil draußen goldene Funken durch die Luft stoben. »Ein hübscher Anblick, nicht wahr? Die Longstreets veranstalten hier in Sweetwater seit über hundert Jahren Feuerwerke. Das ist mehr als nur Tradition. Ich weiß noch gut, wie Daddy mich auf den Schultern getragen hat, damit ich dem Himmel näher sein konnte. Er hat mich gern seine kleine Rakete genannt. Mama hat immer nur zugesehen und nie ein Wort gesagt. Sie wollte mich nicht haben, weißt du.«

»Das glaube ich nicht.« Wie lange dauerte das Feuerwerk denn noch? Sie mußte Zeit gewinnen. Sie hoffte, daß Tucker oder sonst jemand im Haus nach ihr suchen würde.

»Du glaubst mir nicht? Ich will's dir gern erklären. Wir haben ja noch Zeit. Danach wirst du eher verstehen, warum ich so handeln muß. Das wird es uns beiden erleichtern. Austin Hatinger war mein Vater.« Josie mußte über Carolines bestürzte Miene grinsen. »Du hast dich nicht verhört, dieser bigotte Heuchler und feige Drecksack ist mein leiblicher Vater. Er hat meine Mutter vergewaltigt – und ich bin das Ergebnis. Sie wollte mich nicht haben, aber ihr blieb nichts anderes übrig, als mich auf die Welt zu bringen.«

»Wie kannst du dir da so sicher sein?«

»Sie war sich sicher. Ich habe sie zufällig gehört, wie sie es Della in der Küche erzählte. Della wußte als einzige Bescheid.« Weil das Messer ihr genügte, ließ Josie die Derringer in die Tasche gleiten. »Daddy hat sie kein Sterbenswörtchen gesagt, wohl aus Angst vor ihm. Und um die Farmilie und um Sweetwater. Also trug sie mich aus und fand sich mit mir ab. Aber sie beobachtete mich ständig, ob ich nicht auch so würde wie mein leiblicher Vater.«

»Josie!«

»Ich war längst erwachsen, als ich es herausfand. Sie hatte mich mein ganzes Leben lang belogen. Meine schöne Mutter, die feine Dame, die Frau, der ich immer nachgeeifert hatte, war eine hundsgemeine Lügnerin.«

»Sie wollte dir doch nur Kummer ersparen.«

»Sie haßte mich. Ich erinnerte sie jeden Tag aufs neue an die

386

Zeugung im Dreck vor Austins Haus, wo sie vergeblich um Hilfe schrie. Bestimmt hat sie sich danach ständig gefragt, ob sie nicht auch mitbeteiligt war. Warum sie überhaupt dorthin gegangen war. Ob sie wirklich nur Mitleid für Austin und seine arme Frau hatte.«

»Das kannst du doch deiner Mutter nicht vorwerfen, Josie!«

»Aber ich kann ihr vorwerfen, daß sie mich mit einer Lüge aufgezogen hat. Daß sie mich aus den Augenwinkeln beobachtet hat und gedacht hat, ich sei weniger als sie, weniger als jede andere Frau. Das hat sie Della wortwörtlich gesagt. Und dann hat sie noch gemeint, mir sei vielleicht kein Glück vorherbestimmt und ich könne wegen meines Bluts nie eine eigene Familie haben. Wegen meines besudelten Bluts!«

Die letzten Worte spuckte Josie heraus. Im selben Moment tauchte eine Flut von Raketen und Feuerrädern das Zimmer in ein Farbenmeer.

»Es war nach meiner zweiten Scheidung, als ich wieder nach Sweetwater zog. Und meine Mutter hatte diesen komischen Blick, als wäre ich an allem schuld. An dem Tag erzählte sie Della von ihren Befürchtungen. Sie meinte, daß es vielleicht auch Gottes Strafe für sie selber war, weil sie mich und alle anderen belogen hatte. Sie war ziemlich deprimiert. Es mußte ihr schon eine ganze Weile schlecht gegangen sein. Sie ging dann zu den Rosen hinaus. Ich folgte ihr und stellte sie zur Rede. Ich wollte es von ihr persönlich hören. Es kam zu einem entsetzlichen Streit. Schließlich ließ ich sie einfach stehen. Sie weinte fürchterlich. Wenig später fand Tucker sie tot in den Rosen. Wahrscheinlich habe ich sie umgebracht.«

»Nein, das hast du nicht. Du bist genausowenig schuld wie sie, Josie.«

»Das ändert heute doch auch nichts mehr. In mir wuchs etwas heran. Kein Kind – die Ärzte hatten mir gesagt, daß ich nie eins haben würde. Es war etwas ganz anderes. Es brannte in mir und gab keine Ruhe mehr. Mit Arnette hat es dann angefangen. Sie wollte sich Dwayne angeln, und zwar mit derselben miesen Tour wie Sissy. Ich sollte ihr als Köder dienen. Nach außen hin habe ich mitgespielt. Aber ich habe viel darüber nachgegrübelt. Ganze Nächte habe ich wach im Bett gelegen und hin und her überlegt. Mama hatte ein Leben erschaffen und ihr Geheimnis darüber gewahrt. Ich wollte ein Leben zerstören und mich ebenfalls in Schweigen hüllen.«

Ein gewaltiges Getöse draußen kündigte das baldige Ende des Feuerwerks an.

»Trotzdem brauchte ich dazu auch einen triftigen Grund. Ich bin doch kein Tier. Es mußte jemand sein, der es wirklich verdient hatte! Schließlich verfiel ich auf all diese Frauen, die sich aufdonnern und so affig herumschäkern und sich dann aber auf einmal zieren, nur damit ihnen die Männer aus der Hand fressen. Ich habe ja auch jede Menge Männer gehabt, aber ich habe nie einen angelogen, um ihn zu kriegen.«

»Arnette? Ich dachte, sie war deine Freundin.«

»Eine Schlange war sie! Dabei war sie bei mir nur zweite Wahl. Ursprünglich hatte ich es auf Susie abgesehen. Ich hatte immer gehofft, Burke und ich würden doch noch zusammenfinden ... Das Dumme war nur, Susie paßte nicht in mein Schema. Außer Burke hat sie in ihrem ganzen Leben keinen anderen Mann angeschaut, und darum hatte ich kein Recht, sie umzubringen. Sie hätte den Tod nicht verdient.«

Josies Stimme wurde immer leiser. Es war, als führe sie ein Selbstgespräch. Caroline begriff erst jetzt, was für eine ungeheuerliche Geschichte sie da zu hören bekam. Ein eisiges Gefühl breitete sich in ihrem Magen aus – Todesangst.

»Aber Arnette war ja da. Es war überhaupt kein Problem, sie betrunken zu machen und sie dann zum Gooseneck zu fahren. Dort habe ich sie mit einem Stein bewußtlos geschlagen, ausgezogen und gefesselt. O Gott, war das eine kalte Nacht! Trotzdem habe ich gewartet, bis sie wieder zu sich kam. Dann habe ich so getan, als sei ich mein Vater und sie meine Mutter. Und ich habe Sachen mit ihr angestellt, bei denen mir warm wurde.«

»Danach wurde es eine Zeitlang besser«, sagte Josie träumerisch. »Doch bald fing das Ding in mir wieder zu wachsen an. So kam ich auf Francie. Sie bot sich mir geradezu an, so wie sie mit Tucker spielte. Die nächste hätte Sissy sein sollen, aber da unterlief mir ein Fehler. Trotzdem war es unheimlich toll. Mit jedem Mal wurde es besser. Als sie das FBI holten, konnte ich nur noch lachen. Auf mich wäre nie einer gekommen. Teddy hat mich sogar mit in die Leichenhalle genommen und mir Edda Lou gezeigt. Zuerst war es ja grauenhaft, aber dann kam mir, daß ich das getan hatte und daß niemand das herausfinden würde. Ich hatte mein Geheimnis, so wie Mama das ihre hatte. Und ich wollte es wieder und wieder tun und die anderen blind herumtappen sehen. Mit Darleen war es am vollkommensten. Genau so hatte ich es mir immer vorgestellt.«

»Du warst doch bei ihrer Mutter, als sie sie suchten.«

»Happy tat mir leid. Ich wollte sie trösten. Darleen war es nicht wert, daß man ihretwegen weinte. Keine war auch nur eine einzige Träne wert. Aber du bist es, Caro. Warum hast du die Sache nicht auf sich beruhen lassen? Ich hatte Dwayne versprochen, nie wieder so etwas zu tun, weil es ihm gar so wichtig war. Aber jetzt zwingst du mich, mein Versprechen zu brechen.«

»Diesmal werden sie es aber herausfinden.«

»Kann sein. Aber selbst wenn, ich habe meine Vorsorgemaßnahmen getroffen. Eines Tages hätte ich alles sowieso auf meine Weise beenden müssen.«

Draußen donnerte das Feuerwerk noch einmal los wie eine Maschinengewehrsalve. Danach herrschte Stille.

»Ins Gefängnis oder in eine von den Anstalten, wo sie die Leute einsperren, die sie nicht verstehen, gehe ich auf keinen Fall. Dreh dich jetzt bitte um, damit ich dich fesseln kann. Ich verspreche dir, daß es ganz schnell gehen wird.«

Tucker wühlte sich im bunten Feuerregen durch die Menge. Seit über einer halben Stunde suchte er nun schon Caroline. Frauen. Als ob er nicht schon genug am Hals gehabt hätte – Dwayne, das FBI. Und da mußte sie ausgerechnet jetzt verschwinden!

»Ein schönes Spektakel!« rief ihm Tante Lulu von ihrem Regiestuhl aus zu.

»Mmmmm-hmmmm.«

»Tu doch nicht so. Du hast ja gar nicht hingeschaut.«

Um ihr einen Gefallen zu tun, schaute er nach oben, wo eine Rakete wie ein Regenschirm aus rot-weiß-blauen Lichtern aufstieg und zerplatzte. »Hast du Caroline gesehen?«

»Sag bloß, du hast deine Yankee schon wieder verloren?« kicherte sie und zündete eine Wunderkerze an.

»Sieht ganz so aus! Vor einer halben Stunde hat sie noch Geige gespielt, und seitdem ist sie wie vom Erdboden verschluckt!«

»Spielen kann sie ja wirklich. Wird wohl über kurz oder lang wieder vor den gekrönten Häuptern Europas auftreten.«

»Kann schon sein. Wie soll ich sie nur unter so vielen Menschen erkennen?«

»Hier wirst du sie aber auch nicht finden, weil ...« Tante Lulu verstummte und zog eine Schnute. Ihre Wunderkerze war ausgegangen. »Weil sie hier nicht ist. Ich habe sie zum Haus gehen sehen.«

»Wozu ... Ach, sie wollte sicher ihre Geige zurückbringen. Aber warum ist sie dann noch nicht wieder da? Ich gehe mal nachsehen.«

»Dann verpaßt du aber das große Finale.«

»Ich bin ja gleich wieder zurück.«

Ganz gegen seine Gewohnheit fing Tucker an zu laufen. Warum vergrub sie sich nur im Haus? Er bekam Gewissensbisse, weil sie vielleicht nur ihm zuliebe gespielt hatte, ohne es selbst zu wollen. Ärgerte sie sich am Ende und hatte wieder einen von diesen Migräneanfällen bekommen? Er beschleunigte seine Schritte und wäre fast über Dwayne gestolpert.

»Mensch, was verkrümelst du dich denn in der Dunkelheit?«

Sein Bruder hockte, den Kopf zwischen den Knien, auf dem Boden. »Ich weiß einfach nicht, was ich tun soll. Aber etwas muß geschehen, und dafür brauche ich einen klaren Kopf.«

»Ich habe dir doch gesagt, daß ich das in die Hand nehme. Burns wirbelt bloß Staub auf.«

»Ich könnte natürlich behaupten, daß ich es war«, murmelte Dwayne. »Es wäre vielleicht das Beste.«

Tucker rüttelte ihn an der Schulter. »Erzähl mir keinen Scheiß, ja! Aber darüber unterhalten wir uns später. Im Moment muß ich Caroline suchen. Hoffentlich ist sie im Haus. Komm mit, sonst verplapperst du dich heute noch.« Er zog seinen Bruder hoch.

»Ich habe ihr doch versprochen, daß ich nichts sage«, murmelte Dwayne. »Aber etwas muß geschehen, Tuck. Sonst passiert wieder ein Unglück.«

»Es wird auch was geschehen.« Mit einem resignierten Seufzer legte Tucker Dwaynes Arm um seine Schulter. Allein hätte er in seinem Zustand kaum noch laufen können. »Verlaß dich da ganz auf mich. Ich weiß doch Bescheid.«

»Du weißt Bescheid?« Dwayne blieb abrupt stehen. Tuckers von Flüchen begleitete Versuche, ihn weiterzuzerren, nahm er nicht wahr. »Sie hat behauptet, du hättest keine Ahnung. Und als ich meinte, du müßtest es auch erfahren, hat sie gesagt, nur das nicht.«

»Was denn?«

»Das mit dem Messer! Daddys altes Jagdmesser! Ich habe es unter dem Sitz in ihrem Auto gefunden. Wie konnte sie das nur tun? Daß sie zu solchen Sachen fähig sein soll ... Und was geschieht jetzt mit ihr?«

Tucker erstarrte. Er meinte, sein Blut gefriere ihm in den Adern. »Wovon sprichst du?«

»Josie war's! Unsere Josie!« Dwayne fing an zu schluchzen. »Sie hat sie umgebracht, Tuck, sie hat sie alle umgebracht! Ich muß sie der Polizei ausliefern, aber wie soll ich danach weiterleben?«

Tucker wich zurück. »Du hast sie doch nicht mehr alle.«

»Wir müssen es tun, Tuck. Sie hatte es auf Sissy abgesehen.«

»Halt dein Maul!« Blind vor Angst und Wut, drosch Tucker seinem Bruder die Faust ins Gesicht. »Du bist besoffen. Wenn ich noch einmal so was von dir höre, dann ...«

»Mr. Tucker!« Mit weit aufgerissenen Augen tauchte Cy vor ihnen auf. Der Junge war vollkommen verstört. Er hatte alles mitbekommen.

»Was, zum Teufel, hast du hier zu suchen?« herrschte ihn Tucker an. »Warum schaust du dir nicht das Feuerwerk an?«

»Ich ... Sie haben mir doch aufgetragen, bei Miss Caroline zu bleiben.« Cy zitterte wieder vor Angst. »Sie ist ins Haus gegangen, aber sie hat mir gesagt, ich solle nicht raufkommen.«

»Caroline?« sagte Tucker mit ausdrucksloser Stimme.

Der Kinnhaken hatte Dwayne ernüchtert. Er begriff Cys Worte als erster. Entsetzt packte er Tucker am Hemd. »Josie! Sie hat das Messer eingesteckt und ist ins Haus gegangen!«

Tuckers Atem kam auf einmal stoßweise. Er wollte die Furcht, die sich seiner bemächtigte, niederkämpfen, wollte das Grauen nicht wahrhaben, aber noch während er die Fäuste ballte, sah er bereits

die Wahrheit, erkannte er sie in Dwaynes Augen. »Laß mich los!«
Mit einer Kraft, wie sie nur die Panik freisetzt, stieß er seinen Bruder
zu Boden. »Ich muß Caroline da rausholen.«

Er rannte los. In seinem Rücken jubelte die Menge, in seinem
Nacken saß die Angst mit ihrem entsetzlichen, kalten Atem.

»Ich werde es dir nicht leicht machen, Josie.« Vor der Pistole fürchtete Caroline sich nicht, wohl aber vor der Stahlklinge. Doch gerade
jetzt mußte sie gefaßt bleiben. »Du weißt genau, daß es so nicht weitergehen kann. Egal, was du empfindest, egal, was deine Mutter
dir angetan hat, durch Morde kannst du es nicht ungeschehen machen.«

»Ich wollte so sein wie sie, aber die anderen haben immer gesagt,
ich gehe nach meinem Vater. Sie hatten recht.« Das sagte Josie in
einem sonderbar ruhigen, fast melodiösen Tonfall. »Sie wußten gar
nicht, wie recht sie hatten, und sie werden es nie erfahren. Es ist
und bleibt mein Geheimnis, Caroline. Und um es zu wahren, muß
ich dich töten.«

»Ich weiß. Aber was kommt danach? Dwayne und Tucker werden schrecklich leiden. Dwayne, weil er dein Geheimnis kennt und
daran endgültig zerbrechen wird, und Tucker, weil er Gefühle für
mich hat. Und weil du sie liebst, wirst du genauso leiden.«

»Ich habe keine andere Wahl. Jetzt dreh dich endlich um. Du
machst es uns beiden doch nur schwer.«

Das letzte Echo vom Spektakel draußen dröhnte noch in ihren Ohren, da drehte Caroline sich ganz langsam um. Sie wagte nicht, die
Augen zu schließen, doch sie schickte ein Stoßgebet zum Himmel.
Als sie Josie zu etwa drei Vierteln den Rücken gekehrt hatte, fiel ihr
Blick auf die Tischlampe. Sie packte sie und schmetterte sie gegen
die Wand. Im Schutz der Dunkelheit hechtete sie auf das Bett und
ließ sich auf der anderen Seite zu Boden rollen.

»Das nützt dir überhaupt nichts.« Josies Stimme zitterte vor Aufregung. Ihr Jagdtrieb war geweckt. »Du machst es mir nur leichter,
Caro. Ich brauche dich nicht mehr anzusehen und stelle mir einfach
eine von den anderen vor.«

Auf leisen Sohlen huschte Josie über den Teppich. Caroline lugte
über den Bettrand und versuchte, den Schatten der anderen zu er-

kennen. Wenn sie es doch nur zur Tür schaffte! Wenn sie doch nur auf den Gang schleichen könnte!

»Ich liebe die Dunkelheit.«

Mit angehaltenem Atem kroch Caroline Zentimeter für Zentimeter fort vom Bett.

»Bei Dunkelheit macht mir die Jagd den größten Spaß! Daddy hat immer gesagt, ich habe Augen wie ein Luchs. Und ich höre dein Herz schlagen.« Blitzschnell stach sie auf die Stelle ein, wo Caroline soeben noch gekauert hatte.

Caroline biß sich auf die Lippen, um einen Schrei zu unterdrücken. Sie konnte ihr eigenes Blut schmecken, doch gerade jetzt durfte sie sich nicht bewegen. Allmählich stellten sich ihre Augen auf die Dunkelheit ein. Im blassen Mondlicht erkannte sie nun Josies Silhouette mit dem Todeswerkzeug in der Hand. Sie brauchte nur den Kopf zu drehen, und sie würden einander ins Gesicht sehen.

Ganz langsam wandte Josie sich nun um. In ihren Augen spiegelte sich das Mondlicht. Ihre Lippen waren zu einem verzerrten Grinsen verzogen. Caroline mußte an Austins Miene denken, als er sich ihr genähert hatte – den nackten Wahnsinn in den Augen.

»Es wird schnell gehen«, versprach Josie und hob das Messer.

In einem letzten verzweifelten Versuch rollte Caroline sich zur Seite. Die Klinge durchbohrte ihr Kleid, nagelte es an den Boden. Mit einem Entsetzensschrei riß sie sich los und stürzte zur Tür. Jetzt mußte doch gleich das Messer durch die Luft pfeifen. Steckte die Klinge nicht schon zwischen ihren Schulterblättern? Aber noch rann ihr kein heißes Blut über die Haut.

Schlagartig gingen im Flur die Lampen an. Das plötzliche grelle Licht schien ihr mitten in die Augen, raubte ihr die Sicht.

»Caroline!« Tucker stürzte auf sie zu, riß sie hoch. »Ist dir auch nichts geschehen? Sag doch, daß nichts war!« Er drückte sie an sich. Hinter ihr erblickte er seine Schwester.

Josie hielt das Messer in der Hand. In ihren Augen glühte etwas Wildes. »Josie! Was in Gottes Namen hast du getan?«

Das wilde Leuchten verglomm. Tränen schossen in ihre Augen. »Ich konnte nicht anders. Es war stärker als ich.« Josie drehte sich um und stürzte auf die Loggia hinaus.

»Lauf ihr nach, Tucker! Laß sie nicht allein!«

Tucker sah seinen Bruder unschlüssig auf dem Treppenabsatz stehen. »Kümmere du dich um Caro!« schrie er und setzte Josie, ihren Namen unaufhörlich brüllend, nach. Einige von den Feiernden, die bereits auf dem Heimweg waren, blieben vor dem Haus stehen und blickten neugierig nach oben. Tucker fegte über die Loggia, stieß die Türen zu den anderen Schlafzimmern auf und machte überall die Lichter an. Keine Josie war zu sehen. Er rüttelte an der Tür zum Schlafzimmer ihrer Eltern. Sie war verschlossen.

»Josie!« Tucker trommelte gegen das Glas. »Josie, mach sofort auf und laß mich rein! Ich brech' die Tür sonst auf!«

Er drückte die Augen gegen das Glas und versuchte zu erkennen, was sich da drinnen abspielte. Seine Schwester war dort allein. Und sie war geisteskrank!

Tucker hämmerte wieder drauf los. Glas zersplitterte. Seine Finger bluteten bereits. »Mach die verdammte Tür auf!« Ein Geräusch hinter ihm ließ ihn herumfahren. Es war Burke. »Geh da weg, Burke! Das geht dich nichts an. Sie ist meine Schwester.«

»Tuck, Cy hat mir nichts sagen wollen, aber ...«

»Hau ab.« Tucker warf sich mit seinem ganzen Gewicht gegen die Tür. Das Bersten von Glas ging unter in einem Knall. Einem Schuß.

»Nein!« Tucker sank auf die Knie. Seine Schwester lag auf dem Ehebett ihrer Eltern. Blut spritzte über den weißen Samtbezug. »Oh, Josie, nein!« Er hatte bereits begriffen, daß es für jegliche Hoffnung zu spät war. Schluchzend setzte er sich aufs Bett. Er schloß sie in seine Arme und wiegte sie an seiner Brust.

»Ich bin froh, daß du gekommen bist.« Caroline schenkte zwei Tassen Kaffee ein und setzte sich Della gegenüber an den Küchentisch. »Ich wollte längst mit dir sprechen, hielt es aber für besser, bis nach der Beerdigung damit zu warten.«

»Der Pfarrer sagt, daß sie jetzt Ruhe gefunden hat.« Della biß die Lippen aufeinander. Dann hob sie die Tasse. »Gebe Gott, daß er recht hat. Es sind die Lebenden, die leiden, Caroline. Es wird noch einige Zeit dauern, bis Dwayne und Tucker den Schock und den Schmerz überwunden haben. Und auch die anderen. Happy, Junior und die Verwandten von Arnette und Francie.«

»Und du auch.« Caroline ergriff Dellas Hand. »Du hast sie doch auch geliebt.«

»Oh ja.« Della zwinkerte. Tränen traten ihr in die Augen. »Ich werde nie aufhören, sie zu lieben, egal, was sie verbrochen hat. In ihr steckte eine schlimme Krankheit. Letztendlich hat sie das getan, worin sie ihre einzig mögliche Heilung sah. Wenn sie dir auch etwas getan hätte ... Gott sei Dank ist es nicht mehr so weit gekommen. Tucker hätte sich nie mehr von dem Schlag erholt. Hoffentlich wendest du dich jetzt nicht wegen seiner Schwester von ihm ab.«

»Laß das bitte Tuckers und meine Angelegenheit sein, Della. Aber eins möchte ich dir unbedingt sagen, weil ich finde, daß du ein Recht hast, es zu erfahren. Josie hat mir von ihrer Mutter erzählt, über die Umstände ihrer Zeugung.«

Dellas Hand fing an zu zucken. »Sie wußte es?«

»Ja, sie wußte es.«

»Aber wie hat sie es erfahren?«

»Durch einen Zufall. Ich weiß, daß es für dich und Mrs. Longstreet sehr hart gewesen sein muß, die ganze Zeit mit diesem schrecklichen Geheimnis zu leben.«

»Wir hielten es für das Beste so. Als sie an dem Tag, an dem Austin ihr das angetan hatte, heimkam, war ihr Kleid zerfetzt. Ihr Gesicht war leichenblaß. Und die Augen erst! Sie sahen aus wie bei einer Schlafwandlerin, so vollkommen umnebelt und ausdruckslos. Sie ist sofort nach oben gegangen und in die Badewanne gestiegen. Und hat sich geschrubbt, geschrubbt, geschrubbt, bis die Haut überall wund war. Ich sah die Blutergüsse, und mir war alles klar. Ich wußte es einfach. Und weil ich wußte, wohin sie gegangen war, stand für mich auch sofort fest, wer es war.«

»Du mußt nicht darüber sprechen, Della«, sagte Caroline, doch Della schüttelte den Kopf.

»Ich wollte rüberrennen und ihn umbringen, aber ich konnte sie doch nicht alleine lassen. So hielt ich sie die ganze Zeit in den Armen, während sie in der Badewanne saß und weinte und weinte. Als keine Tränen mehr kamen, sagte sie, daß Mr. Beau nie etwas erfahren dürfe. Er nicht, und auch sonst niemand. Sie hatte Angst, die zwei würden sich gegenseitig umbringen, und da hatte sie sich wohl auch nicht getäuscht. Ich konnte sagen, was ich wollte, die Vorstellung, daß sie schuld sei, ließ sie sich durch nichts ausreden. Dabei hatte es in ihrem Leben außer Mr. Beau nie einen anderen Mann gegeben. Als Mädchen war sie sehr schön gewesen. Hin und wieder hatte sie sich wohl auch mit Austin getroffen, aber sie hatte ihm nie und nimmer Hoffnungen gemacht. Daß sie ihn heiraten wollte, das war Austins fixe Idee.«

»Er hatte kein Recht, ihr so etwas anzutun, Della. Es war ein Verbrechen. Zweifel an ihrer Unschuld sind vollkommen ausgeschlossen.«

»Trotzdem quälte sie sich mit Selbstvorwürfen.« Della wischte sich schniefend die Tränen aus den Augen. »Daß er kein Recht dazu hatte, das sah sie auch. Aber sie glaubte, sie habe ihn irgendwie dazu getrieben. Und dann war sie schwanger. Mr. Beau kam als Vater nicht in Frage. In der Zeit, in der sie fruchtbar war, hatte er sich in Richmond aufgehalten. Das Kind konnte also nur von Austin stammen. Jetzt durfte ihr Mann erst recht nichts erfahren. Sie wollte ja auch dem Kind nicht schaden. So versuchte sie nach Möglichkeit, alles zu vergessen, aber sie sorgte sich, noch dazu, weil Josie ein so wildes Kind war. Äußerlich ging Josie ja ganz nach ihrer Mama, wie ihre Brüder auch. Aber weil wir eben wußten, wer ihr Vater war, erkannten wir wohl auch einige von seinen Charakterzügen in ihr.«

Die sah sie auch, dachte Caroline, doch das behielt sie für sich.

»Sie sollte es nie erfahren. Und dann hat sie es doch herausgefunden. Wäre sie an dem Tag doch nur zu mir gekommen! Ich hätte ihr sagen können, was ihre Mutter alles für sie getan hat, um sie zu beschützen.« Seufzend betupfte Della sich die Augen. Mit brüchiger Stimme fuhr sie fort. »Aber sie wußte es, sie wußte es. Hat sie vielleicht deswegen ... Oh, mein Kleines, mein armes, armes Kleines.«

»Du darfst dich nicht grämen.« Caroline tätschelte Della die Hand. In jener Nacht in Josies dunklem Zimmer war vieles gesagt worden, was für immer dort eingeschlossen bleiben sollte. »Sie war krank, Della. Mehr wissen wir nicht. Jetzt sind sie alle tot – Josie, ihre Eltern, Austin. Wir können niemanden verurteilen. Wir schulden es den Lebenden, denen, die wir lieben, daß ihr Geheimnis mit ihnen begraben wird.«

Della nickte tapfer. »Vielleicht findet Josie so auch eher Ruhe.«

»Vielleicht auch wir.«

Caroline hatte gehofft, Tucker würde kommen. Sie hatte ihm Zeit geben wollen, doch obwohl Josie nun schon seit einer Woche unter der Erde lag, hatte sie ihn kaum gesehen, und wenn, dann nie allein.

Innocence tat sein Bestes, um sich von den schrecklichen Ereignissen zu erholen. Von Susie hatte Caroline erfahren, daß Tucker die Familien der Opfer aufgesucht hatte. Was jeweils hinter geschlossenen Türen gesprochen worden war, ging Außenstehende nichts an, aber sie hoffte, es würde die Wunden heilen helfen.

Der Sommer neigte sich dem Ende zu. Die Temperaturen fielen auf ein erträgliches Maß, und das ganze Delta atmete auf.

Das Wetter lockte zum Spaziergang. Caroline legte Useless die Leine an und zog los. Die Blumen, die ihre Großmutter vor Jahren gepflanzt hatte, standen in voller Pracht. Sie brauchten nur ein bißchen Pflege und Geduld.

Useless zerrte an der Leine, und Caroline beschleunigte ihre Schritte. Vielleicht spazierten sie heute nach Sweetwater. Einen Versuch war es auf alle Fälle wert.

Am Ende ihrer Auffahrt erblickte Caroline plötzlich Tuckers Wagen. Der rote Porsche wirkte genauso protzig auf sie wie bei ihrer ersten Begegnung, als er in einem Höllentempo auf sie zugerast war. Heute mußte sie darüber lächeln. Ein Herz heilte nicht so schnell wie zerbeultes Blech, aber auch Menschen erholten sich irgendwann. Mit viel Pflege und Geduld.

Caroline zog Useless mit sich über den Rasen. Sie wußte, wo sie Tucker antreffen würde.

Tucker liebte diesen Teich, liebte die Stille und den Frieden dort. Lange war er sich nicht sicher gewesen, ob er jemals wieder an seinem Ufer würde sitzen können. Seine Rückkehr an diesen Ort war ein Versuch für ihn gewesen. Das tiefgrüne Schilf und der ruhig daliegende Teich übten jedoch nach wie vor ihren Zauber auf ihn aus. Das Glück war noch immer in weiter Ferne, aber er lehnte sich nicht mehr gegen das Schicksal auf.

Auf einmal raschelte es im Dickicht. Im nächsten Augenblick kam Useless auf ihn zugeschossen und sprang schwanzwedelnd an ihm hoch.

»Nicht so stürmisch, Kleiner. Mann, du bist aber gewachsen.«

»Ist das nicht Landfriedensbruch?« Caroline trat aus dem Wäldchen.

Tucker begrüßte sie mit einem unsicheren Lächeln. »Deine Großmutter hat mich hier gerne geduldet.«

Sie setzte sich neben ihn. »Wenn das so ist, will auch ich nicht mit der Tradition brechen.« Lächelnd sah sie zu, wie der Hund Tucker die Hände abschleckte. »Er hat dich vermißt. Ich übrigens auch.«

»Ich ... ich hatte in der letzten Zeit viel zu erledigen.« Tucker warf einen Knüppel für den Hund ins Dickicht. Useless jagte ihm sofort nach. »Die Hitze hat nachgelassen«, fügte er bedächtig hinzu.

»Das habe ich auch gemerkt.«

»Na ja, es wird bald wieder heißer.«

Caroline verschränkte die Hände ineinander. »Da hast du wohl recht.«

Den Blick auf das Wasser gerichtet, sagte er unvermittelt »Caroline, wir haben uns über diese schlimme Nacht noch gar nicht unterhalten.«

»Das müssen wir auch nicht.« Sie griff nach seiner Hand.

Tucker schüttelte traurig den Kopf. Er stand auf, als wolle er gehen. »Sie war meine Schwester«, sagte er mit belegter Stimme. Erst jetzt fiel Caroline auf, wie abgespannt er aussah. Sie fragte sich, ob er je wieder zu seinem sorglosen Lächeln imstande sein würde. Sie wünschte es ihm und sich.

»Sie war sehr krank, Tucker.«

»Das versuche ich auch so zu sehen. So etwa, als ob sie Krebs gehabt hätte. Ich habe sie geliebt, Caroline. Ich liebe sie auch jetzt noch. Es tut weh, wenn ich an sie denke. Sie war ja so voller Leben. Und es tut weh, wenn ich an all die Toten denke, die sie auf dem Gewissen hat. Aber am schlimmsten ist es, wenn ich die Augen schließe und dich aus dem Zimmer rennen sehe und dicht hinter dir Josie mit dem Messer in der Hand.«

»Ich kann dir nicht versprechen, daß wir beide das je vergessen werden, Tucker. Aber eines habe ich gelernt: Ich blicke nicht mehr zurück.«

Er warf einen Kieselstein ins Wasser. »Ich war mir nicht sicher, ob du mich wiedersehen wolltest.«

»Hättest du aber sollen.« Caroline erhob sich, als der Hund aufgeregt mit dem Knüppel im Maul zurückgerannt kam. »Du hast die Geschichte zwischen uns beiden angefangen, Tucker. Du warst es, der sie nicht auf sich beruhen lassen wollte, auch dann nicht, als ich dir erklärt habe, daß ich mich auf nichts einlassen wollte.«

Er warf wieder einen Stein ins Wasser. »Das stimmt wohl. Ich habe die ganze letzte Woche hin und her überlegt, ob es nicht das Beste wäre, wenn ich dich deinen Weg gehen lassen würde, so wie du ihn ja auch gegangen bist, bevor ich in dein Leben getreten bin.«

Caroline beobachtete die Kreise, die der versinkende Stein auf der Wasseroberfläche verursachte. Manchmal, so sagte sie sich, erreichte man mehr, wenn man etwas bis auf den Grund aufwühlte und nicht einfach auf sich beruhen ließ. Sie packte ihn am Arm, zwang ihn, ihr ins Gesicht zu sehen. »Oh ja, das ist ja sehr edel von dir. Und so typisch! Kaum wird es kompliziert, rennst du zur Tür. Ich bin aber nicht so wie die anderen!«

»Ich meine doch nicht, daß ...«

»Ich sage dir, was du meinst: ›War nett mit dir, Caro. Bis irgendwann mal wieder.‹ Die Tour kannst du bei mir vergessen. Du schlenderst nicht einfach so in mein Leben hinein, stellst alles auf den Kopf und verziehst dich wieder mit einem unbeteiligten Achselzucken. Ich liebe dich und will von dir wissen, was du nun zu unternehmen gedenkst.«

»Es ist ja nicht so, daß ich ...« Tucker verstummte. Als plagten ihn jähe Schmerzen, drückte er die Augen fest zu, dann legte er beide Hände auf ihre Schultern. »O Gott, Caro.«

»Sag mir endlich, was ...«

»Scht. Sei bitte eine Minute ganz still. Ich muß dich halten.« Er drückte sie fest an sich, bis sie das Zittern seiner Muskeln spürte. »In den letzten Tagen hatte ich oft dieses Bedürfnis. Aber ich hatte Angst, du würdest dich zurückziehen.«

»Das war ein Irrtum.«

»Ich wollte verzichten und dich loslassen. Leider tauge ich nicht zum edlen Helden.«

»Gott sei Dank.« Lächelnd warf sie den Kopf zurück. »Ich warte immer noch auf deine Antwort.«

»Ich will dich küssen. Reicht das nicht?«

»Nichts da.« Caroline stemmte ihn mit beiden Händen weg. »Ich will eine Antwort. Ich habe gesagt, ich liebe dich, und ich will wissen, was du zu unternehmen gedenkst.«

Tucker wußte plötzlich nicht mehr, wohin mit seinen Händen. Der Einfachheit halber steckte er sie in seine Hosentaschen. »Ich hatte schon ziemlich genaue Vorstellungen ... vor den Ereignissen der letzten Woche.«

Sie schüttelte den Kopf. »Es gibt kein Davor. Versuch's mit dem Heute.«

»Ich hatte wohl auch deine Tournee im Hinterkopf. Willst du sie denn immer noch absolvieren?«

»Diese eine, ja. Allein schon meinetwegen.«

»Das dachte ich mir schon. Und dann sagte ich mir, daß du vielleicht was gegen einen Begleiter hättest.«

Ein Lächeln huschte über ihre Lippen. »Das stimmt nicht unbedingt.«

»Ich würde dich gerne begleiten, wenn ich dürfte. Ich kann nicht gleich für mehrere Wochen wegfahren, wo ich doch für Cy verantwortlich bin und Sweetwater nicht seinem Schicksal überlassen darf, zumal Dwayne in diesem Sanatorium auf Entzug ist. Aber für ein paar Tage hin und wieder ...«

»Hier und dort?«

»Genau. Und dann habe ich mir gedacht, wenn du gerade keine Termine hast, könntest du jederzeit hierherkommen und mit mir zusammen sein.«

Caroline schürzte die Lippen. »Erklär mir das ›mit mir zusammen sein‹ mal genauer.«

Er stieß die Luft mit zittrigem Atem aus. Sein ganzes Leben hatte er seine tieferen Gefühle für sich behalten. Um so schwerer fiel es ihm nun, sie ihr mitzuteilen: »Ich will, daß du mich heiratest und mit mir Kinder bekommst. Und zwar hier. Wahrscheinlich habe ich in meinem ganzen Leben noch keinen sehnlicheren Wunsch gehabt.«

»Du siehst ein bißchen blaß aus, Tucker.«

»Das kommt von meiner Angst. Aber es ist schon ziemlich hart von dir, so etwas nach einem Heiratsantrag zu sagen.«

»Stimmt. Du hast ein Recht auf ein schlichtes Ja oder Nein.«

»Moment mal. Daran ist überhaupt nichts schlicht.« Er packte sie wieder und drückte sie fest an sich. »Wehr dich jetzt bitte nicht dagegen, sondern höre mir zu, ja? Ich will ja gar nicht leugnen, daß wir beide an uns arbeiten müssen.«

»Aber da ist noch etwas, wovon du nichts gesagt hast. Und gerade das wäre mir sehr wichtig.«

Tucker öffnete den Mund und klappte ihn wieder zu. Ihr steter, geduldiger Blick zwang ihn zu einem erneuten Anlauf. »Ich liebe dich, Caroline. Mein Gott, wie ich dich liebe! Das habe ich noch nie zu einer Frau gesagt. Und ich verlange von dir auch nicht, daß du es glaubst.«

Sie schmiegte sich an ihn. »Ich glaube dir aber«, flüsterte sie. »Es bedeutet nur viel mehr, weil es dich eine solche Anstrengung gekostet hat, es auch zu sagen.«

»Von jetzt an wird es mir wohl leichterfallen.«

»Bestimmt sogar. Gehen wir doch ins Haus zurück. Da kannst du schon mal üben.«

»Klingt ganz vernünftig.« Er pfiff nach dem Hund, der sogleich herbeigelaufen kam. Arm in Arm gingen sie los. »Diesmal hast *du* mir nicht geantwortet.«

»Wirklich?« lachte sie. »Was würdest du von einem schlichten Ja halten?«

»Ich würde es annehmen.« Sie traten ins Sonnenlicht. Tucker wirbelte Caroline einmal im Kreis herum. »Habe ich dir eigentlich schon von meiner Ur-urgroßtante erzählt? Oder war es meine Ur-ur-urgroßtante? Ist ja auch egal. Sie hieß jedenfalls Amelia. Sie ist 1857 mit einem von den McNairs durchgebrannt.«

»Nein, davon hast du mir noch nichts erzählt.« Caroline schlang ihre Arme um seinen Hals. »Aber du wirst es bestimmt gleich tun.«

Zärtlichkeit
des Lebens

Für Ruth und Marianne, die das Buch gelesen, mir zugehört und mich vor allem zum Lachen gebracht haben.

1

Es war ein makelloses, harmonisches Gebäude. Die ersten fünf Stockwerke glichen einem Kubus, durchwirkt von einer Fensterfront, und auf diesem Sockel erhob sich ein gläserner Turm, der dank seiner Lichtdurchlässigkeit und trotz seiner fünfzig Stockwerke filigran wirkte. Fast schwerelos schien er den azurblauen Himmel zu durchschneiden.

Sarah stand unter der gleißenden Sonne, beschattete sich mit einer Hand die Augen und legte den Kopf weit in den Nacken, so daß sie das oberste Stockwerk sehen konnte. Ihr Gesicht spiegelte jene Sammlung und Bewunderung wider, die man bei Kunststudenten beobachten kann, die das Werk eines alten Meisters betrachten. Sie empfand die künstlerische Vollendung, die sich in der Grazilheit des emporstrebenden Turms, der Anmut der horizontalen Linie, dem perfekten Zusammenspiel von Form und Funktion ausdrückte. In seiner Höhe und Schlankheit lag Eleganz – und auch Kraft. Sie erkannte Macht darin. Sarah schätzte Macht sehr, ungeachtet dessen, ob sie einem unbelebten Gegenstand oder einem Lebewesen zueigen war. Ihr eigenes Machtbewußtsein hatte sie ihr ganzes Leben lang kultiviert.

Sie war das Kind ruhiger, durchschnittlicher Eltern. James Lancaster war Kinderarzt gewesen, ein hochgewachsener, hagerer Mann, bei Sarahs Geburt fünfunddreißig Jahre alt. Er hatte rostbraunes Haar, kluge Augen, eine lange, dünne Nase und einen großen Mund mit schmalen Lippen. Sarah erinnerte sich an ihn als an einen Mann mit behutsamen Händen, der häufig lächelte. Ein Mann ohne List und Tücke.

Penelope Lancaster, die zehn Jahre jünger als ihr Mann war, glich ihr Konto jeden Monat bis auf den Pfennig genau aus; donnerstags studierte sie die Sonderangebote in der Zeitung. Sie führte ihren Haushalt in New Rochelle mustergültig und strich alle zwei Jahre eigenhändig die Fensterläden. Obwohl klein von Statur, hatte sie überraschend lange Beine und feste, gut entwickelte Brüste. Ihr

Gesicht war klassisch oval geschnitten und rosig überhaucht, ihre Augen groß und grün. Im Ganzen eine jener natürlichen blonden Schönheiten, die bis ins hohe Alter ansprechend bleiben.

Dem Zusammenwirken der Gene dieser beiden freundlichen, gutaussehenden Menschen war die sprühende, atemberaubende Schönheit ihrer Tochter zu verdanken. Ihr Gesicht hatte die gleiche Form wie das ihrer Mutter, ihr Teint war eine Mischung aus der hellen Haut ihres Vaters und der blühenden Frische ihrer Mutter. Sie hatte einen großen Mund mit einer Leidenschaft verheißenden vollen Unterlippe. Ihre schöne, gerade und klar gemeißelte Nase verlieh ihrem Provil etwas Ägyptisches. Die großen, mandelförmigen Augen mit den ungewöhnlichen grünen Einsprengseln fesselten den Betrachter. Ihr Haar hatte die Farbe eines Rehkitzes, ein schwer beschreibbares Hellbraun mit unzähligen Lichtnuancen.

Schöne Kinder verfügen über Macht, obwohl dies oft verborgen bleibt, wenn sie nicht gleichzeitig gescheit sind, was Sarah jedoch von jeher gewesen war; ihre Intelligenz war früh gereift. Es hatte ihre Eltern oft beunruhigt, solch wache Klugheit in einem Kindergesicht zu bemerken, das Verständnis eines Erwachsenen in jugendlichen Augen zu entdecken. Ihre Angewohnheit, anderen geradewegs in die Augen zu schauen und nach dem Menschen dahinter zu suchen, hatte sie schon als junges Mädchen entwickelt. Diese reife, fragende Intelligenz hatte sie möglicherweise ihren Altersgenossen entfremdet, doch davor bewahrte sie ihre aufrichtige Zuneigung für andere. Kleine Fehler störten Sarah nicht. Wurden sie von ihr entdeckt, nahm sie sie hin, schätzte sie manchmal sogar wegen ihrer Einzigartigkeit. Gleichförmigkeit verabscheute sie, menschliche Schwächen nahm sie hin. Sie gehörte überdies zu den Menschen, denen es nicht nur gefällt, wenn sie ihren Willen durchgesetzt haben, sondern die auch den Weg dorthin ernstzunehmen wissen.

Von frühester Kindheit an hatte sie ihren Charme ganz selbstverständlich und wirksam als Waffe eingesetzt. Wenn sie damit keinen Erfolg hatte, was hin und wieder passierte, änderte sie einfach ihre Taktik. Sie konnte andere einschüchtern, war launenhaft und eigensinnig. Tränen gebrauchte sie nie als Mittel zum Zweck. Frauen, die Weinen als Waffe benutzten, setzten nach Sarahs Meinung ihre Gleichberechtigung für einen kurzzeitigen Sieg aufs Spiel. Tränen zur passenden Gelegenheit empfand sie als scheinheilig. Sarah hatte noch nie geheuchelt. Zudem wußte sie, daß ihr nüchterner, durchdringender Blick ein ganzes Arsenal von Tränen aufwog.

Jetzt setzte sie ihn ein, um das Haladay-Gebäude gründlich anzuschauen und zu analysieren. In architektonischer Hinsicht schien es hervorragend gelungen zu sein, sowohl was Funktionalität wie auch Ästhetik betraf. Schon immer war es Sarahs Ziel gewesen, wenn sie am Reißbrett saß, diese beiden Aspekte gleichermaßen zu berücksichtigen. Das Haladay-Gebäude paßte zu Phoenix. Es wirkte so klar und leicht wie die Wüstenluft.

Auf seine Art war Maxwell Haladay wohl ebenso hervorragend wie das Gebäude, das für ihn geschaffen worden war. Er war schlau, schnell von Begriff und hatte sich von unten hochgearbeitet. All dies sprach Sarah an. Ihr gefiel das Bodenständige an Haladays Kampf um Erfolg, und sie war gefühlvoll genug, um sich über den glücklichen Ausgang zu freuen. Darüber hinaus regten die geheimnisvollen Gerüchte, die sich um sein Privatleben während seines fünfzigjährigen Aufstiegs zur Macht rankten, ihre Fantasie an.

Sie wußte, daß Haladay vor etwa dreißig Jahren wegen gesundheitlicher Probleme seiner Frau nach Arizona gezogen war. Nach ihrem Tod war die Hauptniederlassung seines Unternehmens in Phoenix geblieben, obwohl Haladay-Niederlassungen sich über die ganze Welt erstreckten. Sarah hoffte, daß der Mann sich als ebenso interessant wie sein Gebäude erwies. Sie beendete ihre Prüfung der auf fünfzig Stockwerke hochgetürmten Fassade und schaute dann schnell nach links und rechts, ehe sie im grellen Sonnenschein die Straße überquerte.

Die Eingangshalle erwies sich als weitläufig und angenehm kühler als der Bürgersteig. Der mit einem Mosaik geschmückte Boden funkelte im Licht eines Dutzends silberner Kronleuchter. An den Wänden hingen Gemälde mit Szenen aus Arizona, mit Wüsten, Bergen, Ebenen, Canyons, und eine besonders ausdrucksvolle Kohlezeichnung einer alten Navajo-Indianerin. Die Künstlerin in Sarah zog es zu dem Porträt, während der Stadtmensch in ihr ein wenig durch die Weite der Landschaftsbilder eingeschüchtert wurde. Ferner gab es noch eine Sammlung von Kakteen, ein Blumenarrangement und etliche Sessel und Sofas, doch im wesentlichen bot die

Halle Weite und Kühle. Eine Reihe von Aufzügen säumte eine dezent beigefarbene Wand.

Es ist soweit, sagte sie sich und schüttelte eine gewisse Spannung im Nacken ab. Es gibt nichts Unhöflicheres, als zu spät zu einem Termin zu kommen. Sie rückte sich das Ledertäschchen, das diagonal über ihrem Blazer hing, auf der Hüfte zurecht, als sie sich den Aufzügen näherte. Dann drückte sie einen Knopf und schickte sich an zu warten.

»Entschuldigen Sie, Miß!«

Sarah drehte sich um und fand sich einem uniformierten Wachmann gegenüber. Er hatte ein eckiges, vom Leben gezeichnetes Gesicht und müde Augen. Sarah hatte eine Schwäche für müde Augen und versuchte seine berufsmäßige Nüchternheit mit einem raschen Lächeln aufzuhellen. »Einen schönen guten Tag.«

Ihr fantastisches Aussehen verfehlte seine Wirkung nicht. Er erwiderte zwar ihren Gruß nicht, zog jedoch den Bauch ein. »Zu wem möchten Sie denn?«

»Ich bin mit Byron Lloyd verabredet.«

»Wie ist Ihr Name, Miß?«

»Sarah Lancaster.« Sie warf einen flüchtigen Blick auf sein Namensschild. Dann lächelte sie ihn wieder an.

Ihr aufrichtiges, bezauberndes Lächeln gab den Ausschlag. »Fünfzigster Stock. Ich rufe hinauf und gebe Bescheid, daß Sie unterwegs sind.«

»Danke, Joe.« Schließlich fügte sie hinzu: »Schaue ich annehmbar aus?«

Sie trug ihr Haar in einem dicken Zopf geflochten und tief im Nacken zu einem Knoten gebunden. Ihr dreiteiliges graues Kostüm wurde durch eine knallrosa Bluse aufgepeppt.

»Sie schauen echt hübsch aus.«

Da sie dies als Joes allerhöchstes Lob interpretierte, schenkte ihm Sarah erneut ein Lächeln, ehe sie den Aufzug betrat. »Wünschen Sie mir viel Glück«, bat sie ihn, was er auch tat, als sich die Aufzugtüren hinter ihr schlossen. »Ich glaube, ich kann es gebrauchen«, flüsterte sie und holte tief Luft.

Dieses Gespräch war der wichtigste Meilenstein in ihrem bisherigen Berufsleben, denn Sarah konzentrierte zur Zeit all ihre Kraft auf ihre Karriere als Architektin. Sie wollte unbedingt für Haladay arbeiten. Das Vorstellungsgespräch in Nework war gut gelaufen, erinnerte sie sich, während sie an den kleinen roten Zahlen ablas, daß sie sich dem fünfzigsten Stock näherte. Schritt eins, ihre Bewerbung, war erfolgreich gewesen. Schritt zwei, das Vorstellungsgespräch mit dem Niederlassungsleiter in Manhattan, hatte bestens geklappt. Schritt drei mußte also ebenfalls von Erfolg gekrönt sein. Das folgte doch wohl logisch daraus, oder etwa nicht? Sarah biß sich auf die Unterlippe. Wenn es ihr in den Kram paßte, dachte sie gern, daß ihre Angelegenheiten sich in folgerichtiger Ordnung entwickeln sollten. Eins, zwei, drei, ohne Umwege. Schritt drei war Byron Lloyd. In Haladays gewaltigem Unternehmen hielt lediglich Maxwell Haladay mehr Macht in Händen als der Mann in der fünfzigsten Etage.

Sarahs natürliches Selbstvertrauen schwand, je höher die Zahlen kletterten. Eine Stelle als Architektin bei Haladay konnte die Weiche stellen zwischen einer einigermaßen erfolgreichen beruflichen Laufbahn und einer glänzenden Karriere. Bei anderen Unternehmen würde sie lediglich Gebäude entwerfen, bei Haladay hingegen würde sich ihr die Chance bieten, *bedeutende* Gebäude zu entwerfen. Wenn Sarah schon als Architektin tätig war, dann wollte sie auch etwas Großartiges bauen. Der Ehrgeiz hatte sie durchs College getrieben, dann in ein namhaftes Neworker Büro, und jetzt zu Haladay Enterprises. Auch dies in drei Schritten. Einfache Mathematik, dachte sie und biß sich wieder auf die Unterlippe. Sarah wußte, sie verfügte über so großes Talent, daß sie Schritt drei verwirklichen konnte. Sie bedurfte lediglich einer günstigen Gelegenheit. Während sie zusah, wie die Zahlen sich in den Vierzigerbereich bewegten, fragte sie sich, ob Byron Lloyd ihr diese Chance bieten würde.

Von der nächsten halben Stunde hing so viel ab. Ich kann es mir nicht leisten, meine Nervosität die Oberhand gewinnen zu lassen. Byron Lloyd muß mich unbedingt als fähig, selbstbewußt und beherrscht kennenlernen. Und das bin ich ... die meiste Zeit. Es wäre leichter, wenn mir die Stelle nicht so sehr am Herzen läge. Sarah seufzte, doch als die Türen aufgingen, hob sie das Kinn. Sie würde die Stelle bekommen.

Der Empfangsbereich im fünfzigsten Stock war mit einem gold-farbenen Teppichboden ausgelegt. Sarah konnte sich nicht vorstellen, daß selbst ein Stöckelabsatz jemals durch den zentimeterdicken Flor bis zum Boden gedrungen war. Die drei anwesenden Sekretärinnen musterten sie flüchtig, und schon eilte eine kleine Brünette auf Sarah zu. Sie trug das Haar in einem glatten, kinnlangen Pagenschnitt, der ihre Gesichtszüge und die runden grünen Augen gut zur Geltung brachte. Obwohl sie sich sehr gewandt bewegte, kam Sarah zu dem Schluß, daß ihre Anmut eher einstudiert denn natürlich war. Als sie näher kam, fing Sarah einen leichten Hauch von Arpège auf.

»Miß Lancaster, ich bin Kay Rupert, die Sekretärin von Mr. Lloyd.« Kay streckte die Hand aus. »Hoffentlich hatten Sie einen angenehmen Flug?«

»Ja.« Da sie Kays Hand zu kühl fand, ließ Sarah sie schnell wieder los. »Ich fliege gern von Osten nach Westen.« Sie schaute auf die Uhr und rechnete schnell den Zeitunterschied aus. »Natürlich verliert man beim Rückflug wieder all die Zeit, so daß sich nichts wirklich ändert.«

Kay hob bei Sarahs strahlendem Lächeln fast unmerklich die Braue.

»Nein, wohl kaum. Mr. Lloyd erwartet Sie. Wenn Sie bitte mit mir kommen.«

Die perfekte Sekretärin, dachte Sarah. Gott sei Dank ist sie nicht meine.

Sie folgte Kay durch doppelte Glastüren, die auf einen breiten Korridor führten. Die Wände waren in einem perlfarbenen Ton makellos gestrichen, was einen ausgezeichneten Hintergrund für die dort hängenden Gemälde abgab. Zu Kays Mißfallen blieb Sarah stehen, um einen Matisse anzuschauen. »Gehört zu Mr. Lloyds Sammlung«, teilte Kay ihr knapp mit.

Ein Mann mit Geschmack, dachte Sarah, während sie an ihrer Unterlippe nagte. Und mit finanziellen Mitteln. Dieser Gedanke verursachte ein unruhiges Kribbeln in ihrem Magen. Ein Sammler. Sie drehte sich wieder zu Kay um, und ihre Blicke trafen sich. Wie es so ihre Art war, schaute Sarah die Sekretärin unverhohlen an und versuchte nicht, ihren musternden Blick zu verbergen; auch als sie das wachsende Unbehagen der anderen Frau spürte, verschwand ihr Lächeln nicht.

»Das Bild ist schön«, sagte sie schlicht und schloß sich Kay wieder an.

Kay drehte sich um und ging weiter den Korridor entlang. Diese Dame, dachte Sarah, leistet bestimmt ausgezeichnete Arbeit, die Zusammenarbeit mit ihr ist aber sicher alles andere als ein Zuckerschlecken. Nach einem knappen Klopfen öffnete Kay eine Tür und trat über die Schwelle. »Miß Lancaster ist hier, Mr. Lloyd.« Mit der Unaufdringlichkeit, die Sarah von ihr auch erwartet hatte, zog sich Kay zurück und verschwand.

Einen Augenblick lang, in dem seltsamerweise die Zeit für sie stillzustehen schien, nahm Sarah nichts von dem Zimmer wahr. Ihr Blickfeld verengte sich und konzentrierte sich auf den Mann, der sich hinter einem großen Ebenholzschreibtisch erhob. Als er auf sie zuging, überkam Sarah heftig und derart intensiv kalte Angst, daß es sich wie ein stechender Schmerz anfühlte. Wie aus großer Entfernung hörte Sarah ihn ihren Namen sagen, und seine Stimme schien irgendeine bekannte Seite ihrer Erinnerung anzuschlagen. Ihr schoß durch den Kopf, daß es kein Zurück mehr gäbe, wenn sie erst einmal in die ausgestreckte Hand eingeschlagen hätte.

»Miß Lancaster, geht es Ihnen gut?«

Sarah schüttelte den Kopf wie ein Taucher, der plötzlich aus dem Wasser auftaucht, und zwang Luft in ihre Lungen und wieder heraus. Die Nerven, sagte sie sich. Und zuviel Sonne. »Ja, ja, danke«, murmelte sie und legte ihre Hand in die seine. Sein Händedruck war warm und fest. »Ich fürchte, ich habe zu lange in der Sonne gestanden und das Gebäude angeschaut.« Sie lächelte in der Hoffnung, damit ihren ungeschickten Auftritt vergessen zu machen.

Er sagte nichts. Ihre Hand lag kalt in der seinen. Einen Augenblick lang standen sie da und schauten einander an.

Er war größer, als sie erwartet hatte, und zeigte sowohl im Gesicht wie auch am Körper eine fast animalische Hagerkeit. Sein volles, leicht gewelltes Haar war von jenem tiefen Schwarz, das im Sonnenlicht wahrscheinlich einen leichten bläulichen Schimmer zeigte. Über die Gesichtsknochen spannte sich fest die gebräunte Haut. Er hatte das schmale, knochige Gesicht eines Kriegers oder Gelehrten.

Irgendwie stand es ihrer Meinung nach im Widerspruch zu dem perfekt geschnittenen Anzug. Der Kontrast gefiel ihr auf Anhieb. Seine Brauen verliefen in einem leicht geschwungenen Bogen über den großen, schwerlidrigen und überraschend blauen Augen.

»Ich habe Sie mir ganz anders vorgestellt«, sagte Sarah. Lächelnd wartete sie, daß er ihre Hand losließ.

Byron neigte den Kopf, hielt aber ihre Hand noch einen Augenblick länger fest, da er die Wärme in sie zurückfließen spürte. »Was haben Sie denn erwartet?«

»So genau weiß ich das jetzt nicht mehr.«

Er wies mit der Hand auf eine Sitzgruppe, dann führte er sie durch den Raum. Sie ließ sich auf einen weich gepolsterten Sessel aus elfenbeinfarbenem Leder nieder.

»Darf ich Ihnen etwas anbieten?« fragte er.

Eine Griechenlandreise, einen Mercedes 450 SL und einen Kühlschrank mit Abtauautomatik. Sarah hakte die ersten drei Wünsche ab, die ihr in den Sinn kamen. Ihr ging es schon wieder besser. »Nein«, antwortete sie und lächelte dann unbefangen. »Danke.«

Byron sah das schnelle Aufblitzen von Humor, äußerte sich aber nicht dazu. Als er sich hinter seinen Schreibtisch setzte, beobachtete Sarah, wie er unbewußt eine Autoritätshaltung annahm. Nun entsprach er ihren Erwartungen. Autorität paßt gut zu ihm, fand sie.

»Dave Tyson von unserer Neworker Niederlassung hat sich positiv über Sie geäußert.« Seine Stimme war tief und weich, wie gut gealterter Scotch. Sarah fiel auf, daß er so große Hände und lange Finger wie ein Musiker oder Chirurg hatte. Beim Sprechen ließ er die Hände ruhig auf dem Schreibtisch liegen. Sie wandte ihre Aufmerksamkeit von seinen Händen ab und seinem Gesicht zu. Einem äußerst attraktiven Gesicht von unverhohlener Sinnlichkeit, mit Augen, die einen in ihren Bann zogen, weil sie Geheimnisse bargen.

»Ich freue mich, das zu hören«, meinte sie. Während sie sich entspannter auf ihrem Sessel zurücklehnte, versuchte sie sich vorzustellen, daß sie es sich eher für einen freundlichen Plausch denn für ein wichtiges Vorstellungsgespräch bequem machte. »Ich nehme an, ich habe es ihm zu verdanken, daß Sie mich zu diesem Gespräch eingeladen haben.«

»Ihr beruflicher Werdegang war von großer Bedeutung«, bemerkte er. »Er hat Mr. Haladay sehr gefallen.« Während er weitersprach, dachte sie über das Wunder nach, daß Maxwell Haladay höchstpersönlich ihren Lebenslauf gelesen hatte. »Haladay Enterprises ist, wie Sie sicher wissen, das größte und diversifizierteste Bauunternehmen in den Vereinigten Staaten. Wir haben die Meßlatte sehr hoch angelegt und stellen nur die besten Fachleute ein. Mr. Haladay war beeindruckt von Ihren Entwürfen und den Gebäuden, an denen Sie mitgearbeitet haben. Tysons Empfehlung stellt einen weiteren Pluspunkt für Sie dar. Er vertritt die Meinung, daß Ihre Arbeiten für Boumell und Söhne Kreativität und Können beweisen.«

»Das hört man gern.« Sarah zog die Brauen kurz zusammen. »Ich ahnte nicht, daß Mr. Haladay derart umfangreiche Nachforschungen über mögliche künftige Mitarbeiter anstellt.«

»Mr. Haladay interessiert sich für alle seine Angestellten«, versicherte ihr Byron. »Weshalb möchten Sie denn Boumell verlassen und für Haladay arbeiten?«

Sarah hatte eine derartige Frage erwartet, aber nicht damit gerechnet, daß sie so unverblümt gestellt würde, und war angenehm überrascht. »Weil ich bedeutende Gebäude bauen möchte. Diese Chance bietet sich mir bei Boumell nicht, bei Haladay hingegen schon.«

»Sind Sie ehrgeizig oder von Ideen besessen?«

»Beides.« Die Antwort kam wie aus der Pistole geschossen.

Einen Augenblick sah er sie ausdruckslos an. Sarah fragte sich, ob sie nicht vorschnell geantwortet hatte. Vielleicht hätte sie diplomatischer und nicht so ehrlich vorgehen sollen.

»Sie haben bei William Turhane am City College in Nework studiert. Auch er hält viel von Ihnen«, sagte Byron.

»Ja?« Sie lächelte. »Als ich bei ihm studierte, war das nicht immer der Fall. ›Sie bringen mich noch zur Verzweiflung‹ war, glaube ich, sein Lieblingsausdruck. Ein treffender allerdings, da bin ich mir sicher.« Sarah hielt kurz inne, dann entschloß sie sich, den Sprung zu wagen. »Vielleicht könnten Sie mir etwas erklären. Als es sich herumsprach, daß Haladay Enterprises einen neuen Architekten sucht, müssen Sie doch in Bewerbungen geradezu ertrunken sein. Bestimmt verfügten Dutzende von Bewerbern über mehr Erfahrung als ich. Warum bin ich so weit gekommen?«

Byron zögerte einen Moment. Er nahm ein goldenes Zigaretten-etui aus seiner Jackentasche und hielt es Sarah hin. Mit einem Kopfschütteln lehnte sie ab. Innerhalb von Sekunden beurteilte er sie neu. Ihre Schönheit hatte ihn einen Augenblick lang verblüfft, ebenso das kurze Sichtbarwerden ihrer Verletzlichkeit beim Betreten seines Büros. Man hatte ihm berichtet, daß Sarah Lancaster alleinstehend war und dem linken Flügel der Demokraten zugeneigt, sich allerdings mehr an Kunst und alten Filmen als an Politik interessiert zeigte. Man hielt sie für herausragend begabt und ein wenig exzentrisch. Nun stellte er selber fest, daß sie auch ehrlich und offen war. Obwohl er ihre Nervosität spürte, gefiel es ihm, daß sie sich ohne sichtbare Anstrengung beherrschen konnte. Er lehnte sich zurück und verschränkte die langen Finger.

»Sie gehörten zu den besten fünf Prozent in Ihrem Jahrgang am City College. Ihre Arbeiten für Boumell zeigen Potential und Einfallsreichtum. Besonders beeindruckt hat uns Ihr Entwurf der Unitarierkirche in Buffalo.«

Sarah hörte mit gehobenen Brauen zu. Sie fühlte sich nicht geschmeichelt, denn er sprach so unpersönlich wie ein Automat, war aber ganz bei der Sache. Die Unitarierkirche hatte sie ganz alleine entworfen.

»Sie wurden als ein wenig unkonventionell geschildert.« Er hielt inne und beobachtete, wie ein überraschter Ausdruck über ihr Gesicht huschte. Einen Augenblick verlor sie ihren üblichen Schutzwall, und Byron erhaschte ein kurzes Aufflackern von Unsicherheit. »Tatsächlich«, fuhr er fort, da er diesen Punkt weiter verfolgen wollte, um zu sehen, wie sie darauf reagierte, »hat man Sie als ›überkandidelt‹ bezeichnet.«

Einen Herzschlag lang sagte Sarah nichts. Ihre Gedanken jagten sich. Wer hatte sich so geäußert? Sie konnte aus Byrons Stimme absolut nicht entnehmen, ob Überkandideltsein einen Nachteil oder einen Pluspunkt für sie darstellte. Sollte sie das leugnen? Sollte sie beiläufig zustimmen? Sie wußte, daß man sich eine Stelle wie diese leicht mit einer einzigen falschen Antwort verscherzen konnte.

»›Überkandidelt‹ klingt so altjüngferlich«, gab sie in der Hoffnung zurück, unbekümmert zu klingen. »Unkonventionell mag stimmen, je nachdem, was man darunter versteht. Ich habe gehört, daß Maxwell Haladay selbst ein unkonventioneller Mensch sein soll.«

Noch immer gaben Byrons Augen nichts von seinen Gedanken preis. Der ist ganz schön kaltblütig, schloß sie. Ist eine Stelle denn all das wert? fragte sie sich, während sie seinem Blick standhielt, ohne mit der Wimper zu zucken. Himmel ja. Diese Stelle schon. Sie zwang sich dazu, die Schultern locker zu lassen.

Langsam drückte Byron seine Zigarette aus. Hinter ihm fiel das Sonnenlicht schräg durch das getönte Glas auf seinen Schreibtisch. »Dave Tyson hat Ihnen bestimmt die finanzielle Seite dieser Position ausführlich dargelegt?«

Sein abrupter Themenwechsel warf Sarah beinahe aus dem Gleichgewicht. »Ja, er hat mir das Gehalt und die Sozialleistungen des Unternehmens erläutert.«

Byron hob die Braue angesichts dessen, wie beiläufig sie über die großzügigen Sozialleistungen des Unternehmens und die für sie mit einem Stellungswechsel verbundene Gehaltserhöhung von zehntausend Dollar pro Jahr hinwegging.

»Andere Faktoren sind für mich von größerer Bedeutung. Mich interessiert, wieviel schöpferische Freiheit ich als Architektin hätte und wieviel Kontrolle ich über ein von mir entworfenes Gebäude noch während der Bauphase ausüben könnte.«

Byron beobachtete sie. Ihm entging nicht das rauchige Timbre ihrer Stimme, einer Nachtstimme. Er betrachtete ihre feingliedrigen, anmutigen Hände mit den unmodisch kurzen und unlackierten Nägeln, mit denen sie lebhaft gestikulierte. Sie vereinigte, folgerte er, ein ganzes Bündel von Widersprüchen. Das konventionelle Kostüm, die auffallende Bluse, die erotische Stimme, die damenhaften Hände. Ihm gefiel ihre Unverblümtheit, doch er schob sein Urteil über sie noch ein wenig auf.

»Erstens«, setzte er an, »hängt die schöpferische Freiheit vom Ergebnis ihrer schöpferischen Arbeit ab. Mr. Haladay behält sich stets die letzte Entscheidung vor, aber wenn er nicht die Urteilsfähigkeit seiner Mitarbeiter hoch einschätzen würde, würden sie nicht für ihn arbeiten. Zweitens müssen die Architekten bestimmte Bauabschnitte eines von ihnen entworfenen Projekts selbstverständlich beaufsichtigen.«

Sarah stand auf. »Ich verstehe«, murmelte sie und begann, im Zimmer umherzugehen. Seine Antworten gefielen ihr nicht so ganz. Aber zumindest, rief sie sich ins Gedächtnis zurück, hatte er ihr geantwortet. Das war schon etwas. »Ruhige Farben, die Autorität vermitteln«, bemerkte sie, während sie mit dem Finger über die Textiltapete strich. »Elfenbein, crème, beige.« Sarah schätzte das Büro auf etwa fünfunddreißig Quadratmeter und beurteilte es als bestens ausgestattet. Sie spürte, daß in den neutralen Farben und den glatten Oberflächen des Büros sich wenig vom Innenleben dieses Mannes offenbarte. Nur ihre Intuition sagte ihr, daß er weder neutral noch glatt war. Wir hätten uns vielleicht außerhalb dieses Raums etwas zu sagen, dachte sie, ohne diese geschniegelten Büroklamotten und die Ledersessel. »Ihre Wohnung ist wohl anders eingerichtet«, meinte sie und ließ damit ihre Gedanken an die Oberfläche steigen. Sie drehte sich wieder zu Byron um, schaute ihn lange und kühl an und fühlte sich wie beim Schachspiel. Wenn sie schon matt gesetzt wurde, dann wollte sie wenigstens mit wehenden Fahnen untergehen. »Ich eigne mich nicht gut für gefällige Plaudereien«, erklärte sie, »aber ich bin eine gute Architektin.«

»Und eine sehr junge«, gab Byron zurück, der gegen seinen Willen von ihr fasziniert war. Er bemerkte das prompte Aufblitzen von Ärger in ihren Augen.

»Ich bekenne mich schuldig.« Ihre Stimme klang kalt, mit einer Spur von Zorn. »Ich bin sechsundzwanzig, was bedeutet, daß ich kaum die Schulkreide unter meinen Nägeln herausgekratzt habe.«

»Sie müssen sich für Ihr Alter nicht entschuldigen, Miß Lancaster. Ihre Jugend ist einer der Gründe, weshalb Mr. Haladay diese Position mit Ihnen besetzen möchte.«

Bei diesen Worten schaute Sarah hoch. »Verstehe ich Sie recht, daß Sie mir diese Position anbieten?«

»Nein«, verbesserte Byron sie. »Mr. Haladay bietet Ihnen die Stelle an.«

Sarah wandte sich dem Fenster zu und wartete, daß ihre Gedanken sich wieder ordneten. Ihr anfängliches Erschrecken wich einer Mischung aus Freude, Triumphgefühl, Aufregung und Angst. Die Angst kam unerwartet und schien ihr zu sagen: »*Jetzt bietet sich dir die Gelegenheit, Sarah, der Rest hängt von dir ab. Vermaßle es nicht.*«

»Darf ich fragen«, begann sie, überrascht von der Gelassenheit in ihrer Stimme, »wann Mr. Haladay seine Entscheidung getroffen hat?«

»Letzte Woche.«

»Letzte Woche«, wiederholte sie töricht. Sie erinnerte sich lebhaft an die Höllenqualen, die sie in der letzten Woche durchlebt hatte, an die Pein des Zweifels während des Flugs von Nework hierher, an ihr Nervenflattern im Aufzug vor wenigen Minuten. All diese Qualen hätte sie sich sparen können! Sie atmete tief aus. »Warum haben Sie mir das nicht von vornherein erzählt, statt mich hier auf Kohlen sitzen zu lassen?«

»Mr. Haladay wollte gerne, daß ich mir einen persönlichen Eindruck von Ihnen mache. Hätten Sie die Entscheidung schon gekannt, wären meine Fragen nur Spielerei gewesen.«

Freudige Erregung begann jetzt die Oberhand über ihre anderen Gefühle zu gewinnen. Sarah unterdrückte sie. Sie wollte sie sich für später, wenn sie sie auch genießen konnte, aufsparen. Byron sprach weiter, und sie zwang sich dazu, ihm ruhig zuzuhören.

»Phoenix wird Ihnen bestimmt gefallen, Miß Lancaster, wenn Sie sich erst einmal hier eingewöhnt haben.«

»Phoenix? Ich dachte, die Stellenausschreibung bezog sich auf die Neworker Niederlassung.« Ihre Stimme verklang zu einem Gemurmel. »Ich hatte gar nicht damit gerechnet, daß ich nach Phoenix ziehen müßte.«

»Stellt das ein Problem für Sie dar?«

Einen Moment starrte sie ihn an, als sie im Geiste seine Frage wiederholte. Ein Problem? Ist es ein Problem? Traurigkeit trat flüchtig in ihre Augen, dann war sie verschwunden. »Ich kann sofort alles Nötige in die Wege leiten und bis Ende des Monats in Phoenix sein. Werde ich Mr. Haladay kennenlernen, wenn ich mich hier erst eingerichtet habe?«

»Sie handeln recht flott, nicht wahr?« Byron beobachtete ihren Umschwung innerhalb von zehn Sekunden von Wehmut über praktisches Denken zu Eifer.

»Himmel, ja. Und wenn ich jetzt auch schnell bin, erwische ich die Nachmittagsmaschine nach Nework noch.« Sarah durchquerte das Büro. »Ich muß erst noch ein Projekt abschließen, ehe ich meine beruflichen Verpflichtungen lösen und mich auch um allerhand private Angelegenheiten kümmern kann. Eigentlich vergeht ein Monat doch wie im Flug. Und der Mai hat nur dreißig Tage.«

»Einunddreißig«, verbesserte Byron sie automatisch, während er sie zur Tür begleitete.

»Nun, was macht ein Tag schon aus?« Sarah wandte sich ihm zu und schaute ihn lange und offen an. Wie es wohl war, mit ihm zu arbeiten? Schwierig zu beurteilen – nach dem Vorstellungsgespräch.

»Auf Wiedersehen, Mr. Lloyd«, sagte sie energisch und streckte die Hand aus. »Ich melde mich.«

Er ließ ihre Hand nicht los, sondern legte seine linke noch über ihre, die schon auf dem Türgriff lag. So stellte er eine seltsame, intensive Verbindung her. Sie konnte nur knapp den Drang, sich loszureißen, unterdrücken. Aus irgendeinem Grund fühlte sie sich sowohl im Gleichklang als auch uneins mit ihm.

»Rufen Sie Dave an, wenn Sie soweit sind. Das Unternehmen läßt dann Ihre Sachen hierher transportieren.« Seine Stimme klang geschäftsmäßig, aber Sarah fing ein flüchtiges, rätselhaftes Aufblitzen in seinen Augen auf.

»In Ordnung«, stimmte sie zu. »Gibt es noch etwas zu besprechen?«

Sein Blick wich dem ihren nicht aus. Erst jetzt fiel ihr auf, daß sie ihn während des ganzes Gesprächs noch kein einziges Mal hatte lächeln sehen.

»Einen guten Flug«, sagte er und machte ihr die Tür auf.

2

Drei Wochen danach saß Sarah in einem alten Plüschbademantel mit übergeschlagenen Beinen zwischen einem Haufen Kisten und Umzugskartons. Die Fenster ihrer Wohnung waren weit geöffnet und ließen die Neworker Atmosphäre an ihrem letzten Abend in dieser Stadt ins Zimmer. Acht Stockwerke weiter unten toste und pulsierte es. Liza Minnelli hatte gerade am Broadway Premiere, zwei Stadtstreicher zählten ihre Tageseinnahme an einem Brunnen gegenüber von Radio City, Bloomingdale bekam eine neue Lieferung von Gucci, und eine Geschichtslehrerin wurde in diesem Moment im Central Park überfallen.

In der Küche stand Benedict Eager, ein Psychiater mit Praxis auf der Fifth Avenue, und schenkte Wein in mit Comicfiguren verzierte Senfgläser. Fast ein Jahr lang hatten sie eine gemütliche Liebesbeziehung gepflegt, wie Sarah sich ausdrückte. Eine Beziehung, in deren Rahmen jeder die Füße auf den Tisch legen konnte, die keine Kinkerlitzchen brauchte, keine Blumen und kein Kerzenlicht. Sie sahen einander in klarem Licht, ohne Weichblende. Mit Benedict konnte sich Sarah völlig entspannen.

Er war ein kleiner, magerer Mann Ende Dreißig mit runder Nickelbrille, der stolz einen üppigen braunen Bart zur Schau trug, weil er meinte, daß dies zu seinem Image paßte. In seiner Sprache schimmerte noch immer ein Bostoner Akzent durch, obwohl er schon seit zehn Jahren in Manhattan lebte. Er mochte Woody Allen und Tolstoi und war Sarahs engster Vertrauter.

»Sarah, Liebes.« Benedict kam mit zwei Gläsern ins Wohnzimmer. »Magst du lieber Goofy oder Donald Duck?«

»Donald Duck.« Sie streckte die Hand nach dem Glas aus. »Aber du ähnelst Goofy viel stärker als ich.«

»Danke.« Er setzte sich auf einen Umzugskarton ihr gegenüber.

»Ich betrinke mich jetzt in aller Ruhe, Benedict«, verkündete sie, als sie ihr Donald-Duck-Glas hob und zuschaute, wie der Wein darin hin und her schwappte. »Dann verkrümle ich mich in den

Schlafsack dort drüben und verbringe meine letzte Nacht in Nework in einem Apfelweinnebel.« Sie neigte den Kopf und trank
einen kleinen Schluck. »Wenn du magst, kannst du dich mir an-
schließen.«

Benedict kratzte sich grinsend am Kopf. Eines der Dinge, die ihn
an Sarah anzogen, war ihre Einstellung zur Sexualität. Sie war die
leidenschaftlichste Frau, und die interessanteste, die er im Bett und
außerhalb desselben je gekannt hatte. Mit Sarah zu schlafen war ein
einziges Abenteuer. Er hob sein Glas. »Klingt verlockend.«

»Ich habe mich richtig entschieden«, murmelte sie. Dann nahm
sie zwei kräftige Schlucke. Da er ihre Art zu denken kannte, wußte
Benedict, daß sie keine Antwort von ihm erwartete. Im Augenblick
hätte sie genausogut auch allein sein können, dennoch spendete
seine Anwesenheit ihr ein wenig Trost. »Es gibt überhaupt keinen
Grund, warum ich an Nework hängen sollte, bestimmt nicht, weil
ich immer hier gelebt habe. Jetzt, wo Mom und Dad nicht mehr
sind ...« Sarah schloß die Augen und rieb sich mit Daumen und
Zeigefinger die Nasenwurzel. Heilte die Zeit wirklich alle Wunden?
Drei Monate hatten den Schmerz nicht gemildert, das unbestimmte,
unbeschreibbare Gefühl von Schuld und Verrat. Sie fragte sich, ob
eine sechsundzwanzigjährige Frau das Recht hatte, sich wie ein Wai-
senkind zu fühlen.

Gelegentlich an seinem Wein nippend, schwieg Benedict während Sarahs Grübelei. Ihr Gesichtsausdruck verriet ihm, daß sie
ganz in Gedanken versunken war. Sie wußte, daß Haladays Stel-
lenangebot zu einem idealen Zeitpunkt gekommen war. Dadurch
hatte sie etwas, in das sie sich hineinstürzen konnte, etwas, das ihre
Gedanken beschäftigte, während die Trauer noch immer in ihr wü-
tete. Das Vorstellungsgespräch bei Dave Tyson hatte nur einen
Monat nach dem plötzlichen Tod ihrer Eltern stattgefunden.

Nach Abklingen des ersten Schocks hatte Sarah eine ganze Skala
von Gefühlen erlebt, angefangen von Kummer und Einsamkeit bis
hin zu Zorn. Die Liebe zu ihren Eltern war eine beständige, unver-
brüchliche Tatsache gewesen. Eines Abends hatten sich ihre Eltern
warm eingekuschelt – in ihrem Bungalow in New Rochelle, dessen
Hypothek nur mehr drei Jahre laufen würde und dessen Küche sie
erst frisch tapeziert hatten. Am nächsten Tag lebten sie nicht mehr.

Das Feuer hatte sogar das Haus verschlungen und nichts als Mauern übriggelassen. Keiner der kleinen Schätze einer achtundzwanzig Jahre währenden Ehe blieb erhalten: kein Foto, keine angeschlagene Tasse, keine Treppenstufe, die beim Heruntergehen auf der linken Seite knarzte. Alles nicht mehr da, dachte Sarah und spürte das vertraute Stechen von Schmerz und Wut. Fort, als hätte es all das nie gegeben. Ab und zu erinnerte sie sich an die muntere, sachliche Stimme ihrer Mutter oder einen von Vaters albernen, harmlosen Witzen.

Warum lief das Huhn über die Straße? Weil die Ampel auf Grün schaltete.

Ach, Dad, du änderst dich doch nie.

Natürlich hatte er sich nicht verändert. Dafür hatte er nicht mehr die Zeit gehabt. Ich hätte sie öfter besuchen sollen. Ich hätte mehr Zeit mit ihnen verbringen sollen. Man denkt, man hat Zeit, Zeit genug, und dann kommt etwas überraschend daher, und weg ist alles. Verfluchte Zeit. Ich schlage dich schon noch. Ich hinterlasse ein Zeichen. Mich wird nichts einfach so auslöschen, als hätte es mich nie gegeben. Zorn stieg in ihr auf, aber sie verdrängte ihn. Schau nicht zurück, sagte sie sich. Schau nach vorn, schnurstracks nach vorn. Für Haladay zu arbeiten bedeutete die größte Zäsur in ihrer beruflichen Laufbahn. Und das war erst der Anfang.

»Wenn einem eine solche Chance geboten wird, dann muß man sie auch ergreifen«, sagte sie laut. Benedict sah sie liebevoll an. Er machte sich nicht die Mühe, sie wirklich zu verstehen, sondern genoß einfach ihre Anwesenheit.

Sie hob den Blick und schaute ihm in die Augen. Dieser Blick, dachte er. Ihm entgeht nicht viel. Scharf wie ein Skalpell. Sarah streckte die Hand nach ihm aus. Ihre schlanken Finger fühlten sich fest in den seinen an.

Sarah wollte und brauchte die gleiche Hingabe, die sie selbst auch gab. Leute, die sich distanziert verhielten oder mit ihren Gefühlen knauserten, waren ihr ein Rätsel. Sie blühte auf im Umgang mit anderen, durch die Berührung einer Hand etwa oder durch ein Wort, das Streifen an einer Schulter in einem überfüllten Aufzug. Sie packte Benedicts Hand fester, klammerte sich an das Vertraute.

»Es wäre anders, wenn wir verliebt gewesen wären. Richtig verliebt.«

Er schenkte ihr sein kleines, ironisches Lächeln. »Ach, wirklich?«

Sie stieß enttäuscht den Atem aus. »Verflixt, jetzt spiel mir nicht den Seelendoktor vor.« Sarah stand auf und ging durchs Zimmer, ehe sie stehenblieb und sich Wein nachschenkte. »Weiß Gott, eigentlich sollten wir ineinander verliebt sein. Es ist absolut lächerlich, daß wir's nicht sind. Vielleicht sind wir's auch und wissen es nicht einmal. Wir haben uns den *Malteserfalken* zweiunddreißigmal zusammen angeschaut – das will doch was heißen.« Lieber Himmel, dachte sie wütend, das ist nicht nur ein Umzug, sondern eine Amputation ... ein völliger Bruch mit allem Vertrauten. Was weiß ich schon über Phoenix? Was weiß ich, wie es in einem so riesigen Unternehmen wie Haladay zugeht? Was verleitet mich zu der Annahme, ich könnte das so leicht packen wie einen Wochenendtrip nach Long Island? Sie stürzte noch etwas Wein hinunter und tigerte im Zimmer hin und her, bis sich ihre Gedanken allmählich beruhigten. Vor Benedict blieb sie schließlich stehen und legte mit einem Seufzer ihre Stirn an die seine. »O Gott, was mache ich nur ohne dich?«

»Alles.« Er gab ihr einen freundschaftlichen Klaps auf den Po. »Das ist nur die Aufregung; das geht vorbei.« Kurz dachte er daran, daß es ihm noch bevorstand, mit der Lücke, die ihr Abschied in seinem Leben reißen würde, zu leben. »Du weißt doch – das ist genau das, was du brauchst und was du willst; sonst würdest du nicht gehen. Du hast lange auf eine solche Gelegenheit gewartet.«

»Ich möchte ja auch gehen«, gab sie zu. »Ich muß gehen. Du bist ja so gescheit.«

»Aha, du hast dich wieder mit meiner Mutter unterhalten.«

Ihr belustigtes Glucksen entzückte ihn. Ohne das Glas abzusetzen, schlang sie ihm die Arme um den Hals. »Niemand in Phoenix weiß, wie man mich zum Lachen bringt, wie man mir den Rücken abrubbeln muß oder wohin ich meine Schlüssel verlege.«

»Aha, deshalb magst du mich also?« Benedict küßte sie kurz, überlegte es sich anders und gab ihr dann einen langen, ausgiebigen Kuß. Seine Hände glitten zu ihren Hüften. »Deine Anziehungskraft ist zu vielfältig, als daß man alles aufzählen könnte.«

Die Wange an die seine geschmiegt, sagte sie leise: »Ich hätte die vergangenen Monate ohne dich nie durchgestanden. Du hast mich nach dem Verlust meiner Eltern nicht nur aufgerichtet. Du hast es geschafft, daß ich heil geblieben bin. Immer wenn ich dabei war, in Stücke zu zerfallen, warst du zur Stelle.«

»Du bist eine starke Frau, Sarah«, sagte er, während er ihr mit den Fingern durchs Haar strich. Ihr Duft umwehte ihn, und er runzelte die Stirn. Sie würde eine größere Lücke hinterlassen, als er gedacht hatte. »Du wärst auf jeden Fall auf den Füßen gelandet, ob nun mit mir oder ohne mich. Ich habe den Aufprall nur ein wenig abgemildert.«

»Nein.« Er spürte, wie sie energisch den Kopf schüttelte. Sie schlang ihm die Arme noch fester um den Hals. »Das glaube ich nicht. Wenn du nicht beim Tod meiner Eltern bereits ein Teil meines Leben gewesen wärst, hätte ich dich wahrscheinlich am Ende beruflich statt privat gebraucht.«

Er küßte sie aufs Ohr. »Ich verlange fürchterlich hohe Honorare.«

»Kapitalist«, murmelte sie.

»Weißt du, wo unser Problem liegt, Sarah? Wir mögen uns zu gern. Wir sind zu sehr in Einklang miteinander.« Wange ruhte noch immer an Wange. »Es gab nie einen Kurzschluß, nichts, wodurch es einem von uns unbehaglich geworden wäre. Liebe, Leidenschaft brauchen ein wenig Verzweiflung – ein paar Beulen und Kratzer.«

Einen Augenblick bewegte sich Sarah nicht und genoß nur seine Wärme und seine vertraute Nähe. Er hat natürlich recht, dachte sie. Sie waren einander immer mehr Freunde und nicht so sehr Geliebte gewesen. Ihre Liebesnächte hatte sie stets als angenehm, nie als ekstatisch erlebt. Es hatte keine heftigen schmerzhaften Aufwallungen gegeben, kein wildes Drängen, nur Unbeschwertheit und Freude. Ein bißchen hatte sie Angst davor, mit einem anderen Mann ins Bett zu gehen, erkannte sie plötzlich. Es könnte sich als nicht so unkompliziert erweisen.

»Ich habe dich wirklich lieb, Benedict«, murmelte sie. Sie streichelte ihm über den Bart, dann richtete sie sich auf. »Und ich hoffe, daß du irgendwann jemanden findest, mit dem du nicht so sehr übereinstimmst.« Ernst sah sie ihn an und beugte sich vor, um ihn auf die Wange zu küssen. Dann lächelte sie, ihr langsames Lächeln, das ihr Gesicht nach und nach aufhellte. Benedict liebte dieses Lächeln; es war so typisch für Sarah. Innerhalb von Sekunden gab es alles und forderte alles. Sie schaute ihn an, wie er das Lächeln erwiderte, ehe sie sich abwandte und ein paar Schritte durchs Zimmer ging. Höchste Zeit, dachte sie, an morgen statt an gestern zu denken.

Sie schaute aus dem Fenster auf die Straße hinunter. Bei der Ampel schnitt gerade ein Taxi ein anderes. Das Geräusch von quietschenden Reifen, schmetternden Hupen und promptem Gefluche drang zu ihr hoch. Es war eine heiße Nacht. Sarah konnte die Stadt durch den Vorhang hindurch riechen.

»Ich habe einige Nachforschungen über den Ersten Maat auf dem Haladay-Schiff angestellt«, sagte sie unvermittelt.

»Ach ja?« Benedikt schlüpfte aus seinen verschlissenen Tennisschuhen.

»Mhm.« Sarah beobachtete, wie die Autos die Straße hinauftuckerten und zuckte nervös mit den Schultern. »Er hat mich fasziniert. Er hat etwas ziemlich ...«, mit einer kreisenden Handbewegung suchte sie nach dem passenden Ausdruck, »... etwas Piratenhaftes an sich.« Lachend schüttelte Sarah den Kopf. »Vielleicht treibe ich jetzt den Vergleich zu weit. Jedenfalls frage ich mich, wie ein so junger Mensch der Zweite in der Hierarchie sein kann. Er ist schließlich erst sechsunddreißig.«

Sie stellte fest, daß sie sehr gern ihre Gedanken über Byron Lloyd in Worte fassen wollte. »Mit sechzehn hat er bei Haladay zu arbeiten angefangen. Haladay war von jeher seiner Zeit voraus und bot schon damals seinen Leuten Weiterbildungsbeihilfen an. Byron arbeitete auf dem Bau, aber er nahm an jedem Kurs teil, in den er sich hineinquetschen konnte. Irgendwie ist er Haladay aufgefallen.« Sie strich sich das Haar aus dem Gesicht und schaute Benedict ernst an. »Haladay soll so leicht nichts entgehen. Deshalb kann ich mir lebhaft vorstellen, daß ein Heranwachsender, der sich tagsüber abschuftet und abends wie verrückt büffelt, sein Interesse geweckt hat. Offensichtlich hat er seine Möglichkeiten erkannt, denn er hat Byron die Technische Hochschule finanziert.« Bei der Erinnerung an seine abweisenden Augen, die niemals zu lächeln schienen, dachte sie, daß Byron eine Mischung aus Computer und Rechenschieber sein könnte.

»Allmählich wurde er befördert, nachdem er praktisch in jedem Aufgabenbereich gearbeitet hatte, vielleicht mit Ausnahme des Schreibbüros. Jedenfalls hat er seine Lehrjahre abgedient.« Sarah hob das Glas und nippte. Der Wein prickelte ihr kalt und herb auf der Zunge. »Noch vor seinem dreißigsten Lebensjahr hat er sich zum Stellvertretenden Vorstandsvorsitzenden emporgearbeitet.«

»Keine geringe Leistung«, bemerkte Benedict, als sie innehielt und ins Leere starrte. »Anscheinend hat sich sein Ehrgeiz schon in jungen Jahren entwickelt. Ich kenne da Leute, die ähnlich strukturiert sind.« Er grinste.

Sarah warf ihm einen schnellen Blick zu. »Tatsächlich?« Dann fuhr sie mit ihrer Schilderung fort. »Er gilt als brillant, nüchtern, kühl und gelassen.« Stirnrunzelnd schwenkte Sarah ihren Wein und dachte an den Eindruck, den Byron bei ihr hinterlassen hatte. Beherrscht und gefährlich. Vielleicht verstärkte seine Selbstbeherrschung die Gefahr noch. Irgend etwas an ihm hatte sie ein wenig durcheinandergebracht. Noch drei Wochen danach hatte sie sich dieses Gefühls nicht völlig entledigen können, und der Gedanke an ihn bereitete ihr leichtes Unbehagen. Sarah paßte das gar nicht.

»Er gilt auch als großer Frauenkenner«, fuhr sie fort.

»Ein vielbeschäftigter Mann«, kommentierte Benedict. Sarah schaute ihn finster an. Lachend stand er auf und hob die halbleere Flasche. »Er hat dich offensichtlich durchaus beeindruckt.« Nachdem er ihr Glas nochmals gefüllt hatte, stellte er die Flasche ab und knotete dann ihren Gürtel auf. Der Bademantel glitt willig auseinander.

»Er hat tatsächlich einen gewissen Eindruck bei mir hinterlassen«, stimmte sie zu und schlang dann Benedict die Arme um den Hals. »Ich weiß nur noch nicht, welchen.«

»Denk morgen darüber nach«, schlug er vor und legte ihr die Arme um die Taille. Dann ließ er die Hände zu ihren Brüsten wandern, die sich klein und fest in seine Handflächen schmiegten. Sarah hob den Kopf, bis sich ihre Lippen trafen. Dann seufzte sie wohlig auf, wie vertraut er doch mit ihrem Körper war. Er kannte die Stellen genau, an denen sie gerne berührt wurde. Sein Bart streifte über ihre Schulter, als er den Mund zu ihrem Hals niedersenkte. Ihre Brustwarzen wurden hart, und er ließ die Hand zu ihrem Oberschenkel wandern und berührte federleicht mit den Fingern das weiche krause Haar. Sarah stöhnte leise auf und biß ihn ins Ohrläppchen, als er sie mit den Fingern tiefer berührte.

»Ich werde dich vermissen, Benedict«, murmelte sie. Dabei knöpfte sie seine Jeans auf und zog sie ihm über die Hüften; dann liebkoste sie ihn mit beiden Händen. Eine Welle des Bedauerns wogte über sie hinweg, sie vergrub das Gesicht an seiner Schulter, schloß die Augen, verdrängte alle Gedanken und ließ sich auf den Wonnen, die seine Hände und sein Mund ihr schenkten, dahintreiben. Seine Finger bewegten sich jetzt rasch, während er sie mit der anderen Hand näher an sich zog, als ihr Körper vor Lust erbebte.

»Komm schon«, sagte er und kitzelte ihre Ohrmuschel mit der Zunge. »Ich zeige dir jetzt ein paar Sachen, die man in einem Schlafsack anstellen kann, obwohl sie nicht im Pfadfinderhandbuch stehen.«

Die Nase des Flugzeugs senkte sich, und der Erdboden schien sich gekrümmt gen Himmel zu heben. Sarahs Magen hob sich mit, und sie setzte sich stöhnend die Sonnenbrille auf. Ihr dröhnte der Kopf. Zusätzlich zu dem Kater, den sie ergeben hinnahm, spürte sie eine bleierne Müdigkeit, die von einer schlaflosen Nacht herrührte, was sie verabscheute. Den Kater hatte sie freiwillig verursacht, aber hinsichtlich der Schlaflosigkeit war ihr keine Wahl geblieben. Weder der Wein noch Benedicts Zärtlichkeiten hatten ihr zu Schlaf verholfen.

Stundenlang hatte sie wach gelegen und dem Straßenlärm gelauscht, der acht Jahre lang Teil ihres Lebens gewesen war. Sie hatte sich gefragt, wie viele Tage und Nächte sie in dieser Wohnung verbracht hatte, ohne das unter ihrem Fenster brandende Leben bewußt wahrzunehmen. Sie hatte das beständige Treiben für ebenso selbstverständlich gehalten wie die zwei lieben Menschen in New Rochelle.

Das Flugzeug berührte den Boden, rumpelte ein wenig und kam dann endgültig auf. Sie schwor sich, nie wieder etwas für selbstverständlich zu halten. Das Kunststück bestand darin, auf alles gefaßt zu sein. In Phoenix erwartete sie ein ganz neues Leben. Sie war dazu bereit. Als das Flugzeug zum Stehen kam, zog sie in Erwägung, sich ein Hotel zu suchen, drei Schmerztabletten zu schlucken und sich für die nächsten vierundzwanzig Stunden auszuklinken. Sie setzte sich einen smaragdgrünen Schlapphut auf und öffnete den Sicherheitsgurt. Byron sah ihr beim Aussteigen zu. Er wunderte sich, wie man einen derart lächerlichen Hut mit solcher Selbstsicherheit tragen konnte. Ihre knopflose Jacke, die sie über einer dezent elfenbeinfarbenen Bluse-Rock-Kombination trug, hatte denselben lebhaften Grünton. Keine der anderen Frauen, die aus dem Flugzeug stiegen, schauten auf so lässige Weise wie aus dem Ei gepellt aus.

Byron hielt sich im Hintergrund; dank seiner Größe konnte er sie über die Menschenmenge hinweg im Auge behalten. Sie bewegte sich rasch und geschmeidig. Er machte sich ihr nicht durch Zeichen bemerkbar, sondern wartete, bis sie nahezu vor ihm stand, und berührte sie dann am Arm.

Sie blieb stehen und schaute auf. »Mr. Lloyd, was für eine Überraschung.«

»Ich bin gekommen, Sie abzuholen.«

Sarah sah unter der Hutkrempe zu ihm auf. Ihre Lippen öffneten sich zu einem Lächeln. »Ich fühle mich geehrt; eigentlich habe ich einen Lakaien erwartet.« Dann nahm sie die Brille ab und musterte ihn eingehend.

Byron las in ihren Augen Aufrichtigkeit, gute Laune und eine unerwartete Angst vor Verletzungen. Wie bei ihrer ersten Begegnung machte ihn diese Verletzlichkeit vorsichtig. Um ihre Lider lagen auch zart bläuliche Schatten, ein deutliches Zeichen einer schlaflosen Nacht. »Kein weiteres Handgepäck«, bemerkte er schließlich mit einem Blick auf ihre kleine Unterarmtasche.

»Ich reise mit leichtem Gepäck.« Ob er wohl jemals lächelte? Konnte er sie nicht leiden, oder verhielt er sich generell so?

»Schön. Ich habe veranlaßt, daß man Ihre Koffer ins Hotel schickt. Möchten Sie gleich dorthin oder erst einmal im Büro vorbeischauen?«

Sarah mißfiel seine Reserviertheit, und sie paßte sich schnell seinem Ton an. »Ich soll wohl sofort an die Arbeit gehen?«

»Ich dachte, Sie würden vielleicht gern einen Rundgang durch das Gebäude machen.« Byron schien sich durch ihren veränderten Ton nicht aus der Ruhe bringen zu lassen. Als er sie am Ellbogen faßte und sie durch das Terminal zu führen begann, protestierte sie.

»Erst einmal möchte ich in eine Apotheke und dann will ich eine Tasse Kaffee trinken.« Als sie ins gleißende Sonnenlicht traten, schob sie sich ihre getönte Brille wieder auf die Nase. Ihr dröhnte der Schädel.

»Warum schauen wir uns nicht gleich ein paar Stockwerke des Firmengebäudes an?« Byron öffnete den Schlag seines hellgrauen Mercedes. Er sprach in ruhigem Ton. Sarah schickte sich zum Einsteigen an, doch dann wandte sie ihm das Gesicht zu, die geöffnete Tür befand sich zwischen ihnen.

»Wollen Sie mich aus der Fassung bringen?«

»Warum sollte ich das, Sarah?«

»Vielleicht entspricht es Ihrem Naturell.« Sie wandte sich ab, doch er packte ihre Hände, die oben auf der Autotür ruhten, mit einer Kraft und Nachdrücklichkeit, die Sarah überraschte.

»Sie sind sehr jung«, meinte er leise. In diesem Augenblick erkannte sie, wie richtig sie mit ihrer Vermutung gelegen hatte, daß unter seiner Beherrschung Heftigkeit lauerte. »Ich habe nicht viel Erfahrung im Umgang mit Kindern.«

»Kindern?« Sie atmete ein paarmal tief durch. »Ich bin weder ein Kind, noch will ich eine Sonderbehandlung.«

»Gut. Wir werden wohl einigermaßen miteinander auskommen.« Byron ließ ihre Hände los, und sie stieg ins Auto ein.

Nachdem Byron auf seinen Parkplatz in der Tiefgarage gefahren war, blieb er schweigend sitzen. Er wußte, daß Sarah im Schutz des Schlapphuts und der überdimensionierten Sonnenbrille einem Morgennickerchen frönte und studierte ihr Profil, die deutlich gemeißelte Nase und Wangenlinie. Dann kurbelte er das Fenster hoch und zündete sich eine Zigarette an. Er würde warten, bis sie aufwachte. Zu den Tugenden, die er sich angeeignet hatte, gehörte auch Geduld.

Byron Lloyd hatte eine kurze, schwere Kindheit gehabt, war vaterlos in ärmlichen Verhältnissen aufgewachsen. Er hatte zu überleben gelernt, indem er seine Unbeugsamkeit, seinen Verstand und seine Geduld gebrauchte. Geduld aufzubringen war ihm am schwersten gefallen. Er hatte gearbeitet und gebüffelt. Seinetwegen hatten seine Altersgenossen ruhig ihren Widerstand gegen das ausleben dürfen, was sie selbst in einem Jahrzehnt sein würden. Er jedoch wußte von Anfang an, was er wollte. Macht. Byron hatte für seine Stellung bei Haladay Enterprises geschuftet. Und hatte dafür seine Jugend geopfert. Mit Hunderten von Leuten stand er auf Du und Du, kannte Tausende noch flüchtiger. Doch er traute nur zwei Menschen vorbehaltlos. Der eine davon hieß Byron Lloyd.

Er rutschte ein wenig auf seinem Sitz herum und zog genießerisch an seiner Zigarette. An seine Vergangenheit dachte er nicht oft, doch irgend etwas umgab Sarah, das ihn daran erinnerte. Vielleicht weil sie etwas ausstrahlte, was er übersprungen hatte: Jugend, Unschuld. Dennoch sah er in ihr, was er auch in sich selbst gesehen hatte: Ehrgeiz und Hunger nach Macht.

Einen Moment lang schaute er sich noch einmal ihr Profil an und rief sich seine Gefühle bei ihrer ersten Begegnung ins Gedächtnis zurück. Verlangen. Ein plötzliches, heftiges und unerwartetes Verlangen. Er hatte schon mit bereitwilligen Frauen im Bett gelegen und keine so große Begierde verspürt wie bei jener Begegnung. Mit Dutzenden schöner, einfallsreicher Frauen hatte er schon geschlafen. Seine erste hatte er als Sechzehnjähriger im Fahrerhäuschen eines Haladay-Lasters gehabt. Gestern nacht hatte er auf Seidenlaken mit einer Konzertpianistin mit kundigen Fingern und vollen, milchigweißen Brüsten geschlafen und hatte sein Vergnügen mit ihr gehabt, sie benutzt, ihr Lust bereitet. Sie bedeutete ihm nicht mehr als jenes Mädchen damals, vor langer Zeit, im Fahrerhäuschen des Lasters. Sein ganzes Leben lang hatte Byron nie Gefühl mit Sex verbunden. Das hätte nur zu Verwicklungen geführt, für die er nicht die Zeit hatte. Er schlief mit den unterschiedlichsten Frauen und vermied Sex generell mit jenen, mit denen er zusammenarbeitete. Seine Sekretärin schätzte er wegen ihrer Intelligenz und Fähigkeit und sorgte dafür, daß sie gut bezahlt wurde. Doch es wäre ihm nicht im Traum eingefallen, mit ihr ins Bett zu steigen.

Byron wußte von Sarahs Beziehung zu Benedict und dachte über die Tatsache nach, daß sie im letzten Jahr nur einen Liebhaber gehabt hatte. Sie hatten nicht zusammengelebt, also hätte sie sich doch mit anderen Männern vergnügen können. Nachdenklich zog Byron an seiner Zigarette. *Treue.* Ein nützlicher Charakterzug, sinnierte er, insbesondere, wenn er sich auch auf andere Bereiche erstreckt.

Der Bericht in Sarahs Personalakte umfaßte auch ihr Privatleben. Es hätte sie entsetzt und erzürnt, wenn sie davon erfahren hätte.

Für Byron war der Bericht lediglich ein Mittel zum Zweck. Er würde ihn wie einen Rechner oder einen Computer benutzen. Doch enthielt er bloß Fakten und war somit unvollständig. In Byrons Akte stand nichts über Sarahs Gefühle, ihre Gedanken und Ängste, ihre Träume. Trotz seines Wissens über die Höhe ihres Überziehungs-kredits, ihrer politischen Zugehörigkeit und Schuhgröße blieb die Frau neben ihm eine Fremde – eine Fremde, die sich nicht bequem in irgendeine Schublade stecken ließ.

»Das hat gut getan.«

Byron wandte den Kopf und beobachtete, wie Sarah sich dehnte und streckte. Sie hob die Schultern und senkte sie dann in einer langsamen, wohligen Bewegung. Während sie die Sonnenbrille ab-nahm, lächelte sie ihn an. Das Schläfchen hatte ihre Laune aufge-hellt. »Wie lange haben Sie denn höflicherweise darauf gewartet, daß ich wieder zu mir komme?«

»Nicht lange.« Ihm fiel auf, daß sie die Brille in ihrer Handtasche verstaute, ohne nach einem Spiegel zu greifen.

Sarah unterdrückte seufzend ein Gähnen. Sie war froh, daß so-wohl die Kopfschmerzen als auch die Müdigkeit verschwunden waren. »Ich habe nicht gerade einen vielversprechenden Start hin-gelegt, nicht wahr?« Es klang mehr wie eine Feststellung denn wie eine Frage oder Entschuldigung. »Kündigen Sie mir jetzt?«

»Das war außerhalb der Arbeitszeit.« Er beugte sich über sie, um die Tür aufzumachen. Es war ihr Duft, entdeckte er, irgend-eine Wildblumenmischung, die den ganzen Vormittag über seine Sinne betört hatte. Wieder überkam ihn Verlangen. Er spürte es heftig in sich auflodern, als er an ihrem Blick sah, daß sie es er-kannte. Unwillkürlich preßte er, ein Mann, der sich niemals seinen spontanen Gefühlen hingab, seinen Mund auf den ihren.

Sarah war von dem Kuß nicht überrascht worden. Sie hatte sogar das unerbittliche Fordern, das ihn begleitete, vorhergesehen. Doch seine Wirkung auf sie war unerwartet. Ohne eine Sekunde zu zögern, ohne auch nur einen Augenblick zu überlegen, schmiegte sie sich an ihn. Vom ersten Berühren ihrer Lippen an lag Hunger in diesem Kuß. Es gab kein vorsichtiges Herantasten, kein anfängliches Erkunden, sondern sofortiges Verstehen, als ihre Zungen einander trafen. Sarah stöhnte auf, als der Kuß leidenschaftlicher wurde. Mit einem leichten Biß in die Unterlippe verschaffte ihr Byron einen kurzen Schauder des Schmerzes, einen heftigen Stich der Begierde. Ihre Beine begannen zu zittern und sie spürte, wie die schmerzliche Begierde vom Unterleib prickelnd bis in die Fingerspitzen reichte. Was sie hier erlebte, überstieg all ihre Vorstellungen. Solche Leidenschaft hätte sie niemals in sich vermutet. Dies war eine Qual der Wonnen, von der sie bisher nie erfaßt worden war. In der Beziehung mit Benedict hatte genau das gefehlt, und deshalb war Benedict ihr mehr ein Freund denn ein Geliebter gewesen. Weil sie noch mehr wollte, streichelte sie Byron mit den Händen über den Rücken und packte ihn schließlich an den Schultern.

Nichts Weiches schien an ihm zu sein. Sein Körper war straff, sein Mund hart und rücksichtslos. Hier gab es keine Behaglichkeit, kein unbeschwertes Vergnügen, sondern Gefahr und Abenteuer. Jeder andere Kuß, den sie bisher bekommen hatte, war im Vergleich dazu fade gewesen. Unvermittelt löste Byron seine Lippen von ihren und schaute sie an. In seinen Augen konnte sie keine Frage, keine Antwort entdecken, nur ihr eigenes Spiegelbild.

»Dir ist doch klar«, murmelte er und ließ die Hand von der Biegung ihrer Schultern bis zur Hüfte hinuntergleiten, »daß wir jetzt miteinander schlafen würden, wenn wir zuerst zum Hotel gefahren wären.«

»Wie schade, daß die Arbeit dir so wichtig ist.«

Angesichts ihrer unverblümten Ehrlichkeit runzelte er die Stirn. Eine Strähne fiel ihr in die Augen, und er widerstand dem Impuls, sie ihr aus dem Gesicht zu streichen. »Vielleicht ist es so am besten. Meiner Meinung nach ist es nicht besonders klug, als Auftakt einer geschäftlichen Verbindung miteinander ins Bett zu gehen.« Er sprach jetzt im Konversationston.

Sarah, die noch immer zitterte, wählte ihre Worte und Stimmlage mit Bedacht. Der Kuß war ihr nähergegangen als jede Liebesnacht, die sie je erlebt hatte. Die Heftigkeit ihres eigenen Verlangens versetzte sie in Erstaunen, aber sie war nicht so töricht, ihre Gedanken preiszugeben und hob die Brauen. »Mit Sicherheit nicht, Sie haben zweifelsohne recht, andererseits haben Sie damit angefangen.«

»Zugegeben. Sie sind eine schöne Frau und sind sich ihrer Wirkung auf Männer durchaus bewußt.«

»Schon möglich.« Sarah beobachtete, wie er die Stirn in Falten legte, öffnete die Tür und stieg aus. Draußen räkelte sie sich noch einmal, während sie auf Byron wartete.

»Wir fahren mit meinem Privataufzug«, kündigte er an und führte sie zu einer Tür, die zurückglitt, als er einen Schlüssel ins Schlüsselloch steckte.

»Wie praktisch.« Sarah stieg ein und bemerkte mit einem schnellen Blick den dicken roten Teppichboden und die Rauchglaswände. »Die Tür in Ihrem Büro ist mir schon aufgefallen, obwohl sie sehr geschickt in der Wandtäfelung versteckt ist. Wer darf ihn denn sonst noch benutzen?«

»Mr. Haladay.« Byron drückte auf einen Knopf, worauf sich die Türen lautlos schlossen. »Der Aufzug fährt durch mein und sein Büro. Es gibt zwar auf jedem Stockwerk eine Tür, aber man braucht einen Schlüssel, um sie zu öffnen. Er bringt mich auch nach oben ins Penthouse. Ich habe dort eine Wohnung. Das ist praktischer, als jeden Tag hin und her zu fahren.«

»Sind Sie immer so aufs Praktische bedacht, Mr. Lloyd?« Sie lächelte, schüttelte aber den Kopf, bevor er antworten konnte. »Nein, sagen Sie nichts, das finde ich schon selbst heraus.«

Byron drückte auf einen zweiten Knopf. Der Aufzug setzte sich in Bewegung.

3

Die Aufzugstüren öffneten sich, und als sie aus der Kabine in eine große Halle traten, schob Byron seinen Arm unter den Sarahs.

»Sie möchten bestimmt Cassidy kennenlernen, da Sie unmittelbar mit ihm zusammenarbeiten werden. Ihm untersteht die Architekturabteilung; er ist also Ihr unmittelbarer Vorgesetzter.«

John Cassidy. Rasch spulte Sarah im Geist sechs seiner wichtigsten Bauwerke herunter. Das Gebäude von Pepoles' Building and Trust in Seattle blieb ihr Favorit, weil es grundlegende Einfachheit und Kraft vereinte. Ja, dachte sie, als sie sich von Byron zu Cassidy führen ließ, ich möchte John Cassidy nur allzu gern kennenlernen.

Am Ende der Halle öffnete sich eine doppelte Glastür bei ihrem Näherkommen, und Sarah riß sich augenblicklich wieder von ihren Gedanken los. In der Mitte eines großen Empfangsbereichs stand ein ausladender Schreibtisch mit drei Telefonen, an dem eine Frau saß. Sie hatte herrlich volles, weißblondes Haar, das in Wellen von dem hageren Gesicht zurückgekämmt war. Typisch neuenglisch, diese Wangenknochen, dachte Sarah und bewunderte sie und den hellschimmernden Teint. Die Frau schenkte ihnen ein glattes Lächeln.

»Guten Tag, Mr. Lloyd.« Sarah hörte Katherine Hepburn in der Frauenstimme anklingen, aber anders als bei der Hepburn funkelte kein flammender Esprit in den Augen dieser Frau.

»Guten Tag, Mrs. Fitzwalter.« Mit einem Nicken blieb Byron vor ihrem Schreibtisch stehen.

Was machst du hier eigentlich? fragte Sarah sich und ließ ihren Blick durch den geschmackvoll eingerichteten, aber absolut unpersönlichen Raum schweifen. Was zum Teufel hast du hier verloren? Die Karriereleiter hinaufklettern, erinnerte sie sich – dabei schwelen die Brücken noch, die ich hinter mir abgebrannt habe.

»Ich würde gern mit Cassidy sprechen, wenn er Zeit für uns hat.«

»Ja, Mr. Lloyd.« Mrs. Fitzwalters Stimme klang geschäftsmäßig kühl. »Er ist in seinem Zimmer. Gehen Sie doch bitte gleich durch; ich sage ihm Bescheid.«

Während sie durch den Raum und durch eine weitere Glastür gingen, wandte sich Sarah an Byron. »Sie ist sehr tüchtig, nicht wahr? Solche Leute erschrecken mich.«

Byron schaute ihr in die grünen Augen. »Das bezweifle ich.«

Sarah grinste. »Vielleicht kommt ›verwirren‹ der Wahrheit näher. Meine Sekretärin bei Boumell kicherte fortwährend und hatte gefärbtes Haar.«

Byron gab einen nichtssagenden Laut von sich und riß eine Tür auf. Der dahinterliegende Raum vermittelte einem einen ganz anderen Eindruck – den von Unordnung, Durcheinander und Tabakrauch. Sarah entspannte sich.

»Ah, Byron, da bringst du sie also.«

Ein rothaariger Mann mit kräftigen Armen, einem enormen Bauch und gerötetem Gesicht kam auf sie zu. Er trug ein kariertes Hemd, verknitterte Hosen und heruntergelatschte Gesundheitsschuhe. Sieht eigentlich aus wie ein Heinzelmännchen, dachte Sarah, das sich aufs Gewichtheben verlegt hat. Er war ihr auf den ersten Blick sympathisch, und einen Moment lang vergaß Sarah den begnadeten Architekten hinter dem koboldhaften Grinsen.

»Sarah Lancaster«, setzte Byron an. »John Cassidy, unser Chefarchitekt.«

»Guten Tag, Mr. Cassidy.« Sarah lächelte ein Gesicht an, das so rund, haarlos und pausbäckig wie das eines Botticelli-Engels war. Tabakduft schien es zu umwabern.

Sein Händedruck erwies sich als warm und fest. »Willkommen bei uns, Sarah Lancaster. Wie gefällt Ihnen unsere Abteilung?«

»Dies hier ist die erste Station auf unserem Rundgang«, erwiderte Sarah. »Aber bisher gefällt sie mir.«

Ihr offener Blick machte Cassidy ein wenig verlegen. Nach einem Räuspern fuhr er fort. »Freut mich, das zu hören. Man wird Ihnen sagen, daß ich streng bin, und das mit Recht. Bei Haladay wird nur Erstklassiges gebaut. Manchmal muß ich das für euch durchkämpfen.« Cassidy winkte Byron mit onkelhafter Zuneigung zu. Sarah war überrascht zu sehen, wie ein Lächeln Byrons Gesicht erwärmte. »Der hier ist schließlich ein Ingenieur.«

Sarah spürte die unbefangene Zuneigung zwischen den beiden Männern. Das verdutzte sie, da es zwischen ihnen doch so viele grundlegende Unterschiede zu geben schien. »Ich werde mich bemühen, ihm daraus keinen Vorwurf zu machen«, meinte sie.

Glucksend stimmte Cassidy ihr zu, drehte sich um und ging schwerfällig zu seinem Reißbrett. »Kommen Sie«, lud er sie ein. »Schauen Sie sich das an. Das ist mein Lieblingskind. Man kann ja schließlich nicht die ganze Zeit mit Verwaltungsarbeiten zubringen. Da vertrocknet man völlig.« Er setzte sich unter einigem Geseufze und Geächze auf einen hohen Hocker. Sarah schaute ihm über die Schulter. Der Entwurf war nur zur Hälfte fertiggestellt, strahlte aber schon jetzt Einfachheit, Stabilität und Dauerhaftigkeit aus.

»Haben Sie auch die Querschnitte?«

Cassidy lachte dröhnend. »Gleich ins Auge gefallen, nicht?« Er blinzelte Byron über die Schulter zu. Sarah war zu sehr mit dem Entwurf beschäftigt, als daß sie das gemerkt hätte.

»Ist Ihnen J. T. Orwell ein Begriff?« fragte Byron, als er zu ihnen schlenderte.

»Verlagswesen«, brummte Sarah und konzentrierte sich weiter auf Cassidys Entwurf. Mit diesem einen Wort umschrieb sie ein Zweihundert-Millionen-Dollar-Verlagsimperium.

Byron beobachtete sie. Sie war von dem Entwurf ganz gefesselt. Er konnte ihren Eifer geradezu fühlen.

Cassidy ließ den Blick über den Mann und die Frau wandern und sah dann seinen Entwurf an. »Das ist das J.-T.-Orwell-Gedenkhospital.« Nachdenklich kratzte er sich unter dem Kinn. »Das Grundstück befindet sich in der Heimatstadt des Verlegers in Illinois. Sie müssen sich mit den Aufrißschnitten gedulden, bis Sie sich offiziell zur Arbeit melden.«

»Bestechung zählt als Verbrechen, Mr. Cassidy«, murmelte Sarah. Das eindimensionale Skelett des Gebäudes verlangte nach weiterer Begutachtung, doch sie schaute Cassidy wieder in die Augen.

»Ach ja?« Cassidy lächelte sie offen und über das ganze Gesicht an. Ja, mit Sicherheit. Sie war goldrichtig.

Sarah dachte noch immer über den Entwurf nach, als sie an Mrs. Fitzwalter vorbei und durch die Glastür gingen. »Ich zeige Ihnen Ihr Büro«, erbot sich Byron und führte sie nach rechts.

»Ja, gerne.« Sarah riß sich von ihren Gedanken los, dann wandte sie ihm das Gesicht zu. Ihr Blick verschärfte sich kurz. Byron bemerkte, wie zwei feine Linien zwischen ihren Brauen auftauchten. »Er mag Sie sehr gern.«

»Sie klingen überrascht.«

»Das bin ich auch.«

Die schnörkellose Ehrlichkeit dieser Worte erlaubten keinen Kommentar. Dennoch wurmten sie ihn. Während sie den Korridor entlanggingen, öffnete sich eine Tür, und ein Mann, der das Traumbild jeder Frau vom typischen Kalifornier verkörperte, trat heraus – groß, braungebrannt, blond, mit einem durchtrainierten Surferkörper in einem Boß-Anzug. Er blieb stehen und grinste Sarah an. Das Grinsen wirkte auf lässige Art sexy.

»Sarah Lancaster, Evan Gibson. Sie sind Kollegen.«

»Aha, das ist also die neue Architektin aus dem Osten.« Evan schüttelte ihr die Hand, wobei er sie besonders innig drückte, und musterte sie schnell von Kopf bis Fuß, so schnell, daß man es kaum wahrnahm. Sarah spürte, wie sie abgeschätzt wurde. Vorsicht, dachte sie und entzog ihm behutsam die Hand. Der ist nicht so harmlos, wie er ausschaut.

Auf seinen Wangen zeigten sich Furchen, die in seiner frühen Jugend einmal Grübchen gewesen waren. Die Augen waren blau, aber heller als die Byrons. Als ob, kam es Sarah in den Sinn, zwei oder drei Nuancen herausgewaschen worden wären. Trotz seines tadellosen Anzugs umgab ihn eine gewisse Nachlässigkeit, eine Formlosigkeit, die sich bei Byron nicht fand. Sein Grinsen verkündete *trau mir*, während Byrons Augen *bleib mir zwei Schritte vom Leib* forderten. Während seines Gesprächs mit Byron ließ Evan den Blick weiterhin auf Sarah ruhen. »Haben Sie mit Miß Lancaster den großen Rundgang gemacht?«

»Den kleinen. Miß Lancaster ist nach dem Flug ein wenig erschöpft. Mit dem großen Rundgang warten wir lieber noch.«

Sarah fand es an der Zeit, ihre Unabhängigkeit zu zeigen. Sie ließ es aus Prinzip nicht zu, daß man über ihren Kopf hinweg über sie redete. »Miß Lancaster«, meinte sie trocken, »ist am Verhungern, erstens wegen der Zeitverschiebung und zweitens wegen des ungenießbaren Frühstücks im Flugzeug. Kann ich den Herren vielleicht einen Hamburger schmackhaft machen?«

Jetzt schauten sie beide Männer an, doch noch ehe einer von ihnen antworten konnte, öffneten sich die Türen des Privataufzugs. Der Mann, der herauskam, war groß, vielleicht knapp einen Meter neunzig. Er hatte Schultern wie ein Athlet und einen Brustkasten wie ein Zebubulle. Auf den ersten Blick strahlte Maxwell Haladay Stärke und Kraft aus. Absolute Stärke. Sein weißes, volles Haar hatte er aus der hohen Stirn zurückgekämmt und den Schnurrbart sorgfältig gestutzt. Die Augenbrauen zeichneten sich als buschige, gerade schwarze Balken ab. Von den Augen bis zu den Schläfen verliefen feine Linien, und tiefe Furchen an jeder Seite des Mundes. Seine Haut zeigte jenes gebräunte, alterslose Aussehen der wirklich reichen Leute.

Sarah spürte, wie Evan Habachtstellung einnahm. An Byron bemerkte sie überhaupt keine Veränderung. Sie folgerte daraus, daß er sich vor niemandem duckte.

Haladay blieb vor ihnen stehen. Er lächelte nicht und sagte kein Wort. Lediglich seine Augen verengten sich ein wenig, als er Sarah lange und sorgfältig musterte. Maxwell Haladay ging auf die Siebzig zu, aber er schaute zehn Jahre jünger aus. Die Macht stand ihm gut, dachte Sarah. Als sie seine Nase, die eine Faust vor ungefähr fünfzig Jahren krummgeschlagen hatte, und die dünne Narbe an seiner Schläfe begutachtete, kam sie zu dem Schluß, daß er sich alles selbst verdient hatte. Niemand hatte Maxwell Haladay den Erfolg auf dem Silbertablett überreicht. Das gefiel ihr an ihm, weil sie eine gebrochene Nase mehr als Jackettkronen achten konnte.

»Maxwell Haladay, Sarah Lancaster.« Byron machte eine kurze Pause bei der Vorstellung und schaute dabei Haladay in die Augen. »Ihre neue Architektin.«

Haladay wandte seine Aufmerksamkeit erneut Sarah zu. »Diejenige, die wir Nework abspenstig gemacht haben.« Seine Stimme klang wie eine Kiesgrube, tief mit rauhen Kanten. Sarah fand sie sofort ansprechend. Lächelnd streckte sie die Hand aus.

»Ich freue mich sehr, Sie kennenzulernen, Mr. Haladay.« Seine

Hand, die sich um die ihre schloß, war kräftig und fleischig, doch die Haut fühlte sich erstaunlich trocken und glatt an.

»Ich habe gehört, daß Sie ehrgeizig und gescheit sind.« Sein Blick schweifte kurz zu Byron hinüber. »Ich mag Leute mit Köpfchen und Ehrgeiz. Eins ohne das andere finde ich ärgerlich. Warum sind Sie nicht verheiratet?«

»Soll das ein Antrag sein?« gab sie zurück und hörte, wie Evan Luft holte. Haladays Lachen dröhnte durch die ganze Halle.

»Das Mädchen hat nicht nur Köpfchen, sondern auch Courage«, sagte er zu Byron. »Mit der kriegen Sie womöglich noch Scherereien.«

»Zweifellos«, erwiderte Byron gut gelaunt.

»Ich lasse Ihnen eine Woche Zeit, sich hier einzugewöhnen, Miß Lancaster. Dann erwarte ich Sie in meinem Büro. Gibson, übernehmen Sie jetzt die restliche Führung für Miß Lancaster.« Dies war die erste Bemerkung, die Haladay an Evan richtete. »Kommen Sie mit mir hinauf, Byron.« Ohne auf Zustimmung oder ein Auf Wiedersehen zu warten, drehte er sich um und ging zum Aufzug zurück.

»Melden Sie sich morgen früh bei Cassidy«, wandte sich Byron an Sarah. »Und schauen Sie am besten noch in der Personalabteilung vorbei, ehe Sie heute das Haus verlassen.«

»In Ordnung.« Sarah nickte. »Mache ich.«

»Wenn es irgendwelche Probleme geben sollte, lassen Sie es mich wissen.« Dann drehte er sich um und ging durch die Halle, um sich Haladay anzuschließen. Die Aufzugtüren schlossen sich mit einem leisen Klicken. In der Kabine wechselten die Männer einen Blick, ehe Byron den Knopf für den fünfzigsten Stock drückte. Sie sprachen kein Wort.

Ein imposanter Mensch, dachte Sarah. Zwei imposante Menschen, verbesserte sie sich. Während sie sich eine widerspenstige Haarsträhne hinters Ohr strich, wandte sie sich wieder an Evan. »Sagen Sie, Evan, ist Mr. Haladay immer so?«

»Immer. Er ändert sich nicht.«

Sarah erwiderte nichts. Sie dachte an die Alterszeichen in Haladays Gesicht, und in ihr stieg eine schnelle Woge des Bedauerns hoch. *Zeit.* Trotz all seiner Macht, all seines Geldes, seiner Vitalität konnte auch er der Zeit kein Schnippchen schlagen. Dann schüttelte sie dieses Gefühl ab und rief sich in Erinnerung, daß sie vor allem seine Stärke und Macht wahrgenommen hatte. Im Augenblick wollte sie glauben, daß Maxwell Haladay und alles, was er verkörperte, unzerstörbar waren.

Evan griff nach ihren Fingerspitzen.

»Hoffentlich hatten Sie nichts Wichtiges zu tun. Wie es scheint, hat man mich Ihnen einfach aufgehalst«, sagte sie.

»Ich habe ein Leben lang darauf gewartet, daß man mir so eine reizende Person aufhalst.«

Sie entzog ihm ihre Hand. »Wenn dem so ist, haben Sie sicher nichts dagegen, mir mein Büro zu zeigen.« Sie wechselte ihre Handtasche in die andere Hand und schaute sich um. »Und danach könnten wir uns vielleicht ernsthaft über den Hamburger unterhalten.«

Folgsam geleitete Evan sie durch die Halle. Er begann zu spekulieren, wie lange er wohl brauchen würde, sie ins Bett zu bekommen. Sarah hingegen sinnierte darüber nach, wie lange es wohl dauern würde, bis sie ihren ersten großen Auftrag bekam.

Die nächsten Tage machte sich Sarah mit dem Arbeitsalltag von Haladays Architekturabteilung vertraut. Während dieser Zeit bekam sie Maxwell Haladay gar nicht und Byron nur selten zu Gesicht. Den größten Teil ihrer Arbeitszeit verbrachte sie mit Cassidy oder Evan Gibson. Sie fand Cassidy freundlich, aber gleichzeitig fordernd und launisch. Die Worte ›von neun bis fünf‹ waren für ihn Fremdwörter und die Mittagspause ein Luxus, auf den man verzichten konnte, wenn ein Projekt die ungeteilte Aufmerksamkeit verlangte. Als er aufhörte, Sarah als ein weibliches Wesen zu behandeln, wofür er etwa eineinhalb Tage brauchte, ließ er die Zügel, die er sowohl seiner Redeweise als auch seinen Launen angelegt hatte, locker. Sarah mochte sein einfallsreiches Gefluche, genoß die Schärfe seiner Launen und war dankbar für seinen zwanglosen Stil. Er schaute immer gleich verknittert aus und roch ständig nach Tabak. Innerhalb einer Woche verehrte Sarah ihn nahezu. Zweifellos war er brillant.

Evan zu durchschauen bedurfte es nur kurzer Zeit. Er sah gut aus, war begabt und unzuverlässig. Die Frauen liefen ihm nach, und er widmete sich dem Spiel der Jagd und Eroberung ebenso hingebungsvoll wie andere Männer dem Golfsport. Sarah begriff sehr schnell, daß Evan alle Frauen als leichte Beute betrachtete. Seine Einstellung hätte ihn ihr rechtschaffen unsympathisch erscheinen lassen, wenn er das nicht durch seine stets gute Laune wieder wettgemacht hätte.

Evan und Sarah teilten sich die Sekretärin, eine kleine Rothaarige mit einer verblüffenden Anzahl Sommersprossen und dem Gedächtnis eines ganzen Karteikastens. Sie hieß eigentlich Marguerite Jean Childress, wurde aber von Kindheit an Mugs genannt und erwies sich als tüchtig, verläßlich und ständig auf Ordnung bedacht. Ihr wildgekraustes Haar fiel ihr bis in die Augen; sie kaute Nägel und las in den Pausen Schundromane. Sarah hätte Mugs nicht gegen ein Dutzend Kays oder Mrs. Fitzwalters eingetauscht. Mit ihrer Hilfe hatte Sarah sich bald ein brauchbares Wissen des Ablagesystems, der Telefonanlage und der Unternehmensstrukturen angeeignet.

Sich an einem neuen Arbeitsplatz einzugewöhnen, das entdeckte Sarah nun, war ein langer und schwieriger Prozeß. Den vierten Abend hintereinander verließ sie das Büro erst nach sieben Uhr. Sie entdeckte Mugs an ihrem Schreibtisch lümmelnd, ein Taschenbuch mit dem zweifelhaften Titel ›Wilde Nächte im Waschsalon‹ in der einen und eine halbaufgegessene Banane in der anderen Hand.

»Mugs.« Sarah stellte ihre Aktentasche auf die Schreibtischkante und wartete, daß Mugs sich von ihrem Buch losriß. »Sie hätten doch nicht warten müssen.«

»Ist schon in Ordnung, Miß Lancaster.« Mugs lächelte sie fröhlich an, dann pustete sie sich den Lockenwust aus den Augen. »Es hat mir nichts ausgemacht. Hätte ja sein können, daß Sie noch was brauchen.«

»Es ist Freitagabend«, erinnerte sie Sarah mit einem flüchtigen Blick auf die Armbanduhr. »Sie sind doch bestimmt verabredet.«

»Klar.« Mugs grinste. »Jerry holt mich ab; er arbeitet in der Buchhaltung. Wir gehen nur auf eine Pizza und ins Kino, nichts Besonderes.«

Einen Augenblick lang beneidete Sarah sie um ihren Jerry aus der Buchhaltung mit seiner Pizza und dem Kino. Seufzend hob sie die

Aktentasche hoch. »Kommen Sie, sausen Sie ab ins Wochenende. Ich muß in aller Frühe aufstehen und mich wieder auf die Wohnungssuche machen.«

»Hat Ihnen die Personalabteilung keine Liste gegeben?« fragte Mugs, während sie den letzten Bissen ihrer Banane verschlang. Sie ließ die Schale in den Abfalleimer fallen, verstaute das Buch in ihrer Handtasche und stand auf.

»Doch, aber bis jetzt ...«, schulterzuckend ließ Sarah den Satz unvollendet. Während Mugs die Lichter ausschaltete, ging sie zur Tür.

»Kann ich mal einen Blick drauf werfen?«

Sarah nahm die Liste auf ihrem Weg zum Aufzug aus ihrer Tasche, warf einen flüchtigen Blick auf die Tür des Privataufzugs und fragte sich, ob sich Byron wohl in seinem Penthouse aufhielt. Er war wohl kaum allein, dachte sie. Dann runzelte sie angesichts ihres Gedankengangs die Stirn.

»Die hier«, bemerkte Mugs und lenkte Sarahs Aufmerksamkeit wieder auf sich. Sie tippte mit einem unlackierten, abgekauten Fingernagel auf eine Adresse aufs Sarahs Liste. »Die ist genau richtig für Sie, Mrs. Lancaster. Darauf können Sie Gift nehmen.« Mugs holte per Knopfdruck den Aufzug, ehe sie Sarah die Liste zurückgab.

»Ich schaue sie mir morgen gleich als erstes an«, versprach Sarah. Plötzlich war sie müde. Der Gedanke an einen langen, ruhigen Abend allein schien einladend. Sie hörte das Rumpeln des herauffahrenden Aufzugs und wandte sich wieder Mugs zu. »Mugs«, sagte sie betont neugierig. »Was genau kann in einem Waschsalon passieren?«

Mugs rollte dramatisch die Augen. »Sie würden es nicht glauben, Mrs. Lancaster. Sie würden es einfach nicht glauben.« Sie stiegen in den Aufzug, während Mugs ihr Taschenbuch durchblätterte.

Sarah hatte sich bei ihrer Wohnungssuche auf die Stadtmitte konzentriert; der Stadtkern mit seinem Lärm und dem Verkehrsgetümmel waren ihr vertraut. Am Stadtrand von Phoenix erstreckte sich weites, verdorrtes Land, dahinter ragten in einiger Entfernung die Berge auf. Zwischen ihnen und der Stadt erstreckte sich die Wüste; offen, dürr, leer. Dort gab es spitze Felsen und Canyons, Höhlen und

Kakteen, warme Farben, Raum, Stille. Für Sarah hatte der Wechsel von Ost nach West schon genug an Anpassung gefordert. Sie wollte sich der Weite jetzt noch nicht aussetzen.

Sarah war in einem Vorort aufgewachsen. Ihr bisheriges Leben als Erwachsene hatte sie in einer der größten Städte der Welt verbracht und war dabei regelrecht aufgeblüht. In ihrem Leben hatte es immer Menschenmengen und nahezu ununterbrochene Bewegung gegeben. Da sie dachte, daß die Wüste ihr zu leer, zu still und zu reglos sei, hatte Sarah beschlossen, sie zu meiden.

Obwohl der von Mugs empfohlene Wohnblock näher am Stadtrand lag, als Sarah eigentlich lieb war, wollte sie ihn sich doch anschauen. Nachdem sie bereits sechs Objekte auf der Liste besichtigt und abgelehnt hatte, war sie nun bereit, auf Mugs Vorschlag einzugehen. Doch als sie von der Eingangshalle zu der leeren Wohnung ging, war sie alles andere als zuversichtlich. Warum sollte diese Wohnung hier anders sein? Sie war sicher entweder zu klein oder zu groß, und der Herd bestimmt Ausschuß von vorgestern. Seufzend klimperte sie mit den Schlüsseln und blieb vor 612 kurz stehen. Dann warf sie sich das Haar über die Schulter zurück und steckte den Schlüssel ins Schloß. Nachdem sie die Tür aufgesperrt hatte, blieb Sarah wortlos auf der Schwelle stehen.

»Mugs ist ein Goldschatz«, murmelte sie und lehnte sich an den Türrahmen. Das leere Zimmer war lichtdurchflutet. Der Eichenholzfußboden und die frisch gestrichenen Wände warfen die Strahlen großzügig zurück. An der Südwand führte eine große Glastür auf einen Balkon mit schwarzem schmiedeeisernem Geländer. Sarah konnte sehen, daß er mit Blumentöpfen vollgestellt war und daß sich dort Wein entlangrankte. Keine Gardinen, beschloß sie, während sie den Blick zu den Fenstern wandern ließ. Jalousien ... aus Bambus oder Holzstäben. Sie schätzte überschlagsweise das Wohnzimmer auf etwa dreißig Quadratmeter. Ihre Schritte hallten, als sie eintrat und durch das Zimmer ging. Die westliche Zimmerecke schien in besonders helles Licht getaucht. Ein gitterartiger Raumteiler würde ihren Arbeitsbereich vom restlichen Zimmer abtrennen. Sie zog ein Maßband aus ihrer Handtasche, warf die Tasche auf den Fußboden und machte sich an die Planung. Bald sah sie Bücherregale entlang der Nordseite aufgereiht und ihren Maisstrohteppich auf dem Fußboden liegen. Beim Abmessen der Wandflächen und der Fenster nahm Sarah das Zimmer in Besitz.

»Himmel, schauen Sie toll aus!«

Sarah wirbelte herum. In der Tür stand eine große, schlanke Frau in ausgewaschenen, kurz abgeschnittenen Jeans und einem T-Shirt. Sie hatte lange, schlanke, braungebrannte Beine, war barfuß, und ihre Zehennägel hatte sie kupferrot lackiert. Ihr koboldhaftes Gesicht wurde von einem kastanienbraunen Lockenschopf umrahmt. Sarah entdeckte sowohl etwas von Puck als auch von Titania in ihr und war sofort begeistert. Die Wimpern hatte sie kräftig getuscht, und sie schaute eindeutig prüfend drein. »Danke, kommen Sie doch rein«, lud Sarah sie ein, wobei sie das Maßband von ihrer Hand herunterbaumeln ließ.

»Dieses Haar! Unglaublich! Das ist doch eine Sünde, daß all diese Pracht nur einem Menschen gehören soll!« Die Frau kam rasch und energisch auf sie zu und ging in einem Kreis um Sarah herum. »Verflixt, Kleidergröße achtunddreißig und Haare geradewegs bis zum Hintern.« Sie stemmte sich die Hände auf die mageren Hüften und schüttelte den Kopf.

Sarah wartete lachend darauf, daß sie die Begutachtung beendete.

»Na, vielleicht hat es auch sein Gutes.«

Erheitert sah Sarah in die nüchternen grauen Augen. »Meinen Sie?«

»Ja. Ich könnte mich um Ihren Überschuß kümmern. Die Männer, die Ihnen zuviel werden, brauchen nur ein paar Türen weiter anzuklopfen.« Sie lachte über das ganze Gesicht. »Ich bin Dallas Darcy.« Sie streckte die schlanke, langfingrige Hand aus. »Werden wir Nachbarinnen?«

»Sarah Lancaster.« Der Händedruck fiel fest und herzlich aus. »Ja, ich denke schon.« Sarah warf sich das Maßband über die Schultern. Wenn die Wohnung sie nicht bereits überzeugt hätte, dann spätestens diese Frau. »Ich habe noch nicht einmal einen Blick ins Bad geworfen und bin schon ganz Feuer und Flamme.«

»Ich spiele die Fremdenführerin«, bot sich Dallas an, worauf sie sich umdrehte und nach rechts auf den Vorplatz schwenkte. »Zum Bad geht es hier entlang. Bitte versuchen Sie, mit der Reisegruppe

Schritt zu halten, und scheuen Sie sich nicht, Fragen zu stellen. Wir befinden uns in einem Haladay-Gebäude. Deshalb gibt es hier nur Ia-Qualität bei Keramik und Armaturen.« Sie öffnete die Tür zum Bad und vollführte eine weitausgreifende Geste. »Ich muß das schließlich wissen, ich bin nämlich eine treue Angestellte.«

»Im Ernst? Ich auch. Das heißt, zumindest bin ich dort angestellt. Nach einer Woche kann ich mich wohl kaum schon als furchtbar treu bezeichnen.« Sarah drehte den Wasserhahn auf und schaute zu, wie das heiße Wasser aus dem Abfluß dampfte.

»Welche Abteilung?« Dallas lehnte an der Tür und kam zu dem Schluß, daß ihr, falls sich die Gelegenheit ergeben sollte, wahrscheinlich ohne große Mühe Sarahs Klamotten passen würden.

»Ich bin Architektin.« Sarah drehte den Hahn ab.

»Oh-oh-oh.« Sie zerlegte das Wort in drei Silben, erst tief, dann hoch, schließlich wieder tief. Sarah sollte noch lernen, daß dies ihre typische Antwort in den unterschiedlichsten Situationen war. »Sie sind das also.« Dallas richtete sich gerade auf und fuhr sich durch die Locken, die sofort genauso unordentlich wie vorher wieder zurückfielen. »Ich habe schon gehört, daß wir ein Talent aus dem Osten bekommen haben. Aus Nework, nicht wahr?«

»Mhm.« Sarah zog die eine Tür des zweitürigen Medikamentenschranks auf, sah, daß er leer war und schloß sie wieder. Dallas wiederholte die Prozedur mit der anderen Tür. Im Spiegel trafen sich ihre Blicke für einige Zeit. Diesmal lag nichts Begutachtendes darin, sondern gegenseitige Sympathie.

»Sie sollen eine hervorragende Architektin sein«, warf ihr Dallas vor. »Hervorragende Leute machen mir nichts als Scherereien.«

»Bösartiger Klatsch«, versicherte ihr Sarah. Dann drehte sie sich um, um das Schlafzimmer anzuschauen. »Steht im Mietvertrag irgend etwas über Tapeten?« fragte sie. »Ich würde gern ein paar Wände tapezieren und hier drin einen Teil der Decke. In welcher Abteilung arbeiten Sie denn?« Sie zog sich das Maßband von den Schultern und drückte Dallas das eine Ende in die Hand. »Da, halten Sie mal.« Sie maß den Abstand zwischen Wandschrank und einem Fenster aus.

»Ich sage Ihnen das furchtbar ungern zu einem so frühen Zeitpunkt unserer Bekanntschaft. Ich bin Leiterin der Beschaffungsabteilung. Niemand kann den Leiter der Beschaffungsabteilung ausstehen.«

Sarah wickelte das Maßband auf und verzog mitfühlend die Lippen. »Ach, das ist doch bestimmt übertrieben.«

»Nein, nein. Kreative Gemüter bringen überhaupt keine Wertschätzung für Beschaffungsvorgänge auf.«

Sarah grinste. »Es ist ein elender Job, stelle ich mir vor.« Sie steckte sich das Maßband in die Potasche ihrer Jeans.

»Ach, ekelhaft«, stimmte Dallas fröhlich zu. »Ich kann mir keinen schöneren vorstellen.« Sie gingen durchs Wohnzimmer in die Küche. »Sie arbeiten doch mit Evan Gibson zusammen?«

»Hmmm ...« Sarah hörte auf, im Geist ihre Möbel zu arrangieren, und schaute Dallas an. »Höre ich da nicht ein gewisses Interesse heraus?«

Während sie ein Fenster untersuchte, lachte Dallas sie entwaffnend über die Schulter an. »Ich bemühe mich seit über einem Jahr um Evan Gibson. Vielleicht sollte ich es mal mit Pralinen und Blumensträußen probieren. Womöglich ist er altmodisch.«

Sarah sah Dallas lange und gründlich an. »Sie sind viel zu intelligent für Evan, für diesen gräßlich borniertem Langweiler.«

Der Blick und der Kommentar überraschten Dallas so sehr, daß sie sich ganz herumdrehte. »Ich habe eine gewisse Schwäche für schöne Körper, ein Lächeln, das schöne weiße Zähne zeigt, und sonnengebleichtes Haar«, gestand Dallas. »Spiel und Spaß und guter Sex. Andere Frauen mögen lieber den dunklen, rätselhaften Typ.«

»Wie Byron«, meinte Sarah, als sie mit der Begutachtung des Herdes fertig war. Selbstreinigend.

»*Byron?* Himmel, erzählen Sie mir bloß nicht, daß Sie ihn auch in seinem Beisein so nennen!« Schockiert und beeindruckt zugleich zog sich Dallas auf die Küchentheke hoch, während Sarah leere Schränke durchstöberte, und ließ ihre langen Beine baumeln.

»So heißt er. Wie sollte ich ihn denn sonst nennen?«

»Ach, ich weiß nicht.« Sie zuckte mit den Schultern.

Sarah machte die Kühlschranktür auf, aber ihre Gedanken wanderten wieder zu dem Mann, an den sie im Verlauf dieser Woche nur allzu oft gedacht hatte. Was hat er nur an sich? fragte sie sich kopfschüttelnd und knallte die Tür zu. »Wie nennen Sie Mr. Haladay?« wandte sich Sarah wieder fragend an Dallas. »Königlicher Gebieter?«

»Ich nenne ihn überhaupt nicht beim Namen. Ich werfe mich lediglich demütig zu Boden, wenn er vorbeigeht.«

»Muß sich ja verheerend auf Ihre Strumpfrechnung auswirken.«

»Ich freue mich, daß Sie meine Nachbarin werden.« Dallas verschränkte die Finger und streckte die Arme Richtung Decke aus. »Sie haben wohl keine schicken Klamotten aufgesammelt, als Sie in Nework in Saus und Braus lebten?«

Sarah musterte Dallas' jungenhaftes Gesicht. Manchmal entstehen Freundschaften auf den ersten Blick. Wenn ich sie extra bestellt hätte, dachte Sarah dankbar, könnte sie nicht gelegener kommen. »Ich habe ein Kleid von Halston, das schon lange nach einer Beschaffungsabteilungsleiterin zu lechzen scheint.«

»O Gott.« Dallas glitt von der Theke herunter und griff nach Sarahs Hand. »Nun, kommen Sie, unterzeichnen Sie den Mietvertrag, und dann machen wir uns ans Auspacken.«

4

Maxwell Haladay hatte ganz unten an der Karriereleiter angefangen. In der Tat sagte er gern, er habe den Sockel für die Leiter gegraben. Mit dreizehn Jahren hatte er mit der Schule aufgehört und einen Job als Zementmischer auf Baustellen angenommen. Es war eine heiße, langweilige Arbeit gewesen, die bloß Muskeln erforderte und seine Intelligenz kein bißchén strapazierte. Stunde um Stunde, und das sechs Tage pro Woche, verrührte Haladay Sand, Mörtel und Wasser für schwitzende, tabakkauende Maurer in Südkalifornien. Schon mit dreizehn teilte er sein Geld und seine Zeit klug ein. Zwischen den Zementladungen erledigte Haladay kleinere Handreichungen für andere Arbeiter. Er hatte Zimmerleuten und Elektrikern zugesehen und gelernt, zwischen denen, die ihr Handwerk verstanden, und denen, die einem Job nachgingen, zu unterscheiden. Wenn Ingenieure und Architekten auf die Baustellen kamen, fand Haladay immer einen Grund, damit er in ihrer Nähe bleiben konnte. Er hörte zu und nahm ihre Fachterminologie ebenso in sich auf, wie er sich die derberen Ausdrücke der Arbeiter angeeignet hatte. Er lernte schnell und merkte sich alles.

Vier Jahre lang zog er von Baustelle zu Baustelle. Mit siebzehn Jahren hatte er schon seine volle Größe und sein Erwachsenengewicht erreicht und war zum Maurer aufgestiegen. Niemand fragte nach, als er sein Alter mit einundzwanzig angab. Er war ein Meter neunzig groß, wog zwei Zentner und hatte Schultern wie ein Bär. Wer sollte da auch schon fragen?

Haladay gab einen Teil seines Lohns seiner Mutter, um ihr beim Unterhalt des Hauses zu helfen, das sie am Stadtrand von Los Angeles gemietet hatte. Seinen Vater hatte er nie gekannt und nie Scham bei dem Begriff ›Bankert‹ empfunden. Er schätzte vielmehr die Tatsache, daß dies bedeutete, daß er mit keinem Mann verwandtschaftlich verbunden und somit auch keinem verpflichtet war. Ein Mann hatte mit seiner Mutter geschlafen und ihn gezeugt. Haladay war überzeugt davon, daß er den Rest selbst schaffen, daß er seine Erfolge wie seine Mißerfolge nur sich selbst verdanken würde. Allerdings gedachte er nicht, viele Fehlschläge einzustecken. Von Kindheit an glaubte er daran, daß jeder Mensch Herr seines Schicksals war. Sobald wie möglich ging er daran, das zu beweisen.

Als er sich den Zwanzigern näherte, sah Haladay noch besser aus. Die helle, rosige Haut, Erbteil seiner irischen Vorfahren, hatte die kalifornische Sonne tief gebräunt. Er war gewitzt genug, seine Zunge zu gebrauchen, um einem Kampf aus dem Weg zu gehen, und stark genug, falls nötig seine Fäuste einzusetzen. Bald hatte er den Ruf eines gutmütigen Rabauken, der sich nicht scheute, für seinen Lebensunterhalt hart zu arbeiten. Er schlief ausschließlich mit Prostituierten, da er keine Gefühlsverwicklungen und keinen zufällig entstandenen Nachwuchs wollte. Frauen im Geschäftsleben begegnete er mit dauerhaftem Respekt.

Mit achtzehn hatte er für Farmore Construction als Maurer zu arbeiten begonnen. Farmore beobachtete ihn, erkannte, daß er Köpfchen und die Fähigkeit hatte, andere anzuleiten, und betraute ihn mit mehr Verantwortung. Haladay verlangte mehr Lohn und bekam ihn auch. Er schloß Freundschaft mit dem Buchhalter und schaute sich einiges von ihm ab. Das einzige, was er zu diesem Zeitpunkt seines Lebens bedauerte, war sein Mangel an formaler Bildung und das Wissen, daß er dieses Versäumnis nicht mehr würde aufholen können.

Dann schlug die Wirtschaftskrise zu, und die Bauindustrie wurde wie alle anderen Industriebereiche ins Chaos geschleudert. Während dieser mageren, verzweifelten Jahre arbeitete Haladay weiter für Farmore, wenn es dort Arbeit gab, und drängte sich nach Gelegenheitsarbeiten, wann immer er konnte. Haladay lernte zu knausern und sich einen Dollar selbst dann dazuzuverdienen, als Nebenverdienste nahezu illusorisch waren. Wenn er eine Frau wollte, verzichtete er aufs Abendessen. Er legte sich Zeitungspapier in die zerlöcherten Schuhe und behalf sich so. Einen Sommer arbeitete er einen Monat lang als Rausschmeißer in einem schmutzigen Rasthaus und kam dort zu der dünnen Narbe, die Sarah an seiner Schläfe bemerkt hatte. Eine zerbrochene Flasche, und der Schnitt mit sechs Stichen genäht.

Während der Wirtschaftskrise lebte Haladay mehr in der Zukunft als in der Gegenwart und erkannte, daß Männer mit Mut und Verstand gerade in einer Zeit der Hoffnungslosigkeit ein Vermögen verdienen konnten. Er verfügte über beides.

Haladay investierte kleine Beträge seines Ersparten an einer noch immer erschütterten Börse. Seine Mutter lief mit einem arbeitslosen Musiker davon und verschwand aus seinem Leben. Nunmehr allein, zog Haladay aus dem gemieteten Haus aus und schlief auf einer Bank in Farmores Büro. Das Geld, das er an Miete sparte, legte er an. Hin und wieder schmuggelte er Whisky über die mexikanische Grenze, hielt den Mund und investierte die Erlöse. 1932, als das Ende der Weltwirtschaftskrise in Sicht war, hatte Haladay aus seinem schwerverdienten Ersparten fünftausend Dollar gemacht.

Das Geld ließ er für sich arbeiten. Während seine Altersgenossen die Rennergebnisse verfolgten, beobachtete er die Aktienkurse. Mit fünfundzwanzig hatte er mehr als zehntausend Dollar zusammen, sah seine Chance und ergriff sie. 1935 nahm Maxwell einen Kredit auf, kaufte die Firma Haladay Harmore Construction, heiratete eine ortsansässige Schönheit namens Laura Winters und fing an, sein Empire zu errichten.

Einige Jahrzehnte und zweihundert Millionen Dollar später saß Haladay in seinem mahagonigetäfelten Büro. An der Wand hing ein frühes Ölgemälde von Picasso, in einer antiken Vitrine aus dem 18. Jahrhundert stand eine Skulptur von Rodin, und ein halbes Dutzend Flaschen Napoleon-Cognac warteten in der Bar. Er trug einen anthrazitfarbenen, maßgeschneiderten Anzug aus edler, weicher Wolle. Seine Schuhe aus italienischem Leder kosteten mehr, als er im ganzen Jahr 1929 verdient hatte. Die goldene Uhr kam aus der Schweiz, seine seidene Krawatte aus Frankreich. Noch immer dachte Haladay mehr an die Zukunft als an die Gegenwart.

»Ich möchte, daß man termingerecht nächste Woche mit dem Erdaushub beginnt«, bellte er ins Telefon. »Wenn es dabei Probleme gibt, leitet es an die Rechtsabteilung weiter und schreibt mir schnellstens einen Bericht. – Dumme Hunde«, brummte er, als er aufgelegt hatte. »Warum laufen nur derart viele blöde Kerle auf der Welt herum?«

»Sagten Sie nicht einmal, daß es die blöden Kerle sind, die die

Welt zusammenhalten?« fragte Byron ruhig, während er in einem dicken Vertragswerk blätterte.

»Was ist das denn für ein Mist?« Haladay zerknackte stirnrunzelnd ein Pfefferminzbonbon zwischen den Zähnen.

»Der Ihre, Max. Übrigens, mir gefällt dieser Ausdruck in Abschnitt acht nicht. Die Formulierung muß noch in Ordnung gebracht werden.« Byron umkringelte die unpassende Textstelle, ehe er wieder aufschaute. Sein Gesichtsausdruck war ruhig, als sein Blick die wütenden grünen Augen traf. Maxwell Haladay war der andere Mensch, dem Byron rückhaltlos vertraute. »Die Bauarbeiten auf dem Ridgefield Projekt gehen gut voran. Wir sind im Zeitplan und bisher auch im Finanzrahmen geblieben. Warum fliegen Sie nicht nach Chicago und schauen es sich an? Vielleicht würde das Ihre Laune heben.«

»Klugschwatzender Grünschnabel.« Haladay brummte wieder, aber diesmal zuckte es in seinen Mundwinkeln. Er strich sich über den Schnurrbart, um es zu verbergen. »Ich pfeife bekanntlich darauf, ob ein Projekt im Zeit- und Finanzplan bleibt. Schließlich halten diejenigen, die beides sprengen, die Pumpe am Arbeiten. Ohne Pannen würden meine Arterien wie Zement erster Güte ausschauen.«

Byron lehnte sich in seinem Stuhl zurück, entspannt und ohne seine übliche kühle Distanz. Hätte ihn Sarah jetzt sehen können, wäre er ihr weniger rätselhaft erschienen.

»Ich sage Ihnen mal was«, meinte Byron. »Warum schauen Sie sich nicht die Kostenexplosion bei dem Hotel in Madrid an? Ich muß hinfliegen und jemandem dafür den Hintern an die Wand nageln, sobald hier alles geregelt ist. Vielleicht hätten Sie gerne das Vergnügen?«

»Ich habe das Zimmererhandwerk nach meiner zweiten Million aufgegeben.« Immerhin senkten sich Haladays Brauen. »Um wieviel sind denn die Kosten aus dem Ruder gelaufen?«

»Um einen schönen Batzen.« Byron schaute wieder auf den Vortrag. »Sie bekommen einen Bericht.«

Gedankenverloren schürzte Haladay die Lippen. »Madrid, Madrid. Gab es nicht eine Tänzerin in Madrid? Rosa, Isabella? Hübscher Hintern.«

»Carmen«, verbesserte Byron und schrieb noch eine Bemerkung an den Rand. »Eine Sängerin. Aber der Rest stimmt.«

»Mein Gedächtnis ist unfehlbar.«

»Und selektiv.«

Lachend drückte Haladay auf die summende Gegensprechanlage auf seinem Schreibtisch. »Ich habe schon immer Ihren Geschmack bewundert«, fügte er noch hinzu. »Ja«, grummelte er. »Sarah Lan-, caster?« Er hielt inne und schaute Byron wieder in die Augen. »Ja, schicken Sie sie herein. Bleiben Sie nur, Byron.« Mit einem Nicken legte Byron den Vertrag beiseite, dann standen beide auf, als Sarah das Büro betrat.

Beim Hereinkommen fiel Sarah als erstes auf, daß diese beiden Männer, die so völlig unterschiedlich aussahen, dennoch irgendein gemeinsames Charakteristikum besaßen. Und zwar, so schloß sie, die Befehlsaura. Eine spürbare Kraft schien von ihnen auszuströmen. Ich würde es ungern mit beiden gleichzeitig aufnehmen müssen, dachte sie. Ein Sieg wäre unmöglich, überleben fraglich. Sie beschloß, daß sie den beiden nur getrennt begegnen wollte, falls je ein Angriff nötig sein sollte.

»Guten Morgen, meine Herren.«

Haladay erwiderte ihr Lächeln; Byron beachtete es gar nicht. Mit einem Blick erwiderte er ihren Gruß, hieß sie aber keineswegs willkommen.

»Hoffentlich komme ich nicht ungelegen, Mr. Haladay. Sie sagten, ich sollte mich nach einer Woche bei Ihnen melden.«

»Das habe ich gesagt, ja.« Er forderte sie mit einer Geste auf, Platz zu nehmen. »Haben Sie sich schon eingelebt?«

»Ja. Ich habe mich sogar schon an Evans Kaffee gewöhnt.« Und daran, seinen Annäherungsversuchen auszuweichen, dachte sie insgeheim. Sie saß in einem beigen Ledersessel und bemerkte aus dem Augenwinkel, daß Byron sich in einem ihr gegenüberstehenden niederließ. »Mugs hat mich in den Büroalltag eingewiesen, Cassidy hat mir die allgemeinen Verfahrensweisen eingepaukt. Jetzt würde ich gerne an einem Projekt zu arbeiten anfangen.«

»Sie können es kaum mehr erwarten, nicht wahr?« Haladay lehnte sich in seinem speziell für ihn angefertigten Sessel zurück und schaute Sarah über seine verschränkten Finger hinweg an.

»Ja.« Auch Sarah lehnte sich zurück und schlug die Beine übereinander. Eine Sekunde lang kam es ihr seltsam vor, daß der Mann
neben ihr sie mehr einschüchterte als der Mann hinter dem Schreibtisch. Weil ich ihn verstehen kann, stellte sie fest. Ich kann erkennen,
wer er ist. Aber ich weiß nicht, wer Byron ist. Sie verdrängte ihn aus
ihren Gedanken. »Ich kann es nicht leiden, wenn ich zwischen zwei
Projekten hänge. Für Unterbrechungen habe ich noch nie viel Geduld aufgebracht.«

»Soso.« Er kniff die Augen ein wenig zusammen. »Ich würde Ihnen gern eine Frage stellen, Sarah.«

»Aber selbstverständlich, Max«, erwiderte sie so beiläufig, daß er
einen Moment brauchte, ehe er reagierte. Er hob die Brauen und
legte die Stirn in tiefe Falten. Sarah wartete ab, ohne seinem Blick
auszuweichen. Unvermittelt warf er den Kopf in den Nacken und
brüllte vor Lachen. Sarah atmete langsam und ruhig aus.

»Sie hat so viel Courage wie Sie«, sagte er zu Byron. »Und fast
soviel wie ich.« Er grinste sie an. »Wir werden gut miteinander auskommen.«

Dann fügte er in einem geschäftsmäßigeren Ton hinzu: »Na
schön, Sarah, was möchten Sie tun?«

»Bauen.«

»Für mich oder für sich selbst?«

Eine berechtigte Frage, dachte sie. »Ihnen gehört die Kunstgalerie,
Max, aber ich will die Bilder malen. Und möchte rechts unten mit
meinem Namen signieren.«

»Das lasse ich gelten.« Ihm gefiel ihre Offenheit. Er nickte, dann
vertieften sich wieder die Falten auf seiner Stirn.

»Meine Leute leisten erstklassige Arbeit. Die Haladay-Gebäude
beruhen auf diesem Ruf. *Meinem Ruf.*« Sarah hörte die Betonung
auf dem Pronomen deutlich heraus. »Unsere Materialien sind immer, und zwar ausnahmslos, erster Güte. Die Bauvorschriften werden buchstabengetreu eingehalten. Bei mir wird das Gesetz nicht
umgangen. Wenn ich herausfinde, daß ein Mitglied meines Unternehmens sich nicht an die Regeln gehalten hat, fliegt der oder die
Betreffende auf der Stelle.« Haladay ließ einen goldenen Füllfederhalter wie eine Zigarre durch die Finger gleiten. Dann legte er ihn
ungeduldig auf den Schreibtisch. »Das umfaßt mehr als das Vermei-

den von Geldbußen und Bestechungsgeldern. Es ist eine Sache des Stolzes. Solange ich Haladay Enterprises leite, gibt es keine Schmiergelder, keine Mauscheleien.«

Sarah faltete die Hände. »Mir bereiten Ihre Standards keine Probleme, Max. Ich habe schließlich auch welche.«

Er schaute sie einen Moment lang aufmerksam an, ehe er zu Byron hinübersah. Sarah bemerkte, wie die beiden einen schnellen Blick miteinander wechselten. »Byron wird sich mit Cassidy über ein passendes Projekt unterhalten.«

»Gut.« Obwohl ihre Nerven zu flattern begannen, stürmte sie vorwärts, bevor man sie verabschieden konnte. Halt das Rad am Laufen und tu so, als wärst du dir absolut sicher. Sie handelte rasch und nach ihrem eigenen Gutdünken. »Ihr Angebot für das Delacroix-Kulturzentrum in Paris wurde angenommen.«

Haladay strich sich mit dem Zeigefinger über den Schnurrbart. Byron, der die Geste kannte, wußte, daß er überrumpelt worden war. »Sie wissen bestens Bescheid.«

»Ich weiß natürlich, daß man sich dabei durch eine Menge Rechtsfragen graben muß – Verträge, Zeitpläne, Strafklauseln und was nicht alles. In etwa drei Monaten sollte das Projekt in das Entwurfstadium übergehen.« Mit Bedacht wandte sie sich an Byron und sprach ihn zum erstenmal direkt an. »Stimmt das in etwa, Byron?«

Gleichmütig musterte er sie. »Ja, in etwa.«

»Ich möchte das Theater entwerfen.« Sowie es heraus war, fühlte Sarah sich besser. Jetzt konnte sich ruhig Schweigen um sie herum ausbreiten.

»Das ist ein sehr großes, wichtiges Projekt.« Die Furchen auf Haladays Stirn vertieften sich.

»Ich weiß.« Eine Spur von Überheblichkeit schwang in ihrer Stimme mit.

»Wir beschäftigen einen Stab von Architekten in unserer Pariser Niederlassung.«

»Auch das ist mir bekannt. Aber die Niederlassung in Paris ist beträchtlich kleiner als das Hauptbüro in Phoenix. Und Ihr dortiger Chefarchitekt ist in ein anderes Großprojekt in Südfrankreich eingebunden.«

»Gibt es irgend etwas, das Sie nicht wissen?« erkundigte sich Haladay.

Sarah lächelte gelassen, verlagerte ein wenig das Gewicht und schlug die Beine anders übereinander.

»Zweifellos wissen Sie auch, daß Byron derartige Aufgaben vergibt«, meinte Haladay leicht ironisch.

»Ja. Deshalb hielt ich es für das beste, das Thema jetzt anzuschneiden, da Sie beide vermutlich darüber nachdenken wollen.« Beim Aufstehen fügte sie heiter hinzu: »Einen schönen Tag noch, Max. Auf Wiedersehen, Byron.« Sie ging schnell aus dem Zimmer, wobei sie einen schwachen Wildblütenduft zurückließ.

Als sich die Tür hinter ihr schloß, stand Byron auf. »Ich würde gerne mit ihr reden.«

»Werden Sie ihr das Projekt anvertrauen?«

»Wollen Sie das denn?«

Haladay nahm wieder den goldenen Füllfederhalter in die Hand und schaute ihn grimmig an. »Wir haben ausgemacht, daß ich mich nicht einmische.«

»Ich komme noch mal zurück«, meinte Byron.

Im Korridor überholte er Sarah. Überrascht wandte sie ihm das Gesicht zu. »Sie haben ihn beeindruckt«, sagte er ohne Einleitung.

»Ja? Ich habe nur gesagt, was ich dachte.«

»Es geht weniger um das, was Sie sagten, als vielmehr um die Tatsache, daß Sie den Nerv hatten, es auszusprechen. Sie gehen mit Tempo voran, und Sie haben Courage. Max bewundert beides.«

Sie hatte es geschafft. Es war vorbei ... fürs erste. Dann erinnerte sie sich daran, daß sie Byrons Schwachstelle noch entdecken mußte. »Und Sie, Byron, was bewundern Sie?«

Einen Augenblick lang beobachteten sie einander. Dann versetzte er sie in Erstaunen, indem er ihr eines seiner raren Lächeln schenkte. »Gemälde von Corot.« Er hakte sie unter und zog sie mit sich. »Ich bin Ihnen noch ein Mittagessen schuldig.«

Sarah handelte spontan. Sie neigte mit gespielter Sittsamkeit den Kopf zur Seite, schlug die Augen zu ihm auf und blinzelte ihn unter den Wimpern hindurch an. »Ist das eine Einladung oder eine Feststellung?« Sie waren sich beide der Bedeutung und der Macht ihres Blickes bewußt, und sie wartete auf seine Reaktion. Die Spur eines

Lächelns umspielte ihre Lippen. Byron dachte an den Geschmack ihres Mundes und ihre glatte Haut. Verlangen durchströmte ihn, aber er verdrängte es. Wenn er sich mit ihr einließ, dann wollte er Zeit und Ort selbst bestimmen.

»Beides«, konstatierte er, als er den Aufzugknopf drückte. »Wir halten kurz bei meinem Büro. Kay soll Ihrer Sekretärin Bescheid sagen, daß Sie weggehen.«

5

Sowie Sarah in einer Ecknische des Hilton-Hotels saß, streifte sie ihre Schuhe ab. Außerhalb des Büros war Sarah geneigt, Byron einfach als Mann und nicht als einen der Ranghöchsten bei Haladay Enterprises zu betrachten. Ihre Augen verweilten beim Hummersalat. »Ist die Quiche hier gut?« Beim Aufschauen bemerkte sie, daß er sie beobachtete. Sarah stützte die Ellbogen auf den Tisch, vergrub das Kinn in der Hand und musterte ihn ebenfalls. »Was sehen Sie denn?«

»Daß Sie ein bemerkenswertes Gesicht haben.«

»Sie auch.« Sie spürte, daß ihm etwas ungewohnt Spontanes entschlüpft war und freute sich darüber. »Ich studiere Gesichter«, teilte sie ihm mit. »Sie haben interessante Backenknochen. Sind sie indianisch oder keltisch?«

»Meine Mutter ist eine Navajo-Indianerin.« Byrons Stimme klang ausdruckslos, doch als er in seine Sakkotasche nach Zigaretten langte, ruhte sein Blick weiter auf ihr. Er erwartete eine der bekannten Reaktionen: irgendwelche Spekulationen, Neugierde, herablassende Kommentare oder den Rückzug, an den er sich von seiner Jugend her erinnerte.

»Ach, deshalb.« Sarah klappte die Speisekarte zusammen und legte sie beiseite. »Für meine Wangenknochen ist wohl irgendein wilder keltischer Einschlag verantwortlich. Aber wie schmeckt denn hier nun die Quiche?«

Keine der Reaktionen, die Byron vorhergesehen hatte, wären Sarah in den Sinn gekommen. »Gut«, meinte er und winkte dem Kellner.

Sarah beobachtete ihn, als er die Quiche bestellte und einen Chablis auswählte. Sein Benehmen war tadellos. Sie merkte, daß ihr das besonders imponierte, weil sie dabei nichts Manieriertes spürte. Etwas Verwegenes in seinen Augen ließ in ihr den Wunsch aufsteigen, tiefer unter die Oberfläche zu schauen. Sie wollte Byron Lloyd besser einordnen können und herausfinden, weshalb er sich so von anderen unterschied.

Er ist anders, sinnierte sie, während sie mit halbem Ohr Byrons Gespräch mit dem Kellner verfolgte. Glatt und ruhig nach außen, aber darunter brodelte es. Ob er wohl Befehle ebenso leicht entgegennimmt, wie er sie erteilt? Sie dachte an Maxwell Haladay und runzelte die Stirn. Die beiden verband eine Vertrautheit, ein gegenseitiges Verstehen, das keiner Worte bedurfte. Einen Augenblick fragte sie sich, wer wirklich Haladay Enterprises managte. Byron wandte sich wieder Sarah zu und bemerkte ihre gefurchte Stirn und ihren konzentrierten Blick. Er hob eine Braue und wartete, daß sie zu reden anfinge.

»Ich frage mich, wer Sie sind«, meinte sie. »Ich frage mich, was Sie sind.«

Er lächelte, und sein Lächeln war eine Herausforderung. *Finden Sie es doch heraus,* teilte es ihr mit. *Wenn Sie können.* »Sind Sie schon am Umziehen?« fragte er nach einer Pause.

»Ja, ich bin gerade dabei.« Der Kellner brachte den Chablis und schenkte ihnen ein. Byron und Sarah kosteten den Wein. Sarah ließ ihn kurz auf der Zunge verweilen, er war kühl und trocken. »Meine Möbel kommen morgen aus Nework. Wir haben an den Abenden ein paar Schönheitsreparaturen vorgenommen.«

»Wir?«

»Dallas und ich. Dallas Darcy, die Leiterin Ihrer Beschaffungsabteilung.« Byron erinnerte sich vage an eine schlanke Frau mit einem Wust fuchsroter Haare. »Ihr gefällt meine Pendelleuchte, aber sie besteht darauf, daß ich noch ein paar hiesige Töpfersachen kaufe. Meine Einrichtung ist ihr anscheinend viel zu ostküstenmäßig.« Und ich bin es auch, dachte sie in einem plötzlichen Anfall von Heimweh.

»Nework geht Ihnen ab.« Bei dieser Feststellung schaute sie ihm wieder in die Augen und bewegte unruhig die Schultern; sie ärgerte sich über sich selber.

»Ich habe in den vergangenen paar Monaten gelernt, daß ich mich nicht schnell an veränderte Situationen gewöhne.«

»Das würde auch gar nicht zu Ihnen passen.«

»Wahrscheinlich haben Sie recht. Ich habe gern alles unter Kontrolle. Darin ähneln wir uns.«

»Wollen Sie deswegen das Delacroix-Projekt leiten?«

Sarah antwortete nicht sofort, sondern drehte den Stiel des Glases zwischen den Fingern und schaute zu, wie der Wein hin und her schwappte. Sie hatte gewußt, daß er sie das früher oder später fragen würde, hob den Blick und sah ihm in die Augen.

»Ich möchte das Delacroix-Projekt, weil ich weiß, daß ich das schaffe, und zwar gut. Bei Boumell wurde ich in erster Linie beim Entwurf beschäftigt, oder besser als gefeierte Dekorateurin. Ich bin Architektin, Byron, und eine verdammt gute.« Sarah hielt einen Moment inne, dann stellte sie nachdenklich das Glas ab. »Man hat mich mit der Unitarierkirche, die Max so gut gefallen hat, betraut, weil ein Freund von mir ein paar Fäden gezogen hat.« Sie atmete schnell und ungeduldig aus, während sich auf ihrem Gesicht Widerwillen zeigte. »Ich gebe das gar nicht gerne zu.«

»Nun, das ist deutlich zu sehen.« Byron schaute sie an. »Warum haben Sie es mir denn gesagt?«

»Weil wir zusammenarbeiten werden. Weil ich möchte, daß Sie mich verstehen.« Die zweite Bemerkung war Sarah entschlüpft, ehe ihr dieser Gedanke überhaupt bewußt geworden war. »Boumell hätte mir diesen Auftrag nie gegeben, wenn man nicht ausdrücklich nach mir verlangt hätte. Ich wußte, daß das Projekt ideal für mich war und daß ich genau dadurch Anerkennung gewinnen konnte. Ich lechzte danach. Also habe ich Beziehungen spielen lassen.«

»Da stehen Sie nicht alleine.« Byrons Antwort fiel ruhig aus und stand so in völligem Gegensatz zu Sarahs wütend blitzenden Augen.

»Das weiß ich, aber deswegen muß es mir nicht auch gefallen. Verflucht, werde ich denn nie auf andere Weise etwas Wichtiges bauen können? Bei Boumell war man der einhelligen Meinung, daß ich jung bin und viel Zeit habe. Aber das war noch nicht alles. Ich hatte drei Negativpunkte gegen mich. Ich bin eine Frau, und Frauen dürfen hauptsächlich zeichnen. Ich bin jung, und jungen Leuten traut man wenig Disziplin und Urteilsvermögen zu. Man hält mich für gutaussehend. Leider laufen noch immer viele Idioten herum, die glauben, daß eine gutaussehende Frau im Beruf nur deshalb Karriere macht, weil sie mit den richtigen Leuten schläft.«

»Damit haben Sie nicht ganz unrecht, aber auf Haladay trifft das nicht zu. Max weiß, daß Intelligenz nicht an ein Geschlecht gebunden ist.«

»Ja, das habe ich gehört.« Sie atmete tief durch und stützte sich wieder am Tisch auf. »Das ist einer der Gründe, weshalb ich mich bei Haladay beworben habe. Hören Sie, Byron, wir beide wissen um die Fortschritte, die Frauen im Berufsleben erzielt haben, aber die Architektur ist noch immer eine der letzten Männerdomänen.« Sie legte wieder die Stirn in Falten. »Ich habe nicht Architektur studiert, um etwas zu beweisen.«

»Warum dann?«

»Weil ich bauen möchte. Ich möchte Häuser bauen, die nicht nur ästhetische Normen erfüllen, sondern auch funktional sind, Häuser, in denen Menschen leben können und an denen sie ihre Freude haben.«

»Klingt einleuchtend.«

Byron hörte auf, ihr Chablis nachzuschenken. Sie sah ihn freundlich und offenherzig an, als sich ihre Blicke trafen.

»Ich habe auf ein Projekt wie das Delacroix-Kulturzentrum gewartet. Natürlich weiß ich, daß Sie viele Aspekte in Betracht ziehen müssen, ehe Sie einen Architekten damit beauftragen. Und ich erwarte keineswegs, daß ich den Auftrag lediglich deshalb bekomme, weil ich darum gebeten habe. Aber ich will ihn, da ich gut genug bin und ihn verdiene, und das werde ich unter Beweis stellen.«

»Es mangelt Ihnen wirklich nicht an Selbstvertrauen.«

»Das kann ich mir nicht leisten.« Sarah hob die Schultern. »Ich bin ungeduldig.«

»Bekennen Sie damit einen Fehler oder eine Tugend?«

»Das können Sie sich aussuchen«, entgegnete sie mit einem strahlenden Lächeln.

»Sie hatten vor, eine eigene Firma zu gründen, als wir in Kontakt mit Ihnen traten?« Byron beobachtete, wie das Lächeln einem überraschten Gesichtsausdruck wich.

Sie fragte sich, wieviel Byron von ihr wußte. Daß wir darüber reden würden, dachte sie, damit habe ich nicht gerechnet. Unschlüssig trank sie etwas Wein, dann schaute sie in ihr Glas. »Ich war zu etwas Geld gekommen«, setzte sie mit beherrschter Stimme an – doch dann schlossen sich ihre Finger fester um den Stiel des Weinglases. »Meine Eltern kamen ums Leben, und ich erhielt Geld von der Versicherung.« Ihr Magen krampfte sich zusammen, und Schmerz schimmerte in ihren Augen. Ein ordentlicher kleiner Scheck, erinnerte sie sich. Dem Empfänger ist alles auszuzahlen, was von James und Penelope Lancaster übriggeblieben ist. »Daraufhin habe ich tatsächlich erwogen, eine eigene Firma zu gründen oder mich vielleicht nach einem Partner umzuschauen. Eins von beidem hätte ich wahrscheinlich auch gemacht, wenn ich nicht die Stelle bei Haladay bekommen hätte.«

»Wie kam es zu Ihrem Gesinnungswechsel?«

»Ich mußte mich zwischen meiner Eitelkeit und meinem Beruf entscheiden. Wenn ich für Haladay arbeite, weiß ich, daß ich bedeutende Gebäude bauen kann. Wenn ich selber ein Architekturbüro aufmache ...« Sarah zuckte mit den Schultern. »Wer weiß, ob einer meiner Entwürfe jemals realisiert worden wäre? Ich spiele gut genug, um das bessere Blatt zu erkennen.«

»Offenbar handeln Sie nicht nur gefühlsmäßig.«

Sie lachte prompt und herzlich. Byron ließ den Blick kurz auf ihrem Mund verweilen, erinnerte sich an ihre feurige Reaktion auf seinen Kuß und ertappte sich bei der Überlegung, wie sie wohl mit offenem Haar und ohne Kleider aussah.

»Willen, Ehrgeiz, Ego ...«, fuhr Sarah fort. »Ich glaube, wir beide haben davon unser Teil abgekriegt. Und dennoch arbeiten wir für ihn, nicht wahr?« Ihre Lippen wölbten sich, als sie die Gabel zum Mund führte. »Sie hatten recht mit der Quiche. Sie schmeckt köstlich.«

Sarahs Büro war schön nach Süden gelegen. Um die Glasflächen hinter ihrem Schreibtisch zu schmücken, hatte sie Pflanzen in unterschiedlichen Höhen aufgehängt. Sonnenlicht strömte durch das klare Glas, durchflutete den Raum und drang selbst durch das Blätterdickicht.

Die Wände ihres Büros waren weiß tapeziert, der Teppich hellgrün. Beim Aufhängen der Pflanzen hatte sie die bodenlangen Vorhänge abgenommen; ohne sie fühlte sie sich weniger eingeengt. Mit hübschem Schnickschnack hier und da hatte sie dem sonst kühlen, zweckmäßigen Raum eine persönliche Note verliehen. Da gab es eine schwarze Vase mit tiefen Gravuren auf einem Glastisch, einen knallbunten Dali-Druck im Wechselrahmen und einen hohen, schmalen Spiegel. Eine Schale mit bunten Murmeln stand auf einem Hocker, und eine anmutige Schäferin aus Meißner Porzellan posierte auf einem Regalbrett. Jetzt trug das Büro ihren Stempel ebenso unverwechselbar wie ihre Wohnung.

Cassidy ging von den Pflanzen zum Dali, von den Murmeln zur Porzellanfigur. Dabei hatte er die Hände auf dem Rücken verschränkt und hielt den Kopf geneigt, wobei ihm das Haar in die Stirn fiel. Bei jedem Schritt atmete er schnaubend ein und aus. Gelegentlich zappelte er mit den Fingern. Sarah saß an ihrem Schreibtisch und schaute ihm zu.

»Die Reichen sind mir ein Rätsel, das ist die Wahrheit. Warum Harrison Reed ein Gästehaus braucht, wenn er eh schon in einem Fünfzig-Zimmer-Mausoleum lebt, weiß ich nicht. Ganz zu schweigen von dem Badehaus, das wir ihm vor fünf Jahren hingestellt haben. Da könnte eine vierköpfige Familie samt Hund drin leben. Ach, diese Schauspieler!« Er schnalzte mehrmals hintereinander mit der Zunge. »Aber nun ja, schließlich ist es sein Geld! Es ist nur ein kleines Projekt, Sarah, aber es eignet sich gut für Sie. Fünf Schlafzimmer, drei Bäder, Wohnzimmer, Eßzimmer, Spielräume. Steht alles in den Unterlagen.« Er deutete auf den Hefter aus Manilapapier auf ihrem Schreibtisch. »Da sind auch Fotos vom Grundstück dabei, und ein paar von der Villa. Himmel, ist das ein Ding. Ich kriege das Zittern, wenn ich nur daran denke. Er sagt, daß er das Gästehaus ganz einfach haben will.« Cassidy schnaubte. »Unter einfach versteht er zehn griechische Säulen statt zwanzig.« Wieder schnaubte er laut.

Vergnügt schaute Sarah ihrem Chef beim Hin- und Herrennen zu. Sie hatte ihm zugehört und seine Theatralik genossen. Jetzt richtete sie ihre Aufmerksamkeit auf den Hefter auf ihrem Schreibtisch, schlug ihn auf und schaute die Fotos durch. »Machen Sie sich keine Sorgen, Cassidy. Wir geben Harrison Reed genau das, was er will.« Sie warf einen Blick auf die zwei Bilder von der Villa und blätterte dann zu den Bildern vom Grundstück um. »Ich mache ein paar vorläufige Skizzen, dann fliege ich nach Kalifornien und bespreche sie mit ihm. Schließlich möchte ich mir erst einmal das Grundstück persönlich anschauen.«

»Bitten Sie Mugs, alles Nötige vorzubereiten«, sagte er mit einem energischen Nicken. Aber an der Tür blieb er stehen und blickte zurück auf den dunkelblonden, über die Fotos im Ordner gebeugten Kopf. Er legte die Stirn in tiefe Furchen. »Nehmen Sie sich vor Reed in acht, Sarah. So junge Mädchen wie Sie vernascht er zum Frühstück.«

Sarah schaute auf. Auf Cassidys Gesicht zeigte sich echte Sorge und ein Hauch von Verlegenheit. Sie lächelte. »Machen Sie sich meinetwegen keine Sorgen, Cassidy. Ich bin zäh. Über den ersten Happen kommt er nicht hinaus.«

Cassidy gab einen krächzenden Laut von sich, ehe er die Tür aufriß und schwerfällig hinaustapfte. Sarah vergaß die Warnung, sowie sich die Tür hinter ihm schloß. Sie stand auf und ging an ihr Reißbrett. Das war vielleicht nicht Cassidys Krankenhaus oder das Delacroix-Kulturzentrum, aber es war ein Anfang. Sie stellte die Fotos vom Bauplatz auf ein Bord in Augenhöhe und schaute sie mit zusammengekniffenen Augen lange an. Ein guter Anfang. Entschlossen nahm sie ihre Zeichengeräte zur Hand.

Die nächsten zwei Stunden machte Sarah freihändig Skizzen. Dies war die Zeit, in der sie ihre Gedanken frei strömen lassen konnte, in der sie gestaltete, sich etwas vorstellte. Denken auf Papier ... planlos auf Papier Geworfenes, Zeichnungen, Bruchstücke ihrer persönlichen Vorstellung von einem Gästehaus auf einem bewaldeten Grundstück in Südkalifornien. Sie konnte den Platz, seine Aufteilung und seine Bebauung vor sich sehen. Es gab keine schwierigen technischen Probleme zu lösen. Eigentlich ein einfaches Projekt. Doch bevor sie nicht auf dem Bauplatz gewesen war und mit Harrison Reed gesprochen hatte, konnte sie keine detaillierteren Entwürfe zeichnen.

Unter den vier fertigen Skizzen hatte Sarah schon einen Favoriten. Jetzt mußte sie nur noch Reed dafür begeistern. Sie entschloß sich, zehn vorläufige Entwürfe mitzunehmen, weil sie der Meinung war, daß man einen Kunden leichter zum richtigen Entwurf hinführen konnte, wenn man ihm eine größere Auswahl vorlegte. Bei einem scharfen Blick auf die Grundstücksfotos und auf ihre Skizzen hegte Sarah keinen Zweifel daran, welcher Entwurf der richtige war. Als sie ein frisches Blatt Papier aufzog, ertönte der Summer. Sie drückte mit der einen Hand auf die Wechselsprechanlage, während sie mit der anderen weiterzeichnete.

»Was gibt's, Mugs?«

»Mr. Lloyd und Mrs. Woodloe-Winfield sind gekommen.«

»Wer?« Sarah hörte auf zu zeichnen und schenkte Mugs ihre ungeteilte Aufmerksamkeit.

»Mr. Lloyd ist hier, zusammen mit Mrs. Woodloe-Winfield.«

Sarah runzelte die Stirn und legte ihren Bleistift hin. »Kenne ich denn Mrs. Woodloe-Winfield, Mugs?«

»Nein, Madam. Ich glaube nicht, aber ich hole gern Informationen über die Dame für Sie ein.«

Sarah lachte. »Im Augenblick reicht es, wenn Sie sie hereinschicken.«

Während sie sich wunderte, was jemand namens Woodloe-Winfield mit ihr zu tun hatte, glitt Sarah von ihrem Hocker und schlüpfte in ihre Schuhe. Woodloe-Winfield klingt nach kleiner alter Dame mit bläulich getöntem Haar und einer Gucci-Tasche, dachte sie, als sie den Knöchelriemen an ihrem Schuh zumachte.

Mit der Gucci-Tasche hatte sie recht gehabt, stellte sie fest, als Mrs. Woodloe-Winfield zusammen mit Byron eintrat. Das bläulich getönte Haar aus Sarahs Vorstellung erwies sich jedoch als glattes, rotblondes Haar, das ein junges, herzförmiges Gesicht umrahmte.

»Guten Morgen, Byron«, sagte Sarah.

»Guten Morgen, Sarah. Gloria Woodloe-Winfield, Sarah Lancaster. Gloria ist eine alte Freundin von mir. Sie braucht einen Architekten.«

»Byron, *gute* Freundin klingt doch um so viel netter als *alte* Freundin.« Glorias Stimme klang schleppend und träge.

Sarah konnte sie auf Anhieb nicht leiden, kämpfte aber gegen ihren ungünstigen ersten Eindruck an. »Bitte, nehmen Sie Platz.« Sie wartete, bis Gloria sich in einen Sessel gesetzt hatte. Als sie merkte, daß Byron stehenbleiben wollte, entschied sie selbst sich für eine Schreibtischecke. »Wie kann ich Ihnen helfen, Mrs. Woodloe-Winfield?«

»Wie, ich ... Vielleicht könntest du es erklären, Byron.« Gloria verschränkte die Finger und schlug die Beine übereinander.

»Glorias Mann starb letztes Jahr und hinterließ ihr eine einhundertsechzig Hektar große Ranch«, sagte Byron. »Das Ranchhaus entspricht jetzt nicht mehr ihren Bedürfnissen. Sie möchte sich ein kleineres Heim näher bei der Stadt bauen.«

»Ein behaglicheres Zuhause, wenn Sie verstehen, was ich meine.« Gloria schenkte Sarah ein Lächeln von Frau zu Frau. »Das alte Haus ist zu groß und birgt zu viele Erinnerungen. Ich muß allmählich wieder mehr in der Gegenwart leben.«

»Gewiß. Vielleicht vermitteln Sie mir eine Vorstellung davon, welche Art von Haus Ihnen vorschwebt? Die Größe, die Sie im Auge haben, Ihr Lebensstil, die Einladungen, die Sie zu geben planen, irgendwelche bestimmten Vorlieben in bezug auf Stil oder Materialien.«

»Oje«, meinte Gloria wehleidig. »Davon habe ich überhaupt keine Ahnung. Warum zeichnen Sie nicht einfach etwas für mich?«

»Jetzt?« Sarah kniff die Augen zusammen.

»Das ist doch Ihr Job, oder?« Gloria lächelte. »Irgendwelche Dinge zeichnen.«

Prompter Ärger stieg in Sarah auf, doch schluckte sie ihn hinunter. Schließlich legte sie großen Wert auf ihre professionelle Einstellung. »Es ist mir nicht möglich, etwas Vernünftiges zu entwerfen, Mrs. Woodloe-Winfield, wenn ich nicht weiß, welche Art von Haus Sie sich vorstellen.« Nur mit Mühe konnte Sarah einen sarkastischen Unterton aus ihrer Stimme heraushalten. Sie war überzeugt, daß Gloria ihre Unwissenheit nur vorgab. »Wenn ich erst einmal eine Ahnung davon habe, welche Größe Sie gern hätten, die Anzahl der Räume, die Lage und topographische Beschaffenheit des Grundstücks, könnten wir von da aus weitermachen.«

»Herrjemine, das klingt alles so gräßlich technisch. Haben Sie nicht ein paar Bilder oder Muster?«

»Sie brauchen mir nur ein wenig detaillierter zu beschreiben, wonach Sie suchen«, beharrte Sarah geduldig.

»Mit Gebäuden kenne ich mich überhaupt nicht aus.« Gloria verband eine hilflose Handbewegung mit einem schmelzenden Blick zu Byron hinüber.

Sarah sah sie offen und unbeugsam an. »Vielleicht gefällt Ihnen der Renaissance-Stil? Oder vielleicht Gotik, französische Gotik mit einem Strebebogen?« Sarah erhaschte Byrons warnenden

Blick. Zum Teufel mit ihm, beschloß sie. »Ich selbst habe seit je-her eine Schwäche für Jugendstil. Selbstverständlich könnte ich meiner Kreativität einfach freien Lauf lassen und ein Haus entwer-fen für die Frau, für die ich Sie halte.« Sie lächelte, weil sie erkannte, daß dieses Argument eingeschlagen hatte. »Nun, wie viele Zim-mer möchten Sie gern haben?« Sie nahm einen Notizblock und wartete.

»Sechs Schlafzimmer, drei Bäder, mit einem Ankleidezimmer und einem zusätzlichen Bad von meinem Schlafzimmer aus.« Sie fügte noch einen Salon, ein Dienstmädchenzimmer und eine Som-merküche hinzu.

»Das hilft mir um vieles weiter«, meinte Sarah. Diesmal brauchte sie keine Ironie in ihrer Stimme zu verbergen. »Ich muß das Grund-stück auch sehen, dann können wir uns über die beste Lage für das Haus unterhalten. Ist es schon gärtnerisch gestaltet, oder wollen Sie das erst noch machen lassen?«

»Dabei können Sie mit Dutch Kelly zusammenarbeiten«, sagte Byron kühl. »Er meldet sich bei Ihnen.«

Sarah kümmerte sich nicht weiter um seinen verärgerten Blick. Ich bin im Recht, sagte sie sich, und ich werde mich wieder so ver-halten. »Schön«, erklärte sie laut. »Ich schaue mir das Grundstück an und habe bis nächste Woche ein paar Skizzen fertig.«

»Gut.« Gloria blickte auf ihre perfekten Nägel. »Wenn Sie es nicht schneller schaffen, wird das vermutlich reichen müssen.«

»Ich danke Ihnen für Ihre Geduld.« Sarah gelang es, gleichzeitig höflich und sarkastisch zu klingen.

Gloria stand auf und streckte eine Hand nach Byron aus. »Und jetzt kann ich das Mittagessen, das du mir versprochen hast, wirk-lich vertragen. Ich habe für heute genug Geschäftliches erledigt.« Sie wandte sich zum Gehen.

Sarah verdrehte die Augen. Byron beobachtete sie über Glorias Kopf hinweg. »Ich muß noch ein oder zwei Dinge mit Miß Lancaster besprechen. Warum wartest du nicht in meinem Büro auf mich?«

»Aber beeil dich«, mahnte ihn Gloria und stellte sich auf die Ze-henspitzen, um ihn auf die Wange zu küssen. Mit der Andeutung eines Nickens für Sarah entschwand sie.

»Haben Sie generell die Angewohnheit, sich Klienten gegenüber so zu verhalten?« fragte Byron, als die Tür hinter Gloria ins Schloß gefallen war.

»Ich weiß leider überhaupt nicht, wovon Sie reden«, antwortete Sarah sanft.

»Zum Teufel, das wissen Sie sehr wohl.«

»Aber – huch – Rhett Butler!« Sarah stolzierte ans Fenster, warf den Kopf in den Nacken und klimperte mit den Wimpern. »Ein Herr spricht doch nicht so mit einer Dame aus dem Süden.«

Wenn er nicht so wütend gewesen wäre, hätte ihn Sarahs treffsichere Nachahmung von Gloria amüsiert.

»Ich habe es jetzt nicht mit einer Dame, sondern mit einer Architektin zu tun.«

»Der Punkt geht an Sie.« Das Sonnenlicht fiel in Tüpfelchen um sie, als sie an den Blättern einer Grünlilie herumzupfte. »In Ordnung, Byron, ich gebe Ihrer kleinen, hierher verpflanzten Südstaatenblume den richtigen Hintergrund. Mir wird es sogar gelingen, die große Villa, die ihr vorschwebt, ein wenig heimelig zu machen, weil ich meinen Beruf sehr gut verstehe. Aber ich bin keine Illustratorin, und ich baue Häuser nicht in Massenproduktion.« Ihre schlechte Laune begann wieder aufzuwallen, was ihr schon an den Augen abzulesen war, als sie ihm das Gesicht zuwandte. »Wenn sie Fertighaus Nummer 321A möchte, ist sie hier an der falschen Adresse.«

Byrons Stimme wurde kälter, ein gefährliches Zeichen. »Mrs. Woodloe-Winfield ist sich lediglich nicht bewußt, wie es in einem Architekturbüro zugeht.«

»Ach was, so ein Quatsch«, unterbrach ihn Sarah. »Sie muß nicht die technischen Feinheiten kennen, um zu wissen, daß man ein Haus nicht wie ein Kilo Rindfleisch oder ein paar Vorhänge bestellen kann.« Sie durchquerte das Zimmer, bis sie Schuhspitze an Schuhspitze vor ihm stand. »Schließlich ist sie nicht der Hohlkopf, der zu sein sie vorgibt, und wir beide wissen das. Sie haben doch auch dieses Ich-brauche-einen-Mann-der-mich-führt-Getue durchschaut. Aber gut, wenn Sie für Ihr Selbstwertgefühl so etwas brauchen, Lloyd, dann ist das Ihre Sache. Spielen Sie ruhig den Macho mit Miß Scarlett und lassen Sie mich mit meiner Arbeit weitermachen.«

Er packte sie am Arm, als sie sich abwenden wollte, und zwar so grob, daß sie nach Luft schnappte und so weit zurückwich, wie es sein Griff zuließ. Der Zorn in seinen Augen erschreckte sie. In ihm loderte ein Feuer, auf das sie nicht gefaßt war.

»Kommandieren Sie mich nicht herum.« Die Warnung traf sie wie ein Peitschenschlag, als er ihren Arm noch fester umklammerte. Sarah hämmerte das Herz in der Brust. »Ich lasse mir nichts befehlen und dulde keine Bemerkungen über mein Privatleben. Und niemand dreht mir den Rücken zu.«

Ihre Gesichter waren sich nahe, ihre Körper berührten sich beinahe, als er sie festhielt. Er beobachtete, wie ein furchtsamer Ausdruck in ihre Augen trat, verfluchte sich selbst und ließ ihren Arm los. Schon lange war er nicht mehr so nahe daran gewesen, die Beherrschung zu verlieren.

Sie war blaß geworden und massierte die Stelle, an der er sie gepackt hatte, als wolle sie den Blutkreislauf wieder anregen. Es dämmerte ihm, daß ihr Arm schlank war und daß er zu fest zugegriffen hatte. Mit Sicherheit war ein blauer Fleck entstanden. Wütend blitzte sie ihn an. Zwar waren ihre Augen tränenlos, aber sie atmete unregelmäßig. Er verfluchte sich noch einmal.

»Wir schlagen Angestellte heutzutage nicht mehr wegen Unbotmäßigkeit, Sarah.« Es freute ihn, als er die Farbe in ihr Gesicht zurückströmen sah. »So ist es besser.« Er nickte ihr zu. »Ich schüchtere andere nicht gerne ein.«

»Wie schade«, warf sie ihm hin. »Wo Sie sich doch so ausgezeichnet darauf verstehen.«

Byron drehte sich um und ging zur Tür. »Eine arbeitsreiche Woche liegt vor Ihnen«, sagte er brüsk. »Sie sollten sich besser Ihre Energien aufsparen.«

»Ingenieure!« Das Wort brach aus ihr heraus, als er die Tür aufmachte. Draußen runzelte Mugs die Stirn.

»In zehn Tagen will ich Entwürfe sehen.« Hart schloß er die Tür. Kurz darauf ging sie wieder auf, und Dallas spazierte herein.

»Bist du fertig fürs Mittagessen? Ich bin nebenan halb verhungert, während ich darauf wartete, daß du Mr. Lloyd los wirst. Hey, schaust du wütend aus. Ich vergesse wohl besser meine Idee, dich dazu zu überreden, daß du mich zum Mittagessen einlädst.«

»Byron Lloyd«, sagte Sarah statt einer Antwort, »ist ein arroganter, rechthaberischer Leuteschinder und ein hundsgemeiner Scheißkerl.«

»Selbstverständlich ist er das, meine Liebe. Deshalb steht er auch an der Spitze.« Dallas warf einen Blick in den Spiegel und zupfte einige wirre Locken zurecht. »Abgesehen davon sieht er toll aus, oder ist dir das entgangen?«

»Das tut eine 1966er Corvette auch.« Sarah langte nach ihrer Handtasche in der untersten Schreibtischschublade.

»Jetzt ist wohl ein ungünstiger Zeitpunkt, dich zu überreden, mich mit Evan zu verkuppeln.« Sie beobachtete im Spiegel Sarahs Gesichtsausdruck und fing dabei den schnellen Seitenblick auf, der bedeutete, daß Sarah durchaus nicht ihrer Meinung war.

»Dallas«, begann Sarah vorsichtig, »Evan ist ja ganz nett, aber ziemlich oberflächlich.«

»Alles, was ich von seiner Oberfläche sehe, schaut großartig aus. Mich interessiert nicht seine Meinung zur Atomenergie oder seine Vorliebe für Romanautoren des 20. Jahrhunderts.« Sie grinste Sarah an.

»Wie lange kennen wir uns jetzt, Dallas?« fragte Sarah.

»So um die drei Wochen.«

»Also fast eine Ewigkeit.« Sarah durchquerte das Zimmer und blieb knapp vor ihr sehen, wobei sie weiterredete. »Evan ist viel zu engstirnig für dich. Er würde dich gar nicht richtig schätzen können.«

Dallas dachte kurz nach. »Wahrscheinlich nicht«, gab sie zu. »Ich muß womöglich meinen Traum, ihn zu heiraten und mit ihm Kinder zu haben, aufgeben. Vielleicht kann ich mich aber mit einem Abendessen und einer Nacht voller heftiger Leidenschaft und trivialem Sex zufriedengeben?«

Sarah seufzte. Er wird ihr weh tun, dachte sie und fühlte sich bereits jetzt dafür verantwortlich.

»Mich kann nichts umbringen«, erklärte ihr Dallas, die in ihren Augen gelesen hatte. Es rührte sie, daß Sarah sich um sie sorgte. Sie lächelte wieder. »Ich bin schmerzunempfindlich. Siehst du diese Stelle?« fragte sie und tippte mit dem Zeigefinger auf die Innenseite ihres linken Ellbogens. »Das ist der einzige verwundbare Teil meines Körpers.« Ihre dichtbewimperten grauen Augen strahlten, als sie Sarahs Lächeln sah. Sie nutzte ihren Vorteil, indem sie sich umdrehte und sich bei Sarah unterhakte. »Du willst doch nicht, daß ich mich Nacht für Nacht allein in einer dunklen, freudlosen Wohnung gräme und zu meiner Unterhaltung nur olle Wiederholungen in der Glotze anschaue, nicht wahr?«

»O. K., du hast gewonnen.« Mit einem schnellen Seufzer nahm Sarah die Niederlage hin.

»Ich wußte, du würdest mich verstehen.« Dallas tätschelte ihr die Wange und führte sie aus dem Zimmer. »Und womit hat dich Mr. Lloyd so sehr verärgert?«

6

Kurz nach fünf hatte Sarah ihre Entwürfe für Harrison Reeds Gästehaus fertiggestellt. Sie war damit zufrieden, doch als Ergebnis ihrer anhaltend schlechten Laune stellte sich bohrender Kopfschmerz ein. Wenn Sarah sich stritt, wollte sie gewinnen; bei Byron hatte sie mit gesenkten Händen verloren. Sein Gewaltpotential hatte sie überrumpelt. Das nächste Mal würde sie darauf gefaßt sein und sich nicht so leicht Angst einjagen lassen. Ihr gefiel das Bild, wie sie sich angesichts zorniger Blicke und einiger barscher Worte duckte, überhaupt nicht. Gar nicht meine Art, sagte sie sich, als sie unter ihren Blusenkragen faßte, um die Spannung wegzumassieren. Vergiß es ... oder vielmehr, verbesserte sie sich, vergiß *ihn*. Sarah hob den Hörer der Wechselsprechanlage, aber ehe sie etwas sagen konnte, spazierte Evan Gibson zur Tür herein.

»Ich grüße Sie, schöne Dame. Dieser Arbeitstag wäre geschafft.«

»Nicht ganz«, gab sie freundlich zurück, als er zu ihr kam und sich auf ihren Schreibtisch setzte. »Du mußt erst noch das Anklopfen lernen, Evan«, meinte sie. Dann kam sie schnell zur Sache, weil die Kuppelei für Dallas ihr Unbehagen bereitete. »Was hältst du denn von Rothaarigen?«

»Ich bevorzuge Blondinen.« Evan griff sich mit Daumen und Zeigefinger eine lose Strähne ihres Haars.

»Aber du hast doch keine Vorurteile, oder?« Sarah schenkte ihm ein freundliches Lächeln. »Hoffentlich nicht, denn ich kenne eine bezaubernde Rothaarige. Ich könnte sie vielleicht sogar dazu überreden, mit dir auszugehen.« Ihre Augen waren arglos und freundlich. Vielleicht passen sie ja auch zusammen, dachte sie. »Ja, womöglich würde mir das gelingen«, fuhr sie fort. »Ein gemeinsames Abendessen wäre doch eine gute Idee. Sie ißt gern chinesisch.«

»Sarah.« Evan schwelgte in dem Anblick, wie ihre Bluse über ihre Brüste fiel. Einen Augenblick lang stellte er sich voller Vergnügen vor, wie er sie ihr auszog. »Ich möchte mit dir zusammen sein. Wir können von mir aus gerne mit einem Abendessen anfangen.«

»Ach, nein, ich esse lieber beim Italiener«, gab Sarah eilends zurück. Sie kritzelte etwas auf einen Zettel, riß ihn ab und gab ihn Evan. »Ich werde dich wärmstens empfehlen«, versprach sie. Sie drückte auf Mugs Taste. »Verflixt, ist denn Mugs nicht an ihrem Platz? Sie antwortet nicht.«

Evan warf einen flüchtigen Blick auf den Namen auf Sarahs Zettel und steckte ihn sich dann in die Sakkotasche. »Ich habe sie heimgeschickt.« Er legte den Kopf schräg, um die auf dem Schreibtisch verstreuten Zeichnungen anzuschauen.

»Das hättest du doch vorher mit mir absprechen können.« Sarah runzelte die Stirn.

»Tut mir leid. Hättest du sie gebraucht?«

Sarah zuckte die Schultern. Der Anlaß war es nicht wert, sich zu ärgern. »Ach, nichts. Ich kann den Anruf auch ohne sie tätigen.« Sie fing an, in den Unterlagen nach Harrison Reeds Telefonnummer zu suchen.

»Nichts ist so wichtig, als daß es nicht bis morgen warten könnte.« Evan stellte sich hinter sie und legte ihr die Hände auf die Schultern. Er ließ die Daumen über ihren Nacken wandern.

»Nur ein oder zwei Sachen«, murmelte sie, völlig in ihre Unterlagen vertieft. Sie war überhaupt nicht darauf gefaßt, als er sie von ihrem Stuhl hochzog.

Sein Mund preßte sich so schnell auf den ihren, so leidenschaftlich, daß Sarah keine Zeit blieb zu reagieren. Die Glut dieses Kusses überraschte sie. Sie hatte gewußt, daß er sie begehrte, hatte aber nicht erkannt, wie sehr. Zuerst war sie so verblüfft, daß sie sich nicht wehrte. Seine Hände glitten schnell an ihr herunter, dann fand er den Reißverschluß ihres Rocks. Sarah spürte seine Finger und schaffte es, ihm ihren Mund zu entziehen. »Evan«, sagte sie atemlos. »Hör auf.« Ihr fortgesetztes Wehren brachte ihn schließlich dazu, sie loszulassen und anzuschauen. Weil sie erkannte, in welch gefährliche Situation sie sich begeben hatte, verwünschte sich Sarah. »Könntest du jetzt damit aufhören.«

»Ich werde mit dir schlafen.«

Seine Stimme schwankte. Sarah lief vor lauter Angst ein kalter Schauder den Rücken hinunter. »Nein, Evan.« Sie sprach leise und beherrscht. »Das wirst du nicht.« Ihre Hände lagen auf seiner Brust, und sie stieß ihn heftig weg. Nachdem sie sich von ihm losgerissen hatte, rannte sie um den Schreibtisch herum. »Evan, tut mir leid.« Sie schüttelte den Kopf, dann strich sie sich einige lose Haarsträhnen zurück. »Ich hätte das nicht soweit kommen lassen dürfen. Aber ich werde auf keinen Fall dulden, daß das hier weitergeht.«

»Ich habe dich nicht für den Typ gehalten, der vorher neckische Spielchen braucht, Sarah.«

»Der bin ich auch nicht.« Ihre Stimme war jetzt fest und kühl. »Hoffentlich machst du dich jetzt nicht zum Narren und fängst an, mich um den Schreibtisch zu jagen.« Diese Worte verfehlten ihre Wirkung nicht.

»Verdammt, Sarah. Du weißt, wie du einem was vor den Latz knallst, wie?«

»Evan, ich bin ...« Die Tür ging auf, und Cassidy platzte herein. »Du meine Güte, wo steckt ihr bloß?«

»Klopft denn heute kein Mensch mehr an?« beschwerte sich Sarah. Cassidy spürte die Spannung, und weil er die Situation auf einen Blick erfaßte, polterte er weiter.

»Ich habe eine geschlagene Viertelstunde lang versucht, Sie anzurufen«, teilte er Evan mit. »Sie müssen nach Boulder fliegen und ein paar Probleme mit dem Martindale-Sommerhaus bereinigen. Nehmen Sie Ihre Aktentasche und packen Sie sich eine frische Unterhose ein. Ihr Ticket liegt schon am Flughafen für Sie bereit.«

»Worum geht es denn?«

»Das erfahren Sie dort.« Cassidy schaute vielsagend auf die Uhr. »Ihre Maschine geht in fünfundvierzig Minuten. Machen Sie sich auf die Socken.«

»Bin schon unterwegs«, meinte Evan. Im ersten Moment, als sich seine und Sarahs Blicke trafen, sah sie seinen Zorn, dann trat sein bekannter Charme an dessen Stelle. Er winkte ihr kurz zu, dann war er weg. Sie sank auf einen Stuhl, überrascht, wie sehr sie dieser Zwischenfall mitgenommen hatte.

»Wenn Sie schon hier sind«, sagte sie zu Cassidy, während sie die Papiere auf ihrem Schreibtisch umschichtete, »könnten Sie sich vielleicht gleich meine Einfälle für Reeds Haus anschauen.«

»Ist alles in Ordnung mit Ihnen?«

Sarah schaute auf. Sie wollte weder über Evans Benehmen reden, noch wollte sie ihre eigene armselige Reaktion darauf zugeben. Cassidys Augen waren zu nüchtern und zu direkt. »Ja.« Sie hob die Hände und spreizte die Finger. »Es war nichts weiter.«

»Unsinn.« Cassidy stand auf der anderen Seite des Schreibtischs, die kräftigen Arme über der Brust verschränkt, das Kinn gesenkt. Sarah seufzte. »Evan ist ein bißchen aus der Rolle gefallen. War zum Teil meine Schuld.«

Cassidy schnaubte. »Ich rede mit ihm«, meinte er.

»Ach, nein, bitte nicht, Cassidy.« Sie schüttelte rasch den Kopf und stand auf. »Tun Sie das nicht. Wir könnten sonst nicht mehr vernünftig miteinander arbeiten.« Sie steckte ein paar Haarnadeln fester, dann fand sie auch ihre Schuhe. Allmählich beruhigte sie sich. Auf dem Schreibtisch sitzend, fingerte sie an ihren Knöchelriemchen herum, wobei sie Cassidy nicht aus den Augen ließ. »Evans Selbstwertgefühl hat einen kleinen Knacks abgekriegt. Er kommt schon darüber hinweg. Ich hätte die Situation weit besser meistern sollen.«

Cassidy runzelte die Stirn. Bei Gibson sitzt der Verstand in der Hose, dachte er verärgert. Verdammte Nervensäge, denkt nur darüber nach, wie er rumbumsen kann, wo es hier doch jede Menge Häuser zu bauen gibt. »Ich spreche ihn nicht darauf an. Wenn Sie mir«, fügte er hinzu, als sie ihm danken wollte, »Bescheid sagen würden, falls er Sie noch einmal belästigt.«

Sarah tätschelte ihm die Wange. »In Ordnung, Papa.« Als er sein breites Gesicht in Falten legte, ahmte sie seinen irischen Akzent nach. »Mr. Cassidy, werden Sie meine Ehre und Unschuld verteidigen?«

»Sie sind ganz schön frech, Sarah Lancaster. Ich gehe jede Wette ein, daß Sie von irgendwoher irisches Blut in sich haben«, murmelte er.

»Haben wir das nicht alle, Cassidy? Und werden Sie mich jetzt zum Aufzug geleiten?« fragte sie und hakte sich bei ihm unter.

»Klugschnabel«, brummte Cassidy, ließ aber seinen Arm mit dem ihren verschränkt, als sie aus dem Zimmer gingen.

Um sieben Uhr abends hatte Byron einen Zwölf-Stunden-Tag hinter sich. Die Jahre, in denen es ihm gelungen war, einen Arbeitstag und einen Studientag in vierundzwanzig Stunden hineinzuquetschen, hatten ihn zäh gemacht. Er wußte, er war ein bißchen zu ernst, ein bißchen zu penibel. Nun, die Umstände hatten ihn so werden lassen. Verstand und Ehrgeiz können die Hölle sein, wenn sie mit Armut kombiniert sind.

Byron hatte keine Jugend gehabt. Bereits mit sechzehn war er in die Erwachsenenwelt vorgedrungen, ohne zurückzuschauen. Seine erste Frau hatte er gehabt, als sich seine Altersgenossen noch auf Autorücksitzen mit BH-Verschlüssen herumplagten.

Maxwell Haladay hatte Byron die Dinge gegeben, die er brauchte, um seine Ziele zu erreichen: Geld, eine Chance – und das Wichtigste: Bildung. Er hatte auf den Jungen gesetzt und zugesehen, wie sich seine Investition in den Mann bezahlt machte. Vom Anfang ihrer Beziehung an hatten sie einander als Erwachsene behandelt. Und doch hatte der eine nie einen Sohn gehabt, der andere keinen Vater. Sie erfüllten Bedürfnisse füreinander, von deren Existenz keiner der beiden etwas ahnte.

Während ihrer fünfzehn Jahre währenden Freundschaft hatte Byron Gefallen an gutem Wein, französischen Malern und schönen Frauen entwickelt. Jetzt befand er sich in einer Stellung, die leicht kleinliche Eifersüchteleien wecken konnte; doch sein Aufstieg vom Arbeiter an die Unternehmensspitze hatte ihn zum Helden des kleinen Mannes gemacht, während sein profundes Fachwissen ihm die Achtung der anderen Ingenieure einbrachte. Mit Vorstandsmitgliedern und Bankpräsidenten stand er auf vertrautem Fuß, aber im Hinterkopf klangen in ihm noch die Jahre der Armut nach – wie er aufgewachsen war in dem Bewußtsein, weder Weißer noch Indianer zu sein. Selbst im 20. Jahrhundert kann der Begriff ›Halbblut‹ noch Narben hinterlassen. Er hatte früh gelernt, daß er seine Gefühle unter Kontrolle halten mußte, wenn er in Haladays Welt Erfolg haben wollte. Sein Zorn war, wenn er erst einmal ausbrach, brutal und gefährlich. Er hielt ihn fest am Würgehalsband.

Sarah hätte dieses Band beinahe zerrissen. Er dachte ungern an diesen Zwischenfall, weil er nicht gern zugab, daß sie mehr als einmal den Panzer seiner Selbstkontrolle durchbrochen hatte. Vielleicht hatte er eben deshalb so schnell die Beherrschung verloren. Er wußte, er hatte sie sehr erschreckt. Dennoch war ihre Reaktion nicht die gewesen, die er von einer Frau erwartet hätte. Sie war nicht davongelaufen, hatte nicht geweint oder gekatzbuckelt, sondern hatte ihn mit angsterfüllten Augen angestarrt. Er achtete sie dafür und für ihren schnellen Widerstand.

Als er mit dem Aufzug zu seiner Wohnung ganz oben im Haladay-Gebäude fuhr, ging ihm Sarah nicht aus dem Sinn. Obwohl seither schon Wochen vergangen waren, erinnerte er sich, wie ihr Mund sich anfühlte und wie er schmeckte, erinnerte er sich an die Weichheit ihres Körpers, an den Geruch, der sie umgab. Frauen war der Zugang zu Byrons Gedankenwelt, sofern nicht ausdrücklich eingeladen, nicht gestattet. Sarah entpuppte sich nun als ungebetener Eindringling.

Byron betrat seine Wohnung und ging sofort ins Schlafzimmer. Trotz seiner erlesenen Einrichtung war es gemütlich genug, um einige der Frauen, die in dem breitgestreiften großen Bett geschlafen hatten, zu überraschen. Die Wände waren in einem satten Blauton gestrichen; Bambusrollos erlaubten der Sonne, durch hoch wuchernde Ficus-Bäume zu dringen. Den auf Hochglanz polierten Holzfußboden bedeckte ein langer Navajo-Läufer.

Byron zog sich schnell aus, wobei er seine Kleider achtlos auf einen Stuhl warf, ehe er ins angrenzende Bad ging. Eine Viertelstunde lang stand er unter der Dusche, fing erst mit einem brühheißen Strahl an und ließ das Wasser allmählich eiskalt werden. Seine Muskeln entspannten sich, und zum erstenmal seit zwölf Stunden auch seine Gedanken. Nach dem Abtrocknen zog er einen kurzen Seidenkimono an und ging zurück ins Schlafzimmer.

Dort lag Gloria Woodloe-Winfield nackt auf dem Bauch, die Beine in der Luft gekreuzt. Byron zögerte lediglich einen Herzschlag lang, dann knotete er sich den Bademantel zu. »Guten Abend, Gloria. Wie kommst du hier herauf?«

»Ich habe den Portier unten gesagt, daß du mich erwartest. Er hat uns zusammen gesehen.« Gloria stützte den Kopf auf die Hände, wobei sich ihr Haar über die Schultern ergoß. »Ich wollte dich überraschen.«

»Was dir auch gelungen ist.« Byron ging zu der eingebauten Bar in einer Zimmerecke und goß sich einen Brandy ein. Er notierte sich in Gedanken, daß er mit dem Portier sprechen sollte. Dann drehte er sich um und musterte seinen Gast von den Zehenspitzen bis zum Scheitel. Ihre Haut war milchig weiß, ohne jede Spur von Sonnenbräune; die Beine, ein wenig kurz, aber wohlgeformt, führten zu einem runden, sanft geschwungenen Po. Ihr Busen mit den dunklen Brustwarzen war so voll, wie es die Hüften verhießen.

»Brandy?« fragte er im Plauderton und prostete ihr mit seinem Schwenker zu.

Gloria erhob sich lasziv. Sie hielt kurz inne, um sich das Haar auf den Rücken zu schleudern; dabei wiegten sich ihre runden Brüste. Sie schaute ihm in die Augen, während sie auf ihn zuging.

»Zu Jacks Lebzeiten hättest du mich nicht angefaßt. Ich habe dir nie gesagt, daß ich dich begehre, weil du sein Freund warst. Jack ist jetzt seit sechs Monaten tot.« Sie ließ die Hände unter seinen Kimono gleiten und legte ihm die Handflächen auf die noch feuchte, dichtbehaarte Brust. Als sie weitersprach, klang ihre Stimme heiser. »Ich kann nicht ewig trauern. Das würde Jack auch gar nicht wollen.«

Byron nahm ihre Hände behutsam von seiner Brust, trank beiläufig einen Schluck Brandy und stellte dann sein Glas ab. »Du hast keine sechs Minuten getrauert, geschweige denn sechs Monate. Jack hat dich aus einem elenden Sumpf in Louisiana herausgeholt und dir eine Handvoll Kreditkarten gegeben. Er wollte dich immer nur glücklich machen und dich vorzeigen – wie das eben ein alter Mann mit einer Schwäche für Spielzeug tut. Und du hast die fünf Jahre Ehe durchgehalten, weil du mit deinen gierigen kleinen Händen auch noch an den Rest seines Geldes kommen wolltest.«

Gloria senkte den Blick. Sie hatte Byron zu lange begehrt, als daß sie jetzt riskieren wollte, ihn zu verlieren. Nächtelang hatte sie schwitzend neben dem alten Mann gelegen und an Byron gedacht. »Byron, bitte.« Ihre Lippen strichen über seine Brust, dort wo sich die Kimonoblenden trafen. Nur mit Mühe beherrschte sie ihren Impuls, ihm über die Haut zu lecken. Ihre Finger fummelten an seinem Gürtelknoten. »Ich fühle mich so einsam. Und möchte wieder geliebt werden.«

Er hob mit der Hand ihr Kinn so weit hoch, bis sich ihre Blicke trafen. »Du bist seit Jacks Beerdigung ein Dutzendmal *geliebt* worden, und zweifellos auch schon zu seinen Lebzeiten heimlich ein paarmal. Ich kenne Hunderte wie dich.«

Wütend riß sie sich los, aber er packte sie am Arm. Ihr hilfloses Kleinmädchengesicht war durch den Zorn wie verwandelt. Die kühlen blauen Augen schimmerten so hart wie Diamanten.

»Du weißt, was du bist, Gloria, und solltest die Tatsache schätzen, daß ich es auch weiß und mich einen Dreck drum schere. Übrigens« – er zog sie näher zu sich heran, bis ihre Brüste sich an seinen Brustkorb preßten – »mag ich dich lieber ohne das Getue. Du bist hierhergekommen, weil du etwas wolltest. Nennen wir es doch beim Namen.«

Ihr Kopf fiel nach hinten, und sie schüttelte ihn, um sich ein paar Haarsträhnen aus dem Gesicht zu werfen. Dann lächelte sie, und ihr Lächeln war nicht länger unschuldig oder hilflos. So gefiel es ihr besser. Sie wollte lieber als Katze denn als Kätzchen behandelt werden. Nachdem sie fünf Jahre lang der Wunschtraum eines alten Mannes gewesen war, wünschte sie sich jetzt das erregende Erlebnis, die Wirklichkeit eines jungen Mannes zu sein. »In Ordnung.« Ihre Hände glitten unter seinen Seidenkimono und wanderten die Rippen hinunter. »Ich bin hergekommen, weil ich dich will. Ich begehre dich schon seit Jahren, vom ersten Augenblick unserer Bekanntschaft an. Es ist allgemein bekannt, daß du nicht mit verheirateten Frauen schläfst. Ich mußte also warten. Jedesmal, wenn ich mir einen Liebhaber nahm, stellte ich mir vor, du wärst es. Ich habe von dir geträumt – und von dem, was wir miteinander alles anstellen könnten. Du wirst nicht enttäuscht sein«, fügte sie flüsternd hinzu, während sie ihm die Hüften streichelte. »Ich bin wirklich sehr gut.«

»Darauf gehe ich jede Wette ein«, murmelte er.

Ein schmaler Sonnenstrahl fiel ihr schräg über das Gesicht. Byron beobachtete, wie ihre Gesichtszüge fein und zart und ihre Lippen voller zu werden schienen. Selbst ihre Augenfarbe veränderte sich von Blau zu einem zarten, mit Grün gesprenkelten Braunton. Der plötzliche Wildblumenduft raubte ihm fast den Atem.

»Verdammt«, fluchte Byron. »Zum Teufel noch mal!« Er vergrub den Mund an Glorias Hals – und glaubte Sarah zu schmecken.

7

Dallas öffnete ein Auge, schaute verdrossen auf die Sonne, die gleißend durch das vorhanglose Fenster schien, und warf einen wütenden Blick auf den Wecker neben dem Bett. »Scheiße.« Mit dem Vorsatz, beides nicht zu beachten, drehte sie sich auf die andere Seite.

»Hey, Dallas«, brummte Dennis Houseman und schob ihren spitzen Ellbogen von seinen Rippen. »Paß doch auf.«

Gähnend stützte sie sich auf die Unterarme und schaute ihn an.
Dennis Houseman ging auf die Vierzig zu und hatte das, was sie
als perfekte graumelierte Schläfen bezeichnete. Sein Gesicht war gut
anzusehen, nicht berauschend, aber zweifellos gut geschnitten mit
der eckigen, verläßlichen Kinnpartie und der breiten Stirn. Selbst im
Schlaf, ohne seine Hornbrille, sah er wie ein Wirtschaftsprüfer aus,
fand Dallas. Sie bezeichnete ihn als einen ihrer Liebhaber auf Abruf,
weil sie für einen gemeinsamen Restaurant- oder Kinobesuch oder
eine Liebesnacht immer mit Dennis rechnen konnte. Was ihn allerdings von ihren anderen Liebhabern auf Abruf unterschied, war die
Tatsache, daß er sie heiraten wollte und sie deswegen in regelmäßigen Abständen befragte. Obwohl sie nicht beabsichtigte, ihm nach-
zugeben, mochte sie ihn gern. Während der Steuersaison schliefen
sie drei- oder viermal im Monat miteinander und doppelt so oft
in der Zwischenzeit. Nach dieser Methode verfuhren sie schon seit
drei Jahren, was Dallas' Sinn für Humor noch immer ansprach.

Er war weder der jüngste der Männer, mit denen sie sich traf,
noch der bestaussehendste oder der witzigste – und auch nicht der
tollste Liebhaber. Trotzdem war er ihr Favorit. Als sie jetzt auf ihn
hinunterschaute, mit seiner vom Schlaf zerknautschten Wange und
den über Nacht gesprießten Bartstoppeln am Kinn, versuchte sie
den Grund dafür herauszufinden. Bei ihm stieg sicherlich nicht ihr
Blutdruck wie bei Evan Gibson. Und er war auch kein so erfahrener
Liebhaber wie der junge italienische Kranführer, mit dem sie vorige
Woche Langustini und Leidenschaft geteilt hatte. Er verfügte weder
über den I.Q. noch über den Körperbau des EDV-Assistenten; aber

er war, dachte Dallas, als sie sich eine Locke von den Augen pustete, zuverlässig ... und einfach goldig. In einer Anwandlung von Zuneigung beschloß Dallas, ihn zu wecken. Sie rollte sich auf ihn und biß ihn in die Schulter.

»Himmel!« Er riß die Augen mit einem zugleich verschleierten und überraschten Blick auf. »Dallas, was zum Teufel ...«

Sie erstickte seine Beschwerde mit einem langen, leidenschaftlichen Kuß. Er grunzte ein wenig, als ihre Zunge seine Lippen nachstreichelte, dann wanderten seine Hände zu ihren flachen Pobacken. Schon war er steif, noch ehe er ganz wach war.

»Guten Morgen.« Sie löste den Mund von dem seinen und lächelte. Ihr eckiges Gesicht war blaß ohne Make-up und ihr Haar zerzaust. Nackt bestand ihr Körper mit den Brüsten einer Zwölfjährigen aus lauter Ecken und geraden Linien. Dennoch hielt Dennis, wie eine erhebliche Zahl anderer Männer, sie für eines der sexuell attraktivsten Geschöpfe, die er je gekannt hatte. Ihre Anziehungskraft resultierte zum Teil aus ihrem völligen Mangel an Hemmungen und kleinlichen Bedenken. Er war bis über beide Ohren in sie verliebt, aber realistisch genug zu erkennen, daß er sie nicht würde halten können. Außerdem riet ihm seine Vorsicht, seine Gefühle ihr gegenüber nicht gänzlich zu offenbaren. Denn er wußte, daß sie sich nicht mehr mit ihm treffen würde, wenn sie Bescheid wüßte.

»Wieviel Uhr ist es?« fragte er. Er ließ die Hand ihren Rücken hinaufwandern, dann wieder hinab. Dallas schmiegte sich an ihn.

»Der Wecker läutet in einer Viertelstunde.« Der Geruch ihrer gemeinsamen Nacht haftete noch auf seiner Haut. Sie biß ihm in die Lippen, dann streichelte sie ihm die Lenden. »Ich habe Sarah versprochen, daß ich sie heute früh zum Flughafen bringe.«

»Sarah?« Er fühlte sich träge und warm und knetete weiter ihren Po.

»Die Architektin von schräg gegenüber, von der ich dich fernhalte, weil du ihr sonst verfallen und mich aus dem Fenster schmeißen würdest.«

»Von wegen! Wenn du mich heiraten würdest, müßtest du dir keine Sorgen wegen Sarah von schräg gegenüber machen.«

Dallas erkannte seine ernste Absicht, obwohl er sich um einen fröhlichen Ton bemüht hatte. Einen Augenblick lang vergrub sie, von Bedauern überflutet, das Gesicht in seiner Halsbeuge. Der Mann taugt doch etwas. Was zum Teufel stimmt mit mir nicht? Sie kniff die Augen fest zusammen, bis das Bedauern schwand.

»Ich glaube, du meinst das im Ernst, Dennis«, murmelte sie und fuhr ihm schnell mit der Zunge über die Haut. Sie ließ die Hand zwischen ihnen beiden hinuntergleiten und nahm ihn in ihre langen Finger. »Zeig's mir.«

»Himmel, kriegst du denn nie genug!« Er atmete schon unregelmäßig.

Lachend öffnete sie die Beine, glitt tiefer und nahm ihn so rasch in sich auf, daß er nur noch stöhnen und ihr die Führung überlassen konnte. Als der Wecker losschrillte, war er hellwach, schweißgebadet und erschöpft. Dallas streckte die Arme zur Decke, küßte ihn flüchtig und schlenderte unter die Dusche. Besser, dachte sie, konnte man den Tag nicht beginnen.

Eine Stunde später flitzte Sarah auf dem Beifahrersitz von Dallas' grellorangefarbenem TR3 zum Flughafen. Sie fuhren mit offenem Verdeck. Der Wind peitschte Dallas' fuchsrotes Haar aus ihrem schmalen Gesicht nach hinten hoch und zerrte rücksichtslos an Sarahs Haarnadeln; aber sie genoß, zurückgelehnt auf ihrem Sitz, die Fahrt.

»Das hättest du doch wirklich nicht tun müssen!« schrie sie gegen den Wind an. »Du kommst noch zu spät zur Arbeit!«

»Wenn die Leiterin der Beschaffungsabteilung zu spät kommt, freut sich eh alles.« Dallas schaltete herunter und nahm mit quietschenden Reifen eine Kurve.

»Himmel noch mal, Dallas, du fährst wie der Henker.«

Lachend drehte Dallas den Kopf, wobei sie sich automatisch eine verirrte Strähne von den Augen wischte.

Heute sieht sie großartig aus, zufrieden mit sich, dachte Sarah. Dafür konnte es nur einen Grund geben. »Du könntest in New York als Taxifahrerin arbeiten«, sagte sie laut. »Da suchen sie immer so Verrückte.«

»Das liegt nur am Auto.« Die Landstraße verlief wieder gerade, und der Tacho hüpfte so bei hundert herum. »Wenn ich einen Kombi mit künstlicher Holzmaserverkleidung hätte, würde ich nie schneller als fünfzig fahren und bei Stoppschildern eine geschlagene Minute warten, egal ob ein Auto käme oder nicht.«

Sarah versuchte sich Dallas in einem Kombi vorzustellen. Es gelang ihr nicht. »Ich weiß nicht, warum ich überhaupt zum Flughafen muß«, bemerkte sie, als die Tachonadel sich langsam höher bewegte. »Du könntest mich genauso schnell nach L.A. fahren, wie ich mit dem Flugzeug dorthin brauche.«

»Führ mich nicht in Versuchung. Ich würde mir schrecklich gern Harrison Reed in Wirklichkeit anschauen. Die Architekten haben eben immer Massel.« Für gefährliche drei Sekunden schaute sie von der Straße weg, um Sarah einen finsteren Blick zuzuwerfen. »Daß du dir ja alles ganz genau merkst«, verlangte sie. »Und damit meine ich nicht Einzelheiten über sein Haus. Ich will wissen, wie er ausschaut, wie er in *Wirklichkeit* ausschaut. Aus der Nähe. Ich möchte seine genaue Augenfarbe wissen, seine Schuhgröße, wie er riecht, wie er nackt aussieht. Zum Teufel, ich mache mich noch selber ganz verrückt!« Sie grinste Sarah an, ehe sie fortfuhr. »Ich möchte alles haarklein erfahren, meine Liebe, alle unverblümten Einzelheiten, die klitzekleinsten Details. Himmel, diese fantastische Stimme ... Man sagt, daß er vor dem Mittagessen keinen Ton von sich gibt.«

»Man?«

»Das habe ich in den Klatschspalten gelesen.«

»Dallas.« Sarah drehte sich ganz auf ihrem Sitz herum. Sie lachte, als ihr der Wind eine Haarnadel herausriß und auf die Straße fegte. »Du liest doch nicht im Ernst die Klatschspalten?«

»Ich? Ach, nein.« Fröhlich wedelte Dallas mit einer Hand herum und lenkte mit der anderen in eine Kurve. »Ich habe rein zufällig das eine oder andere aufgeschnappt.«

»Ich verstehe.« Sarah nickte. »Und ich werde mein Bestes versuchen, aber ich bleibe nur ein paar Tage. Höchst unwahrscheinlich, daß ich die Gegenwart des großartigen Harrison Reed mehr als nur ein paar Stunden genießen darf.«

»Hast du eine Ahnung, was man in ein paar Stunden alles bewerkstelligen kann!« Dallas grinste noch breiter, als sie an die ergiebigen zehn Minuten heute früh dachte. »Es heißt, er ist sexuell unersättlich. Nimm dich lieber in acht, Mädchen.«

Das Auto stoppte ruckartig vor dem Hauptterminal.

»Danke für den Ratschlag.« Sarah schlüpfte heraus und schnappte sich ihre Aktentasche und die Reisetasche vom Rücksitz. »Und fürs Herbringen.« Sie beugte sich kurz zu Dallas hinüber und wisperte. »Gib auf dem Rückweg auf die Polizisten acht.«

»Weshalb?« Dallas' Brauen hoben sich bis in die zerzausten Locken.

»Es heißt, sie sind sexuell unersättlich.«

»Wirklich?« Dallas lachte übers ganze Gesicht und legte den ersten Gang ein. »Ich mach' mich besser auf die Socken. Guten Flug.« Sie zischte wie der Blitz davon, und Sarah sah noch, wie sich Dallas auf wundersame Weise durch den Flughafenverkehr schlängelte, ehe sie das Terminal betrat.

Die Klimaanlage traf sie mit voller Wucht. Zitternd fragte sie sich, warum sich niemand mit vernünftigen 22 Grad zufriedengab, und stieß direkt auf Byron. Leute schwirrten um sie herum, über Lautsprecher wurden Starts und Landungen durchgegeben, aber sie starrte nur ihn an und verlor sich für einen Moment in seinen Augen.

Er hatte sie an den Armen gepackt, als sie sich zu ihm umgedreht hatte, und ließ sie noch immer nicht los. Etwas an ihrem überraschten, selbstvergessenen Blick gefiel ihm. Während ihres Schweigens geschah irgend etwas, aber keiner von beiden gestand es sich ein. Der ganze Vorfall schien endlos, dauerte aber nicht länger als zehn Sekunden.

Byron brach schließlich den Blickkontakt und musterte sie von oben bis unten. »Sie schauen aus, als kämen Sie gerade aus dem Windkanal.«

Sarah trat einen Schritt zurück, wobei sie sein kurzes Zögern spürte, ehe er ihren Arm freigab. »Ich bin mit dem Hochgeschwindigkeitszubringer aus der Stadt gekommen. Eigentlich habe ich Sie hier nicht erwartet.«

Byron langte nach ihren Taschen. Als sie die Griffe nicht losließ, schaute er auf sie herunter. »Ich klaue sie Ihnen schon nicht, Sarah«, meinte er. »Ich will sie Ihnen nur tragen.«

»Sie sind nicht schwer.« Sie standen sich von Angesicht zu Angesicht gegenüber, wobei seine Hände über ihren auf den Griffen lagen. Seine Handflächen fühlten sich auf ihren Handrücken hart an, härter, als man erwarten würde, wenn man ihn so in dem perfekt sitzenden schwarzen Anzug sah. Sarah pustete sich das Haar aus den Augen. »Hören Sie zu, Byron. Ich stehe schrecklich gern herum und halte einen kleinen Plausch, aber ich muß meine Maschine erwischen. Sie haben doch nichts dagegen?«

Der Lautsprecher verkündete, daß die Fluggäste nach Houston zum Flugsteig kommen sollten. »Ihre Reservierung für den Linienflug wurde storniert«, teilte er ihr mit. »Wir fliegen zusammen mit einer Firmenmaschine. Ich lasse Sie in L. A. raus, ehe ich nach Madrid weiterfliege.«

»Davon weiß ich ja gar nichts.«

»Dann wissen Sie es jetzt.«

Etliche Sekunden sagte keiner etwas. Byron bemerkte, daß sich der rosige Ton ihres Teints vertiefte und das Grün in ihren Augen heller leuchtete. Ihm kam der Gedanke, daß er sie auf der Stelle entlassen und auf diese Weise aus seinem Berufs- und Privatleben befördern könnte. Aber schon einen Augenblick später fiel ihm ein, daß er keineswegs die Absicht hatte, dies zu tun.

»Vielleicht gehen Sie lieber zu Fuß nach L. A., bevor Sie im selben Flugzeug wie ich sitzen wollen?«

Sarah öffnete den Mund, dann machte sie ihn wieder zu, ohne einen Ton von sich gegeben zu haben. Ihr Lächeln kam ganz langsam, zuerst sah man es in ihren Augen. »Tut mir leid.«

Sowohl das Lächeln wie auch die Entschuldigung brachten ihn durcheinander. Eine Sekunde verstrich, ehe er merkte, daß sich ihre Hände unter den seinen entspannt hatten.

»Ich trage die Aktenmappe«, sagte sie. »All meine lebenswichtigen Besitztümer sind darin, wie meine Bürste und meine Umrechnungstabelle ins metrische System.« Als ihre Hände wieder frei waren, gab sie ihren Koffer preis und hakte sich bei ihm unter, um mit ihm durch das Terminal zu gehen.

An Bord musterte Sarah gründlich die Hauptkabine. Auf dem Boden lag ein dicker blauer Teppich. Die Möblierung bestand aus austernfarbenen Sesseln, einem großen Sofa und einer eingebauten Bar. Ein Komfort wie zu Hause. Sie wirbelte zu Byron herum und legte ihre Aktenmappe auf das Sofa. »Sehr elegant und überaus geschmackvoll. Gibt es keine heißen Bäder, aktuelle Filme oder Live-Unterhaltung?«

»Nur in dem großen Jet, den wir für P.R. benutzen.« Byron bedeutete ihr mit einer Geste, Platz zu nehmen. Er wartete, bis sie saß und angeschnallt war, ehe er sich auf den Platz ihr gegenüber setzte. Dann tippte er auf einen Schalter und gab damit dem Piloten das Signal. Sarah hörte das Aufheulen der Motoren und spürte das kraftvolle Vibrieren unter ihren Füßen. Aufmerksam schaute sie aus dem Fenster, um den Start zu verfolgen; sie liebte das Gefühl, wenn der Boden unter einem wegzog.

»Ich hörte, Sie hatten Ärger mit Evan Gibson.«

Sarah wandte sich rasch zu ihm hin. Wie üblich verriet seine Miene nichts von seinen Gedanken.

»Nicht der Rede wert.« Hol dich der Teufel, Cassidy, dachte sie flüchtig und wechselte das Thema. »Was machen Sie in Madrid?«

»Ist Ihnen Gibson zu nahe getreten?«

»Himmel, Byron, wissen Sie eigentlich, wie entsetzlich altmodisch das klingt?«

Byron wartete ab, während das Flugzeug an Höhe gewann und sich dann stabilisierte. »Ich habe Ihnen eine Frage gestellt.«

»Cassidy hätte Sie damit gar nicht behelligen sollen...«

»Cassidy weiß sehr wohl, daß er mich mit so etwas behelligen muß.«

»Byron, es war gar nicht der Rede wert. Es war ein Mißverständnis. Evan...« Sie zögerte. »Ich habe mich ihm gegenüber wohl nicht klar genug ausgedrückt. Evan hat einen falschen Eindruck gewonnen.«

Byron sah, wie sie an der Unterlippe nagte. Er kannte das noch von ihrem Vorstellungsgespräch.

Sarah seufzte. »Bitte, Byron, lassen wir das Thema.« Sie machte ihren Sicherheitsgurt auf und stand unverzüglich auf, um in der Kabine umherzugehen. Er beobachtete, wie sie die Hände in den tiefen Rocktaschen vergrub.

Jetzt stand er auch auf, und sie neigte den Kopf weit nach hinten, um ihn direkt ansehen zu können. »Wenn sich Evan noch einmal etwas Derartiges erlaubt, möchte ich davon erfahren.«

Sarah kniff die Augen zusammen, aber ehe sie antworten konnte, überraschte er sie durch ein Lächeln. Dann ging er in die angrenzende Bordküche. »Einen Kaffee?« fragte er, als er die Kaffeemaschine bediente.

Das Lächeln entwaffnete sie. Sie ging zur Tür der Bordküche und schaute ihm zu, wie er die Tassen herrichtete. »Wie vielen Frauen haben Sie damit schon den Kopf verdreht?« fragte sie unvermittelt.

Byron wandte ihr das Gesicht zu. »Hm?«

»Mit diesem Lächeln.« Sarah neigte den Kopf. »Das Sie so unerwartet hervorzaubern. Das schafft einen ja völlig.«

Erst dachte sie, er würde gar nicht antworten, aber dann entspannten sich seine Gesichtszüge. »Ich habe aufgehört, zu zählen.« Der Schalk in seinen Augen brachte sie augenblicklich zum Lachen. Mit einem Kopfschütteln drehte sie sich wieder um.

»Ich glaube, Sie sind ein überaus durchtriebener Kerl, Byron.«

»Sehr scharfsichtig.«

»Gestern nachmittag bin ich zum Woodloe-Winfield-Grundstück gefahren und habe mich dort mit Dutch Kelly getroffen. Gloria hat sich auch eingefunden.«

»Ist was dabei herausgekommen?«

»Wir haben drei Stunden gebraucht, aber dabei immerhin die Lage des Hauses entschieden.« Sie dachte an Glorias Ja-nein-vielleicht-Haltung. »Ach ja ... sie möchte zwei Dutzend Azaleen. Sie sollen sie an ihre Kindheit erinnern. Ich habe schon mit den Entwürfen begonnen.« Beim Sprechen fuhr sich Sarah gedankenverloren durchs Haar.

Die Haarnadeln, mit denen sie ihren Nackenknoten befestigt hatte und die sich bereits auf der Fahrt zum Flughafen gelockert hatten, machten sich jetzt selbständig. Ihr Haar fiel ihr erst auf die Schultern und dann in Kaskaden über Rücken und Arme.

Die Worte, die Byron eben hatte sagen wollen, blieben ihm im Hals stecken. Er streckte die Hand aus, dann vergruben sich seine Finger wie aus eigenem Antrieb in ihren Haarmassen. Er schien in diesem Augenblick völlig gefesselt. Sarah spürte einen Druck in der Brust, dann erkannte sie ganz benommen, daß sie den Atem anhielt. Endlich atmete sie stoßweise aus. Sie hatte nicht erwartet, in seinen Augen Verlangen zu sehen. Und hatte nicht erwartet, selber Verlangen zu verspüren. Sie wollte ihn berühren, die Hand nach ihm ausstrecken.

Byron schaute sie noch immer völlig fasziniert an, ihr Haar noch immer zwischen den Fingern. Der Wildblumenduft überwältigte ihn. In diesem Moment erinnerte er sich daran, wie ihr Duft ihm gegenwärtig gewesen war, als er mit einer anderen Frau geschlafen hatte. Er ließ die Hände sinken und trat einen Schritt zurück. Zum erstenmal seit Jahren kam er sich töricht vor, und der Zauber des Augenblicks zerbarst wie Kristall. Enttäuscht erlebte Sarah, wie sich die Kluft zwischen ihnen vergrößerte. Besser so, sagte sie sich, während sie langsam und tief Luft schöpfte. Viel besser so. »Wann kommen Sie denn aus Madrid zurück?« erkundigte sie sich.

»In einer Woche.«

Er drehte sich wieder zur Bordküche um; der heftig sprudelnde Kaffee verlangte seine Aufmerksamkeit. Sarah rollte sich das Haar wieder zu einem Knoten.

»Nein.« Byron stand unter der Tür. Das Haar noch in den Händen, drehte sich Sarah zu ihm um. »Lassen Sie es offen.«

Er trug zwei Tassen Kaffee durch die Kabine und bot ihr eine an, als er vor ihr stehenblieb. »Bitte.«

Nach nur kurzem Zögern senkte Sarah die Arme und nahm den Kaffee. Er war, wie sie feststellte, sowohl heiß als auch ausgezeichnet. »Sie kochen einen großartigen Kaffee.«

Mit einer graziösen Bewegung zog sie die Beine unter sich. »Meiner schmeckt immer wie Möbelpolitur.«

Byron setzte sich. »Ich habe mir Ihre Ideen für das Reed-Grundstück angesehen. Sie sind sehr gut.«

»Danke. Cassidy meint, daß er sich gegen das Einfache sträuben wird. Ich ziehe es vor zu glauben, daß ich ihn überzeugen kann.« Die Anfänge eines Lächelns traten auf ihre Lippen, als sie an die nächste Phase des Projekts dachte. Sie würde die Begegnung mit Harrison Reed auskosten. Dann fing sie Byrons fragenden Blick auf. »Ich habe ihm wie gewünscht den Eindruck von großzügiger Raumaufteilung gegeben und die Fassade ganz schlicht gehalten. Mein Entwurf entspricht sowohl dem Grundstück als auch dem Zweck.« Sie hob ihren Kaffee, nippte daran und beobachtete ihn über den Tassenrand. »Welcher Entwurf gefällt Ihnen am besten?«

»Nummer drei«, meinte er. Sarah lachte. Es freute sie, daß sie beide denselben Geschmack hatten.

»Sieht so aus, als könnten wir zusammenarbeiten«, meinte sie. Ihr fielen wieder das Woodloe-Winfield-Projekt und Gloria ein. »Ich habe ein paar Rohskizzen für das W-W-Grundstück angefertigt. Bis nächste Woche müßte ich ein paar ausgefeiltere schaffen. Falls Sie bis dahin noch nicht zurück sind, soll ich dann persönlich mit ihr verhandeln?«

»Das ist Ihr Projekt.«

Die Stimme des Piloten drang knarzend aus der Bordsprechanlage. Sarah stellte die Füße auf den Boden und legte den Sicherheitsgurt an.

Kurz darauf beobachtete Byron vom Fenster aus, wie sie mit ihrem flotten Tänzerinnengang zum LAX-Terminal schritt. Ihr Haar schwang locker um ihre Hüften. Als er sich umdrehte, entdeckte er ihre Haarnadeln auf der ledernen Tischplatte, hob eine hoch und hielt sie kurz zwischen den Fingern. Er hätte schwören können, daß ihr Duft noch daran haftete. Verärgert warf er die Nadel beiseite und gab dem Piloten das Zeichen zum Start.

8

Selbst die Erde schien in Kalifornien sauber zu sein. Auf der Fahrt vom Flughafen zu Harrison Reeds Anwesen schimmerten die Hügel um sie herum in einem sanften, wie verwaschenen Farbton. Die Luft war lind, nicht trocken wie in Phoenix, nicht schwül wie in Nework. Südkalifornien roch grün und üppig – und nach Reichtum. Sarah beschloß, vor dem Heimflug nach Beverly Hills zu flitzen und etwas Auffallendes und Teures für Dallas zu kaufen.

Es behagte ihr, daß sie sich hin und wieder etwas Extravagantes und Teures leisten konnte – und daß es ihr möglich war, sich diesen schicken kleinen Mercedes für die Fahrt vom Flughafen zum Grundstück zu mieten. Sarah kostete die finanziellen Vorzüge ihres Berufs aus, und sie genoß sogar noch mehr die Verhandlungen mit einem wichtigen Kunden – mit Harrison Reed, dem berühmten Schauspieler. Sie wußte, wenn das Gästehaus Bewunderung fand, würde ihr Name damit verbunden werden.

Als sie vor dem großen schmiedeeisernen Tor von Reeds Anwesen bremste, lächelte sie verhalten. Ihr mißfiel das Tor auf Anhieb, da es in ihr Assoziationen an ein Gefängnis weckte. Schnell glitt sie aus dem Auto und warf die Tür hinter sich zu. Ein Mann stand auf der anderen Seite des Tores und schaute sie finster an.

Sie schätzte ihn auf etwa dreißig; er war nur knapp mittelgroß, hatte einen dunklen Teint und sah in seinem ärmellosen schwarzen T-Shirt und den engen Jeans recht stämmig aus.

»Ich bin Sarah Lancaster und möchte zu Mr. Reed«, sagte sie.

Er starrte sie mißtrauisch an. »Sin' Sie die Architektin?«

Wegen seiner Manieren hatte man ihn garantiert nicht angestellt, dachte sie.

Sie nickte.

Ohne ein Wort ging er zu einem Häuschen auf der anderen Seite des Tores. Während er telefonierte, beobachtete er sie durch ein Fenster. Kurz nachdem er den Hörer aufgelegt hatte, öffneten sich lautlos die Torflügel. Er kam näher und winkte ihr auffordernd zu. Dann gelang es ihm irgendwie, die Daumen in die Vordertaschen seiner hautengen Jeans zu quetschen.

Während Sarah zu ihrem Auto zurückging, sann sie darüber nach, daß der Ruhm seinen Preis forderte.

Die kurvenreiche Straße führte durch ein Gelände mit dichtem Baumbestand. Sarah nahm einen Geruch wahr, den sie gleich darauf als Zitrusduft erkannte. Anscheinend besaß Harrison einen Orangenhain. Die Straße erreichte eine sanfte Anhöhe und verlief dann eben, und hier wurde man der Villa zum erstenmal ansichtig. Sarah zog die Handbremse, stellte den Motor ab und starrte die Villa an. Dreidimensional sah sie noch schlimmer als auf den Fotos aus. Kein Wunder, daß Cassidy so geschnaubt hatte. Für einen Menschen mit seinem Harmonieempfinden war dieses zusammengewürfelte Ding da ein Grund zum Heulen. Sarah schien es wie ein Alptraum, auf den sie die Schnappschüsse nur unzureichend vorbereitet hatten.

Das ursprüngliche Gebäude, bemerkte sie, verfügte noch über einen gewissen angeberischen Charme. Doch hatte man allerlei Flügel und Türmchen angefügt, die sich nach oben und zu den Seiten erstreckten, bis das Lächerliche ins Groteske umgeschlagen war. Sie schloß kurz die Augen und atmete die orangenduftgeschwängerte Luft ein. Das Bild des Hauses war auf ihrer Netzhaut eingraviert.

»Mist«, murmelte sie, während sie den Motor wieder startete. Sie dachte an die schönen, klaren Entwürfe in ihrer Aktenmappe und gab Gas. »Vielleicht hat mir Cassidy alles andere als einen Gefallen getan.«

Sie stellte den Wagen neben dem Eingang ab und stieg zwei steinerne Stufen zur Vordertür hoch, um den großen Messingtürklopfer in Form eines Löwenkopfes zu betätigen.

Die Frau, die an die Tür kam, trug förmliche graue Dienstmädchenkleidung und eine weiße Schürze.

»Miß Lancaster.«

»Ja.« Sarah versuchte ein Lächeln. »Guten Tag.«

Wortlos trat die Frau zur Seite, um Sarah hereinzulassen. Dann drehte sie sich um und durchquerte auf leisen Kreppsohlen eine große Eingangshalle. Nach einem schnellen Blick auf die riesigen

Kristalleuchter und die gewundene Treppe folgte ihr Sarah. Überall gab es unvermutete Bögen, und geschnitzte Türstürze stachen hier und da ins Auge. Die Haushälterin schwenkte unvermittelt nach rechts und führte sie in ein Zimmer.

»Mr. Reed kommt sofort.«

»Danke«, sagte Sarah, als sie langsam im Kreis das Zimmer abschritt. Die Überfülle faszinierte und stieß sie gleichermaßen ab.

Es gab niedrige Diwans aus Brokat, auf denen in sorgfältig berechneter Unordnung Satinkissen lagen, schwere goldfarbene Vorhänge mit dünnen Stores an den Fenstern und einen riesigen, in Gold gerahmten Spiegel über einem weißen Marmorkamin. Neben dem Kamin stand eine große, üppig verzierte Bodenvase aus Messing, die ein Arrangement aus Pfauenfedern enthielt. Sarah trat an die rote Samtbar und goß sich, als sie eine Wermutflasche entdeckte, ein Glas ein. Sie trank gerade ihren ersten Schluck, als Harrison Reed hereinkam. Sarah erkannte auf den ersten Blick, daß Dallas ihn anhimmeln würde.

Er trug bräunliche Reithosen, ein Seidenhemd mit großem Kragen und weiten Ärmeln und war schlank und braungebrannt; seine berühmte kastanienbraune Haarmähne schien perfekt zerzaust. Die klassisch geschnittenen Gesichtszüge wirkten durch die tiefen Linien noch anziehender; die dunklen Augen waren so hinreißend, wie sie sie von der Leinwand her kannte. Zweifellos wirkte er eher wie vierzig als fünfzig, und letzteres war er bekanntlich. Geld, folgerte Sarah, ist ein Jungbrunnen.

»Sie sind Sarah Lancaster, meine Architektin?« Er mußte die Überraschung in seiner Stimme nicht vortäuschen. Sarah entsprach überhaupt nicht seinen Erwartungen. »Der letzte Architekt, den mir Max ins Haus geschickt hat, um das Badehaus zu bauen, war klapperdürr, mittelalterlich und mit beginnender Glatze.«

»Carl Masters«, antwortete Sarah, als sie den Gegenstand seiner Beschreibung erkannte. »Er arbeitet derzeit an einem Projekt im Staat Washington.« Sie streckte die Hand aus. Ihr gefielen die schroffen Gravuren seines Gesichts, und er erfüllte ihre Erwartungen voll und ganz, als er ihr die Hand küßte. Die Geste paßte zu ihm.

»Welcher Glücksfall für mich.«

»Ich würde mich freuen, wenn Sie auch so denken, nachdem ich Ihnen meine Ideen gezeigt habe.« Geschickt entzog sie ihm ihre Hand. »Hoffentlich haben Sie nichts dagegen«, fügte sie hinzu und deutete auf ihr Glas. »Das Zimmer schien förmlich danach zu verlangen.«

»Nein, ganz und gar nicht. Bitte ...« Die Armbewegung fiel nur ein ganz klein wenig theatralisch aus. »Nehmen Sie Platz.«

»Danke, aber ich würde mir den Bauplatz am liebsten sofort anschauen.« Nach einem letzten Schluck stellte Sarah das Glas an der Bar ab. Da sie spürte, daß er an Zuvorkommenheit gewöhnt war, milderte sie ihren ausdrücklichen Wunsch durch ein Lächeln ab. »Hoffentlich haben Sie Zeit, die Entwürfe, die ich mitgebracht habe, ausführlich zu besprechen. Ich glaube, es ist etwas dabei, was Ihren Vorstellungen entspricht. Ehe ich detailliertere Vorschläge ausarbeiten kann, muß ich mir erst einmal das Grundstück ansehen. Könnten Sie mich jetzt hinführen, Mr. Reed?«

»Nennen Sie mich Harrison«, bat er sie. Und beschloß unverzüglich, an der Gestaltung seines Gästehauses aktiv mitzuwirken.

Jenseits der sanft abfallenden Hügel, am rötlichen Tennisplatz vorbei, außer Sichtweite des runden Swimmingpools und kurz vor den Stallungen befand sich ein schmaler, von einem Orangenhain umgebener Fleck Erde. Sarah ging, die Hände in den Taschen, mit zusammengekniffenen Augen über das Gras und konzentrierte sich darauf, auf dem leeren Platz das Bild eines Gästehauses vor sich aufsteigen zu lassen. Im Augenblick war Harrison Reed völlig vergessen. Sie konnte das Haus schon vor sich sehen und wußte, daß sie an ihren ursprünglichen Zeichnungen nur einige wenige Änderungen vornehmen mußte.

Harrison beobachtete sie. Er erkannte, daß er mit seinem ersten Eindruck, sie sei bloß jung und gutaussehend, falsch gelegen hatte. Sie wußte, was sie wollte. Er rief sich ins Gedächtnis zurück, daß sie für Max arbeitete. Max stellt seine Leute weder nach Alter noch nach Aussehen ein, sinnierte er, sondern nach Köpfchen. Trotzdem grinste er angesichts des hüftlangen Haars und ihrer schlanken Figur. Dieser alte Halunke merkt wahrscheinlich gar nicht, was für einen fantastischen Hintern sie hat.

Sarah ging weiter über das Grundstück, ohne Harrison Beachtung zu schenken. Sie konnte spüren, wie aus der Gewißheit, daß sie den leeren Platz umformen konnte, ohne ihn in seiner Eigenart zu zerstören, Aufregung in ihr erwuchs. Das vordere Fenster würde der Abendsonne wegen nach Westen gehen, die Küche nach Osten, damit sie Morgensonne abbekam, beschloß sie.

Harrison. Zum erstenmal seit zehn Minuten nahm Sarah ihn hinter sich wahr. Hoffentlich konnte sie ihn davon überzeugen, daß er keine Basilika hinzustellen brauchte, um seine Bedeutung zu beweisen.

»Ich kenne Leute, die für ein solches Fleckchen einen Mord begehen würden. Ich gehöre dazu«, meinte sie.

Er folgte ihrer ausladenden Armbewegung. Sie sah, daß die Falten um seine Augen im Sonnenlicht deutlicher zutage traten, aber in seinem Haar zeigten sich nur wenige graue Strähnen. »Eigentlich hat mich meine dritte Frau, die mich vor kurzem verlassen hat, davon überzeugt, daß sich dieser Platz am besten für ein Gästehaus eignet.«

Aus dem Zynismus in seiner Stimme folgerte Sarah, daß verlassen getrennt und nicht gestorben bedeutete. »Dann haben Sie wenigstens einen Grund, ihr für etwas dankbar zu sein.«

Bei dieser trockenen Bemerkung schaute Harrison sie kurz an, dann begann er zu lachen. »Es gibt wahrscheinlich noch andere.«

Sarah hakte sich bei ihm unter und deutete auf das Grundstück. »Es ist ideal, Harrison. Sehen Sie das auch so? Ein kleiner Schlupfwinkel aus alten Ziegeln mit einer überdachten Veranda und einem gepflasterten Hof auf der Rückseite.

Viele kleine Schiebefenster, weiße Schindeln auf dem Dach. Rauch steigt aus dem Schornstein auf. Und innen drin Eichenfußböden und unverputzte Balken; kleine, ansprechende Zimmer mit viel Sonnenlicht. Ein steinerner Kamin mit einer erhöhten Feuerstelle an der Nordseite.« Beim Sprechen hob Sarah die Augen. Er folgte den Gesten ihrer freien Hand, aber sein Gesichtsausdruck verriet ihr, daß er alles andere als überzeugt war.

»Klingt ein bißchen simpel.«

»Nicht simpel, Harrison«, verbesserte sie ihn und schaute ihm voll ins Gesicht. »Es gibt doch bestimmt viel Anspannung in Ihrem

Beruf, im Leben Ihrer Bekannten. Manchmal heißt die Antwort darauf, all das vergessen und sich für etwas Ursprüngliches und Unkompliziertes begeistern zu können.« Prüfend sah sie ihn mit ernsten Augen an. »Sie kennen viele Leute, die beständig von Luxus umgeben sind. Sie könnten ihnen etwas anderes bieten.«

Harrison schaute sie wortlos an, dann meinte er nachdenklich: »Zeigen Sie mir Ihre Skizzen.«

Sarah lachte – und schwelgte bereits in ihrem Siegesgefühl.

Später stand Sarah barfuß auf einem rosé-pinkfarbenen Teppich und versuchte, das farblich passende Baldachinbett zu ignorieren, während sie Cassidy in Phoenix anrief.

»Na, Sarah. Haben Sie was erreicht?«

Als seine Stimme ihr ins Ohr drang, klemmte sie sich den Hörer auf die Schulter. »Ich gehe jetzt schwimmen und eine eisgekühlte Margarita trinken. Und wie geht es Ihnen?« Sie rückte den Träger ihres schwarzen Badeanzugs zurecht.

»Ich komme gerade aus einer zweistündigen Besprechung mit einer Gruppe von Ingenieuren.«

Sarah grinste, seufzte aber mitleidig. »Hören Sie zu, Cassidy – Harrison ist bereit, einen Vertrag zu unterzeichnen.«

»Wieviel Blattgold müssen wir herbeischaffen?«

»Nicht ein Gramm.« Sie war mit sich zufrieden und unternahm keinerlei Anstrengung, das zu verbergen. »Es wird ein einfaches zweistöckiges Ziegelhaus. Die äußeren Maße sind zehn mal zehn.«

»Verarschen Sie mich auch nicht?«

Sarah lachte. »Im Ernst, Cassidy. Er hat mich gebeten, bis morgen zu bleiben. Und ich tu' ihm den Gefallen. Sie können mich, falls nötig, morgen nachmittag und am Sonntag zu Hause erreichen.«

»Ich würde meine Tochter nicht in diesem Haus übernachten lassen«, brummte er.

Bei seinen Worten stieg in Sarah prompt eine Woge der Zuneigung auf. »Cassidy, hören Sie auf, sich Sorgen zu machen, und nehmen Sie zwei Aspirin gegen die Kopfschmerzen, die Sie diesen ekligen Ingenieuren verdanken.«

»Klugschwätzerin«, grummelte Cassidy, ehe er auflegte.

Lachend legte auch Sarah den Hörer auf, schnappte sich einen kurzen weißen Bademantel und spazierte aus dem Zimmer. Sie brauchte mehr als zehn Minuten für den Weg durch das Haus und das Gelände zum Swimmingpool. Harrison war schon da und hatte es sich in einem Segeltuchliegestuhl bequem gemacht. Er war, schloß sie mit einem Blick auf seinen schlanken, gebräunten Körper, in erstaunlich guter Verfassung. Bei ihrer Ankunft erhob er sich und ging zu der bestens bestückten Bar unter einem gestreiften Sonnenschirm. Sarah hatte Cassidy gegenüber nicht erwähnt, daß ihr Gastgeber während ihrer Besprechung der Skizzen etliche Martinis gekippt hatte. Doch konnte sie trotz kritischer Beobachtung nichts Unkoordiniertes an seinen Bewegungen erkennen. Er gehörte wohl zu jenen seltenen Exemplaren, die beständig trinken können und dabei nicht benebelt werden. Ob er wohl jemals richtig nüchtern war?

»Die Dame hat eine eisgekühlte Margarita bestellt«, verkündete er, als sie auf ihn zukam.

»Das hat die Dame in der Tat«, stimmte sie zu und nahm das kalte Glas. Sie nippte und äußerte sich anerkennend. »Ausgezeichnet.«

Als sie sich abwandte, um den Pool und die Palmen anzuschauen, beobachtete Harrison sie. Ihre Formen waren weniger üppig als die der Frauen, die ihm normalerweise gefielen, aber irgend etwas an diesem schlanken, fast knabenhaften Körper zog ihn an. Er hatte ihr Gesicht auf den ersten Blick für außergewöhnlich schön gehalten, aber jetzt erkannte er, daß mehr dahinter steckte. Dies war keine Frau, die sich vor den Spiegel stellte und nach kleinen Makeln oder vollendeter Schönheit suchte.

Als sie sich ihm wieder zuwandte, schwang ihr Haar mit, in dem sich schimmernd das Sonnenlicht fing.

»Sie haben den falschen Beruf«, meinte er, als er einen Schritt auf sie zumachte. »Ich könnte einen Star aus Ihnen machen.«

»Ich werde schon noch ein Star, Harrison, aber in meinem Bereich.« Lächelnd nahm sie einen weiteren Drink, aber er sah, daß sie das ernst meinte. Er hatte bei Schauspielern, die im Aufstieg begriffen waren, diesen Ton gehört, diesen Gesichtsausdruck wahrgenommen. Sie schafft es, folgerte er. Er schaute ihr zu, wie sie den Bademantel ablegte und sich hinsetzte.

»Wo in aller Welt hat Max Sie aufgestöbert?«

Sarah freute sich an den tanzenden Sonnenstrahlen auf dem Wasser und genoß das Gefühl der Wärme auf ihren bloßen Beinen. »In Nework«, antwortete sie und fühlte sich schläfrig und zufrieden. »Ich habe bis vor kurzem immer in Nework gelebt.«

Harrison kippte seinen Martini. »Himmel, was für eine Stadt.« Er schüttelte den Kopf. »Ich habe in Nework am besten und am miserabelsten gespielt.«

»Ich habe Sie als *Richard II.* gesehen.«

»Um Himmels willen, da müssen Sie ja noch Windeln getragen haben.«

»Das ist erst zehn Jahre her. Sie waren großartig. Ich habe geweint, als sie Bolingbroke krönten.«

Er schaute erst an ihr vorbei ins Leere, dann sah er sie an.

»Der Krone ja: doch mein sind meine Leiden. Nehmt meine Herrlichkeit und Würde hin, Die Leiden nicht, wovon ich König bin.«[*] Er schwieg einen Augenblick und starrte auf sein leeres Glas.

»Zehn Jahre«, murmelte er. »O Gott.« Erneut füllte er sein Glas.

»Sie spielen noch immer großartig.«

Er schaute sie an und erkannte ihre Aufrichtigkeit. Dann nahm er sie bei der Hand und zog sie hoch. »Wie alt sind Sie?«

»Sechsundzwanzig.«

»Du meine Güte, mein Sohn ist älter als Sie.«

Sarah lachte. »Harrison, ich werde Ihnen jetzt die Wahrheit sagen und hoffe, Sie glauben mir. Wenn Sie kein Kunde wären, würde ich sehr gerne mit Ihnen ins Bett gehen. Aber da Sie es sind« – sie hielt lange genug inne, um ihm das Martiniglas aus der Hand zu nehmen – »schlage ich vor, daß wir lieber schwimmen gehen.«

»Sarah.« Er seufzte. »Max weiß schon, wie er sich seine Leute aussucht, der alte Bursche.«

»Ich richte es ihm aus«, versprach sie.

[*] Das Zitat ist folgendem Buch entnommen: William Shakespeare: König Richard der Zweite, Reclam Universal-Bibliothek Nr. 43, Stuttgart 1993, S. 63

Die Hotelsuite in Madrid war ruhig und elegant, der Brandy in Byrons Glas warm und weich. Die geschäftliche Angelegenheit, deretwegen er nach Spanien gereist war, hatte Byron schnell und erfolgreich abgeschlossen. Es gab in einer Vormittagssitzung nur noch unwesentliche Punkte zu regeln; morgen mittag würde er schon im Flugzeug nach Phoenix sitzen. Doch empfand er keine Befriedigung. Statt dessen verspürte er eine gewisse Rastlosigkeit, ein Verlangen, seinem Haladay-Image zu entkommen. Vor sich hinbrütend, trank er seinen Brandy. Er wollte etwas, und zum erstenmal in seinem Erwachsenenleben war er sich nicht völlig sicher, was es war.

Als sie vom Schlafzimmer hereinkam, schaute ihn Carmen gründlich an. Sie erkannte den versunkenen, in sich gekehrten Zug auf seinem Gesicht und wußte sehr wohl, daß dieser Mann über viele Facetten verfügte und daß er ihr nur einige davon zu kennen gestattete. Ihr Verhältnis mit Byron ging schon lange, umfaßte einige Jahre und andere Geliebte, doch wußte sie – und das freute sie –, daß sie ihm näher stand als jede andere Frau. Vielleicht war sie noch am ehesten seine Freundin. Sie verstand sein Getriebensein und respektierte es wegen ihres eigenen Ehrgeizes. Carmen hatte nur einen ständigen Geliebten – ihre Karriere.

In den zehn Jahren ihrer Bekanntschaft waren beide in ihren jeweiligen Bereichen aufgestiegen. Beide waren erfolgreich, und beide erinnerten sich an ihre Anfänge in Armut. Keiner von beiden hatte sich mit dem wachsenden Erfolg entspannt.

Carmen ging auf ihn zu und wartete. Dann lächelte sie, als er den Blick hob. »Du bist heute abend so still.« Ihr Gesicht mit den dunklen Augen, dem vollen, großen Mund, der langen Nase und den hohen Wangenknochen faszinierte den Betrachter. Aus diesem Grund war sie schon oft gemalt worden. Ihr Haar, im Rabenschwarz der echten Spanierin, trug sie mit Mittelscheitel und offen bis über die Schultern fallend. Der Goldton ihrer Haut schimmerte durch die dünne weiße Seide ihres Hausanzugs. Sie setzte sich neben ihn, nahm ihm den Brandy aus der Hand und nippte. »Hat dir die Vorstellung heute abend gefallen?«

»Du warst großartig, wie immer. Deine Stimme begeistert mich jedesmal aufs neue.« Er beobachtete, wie Carmen mit der Zunge über den Rand des Cognacschwenkers leckte. »Ich habe gehört, daß du nächsten Monat auf Europatournee gehst?«

»Von Stadt zu Stadt, von Land zu Land. Tempo, Tempo.« Ihr Achselzucken war typisch spanisch. Sie lächelte und nippte noch einmal. »Neue Leute, mehr Leute. Mehr Applaus. Hören Leute wie du und ich wohl jemals auf, nach Erfolg zu hungern, Byron?«

Sein Blick glitt über die Rubine an ihren Ohrläppchen. »Nein«, antwortete er.

»Nein«, murmelte sie, als sie sich zurücklehnte und zur Decke schaute. »Wie lange kennen wir uns schon?«

»Zehn Jahre.«

»Zehn Jahre. *Dios*, kein Wunder, daß ich mir dauernd wie beim Wettlauf vorkomme. Wie gut ich mich noch an unsere erste gemeinsame Nacht erinnere.« Sie hob die Hand zu einer trägen, laszivven Geste. »Damals sang ich in Barcelona. Und ich freue mich noch immer, wenn du mein Zuhörer bist.« Carmen lachte ihn über den Glasrand hinweg an. »Und mein Liebhaber hinterher.« Nachdem sie den Brandy abgesetzt hatte, fing sie an, ihm das Hemd aufzuknöpfen. »Habe ich mich schon für die Rosen bedankt?«

»Ja, aber du kannst es gern noch einmal tun.« Er wickelte sich eine Locke ihres Haars um den Finger und erinnerte sich daran, wie sich Sarahs Haar angefühlt hatte.

»*Caro*.« Carmen streichelte ihm über die Brust und schmiegte sich enger an ihn, als er sie in die Arme nahm. »Du denkst an eine Frau.«

Byron fand den Reißverschluß an ihrem Hals und zog ihn auf. Ihre Haut war warm. »Du hast recht«, murmelte er ihr ins Ohr.

Sie lachte leise, als sie seine Lippen auf ihren Schultern spürte. »Aber, *caro*, die Frau in deinen Armen ist nicht identisch mit der Frau in deinem Kopf.« Er spannte sich an, aber sie neigte sich vor, bis sich ihre Blicke trafen. »Zehn Jahre, sagtest du, *querido*. Zwischen uns gibt es kaum noch Illusionen.« Carmen widerstand dem Drang, ihn nach dem Namen der Frau zu fragen; statt dessen führte sie seine Hände zu ihren Lippen. »Ich werde sie für eine kleine Weile aus deinen Gedanken vertreiben.«

Ihr Körper war üppig und herrlich geformt. Byron umarmte sie. Er wußte, ihre Haut würde wie ihr Duft schmecken, moschusartig und geheimnisvoll. Für den Augenblick reichte ihm das.

9

Als Sarah am Montagmorgen ins Büro kam, war sie ausgezeichnet gelaunt. Das Wochenende über hatte sie in ihrer Wohnung verbracht und den Entwurf im Detail verfeinert, um anschließend die Pläne für das Reed-Projekt maßstabgerecht zu zeichnen. Die Arbeit machte ihr große Freude. Schritt eins war von Anfang bis Ende perfekt gelaufen. Jetzt brannte sie darauf, den Boden für Schritt zwei zu erschließen. Sie fühlte sich bestens auf ihre Nachmittagssitzung mit Haladay vorbereitet.

»Hallo, Joe.« Wie üblich blieb sie stehen und lächelte den Wachmann an. »Wie geht es Rose?«

»Hallo, Sarah. Gut, danke.« Joe erwiderte ihr Lächeln, bevor er merkte, wer ihr ins Gebäude gefolgt war. »Guten Morgen, Mr. Lloyd.«

»Ach, hallo, Byron. Wie war's in Spanien?«

»Heiß«, antwortete er knapp und führte sie, indem er sie am Ellbogen packte, an den zahlreichen öffentlichen Aufzügen vorbei. »Ich bringe Sie zu Ihrem Stockwerk.«

»Schön.« Sie schaute ihm zu, wie er seinen Schlüssel ins Schloß steckte. »Dieser Aufzug gefällt mir viel besser. Ich kann singende Aufzüge nicht leiden. Ist in Madrid alles gut gelaufen?«

Byron drückte auf den entsprechenden Knopf, dann wandte er sich ihr zu. Bei seinem frostigen Blick runzelte sie die Stirn, da sie sich daran erinnerte, daß sie sich durchaus im guten getrennt hatten. »Stehen Sie mit den Wachleuten generell auf so privatem Fuß?«

»Was?«

Er beobachtete, wie sich Linien zwischen ihren Brauen bildeten, während sie überlegte.

»Sprechen Sie etwa von Joe?« Sie nahm ihre Aktenmappe in die linke Hand. »Meinen Sie das im Ernst?« Ihre Augen weiteten sich. »Du liebe Güte, Sie meinen das tatsächlich so.«

Prompt stieg Ärger in ihr hoch. »Es muß sehr schwierig sein, so weit über den Normalsterblichen zu schweben. Sie haben sich wahrscheinlich niemals zu mehr als einem gelegentlichen Nicken diesem Mann gegenüber herabgelassen. Und Sie wissen mit Sicherheit nicht, daß er seit zehn Jahren hier arbeitet und zwei Kinder hat. Eines fängt im Herbst mit dem College an. Und seine Frau kocht gern Lasagne.«

Byron schaute sie unbeteiligt an. »Ich verfüge zweifellos von jetzt an über diese fesselnden Informationen.«

»Verflucht, behandeln Sie mich nicht so von oben herab.« Sie vergaß das Gewaltpotential seiner Wut und seine Stellung und stürmte blindlings drauflos. »Mit welchem Recht teilen Sie die Menschen in Klassen ein? Auch Sie haben unten angefangen, Byron. Vergessen Sie Ihre eigene Herkunft nicht.«

Seine Hand schloß sich fester um ihren Arm, aber diesmal wich Sarah nicht zurück.

»Ich weiß, woher ich komme«, sagte er. »Sie brauchen mich nicht daran zu erinnern.«

»Und ich brauche keine Anweisungen hinsichtlich meines Benehmens von Ihnen. Ihre Autorität endet mit meiner Arbeit.« Sie befreite sich mit einer heftigen Bewegung aus seinem Griff. »Unterstehen Sie sich, mich ...«, einen Augenblick hielt sie inne, um ihre Stimme unter Kontrolle zu bekommen. »Kritisieren Sie mein persönliches Verhalten außerhalb des Büros nie wieder.«

Die Türen öffneten sich. Sie wandte ihm den Rücken zu und ging davon.

»Morgen, Mrs. Lancaster.« Mugs legte ihr neuestes Taschenbuch aus der Hand und schaute auf. Da sie Wut auf den ersten Blick wahrnehmen konnte, räusperte sie sich und setzte noch einmal an. »Möchten Sie einen Kaffee?«

»Stellen Sie die nächsten Minuten keine Anrufe für mich durch«, ordnete Sarah energisch an, als sie an Mugs vorbei in ihr Büro eilte.

»Ja, Madam.«

Scheißkerl! Sobald die Tür hinter ihr ins Schloß gefallen war, explodierte Sarah. Sie warf ihre Aktenmappe beiseite und rannte im Zimmer auf und ab. Wie hatte ich mir auch nur einbilden können, ihn zu mögen? Mit verschränkten Armen starrte sie wütend ihre Pflanzen an, schloß dann die Augen, weil sie ihre Gefühle wieder abkühlen wollte, und stand ganz still da. Allmählich schwand ihr

Zorn. Mach dich an die Arbeit und vergiß es, befahl sie sich, drehte sich um, hob den Hörer und drückte auf Mugs Summer.

»Ja, Miß Lancaster.«

»Mugs, bringen Sie mir ein Sortiment Bleistifte und schauen Sie nach, ob Cassidy Zeit hat, meine letzten Entwürfe für das Reed- Projekt anzuschauen.« Sarah ließ sich beim Sprechen auf ihren Stuhl fallen, nahm einen Stift und kritzelte drauflos. »Und finden Sie heraus, ob Dutch Kelly einen Termin frei hat, damit wir die Detailpläne für das W-W-Projekt besprechen können ... vielleicht irgendwann heute nachmittag. Um wieviel Uhr ist eigentlich die Sitzung mit Mr. Haladay?«

»Zwölf Uhr dreißig. Zum Mittagessen in seinem Büro. Es gibt wahrscheinlich ein kaltes Büfett.«

Sarah runzelte die Stirn, dann notierte sie ihre heutigen Termine auf ihren Block. »Nimmt Mr. Lloyd auch daran teil?«

»Für gewöhnlich schon.«

»Mist«, flüsterte sie kaum vernehmbar, aber Mugs hatte ein feines Gehör. »Na schön, kümmern Sie sich um die Bleistifte und um Kelly. Cassidy rufe ich selber an. Und, Mugs ...«

»Ja, Miß Lancaster?«

»Ich könnte den Kaffee jetzt gebrauchen, wenn es Ihnen nichts ausmacht.«

»Aber klar doch.«

»Danke.« Sarah legte den Hörer auf und atmete tief durch. Dann stand sie auf und hob ihre Aktenmappe vom Boden auf.

Als Sarah das Büro Haladays betrat, befanden sich beide Männer hinter dem wuchtigen Schreibtisch. Haladay saß, während Byron hinter ihm stand. Kam es nun durch diese Stellung oder den Lichteinfall, Sarah bemerkte jedenfalls, daß Haladays Alter mit Byron an seiner Seite deutlicher zutage trat. Einen Augenblick empfand sie Bedauern für den alten Mann und den unausweichlichen Wandel.

»Hallo, Max.« Sie lächelte ihm rasch zu, als sie das Zimmer durchquerte. »Hatten sie ein schönes Wochenende?«

»Das Wochenende bedeutet in meinem Alter etwas völlig anderes als in Ihrem«, bemerkte er trocken. »Schauen wir uns doch die Pläne an.«

Nachdem sie die Aktenmappe auf seinem Schreibtisch abgestellt hatte, machte sie sie auf und reichte ihm die Pläne.

»Schenken Sie uns etwas zu trinken ein, Byron«, meinte Haladay, während er die Entwürfe aus der Rolle zog. »Ich schaue mir schon mal Ihr Werk an.« Er stand auf und breitete die Entwürfe auf seinem Schreibtisch aus.

»Einen Martini?« fragte Byron.

»Ja, bitte.«

Er drehte sich um und verblüffte Sarah mit einem Lächeln. »Trocken?«

»Knochentrocken, daß es staubt.«

Er goß zwei Martinis ein, dann suchte er eine Sherryflasche aus und schenkte ein drittes Glas halbvoll. Als er ihr den Drink reichte, langte Sarah danach, und für einen Moment hielten sie beide den Stiel fest. Sie hob die Augen. Plötzlich erinnerte sie sich an ihre erste Begegnung in seinem Büro, als seine Hand die ihre auf der Türklinke umschlossen hatte. Sie hatte damals gespürt, wie eine Botschaft dabei übermittelt wurde, und jetzt spürte sie sie wieder, konnte sie aber nicht entschlüsseln. Dann hielt nur noch sie das Glas, weil er seine Hand wieder zurückgezogen hatte.

»Sie haben anscheinend gute Arbeit geleistet«, bemerkte Haladay.

Zerstreut wandte sich Sarah von Byron ab und ordnete ihre Gedanken. »Ich habe *tatsächlich* gute Arbeit geleistet«, verbesserte sie ihn und ging zu ihm. Sie nippte an ihrem Martini, als Byron sich ihnen anschloß und Haladay das halbvolle Glas Sherry reichte. Haladay schaute es finster an, trank es auf einen Zug aus und stellte das leere Glas auf seinen Schreibtisch.

»Was meinen Sie?« wollte er von Byron wissen, wobei er eine ausladende Armbewegung über die Pläne machte.

Byron beuge sich über den Schreibtisch und ging systematisch die Entwürfe und statischen Berechnungen durch.

»Sehr gut«, sagte er schließlich und richtete sich auf. »Ich sehe keine Schwierigkeiten.«

»Es freut mich, das zu hören.« Sarahs Stimme war so trocken wie ihr Martini. »Es paßt perfekt zu dem Grundstück, Max«, sagte sie.

»Was halten Sie von Reed?« erkundigte sich Max.

»Ich finde, er ist ein sehr netter Mensch. Und ein überaus begabter noch dazu.«

»Er säuft«, bemerkte Haladay. »Aber mir gefällt dieser Bursche.«

»Auch er schätzt Sie sehr«, gab Sarah zurück.

»Ich war schon in diesem Monstrum von Haus, in dem er lebt. Cassidy würde da seinen Fuß nicht reinsetzen.«

Sarah lachte. »Nein, wohl kaum. Nicht einmal Ihnen zu Gefallen. Ich habe so etwas noch nie gesehen.« Sie schüttelte den Kopf. »Ich leide noch immer unter Alpträumen.«

Haladay schaute sie lange und unerbittlich an. »In Anbetracht von Reeds Geschmack kann ich mir kaum vorstellen, daß Sie ihn von einem so wenig monumentalen Entwurf überzeugt haben.«

Ihre Augen verengten sich. Sie stellte ihr Glas ab. »Ich habe ihn nicht im Bett überzeugt, denn ich pflege Kunden nicht auf diese Weise zu beeinflussen. Ich habe einfach zum richtigen Zeitpunkt den passenden Ton gefunden. Wenn Sie mich jetzt bitte entschuldigen wollen.« Sarah drehte sich auf dem Absatz um, aber Haladay legte ihr die Hand auf die Schulter und hielt sie zurück.

»Kurzschluß«, bemerkte er zu Byron. Lachend klopfte er ihr auf die Schulter. »Nehmen Sie sich doch Kaviar«, schlug er vor. Er trat ans Büfett und bestrich sich einen Cracker.

»Sie wollten doch, daß ich wütend werde.«

»Ich überzeuge mich nur gern von der Integrität meiner Leute.«

»Nein«, verbesserte ihn Sarah. »Damit befriedigen Sie Ihr Selbstwertgefühl.« Sie deutete auf Byron. »Unsere Integrität spiegelt Haladays Integrität wieder.«

»Sie sind ganz schön auf Draht.«

»Ach, nicht so sehr wie Sie, Max, und nicht halb so gerissen.« Sie lachte leise. »Aber ich arbeite noch daran.«

»Kommen Sie, essen Sie ein wenig Kaviar. Eins der wenigen Vergnügen, die mir noch geblieben sind.« Über ihren Kopf hinweg fing er Byrons Blick auf und schaute verdrossen drein. »Byron und die Ärzte haben sich verschworen, mir meine verbleibenden Jahre so langweilig wie möglich zu gestalten. Sie haben doch gesehen, was für einen jämmerlichen Drinkersatz er mir vorgesetzt hat, nicht wahr?« wollte Haladay von Sarah wissen. »Und wem habe ich es zu verdanken, daß man mir nur noch dieses Gebräu serviert?«

»Koffeinfreien Kaffee«, korrigierte ihn Byron und zündete sich eine Zigarette an.

»Nicht nur hier«, fuhr Haladay fort, »sondern auch zu Hause. Und sogar in meinem eigenen Scheißflugzeug. Zigarren sind auch gestrichen. Und erst meine Diät! Herrgott noch mal.« Er nahm einen ungesalzenen Cracker und verschlang ihn.

»Max' Diät ist vernünftig zusammengestellt«, konstatierte Byron.

»So ein Quatsch!« Max stopfte sich eine Garnele in den Mund. »Was zum Teufel versteht er denn vom Essen? Ein Mann kann doch erst in reifen Jahren Essen wirklich schätzen.« Er nahm ein Karottenstück und brach es in zwei Hälften. »Bis sechzig ist ein Mann viel zu sehr mit Sex beschäftigt, als daß er etwas vom Essen verstehen könnte. Ihnen wird aufgefallen sein«, wies er Sarah hin, »daß er noch keinen Bissen zu sich genommen hat.«

»Wenn Sie mich nicht mehr benötigen«, meinte Sarah, während sie zu seinem Schreibtisch ging, um ihre Unterlagen zusammenzusuchen, »ich habe eine Besprechung mit Dutch Kelly wegen eines anderen Bauvorhabens.«

Byron stand auf und kam zu ihr herüber. »Ich möchte gern mit Ihnen darüber sprechen.«

»In Ordnung.« Nachdem sie ihre Aktenmappe hatte zuschnappen lassen, schaute Sarah zu ihm auf. »In meinem Büro? Dort liegen die vorläufigen Entwürfe.«

»Schön.«

Sie schaute an Byron vorbei zu Haladay. »Auf Wiedersehen, Max.«

»Auf Wiedersehen, Sarah.«

Sarah wartete nur so lange, bis Byron den Aufzug gerufen hatte. »Er hat es am Herzen, nicht wahr?« fragte sie, als sie den Aufzug betraten.

»Ja.«

»Wie schlimm?«

»Er hatte letztes Jahr einen Herzinfarkt.«

»Um Himmels willen.« Sarah hauchte das nur. Dann lehnte sie sich an die Kabinenwand. »Verdammt.« Sie starrte auf die roten Zahlen über der Tür. »Also ist er doch nicht unverwüstlich. Ich hätte gern von Ihnen gehört, daß ihn nichts umbringen kann.«

Mugs schaute von ihrer Schreibmaschine auf, als sie an ihrem Schreibtisch vorbeigingen.

»Mrs. Darcy von der Beschaffungsabteilung hat angerufen.«

»Ich rufe sie zurück.« Sarah ging sogleich an ihren Schreibtisch und stellte ihre Aktenmappe ab. Sie wartete, bis Byron die Tür geschlossen hatte, bevor sie wieder den Mund aufmachte. »Sie haben das sehr geheim gehalten.«

Er ging zum Schreibtisch. »Max wollte es so. Er möchte nicht, daß darüber Aufhebens gemacht wird. Banker und andere Industrielle werden nervös, wenn sie von Herzanfällen hören.«

»Byron, seine Arbeit ... der Streß ...«

»Aber gerade die Arbeit hält ihn am Leben«, sagte Byron. »Ohne sie würde er aufgeben. Außerdem nehme ich ihm soviel wie möglich ab.«

Sie musterte seinen Gesichtsausdruck und nickte, als sie verstand. »Ja, das erklärt einiges. Von Ihnen nimmt er es an. Er würde es von jemand anderem nicht dulden. Er kann Schwäche nicht ausstehen, nicht wahr?«

»Vor allem seine eigene nicht.«

»Wer weiß denn sonst noch davon?«

»Cassidy, seine Sekretärin, sein Anwalt.«

Sie hob den Blick. »Warum haben Sie mir davon erzählt?«

Er ließ sich mit seiner Antwort Zeit. »Ich will es mal so ausdrücken – Sie sind integer.«

Ein Lächeln trat in ihre Augen und erreichte ihren Mund. »Sie sind ein sehr kluger Mann, Byron.« Sie drehte sich um und ging an den Aktenschrank, um einen Hefter herauszunehmen. »Das W-W-Bauvorhaben samt der Entwürfe.« Sie reichte Byron den Hefter. »Ich bin mir ziemlich sicher, daß das ihren Vorstellungen entspricht.«

Ohne Kommentar schlug er den Hefter auf und begann, die Skizzen durchzublättern. Sie hatte Gloria zuliebe mit schmiedeeisernen Geländern und mehreren Balkonen einen Anklang an die Südstaaten gesucht, doch paßten das Gebäude generell und sein Stil perfekt in die Landschaft Arizonas.

Innen hatte sie im Schlafzimmer eine gewisse Farbenpracht zugelassen und Gloria zwei Wände mit Einbauschränken im Ankleidezimmer zugestanden. Bei der Betrachtung der Entwürfe kam Byron zu dem Schluß, daß das Haus Gloria genau entsprach.

»Sie haben anscheinend gar nichts vergessen«, bemerkte er.

Dann schlug er den Hefter zu und gab ihn ihr zurück.

Sarah runzelte die Stirn. »Ich mag negativ formulierte Komplimente nicht.«

Byron steckte die Hände in die Taschen, als sie den Hefter wieder im Aktenschrank verstaute. »Sie haben hier bei den Mauerarbeiten den englischen Stil benutzt, aber den flämischen bei den Reed-Entwürfen. Warum?«

Mit einer schnellen Bewegung schob sie die Schublade zu.

»Der flämische sieht meiner Ansicht nach mehr nach Alter Welt aus. Der englische paßt besser zu ihr. Er ist auffallender als der flämische und hübscher als der amerikanische.« Sie lehnte sich mit verschränkten Armen gegen den Schrank. »Wie gefallen Ihnen die Entwürfe?«

»Ich finde, sie passen zu ihr.«

»Verdammt, Byron.« Enttäuscht warf sie die Hände hoch, dann fing sie an, auf und ab zu gehen. »Müssen Sie denn immer so unbeteiligt sein?«

»Ja«, gab er zurück.

»Na schön. Wollen Sie ihr die Entwürfe nach meiner Besprechung mit Dutch Kelly bringen, oder soll ich sie herbitten?«

»Bestellen Sie sie her.«

Sie haben jetzt ein Verhältnis miteinander, folgerte sie, *aber er wird schon ungeduldig.* »In Ordnung. Ich mache einen Termin für Mittwoch aus. Möchten Sie auch daran teilnehmen?«

»Das ist nicht nötig.«

Sie lachte ihm zu und hob die Brauen.

»Wissen Sie, Byron, Max hatte recht. Sie haben tatsächlich nichts gegessen.«

Er erwiderte ihr spöttisches Lächeln mit einem Nicken. »Ich würde Max' Theorie nicht allzu ernst nehmen.«

Ihre Augen funkelten vor Vergnügen, und sie lachte. »Ist das eine Warnung?«

Er überraschte sowohl sich selbst als auch Sarah, als er die Hand zu ihrem Gesicht hob und ihr die Wange streichelte. Während er ihr in die Augen sah, strich er ihr mit dem Daumen über die Lippen.

Ohne eine Sekunde nachzudenken, trat Sarah einen Schritt nach vorn – in seine Arme. Ihre Lippen trafen sich leidenschaftlich, und in der Art, wie sie sich trennten und wieder berührten, begierig und glühend aufeinander gepreßt, lag fast Verzweiflung; als bliebe ihnen nicht genug Zeit, alles auszuschöpfen.

Ihr Körper verlangte danach, dem seinen näherzukommen, die Wärme von Haut an Haut zu spüren. Sie drängte sich einladend, herausfordernd an ihn, als seine Hände an ihr hinabglitten und ihre Hüften umfingen. Ein Verlangen nach ihm stieg in ihr hoch, das sie noch für keinen andern Mann empfunden hatte. Sie wollte ihn, wollte Stunden damit verbringen, seinen Körper zu erforschen und von ihm erforscht zu werden. Wo immer er sie berührte, schien sie dahinzuschmelzen.

Dann preßte er sie ganz kurz an sich und löste sich von ihr.

Als er sie anschaute, erkannte Byron dieselbe Verwundbarkeit in ihrem Gesichtsausdruck, die er auch in den ersten Augenblicken ihrer Begegnung wahrgenommen hatte. Sie war wehrlos. Er brauchte sie nur zu nehmen, und sie gehörte ihm.

Mit den Händen auf ihren Schultern, konnte er ihr leichtes Zittern spüren. Er ließ die Hände sinken und trat zurück. »Anscheinend erwischen wir immer den falschen Zeitpunkt.«

Sarah atmete unregelmäßig. Keine schlagfertige Antwort fiel ihr ein, kein beiläufiges Lächeln wollte gelingen. Während sie ihn beobachtete, drehte er sich um und ging.

10

Das Telefon läutete, als sich Dallas gerade die Haare eingeschäumt hatte. Blinzelnd öffnete sie ein Auge.

Beim dritten Klingeln war sie schon aus der Dusche und schnappte sich ein Handtuch. »So ein Mist«, murmelte sie, während sie sich den Schaum aus den Augen wischte und versuchte, sich das Tuch um den Körper zu schlingen. »Da hat sich garantiert jemand verwählt.« Sie klemmte den Handtuchzipfel zwischen ihre Brüste und nahm den Hörer ab. »Ja, bitte?«

»Hallo, Dallas. Hier ist Evan Gibson. Wir sind Arbeitskollegen bei Haladay.«

Dallas' Grinsen reichte von einem seifigen Ohr zum andern. »Gibson?« wiederholte sie mit zögernder und fragender Stimme.

»Aus der Architekturabteilung«, erklärte er. »Wir haben eine gemeinsame Bekannte, Sarah Lancaster.«

»Aus der Architekturabteilung, ja klar.« Der Schaum tröpfelte ihr kalt den Rücken hinunter, und sie zuckte mit den Schultern. »Wir hatten ab und zu schon miteinander zu tun.« Dallas ließ die Zungenspitze über die Zähne gleiten, dann zog sie das Handtuch hoch, das sich gerade selbständig machen wollte. »Und Sarah hat Sie natürlich erwähnt. Wie geht's denn so?«

»Gut.« Evan tastete sich elegant vor. »Ich komme nicht oft in die Beschaffungsabteilung.«

»Man hält mich dort hinter Gittern.« Dallas rieb sich mit der Fußsohle das herunterrieselnde Wasser vom anderen Bein.

»Sarah hat mir erzählt, daß wir eine gemeinsame Vorliebe teilen.«

»Ach ja?«

»Zum Chinesen essen gehen.«

»Ooooh!« Sie dehnte den Ausruf, ehe sie lachte.

»Ich hole Sie am besten in einer Stunde ab.«

»In eineinhalb.« Sie legte auf. Das wurde ja auch Zeit, dachte sie und fuhr sich mit der Hand über die Schaumblasen. Ehe sie den

Flur bis zum Schlafzimmer hinunterlaufen konnte, klopfte es an der Wohnungstür. Sie riß die Tür auf und lachte Sarah an. »Hallo! Komm rein, du kannst mir helfen, die passenden Klamotten auszusuchen.« Dann rannte sie ins Schlafzimmer.

Sarah machte die Tür zu. »Freut mich, daß jemand gute Laune hat«, murmelte sie und folgte ihr. Dallas durchstöberte bereits ihren Kleiderschrank. »Wer steht denn unter der Dusche?« erkundigte sich Sarah, da das Geräusch von laufendem Wasser durch die offene Tür drang.

»Du lieber Himmel, ich.« Wie der Blitz schoß Dallas ins Bad.

Sarah warf sich seufzend aufs Bett, und ihre Gedanken wanderten zum Nachmittag und zu Byron zurück. Sie ärgerte sich, daß er ihr gar nicht mehr aus dem Kopf ging.

Das Rauschen der Dusche verstummte abrupt. »Sarah!« rief Dallas vom Bad herüber. »Was meinst du, soll ich das Hermès-Tuch tragen, das du mir aus Kalifornien mitgebracht hast?«

Sarah schaute in Richtung der Stimme und konnte durch die Tür einen Blick auf Dallas erhaschen, die im Bad herumhastete. »Wo gehst du denn hin?«

Dallas stand nackt im Türrahmen und rubbelte sich energisch die Haare trocken. »Zum Chinesen.« Lachend warf sie das Handtuch auf den Boden. »Mit Evan Gibson.«

»Ach, hat er angerufen?«

»Ja.« Dallas eilte zurück ins Schlafzimmer und fing an, in einer Schublade zu wühlen. »Ja, ja, ich weiß, du hast Angst, daß er meinen Körper entehrt, mir den Verstand raubt und das Herz bricht. Ich arbeite gerade an Punkt eins.« Sie zog sich unter Verrenkungen Strümpfe an und wühlte dann weiter.

Sarah musterte ihre schmalen Schultern. Einen Augenblick nagte sie an ihrer Unterlippe.

»Dallas«, setzte sie an, dann hielt sie seufzend inne. »Ach, Mist.«

»Was ist denn, Schätzchen?« Dallas zog sich die Träger eines schwarzen Seidenbodys über die Schultern und ließ sich dann auf der Bettkante nieder.

Sarah setzte sich auf und zog die Beine an. »Dallas, vorige Woche … hat sich Evan im Büro ziemlich unmöglich aufgeführt.«

»Ja?« Dallas legte die Stirn in Falten.

»Es war zum Teil meine Schuld, nehme ich an. Aber er hat mich völlig überrumpelt. Verdammt.« Sarah runzelte die Stirn. »Ich habe ihn zunächst nicht energisch genug abgewehrt.«

»Nein?«

Bei Dallas' Lächeln zuckte Sarah zusammen. »Wir haben uns nicht gerade im besten Einvernehmen getrennt. Bestimmt habe ich ihn in seinem Stolz verletzt. Womöglich meint er noch immer, er müßte mich davon überzeugen, daß mir was ganz Tolles entgeht.«

»Du machst dir ja allerhand Gedanken.« Kopfschüttelnd stand Dallas auf und suchte wieder in ihrem Kleiderschrank. »Sarah, ich bin ein großes Mädchen und kann eine Niederlage wegstecken. Und überhaupt . . .« Sie lächelte ihr über die Schulter zu. »Während er sich mit mir abgibt, belästigt er wenigstens dich nicht.«

»Dallas.« Sarah stand auf, um einen letzten Versuch zu unternehmen. »Er ist vielleicht nett zum Anschauen, aber er taugt nicht viel und denkt nur an sich selbst.«

»Ich auch.« Sie zog zwei gewagte Kleider aus dem Schrank. »Welches paßt besser zu dem Tuch?«

Im August brennt die Sonne in Arizona gleißend herunter. Der große Strohhut, den sich Sarah über ihren Pferdeschwanz gestülpt hatte, beschattete ihre Augen. Das T-Shirt klebte ihr am Rücken und hatte vorne einen feuchten Streifen. Aufmerksam beobachtete sie, wie die Dachdecker das Dach hochzogen. Sie arbeiteten mit nacktem Oberkörper, ihre braun gebrannten Rücken glänzten. Sarah lüftete das T-Shirt ein wenig am Rücken und sehnte sich danach, es den Männern gleichzutun. Sie wischte sich mit der Hand über die Stirn, dann steckte sie die Hände in die rückwärtigen Hosentaschen und hörte den Hammerschlägen zu.

Im Verlauf aller Bauphasen hatte Gloria die Baustelle heimgesucht. Sarahs eigenen Erfahrungen und den durchsickernden Berichten zufolge behinderte Gloria die Arbeit. Andauernd änderte sie ihre Meinung, und ständig fiel ihr etwas Neues ein.

Lauter Firlefanz, dachte Sarah verächtlich. Sie beobachtete, wie ein Balken an seinen Platz glitt und schickte ein Stoßgebet zum Himmel, daß Gloria den heutigen Tag beim Friseur verbringen möge. Ich werde mich nicht bei Byron beschweren, nahm sie sich vor. Es ist uns gelungen, über einen Monat lang die Schwerter nicht zu kreuzen. Auf keinen Fall fange ich jetzt damit an, indem ich über eine Kundin schlecht daherrede.

Ein Schweißtropfen rann ihr über den Nacken und zwischen den Schulterblättern hinunter. Sarah beachtete es gar nicht. Vom Haus stand nur wenig mehr als der Rohbau, aber Sarah konnte sich mühelos das Endergebnis vorstellen. Ein Bulldozer dröhnte in westlicher Richtung davon, wo Gloria ihren Garten angelegt haben wollte. Durch den Lärm konnte Sarah hin und wieder einen Schrei oder einen Fluch vernehmen.

Es würde eine schöne Arbeit werden. Sarah stemmte die Hände auf die Hüften und lächelte breit, während die Sonne auf sie herunterprallte. Mit einem Nicken bahnte sie sich den Weg über die Erdklumpen in das Untergeschoß. Über ihr hämmerten die schwitzenden Männer auf die Balken ein.

»Springer!« Sie erspähte den Vorarbeiter, der mit einem Zimmermann in Glorias künftigem Eßzimmer stand.

Bei ihrem Zuruf drehte er sich um und entließ dann mit einer Bewegung seines Daumens den anderen Mann. Sein rotes Stirnband über der Glatze war patschnaß, sein Hemd zeigte unter den Achseln Schweißflecken. Er kam aus Oklahoma und war schon lange Jahre bei Haladay beschäftigt. Sarah arbeitete gern mit ihm zusammen. Seine Arme waren hart, die reinsten Muskelpakete, seine Oberschenkel hatten den Umfang von Sarahs Taille.

Er sprach mit einer überraschend sanften Stimme. »Madam?«

»Die neue Lieferung ist gekommen, die weißen Ziegel, die Mrs. Woodloe-Winfield für die Gartenmauer wollte.«

»Bestens.«

»Sie wissen, wie man im Zeitplan bleibt, Springer. Hier ist anscheinend alles unter Kontrolle. Ich fahre ins Büro zurück. Sie brauchen mich ja nicht.«

»Die Dame will angeblich heute nachmittag vorbeischauen.« Er nahm eine Limonade aus der Kühlbox und bot sie Sarah an.

»Ich fahre ganz bestimmt ins Büro«, sagte sie, während sie sich die eisgekühlte Flasche an die Stirn hielt.

»Frauen sollten sich nicht auf Baustellen herumtreiben«, bemerkte er und holte noch eine Flasche aus der Kühlbox. Er schraubte den Verschluß ab, gluckerte die Hälfte des Inhalts hinunter, ehe er Sarah wieder anschaute, und grinste, als er ihren Gesichtsausdruck bemerkte. »Das bezieht sich natürlich nicht auf Frauen vom Fach. Unter meinen besten Maurern ist eine Frau. Ich merke das nicht mal, wenn sie einen Ziegel in der Hand hat. Und bei Ihnen denkt niemand hier auf der Baustelle daran, daß Sie eine Frau sind.«

Sarah trank einen langen Zug aus ihrer Flasche. »Schon gut, Springer«, meinte sie und wischte sich mit dem Handrücken über den Mund. »Geben Sie mir Bescheid, falls Sie mit der Kundin noch mehr Schwierigkeiten bekommen sollten.«

»Ja, Madam.« Springer sah ihr zu, wie sie wegging. Patente Frau, dachte er. Er ließ den Blick zu ihren Hüften wandern und hatte seine Freude an dem Muskelspiel unter den ausgebleichten Jeans.

Die langen, schönen Beine akkurat übereinander geschlagen saß Kay Rupert ihrem Chef gegenüber. Mit ihrer gleichbleibend wohltönenden Stimme legte sie ihm seinen Terminplan für den folgenden Tag dar. Als Byrons Sekretärin wußte sie vielleicht mehr als irgendeine andere Person in dem riesigen Netzwerk von Haladay Enterprises, wieviel von der Macht des alten Mannes jetzt auf ihn übergegangen war. Sie war keine hochintelligente Frau, aber ehrgeizig.

Ganz bestimmt hatte sie die ganzen Jahre nicht ihr Bestes gegeben, hatte sich nicht nur deswegen für Byron Lloyd unentbehrlich gemacht, um bloß seine Sekretärin zu bleiben. Ihre Pläne gingen erheblich darüber hinaus. Byron war ein erstklassiger Fang, und sie war sich mehr als irgendeine seiner Partnerinnen bewußt, eine welch gute Partie er doch darstellte. Sie hatte es sich zur Aufgabe gemacht, seine rechte Hand zu sein oder zumindest dem so nahezukommen, wie es nur möglich war. Natürlich kannte sie seinen Geschmack, was Frauen betraf, und richtete sich danach. Sie war geduldig – und sie wollte Byron Lloyd bekommen.

Nicht einmal hatte sie sich zu einer Geste hinreißen lassen, die man als Einladung auslegen könnte. Kay war sich durchaus bewußt, daß ein falscher Schritt sie ihren Job und ihre Chancen kosten konnte. Byron ins Bett zu bugsieren bedeutete ihr gar nichts; sie wollte seinen Namen auf der Heiratsurkunde. Nach Haladays Tod würde Byron an seine Stelle aufrücken. Und Kay wollte ihn dabei unbedingt begleiten.

»Nach der Vorstandssitzung um zehn Uhr sind Sie zum Mittagessen mit Peter Stromberg verabredet. Er macht die Ausschreibung für die Erweiterung unserer Büros in Amsterdam. Alle diesbezüglichen Informationen finden Sie in der Akte. Ihre Nachmittagstermine beginnen um ein Uhr dreißig. Erst O'Keefe, um hinsichtlich einiger Klagen gegen die Gesellschaft endgültige Vorkehrungen zu treffen, dann Bryden und Shodell von der Bank, schließlich Cassidy mit einem Bericht über das Orwell-Vorhaben. Um sieben Uhr sind Sie zum Abendessen bei Mr. Haladay zu Hause verabredet.« Kay blätterte schnell durch ihren Block. Byron stand am Fenster und schaute hinaus.

»Mrs. Woodloe-Winfield rief heute morgen an, als Sie in der Besprechung waren.« Kay, die sein Profil anschaute, entging nicht, daß er kurz die Kinnpartie anspannte.

»Noch andere Anrufe?«

»Etliche. Fletcher von AIA, Lou Trainer vom Bürgermeisterbüro, Carol Dribeck von KRJ-TV, und Marla Sumner.«

»Verbinden Sie mich mit Fletcher, verweisen Sie Trainer und die Reporterin an die PR-Abteilung und schicken Sie Miß Sumner ein Dutzend Rosen. Sie ist im Hilton abgestiegen.«

Kay notierte sich die Anweisungen peinlich genau. »Welche Farbe?«

»Rot, denke ich.« Er hob die Schultern. »Ehe Sie Fletcher anrufen, schauen Sie nach, ob Sarah Lancaster in ihrem Büro ist. Wenn nicht, machen Sie sie ausfindig. Ich möchte sie sprechen.«

»Sofort.« Sie stand auf, ging hinaus und schloß die Tür leise hinter sich.

Von seinem Fenster aus überblickte Byron das ganze östliche Phoenix. Er konnte mühelos ein halbes Dutzend Gebäude herauspicken, die Haladay gebaut hatte. In vielen Städten überall auf der Welt erginge es ihm nicht anders. Stirnrunzelnd wandte er sich vom Fenster ab und ging an seinen Schreibtisch zurück, um Sarahs Entwürfe zu studieren.

Da lagen Kopien ihrer Pläne für das Reed-Bauvorhaben und für das Haus Glorias, für alte Bauvorhaben aus ihrer Zeit bei Boumell und noch ältere College-Aufgaben. Er hob die vorbereitenden Entwürfe für die Renovierung einer Schule am Ort hoch, mit der sie kürzlich beauftragt worden war.

Springer, ein Mann, dessen Meinung und Fähigkeiten Byron schätzte, hatte Sarah als gute Architektin bezeichnet. Ein großes Lob in der Tat, sinnierte Byron, wenn es von einem Mann kam, der kein Freund großer Worte war. Byron wollte für das Delacroix-Projekt einen Architekten, der mit einem Bautrupp umgehen konnte, der gründlich und kreativ war. Er wollte zudem ein neues Gesicht, einen neuen Namen. Und eine attraktive Frau würde Haladays Image nicht schaden.

Byron zündete sich eine Zigarette an und lehnte sich auf seinem Stuhl zurück. Er wußte, daß es ein Wagnis war, Sarah nach Paris zu schicken, und er wollte ein letztes Mal die Vor- und Nachteile abwägen. Sie war jung, verflucht jung, aber sie konnte allerhand. Byron blies einen dünnen grauen Rauchfaden zur Decke. Obendrein hatte sie Mumm.

Ich werfe sie ins kalte Wasser, entschloß er sich plötzlich und zog noch einmal tief an seiner Zigarette. Dann muß sie sich eben über Wasser halten. Das Risiko, so schloß er, war äußerst gering.

Der Summer auf seinem Schreibtisch tönte kurz. »Mrs. Lancaster ist hier.«

»Schicken Sie sie herein.« Langsam drückte Byron seine Zigarette aus.

Sarah kam geradewegs von der Baustelle in Byrons Büro. Er musterte sie von ihrem Strohhut bis zu den ausgelatschten Turnschuhen. »Guten Tag, Sarah.« Er stand nicht auf, sondern schaute sie an, wie sie durch das Büro auf seinen Schreibtisch zuging.

»Guten Tag, Byron.« Sie ließ sich auf denselben Stuhl fallen, auf dem sie auch während des Vorstellungsgesprächs gesessen hatte.

Daß sie so überstürzt in sein Büro zitiert wurde, verdroß sie. Sie war müde und wünschte sich nur etwas zu trinken und eine Dusche.

»Gibt es Schwierigkeiten?« fragte sie.

»Nein.« Byron bemerkte ihren erschöpften Gesichtsausdruck. Plötzlich kam es ihm in den Sinn, daß es draußen 40 Grad hatte. »Sie waren auf der Woodloe-Winfield-Baustelle?«

»Ja. Ich bin eben erst zurückgekommen. Jetzt wird gerade das Dach hochgezogen.«

Er erhob sich, ging zur Bar am anderen Ende des Zimmers, öffnete den kleinen Kühlschrank und nahm eine Flasche Ginger Ale heraus. Den Inhalt goß er in ein großes Glas, fügte Eis hinzu und kam dann wieder zu ihr.

»Danke.«

»Sie sind die Hitze hier wohl nicht gewöhnt.« Er blieb neben ihr stehen, während sie trank. Die Sonne, stellte er fest, hatte ihrer Haut einen wärmeren Ton verliehen, sie aber nicht tief gebräunt. In ihrem Haar schimmerten jetzt mehr blonde Strähnen.

»Nein. Ob ich mich wohl je daran gewöhne?«

»Ab dem nächsten Monat werden wir Sie mit keinem neuen Bauvorhaben mehr betrauen.«

»Wie bitte?« Sofort setzte sich Sarah kerzengerade auf. Ihr Hut glitt ihr über den Rücken hinunter. Noch ehe er antworten konnte, stand sie vor ihm. »Was stimmt an meiner Arbeit nicht?«

»Nichts, meines Wissens.«

»Und warum geben Sie mir dann keine neuen Projekte mehr?« Sie bemühte sich, die Ruhe zu bewahren. »Ich verstehe nicht ...«

Schweigend bewunderte er ihre Selbstbeherrschung. »Sie werden ein paar Monate brauchen, bis Sie Ihre Bauvorhaben abschließen oder mit ihnen ein Stadium erreichen, an dem ein Kollege sie von Ihnen übernehmen kann. Anfang nächsten Jahres gehen Sie nach Paris.«

»Nach Paris?« Sarah bewegte sich nicht. Byrons Mienenspiel verriet ihr nichts. Sie verdrängte das Kribbeln der Vorahnung in ihrem Magen, wollte es nicht wahrhaben und wartete noch einen Augenblick länger, um sicherzugehen, daß ihre Stimme ruhig klang. »Das Delacroix-Kulturzentrum?«

»Richtig. Ihre Aufgabe wird vor Ort Anfang nächsten Jahres beginnen. Vorher wird es hier natürlich Vorbesprechungen geben.«

»Byron, warten Sie einen Moment.« Sarah hob die Hand, um ihn zu unterbrechen. Irgendwie scheute sie davor zurück, eine eindeutige Frage zu stellen. Doch dann holte sie tief Luft und sprach schnell. »Machen Sie mich zum verantwortlichen Architekten für das Delacroix-Projekt?«

»Ja.«

Sarah schloß die Augen. O Gott ... o mein Gott. Das Herz hämmerte ihr gegen die Rippen. Himmel, jetzt versau es dir nicht, indem du losheulst. Da sie wußte, daß ihre Selbstbeherrschung schwand, drehte sie sich um und ging an die Bar. Dort stellte sie vorsichtig ihr Glas ab.

»Wissen Sie, Byron, Sie neigen ganz schön zur Untertreibung. Wahrscheinlich ahnen Sie gar nicht, was das für mich bedeutet.«

»Nun ja, ich denke schon«, erwiderte Byron. Er war sich durchaus bewußt, wie sehr sie darum kämpfte, ihre Haltung wiederzugewinnen.

»Vielleicht.« Sie drehte sich um und schaute ihm ins Gesicht. »Warum?«

»Warum was?« wiederholte er.

»Warum geben Sie mir das Delacroix-Projekt, Byron? Es muß doch bestimmte Gründe dafür geben?«

Er wies auf seinen Schreibtisch. »Da liegen ein paar davon.«

Sarah ging hinüber und warf einen Blick auf die Entwürfe. Als sie ihre College-Arbeiten entdeckte, runzelte sie die Stirn, fragte aber nicht, wie er daran gekommen war. Sie schaute ihn wieder an. »Und warum noch?«

»Ich möchte jemanden, der mit einem Baustellentrupp gut zurechtkommt. Springer meckert nicht über Sie. Und das würde er, wenn Sie ihm dazu Anlaß gegeben hätten.« Er hielt inne und zündete sich eine Zigarette an. »Außerdem will ich auch ein unverbrauchtes Gesicht, jemand vergleichsweise Unbekannten. Und der Presse wird die Tatsache gefallen, daß Sie eine junge, schöne Frau sind.«

»Mist«, sagte Sarah leise. Kopfschüttelnd wandte sie sich ab. »So was mag ich gar nicht.« Sie legte die Handflächen aufeinander und preßte sie für eine Sekunde fest zusammen. »Das ist mir echt zuwider.« Schnell wirbelte sie zu ihm herum, und er sah Ärger in ihren Augen aufblitzen. »Aber das gehört nun mal zu dem Spiel, nicht wahr? Irgendwo ist immer ein Haken dabei.«

»Im Berufsleben müssen Sie den Haken schlucken, Sarah, oder Sie gehen unter. Jeden Vorteil sollten Sie nutzen. Man wird leicht aufgefressen in unserem Metier, wenn man einen falschen Zug macht.«

Sie sah die Rücksichtslosigkeit, das Berechnende. Vor Monaten schon hatte sie Byrons Macht erkannt; jetzt wurde sie sich bewußt, daß er seine Macht niemals kampflos aufgeben würde. »Sie kennen sich da besser aus als ich«, meinte sie bitter. »Ich muß das erst noch lernen.« Sie trat an den Sessel und nahm ihren Hut. Mit ruhiger Stimme und gelassenem Gesichtsausdruck wandte sie sich ihm wieder zu. »Ich werde das Kulturzentrum bauen, Byron, und es wird großartig werden. Wenn die Tatsache, daß ich eine Frau bin, einen strategischen Vorteil bedeutet, um so besser. Eines kann ich Ihnen versprechen – Sie werden es nie bedauern, daß Sie mich damit beauftragt haben.«

11

Sarah gefiel ihr Pariser Büro. Es war L-förmig, hatte Fenster mit geteilten Scheiben, Seidentapeten und einen antiken Schreibtisch aus Pecanholz. Auf dem Fußboden lag ein riesiger, edel verblaßter Aubusson-Teppich. Den unteren Teil des ›L‹ bildete eine Sitzecke mit Sofa, Sesseln und Beistelltischen. Auf einem stand eine Silberschale mit Pralinen, die Sarahs Sekretärin regelmäßig auffüllte.

Madame Fountblanc, eine matronenhafte Frau mit breiten Hüften, trug ein Haarnetz über ihrem Knoten und sprach perfekt Englisch. Sarah fühlte sich gut aufgehoben bei ihr und gewöhnte sich schnell daran, daß sie jeden Vormittag um elf Uhr heiße Schokolade und Gebäck servierte.

Bald hatte Sarah auch entdeckt, daß die Franzosen sich im Geschäftsleben sehr formell und angenehm höflich verhielten. Überdies wurde ihr klar, daß sie nüchtern, zäh und geldgierig waren. Während ihres ersten Monats in Paris schienen die Besprechungen kein Ende zu nehmen. Sarah verbrachte Stunden mit der Gruppe von Geschäftsleuten, die Gelder in das Kulturzentrum investierten, und noch mehr Zeit mit Raumordnungs- und Sicherheitsbeamten, Ingenieuren, Technikern, Mitarbeitern der Public-Relation-Abteilung, den stellvertretenden Leitern der Marketing- und Bauabteilung. Dann mußten stapelweise Berichte gelesen und geschrieben werden. Zähneknirschend meisterte Sarah Strategien und Protokoll. Zwar wehrte sich die Künstlerin in ihr gegen die Routineaufgaben und den endlosen Papierkram, ihr Ehrgeiz jedoch trieb sie dazu, das alles zu meistern.

André Ceseare, ein kleiner Mann in den Fünfzigern mit gerötetem Teint, flinken schwarzen Augen und zurückgekämmten graumelierten Haaren, stand dem Planungsausschuß für das Delacroix-Kulturzentrum vor. Von seinem schnellen Witz hatte sich Sarah sogleich angezogen gefühlt. Sein Englisch war nicht eben berauschend, doch obwohl Sarah überdurchschnittlich gut Französisch sprach, bestand er darauf, Englisch zu reden; und tat das überschwenglich mit den Händen. Weil sie sehr viel mit ihm persönlich zu tun hatte, fiel Sarah die Anpassung an das Leben in Frankreich und den ungewohnten Geschäftsstil ein wenig leichter.

Das einzige wichtige Mitglied der Pariser Niederlassung, das Sarah noch nicht kennengelernt hatte, war Januel Bounnet. Er leitete die Pariser Dependance von Haladay wie Dave Tyson die in Manhattan. Hier gab es keine Mugs, die sie über Bounnet hätte informieren können, und ihre eigenen Nachforschungen hatten lediglich das dürftige Bild eines siebenunddreißig Jahre alten, seit zehn Jahren geschiedenen Mannes ergeben. Seit fünfzehn Jahren arbeitete er für Haladay Enterprises, war drei Jahre der Assistent des Niederlassungsleiters gewesen und nahm nun seit fünf Jahren selber diese Position ein. Weil Sarah in Bounnets Biographie nichts entdecken konnte, das ihn hätte anschaulich machen können, vergaß sie ihn. Das Delacroix-Kulturzentrum beanspruchte ihr ungeteiltes Interesse.

Vor ihrem inneren Auge konnte Sarah bereits das fertige Theater sehen; ein niedriges, schwungvolles Gebäude, das auf der Ostseite verglast war. Die Halle würde einen Innenhof mit Gartenanlage beherbergen. Sie stellte sich die geometrischen Dimensionen vor; die breite Westseite hatte keine Fensteröffnungen in den Betonwänden; die Hauptbühne mit ihren ausladenden Balkonen auf ansteigenden Ebenen, der Schwung einer Treppe, die langen Flure ... Wenn sie nur endlich anfangen könnte.

Um ihre Ungeduld bis zum Baubeginn im Zaum zu halten, verbrachte Sarah abends viel Zeit damit, den genehmigten Entwurf zu perfektionieren und zu verfeinern. Sie brütete über der Statik und sorgte sich über die Lieferzeiten für das Material. Zudem ärgerte sie sich über den Aufwand an Formularen, Genehmigungen und Vertragsverfahren. Routineabläufe gab es in jedem Land, stellte sie seufzend fest und wie immer frustrierte sie das.

Das Licht, das durch das Fenster auf Sarahs Rücken fiel, hatte die Farbe gewechselt. In ihrem Büro wurde es zunehmend düsterer. Sarah hatte seit einer halben Stunde die ganze Etage für sich, aber sie blieb noch immer. Auf ihrem Block skizzierte sie verschiedene Ideen für die Raumgestaltung einer der kleineren Bühnen. Sie wollte etwas Einfaches, Intimes als Gegensatz zu der prachtvollen Eleganz der Hauptbühne. Theater bedeutete Prunk und Federn, aber auch schwarze Gymnastikhosen und bloße Füße. Die Zuschauer sollten die Theaterschminke riechen können.

Beim Zeichnen ließ sie ihre Gedanken schweifen. Das Kinn auf die Faust gestützt, starrte sie ins Leere.

Zuerst Nework, sinnierte sie, und jetzt Europa. Wer hätte vor einem Jahr gedacht, daß sich soviel in meinem Leben ändern würde? Sie dachte an die Abschiedsparty, die Dallas ihr zu Ehren am Abend vor ihrer Abreise nach Paris gegeben hatte, erinnerte sich an Lachen und typisch amerikanische Stimmen, an den Geruch amerikanischer Zigaretten, an Budweiser-Dosen und uralte Beatles-Platten.

In der Wohnung hatten sich die Leute gedrängt, die meisten von ihnen leicht angesäuselt, und eine alte Flash-Gordon-Sendung war lautlos über den Bildschirm geflimmert. Wehmütig und mit unerwartetem Heimweh dachte Sarah an diese Szene. Erst seit sie im Ausland lebte, hatte sie erkannt, wie durch und durch amerikanisch sie war. Und wie sie Byron Lloyd vor Monaten erzählt hatte, gewöhnte sie sich anderswo nicht so leicht ein.

Im Verlauf des ersten Monats hatte Sarah sich anpassen müssen, nicht nur an eine andere Kultur, sondern auch daran, daß sie neue Verantwortung tragen mußte. Bisher hatten sich zuerst Boumell und dann Cassidy um die Geschäftsangelegenheiten gekümmert; um die Besprechungen, die Berichte, die strategischen Schachzüge. Ihre Delegationsbefugnis war äußerst gering gewesen. Jetzt mußte Sarah schnell lernen, oder sie ging unter. Sie war die Neue im Equipment, aber zudem eine Ausländerin und deshalb doppelt suspekt. Ständig stand sie unter dem Druck, sich beweisen zu müssen. Sie lernte, mit Bankern umzugehen, mit Einkaufsbevollmächtigten, mit Laien, die nichts vom Bau verstanden, aber die Kontrolle über ihre Francs behalten wollten. Sie fing an, diplomatisches Geschick zu entwickeln, das ihr früher gleichgültig gewesen war. Was sie zu tun hatte, gefiel ihr nicht immer. Aber sie lernte die Spielregeln.

Allein in ihrem Pariser Büro fühlte sich Sarah einsam und entwurzelt.

»Verdammt, Sarah, jetzt hör mal wieder auf damit.« Sie warf den Bleistift hin, sprang auf und ging ans Fenster.

Ich lebe in einer der schönsten Städte der Welt, sann sie nach, während sie das Hereinbrechen der Dunkelheit verfolgte. Ich habe ein freies Wochenende vor mir, und ich stehe hier und bedauere mich selbst, anstatt Pläne zu schmieden. Denk mal an die Bauwerke. Denk an die unglaubliche, traditionsbeladene Architektur überall um dich herum. Denk an die Museen, an die Kunst. Ihr Spiegelbild in der Fensterscheibe lächelte sie matt an.

»Herrje«, sagte sie laut. »Ich muß unbedingt in den Louvre.«

»Da werden Sie jetzt wohl vor verschlossenen Türen stehen.«

Mit einem Laut des Erschreckens stolperte Sarah gegen den Fenstersims. Die dunkle Silhouette im Türrahmen stand vor dem Licht aus der Halle. Während sie ihn beobachtete, kam der Schatten näher und entpuppte sich als Mann.

»Entschuldigen Sie bitte, daß ich Sie erschreckt habe.«

»Nicht der Rede wert.« Sie lächelte. »Was kann ich für Sie tun?«

»Sie müssen mir verzeihen.« Mit einem leisen Lachen und einem Kopfschütteln kam er auf sie zu. »Ich war überzeugt, daß Sie um die Vierzig sind, ein kräftiges Kinn und plumpe Hände haben und sehr einschüchternd wirken. Wenn ich geahnt hätte, wie falsch ich lag ...« Er hielt inne und hob Sarahs Hand an die Lippen. »Ich hätte meine Geschäftsreise verkürzt und wäre viel früher zurückgekehrt.« Sein Atem strich warm über ihre Finger. »Mein Name ist Januel Bounnet, Ihr Kollege während Ihres Aufenthalts in Paris.«

Sarah ließ ihre Hand in der seinen verweilen. Seine Haut fühlte sich trocken und glatt an. Seine Augen waren grau, aber anders als die von Dallas, heller, fast durchsichtig. Sie hatte eine solche Augenfarbe noch nie gesehen. »Ich hatte Sie nicht vor nächster Woche erwartet.«

»Ich bin hocherfreut, daß ich früher zurückgekehrt bin.«

Sarah runzelte die Stirn, entzog Januel aber nur ungern ihre Hand. Seit ihrer Ankunft in Paris hatte sie beiläufigen Körperkontakt vermißt. »Wirklich schade, daß Sie nicht früher gekommen sind. Sie haben einen Monat voll fesselnder Besprechungen versäumt.«

Sein elegantes Schulterzucken war typisch französisch. »Sie müssen mich informieren und mich über alle Neuigkeiten aus Amerika in Kenntnis setzen. Ich bin überzeugt, daß ich keine hübschere Gesprächspartnerin finden könnte.« Er sah, wie ein Lächeln in ihren Augen aufblitzte, noch ehe es um ihre Lippen spielte. Ja, er würde mit Sicherheit Sarah Lancasters Gegenwart genießen.

»Vielleicht lasse ich mich überreden, Ihnen eine Kurzversion zu geben«, erwiderte sie und fühlte sich nicht mehr einsam, »obwohl ich mir nicht gerade viel aus Papierkram mache.«

»Nun ja, Papierkram zu produzieren gehört nun mal zu meinem Metier.« Er spreizte wieder die Hände. »Aber ich halte Sie auf. Sie sind doch am Louvre verabredet?«

»Am Louvre?« wiederholte Sarah verdutzt. Mit einem Lachen klärte sich ihre Miene. »Nein, ich dachte nur an all die Bauwerke, die ich mir während meines Aufenthalts hier noch anschauen muß. Bis jetzt war ich zu beschäftigt, als daß ich die Stadt hätte erkunden können, fühle mich also immer noch wie ein Tourist.«

»Als Tourist braucht man einen Führer, wenn man Paris wirklich kennenlernen möchte.« Sein Blick wanderte zu ihrem Nacken. »Ich würde mich gern um diese Stelle bewerben.«

»Das wäre nicht schlecht.« Sarah lächelte. »Aber ich warne Sie, ich knipse wie wild und bin andauernd auf der Jagd nach Souvenirs.«

»Morgen suchen wir Schlüsselanhänger mit herabbaumelnden Eiffeltürmen für Sie, aber heute abend ...« Er nahm wieder ihre Hand. »Ich kenne ein kleines, gemütliches Bistro. Wir essen zu abend, und Sie erzählen mir alles über Sarah Lancaster. Ich finde sie schon jetzt bezaubernd.«

Liebe Dallas,
Paris ist im Februar kalt und feucht, aber wundervoll. Ich habe den ersten Monat mit Heimweh und entsetzlich unangenehmen Besprechungen hinter mich gebracht. Jetzt amüsiere ich mich hier allmählich. Ich bin ganz wild auf die Bonanza- Wiederholungen. Du hast nicht wirklich gelebt, wenn du nicht gehört hast, wie Hoss Cartwright französisch deklamiert. Der Verkehr ist schauderhaft und mein Hotelzimmer schlecht geheizt. Mir geht meine Wohnung und meine laute Spülmaschine ab – und Du fehlst mir natürlich. Eine Zeitlang habe ich sogar Sears, Roebuck vermißt. Ich merke erst jetzt, wie unglaublich amerikanisch ich im Grunde bin.
Aber ich lerne gerade, gewisse französische Delikatessen wertzuschät-

zen. Die Süßigkeiten könnten selbst dir Fleisch auf die Knochen zaubern. Und erst die Bauwerke! Beim bloßen Gedanken daran kriege ich feuchte Hände und gerate außer Atem. Wer braucht da noch Sex? Ja, ja, ich weiß, Du, aber wie erregt wird man andererseits beim Anblick von Materialaufträgen und Bestellungen? (Ich finde es derzeit gerade heraus.) Dennoch heißt die beeindruckendste Sehenswürdigkeit, die mir bislang untergekommen ist, Januel Bounnet.

Er leitet den Laden hier. Ich habe noch keinen schöneren Mann gesehen. Absolut klassische Gesichtszüge mit sagenhaften grauen Augen, die sehr hell und völlig klar sind. Er ist blond. Und, ja, er ist toll gebaut, schlank, und obwohl er nicht die Muskeln eines Kranführers aufweisen kann, wirkt er alles andere als behäbig.

Neben dem umwerfenden Äußeren ist er obendrein nett und intelligent und verfügt über bezaubernd untadelige Manieren. Wir waren zusammen im Maxim's, im Lido und im Bois de Boulogne. In seiner Gegenwart komme ich mir wie ein verknallter Teenager vor. Soweit ich mich erinnere, habe ich mich als Teenager nie so gefühlt. Er küßt mir die Hand und schickt mir Blumen. Nie hat mich jemand so wie er behandelt, und obwohl ich nicht genau weiß, ob ich je so behandelt werden wollte, erscheint es mir jetzt ganz selbstverständlich. Ich habe mich niemals als Romantikerin eingestuft, aber vielleicht lag ich da falsch. Er vermittelt mir ein sehr romantisches Gefühl, was mir ausgezeichnet gefällt.

Laß mich wissen, wie es Max geht und ob Cassidy ohne mich zurechtkommt. Ich vermisse sie alle – und Mugs. Zu dumm, daß sie nicht Französisch kann – hier gibt es vielleicht Bücher, unglaublich. Treibt Byron derzeit irgend etwas Interessantes? Sag Mugs, sie soll mir ein Memo schicken.

Übrigens ist der Leiter der Beschaffungsabteilung hier korpulent und fröhlich; er trägt einen Nikolaus-Bart. Natürlich verabscheuen ihn alle.
Liebe Grüße
Sarah

Da er Sarahs Schrift erkannte, nahm Evan den Brief von Dallas' Wohnzimmertisch. Bei der Lektüre runzelte er die Stirn. Je hartnäckiger Sarah seine Annäherungsversuche abgewehrt hatte, um so entschlossener war er geworden, sie zu erobern. Er war wie besessen von ihr, und obwohl er wußte, daß dieses Beharren auf eine bestimmte Frau seiner sonstigen Art absolut nicht entsprach, konnte er damit nicht aufhören. Ihre Gleichgültigkeit stachelte seine Begierde nur noch an.

Als er Sarahs Anmerkungen zu Januel Bounnet las, stellte er sich die beiden zusammen vor. Er sah sie im Bett, Sarah nackt und bereitwillig, ihre schmalen Hüften bewegten sich fieberhaft, ihre zarte, bleiche Haut schimmerte feucht.

Dallas kam aus dem Schlafzimmer herein, sah Evan mit dem Brief in der Hand und erkannte die nackte Begierde auf seinem Gesicht. Eine plötzliche Anwandlung von Schmerz traf sie völlig überraschend. Seit Jahren hatte kein Mann sie mehr wirklich verletzt, weil sie sich in acht genommen hatte. Einen Moment stand sie stocksteif da und versuchte, ihre Empfindung zu ergründen. Nach der ersten Welle der Überraschung stieg Wut in ihr hoch.

»Liest sich gut, was?« fragte sie, während sie zu Evan hinging. Als er aufblickte, riß sie ihm den Brief aus der Hand. »Nur weil ich mit dir schlafe, darfst du noch lange nicht in meiner Post rumschnüffeln.«

»Wenn du nicht willst, daß ich den Brief sehe, hättest du ihn verstecken müssen«, gab Evan kalt zurück. Er ging zur Bar und goß sich einen Gin ein. »Übrigens«, fuhr er fort, während er Tonikwasser hinzufügte, »hat uns ja schließlich Sarah zusammengebracht, oder?«

Dallas fingerte an dem Brief herum und sah ihm zu, wie er trank. »O ja, wir beide mögen Sarah unheimlich gern, nicht?«

»Aber sicher.« Evan schwenkte seinen Drink. »Warum zum Teufel auch nicht?«

Sie ist sechstausend Meilen weit weg, dachte Dallas zornig. Sechstausend verdammte Meilen, und er geifert noch immer nach ihr. Abrupt wandte sie sich ab und ging durchs Zimmer, wobei sie sich Sarahs Brief gegen den Handrücken schlug. Verdammt noch mal, warum sage ich ihm nicht, daß er seinen Krempel nehmen und abhauen soll? Sie fuhr sich mit einer Hand durch die Locken. Weil ich süchtig nach ihm bin. Himmel, ich habe die Angel ausgeworfen, und jetzt hänge ich am Haken.

Hast mich ja gewarnt, nicht wahr, Sarah? Dallas schaute auf Sarahs energische Schriftzüge. Einen Moment war sie versucht, das Papier zu zerknüllen und Sarah zum Teufel zu wünschen, weil sie recht gehabt hatte, weil Evan aus irgendeinem Grund Sarah so verzweifelt begehrte. Bis zu diesem Augenblick hatte sie nicht erkannt, wie bedingungslos sie sich auf ihn eingelassen hatte. Seit Wochen hatte sie mit keinem anderen Mann mehr geschlafen. Obgleich sie sich vor Jahren geschworen hatte, es nicht mehr zu tun, tat sie jetzt genau das: Sie richtete ihr Leben, ihre Gefühle auf einen Mann aus.

Evan musterte Dallas, die im Zimmer auf und ab ging. Sie hatten sich die vergangenen Wochen gut miteinander amüsiert, dachte er. Sie war lustig, unglaublich abwechslungsreich und obendrein verrückt nach ihm. Er war sich lange vor ihr bewußt geworden, wie sehr sie sich auf ihn eingelassen hatte. Dennoch wollte er sie nicht verlieren. Aber jetzt erkannte er, daß er von nun an geschickter sein mußte. Schließlich bildete sie noch immer sein Bindeglied zu Sarah.

»Na, du bist doch nicht etwa sauer, weil ich deinen Brief gelesen habe? Ich dachte, du hast ihn liegenlassen, damit ich einen Blick drauf werfe.« Er lächelte entwaffnend. »Da stand doch auch gar nichts Persönliches drin. Übrigens ...« Er lächelte wieder und stellte sein Glas ab, ehe er zu ihr hinging. Mit der Fingerspitze strich er ihr übers Ohr. »Ich dachte, du und ich, wir hätten keine Geheimnisse.«

Selbst in seinem Lächeln erkannte Dallas die Berechnung. Trotzdem sah Evan die Kapitulation in ihren Augen. Er ließ beide Hände unter ihre Bluse zu ihren kleinen, festen Brüsten gleiten. »Bist doch nicht wirklich sauer?« murmelte er, als er mit den Daumen beiläufig über ihre harten Brustwarzen streichelte.

Einen Augenblick lang haßte ihn Dallas, aber als er ihr die Hose über die Hüften streifte und die Hand zwischen die Beine schob, wehrte sie sich nicht. Er streichelte sie mit der einen Hand, während er mit der anderen ihre Taille umschlang. Sein Rhythmus war gemächlich, und er lächelte sie noch immer an. Sie kam sehr schnell, und dann ließ sie Sarahs Brief zu Boden fallen und riß Evans Reißverschluß auf.

Der Brief lag unter Evans Rücken, als sie einige Minuten später alle beide zum Höhepunkt kamen, aber keiner von ihnen dachte an Sarah.

12

Das Panthéon. Sarah hatte Abbildungen gesehen, die jede Einzelheit dieses Gebäudes aus dem 18. Jahrhundert genau wiedergaben, dennoch war sie auf die Wirklichkeit nicht gefaßt.

»Die Steinkuppel über dem Schnittpunkt des Kreuzes ist dreifach gemauert.« Sie wollte mit ihren Worten nicht Januel belehren, sondern ihre Gedanken in Worte fassen. »Die äußere Kuppel besteht aus behauenem Stein, der nicht sehr dick ist, ganz oben nur zehn bis fünfzehn Zentimeter. Zentimeter«, wiederholte sie und machte mit beiden Händen eine ausladende Geste. »Unglaublich. Stell dir das mal vor, Januel.«

Beim tiefen Durchatmen schmeckte sie die feuchte Luft. Der Anblick dieses Bauwerks erinnerte sie an den Grund, weshalb sie Architektin hatte werden wollen. Das war Leben aus Stein und Holz – ein dauerhaftes Werk. Es berührte sie, wie es vor ihr schon Generationen berührt hatte und nach ihr noch berühren würde.

Als sie sich umdrehte, stellte Sarah fest, daß Januels klare, graue Augen auf ihr ruhten. »Was siehst du, Januel, wenn du solch ein Bauwerk anschaust?« Nachdem sie sich das Haar über die Schulter zurückgeworfen hatte, hängte sie sich bei ihm ein. Sie verspürte das Bedürfnis, den großartigen Eindruck mit jemandem zu teilen.

»Wenn du ein Lied hörst«, setzte Januel an, »denkst du: ›Ach ja, das gefällt mir‹ oder ›Nein, nein, das mag ich nicht.‹ Oder du denkst gar nichts und genießt es nur.« Er wandte sich ihr zu und wischte ein paar Strähnen weg, die der Wind vor ihren Augen tanzen ließ. »Aber wenn ein Musiker ein Lied hört, vernimmt er vermutlich alle Einzelheiten – den Baß, die Höhen – und dann beurteilt er es. So studiert ein Künstler den Pinselstrich in einem Gemälde, ein Autor die Satzstruktur. Ich bin kein Künstler. Ich sehe ein Bauwerk, ein großartiges altes Bauwerk, deren es in Paris so viele gibt.«

Seine Antwort enttäuschte sie, was in ihrer schnellen Handbewegung zum Ausdruck kam. »Aber willst du nicht manchmal wissen, warum etwas so richtig oder so falsch wirkt?«

»Ich bin Geschäftsmann, Sarah.« Er hob lässig die Schultern, ehe er ihre Hand nahm. »Ich schätze Schönheit auf ganz natürliche Art. Beim Anblick einer schönen Frau frage ich nicht nach dem Wie oder Warum, ich bin einfach entzückt.«

Sarah seufzte. Allzu oft fand sie Januels Antworten zum Verrückt- werden oberflächlich, andererseits verfügte er über viele positive Eigenschaften, die sie bewunderte.

In der Woche, die sie sich jetzt kannten, hatte Sarah Januels kla- ren, flinken Verstand zu achten gelernt. Er war nüchtern und geistig rege. Mit Leichtigkeit und Selbstvertrauen handhabte er die in ih- ren Augen undurchschaubare Verwaltung. Sie nahm an ihm nicht dieselbe rohe Stärke wahr, die sie bei Byron Lloyd erkannt hatte, sondern spürte eine verfeinertere Technik. Ihr imponierte Januels diplomatisches Geschick. Er setzte da Charme ein, wo Byron Logik gebrauchte. Wie konnten zwei so völlig verschiedene Männer mit so völlig unterschiedlicher Art im selben Metier erfolgreich sein? Ehrgeiz? Sie hatte sich diese Frage mehr als einmal gestellt.

Auf einer privateren Ebene hatte Januel an ihren gemeinsam ver- brachten Abenden eine Leere ausgefüllt, die Sarah seit Monaten ge- spürt hatte. Er war ein Gefährte, ein Mann zum Reden, den man sowohl körperlich als auch geistig berühren konnte. Er regte sie an, erinnerte Sarah an ihre Weiblichkeit, an Bedürfnisse, die seit ihrem Abschied aus Nework nicht mehr befriedigt worden waren. Und er brachte ihr zu Bewußtsein, daß Arbeit nicht alles im Leben war.

Obwohl sie noch nicht miteinander geschlafen hatten, fühlte sich Sarah in seinen Armen wohl. Sie hatte ein Versprechen in seinen Küssen geschmeckt und war sich nur noch nicht sicher, ob er selber vor Nähe zauderte oder ob ihre eigene Unentschlossenheit ihn ab- schreckte. Sie begehrte ihn, kannte sich selbst aber gut genug, um zu wissen, daß sie sich ihm bei körperlicher Nähe auch gefühlsmä- ßig öffnen würde. Wenn sich Sarah hingab, hielt sie nichts von sich zurück.

Der Himmel zeigte jetzt bei ihrem Spaziergang um das Panthéon ein tieferes Grau. Die Wolken hingen dunkel und schwer am Firma- ment. Unvermittelt beugte sich Sarah vor und küßte Januel auf die Wange. »Du bist sehr lieb.«

Lächelnd runzelte er die Stirn. »Ja?«

»Läßt dich bereitwillig durch ganz Paris mitschleifen, um Bauwerke anzuschauen, die du schon zigmal gesehen hast.«

»Nicht lieb, sondern selbstsüchtig«, verbesserte er, während sie zu seinem Auto zurückschlenderten. »Ich möchte dich für mich haben. Wenn die Sonntage erst mal warm und trocken sind, schleife ich dich für einsame Picknicks aus der Stadt hinaus ins Grüne.« Er lächelte und küßte ihr flüchtig die Hand, als er die Beifahrertür seines Autos öffnete.

»Ich freue mich schon auf den Frühling.« Ihre Haut fühlte sich da, wo er sie geküßt hatte, warm und weich an. Sarah schaute zu, wie er um die Motorhaube herum auf die Fahrerseite ging, und war wieder beeindruckt von der klassischen Schönheit seiner Gesichtszüge.

Der erste Blitz zerteilte die Wolken, als Januel den Schlüssel im Zündschloß drehte. Donner grollte, und wieder zuckte ein Blitz, aber der Regen ließ noch auf sich warten. Die Luft wurde schwer und schwül. Wie immer war der Verkehr immens, doch mit dem Selbstvertrauen eines Mannes, der gewohnt ist, Leute aus dem Weg zu fegen, fuhr Januel zu Sarahs Hotel.

Sarahs Gedanken verweilten bei dem drohenden Sturm. Das Tageslicht nahm eine düstere, unheimliche Färbung an. Mehr als Sonne und Regen liebte Sarah jene Augenblicke unmittelbar vor Losbrechen eines Unwetters. Sie konnte es um sich prickeln spüren und erahnte es im dunklen Hintergrund des Himmels.

Über ihnen wogten die Wolken, und jetzt peitschte auch Regen gegen die Windschutzscheibe, als Januel das Auto an den Bordstein gegenüber von Sarahs Hotel lenkte.

»Ich habe im Kofferraum einen Schirm«, setzte er an, aber Sarah war schon aus dem Auto gesprungen.

Sofort war sie klatschnaß. Das Haar klebte ihr am Kopf, ihre Jacke war durchweicht, der mauvefarbene Rock ihres Kleides haftete ihr an den Beinen. Doch entzückt stand sie da – Kopf im Nacken, die Augen geschlossen.

»*Nom de Dieu*, du ertrinkst gleich!« Januel zog sie unter seinen englischen Schirm.

»Ist es nicht herrlich?« Ihre Augen leuchteten, als ein weiterer Donnerschlag über ihren Köpfen rollte. Regentropfen hingen an ihren Wimpern.

Statt einer Antwort packte Januel sie bei der Hand und rannte mit ihr über die Straße und in die Hotelhalle. An der Tür schüttelte er den Schirm aus, bevor er ihn zumachte. Atemlos vor Lachen lehnte sich Sarah gegen die Wand und schaute ihm zu. Er lächelte sie gereizt an, ehe er ihre Hand nahm und zu den Aufzügen ging. »Du erkältest dich noch.«

»Nein, ich bin gräßlich gesund.« Sie wischte ihm ein paar Regentropfen vom Kaschmirsakko. »Ich mag schon immer Regen, selbst bei einem Picknick.« Ihr Lächeln wirkte aufrichtig und glücklich. Wie lebendig und munter der Regen sie gemacht hatte. Gerne hätte sie diese Empfindung mit ihm geteilt.

Januel küßte sie auf die Nase, als sich die Aufzugtüren hinter ihnen schlossen. »Dann müssen wir vielleicht mit unserem Picknick gar nicht mehr bis zum Frühjahr warten.«

Er entnahm ihrem prompten Lachen, daß ihr seine Antwort gefallen hatte. Weil sie sich ihrer triefenden Ärmel und Januels penibler Art bewußt war, wollte sie sich nicht bei ihm einhaken; statt dessen begann sie nach ihrem Zimmerschlüssel zu suchen, als sie ihre Etage erreichten.

»Ich habe seit meinem Wegzug von Nework nur ganz wenig Regen erlebt«, meinte sie, während sie in ihrer Tasche kramte. »Möglicherweise ist dies derselbe Regen, in den ich letztes Jahr geraten bin, als ich zur U-Bahn-Station an der 59. Straße rannte.« Als sie den Schlüssel fand, nahm Januel ihn ihr aus der Hand und steckte ihn ins Schloß.

»Sarah.« Lachend zog er sie ins Zimmer. »Manchmal, fürchte ich, bist du ganz schön verrückt.«

Sie fuhr sich mit den Fingern durch das tropfende Haar und lächelte ihn an. »Möglich. In der Bar steht Brandy. Warum schenkst du uns nicht einen ein?«

Sarah schlüpfte ins Bad, um sich aus der Jacke zu schälen und sich ein Handtuch zu holen. Beim Herauskommen stellte sie sich in die Schlafzimmertür und frottierte sich kräftig das Haar, während sie Januel beim Einschenken der Cognacschwenker zusah. Ihr gefielen seine Bewegungen, das fließende, sanfte Spiel seiner Muskeln. Auch er hatte das Sakko abgelegt. Hemd und Hose klebten ihm am Körper. Sie bewunderte den Schwung seiner Stirn und seine Kinnpartie. Noch nie hatte sie schönere, harmonischere Gesichtszüge gesehen. Lächelnd bot er ihr einen Cognac an. Sarah schlüpfte aus ihren Schuhen, als sie mit beiden Händen den Schwenker umfaßte. Draußen verklang der Donner, und der Regen wandelte sich in ein sanftes Geplätscher.

»Anscheinend hat sich der Sturm gelegt«, meinte sie. Sie ließ den Cognac ein wenig auf der Zunge verweilen. »Ich mag rasch vorbeiziehende, heftige Stürme am liebsten. Danach ist die Luft immer so klar.« Sie schaute an sich hinunter, zog den nassen Rock weg von den Beinen und lachte. »Ich ziehe mich wohl besser um.«

Januel stellte sein Glas ab, dann nahm er das Handtuch von Sarahs Schultern. Mit langsamen, sanften Bewegungen begann er, ihr das Haar trockenzureiben. Sarah erschauerte, ihre Blicke trafen sich.

»Du bist wunderbar«, murmelte er, als er das Handtuch fallen ließ. »Dein Haar riecht nach Regen.« Er legte ihr die Hand auf den Nacken und gab ihr einen federleichten Kuß auf die Schläfe. Mit der freien Hand nahm er ihren Cognacschwenker, stellte ihn ab und begann sie zärtlich zu küssen. Sie hob die Hände, um ihn zu sich herunterzuziehen, aber er hielt sie fest und glitt weiter mit seinen Lippen über ihren Mund und ihr Gesicht. »Sarah.« Er nagte an ihrem Ohrläppchen und spürte, wie sie zitterte. »Wir müssen dich von deinen nassen Kleidern befreien.« Seine Hand zog am Reißverschluß ihres Kleides, und sie murmelte zustimmend.

Er ließ sich Zeit, sie auszuziehen. Seine Hände wanderten hierhin und dorthin, ohne wirklich Besitz von ihr zu ergreifen, als ihr nasses Kleid zu Boden gefallen war. »Entzückend«, flüsterte er, als er sie unter der Seide ihres Hemdchens liebkoste. Vorsichtig umfaßte er ihre Taille, streichelte ihr mit den Daumen über die Hüften, streifte ihr, noch immer ohne Eile, die Hemdträger von den Schultern und schob ihr dann das Hemd hinunter. Sarahs Herz klopfte schneller. Schließlich küßte Januel sie erneut, diesmal heftiger, und sie schlang ihm die Arme um den Hals, als er sie ins Schlafzimmer führte.

Das kühle Laken unter ihrer Haut brachte sie zum Zittern. Ihre Glieder fühlten sich schwer an. Sie tastete nach seinen Hemdknöpfen, wollte ihn spüren, die Wärme seiner Haut an ihrer Haut auskosten. Das Wohlgefühl, geliebt zu werden, tat beinahe weh. Tief einatmend seufzte sie.

Januels Gemurmel, sein schönes, weiches Französisch lullte sie ein, als sie einander ungehemmter berührten. Er war geschmeidig und schlank, seine Hände ebenso geschickt wie schön. Nichts anderes wollte Sarah jetzt, als für immer nackt und eins mit ihm so dazuliegen, ihm nah zu sein, kleine Schauer der Lust auf ihrer Haut zu spüren. Als er ihre Brüste liebkoste, umfing sie mit einer Hand seinen Kopf und streichelte ihm mit der anderen den Rücken, fühlte das sanfte Spiel seiner Muskeln.

Seine Hände strichen zart an den Innenseiten ihrer Schenkel entlang, bis sie ihr gekräuseltes Haardreieck erreichten. Dort verweilte er – und sie begann sich rascher unter ihm zu bewegen. Der Duft nach Regen und Wildblumen schien überall an ihr zu haften; der Puls an ihrem Hals fing an zu hämmern. Januel küßte sie an dieser Stelle. Atemlos, keuchend küßten sie sich ...

Schläfrig und zufrieden lag Sarah neben Januel, den Kopf auf seiner Schulter, und fuhr ihm mit dem Finger über die leicht behaarte Brust. Sie konnte einen Hauch von Salz auf seiner Haut schmecken. Mit der Fußsohle rieb sie ihm über den Spann und schloß dabei die Augen.

»Mmmm, das hat gut getan. Es hätte schon vor Tagen regnen sollen.«

Lachend küßte Januel sie auf den Scheitel. Ihr Haar war noch feucht und glitt wie Seide durch seine Hand, als er es anhob; dann schaute er zu, wie es wieder aufs Kopfkissen fiel. »Wußtest du, daß Lieben eine viel bessere Abwehr gegen Erkältung als Cognac ist?«

Sarah setzte sich so weit auf, daß sie den Kopf heben und ihn anlächeln konnte. Ausdrucksvoll zog sie eine Braue hoch. »Jetzt weiß ich es.« Er nahm sie in die Arme und küßte sie leidenschaftlich. Sarah legte den Kopf an seine Brust und schloß die Augen.

»Es bleibt nur Zeit für ein sehr kurzes Nickerchen, ehe du dich anziehen mußt, *chéri*«, meinte Januel und fuhr ihr mit der Hand gedankenverloren über die zarte Haut der Leiste.

Träge räkelte sie sich. »Warum muß ich mich anziehen?«

»Weil wir Ballettkarten haben«, erinnerte er sie. »Für *Gisèlle*.« Januel schaute auf die Uhr. »Wir müssen in eineinhalb Stunden im Theater sein?«

»Ach ja, das Ballett.« Sarah gähnte, dann streichelte sie ihm die Brust. »Und wir dürfen den ersten Akt wohl nicht versäumen, oder doch?«

Januel berührte sie leicht an der Schulter. »Nach dem Theater ist auch noch Zeit, *mon amour*.«

Sarah seufzte, als sie spürte, wie er von ihr wegrückte. Sie wünschte sich mehr Zeit, mehr Nähe. Etwas nagte in ihr, in ihrem Inneren, sagte ihr, daß dies nicht genug gewesen war. Aber er drehte sich zu ihr um und lächelte sie an, und weil sie ihm ihr Herz geöffnet hatte, erwiderte sie das Lächeln.

13

Bei der feierlichen Grundsteinlegung wurde die französische Presse zum erstenmal richtig aufmerksam auf Sarah. Neben der eleganten Erscheinung von André Ceseare bot sie Stoff für die Klatschspalten.

Sie trug einen schwarzen, lose fallenden Mantel über einem schlichten weißen Seidenkleid, und damit gelang es ihr, gleichermaßen professionell wie auch geheimnisvoll auszuschauen. Eine Amerikanerin, eine schöne Amerikanerin brachte eine hohe Auflage, insbesondere wenn sie ein wichtiges französisches Bauwerk entwarf. Zudem stand sie unter Haladays Fittichen; Haladay Paris war ein angesehenes, äußerst renommiertes Unternehmen.

Als Sarah sich von Reportern umgeben fand, beantwortete sie geduldig ihre Maschinengewehrfragen. Die Public-Relations- Abteilung hatte ihr die Vorteile einer guten Presse nachhaltig eingehämmert, außerdem erinnerte sie sich an Byrons knappe Bemerkungen damals, als er sie mit dem Delacroix-Kulturzentrum betraut hatte. Sarah machte das Spiel also Haladays und sich selber zuliebe mit.

Fragen über das Theater, den Architekturstil und die voraussichtliche Dauer der Bauarbeiten beantwortete Sarah ohne Ausflüchte. Bei Fragen zu ihrer Person gab sie sich zurückhaltender. Auf jeder Abendausgabe prangte Sarahs Bild neben dem Artikel über das Delacroix-Zentrum. Zwei künftige Berühmtheiten wurden der Öffentlichkeit vorgestellt.

Noch am selben Abend sollte Sarah bei Andrés Cocktailparty erfahren, wie schnell ihr Name bekannt geworden war. In sein mit Antiquitäten und Kunstwerken vollgestopftes Haus drängte sich die Crème der Pariser Gesellschaft. Die Luft war mit Parfum und teurem Tabak geschwängert.

Die Männer trugen alles mögliche – von lässigen Seidenhemden und handgearbeiteten Jeans bis hin zum Smoking. Die Frauen zeigten sich modebewußt und konnten es sich offensichtlich leisten, entsprechend aufzutreten. Sarah erkannte auffällige Modelle von St.

Laurent und klassische von Dior. Gold glänzte in Überfülle; die Frisuren reichten von streng bis extravagant. Sarah hatte sich in ein schwarzes Seidentop und enge schwarze Hosen gekleidet, darüber trug sie eine mit Goldnieten versehene Schafslederjacke. Ihr Haar fiel offen über die Schultern. Schmuck hatte sie keinen angelegt.

Die Reichen und Berühmten mit ihrem Diamantengeglitzer und den gelangweilten Gesichtern fesselten sie. Diese Leute, die ein Vermögen mit sich herumschleppten, lebten ganz anders als sie. Sarah genoß es, sie zu beobachten. Es würde ihr Spaß machen, für sie zu bauen. Auch sie selbst hätte gerne Reichtum und Ruhm genossen, aber nur zu ihren eigenen Bedingungen.

»Habe ich dir schon gesagt, wie großartig du aussiehst?« murmelte ihr Januel ins Ohr.

Sarah neigte den Kopf und lächelte ihn an: »Ja, aber du darfst es mir gern noch einmal sagen.«

»Du schaust wie ein junger Panther aus, so schlank und geschmeidig.« Er ließ den Blick an ihr hinuntergleiten, dann schaute er ihr wieder ins Gesicht. Es war kein abschätzender Blick, sondern der eines Kenners. Januel war mit ihrem Körper bestens vertraut.

In den vergangenen Wochen hatten sie oft miteinander geschlafen, und Sarah hatte ihn als sanften, aufmerksamen Liebhaber erlebt. Ihre einzige Enttäuschung bestand darin, daß er nie die Nacht mit ihr verbringen wollte. Sie liebten einander immer in ihrer Hotelsuite, und danach verließ er sie jedesmal, um allein zu schlafen. Sie vermißte seine Gesellschaft, wollte viel länger mit ihm zusammensein.

»Chéri, alle sind von dir beeindruckt«, fuhr Januel fort. »Du hast heute nachmittag die Presse bezaubert, und heute abend faszinierst du die feine Gesellschaft.« Er beugte sich näher zu ihr, so daß nur sie seine Worte verstehen konnte. »Weißt du eigentlich wie schwierig es war, dich ein paar Minuten für mich zu bekommen?«

Sarah wandte ihm wieder lächelnd den Kopf zu. »Nein, aber wir könnten ja gehen, dann hättest du mich länger als für ein paar Minuten.«

»André macht mich fertig, wenn ich ihm sein Prunkstück stehle.« Januel stieß mit ihr an. »Jetzt mußt du einem gesellschaftlichen Plan folgen, wie die Arbeiter den deinen für das Kulturzentrum einhalten. Du wirst von jetzt an mit Einladungen zu Partys und mit Anfragen für Interviews überschwemmt werden.«

Sarah zuckte mit den Schultern, während sie sich am Wein nippend umschaute. »Es wird mir vermutlich Spaß machen, solange es nicht mit meiner Arbeit kollidiert. Ich werde eine Weile ziemlich viel auf der Baustelle zu tun haben.« Sie ging gerne aus, aber nicht, wenn sie an einem Bauvorhaben arbeitete.

»Das gehört auch zu deiner Arbeit«, erinnerte sie Januel.

Geistesabwesend nickte Sarah. Sie dachte an Byrons Worte. Eine junge, schöne Frau würde Haladays Image nicht schaden. Sie hatte eingewilligt, das Spiel mitzuspielen, und wollte am Schluß gewinnen. Erfolg, Macht, Ruhm – war das alles das gleiche? fragte sie sich. Ich weiß es nicht, aber ich werde es verdammt noch mal herausfinden.

»Sarah.« Januel tippte sie auf den Arm, um ihre Aufmerksamkeit wiederzugewinnen. Er wartete ihr Lächeln ab, mit dem sie auf ihn reagierte. »Du mußte dich erst mit mir absprechen, ehe du eine Einladung annimmst oder ablehnst, und auch ehe du Interviews gibst. Wir werden dann die möglichen Fragen sowie die passenden Antworten kurz durchsprechen.«

»Muß ich das?« murmelte Sarah. »Warum?« Sie unternahm keinerlei Anstrengung, ihren Unmut zu verbergen.

Januel legte sanft die Hand über die ihre. »Sarah, du bist noch relativ fremd hier in Paris. Mit manchen Leuten hier solltest du Umgang pflegen, mit anderen nicht.« Er merkte, wie sie das Gesicht noch mehr verzog. »Möglicherweise könnte dir ohne die richtige Führung eine Gelegenheit entgehen, oder du würdest die falsche Person kränken. Oder«, fuhr er gelassen fort, »ein gerissener Reporter könnte dich zu ... Indiskretionen verleiten.«

»Niemand verleitet mich zu Indiskretionen«, erwiderte Sarah. »Und ich pflege Gärten, nicht den Umgang mit Menschen.«

Januel nahm geduldig ihre Hand. »Sarah, so läuft es nun mal im Geschäftsleben. Die Dinge können nicht immer so einfach sein, wie du es gern hättest.« In einer öffentlichen Zurschaustellung von Zuneigung beugte er sich zu ihr hinunter und küßte sie leicht auf den Mund. »Denk mal darüber nach, *chéri*.«

Sarah seufzte. »Na schön, ich lasse es mir durch den Kopf gehen.«

»Lieber Januel, wir haben uns ja ewig nicht mehr gesehen!«

»Madeleine, schön wie eh und je.« Januel küßte ihr die Hand. »Comtesse Madeleine de la Salle, darf ich Ihnen Mademoiselle Sarah Lancaster vorstellen?«

»Ah.« Das klang wissend. »Die Architektin, und in Wirklichkeit viel reizender als auf dem Foto.« Sie musterte Sarah von Kopf bis Fuß und wieder zurück. »Sie haben ein feines Gespür für Stil, Mademoiselle.«

»Danke, Madame.«

»Alle Welt redet über das Theater und wie großartig es wird. Man kann Ihnen gratulieren.«

»Ich bekäme die Gratulationen lieber nach der Fertigstellung.« Sarah lächelte. »Wir haben noch eine weite Wegstrecke vor uns.«

Bei Sarahs Lächeln stutzte Madeleine einen Augenblick; es kam ihr überraschend selbstsicher vor. »Ich gebe nächste Woche eine kleine Abendeinladung und möchte Sie gerne dazu bitten.« Ihr Blick schweifte zu Januel. »Sie beide.«

»Selbstverständlich, Madeleine«, Januel antwortete, ehe Sarah den Mund aufmachen konnte. »Wir kommen sehr gerne.«

Sarah schaute ihn fragend an. Seine vereinnahmende Antwort gefiel ihr und störte sie gleichermaßen. Gerade als Januel lächelnd ihren Blick auffing, spürte sie, wie jemand sie am Arm berührte.

»Sarah, *ma chère*, Sie dürfen sich nicht in einer Ecke verstecken«, schalt André sie in seinem rasend schnellen, holprigen Englisch. »Ich muß Sie unbedingt jemandem vorstellen. Ich entführe sie Ihnen, Januel.«

»Wenn Sie sie mir wieder zurückbringen ...«

Sarah warf ihm noch einen Blick zu, ehe sie mit André auf die andere Seite des Raumes ging. »Das klingt ja, als wäre ich ein Weihnachtsgeschenk, das nicht so recht paßt«, bemerkte sie über die Schulter.

Madeleine beobachtete sie, wie sie sich ihren Weg durch die Menge bahnten. »Ein hübsches Kind«, stellte sie fest und leckte dann mit der Zunge über den Rand ihres Glases. »Und gescheit.«

»Hübsch und gescheit«, stimmte Januel zu und zeigte mit einem schnellen Lächeln die Zähne. »Aber nicht unbedingt ein Kind, Madeleine. Jung, das sicherlich.« Als er hinüberschaute, sah er, wie einer von Andrés Schweizer Geschäftsfreunden Sarah gerade die Hand küßte. »Jung genug, um noch formbar zu sein«, fügte er hinzu, wobei er den Blick wieder auf Madeleine richtete. »Hübsch genug, um anziehend zu sein, und gescheit genug, um an die Spitze zu gelangen.«

»Und naiv genug, um dich dorthin mitzunehmen?« fügte Madeleine mit einem Nicken hinzu. Sie gluckste leise, ehe sie näher an ihn herantrat und mit ihrer vollen Brust Januel am Arm streifte, wobei sie ihn anlächelte. »Kann sie all das sein und noch dazu deinen ... unermeßlichen Appetit befriedigen?« Sie lächelte ihn über ihr Champagnerglas an und beobachtete seine Augen.

»Sagen wir mal, Sarah verfügt nicht über deine Erfahrung oder deinen ...« Er hielt inne und überlegte. »Einfallsreichtum.«

Sie lachte wieder, dann tauchte sie einen Finger in seinen Wein und tupfte sich damit auf die Zunge. »Ruf mich an, wenn dich das Spielen mit kleinen Mädchen langweilt«, lud sie ihn ein.

Sarah saß an ihrem Reißbrett. Sie hatte die Gardinen aufgezogen, um die warme Frühlingssonne ins Zimmer zu lassen, bemerkte im Moment allerdings nichts davon.

Es mußten einige letzte Veränderungen an der Innenausstattung einer der Bühnen vorgenommen werden, und sie konzentrierte sich ganz auf ihre Arbeit. Die heiße Schokolade und das Gebäck, die ihre Sekretärin ihr vor zwei Stunden gebracht hatte, standen kalt und vergessen auf dem eleganten Beistelltisch in der anderen Zimmerecke. Das Telefon klingelte dreimal, ehe sie es hörte, und noch zweimal, ehe ihr einfiel, daß sie Madame Fountblanc zum Mittagessen geschickt hatte.

»Verdammt«, murmele sie und nahm den Hörer ab. »Sarah Lancaster«, sagte sie, wobei sie noch immer stirnrunzelnd auf ihren Entwurf schaute.

»Guten Tag, Sarah Lancaster.« Die tiefe, rauhe Stimme klang völlig amerikanisch.

»Max!« Sogleich überflutete sie Freude. Sie ließ den Bleistift fallen und umklammerte den Hörer mit beiden Händen. »Wie schön, einen Amerikaner amerikanisch reden zu hören. Sagen Sie doch noch was«, bat sie.

Haladay lachte. Er freute sich über ihre aufgeregte Stimme. »Erzählen Sie mir nicht, daß Sie Heimweh haben.«

»Am Anfang schon, aber das habe ich überwunden.« Bis grade eben, dachte sie wehmütig, dann schüttelte sie den Kopf. »Wie geht es Ihnen, Max?«

»Gut.« Er legte sich kurz die Hand aufs Herz und wußte nur zu gut, daß er übertrieb. »Ich höre, daß bei Ihnen alles bestens läuft, aber ich wollte es gern aus erster Hand bestätigt bekommen.«

Zum erstenmal an diesem Tag bemerkte Sarah, daß sich das Sonnenlicht über ihren Schreibtisch ergoß. Sie stand auf und nahm das Telefon mit. »Wir sind im Zeitplan. Sobald wir uns durch den Papierkram gekämpft und den Grundstein gelegt hatten, lief die Sache. Himmel, Max, was es hier an Formalitäten gibt, man glaubt es gar nicht.« Die Blätter auf dem Baum draußen vor ihrem Fenster zeigten das erste Grün. Sarah klemmte sich den Hörer zwischen Schulter und Kinn und machte das Fenster mit der freien Hand auf. Frühling strömte herein. »Bei den Aushebearbeiten hatten die Leute ganz schön mit Matsch zu kämpfen, weil es hier ziemlich geregnet hat. Aber jetzt ist es schon seit ein paar Tagen trocken. Das Fundament wächst ziemlich schnell.«

»Keine Probleme?«

»Ich habe heute morgen eine Liste überflogen.« Sarah ging an ihren Schreibtisch zurück und setzte sich. »Ziemlich unwichtige Sachen. Es klappt wie am Schnürchen, Max. Das ist fast beängstigend. André hilft mir sehr und hält mir die Geldgeber die meiste Zeit vom Leib. Januel verhandelt mit den Beamten.«

»Bounnet?« Sarah hörte, wie Max ein Pfefferminzbonbon geräuschvoll zerbiß. »Er versteht sein Geschäft. Habe Ihr Bild ein paarmal in der Zeitung gesehen.«

Sarah grinste und lehnte sich auf ihrem Stuhl zurück. Sie hätte ja wissen müssen, daß ihm nichts entging. »Vielleicht lege ich mir ein Album an. Haben Byron die Artikel gefallen?«

»Gute Publicity«, meinte Haladay zweideutig. »Werden Sie bloß nicht zu eingebildet.«

Sie lachte. »Max, das Delacroix wird ganz toll. Kommen Sie doch her und überzeugen Sie sich.«

Sie glaubte ihn seufzen zu hören, war sich aber nicht ganz sicher.

»Wenn es fertig ist«, meinte er nach einer Weile, »gehe ich mit Ihnen auf die Eröffnungsveranstaltung.«

»Abgemacht!«

»Halten Sie mich auf dem laufenden«, wies er sie an, wobei er in einen geschäftsmäßigen Tonfall verfiel. »Ich möchte sowohl von Ihnen als auch von Bounnet informiert werden.«

»In Ordnung.« Sie spürte, daß er Schluß machen wollte. »Auf Wiedersehen, Max.«

14

Auf der Baustelle des Delacroix-Projekts wurde Sarah in Jeans und T-Shirt ein so vertrauter Anblick wie Stahlträger und Betonblöcke. Die Baseballkappe, die Dallas ihr geschickt hatte, bildete auch einen Teil ihrer Uniform. Fotos von Sarah auf dem wachsenden Rohbau wetteiferten mit Bildern von ihr in der eleganten Pariser Gesellschaft. Weil Januel sie immer begleitete, wurden ihre Namen miteinander verknüpft, und so bot ihre Beziehung zusätzlichen Anlaß für Spekulationen der Presse. Sarah allerdings las weder englische noch französische Boulevardblätter. Die meiste Zeit tat sie so, als gebe es sie gar nicht.

Im allgemeinen genoß Sarah die Einladungen, die Leute, ihren eigenen wachsenden Ruhm. Doch mehr als alles andere genoß sie es mitzuverfolgen, wie ihre Entwürfe allmählich in Beton und Stahl Gestalt annahmen. Im Verlauf des zweiten Monats der Bauarbeiten brachte *Newsweek* sie auf die Titelseite. Sarah las den Artikel und sorgte sich gleichzeitig um die Mitteltreppe, die zur Hauptbühne führte. Sie fand nicht die Zeit, ihren Erfolg gebührend auszukosten; all ihre Energien waren auf ihre Arbeit gerichtet.

Ich hasse es, Zeit zu verschwenden, dachte sie, als sie mit auf die Hüften gestemmten Händen den Mosaikboden in der fertiggestellten Halle des Ostflügels begutachtete. Die Wände der Halle bestanden aus Glas. Hier, wo Sarah jetzt auf und ab ging, würde sich später ein exotischer Garten befinden. Die Pflanzen dafür waren bereits bestellt; Rhododendron, Fuchsien, Glyzinien, Dutzende verschiedener Rosensorten. In Zusammenarbeit mit dem Landschaftsarchitekten hatte Sarah etwas Einzigartiges und außergewöhnlich Schönes geschaffen. Die Pfade, die sich durch den Garten schlängeln würden, waren bereits angelegt, zwei kleine Brunnen schon betriebsbereit.

Aus anderen Teilen des Bauwerks konnte Sarah die Arbeiter hören. Es war heiß und die Luft zum Schneiden, da die Mechaniker an einer fehlerhaften Kühlanlage arbeiteten. Sarah hatte das Haar unter ihrer Kappe zusammengesteckt und ihre rote Baumwollbluse unter dem Busen verknotet. Trotzdem lief ihr der Schweiß in einem langsamen Bächlein den Rücken hinunter.

Sarah schob den Mützenschirm hoch und wischte sich mit dem Handrücken über die Stirn. Wenn sie die Belüftung nicht bald instandsetzten, würden sie Feierabend machen müssen. Sie ging in Richtung Baustellenlärm weiter. Jetzt waren sie schon fast eine Woche im Verzug. Eine Woche. Weniger als eine Woche bei einem Bauvorhaben dieser Größenordnung im Verzug zu sein, grenzte an ein Wunder. Doch sie war eine zu große Perfektionistin, als daß sie sich damit zufriedengegeben hätte.

Sarah suchte sich ihren Weg über die Plastikplane, die über dem Eingangsbereich des Westflügels lag. Zimmerleute arbeiteten mit nacktem Oberkörper an der Haupttreppe. Langsam formten sie die Eichenbohlen zu dem, was Sarah sich als geschwungene, fließende Holzfläche vorgestellt hatte, deren Stufen in einem wasserfallähnlichen Bogen herabschwingen sollten.

»*Pardon*.« Sarah unterbrach einen Arbeiter, der die Schultern und Arme eines Herkules zeigte. Verflixt, dachte sie, als er sich umdrehte. Ich sollte ihn Dallas schicken.

»*Oui*, Mademoiselle Lancaster?«

Sie sprudelte auf französisch los: »Können Sie mir sagen, wo ich Monsieur Lafitte finde?« Ein schneller Blick hatte ihr verraten, daß der Polier sich nicht bei diesem Trupp von Zimmerleuten aufhielt.

»Bei den Mechanikern. Sie reparieren noch immer die Kühlanlage.«

Einer seiner Kollegen machte eine Bemerkung über die Hitze, und zwar so schnell und Pariserisch, daß Sarah ihn nur zur Hälfte verstand. Sie wartete, bis das Gelächter abklang.

»Wenn sie nicht in einer Stunde funktioniert, hören wir für heute auf. Wie heißen Sie?« Sie wandte sich an den jungen Herkules, während sie die Kappe abnahm und sich damit Luft zufächelte.

»Jean-Marc, Mademoiselle.«

»Jean-Marc, sagen Sie allen Bescheid, daß sie Mittagspause machen sollen. Und zwar heute eine Stunde lang. Wenn die Kühlanlage bis dahin nicht funktioniert, gehen alle heim. Sie sagen es Ihren Kollegen, nicht wahr?«

»*Oui*, Mademoiselle.« Er strahlte sie an, als er sich seinen Werkzeuggürtel abschnallte.

Sie entfernte sich, während er sich ein Hemd überwarf und ihre Anweisung mit lauter Stimme weitergab.

Paul Lafitte war ein kleiner, stämmiger Mann um die Fünfzig mit gelocktem grauem Haar und einem kringeligen grauen Schnurrbart. In all den Wochen ihrer Zusammenarbeit hatte Sarah ihn kein einziges Mal die Stimme erheben hören. Sie schätzte seine Art, seine Intelligenz und seinen Sinn für Gerechtigkeit. Mehr als einmal hatten sie eine Flasche Wein und ein Stück Brot mit Käse in einer schnellen Mittagspause auf der Baustelle miteinander geteilt. Er war ebenso stolz auf das Kulturzentrum wie sie.

Sarah konnte ihn reden hören, als sie sich ihren Weg durch das Labyrinth von Korridoren und Treppen zu dem jetzt unerträglichen, stickigen Bedienungsraum bahnte. Dort sah sie Derille, den Chefingenieur, zusammen mit Lafitte und drei Mechanikern. Lafitte wischte sich mit einem feuchten schmutzigen Taschentuch die Stirn ab und fluchte leise auf die riesige Anlage, die jetzt partout nicht funktionieren wollte.

»Paul.« Sarah ging auf die Männer zu.

»Sarah.« Er spreizte die Finger, eine Geste, die alle Franzosen schon in der Wiege lernen. »Wir haben hier ein Problem«, meinte er.

Neben ihm schnaubte Derille und strich sich das feuchte dunkle Haar zurück. Er war einen Kopf größer als Lafitte, schlaksig und trug eine Brille mit dicken Gläsern. Sarah wußte, daß er ein guter Ingenieur war und mochte ihn gern, obwohl sie schon öfter hitzige Debatten über das Kulturzentrum geführt hatten. »Lafitte hat ein gradioses Talent zur Untertreibung. Wenn Sie vielleicht nicht auf soviel offenem Raum in jedem Flügel bestanden hätten...«, setzte er mit einem grimmigen Lächeln an.

»Ich entwerfe das Gebäude«, schnitt sie ihm das Wort ab. »Heizung und Klimaanlage hingegen sind Ihr Problem, nicht meines.« Weil sie wußte, daß er genauso schwitzte und ebenso gereizt war wie sie, milderte sie die Bemerkung ab, indem sie ihn am Arm antippte. »Ehe wir uns streiten, wollen wir erst mal schauen, was uns die Mechaniker zu sagen haben. Ich verrate Ihnen eines – hier drin ist es verdammt stickig.«

Sie fächelte sich mit ihrer Kappe Luft zu, wirbelte aber nur brütendheiße verbrauchte Luft auf. Lafitte redete währenddessen mit den Mechanikern; als er sich ihr wieder zuwandte, erklärte er: »Es liegt am Transmissionsriemen, er ist kaputt. Wir müssen ihn ersetzen.«

»*Merde*«, sagte sie deutlich vernehmbar.

Lafitte stimmte höflich zu.

»Wie lange dauert es, bis wir Ersatz bekommen«, fragte sie.

Er schob schulterzuckend die Unterlippe vor. »Schwer zu sagen.« Schweißperlen sammelten sich knapp unterhalb seines Schnurrbarts. »Vielleicht eine Woche.«

»*Merde*«, wiederholte Sarah. Dann steckte sie die Hände in die Hosentaschen. »Ich kann keine geschlagene Woche verlieren«, murmelte sie. »Auf keinen Fall. Von woher haben wir die Kühlanlage?«

Derille antwortete: »Aus Saint-Etienne. Wir müssen die Firma benachrichtigen und ein Ersatzteil bestellen. Der ganze Papierkram dauert seine Zeit – die Bearbeitung der Bestellung, der Transport.«

Sarah wandte sich wieder an Lafitte. »Beauftragen Sie einen Ihrer Leute, daß er heute nachmittag nach Saint-Etienne fliegt. Er kann das Ersatzteil mitnehmen und damit zurückfliegen. Vergewissern Sie sich, daß Sie jemand nehmen, der weiß, was wir brauchen. Ich möchte nicht, daß irgendwas dabei verbockt wird und kümmere mich selbst um die Einzelheiten. Dafür brauche ich eine Stunde.« Nach einem Blick auf ihre Armbanduhr schüttelte sie den Kopf. »Nein, verdammter Mist, um diese Zeit brauche ich womöglich zwei Stunden. Schicken Sie mir einen Boten in zwei Stunden ins Büro. Gehen Sie auf Nummer Sicher, daß unser Mann dann abreisefertig ist.« Mit festen, schnellen Schritten steuerte sie die Treppe an. »Ach ja, ich habe den Arbeitern für den Rest des Tages freigegeben. Schauen Sie auch, daß Sie hier rauskommen. Unter solchen Bedingungen kann ja kein Mensch arbeiten.«

»*Bien*«, murmelte Lafitte, aber sie sauste schon die Treppe hinunter. Er wandte sich wieder an seine Leute. »Ihr habt gehört, was Madame gesagt hat.«

Die Luft in Sarahs Büro war erheblich besser; frisch und kühl; sie duftete leicht nach Januels frischen Rosen. Sarahs feuchtes Haar kringelte sich an den Schläfen noch immer, aber zum erstenmal seit drei Stunden klebte ihr das Hemd nicht mehr an der Haut fest.

»Verbinden Sie mich mit dem Manager der Fabrik in Saint-Etienne, von der wir die Kühlanlage für das Kulturzentrum gekauft haben«, wies Sarah Madame Fountblanc an, zog die Schublade eines Aktenschranks auf und fing an, darin herumzukramen. »Dann suchen Sie den schnellsten Hin- und Rückflug nach dort heraus und reservieren Sie einen Platz. Wenn es keinen passenden Flug geben sollte, chartern Sie eine Maschine.« Sarah entdeckte die Unterlagen für das Kühlsystem und zog sie heraus. »Und schauen Sie nach, ob Monsieur Bounnet in seinem Büro ist.«

Während ihre Sekretärin telefonierte, breitete Sarah die Unterlagen aus. Die Finger auf dem Papier, überflog Sarah die Verträge. Als sie den entsprechenden Passus gefunden hatte, kritzelte sie schnell Namen und Modellnummer der Anlage auf einen Zettel. Neben ihr ertönte der Summer der Gegensprechanlage.

»Monsieur Brionne, der Manager von Gaspar in Saint-Etienne.«

»Danke.« Sarah nahm den Hörer. »Monsieur Brionne, hier spricht Sarah Lancaster. Wir haben hier ein Problem.«

Fünfzehn Minuten später meldete sich Sarah wieder bei ihrer Sekretärin. »Haben Sie Monsieur Bounnet erreicht?«

»Er hat jetzt eine Besprechung in der Weltbank und wird nicht vor vier Uhr zurückerwartet.«

»Verdammt«, murmelte Sarah leise und trommelte mit den Fingernägeln auf die Schreibtischplatte, während sie ihre Gedanken zu ordnen versuchte. »Dann müssen wir uns an Troudeau wenden. Schauen Sie, ob Sie ihn erwischen, und schicken Sie Lafitte herein, sowie er hier eintrifft.«

Innerhalb von neunzig Minuten hatte Sarah sich durch den Papierkram gekämpft und einen Mann auf den Weg nach Saint-Etienne geschickt. Jetzt, wo ihr Büro leer war und das Telefon schwieg, fiel ihr ein, daß sie gar nicht zu Mittag gegessen hatte. Ihr T-Shirt fühlte sich unter den Achseln steif vor getrocknetem Schweiß an. Sie lehnte sich in ihrem Stuhl zurück und gestattete sich zum erstenmal an diesem Tag ein wenig Entspannung. Ihren Hunger und ihre Erschöpfung überdeckte das Gefühl, etwas zustande gebracht zu haben. Ein Problem war mit geringstmöglichem Aufwand gelöst worden, und dadurch hatten sie eine Woche Zeitverzug verhindert.

Sarah wußte, daß der Bau mittlerweile weit genug fortgeschritten war, daß sie an ihre Heimreise nach Phoenix denken konnte. Sie schob die auf ihrem Schreibtisch verstreuten Unterlagen beiseite.

Ich ordne sie jetzt auf keinen Fall ein, beschloß sie, sondern gehe jetzt heim und stelle mich eine geschlagene Stunde unter die Dusche. Ehe sie sich jedoch vom Schreibtisch erheben konnte, ging die Tür auf, und Januel trat ein.

»Du kommst früh zurück«, meinte sie verärgert, weil er nicht angeklopft hatte.

»Die Besprechung war früher als erwartet beendet.« Seine Stimme klang unpersönlich. »Du hattest viel zu tun«, bemerkte er.

»Ja.« Sie straffte automatisch die Schultern. »Gibt es Probleme?«

»Es gibt immer Probleme, wenn ein Mitarbeiter seine Autorität überschreitet.«

»Wohl durchdacht«, meinte sie und hob eine Augenbraue.

»Es ist erst jetzt zu mir durchgedrungen, daß du heute nachmittag die Arbeit hast abbrechen lassen und daß einer der Mechaniker angewiesen wurde, nach Saint-Etienne zu fliegen, um ein Ersatzteil zu besorgen.«

»Ja. Möchtest du, daß ich dir die Einzelheiten schildere, oder kennst du sie bereits?«

»Troudeau hat mir von einem gerissenen Transmissionsriemen berichtet.« Januel wischte das Problem beiseite. »Mich macht jedoch die Tatsache betroffen, Sarah, daß du anscheinend vergessen hast, in wessen Zuständigkeitsbereich diese Angelegenheit fällt.«

Sie starrte ihn verblüfft an. Wie lächerlich, dachte sie. Er hat Angst um sein Selbstwertgefühl. »Das habe ich nicht vergessen, Januel«, verbesserte sie ihn. »Du warst nicht zu erreichen.«

»Dann hätte die ganze Angelegenheit so lange warten müssen, bis ich wieder zur Stelle war.«

»Nein.« Sie stand auf und schaute ihm gerade ins Gesicht. »Wir haben den letzten Flug für heute nach Saint-Etienne bekommen. Es kam auf jede Stunde an.«

»Es kommt auch auf den glatten Betriebsablauf an.«

»Verdammt noch mal, Troudeau verfügt über die nötigen Befugnisse, und ich habe die üblichen Verfahrensweisen soweit wie möglich eingehalten. Es war eine glasklare Entscheidung, Januel.« Sie hob die Hände. »Andernfalls hätten wir Tage verloren.«

»Das bleibt abzuwarten. Die Kühlanlage ist nur ein Teil des Projekts. Und zweifelsohne hast du etliche Schritte des Einkaufsverfahrens außer acht gelassen.«

Zum Teufel mit dem Einkaufsverfahren, dachte Sarah, konnte sich diese Bemerkung aber gerade noch verkneifen.

»Die Bautrupps sind zum Arbeiten angestellt«, fuhr Januel fort. »Das erwarten sie und tun sie auch, bis ich ihnen erlaube, damit aufzuhören. Heute nachmittag hast du deine Kompetenzen überschritten.«

»Vielleicht.« Sarah sprach mit der Ruhe verhaltenen Zorns. Seine Sturheit kam ihr geradezu unglaublich vor. »Unter den gleichen Bedingungen würde ich auch morgen meine Kompetenzen wieder überschreiten. Ich war vor Ort, Januel«, fügte sie im Versuch, ihn zu entschuldigen, nicht sich selbst, hinzu. »Du aber nicht.«

»Ich bin nicht in der Lage, meine Zeit damit zu verbringen, auf Baustellen herumzuspazieren.«

»Nein, aber ich. Und ich sage dir – die Arbeitsbedingungen heute waren unerträglich.«

»Bauarbeiter sind es gewohnt, unter solchen Bedingungen zu arbeiten.« Januel tat das Ganze mit einer schnellen, eleganten Geste ab.

»Spar dir deine Klassenunterscheidungen«, gab sie wütend zurück. »Ich habe nicht die Geduld für so etwas. Und erzähl mir nichts über Bauarbeiter. Ich habe mit Baustellentrupps gearbeitet, als es so heiß war, daß sie die Schindeln nicht auflegen konnten, weil ihnen der Teer die Hände verbrannte. Sie schlucken Salztabletten und literweise Wasser und schwitzen wie die Schweine. Ich weiß nicht, wie heiß es heute in dem Gebäude war, aber es war schlimmer als nur heiß. Man hatte überhaupt keine Luft mehr zum Atmen. Und unsere Ventilatoren wirbelten lediglich verbrauchte Luft auf. Es war, als steckten wir in einer verschlossenen Kiste. Wenn du meinem Urteil nicht traust, frag doch Lafitte oder Derille. Sie waren auch da.« Mit beiden Händen strich sie sich das Haar aus dem Gesicht. »Und wenn dir meine Arbeit, wie ich die Dinge anpacke, nicht gefällt, dann besprich die Angelegenheit mit Max. Ich bin nicht deine Angestellte.«

Diese Reaktion hatte Januel nicht erwartet. Sarah schaute ihm ungerührt in die Augen. Nach einem Moment fand er wieder Worte. »Ich zweifle nicht daran, daß du nach bestem Wissen gehandelt hast, Sarah. Und es kann sich in der Tat bei weiterer Betrachtung auch herausstellen, daß es so richtig war. Dennoch warst du zu ungestüm. Du mußt dich in meine Lage versetzen. Eine Unterbrechung im Arbeitsablauf anzuordnen kommt einer grundlegenden Entscheidung gleich. Solch eine Anordnung sollte erst den ganzen Entscheidungsweg durchlaufen.«

»Und wenn einige Arbeiter mit einem Hitzeschlag umkippen, während die Entscheidung sich auf dem Weg befindet, zählt es als Pause.« Erbost schüttelte Sarah den Kopf. »Nein, ich kann keine Logik darin entdecken.« Sie fing an, die Unterlagen auf ihrem Schreibtisch zusammenzuschieben. »Wenn ich andere als die üblichen Wege beschritten habe, so tut mir das leid, aber meiner Meinung nach blieb mir keine andere Wahl. Für mich zählen Menschen mehr als irgendwelche Verfahrensregeln.«

»Wir sehen die Dinge in einem unterschiedlichen Licht. Du mußt dein Gebäude bauen.« Er legte ihr die Hände von hinten auf die Schultern. »Meine Aufgabe liegt im Verwalten.«

Bei seiner Berührung versteifte sich Sarah, was Januel nicht entging. Dennoch löste er den Körperkontakt nicht. »Behandle mich nicht herablassend, Januel.« Sie drehte sich zu ihm um.

»Nun gut.« Er bemühte sich um einen freundlichen Ton, und plötzlich konnte sie keine Anzeichen schlechter Laune mehr bei ihm entdecken. »Ich habe dir meine Meinung zu dieser Sache dargelegt. Aber da es sich um ein *fait accompli* handelt, hat es keinen Sinn, sich weiter darüber aufzuregen. Ich bitte dich lediglich, Sarah, dich in Zukunft auf architektonische Belange zu beschränken und die Verwaltungsaufgaben mir zu überlassen.«

»Und wenn du nicht zu erreichen bist?«

»Ich werde dafür sorgen, daß das nicht mehr passiert.«

»Na gut«, sagte sie kühl. »Nun weiß ich Bescheid.«

»Und jetzt ...«, er machte einen Schritt auf sie zu, »legen wir unsere geschäftliche Meinungsverschiedenheit ad acta?« Er berührte sie mit dem Finger leicht an der Wange und lächelte. Seine Augen waren wieder hell und klar.

Sarah fiel es nicht leicht, ihre Gefühle an- und abzuschalten. Doch hier ging es nicht um Stolz oder Selbstwertgefühl, und so bemühte sie sich, ihre beruflichen und privaten Standpunkte zu trennen.

»Na schön, Januel.« In einem plötzlichen Anfall von Müdigkeit rieb sich Sarah die Nasenwurzel mit Daumen und Zeigefinger. »Ich bin ja sowieso nur noch ein paar Wochen hier. Das Problem wird wohl kaum noch einmal auftauchen.«

»Aber, meine Liebe, das ist doch nicht der passende Zeitpunkt, um von deiner Abreise zu sprechen.« Januel legte ihr den Arm um die Taille. »Komm, ich lade dich heute zum Abendessen ein, in das kleine Bistro, in das wir an unserem ersten Abend gegangen sind. Dann sind wir nur ein Mann und eine Frau, die einander zugetan sind. Wir sollten uns an einen Tisch draußen auf dem Boulevard setzen.« Er führte ihre Hand zu den Lippen. »Dir wird der Sternenhimmel gefallen.«

Sarah schaute ihm in die Augen. Sie konnte ihm einfach nicht böse sein. Wir sind bloß verschiedener Ansicht, dachte sie. Das ist alles. »Mit Champagner und Cognac?« fragte sie. Als er lachte, küßte sie ihn flüchtig. Dann machte sie sich aus seiner Umarmung frei. »Ja, das wäre nett, Januel.«

»Dann ist es also abgemacht, Liebes.«

15

Ihre Arbeitskluft hatte Sarah zusammengeknüllt in eine Schrank-
ecke geworfen. Und jetzt saß sie, bekleidet mit einem hautfarbenem
Spitzenbody, mit übereinandergeschlagenen Beinen auf ihrem Bett.
Beim Haarebürsten dachte sie über Januel nach.

Satz für Satz ging sie ihr letztes Gespräch durch. Seine Einstel-
lung verblüffte sie noch immer. Es war ihr überhaupt nicht in den
Sinn gekommen, daß sie durch ihr eigenständiges Handeln seine
Autorität untergraben hatte.

Warum sollte ein Mann in seiner Stellung und mit seinen Fähigkeiten so unsicher sein? Wie konnte ein so großzügiger und netter
Mensch nur so kleinlich reagieren?

Vielleicht hatte sie vorschnell gehandelt. Hätte sie besser abwarten und erst mit Januel sprechen sollen, ehe sie die Leute nach Hause
schickte?

Nein! Die Männer konnten nicht länger in diesem Backofen arbeiten. Und daß sie die Lieferung des Ersatzteils beschleunigt hatte,
war für das Unternehmen wichtig gewesen.

Noch immer konnte sie nicht verstehen, warum Januel so heftig reagiert hatte. War er etwa tatsächlich der Ansicht, daß man auf
Arbeiter keine Rücksicht zu nehmen brauchte? Vor ihrem geistigen
Auge stieg Januels Bild auf; seine glatten, ebenmäßigen Gesichtszüge, sein hellblondes Haar, seine hellen Augen. Ich kann nicht
glauben, daß er so denkt ... nicht im Ernst.

Sie schüttelte den Kopf. Ich will heute abend nicht mehr daran
denken, beschloß sie, stand vom Bett auf und ging an den Kleiderschrank. Da klopfte es, und Sarah sah verwundert hoch.

»Er kommt reichlich früh«, murmelte sie, während sie einen dünnen weißen Hausmantel vom Haken nahm. Den einen Arm im Ärmel, mit dem anderen sich noch hineinkämpfend, machte sie die
Tür auf. »Du kommst früh«, setzte sie lächelnd an. »Oh ...« Das Lächeln verwandelte sich in eine verdutzte Miene, als sie Byron Lloyd
sah.

»Scheint so.« Er musterte sie von oben bis unten, ehe er ihr ins Gesicht schaute. »Sie erwarten wohl jemanden?«

»Mit Ihnen habe ich allerdings nicht gerechnet«, meinte sie. »Ich dachte, Sie wären Tausende von Kilometern weit weg.«

»Ich bin soeben angekommen.«

»Nun, dann seien Sie willkommen, Reisender.« Sie bat ihn mit einer ausholenden Geste herein. »Ich habe Wein für Ihre Leute und Wasser für die Pferde.« Nachdem sie die Tür hinter ihm geschlossen hatte, drehte sie sich um und entdeckte, daß er kaum einen Schritt von ihr entfernt stand.

»Paris bekommt Ihnen gut«, bemerkte Byron nach einer Weile. Er machte keine Anstalten weiterzugehen und einen etwas üblicheren Abstand zwischen ihnen herzustellen. Sie roch noch immer so vertraut, und er erinnerte sich an ihren Duft. Ohne Make-up schimmerte ihre glatte Haut, ihre Augen wirkten jünger, verletzlicher. Die in Phoenix erworbene Bräune hatte sie verloren, und ihr Teint wirkte jetzt wie bei ihrer ersten Begegnung blaß und zart.

»Danke.« Das Kompliment überraschte sie, weil sie wußte, wie sehr er mit privaten Bemerkungen knauserte. Plötzlich kam ihr ein Gedanke. »Ist mit Max alles in Ordnung?« Sarah streckte die Hand aus und legte sie ihm auf den Arm.

Ihre Besorgnis war deutlich zu sehen. »Ja, es geht ihm gut.« Byron spürte, wie sich ihre Finger auf seinem Ärmel entspannten. Ihre bloße Berührung rief ihm ins Gedächtnis zurück, wie heftig er sie vor Monaten begehrt hatte und wie sehr er sich jetzt nach ihr sehnte.

Sarah ließ die Hand sinken und wandte sich ab. »Was kann ich Ihnen anbieten, Byron? Ich habe eine gut sortierte Bar; ein wenig von diesem, ein wenig von jenem.«

»Versuchen wir es mit einem kleinen Bourbon, pur.«

»Kein Problem.« Sie ging durchs Zimmer und nahm zwei Gläser. In das eine goß sie großzügig Bourbon, in das andere Pierrier-Mineralwasser. »Mit Ihnen habe ich wirklich nicht gerechnet. Hätte mich nicht jemand vorwarnen können?«

»Ich war in London bei einer Besprechung.« Byron beobachtete, wie sie sich das Haar schwungvoll auf den Rücken warf. »Und da ich schon in der Nähe war, wollte ich mir das Delacroix-Projekt mit eigenen Augen ansehen.« Er wartete, bis sie wieder bei ihm war. Der Hausmantel umspielte sanft ihre Hüften. »Sie sind eine ziemliche Berühmtheit geworden.«

»Ja. Ich kann es noch immer kaum glauben.« Nachdem sie ihm seinen Bourbon gereicht hatte, prostete sie ihm zu. Die ersten Schockwellen des Wiedersehens waren abgeebbt. »Haben Sie den *Newsweek*-Artikel gelesen?« Mit einer Geste lud sie ihn ein, Platz zu nehmen.

»Diesen und auch andere.«

»Die anderen beschränkten sich im wesentlichen auf Klatsch. Diese Party, jenes Kleid, wer war wo mit wem.« Sarah tat das alles mit einem Schulterzucken ab. »Aber der *Newsweek*-Artikel war anders. Er bedeutete gute Publicity für Haladay und die Architektur – und wahrscheinlich auch für die Architektin.«

»Die PR-Abteilung erwägt Ihre Heiligsprechung.« Byron schwenkte seinen Bourbon im Glas.

»Was die Presse betrifft, wollten Sie das doch so, Byron.«

Byron trank und beobachtete, wie sie ihn anlächelte. »Bounnet ist anscheinend hinter Ihnen her.«

Sarah runzelte die Stirn. »Ich halte das nicht für den passenden Ausdruck.« Sie nahm das Glas in beide Hände. »Hinter mir braucht niemand her zu sein.« Er war im Gesicht hagerer und knochiger als Januel. Der unwillkürliche Vergleich verdroß sie.

»Die Presse bringt Sie gern miteinander in Verbindung«, meinte er beiläufig. »Sie lassen sich so gut zusammen fotografieren.«

Sarah wußte, wann man sie reizen wollte. »Januel sieht sehr gut aus«, erwiderte sie kühl. »Und ich weiß, daß wir gute Publicity brauchen. Aber eigentlich ist mir nicht daran gelegen, jedesmal, wenn ich um die Ecke komme, geknipst zu werden.«

»Nein? Man kann nun mal nicht alles haben, Sarah.«

Zum erstenmal seit Betreten des Zimmers hatte er sie beim Namen genannt, und als sie das hörte, lächelte sie und stellte das Glas ab. »Warum sollte ich denn mein Privatleben aufgeben?«

»Weil man nichts umsonst bekommt.« Byron trank aus und erhob sich. »Da ich Sie anscheinend beim Anziehen gestört habe, lasse ich Sie jetzt besser wieder allein.«

Auch Sarah stand auf. Ihr Hausmantel machte die Bewegung mit und fiel dabei noch etwas mehr über der Brust auseinander. »Ach, bleiben Sie doch noch ein wenig. Ich habe seit Ewigkeiten niemand mehr ordentlich amerikanisch reden hören. Das ist mir ziemlich abgegangen. Unterhalten wir uns doch ein bißchen, während ich mich umziehe.« Sie ging ins Schlafzimmer. »Ich lasse die Tür einen Spalt offen.« Sarah ging wieder zu ihrem Kleiderschrank, Byron blieb an der Bar. »Wie lange bleiben Sie in Paris?«

»Eine Woche etwa.« Byron goß sich noch einen Bourbon ein, schlenderte zum Fenster und schaute den Sonnenuntergang an. Dabei stellte er sich vor, Sarah jetzt, in diesem Moment zu lieben. Er trank, ließ sich vom Bourbon innerlich wärmen, während er Kleiderbügel über die Kleiderschrankstange gleiten hörte. »Gab es viele Schwierigkeiten mit dem Kulturzentrum?«

»Schwierigkeiten?« Sarah dachte an die Kühlanlage und biß sich auf die Lippe. »Nichts von Bedeutung, nein.«

Byron bemerkte das kurze Zögern, ging jedoch nicht weiter darauf ein. Morgen, entschied er, war auch noch ein Tag. »Ich möchte morgen einen Rundgang durch das Gebäude machen und mich mit dem Papierkram beschäftigen.«

»Mhm.« Sarah erinnerte sich an das Chaos auf ihrem Schreibtisch und die Brutkastenhitze im Innern des Gebäudes. »Wie geht es Cassidy?«

»Gut.« Er hörte, wie sie den Kleiderschrank schloß. »Vorigen Monat ist er zum fünften Mal Großvater geworden.«

»Junge oder Mädchen?« erkundigte sie sich, während sie in ihrer Schmuckkassette wühlte.

»Ein Junge, siebeneinhalb Pfund. Matthew Lloyd Cassidy. Ich bin der Pate.«

»Ach.« Verdutzt versuchte sich Sarah vorzustellen, wie Byron einen zappelnden Säugling im Arm hielt. »Cassidy muß sich ja riesig freuen.«

»Natürlich. Möchten Sie Ihr Glas?«

»Wie? Ach, ja. Ich bin soweit, wenn Sie nichts dagegen haben, es mir zu bringen.«

Byron blieb in der Tür stehen und schaute ihr zu, wie sie auf einem unbestrumpften Bein stand und mit dem Verschluß einer Silberkette kämpfte. »Verdammt«, murmelte sie und pustete sich die

Haare aus den Augen. Sie sah Byron im Spiegel. »Helfen Sie mir doch bitte, ja? Ich krieg' das einfach nicht zu.«

Byron stellte das Glas auf die Kommode. »Drehen Sie sich um.« Er legte ihr die Hände auf die Schultern. Als er die Handflächen auf ihre nackte Haut legte, wußte Sarah, daß sie einen Fehler gemacht hatte. Byron war kein Mann, den man um so einen beiläufigen Gefallen bitten konnte. »Heben Sie die Haare hoch.«

Sie gehorchte, wobei sie versuchte, ihr Herzklopfen zu ignorieren. Byron strich ihr mit den Fingern über den Nacken, und sie schauderte ein wenig. Ihre Blicke trafen sich im Spiegel.

Schweigend nahm er ihre Hände, so daß ihr Haar wieder ungehindert herunterflutete. Ihre Augen im Spiegel wichen nicht voneinander. Sie schüttelte den Kopf und sah, wie er lächelte. Als sie versuchte, ihm ihre Hände zu entziehen, ließ er sie nicht los.

Wortlos drehte er sie zu sich herum. Zärtlich nahm er ihr Ohrläppchen zwischen Daumen und Zeigefinger. Sarah atmete schneller.

»Smaragde«, sagte er leise. »Sie sollten Smaragde tragen. Sie würden genau zum Grün Ihrer Augen passen.« Sie erinnerte sich, wie sich sein Mund auf dem ihren angefühlt hatte. Hart, fordernd und aufregend. Als es klopfte, rührte sich keiner von ihnen.

»Das ist Januel«, brachte sie endlich heraus, dann schluckte sie. Er nahm die Hand von ihrem Ohrläppchen. »Möchten Sie mit uns zum Abendessen ausgehen?« Sie fragte sich, ob die Einladung ihm ebenso lächerlich erschien wie ihr.

»Nein, lieber nicht.«

Sarah huschte an ihm vorbei ins andere Zimmer. »Sind Sie hier im Hotel abgestiegen?« wollte sie wissen und war sich bewußt, wie unnatürlich ihre Stimme klang.

»Ich habe das Zimmer gleich nebenan. Achtsechzehn.«

»Ach.« Sie öffnete Januel die Tür.

»*Chéri*, bezaubernd wie immer.« Sarah sah zu, wie sein Lächeln verschwand, als sein Blick an ihr vorbeischweifte.

»Byron wollte sich vor Ort überzeugen, wie unser Projekt gedeiht«, erklärte sie.

»Byron.« Januel trat einen Schritt vor und streckte die Hand aus. »Schön, daß Sie da sind. Wenn ich gewußt hätte, daß Sie kommen, hätte ich Sie vom Flughafen abgeholt.«

Ihr Händedruck fiel knapp aus. Die beiden, das merkte Sarah sofort, mochten einander nicht.

»Einen Drink, Januel?« fragte sie heiter.

»Ja, gerne, Sarah.«

Byron entging nicht, daß Sarah ihm, ohne zu fragen, Wermut einschenkte.

»Ich habe Byron gefragt, ob er uns begleiten möchte«, sagte Sarah, als sie Januel das Glas reichte. »Aber er hat abgelehnt.«

»Wir essen in einem kleinen Bistro zu Abend, das Sarah und mir besonders gut gefällt.« Januel lächelte Byron an, als er Sarah leicht an der Schulter berührte. »Es ist dort sehr ruhig und ungezwungen. Wir würden uns freuen, wenn Sie mitkommen.«

Einen Teufel würdest du tun, dachte Byron, ohne das Lächeln zu erwidern. Wortlos wandte er sich Sarah zu, wobei er bemerkte, daß sie ihn und Januel anstarrte. Sie zeigte den gleichen konzentrierten Gesichtsausdruck, den er an ihr bemerkt hatte, wenn sie ihre Entwürfe studierte.

»Ich weiß das Angebot zu schätzen«, sagte Byron, »muß aber leider passen. Für die morgige Besprechung möchte ich noch einiges vorbereiten.«

16

Von ihrem Schlafzimmerfenster aus konnte Sarah den Sonnenaufgang sehen. Ein perlmuttfarbenes Rosa breitete sich an dem von Nacht umflorten Himmel aus. Im Westen verweilten noch Sterne. Sie öffnete das Fenster, ließ den Morgen herein und fühlte sich hellwach und zufrieden. Vor zehn Minuten hatte das Telefon sie aus dem Tiefschlaf gerissen. Das Ersatzteil war eingetroffen, und Lafitte stand schon auf der Baustelle und beaufsichtigte die Reparatur. Sie konnten die Arbeit mit einer nur geringfügigen Unterbrechung fortsetzen.

Sarah atmete tief und erleichtert auf, ehe sie sich unter die Dusche stellte. Als Dampf um sie herum aufstieg, dachte sie über den vergangenen Abend mit Januel nach.

Während des Essens war Januel ihr distanziert und geistesabwesend erschienen. Sarah hatte sich gefragt, ob seine Reserviertheit von ihrem Streit im Büro oder von Byrons Anwesenheit herrührte. Sie hatte gespürt, daß er Byron nicht ausstehen konnte und fragte sich jetzt, ob das private oder geschäftliche Gründe hatte.

Nachdenklich drehte sie die Dusche ab und griff nach einem Handtuch. Ich mag Byron, dachte sie. Mich beunruhigt nur seine körperliche Anziehungskraft. Seine Anziehungskraft auf mich, gestand sie sich ein und erinnerte sich wieder an jenes Gefühl, das sie überkommen hatte, als sich ihre Blicke im Schlafzimmerspiegel begegnet waren. Es hat keinen Sinn, es zu leugnen. Aber wir werden noch lange Zeit zusammenarbeiten. Ich darf dem einfach keine Beachtung schenken.

Noch nackt und vom Duschen feucht ging Sarah zurück ins Schlafzimmer. Mit schnellen, geübten Handgriffen flocht sie sich ihr Haar zu einem dicken Zopf und ließ ihn auf den Rücken herunterbaumeln.

Heute vormittag, beschloß sie, führe ich ihn durch das Kulturzentrum. Ich möchte seine Meinung dazu hören. Und am Nachmittag, dachte sie, während sie sich ein T-Shirt überstreifte, übergebe ich ihn an die Bürohengste. Da sollte er mir eigentlich nicht mehr in die Quere kommen.

Sie schaute auf die Uhr – halb acht. Na, wenn er jetzt nicht auf ist, wird es höchste Zeit. Mit einer Ledertasche von der Schulter baumelnd spazierte Sarah zu Zimmer 816.

Byron hörte das Klopfen, als er sich die letzten Spuren Rasierschaum wegspülte. »*Entrez!*« rief er und langte nach einem Handtuch. Während er sich einen Bademantel anzog, fuhr er auf französisch fort. »Stellen Sie es auf den Tisch«, ordnete er an. Dann knotete er sich den Gürtel zu und ging ins Zimmer.

»Morgen, Byron.« Sarah lächelte ihn freundlich an. »Was soll ich abstellen?«

»Zuallererst eine Kanne Kaffee.«

»Tut mir leid, ist gerade ausgegangen«, gab Sarah zurück. »Ich wußte gar nicht, daß Sie Französisch sprechen.«

»Nur ein paar Brocken. Sie stehen früh auf.« Er drehte sich um und verschwand im Schlafzimmer.

»Ich fahre gern zeitig auf die Baustelle und dachte, ich könnte Sie vielleicht mitnehmen.« Sarah schlenderte im Zimmer umher und legte ihre Tasche auf einen Stuhl. Byron war verschwunden.

»Haben Sie schon gefrühstückt?«

»Ich frühstücke nie.« Sarah ging ans Fenster und verglich die Aussicht von hier mit der von ihrem Zimmer aus.

»Ich schon.«

Angesichts seiner entschiedenen Feststellung krauste sie die Nase. »Ist gut, ich warte, solange es sich nicht um ein Fünf-Gänge-Menü mit Cognac, Kaffee und Zigarren handelt. Jetzt kommt es wohl«, meinte sie, als es klopfte.

»Den Kaffee könnte ich schon gebrauchen.«

»In Ordnung, sofort.« Nachdem sie den Zimmerkellner angewiesen hatte, das Tablett dazulassen, goß Sarah den Kaffee ein. »Schwarz«, sagte sie, als sie ins Schlafzimmer hinüberging. »Er schaut aus, als ob man Tote damit zum Leben erwecken könnte.«

Mit nacktem Oberkörper stand er neben dem Bett, die auf den Hüften sitzende Jeans lag eng an. Er war braun gebrannt nicht einmal am Jeansansatz zeigte sich ein weißer Streifen.

Die dichte, dunkle Brustbehaarung verschmälerte sich zur Taille hin. Bei aller Schlankheit waren seine Arme sehr muskulös. Wo Januel schlank war, wirkte Byron hager. Er hatte den durchtrainierten Körper eines Athleten.

Sie ging zu ihm und streckte ihm die Tasse entgegen. »Bitte«, sagte sie, wobei sie sich verzweifelt um einen unbefangenen Tonfall bemühte.

Byron hielt in einer Hand ein Jeanshemd und nahm mit der anderen den Kaffee. Ohne den Blick von ihr zu wenden, hob er die Tasse und trank.

Was würde wohl passieren, dachte sie, wenn ich noch einen Schritt weiterginge?

»Warum probieren Sie es nicht aus?« schlug Byron vor.

Verärgert darüber, wie leicht er ihre Gedanken hatte lesen können, drehte sich Sarah um und verließ das Zimmer. »Ihr Frühstück wird kalt!« rief sie ihm über die Schulter zu.

Sarah führte Byron auf dem Rundgang durch den Westflügel zur fertiggestellten kleinen Bühne, einem von Sarahs Lieblingsräumen im Kulturzentrum. Sie war nicht groß, entsprach aber etwa einer guten Collegebühne mit relativ wenig Sitzplätzen. Es war eine Experimentierbühne ohne Mätzchen.

»Die Akustik ist großartig.« Sarahs Stimme hallte das Echo von den Wänden wider; es schien in der Luft zu schweben, als sie auf der Bühne umherging. »LeClaire, der Dramatiker, gehört zum Gründungskommittee. Seiner Ansicht nach werden Schauspieler liebend gern hier auftreten. Auf den Brettern, die die Welt bedeuten ...«, deklamierte Sarah. Dann lachte sie und drehte sich einmal im Kreis.

»Wie lange waren Sie denn im Ballett?« Angesichts Sarahs verblüffter Miene fuhr er fort: »Niemand bewegt sich so wie Sie ohne Ballettausbildung.«

Zum erstenmal in ihrem Leben fragte sich Sarah, wie sie sich wohl bewegte. »Ich habe mit sechs angefangen und kann mich nicht erinnern, jemals eine Stunde versäumt zu haben. Meine Mutter wollte, daß ich es beim Nework City Ballett probiere, doch dann habe ich in Nework Architektur studiert. Das war eine Enttäuschung für sie ... Nun ja ... In diesem Theater gibt es dreihundertfünfzig Sitzplätze ...«

»Sarah.« Sie war überrascht, als er ihr die Hand auf die Schulter legte. Es war die erste völlig sanfte Geste, die sie an ihm erlebte. »Sie sollten sich nicht schuldig fühlen, daß Sie so sind, wie Sie sind.«

»Ich weiß. Nützt aber nichts. Kommen Sie.« Mit einem freundlichen Lächeln wandte sie sich wieder ab. »Sie sollten sich noch die Garderoben anschauen, ehe wir weitergehen. Das Beste spare ich mir für den Schluß auf.«

Erst nach mehr als einer Stunde durchquerten sie den überdachten Freigang zum Ostflügel. Tausende von winzigen Lämpchen waren an der Decke angebracht, die des Nachts wie Sterne funkeln sollten.

»Wenn nicht noch ein gravierendes Problem auftaucht, müßten wir ziemlich genau zum angestrebten Zeitpunkt fertig werden.« Sarah schaute auf die Bauarbeiter hinunter, die unten schufteten. »Jetzt, wo wir das Ersatzteil für die Kühlanlage haben, läuft alles wieder seinen normalen Gang.«

Sie gingen an einer Gruppe von Malern in einem Flur des Ostflügels vorbei. Sarah rief einen von ihnen beim Namen und fing geschickt den Apfel, den er aus der Tasche zog und ihr zuwarf. Lachend polierte Sarah ihn am Hosenboden. »Er bringt mir immer Obst mit«, erklärte sie Byron.

»Sie erzählten gerade von einem Ersatzteil.«

»Ach ja.« Stirnrunzelnd warf sie den Apfel von einer Hand in die andere. »Tja, ein Transmissionsriemen war kaputt. Deshalb brach die Kühlanlage zusammen und hat gestern das Gebäude in einen Brutkasten verwandelt. Ich habe die Leute nach der Mittagspause nach Hause geschickt.« In Erwartung einer kritischen Bemerkung schaute sie zu ihm auf.

»Und?« fragte er, als er ihren herausfordernden Blick registrierte.

»Sie gingen heim. Ich fuhr ins Büro zurück und habe sofort mit der Fabrik in Saint-Etienne Kontakt wegen der Ersatzteil-Bestellung aufgenommen. Ein Mann wurde mit dem Flugzeug dorthin geschickt, er holte das Teil und kam wieder her.« Stirnrunzelnd hielt Sarah eine Sekunde inne. »Dabei habe ich einen Großteil der üblichen Verfahrensweisen außer acht gelassen und den Papierkram übergangen.«

»Ja, das kann ich mir gut vorstellen«, erwiderte Byron. »Und soll ich Ihnen nun deswegen eine Streicheleinheit verpassen?«

Sie lachte unvermittelt. »Ich freue mich, daß Sie gekommen sind, Byron«, sagte sie. »Ich wußte gar nicht, wie sehr ich Sie vermißt hatte.«

Mit einer scharfen Rechtswendung führte Sarah ihn ins Haupttheater, ging unverzüglich zu den Lichtschaltern und knipste sie allesamt an. Über ihnen gingen ein Dutzend tropfenförmiger Kronleuchter flackernd an. Licht ergoß sich auf den königsblauen Teppich.

»Sehr eindrucksvoll.« Byron machte ein paar Schritte ins Theater hinein und drehte sich langsam im Kreis. Der elegante Überhang der Balkone mit den anmutig geschwungenen Bögen fiel ihm auf. Er hatte den Entwurf auf Millimeterpapier gesehen; jetzt war er mit dessen Verwirklichung konfrontiert.

»Versetzt es Sie nicht in Erstaunen, daß wir Menschen so etwas aus Holz und Stein schaffen können?« fragte Sarah, als sie den Blick im Theater umherschweifen ließ. »Ich glaube nicht, daß nur ein altes Gemäuer Geister beherbergen kann. Dieser Raum ist bereits jetzt von Dutzenden von Händen berührt worden.«

»Und vom Geist der Architektin.«

»Und vom Geist des Ingenieurs.«

Sie lächelte. Ihre Blicke trafen sich in völligem Einvernehmen.

Schon bei ihrem ersten Besuch hatte Sarah die anmutigen, fließenden Linien von Madeleine de la Salles Haus bewundert. Es war ein angestammter Familiensitz, den die Comtesse von ihrem verstorbenen adeligen Gatten geerbt hatte. Und es erschien Sarah typisch französisch. Allerdings hatte sie die Atmosphäre dort als kalt und unpersönlich empfunden. Jetzt, bei ihrem zweiten Besuch auf Château de la Salle, bestätigte sich dieser Eindruck.

Ihr gefiel der Salon mit seinen schweren Vorhängen und verzierten Simsen, seinem weißen Kamin mit Marmorverkleidung und geschnitzten Cherubinen und die schnörkeligen Rokkoko-Möbel, die so gut zum Zimmer und der Dame des Hauses paßten. Sarah war sich nicht sicher, ob sie Madeleine de la Salle mochte, aber sie spürte, daß auch sie höchst artifiziell war.

Über der marmornen Kamineinfassung hing ein vergoldeter ovaler Spiegel, der den vergleichsweise kleinen Raum riesig erscheinen ließ. Von ihrem Platz in einer Ecke aus konnte Sarah alles und jeden beobachten, ohne sich selber völlig abzuschotten.

In einem derart überfüllten Zimmer, in dem man nahezu Ellbogen an Ellbogen nebeneinander stand, spürte sie wenig Herzlichkeit. Die anderen Gäste lachten und plauderten, aber sie verspürte kein Verlangen, sich unter sie zu mischen. Statt dessen beobachtete sie lieber die Besucher.

Eine Schauspielerin, die ihr flüchtig vorgestellt worden war, ging vorbei und streifte ihr zum Gruß mit der Fingerspitze über den Arm. Spontan bedachte Sarah sie mit einem herzlichen Lächeln von Frau zu Frau. Im Gegenzug erhielt sie das Aufblitzen von Jackettkronen.

Als sie einen bekannten Fußballspieler entdeckte, versuchte sie es mit einem schnellen, kessen Cheerleader-Lächeln. Da trafen sich ihre Augen mit Byrons Blick im Spiegel. Sie grinste und prostete ihm einen persönlichen Gruß zu.

Er schlängelte sich durch die Menge, wobei er mehreren Leuten auswich, die ihm zuriefen oder ihm die Hand auf den Arm legten. Zum erstenmal erlebte ihn Sarah in Gesellschaft. Er bewegte sich überaus gewandt und selbstsicher und speiste diejenigen, die ihn mit Beschlag belegen wollten, stets mit einer schnellen Bemerkung ab.

»Was haben Sie denn so getrieben?« fragte er, als er endlich vor ihr stand.

»Mich an diesem Spiel beteiligt. Ich bin froh, daß Sie da sind.«

»Wirklich?«

»Ja, ich habe Sie noch nie gelangweilt erlebt.« Sie wandte den Blick von ihm ab und ließ ihn durch den Salon schweifen. »Diese Leute ...« Auf ihrem Gesicht zeigte sich Ekel.

»Sie haben Geld«, meinte Byron trocken.

»Das habe ich gemerkt.« Sie sah wieder ihn an. »Aber andererseits mag ich Geld. Ich plane durchaus, einiges davon zu besitzen.«

»Sie stellen sich hundert Millionen, zweihundert Millionen Dollar in Form von Gebäuden, von Immobilien vor. Das entspricht doch Ihrer Denkweise.«

Sarah runzelte die Stirn. Er hat recht, erkannte sie.

»Können Sie es sich wirklich auf Ihrem Bankkonto vorstellen?« Er lächelte. »Ich glaube nicht. Und wenn man erst einmal die ersten paar Millionen zusammen hat, was spielt Geld dann noch für eine Rolle? Wieviel kann denn ein vernünftiger Mensch zu seinen Lebzeiten ausgeben? In den meisten Fällen geht es dann so aus, daß man nur noch Leute trifft, deren einzige Sorge das Geldscheffeln ist oder die schon mehr als genug davon haben und nicht wissen, wie sie ihren Reichtum genießen sollen.«

»Sie lassen Armut geradezu verlockend erscheinen.«

»Arm zu sein hat nichts Anziehendes an sich«, entgegnete er. »Wenn man es einmal war, wird man den Geschmack nicht mehr los. Aber man lernt wirklich, Geld zu schätzen, weil es die Abwesenheit von Armut beinhaltet. Und dann will man nur deswegen immer mehr, weil man nicht mehr dorthin zurück möchte.«

Ohne sich dessen bewußt zu sein, hatte er sein Schutzschild fallenlassen. Sie erkannte, daß Byrons Schwäche in seiner Empfindlichkeit seiner Vergangenheit gegenüber lag. Ungeachtet dessen, wie entschieden er sich davon abgewandt hatte, wurde er sie doch nicht los. Sarah hatte schon immer vermutet, daß auch bei ihm dunkle Schatten lauerten. Man konnte sie bloß nicht sehen. Sie wollte ihn trösten, ihn berühren, hielt sich aber zurück, weil sie wußte, daß er Mitleid verabscheute.

»Wissen Sie, daß Ihre Augen sehr viel von Ihnen offenbaren?« murmelte er.

»Ja.«

»Sarah, hast du gedacht, ich hätte dich im Stich gelassen?« Januel tauchte plötzlich neben ihr auf und führte ihre Hand zu den Lippen. »Verzeih mir, daß ich so lange weg war ... Byron.« Er lächelte und nickte ihm flüchtig zu. »Ich wußte gar nicht, daß Sie hier sind.«

»Bounnet.«

Madeleine rauschte zu ihnen herüber. »Byron, Sie mischen sich ja gar nicht unter die Gäste«, schalt sie ihn, wobei sie ihm die Hand auf den Unterarm legte.

»Madeleine, hinreißend wie immer.« Er ließ die Lippen kurz über ihre Hand schweben, ehe er sie losließ. »Wir haben uns lange nicht gesehen.«

»Zu lange«, meinte sie. »Wir müssen auf Sie und unsere junge Architektin aufpassen.« Lächelnd wandte sich Madeleine an Sarah. »Nehmen Sie sich vor ihm in acht, Sarah. Er ist ein schlimmer Draufgänger.«

»Ja?« Sarah ließ ihre Augen zu Byron wandern. »Ja, vermutlich ist er das.«

17

Weil Sarah am Vormittag an einer Sitzung teilgenommen hatte, kam sie nicht gerade bester Laune auf der Baustelle an. Zudem trug sie in ihrer Tasche einen Brief von Dallas mit sich herum. Obwohl Dallas lauter Nettigkeiten geschrieben hatte, stimmte der Ton nicht mehr. Sarah spürte die Veränderung in ihrer Beziehung und kannte den Grund dafür.

Evan Gibson, grollte sie, als sie ihr Auto auf den Parkplatz des Kulturzentrums lenkte. Dieser Blödmann. Wütend stemmte sie die Hände in ihre Rocktaschen, nachdem sie die Autotür zugeschlagen hatte.

Ich hätte mich da heraushalten sollen, sagte sie sich zum tausendsten Mal. Ich hätte meinem Gefühl folgen und mich da nicht einmischen sollen.

Sarah blieb stehen und ließ den Blick langsam über das Kulturzentrum schweifen. Sie war mit ihrem Werk zufrieden. Es ist wirklich toll, dachte sie. Und es wird noch besser aussehen, wenn erst der Park fertig angelegt ist. Im Geist plazierte sie die restlichen Bäume, Sträucher und Blumenbeete. Man braucht mich hier nicht mehr. Sie seufzte und kam sich vor, als werde sie in verschiedene Richtungen gezerrt. Sie dachte an Januel und das Kulturzentrum, an ihre Wohnung, an Dallas und Maxwell Haladay, an Benedict und alles, was sie mit Nework verband.

Im lauen Pariser Frühling spürte Sarah, daß sie nirgends und zu niemandem dazugehörte. Rasch machte sie sich zum Gebäude auf, sie sehnte sich nach Lärm und geschäftigem Treiben.

Bei der Bühne im ersten Stockwerk des Westflügels entdeckte sie Lafitte. Ohrenbetäubender Lärm war zu hören. Einige Männer schraubten Sitze an, während andere an den elektrischen Anlagen hinter der Bühne arbeiteten. Über ihnen standen Männer auf Gerüsten und montierten Leisten für die Bühnenbeleuchtung. Weil Lafitte sich darauf konzentrierte, mußte ihn Sarah am Arm antippen, ehe er den Kopf zu ihr umdrehte.

»Paul?«

»Ach, Sarah.« Über seinem Grinsen kräuselte sich sein Schnurrbart. »Ist Ihre Sitzung gut gelaufen?«

»Na ja«, meinte sie mit gerümpfter Nase. »Ich werde wohl nie verstehen, warum ich nicht einfach bauen kann, ohne mich mit Budgetkommissionen herumplagen zu müssen. Wen kümmern schon die Kosten, solange etwas gut ist?« Sie fuhr sich mit der Hand über den Nacken, ehe sie Lafittes belustigtem Blick begegnete. »Nun lachen Sie schon«, sagte sie, wobei zum ersten Mal an diesem Tag ein Lächeln über ihr Gesicht flog. »Sie müssen ja Ihre Seele nicht für Mahagoni aus Honduras verkaufen. Und dieselben Leute verlangten, daß ich noch das Restaurant im Dachgeschoß einbaue!«

»Und Sie haben ihnen geschickterweise gehorcht. Übrigens haben wir heute nachmittag wieder eine offizielle technische Abnahme.«

»Ja, deshalb bin ich auch gekommen. Ist alles in Ordnung?«

»*Comme ci, comme ca.* Mr. Lloyd ist hinter der Bühne bei den Elektrikern.«

»Mist.« Sarah vergrub wieder die Hände in den Taschen. »Warum verbringt er hier so viel Zeit? Das macht mich ganz kribbelig.« Sie schaute nachdenklich zur Bühne, dann wieder auf Lafitte. »Warum bleibt er nicht im Büro und wühlt sich wie ein normaler Verwaltungsmensch durch den ganzen Papierberg?«

»Mr. Lloyd ist sehr gründlich«, meinte Lafitte und zuckte leichthin mit den Schultern.

»Was halten Sie von ihm?« erkundigte sie sich unvermittelt. Als sie bemerkte, wie sich Lafittes Miene veränderte, fuhr sie ungeduldig fort: »Verflixt, Paul, jetzt tun Sie mir gegenüber nicht so verschwiegen. Was halten Sie von ihm?«

Lafitte verlagerte das Gewicht auf den anderen Fuß. Stirnrunzelnd zupfte er sich am linken Ohrläppchen, was Sarah schon früher an ihm beobachtet hatte, wenn er nachdachte. Normalerweise hätte seine schwerfällige, vorsichtige Art sie erheitert.

»Er ist sehr gescheit«, meinte Lafitte endlich, »versteht was vom Bau – und ist sachlich.« Er schaute Sarah wieder an, weil er merkte, daß sie seinen Blick suchte. »Manche Menschen lassen sich von ihren Gefühlen beherrschen, zu denen gehört er nicht.«

»Ja«, stimmte Sarah nach einer kurzen Pause zu. »Sie haben wohl recht. Aber warum ist er hier? Warum bleibt er so lange hier auf der Baustelle? Weshalb ist er nicht schon längst wieder nach Phoenix geflogen?«

»Warum fragen Sie ihn nicht selber?«

»Ich weiß nicht.« Sarahs Stimme wurde leiser, während sie den Kopf schüttelte. »Aber ich habe das unbehagliche Gefühl, daß Sie den Grund seiner Anwesenheit kennen und ihn mir nicht verraten.« Sie warf ihm einen schnellen Blick zu. »Was meinen Sie, Paul, warum beschleicht mich dieses Gefühl?«

Lafitte zuckte die Schultern, dann schaute er wieder zur Decke. »Da unterhalten Sie sich besser mit Mr. Lloyd.« Er legte die Stirn in Falten. »Warum zum Teufel ist Dupres allein da oben? Es müssen immer zwei Männer an einer Leiste arbeiten.«

»Gehen doch Sie zu ihm rauf«, meinte Sarah verstimmt. »Sie helfen mir sowieso nicht.«

Lafitte drehte sich zu ihr um und lächelte sie an. »Ich mag Sie, Sarah. Ich mag Sie, weil Sie sich von Ihren Gefühlen leiten lassen.«

Sie sah ihn lange und kühl an. »Klettern Sie hinauf«, sagte sie und schaute ihm nach. An seinem Gesichtsausdruck hatte sie bemerkt, daß er ihr auswich.

»Sarah.« Byron sprach sie erst an, als er unmittelbar vor ihr stand. Der Lärm um sie herum hatte einen hohen Pegel erreicht; er hallte von den Wänden und der Decke wider. Sarah fühlte sich in Rock und Blazer, mit hohen Absätzen und dünnen Seidenstrümpfen, ihrem formellen Aufzug zur Sitzung am Vormittag, fehl am Platze. Byron war mit seinen Jeans und seinem karierten Baumwollhemd mehr wie ein Arbeiter denn wie ein Manager angezogen.

»Ich habe heute nicht mit Ihnen auf der Baustelle gerechnet«, meinte sie.

»Ach ja?«

Byron steckte die Daumen in die Vordertaschen der Jeans. Eine Geste, die nicht gerade zu dem stellvertretenden Vorstandsvorsitzenden von Haladay Enterprises paßte. »Haben Sie etwas dagegen?«

»Nein, nein«, gab sie zurück. »Nur ein paar Fragen. Zuerst einmal – sind Sie hier als Manager, als Ingenieur oder als interessierter Beobachter?«

Byron ließ die Augen nicht von ihr. »Trifft alles zu.«

»Machen Sie sich nicht über mich lustig«, meinte sie barsch, trat einen Schritt näher, streckte die Hand aus und deutete auf Lafitte. »Paul weiß mehr als ich.«

Beiläufig schaute Byron zu Lafitte hinauf, der sich mit seinem Arbeiter oben auf dem Gerüst unterhielt. »Und worüber?«

»Byron, würden Sie es mir sagen, wenn es irgendein Problem gäbe?«

»Wie kommen Sie denn auf die Idee, daß es ein Problem geben könnte, Sarah?«

»Ach, zum Teufel noch mal!« Sie wandte sich ab. Einige Sekunden lang beobachtete sie Lafitte, der sich an der Deckenleiste zu schaffen machte. »Ich wünsche mir verdammt noch mal, daß Sie nach Phoenix fliegen und die Finger von meinen Sachen lassen würden!« rief sie. Wegen des Lärms verstand niemand außer Byron ihre Worte.

Er schaute sie an und antwortete mit ruhiger Stimme. »Ich war mir dessen nicht bewußt, daß ich mich in Ihre Angelegenheiten einmische.«

»Es sieht aber so aus.« Sie wirbelte herum. »Als ob Sie mir über die Schulter schauen würden. Mich muß niemand beaufsichtigen, Byron. Wenn Sie mir nur geradeheraus antworten wollten! Oder wenn Paul mit mir reden würde.« Aufgebracht warf sie den Kopf in den Nacken und schaute wieder zur Decke – und da stockte ihr einen Moment lang der Herzschlag.

Sie sah, wie eine Leiste losbrach und auf Lafitte fiel. Ihr entsetzter Gesichtsausdruck veranlaßte auch Byron hochzuschauen – nur um zu sehen, wie die Leiste auf Lafittes Schädel krachte und ihn über das Gerüstgeländer schleuderte.

»*Um Himmels willen!*«

Sarah war schon auf halbem Weg dorthin, als Lafitte und die Leiste auf dem Boden aufschlugen. Der Baustellenkrach überdeckte das Aufprallgeräusch. Langsam verebbte der Lärm, bis schließlich völlige Stille herrschte. Sarah war schon fast am Gerüst, als Byron sie einholte.

Er packte sie fest am Arm und brachte sie so zum Stehen.

»Paul. Nein, um Himmels willen, nein!«

Byron hielt sie an den Schultern fest, wobei er ihr mit seinem Körper die Sicht versperrte. Er spürte, wie sie zitterte, selbst als sie ihn wegzustoßen versuchte. Erst als er sie fest schüttelte, schaute sie endlich zu ihm auf. Sie hatte die tränenlosen Augen vor Entsetzen weit aufgerissen.

»Holen Sie den Notarzt«, befahl er, obgleich er wußte, daß es zu spät war.

»Paul«, sagte sie noch einmal und schüttelte den Kopf. Es konnte nicht wahr sein, beharrte ein Teil ihres Verstands. »Byron, lassen Sie mich ...«

»Los, rufen Sie den Notarzt«, wiederholte er und verstärkte seinen Griff an ihren Schultern, bis ihm ihr deutlich vernehmbares Luftschnappen signalisierte, daß sie den Schmerz wahrgenommen hatte. »Und zwar sofort.« Sie schaute ihm noch immer in die Augen. »Jetzt sofort, verdammt noch mal!« Er drehte sie grob herum und gab ihr einen Stoß.

Ohne sich umzuschauen, rannte Sarah den Gang hinunter. Byron wartete, bis sie verschwunden war, ehe er sich umdrehte. »Lassen Sie niemanden herein«, wies er einen stämmigen Elektriker an. »Das gilt auch für Mademoiselle Lancaster.« Dann bahnte er sich seinen Weg durch die aufgeregten Arbeiter zu Lafitte.

Es schien, als seien Stunden vergangen. Sarah hatte das durch Mark und Bein gehende Heulen des Martinshorn gehört, hatte zugesehen, wie die Sanitäter mit ihrer Ausrüstung ins Theater stürzten und hatte dann die Stille ertragen müssen. Sie wußte, daß Lafitte tot war. Sie hatte es sofort gewußt, das Schreckliche aber nicht wahrhaben wollen. Würde er doch noch neben ihr stehen, sie angrinsen ...

Draußen zwitscherten Vögel. Sie schaute ihnen zu, wie sie auf der Südseite, wo der Park schon fast fertig angelegt war, von Baum zu Baum flogen. Die Sonne schien ihr warm auf den Nacken. Sarah vergrub das Gesicht in den Händen.

»Sarah.« Sie wirbelte herum und sah Byron unmittelbar hinter sich. »Gehen Sie heim«, sagte er nur und hakte sie unter. Sie wehrte sich, wobei sie ihm ins Gesicht schaute.

»Byron, bitte ...« Sie schüttelte den Kopf, versuchte zu schlucken. »Er ist ...«

»Er ist tot. Sie können hier nichts mehr tun.«

Mit einem stöhnenden Aufseufzen schloß sie die Augen. Einen Moment lang lehnte sie sich an ihn, dann hob sie wieder die Hände vors Gesicht. »Nein.« Sie schüttelte den Kopf, wollte es nicht glauben. »Nein, o Gott ... bitte nein.« Er hörte, wie ihre Stimme immer verzweifelter klang und packte sie an den Schultern.

»Gehen Sie nach Hause, Sarah. Ich kann jetzt keine hysterische Frau gebrauchen.« Seine Stimme war schroff. Er beobachtete, wie sie ihre Tränen zurückdrängte. Aber beim Atmen schüttelte es sie noch immer.

»Wie konnte das bloß passieren?« fragte sie, wobei sie sich zu der Frage, zum Zuhören zwingen mußte. *Brich jetzt bloß nicht zusammen*, befal sie sich, verletzt durch die Kälte seiner Worte. *Brich nicht zusammen.*

»Ich weiß nicht genau.« Byron ließ ihre Schultern los, um sich eine Zigarette anzuzünden. Sie spürte noch immer den Druck seiner Finger und beobachtete ihn durch den Rauchschleier. »Anscheinend hatte er die Leiste nicht richtig gesichert, und als er daran hantierte, riß sie weg. Fahren Sie ins Hotel. Geben Sie der Vermittlung Anweisung, daß man keine Anrufe zu Ihnen durchstellt. Wenn die Presse erst davon Wind bekommt, wird man Ihnen keine Ruhe lassen und von Ihnen eine Stellungnahme verlangen.«

»Ich pfeife auf die Presse.« Sarah packte ihn am Arm. »Byron, Paul hat Familie; seine kleine Enkelin ist fünf. Sie kann schon bis zwanzig zählen. Ich habe ihn da raufgeschickt.« Ihre Stimme verlor sich in Schluchzen. »Ich habe gesagt, er solle hinaufgehen. Wenn ich das nicht gemacht hätte, wäre er vielleicht ... vielleicht noch am Leben. Vielleicht wäre er ...«

»Jetzt denken Sie nur an sich selber«, meinte Byron kühl.

Sarah fuhr zusammen, als hätte er sie geschlagen. Jegliche Farbe wich ihr aus dem Gesicht. »Himmel noch mal«, sagte sie leise. »Wie ich Sie hasse.« Sie wirbelte herum und rannte zu ihrem Wagen, wobei sie in ihrer Tasche nach dem Autoschlüssel suchte. Byron schaute ihr zu, wie sie den Parkplatz verließ und auf die Straße schoß. »Scheiße«, sagte er voller Grimm, dann schnippte er seine Zigarette weg.

Am Tag der Beerdigung brannte die Sonne herunter. Die frisch ausgehobene Erde roch warm und kräftig. Sarah, die weit hinten in der Menge der Trauergäste stand, versuchte an die Aufregung bei der Grundsteinlegung auf einer neuen Baustelle zu denken, an einen umgegrabenen, zur Saat vorbereiteten Garten. Doch sie sah nur Paul Lafitte vor sich, wie er ein großes Stück Brot abbrach, um es mit ihr zu teilen.

Einige Gesichter in der Menge erkannte sie. Indem sie sich auf sie konzentrierte, schottete sie sich gegen die Gebete und das Weinen ab. Da stand Derille in grimmiger Gefaßtheit bei mehreren Arbeitern, die sie kannte. Einige weinten offen, andere formten mit den Lippen Antworten auf die Gebete des Priesters. Der Duft der frischen Blumen bereitete ihr Übelkeit. Über Dutzende von gebeugten Köpfen hinweg trafen sich Sarahs und Byrons Blicke.

Seine Anwesenheit hier überraschte sie, und sie starrte ihn auch nach dem Ende der Gebete an, als die Menge sich zu zerstreuen begann. Drei Tage lang waren sie sich in weitem Bogen aus dem Weg gegangen. Jetzt sah Sarah ihn auf Lafittes Witwe zugehen. Er beugte sich herab und sprach mit ihr. Sie faßte ihn an beiden Händen und redete schnell auf ihn ein. Sarah wandte sich ab, dann ging sie über den kurzgeschnittenen Rasen davon. Sie spürte ihn hinter sich, ehe sie hundert Meter gegangen war, sagte aber erst etwas, als er sich auf gleicher Höhe mit ihr befand.

»Daß Sie auch gekommen sind?« sagte sie, ohne ihn anzusehen.

»Hat Bounnet Sie hergebracht?«

»Nein.« Die breite Hutkrempe beschattete ihre Augen. Sie schaute schnell zu Byron hinüber, dann wieder starr nach vorne. »Er mußte zu einigen Besprechungen. Ich eigentlich auch; er ist für mich eingesprungen.«

»Ich fahre Sie zurück.«

»Ich bin mit dem Auto da.«

»Ich habe gesagt, ich fahre Sie zurück.« Er brachte sie zum Stehen, indem er ihr die Hand auf den Arm legte. »Geben Sie mir die Schlüssel.« Er nahm sie ihr aus der Hand. »Warten Sie hier.« Er entfernte sich ein paar Schritte und redete kurz mit einem der Mechaniker.

Sarah sagte nichts, als Byron wiederkam und sie am Arm nahm. Während sie neben dem Auto standen, schaute sie über seine Schulter auf den Friedhof zurück. Lafittes Familie entfernte sich in einem dunklen Halbkreis vom Grab. Sarah hob den Blick zu Byron.

»Ich hasse Beerdigungen.«

Sie drehte sich um, stieg ins Auto und lehnte sich mit geschlossenen Augen gegen die Kopfstütze. Der Motor sprang an, und der Daimler glitt ruhig über die Straße. Als Byron sich eine Zigarette anzündete, trieb der Tabakgeruch zu ihr herüber.

»Ich hasse Unfälle.« Sie hielt ihre von der Hutkrempe beschatteten Augen geschlossen. »Der Tod ist an sich schon häßlich genug, aber ein Unfall ... Ich möchte Sie um Entschuldigung dafür bitten, daß ich sagte, ich würde Sie hassen. Das tue ich nicht, oder tat es jedenfalls nur in diesem Moment. Da hätte ich mir gewünscht, daß Sie meine Hand halten.«

»Das wußte ich.«

Sarah nahm den Hut ab und warf ihn auf den Rücksitz. »Sie sind um so viel beherrschter als ich. Paul nannte Sie distanziert. Das beschreibt Sie gut. Ich lasse mich auf alles viel zu sehr ein. Byron ...« Mit einem Mal wurde sie sich der Welt außerhalb des Autos bewußt. »Das ist nicht der Weg zum Büro.«

»Stimmt.«

Sarah schloß wieder die Augen. Die Trauerfeier hatte sie entsetzlich ermüdet. Das Auto glitt dahin, während beide schwiegen. Erst als sie anhielten, öffnete Sarah die Augen und schaute aus dem Fenster.

Rechts von ihr befand sich ein Park voll blühender Blumen und lärmender Kinder. Sie sah einen Hund über das Gras flitzen und einem blauen Ball nachspringen. Ohne ein Wort beugte sich Byron über sie und machte ihr die Tür auf.

»Warum sind wir hier?« fragte sie. Ihre Blicke trafen sich, und sie erinnerte sich lebhaft an damals, als er sie in der Tiefgarage von Haladay das erste Mal geküßt hatte.

»Warum nicht?« fragte er zurück. »An einem so schönen Tag.«

Er stieg aus und ging dann zum Rasen zurück. Sarah folgte ihm langsam. Als sie bei ihm war, streckte er die Hand aus. Sie starrte sie überrascht einen Moment an, dann schaute sie wieder hoch, lächelte und legte ihre Hand in die seine. Sie spürte, wie sie sich zum ersten Mal seit Tagen fallenlassen konnte.

Leben pulsierte um sie herum. Lachend und kreischend rannten Kinder die Pfade entlang. Pärchen spazierten engumschlungen vorbei. Eine alte Frau mit einem unter dem Kinn geknoteten Schal warf gelangweilten Tauben Krümel hin. Sarah beobachtete eine Kunststudentin und ihren Begleiter, die ihre Blöcke und Stifte im Gras abgelegt hatten und sich leidenschaftlich im Schatten einer Ulme küßten.

»Wollen Sie mir einen Gefallen tun?« bat sie.

»Und der wäre?«

»Würden Sie mich eine Minute lang in den Arm nehmen?«

Byron strich ihr eine Haarsträhne von der Wange, dann legte er ihr den Arm um die Taille. Er konnte die Umrisse ihres Gesichts erahnen, als sie den Kopf an seine Schulter lehnte. Mit einem sanften, langen Ausatmen entspannte sie sich.

»Sie sind ein merkwürdiger Mensch, Byron«, murmelte sie. »Aber allmählich verstehe ich, warum Cassidy Sie so gern hat.« Sie fuhr ihm leicht mit den Lippen über die Wange, dann wich sie zurück. »Danke.«

18

Nach ihrer Rückkehr ins Büro zog Sarah ihren schwarzen Blazer aus. Sie wollte sich gleich an die Arbeit machen. Nach dem Spaziergang im Park fiel es ihr leichter, wieder ans Leben und nicht mehr an den Tod zu denken.

Am Nachmittag kündigte sich ein Gewitter an. In Sarahs Büro wurde es düster, und von Westen her hörte man leises Donnergrollen. Seit Lafittes Unfall war ihre Arbeit liegengeblieben, und jetzt fing Sarah an, sie zu sichten. Da lagen die endgültigen Änderungen für das Dachrestaurant, auf die sich der Ausschuß geeinigt hatte. Sarah wollte sie fertigstellen und andere Kleinigkeiten erledigen. Wenn das geschafft war, gab es für sie keinen Grund mehr, länger in Europa zu bleiben.

Sarah hatte das Gefühl, in den vergangenen sechs Monaten eine Menge gelernt zu haben. Sie wußte, daß sie eine verantwortungsvolle Position ausfüllen konnte und daß ihr das zusagte. Sie hatte entdeckt, daß es für sie äußerst lohnend war, wenn sie sich für eine längere Zeitdauer einem einzigen Bauvorhaben widmen konnte. Ihr Wunsch, ein Bauwerk verantwortlich zu gestalten, war mit der erfolgreichen Arbeit am Delacroix-Kulturzentrum noch gewachsen.

»Sarah.«

Sie schaute von dem Papierwust auf ihrem Schreibtisch hoch. Januel kam auf sie zu und nahm ihre Hände zwischen die seinen.

»Sarah, du hättest heute nicht ins Büro kommen sollen.« Seine Stimme klang sanft und verständnisvoll. Sarah drückte ihm beim Aufstehen die Hände.

»Doch, ich wollte – ich mußte arbeiten.«

»Ich weiß, wie grauenhaft das alles für dich war.« Er beugte sich zu ihr herunter, und küßte sie auf beide Schläfen. »Du hast Paul nahegestanden – und mitansehen zu müssen, wie ...« Er seufzte und legte ihr sacht die Hände auf die Schultern. »Wenn ich dir das doch hätte ersparen können.«

»Seine Frau wirkte heute so zerbrechlich«, murmelte sie. »So verloren.« Sie dachte an die zierliche, schwarzgekleidete Gestalt.

»Das Unternehmen wird sich um sie kümmern«, versicherte ihr Januel und drückte ihre Schultern noch einmal, ehe er sie losließ. »Du mußt dir keine Sorgen um sie machen.«

Sarah schaute kurz zu ihm auf, dann wandte sie sich ab. Auf einmal sah sie wieder deutlich den Versicherungsscheck nach dem Tod ihrer Eltern vor sich. Sie konnte sich sogar an die Papierkörnung erinnern. »Lebensversicherungssumme«, flüsterte sie. »Das klingt richtiggehend obszön.« Sie schüttelte schnell den Kopf und versuchte, das Gefühl wiedereinzufangen, das sie mit Byron im Park empfunden hatte. Das Leben ging weiter.

Sie schritt zum Fenster und betrachtete die heftig wogenden Wolken. »Ich mag einen kräftigen Sturm«, sagte sie übergangslos und riß das Fenster auf. »Ich mag ein ordentliches Unwetter.« Der Wind peitschte herein und brachte ihre Bluse zum Flattern.

»Ja.« Januel stellte sich hinter sie und legte ihr wieder die Hände auf die Schultern. »Ich erinnere mich an deine Schwäche für Regen.«

Sarah lehnte sich an ihn, und dachte an das erste Mal, als sie sich geliebt hatten, und an die sanfte Zufriedenheit dabei. »Ich reise in ein paar Tagen ab«, meinte sie leise. »Und ich werde dich vermissen, Januel.«

Januel drehte sich herum und nahm ihr Gesicht in beide Hände. Seine Augen waren klar und schön. »Sprich nicht vom Abschiednehmen, Sarah.« Er gab ihr einen langen Kuß. »Du kannst doch ebenso gut bleiben.«

»Man braucht mich hier nicht mehr.« Sie wollte gerade den Kopf schütteln, aber er unterbrach sie in dieser Bewegung mit einem weiteren Kuß.

»Ich brauche dich.« Er hob ihre Hände an die Lippen, drehte sie um und küßte ihr die Handflächen. »Bleib in Paris, Sarah. Werde meine Frau.«

Verblüfft starrte sie ihn an. Damit hatte sie nicht gerechnet. Vor Überraschung fehlten ihr die Worte.

»Mein Liebling.« Er drückte ihr die Lippen auf die Stirn. »Ich hatte nicht vor, dich so unvermittelt oder in einer solchen Umgebung zu fragen.« Er lächelte, wobei er noch immer ihre Hände hielt. »Als du von deiner Abreise sprachst, habe ich mich vergessen. Antworte jetzt nicht.« Als sie den Mund aufmachen wollte, drückte er ihr fest die Hände. »Laß mich dich umwerben, wie eine Frau umworben werden sollte.« Er zog sie an sich. »Ich werde dich später noch einmal fragen, und zwar so, wie es sich gehört. Aber denk bitte in den nächsten ein, zwei Tagen eher ans Bleiben denn ans Fortgehen. Versprichst du mir das?«

»Ja.« Sie ließ die Stirn an seine Schulter sinken, ehe sie ein wenig abrückte. »Ja, ich überlege es mir.«

»Darf ich dich heute zum Abendessen ausführen?«

»Nein.« Mit einem verwirrten Lachen legte sie ihm die Hände auf die Brust. »Nein, bitte, ich möchte heute auf jeden Fall lange arbeiten, und ... du hast mich ganz durcheinander gebracht, Januel. Ich brauche ein wenig Zeit für mich.«

»Ich werde dich heute abend nicht bedrängen.« Er küßte sie, dann schaute er ihr in die Augen. »Morgen?«

»Ja, morgen.«

Sarah wartete, bis die Tür hinter ihm ins Schloß gefallen war, ehe sie sich an ihrem Schreibtisch niederließ. Sie hörte, wie der Regen einsetzte.

In einem leeren Gebäude wird jedes kleinste Geräusch hörbar. Sarah saß allein im Büro, lauschte dem Ploppen und Surren der Klimaanlage, dem Knarzen der Dielen, dem Prasseln des Regens an die Fensterscheiben. Sie war schon längst mit ihrer Arbeit fertig und hatte sogar, völlig untypisch für sie, ihren Schreibtisch aufgeräumt. Ich muß nachdenken, gestand sie sich ein, als ihr keine Verzögerungstaktik mehr einfallen wollte. Die Ellbogen auf dem Schreibtisch aufgestützt, legte sie den Kopf in die Hände.

»Heiraten«, sagte sie laut, als wolle sie das Wort erproben. Dann: »Januel heiraten.« Keine Bilder stiegen vor ihrem geistigen Auge auf. Enttäuscht erhob sie sich. Verflixt, warum wollte ihr denn dabei gar nichts einfallen?

Offensichtlich, so folgerte sie einen Moment später, hatte sie über eine Heirat noch nie gründlich genug nachgedacht. Ohne Schuhe wanderte sie im Büro auf und ab, blieb dann stehen, um durch das regenbespritzte Fenster zu starren. Januel ist nett, dachte sie, intelligent und liebenswürdig. Lächelnd lehnte sie den Kopf an die Scheibe. Bei ihm fühle ich mich wohl.

Sie erinnerte sich an ihre Eltern, an Paul und wie schnell ein Leben ausgelöscht werden konnte. Irgendwie betrachtete jeder das Leben als selbstverständlich, bis man plötzlich mit dem Tod konfrontiert wurde. Der Tod mit seiner Endgültigkeit jagte ihr Angst ein. Es gab so viel zu tun, so viel zu erleben, ehe alles vorbei war. Paul war noch jung gewesen, als er auf das Gerüst gestiegen war. Nun würde er nie alt sein. Wie viele Träume und Wünsche hatte er aufgeschoben, weil er dachte, daß es immer ein Morgen gäbe? Sarah hatte sich einmal geschworen, im Spiel gegen die Zeit zu gewinnen. In beruflicher Hinsicht hatte sie dieses Versprechen gehalten. Jetzt fragte sie sich, was sie als Frau wirklich wollte – und wie lange sie es sich leisten konnte zu warten.

»Ich hätte gern ein Zuhause«, murmelte sie. Dann drehte sie sich um und schaute ins Zimmer. Welch eine Überraschung, Sarah, sagte sie sich und hob die Hand an die Schläfe. Wie lange hatte sich das schon da drin verborgen? Ich hätte gern Kinder. »Ich möchte Kinder haben.« Das Eingeständnis verblüffte sie, und sie setzte sich kurz auf den Fenstersims, um diesen neuen Gedanken auf sich einwirken zu lassen. »Und einen Hund«, fügte sie hinzu. »Und einen Lattenzaun.« Lachend schlang sie die Arme um sich. »Ich will alles, alles bis ins kleinste Detail.«

Liebe ich ihn? fragte sie sich. Wäre ich mir sicher, wenn ich ihn liebte? Schwer zu sagen. Er macht mich glücklich, das ist genug. Sie langte nach ihrem Blazer und ihrer Handtasche. Es gab keinen Grund, weshalb sie bis morgen warten sollte.

Januels Finger streichelten träge über ihre schönen Brüste. »Möchtest du etwas zu trinken, *ma belle*?« fragte er. Bei Madeleines zustimmendem Gemurmel seufzte er zufrieden und atmete den Geruch ihrer feuchten Körper ein. »Bleib liegen.« Er beugte sich über sie, küßte ihre harten Brustwarzen und stand dann auf. »Ich habe eine Flasche Champagner im Kühlschrank.«

In seinem pflaumenfarbenen Seidenhausmantel ging Januel in die Küche. Er fühlte sich körperlich zutiefst befriedigt und dachte an Sarah, daran, wie nahe er doch der Erfüllung all seiner Wünsche schon war. Vor sich hinsummend stellte er zwei Kristallgläser auf ein Tablett. Es fügte sich alles bestens. Mit geübtem Griff versenkte er den Champagner im Sektkühler. Schon jetzt spürte er neues Verlangen in sich aufsteigen.

Bei dem langen Ton des Türsummers fluchte er verärgert, stellte das Tablett auf einen Tisch im Wohnzimmer und ging zur Tür. Er würde den Besucher schnell abwimmeln. Champagner und Frauen sollte man nie warten lassen.

»Hallo!« Sarah schlang ihm die Arme um den Hals und küßte ihn stürmisch.

Heftiger Schreck durchfuhr ihn, aber da ihre Wange an seiner ruhte, entging Sarah sein Gesichtsausdruck. Auf ihrem Haar und ihrem Blazer perlten Regentropfen. Januel erholte sich rasch von seinem Schock, schob sie ein wenig von sich und lächelte sie an. »Sarah, was für eine Überraschung! Bist du mit deiner Arbeit schon fertig?«

»Ja.« Sie schlüpfte an ihm vorbei ins Zimmer, ehe er es verhindern konnte. »Ich dachte, wir könnten das ruhige Abendessen von morgen auf einen späten Imbiß heute vorverlegen.« Lächelnd schaute sie auf seinen Hausmantel. »Ich lasse mich vielleicht sogar zur Häuslichkeit überreden und schlage etwas in die Pfanne, da du nicht gerade ausgehfein angezogen bist.« Sie rieb das Revers seines Hausmantels zwischen Daumen und Zeigefinger. »Hoffentlich habe ich dich nicht aus dem Bett geklingelt.«

Januel gab sich einem Anflug von Galgenhumor hin. »Nein. Aber ich war gerade auf dem Weg dorthin.« Er langte sich an die Schläfe. »Ich habe entsetzliche Kopfschmerzen und gerade ein paar Tabletten genommen. Sarah, ich fürchte, mit mir ist heute nichts anzufangen. Diese Tabletten sind stark und wirken ausgezeichnet, aber sie machen einen furchtbar müde.«

»Ach, das tut mir leid.« Sie legte ihm die Hand auf die Wange, worauf er sich etwas entspannte. Er konnte die Besorgnis in ihren Augen erkennen. »Kann ich irgend etwas für dich tun?«

»Nein, nein, Liebling.« Er umklammerte ihre Hände und legte sie sich auf die Brust. »Morgen früh geht es mir wieder gut. Es tut mir leid, daß ich dich so enttäuschen muß. Morgen.« Er führte ihre

Hände zum Mund und küßte sie, dann lächelte er. »Aber ich werde es wettmachen.«

»Darauf zähle ich.« Sie küßte ihn flüchtig auf den Mund. »Ich wollte dich nur meine Antwort wissen lassen.« Bei einem Blick über seine Schulter entdeckte Sarah das Tablett mit dem Champagner und den Gläsern. Erst war sie überrascht, dann neugierig – und mit dem Verstehen kam der Schmerz. Eine Sekunde lang schloß sie die Augen. »Aber wie ich sehe, hast du mich erwartet.« Sie bemühte sich verzweifelt um einen gelassenen Tonfall, als sie ihn wieder anschaute. »Solltest du denn Alkohol trinken, Januel, wo du doch Tabletten genommen hast? Das kann sich schlimm auswirken.« Sie durchquerte das Zimmer, hob ein Glas und drehte sich dann zu ihm um, wobei sie das Glas prüfend musterte. Er sah, wie in ihren Augen Wut aufstieg und überlegte, wie er die Situation am geschicktesten meistern könne. Sarah wies mit dem Glas in Richtung Schlafzimmer. »Jetzt brauchst du drei Gläser, nicht wahr?« Ihre Stimme klang gefährlich beherrscht.

»Sarah ...«

»Januel, vielleicht sollte ich das erklären.« Madeleine kam aus dem Schlafzimmer. In dem dünnen, grünen Hausmantel sah sie großartig aus.

Das wird ja immer schlimmer, dachte Sarah, ich kenne sie auch noch. Sie war verletzt, was sie verabscheute. »Madeleine«,sagte sie matt. »Sollte ich mich für die Störung entschuldigen?« Sie warf einen schnellen Blick auf Januel. »Oder sollte irgend jemand etwas über kultiviertes Verhalten sagen?«

Madeleine nahm sich eine Zigarette aus einem geschliffenen Glasgefäß und seufzte, ehe sie sie sich anzündete. Wie schade, dachte sie, daß das Mädchen einen so ungünstigen Zeitpunkt erwischt hat. »Sarah.« Sie blies einen Rauchfaden in die Luft. »Das ist natürlich für uns alle eine peinliche Situation.«

»Ach, peinlich?« Sarah ließ sich das Wort auf der Zunge zergehen. »Ja, das ist ein sehr kultiviertes Wort.« Der Druck auf ihrer Brust signalisierte ihr, daß ihre Gefühle um die Oberhand kämpften, aber sie bezwang sie. »Ich stimme dem Begriff peinlich zu, Madeleine.« Es fiel ihr leichter, mit Madeleine zu sprechen als mit Januel.

»Januel und ich verstehen einander.« Madeleine zog an ihrer Zigarette und betrachtete Sarah aufmerksam durch ein Rauchwölkchen. »Wir sind alte Freunde, die einander großen körperlichen Genuß bereiten können. Das ist ganz unverbindlich.«

»Händeschütteln ist unverbindlich«, entgegnete Sarah. Ihr selbst zitterten die Hände. Sie wünschte sehr, sich an etwas festhalten zu können, um es zu verbergen. Sarah wußte, daß nichts so deutlich die Gefühle offenbarte wie die Hände. Beiläufig steckte sie sie in die Taschen ihres Blazers. »Ich sehe keinen Anlaß zum Streit mit Ihnen, Madeleine. Es gab für Sie keinen Grund, weshalb Sie nicht mit Januel schlafen sollten. Doch ich denke, daß er Grund genug gehabt hätte, nicht mit Ihnen zu schlafen. Treue setze ich wohl als selbstverständlich voraus.«

»Sarah.« Januel stand hinter ihr und trat einen Schritt vor. Der Blick, den sie ihm über die Schulter zuwarf, ließ ihn erstarren.

»Entschuldigen Sie«, meinte sie zu Madeleine, dann wandte sie sich Januel zu. »Ich würde gerne wissen«, setzte sie an und schaute ihm fest in die Augen, »warum du mich heute nachmittag um meine Hand gebeten hast, dann heimgefahren und mit einer anderen Frau ins Bett gestiegen bist.«

»Sarah, das eine hat doch gar nichts mit dem anderen zu tun.«

»Dann erklär es mir getrennt voneinander.« Ihre Stimme war tonlos. »Warum hast du mich gebeten, dich zu heiraten?«

»Weil ich dich zur Frau haben möchte.« Seine Antwort war prompt, die Augen klar. »Sarah.« Er nahm sie bei den Schultern, ehe sie ihm ausweichen konnte. »Weißt du denn nicht, wie gerne ich dich mag?«

»Ach ja, ich glaube schon. Ich denke, ich weiß genau, wie gern du mich hast.« Ihre Wangen waren blaß, sie wollte sich durch ein Schulterzucken seiner Hände entledigen, aber zwang sie zum Stillhalten. »Nimm deine Hände weg«, forderte sie leise.

»Benimm dich doch nicht wie ein Kind.« Sein Tonfall verschärfte sich. »Welcher Mann oder welche Frau ist denn schon treu? Und was für einen Unterschied macht das auch? Unsere Ehe, Sarah, wird uns beiden zu derart großem Erfolg verhelfen, daß wir uns wegen irgendwelcher törichter Belanglosigkeiten nicht den Kopf zerbrechen sollten.«

Sie spannte die Muskeln an, damit sie nicht unter seiner Berührung zu zittern begann. Er sollte keine Schwäche an ihr wahrnehmen. Während sie sein Gesicht aufmerksam betrachtete, fragte sie sich, warum ihr bisher dieser verschlagene Zug in seiner Miene entgangen war.

»*Erfolg*, Januel? Welcher Art?«

»Persönlicher Erfolg, Sarah, natürlich.« Sie erinnerte sich, wie überzeugend seine sanfte, liebenswürdige Stimme klingen konnte. Jetzt zerrte sie an ihren Nerven. »Aber auch gesellschaftliche, berufliche Erfolge. Denk mal darüber nach, Sarah.« Sie sah ihn lächeln. »Dank meiner gesellschaftlichen Verbindungen wird es mit deiner Karriere steil bergauf gehen. Mit dem Namen Haladay hinter dir und den Türen, die ich dir in Europa öffnen kann, könntest du zum gefragtesten Architekten des Jahrzehnts werden. Das Delacroix-Kulturzentrum ist nur der Anfang, Sarah. In ein oder zwei Jahren kannst du Haladay hinter dir lassen. Du brauchst ihn dann nicht mehr.«

»Ich verstehe.« Sie atmete tief durch. »Aber ich werde jemanden brauchen, der sich um das Geschäftliche kümmert, jemanden, der mit den Verwaltungsaspekten umzugehen weiß, mit all den finanziellen Einzelheiten, die ich so gern außer acht lassen würde. Und du verstehst dich ausgezeichnet auf diese Dinge. Mir haben deine diesbezüglichen Fähigkeiten immer imponiert.«

»Wir beide zusammen, Sarah.« Er senkte den Mund zu dem ihren und küßte sie leicht. »Uns eröffnen sich zahllose Möglichkeiten.«

Sarah erduldete den Kuß, dann wich sie zurück. »Wenn ich einen Handlanger für die Verwaltung brauche, stelle ich dich ein. Und jetzt nimm endlich deine Hände weg.« Sie beobachtete, wie Wut in seinem Gesicht aufflackerte. Seine Augen wurden hart wie Glas. »Ich sag's nicht noch mal, Januel«, warnte sie ihn leise, während sie sich die Fingernägel ins Fleisch bohrte. »Nimm deine Hände weg.«

»Schön.« Seine Stimme klang in seinem Bemühen um Beherrschung gepreßt, als er einen Schritt zurücktrat. »Vielleicht sollten wir uns am besten morgen weiter unterhalten, wenn du länger darüber nachgedacht hast.«

Sarah stolzierte zu dem Tablett hinüber, hob die Champagnerflasche aus dem Sektkübel und las das Etikett. »Du hast einen vorzüglichen Geschmack, Januel. Dieser Meinung war ich schon immer. Die Flasche darf ich doch mitnehmen?« Sie nickte Madeleine zu.

»*Au revoir*, Sarah.«

»Auf Wiedersehen, Madeleine.« Der Flaschenhals fühlte sich kalt in ihrer Hand an, als sie zur Tür ging. Dort drehte sie sich noch einmal um und warf ihm einen letzten Blick zu. »Weißt du, Januel, jede Frau sollte sich einen französischen Liebhaber leisten, über den sie in ihren Memoiren schreiben kann. Ich werde dir fast eine ganze Seite widmen.«

Als die Tür sich hinter Sarah schloß, lachte Madeleine leise und anerkennend auf. »Du hast sie unterschätzt, *chéri*.«

»Vielleicht. Von jetzt an nicht mehr.«

Madeleine erkannte die kaum beherrschte Wut in seiner Miene und drückte lässig ihre Zigarette aus. Sie ging zu ihm und knotete ihm den Hausmantel auf. Dann schlang sie ihm die Arme um die Taille. »Bei dieser Dame hast du verspielt, *mon cher ami*.«

»Fürs erste.« Nach einem Blick zur Tür runzelte Januel die Stirn, dann widmete er seine Aufmerksamkeit wieder Madeleine. »Nur fürs erste.«

19

Sarah hatte die Füße auf den Schreibtisch gelegt und zappelte mit den bestrumpften Zehen, während sie in ihr Wasserglas schaute, in dem Champagner perlte. Sie kippte ihn hinunter, beugte sich vor, griff sich die Flasche und füllte das Glas noch einmal. Kollossale Koordination, folgerte sie. Unglaubliche Geschicklichkeit. Und nicht die Spur von Verstand.

»Man kann nicht alles haben«, erzählte sie dem Champagner, ehe sie einen Schluck nahm. Sie hatte ihre Haarnadeln herausgezogen und strich sich gerade das Haar aus dem Gesicht, als sie Byron am Türpfosten lehnen sah. »Hallo.« Sie grinste ihn an, bevor sie das Glas wieder erhob. Während sie sich mit den Zehen am Unterschenkel kratzte, bedeutete sie ihm durch Gesten, er solle doch eintreten. »Bleiben Sie nicht in der Kälte stehen, Byron. Kommen Sie herein ins Warme.«

Ehe Byron sich aufrichtete, ließ er den Blick von ihren schuhlosen Füßen die Beine hinauf, die ihr verrutschter Rock großzügig entblößte, zu ihrem geröteten Gesicht und dem zerzausten Haar schweifen. Sie erschien ihm ungewöhnlich schön – und sturzbetrunken. »Was ist denn hier los, Sarah?«

Sie prostete ihm kurz zu und leerte das Glas. »Ich feiere.« Lächelnd warf sie den Kopf in den Nacken. »Mir fällt bloß der passende Ausdruck für die Gelegenheit nicht ein. Aber vielleicht Ihnen.«

Byron kam herein und beobachtete sie, wie sie sich schon wieder einschenkte. Er hob prüfend die Flasche.

»Haben Sie das etwa allein getrunken?«

»Ganz alleine.« In ihrer Stimme schwang ein wenig Stolz mit. Sie trank schon wieder. »Und wenn Sie auch etwas wollen, gehen Sie raus und besorgen Sie sich selber was.«

»Huldvoll bis zuletzt.« Er stellte die Flasche ab, sie hatte sie bereits zu drei Vierteln geleert. Ihm imponierte ihr Durchhaltevermögen. »Was feiern Sie denn, Sarah?«

Sie nahm die Füße vom Schreibtisch und stellte sich hin. In aufrechter Stellung wankte sie ein bißchen, doch dann schüttelte sie den Kopf, um den Nebel zu vertreiben. Mit überraschender Anmut kam sie um den Schreibtisch herum. »Dieser verdammte Fußboden ist ja ganz schief, Byron. Da stimmt was nicht mit den Stützbalken. Sie sollten sich mal drum kümmern.«

»Selbstverständlich.« Während er ihr zuschaute, kickte sie ihre Schuhe aus dem Weg und hob erneut das Glas.

»Wo bin ich gerade stehengeblieben?« Sie drehte sich stirnrunzelnd zu ihm um.

»Bei den fehlerhaften Stützbalken«, half er nach.

Sie kicherte. »Nein, noch davor. Warten Sie eine Minute.« Sarah kämmte sich mit den Fingern durch das Haar und hielt es sich aus dem Gesicht, während sie angestrengt nachdachte. »Ach ja.« Sie ließ das Haar wieder ins Gesicht fallen. »Die Feier. Januel hat mir heute nachmittag einen Heiratsantrag gemacht. Von genau der Stelle aus, an der Sie jetzt stehen«, fügte sie hinzu.

Byron schaute ihr geradewegs in die Augen, ohne ihr Lächeln zu erwidern. »Ich verstehe.«

»Nein, tun Sie nicht«, korrigierte sie ihn, dann piekste sie ihm mit dem Finger auf die Brust. »Was halten Sie von der Institution Ehe, Byron? Ich habe heute abend ein wenig darüber nachgedacht. Ziemlich viel sogar.« Die Worte kamen ihr nicht mehr flüssig über die Lippen, und sie trank wieder, als wolle sie damit ihre Zunge lösen. »Meine Eltern waren verheiratet, müssen Sie wissen. Ich kenne eine Unmenge von verheirateten Leuten. Einige bleiben das auch. Und manche versuchen es immer wieder, bis es klappt. Muß schon was dran sein. Viele Leute kriegen auch Kinder, wenn sie verheiratet sind. Manche sogar schon vorher ...« Ihre Stimme versagte. »Mögen Sie kleine Kinder, Byron? Ich schon. Aber wir haben uns über Januel unterhalten«, fiel ihr plötzlich ein.

»Sie sollten wirklich beim Thema bleiben.«

»Entschuldigung.« Sie winkte ihm zu. »Ich kam zu dem Schluß, daß Januel zu heiraten eine tolle Idee wäre. Er schaut großartig aus, ist Ihnen das schon aufgefallen? Himmel, ich habe mich wirklich in dieses Gesicht verknallt. Wie ein Gemälde von Raffael, finden Sie nicht?«

»Ich habe noch nicht allzu viele Gedanken daran verschwendet.«
Sein trockener Tonfall drang durch den Champagnernebel.

Lachend drehte Sarah drei Pirouetten. Danach kippte sie den
Rest ihres Glases hinunter, wobei sie sich eine Hand auf die Brust
drückte.

»Heute abend habe ich ihn zu Hause besucht, um ihm zu sagen, daß ich ihn heiraten will.« Sie schaute auf das Glas in ihrer
Hand. »Mein Glas ist schon wieder leer. Wo war ich stehengeblieben?«

»Bei Bounnets Wohnung.«

»Ach ja. Ich war also in Januels Wohnung. Und Madeleine auch.
Sie erinnern sich doch an Madeleine, Comtesse de la Salle, nicht?«
Während sie redete, ging sie zum Schreibtisch, um sich wieder einzuschenken. Der Champagner perlte und schäumte. »Ich war – wie
sagt man? – *de trop*. Oder wie sich Madeleine ausdrückte – es war
eine peinliche Situation.« Nachdem sie über die letzten Worte gestolpert war, hob Sarah lachend das Glas. »Wir benahmen uns alle
sehr kultiviert, gewiß doch. Er hat alles erklärt. Das hat Januel toll
drauf.«

Sie hielt sich einen Augenblick das Glas gegen die Stirn. »Sie
verstehen, seine Scheiß-Madeleine hatte mit ihm und mir überhaupt nichts zu tun. Das habe ich natürlich nicht kapiert, bis er es
mir erklärte. Ich fürchte, ich habe mich wie eine Provinzgans benommen.« Ihre Stimme hatte zu zittern begonnen, weshalb sie den
ganzen Champagner hinunterkippte. »Verdammter Mistkerl!« Sie
schleuderte das Glas durchs Zimmer. Es knallte gegen die Wand
und fiel in kleinen Splittern auf den Teppich. »Seinetwegen fange
ich doch nicht etwa zu heulen an.« Sie preßte sich die Handballen
fest gegen die Augen. »Ich habe mir geschworen, als er so dastand
und die Hände auf mir hatte und mir sein Geschwätz auftischte,
daß ich seinetwegen nicht heule. *Nie, niemals.*«

Byron verfolgte ihren Kampf gegen die Tränen. Einmal, zweimal
atmete sie schluchzend ein und aus, ehe sie die Beherrschung wie-
dergewann. Dickköpfig, dachte er und bewunderte sie dafür. Als sie
die Hände sinken ließ, glänzten ihre weit geöffneten Augen, aber sie
waren tränenlos. »Gut gemacht, Sarah.«

Sie holte noch einmal tief Luft, dann schaute sie sich suchend um, weil sie mit dem Champagner den Schmerz betäuben wollte. »Ich brauche ein neues Glas.«

»Genug.« Byron nahm sie am Arm. Ihre Haut fühlte sich durch die Bluse heiß an. Sie schwankte erst, dann richtete sie sich gerade auf. »Ich glaube, Sie könnten einen Kaffee und einen Happen zu essen vertragen.«

Kopfschüttelnd pustete sie sich das Haar aus dem Gesicht. »Ich habe mir gelobt, daß ich die ganze Flasche trinke.« Sie stützte sich an seiner Brust ab, bis sie ihre Balance wiedergewonnen hatte. »Und daran halte ich mich auch.«

»Wie Sie wollen.« Achselzuckend ließ er sie los und setzte sich hin, während sie sich nach einem neuen Glas umschaute und endlich eines fand. »Wenn Sie sich schon einen antrinken wollen, haben Sie wenigstens eine gute Marke ausgesucht.«

»Das war Januels Wahl«, verbesserte sie ihn, während sie sich eingoß. »Ich habe die Flasche bei ihm mitgehen lassen. Stand bereits gekühlt im Sektkübel. Das war meine Rettung.« Sie hob das Glas und schaute es gründlich an. »Wenn ich nämlich nicht die Flasche und die Gläser hätte herumstehen sehen, hätte ich ihm noch seinen Mist abgekauft, daß er sich nicht wohlfühlt. Ich wäre nach Hause gegangen, und dann würden jetzt er und Madeleine den Champagner trinken. Prost auf meine Beobachtungsgabe. Ich hoffe doch sehr, daß er nicht noch eine hatte.« Sarah kicherte selbstzufrieden.

»Waren Sie in ihn verliebt?«

Bei der unvermittelten Frage hielt sie das Glas auf halbem Weg zu ihrem Mund an. Langsam wanderte ihr Blick umher, bis sich ihre Augen mit denen Byrons trafen. »Ich habe es mir gewünscht«, flüsterte sie. Sie schüttelte so wild den Kopf, daß ihr Haar herumflog. »Ich habe es versucht.«

»Dann waren Sie's nicht«, folgerte er und zog an seiner Zigarette. »Es sich wünschen und es zu versuchen ergeben zusammen null.« Sein Schulterzucken machte ihre Antwort unnötig.

»Er hat mich zum Narren gehalten.« Sarah trank, dann setzte sie das Glas mit lautem Klirren ab.

»Er hat Ihrem Stolz einen Schlag versetzt.« Byrons Stimme klang mitleidslos, als er sich eine neue Zigarette anzündete. Sarah beobachtete, wie sein Feuerzeug aufflackerte.

»Er hat mich verletzt.« Ihre Stimme festigte sich mit zunehmender Wut. »Dieser Mistkerl hat mich wirklich verletzt. Und er hat sich nie, nie das Geringste aus mir gemacht. Das war alles bloß Lug und Trug.« Sie sah ihn einen Moment eindringlich an. Dann schloß sie die Augen. »O Gott.« Sarah drückte sich die Hand gegen den Kopf, weil sich auf einmal alles um sie herum drehte. »Ich bin betrunken.«

»Ja«, pflichtete ihr Byron bei. »Das habe ich schon gemerkt.«

»Ihnen entgeht nicht viel«, meinte sie, als sie die Augen wieder aufschlug. »Im Suff fällt es einem schwer, wütend zu sein. Deshalb habe ich zuviel getrunken. Na schön.« Sie zuckte mit den Schultern und lächelte ihn wieder an. »Es hätte noch schlimmer kommen können. Wenn ich diesen Scheißkerl wirklich geheiratet hätte. Erscheint Ihnen das logisch genug, Byron? Sie sind so ein wahnsinnig logischer Mensch.« Beim Gähnen riß sie den Mund weit auf. »Wahrscheinlich sind sie nicht der Typ Mann, der es ausnützt, wenn sich eine Frau in meinem gegenwärtigen Zustand befindet.«

Er hob die Braue. »Ist das eine Frage oder eine Einladung?«

Sarah zuckte wieder mit den Schultern und widmete sich dann der Flasche. Die Stirn vor Konzentration gerunzelt, schüttelte sie die letzten paar Tropfen heraus. »Weiß nich'. Macht das was? Ich bezweifle, daß ich Sie jetzt verführen könnte.« Sie schleuderte sich das Haar über die Schulter, danach wandte sie sich wieder Byron zu und beobachtete ihn über den Glasrand hinweg.

Er grinste. »Sollen wir wetten?«

Beim Lachen kam sie erneut ins Wanken und griff haltsuchend nach dem Tisch, weil die Wände wackelten. Ihr Lachen klang trotzdem kehlig und anerkennend, als sie den Kopf in den Nacken warf. »Manchmal sind sie mir direkt sympathisch, Byron. Im Ernst.«

»Und sonst?« fragte er, während er sie durch eine Rauchwolke anschaute.

»Sonst weiß ich es nicht. Sie machen mir angst. Erzählen Sie mir von sich, Byron«, lud sie ihn ein, während sie sich mit einer Pobacke auf dem Schreibtisch niederließ. Um ein Haar wäre sie abgerutscht, konnte sich aber noch fangen. »Ich weiß schließlich fast nichts von Ihnen. Und ich wundere mich oft über Sie.«

Er sah zu, wie der restliche Champagner in ihrem Glas bedrohlich schwappte. »Später.«

»Ich mag Rachmaninow, Rad Bradbury und die Hot Dogs beim Yankee-Stadion. Und außerdem Dylan Thomas und wenn man mir die Füße massiert.« Sie leerte ihr Glas.

»Wie spannend.« Byron sah zu, wie Sarah geistesabwesend das Bein baumeln ließ. »Scheint so, als hätten Sie die Flasche ausgetrunken.«

Überrascht schaute sie auf ihr leeres Glas.

»Ist nicht noch mehr da?« Sie schüttelte schnell die Flasche, dann stellte sie sie wieder hin. »Sollen wir noch eine kommen lassen?«

Er drückte die Zigarette aus, ehe er aufstand und auf sie zukam. »Ich sollte besser nichts trinken. Ich muß Sie schließlich nach Hause fahren.«

»Oh.« Als er sie um die Taille faßte, um sie vom Schreibtisch wegzubugsieren, sank sie ihm warm, weich und nachgiebig in die Arme. Gähnend legte sie den Kopf an seine Schulter. »Ist die Party aus?« murmelte sie.

»Scheint so.« Ihre Lippen berührten ihn am Hals. Er griff ihr mit den Fingern ins Haar und neigte ihren Kopf nach hinten, bis er ihr ins Gesicht schauen konnte. Ihre Lider hingen schwer herab, waren schon fast geschlossen. Das Grün schimmerte nur noch schwach unter den Wimpern hervor.

Als er sie küßte, öffnete sich ihr Mund willig – sie schmeckte nach Champagner. Der Kuß wurde entgegen seiner Absicht leidenschaftlicher.

Ihm fiel ein, daß er noch nie ihre Haut geküßt hatte, und er ließ seine Lippen über ihre Halsbeuge bis zur Schlagader wandern.

Jetzt konnte er den Regen in ihrem Haar riechen. Mit einem Seufzer lehnte sich Sarah schwer gegen ihn.

»Bringen Sie mich heim, Byron.« Sie spürte, wie der Boden unter ihren Füßen schwankte. »Ich möchte nicht mehr hier sein. Ich möchte heim, heim nach Phoenix.«

»Jetzt sofort?« Er bettete ihren Kopf an seine Brust.

»Wenn ich aufwache«, verbesserte sie ihn und verlor sanft das Bewußtsein.

20

Mit dröhnendem Schädel und entsetzlich verkatert saß Sarah in Haladays Privatflugzeug und verschloß die Augen vor der durchgehenden weißen Wolkendecke. Die betäubende Wirkung des Dom Perignon war verflogen; jetzt fühlte sie sich mies und elend. Aber ihr Erinnerungsvermögen war klar. Sie erinnerte sich an alle Vorkommnisse des vorigen Abends bis zu jenem Moment, als sie in Byrons Armen das Bewußtsein verloren hatte.

Als nächstes wußte sie wieder, daß sie in ihrem Bett aufgewacht war, warm zugedeckt, nur mit Unterhemd und Höschen bekleidet. Sie konnte sich leicht ausmalen, wie sie dorthin gelangt war und daß sie sich zweimal an einem Abend bis auf die Knochen blamiert hatte, war schwer zu verdauen.

Schlimmer noch, sinnierte sie mit geschlossenen Augen, er hat *überhaupt nichts* gesagt. Er sitzt nur einfach da. Sarah konnte von Byron lediglich ein gelegentliches Papiergeraschel hören, ansonsten herrschte Stille in der Kabine. Sie wäre sehr gerne wieder im Zustand des Vergessens versunken, aber der Kater und ihre eigene Verlegenheit hielten sie wach. Niemals hätte sie in ihrem Büro diesen Saufmarathon abhalten dürfen. Ganz unprofessionelles Verhalten. Sie hatte sich in eine alles andere als geschäftsmäßige Lage manövriert. Jetzt mußte sie den Preis dafür zahlen.

Byron hatte sie heute früh aus dem Bett geholt. *Sie herausgezogen*, präzisierte Sarah finster. Nicht einmal die Mühe anzuklopfen hatte er sich gemacht, erinnerte sie sich. Er hatte einfach mit ihrem Schlüssel aufgesperrt. *Ihrem Schlüssel.* Himmel. Dann, rief sie sich ins Gedächtnis zurück, hatte er ihr eine Tasse Kaffee unter die Nase gehalten und ihr gesagt, sie solle duschen und ihre Sachen packen.

Und was hatte sie getan? Genau das, was er ihr angewiesen hatte. Sie war halbnackt aufgestanden, hatte den Kaffee heruntergeschüttet und war dann unter die Dusche getappt. Byron hatte sich um alles gekümmert. Er hatte ihre Hotelrechnung beglichen, ihr Gepäck aufgegeben und sie ins Flugzeug verfrachtet. Mit keinem Sterbenswörtchen hatte sie sich dagegen gewehrt. Nicht zu diesem Zeitpunkt; sie war zu benommen für irgendwelche Einwände gewesen. Doch jetzt ...

Sarah schlug die Augen auf und drehte sich im Sitzen um, um Byron zu beobachten. Er blätterte gerade einige Unterlagen durch und warf keinen Blick in ihre Richtung. Ebensogut hätte sie allein sein können. War es möglich, die ganze Angelegenheit auf sich beruhen zu lassen, überlegte sie. Aber dann zwang sie sich trotz der pochenden Kopfschmerzen zum ernsthaften Nachdenken.

Byron wirkte gut ausgeruht und beherrscht. Sollte sie sich ganz einfach zu alldem nicht äußern? Das wäre vielleicht das vernünftigste. Bestimmt würde er dann den Vorfall nicht mehr erwähnen. Er gehörte genau zu der Sorte Mann. Einen Moment haßte sie ihn deswegen.

»Sie hätten das doch nicht machen müssen«, platzte sie heraus.

Byron schaute auf. Er musterte ihr Gesicht, ehe er sich wieder seinen Unterlagen zuwandte. »Sie sollten sich wirklich noch ein wenig ausruhen, Sarah. Sie schauen zum Erbarmen aus.«

»Wie nett von Ihnen, mich darauf hinzuweisen.« Als sie aufstand, überkam sie Brechreiz, den sie aber nicht beachtete. Sie ging zur Bordküche und fing an, Kaffee zu kochen.

Er schaute kurz auf und dachte wieder daran, wie er sie vorige Nacht im Arm gehalten hatte. Und wie sehr er sie begehrt hatte. Wenn sie nicht bewußtlos gewesen wäre, hätte er das Sofa in ihrem Büro durchaus zu verwenden gewußt. Sie in ihrem Hotelzimmer auszuziehen und sie dann allein zu lassen, damit sie ihren Rausch ausschlafen konnte, war ihm alles andere als leicht gefallen. Seltsam, daß er gefühlsmäßig so sehr bei einer Frau engagiert war, mit der er noch nie geschlafen hatte. Aber seine Gefühle für sie waren nicht zu leugnen, und das gefiel ihm gar nicht. Sein ganzes Leben lang war der Gedanke an Frauen für ihn kein Problem gewesen. Sie waren für ihn Kameradinnen oder Geschäftspartnerinnen oder Geliebte. Doch er würde Sarah nicht als Kameradin einstufen, und sie war auch nicht seine Geliebte. Allerdings bereitete es ihm große Schwierigkeiten, sie in der strengen Kategorie Geschäftspartnerin zu halten. Nein, das mußte er sich eingestehen, ihm war der Gedanke an sie nie ganz geheuer. Und er dachte öfter an sie, als ihm lieb war.

Er würde mit ihr ins Bett gehen, beschloß er und blätterte schnell um. Das würde allem ein Ende setzen. Wenn er sie erst einmal gehabt hatte, würde er aufhören, sich zu fragen, wie es wohl wäre. Wenn er sie erst einmal gehabt hatte, würde er wieder problemlos an sie denken können. Mit einem heimlichen Fluch schlug er wieder die Seite auf, die er soeben umgeblättert hatte, und ärgerte sich, daß ihm kein Wort davon mehr in Erinnerung war. Plötzlich ging ihm Januel Bounnet im Kopf herum.

Zum Glück hatte sich Sarah von ihm getrennt. Zum Glück war sie auf ihre Abreise von Frankreich vorbereitet gewesen. Sie mußte sich nicht mehr länger auf der Baustelle des Delacroix-Kulturzentrums aufhalten; dort brauchte man sie nicht mehr. Was jetzt noch getan werden mußte, konnte sie auch telefonisch erledigen. Auch Byron war bereit zum Aufbruch gewesen. Er spürte, daß er alles getan hatte, was er in Paris hatte erledigen wollen. Wenigstens für den Augenblick.

»Sie hätten sich nicht um alles kümmern müssen«, meinte Sarah, die in der Küchentür stand. »Ich wäre schon zurechtgekommen.«

»Bringen Sie mir doch auch eine Tasse, wenn Sie schon dabei sind.«

Mit zusammengebissenen Zähnen goß Sarah eine zweite Tasse ein, ehe sie in die Kabine zurückging. Eine Tasse in jeder Hand, so stand sie vor ihm. »Verdammt, Byron, wenn Sie doch endlich den Mund aufmachen würden. Ich habe mich vorige Nacht entsetzlich blamiert.«

Er nahm ihr die Tasse aus der Hand und nippte daran. »Wenn Sie das wissen, was wollen Sie dann von mir hören?«

Vor Ärger verfärbten sich ihre Wangen. »Ich habe vergessen, wie unfehlbar Sie sind.«

Ihre Blicke hielten einander stand. »Setzen Sie sich, Sarah.« Als sie stehen blieb, nahm er ihr die zweite Tasse aus der Hand, dann zog er sie auf den Platz neben sich. Ihr Kopf dröhnte bei dieser Bewegung. »Sie sind nicht der erste Mensch mit einem untreuen Liebhaber, und Sie sind auch nicht der erste Mensch, der sich bis zum Umfallen betrinkt. Vergessen Sie das Ganze.«

»Sie meinen im Ernst, daß das so leicht geht, nicht wahr?«

»Tut es das nicht?«

»Nein, nein.« Sie wollte eigentlich nicht mit ihm darüber sprechen, aber die Worte sprudelten einfach aus ihr heraus. »Mir gefällt es überhaupt nicht, daß ich mich vor Ihnen blamiert habe. Und mir paßt es überhaupt nicht, daß Sie wissen, was zwischen mir und Januel vorgefallen ist. Sie sind der letzte Mensch, dem ich mich anvertrauen würde.«

»Stimmt«, pflichtete er ihr bei. »Aber der springende Punkt liegt meiner Meinung nach darin, daß es Ihnen nicht gefällt, daß man Sie ausgenutzt hat.«

»Er hat nicht...«, setzte sie wütend an, doch dann unterbrach sie sich. Aber ja doch, ja, das hatte er. Byron hatte den Nagel auf den Kopf getroffen. Jetzt kämpfte sie ebenso gegen den Schmerz wie gegen die Wut an. »Herrgott, Sie sind ein gefühlloser Mensch, Byron – aber Sie haben recht. Ich habe sein Gesicht, habe einen schönen Mann gesehen... und wollte gar nicht genauer hinschauen. Er schickte mir Blumen, er war romantisch. Er sagte mir Dinge, die ich hören wollte.« Als Byron schwieg, raufte sie sich mit beiden Händen das Haar. »Ich genoß das – das Kerzenlicht, die Schmeicheleien. Ich bin darauf hereingefallen, und er wußte das im voraus. Er hat mich ausgenutzt. Und ich finde es grauenhaft, daß ich nicht erkannte, was sich hinter der attraktiven Fassade verbarg.«

»Das hätten Sie schon noch«, meinte Byron. »Wenn Sie der Blumen erst überdrüssig geworden wären.«

»Vielleicht. Aber jetzt werde ich das nie genau wissen, oder?«

»Weshalb müssen Sie das denn?« gab er zurück und nippte an seinem Kaffee. »Es ist aus.«

Sarah atmete tief und lehnte sich zurück. »Ich *mochte ihn*, Byron«, sagte sie enttäuscht. »Ich hatte ihn wirklich gern. Das macht einen Riesenunterschied.«

»Warum?«

»Gefühle kann man unmöglich erklären, Byron.« Sie seufzte. »Weil sie überhaupt nicht rational sind.« Einen Augenblick schwieg sie, dann schaute sie ihn wieder an. »Ich will es mal so ausdrücken. Wie würden Sie sich fühlen, wenn jemand, dem Sie vertrauen, Sie ausgenutzt hätte?«

Byron dachte an Max. Auf ihre Weise benutzten sie einander. »Die erste Regel lautet, niemandem zu trauen.«

»Wer kann denn so leben?« fragte Sarah. »Ich nicht. Ich lasse mich lieber verletzen, als allein zu sein.«

»Wir treffen selber unsere Wahl«, erwiderte er einfach, aber ihre Worte hallten in ihm nach. *Allein.* Bei ihr hörte es sich wie ein Ort an – ein sehr kalter, sehr leerer Ort. Er hatte die meiste Zeit seines Lebens dort verbracht.

»Ja, wir treffen unsere Wahl.« Plötzlich fühlte sich Sarah müde und schloß die Augen. »Dann müssen wir damit leben. Ich hatte mich entschieden, Januels Geliebte zu werden, und wenn man die ganzen Kinkerlitzchen wegnimmt, kommt es nicht mehr darauf an, warum. Er hat mir weh getan. Aber ich komme schon drüber weg.« Ihre Stimme wurde leiser, als sie allmählich in den Schlaf hinüber glitt. »Du lieber Himmel, hoffentlich bald.«

Sie öffnete ein letztes Mal die Augen und sah, daß Byrons Blick auf ihr ruhte. Sarah lächelte, ehe sie die Augen wieder schloß. »Wissen Sie, Byron, Sie haben mir noch immer nichts über sich selbst erzählt.«

»Stimmt«, pflichtete er ihr bei und schob den Kaffee beiseite. Er wollte ihn jetzt nicht mehr, er wollte nur noch neben Sarah sitzen und sie im Schlaf beobachten.

21

Sarah kam mit zwei Koffern, einem Kleidersack und in schlechter Verfassung zu Hause an. Seit vierundzwanzig Stunden hatte sie nichts außer Champagner und Kaffee zu sich genommen und fühlte sich allmählich ziemlich kaputt. Byrons Angebot, sie nach der Ankunft zum Essen auszuführen und heimzufahren, hatte sie abgelehnt, da sie Distanz zwischen ihnen schaffen wollte.

Gern hätte sie es ihm übelgenommen, daß er zufällig dagewesen war und ihr zugehört hatte. Doch es gelang ihr nicht. Ein Teil von ihr war dankbar, daß er nur zugehört und keine Allgemeinplätze, keine Ratschläge zum Besten gegeben hatte. Jetzt wollte sie nur fort von ihm, um Zeit zu haben, die Vorkommnisse mit Januel im richtigen Licht zu sehen.

Ihr Wohnungsschlüssel befand sich nur deshalb in ihrer Handtasche, weil Byron sie daran erinnert hatte, ihn dort zu verwahren. Stirnrunzelnd fiel ihr ihre Willfährigkeit heute früh ein, dann steckte sie den Schlüssel ins Schloß.

Denk einfach nicht mehr daran, befahl sie sich, als sie die Türklinke drückte. Denk nur daran, daß du jetzt daheim bist, und daran, wie schön es ist, endlich wieder zu Hause zu sein.

Mit ihrem Gepäck kämpfend stieß Sarah die Tür auf und trat ein. Sie knipste mit dem Ellbogen das Licht an. Alles Vertraute sprang ihr ins Auge, als habe sie es erst gestern gesehen: das alte viktorianische Sofa, das sie in der kleinen Werkstatt auf der East Side hatte neu polstern lassen, ihren Maisstrohteppich, das Ölgemälde Meeresbucht, das sie auf einem Wochenendausflug nach New Orleans gekauft hatte, der Frosch aus Ton, den ihr eine Collegefreundin vor Ewigkeiten zu Weihnachten getöpfert hatte.

»Himmel«, murmelte Sarah und stellte ihre Koffer ab. »Wie herrlich, wieder zu Hause zu sein.« Es schien soviel von ihr hier zu sein, daß sie sich fragte, welcher Teil von Sarah Lancaster nach Paris gegangen und welcher hier geblieben war.

Sie stand unter der Tür und schaute sich im Zimmer um, bevor sie ihre Handtasche ablegte. Alles wollte sie wieder berühren, sich vergewissern, daß sie hierher gehörte. Doch dann drehte sie sich um und schaute zur Tür auf der anderen Seite des Flurs hinüber. Zuerst einmal wollte sie Dallas besuchen. Sie verdrängte die Erinnerungen an den kühlen Ton, den sie im letzten Brief gespürt hatte. Jetzt brauchte Sarah sie, mußte sich davon überzeugen, daß ihre Freundschaft so wie die Wohnung überdauert, sich nicht verändert hatte. Sie wollte lachen, wollte die Freundin umarmen, den Duft von White Shoulders riechen, in dem Dallas nahezu badete. Irgend etwas Lustiges wollte sie hören und spüren, daß sie einfach um ihrer selbst willen geliebt wurde. Sie ließ die Wohnungstür offen, ging über den Flur und klopfte.

Als Evan die Tür aufmachte, starrte er Sarah verblüfft an. Er brachte kein Wort über die Lippen.

»Hallo, Evan.« Sarah lächelte und versuchte, sich über die Begegnung mit ihm zu freuen.

»Oh, Sarah.« Als er seine anfängliche Überraschung einigermaßen überwunden hatte, trat er zurück und winkte sie mit dem Gin-und-Tonic-Glas in der Hand herein. »Ich hatte gar nicht mitgekriegt, daß du heimkommst.«

»Das wurde erst in letzter Minute entschieden. Ich bin gerade erst angekommen«, sie schaute in Richtung Schlafzimmer, »und wollte Dallas begrüßen.«

Evan war bei seinem dritten Gin angelangt. Die zwei oberen Knöpfe von Sarahs Bluse standen offen. Er zählte vier weitere, ehe die Bluse in ihren Jeans verschwand. »Sie wollte nur schnell ein paar Sachen einkaufen.« Er zwang sich dazu, ihr ins Gesicht zu sehen, als sie den Blick wieder auf ihn richtete.

»Ach, dann komme ich später wieder. Ich sollte ohnehin erst mal auspacken.«

»Sie kommt bestimmt gleich zurück.« Evan nahm ihre Hand, ehe sie sich zur Tür umdrehen konnte. »Mach's dir gemütlich«, lud er sie ein. »Erzähl mir von Paris. Ich habe es noch nie bis dahin geschafft. Und wie lief das Projekt? Es heißt, du hast dir damit einen Namen gemacht.« Er lächelte überzeugend, als er ihre zögernde Miene bemerkte. »Leiste mir Gesellschaft. Ich mache dir einen Drink.«

»Nein, wirklich nicht.« Sie schüttelte den Kopf und versuchte, nicht an den Champagner zu denken. »Mir ist vom Flug noch ganz flau.« Sie bemerkte, daß das Glas in seiner Hand fast leer war. »Aber bitte, schenk dir doch ein.«

Während sich Evan das Glas vollgoß, schlenderte Sarah im Zimmer herum, erfreut, so viel von Dallas' persönlichen Dingen zu entdecken: ein Paar mit Jade besetzte Ohrringe, die sie auf einen Tisch gelegt hatte, ein Fläschchen knallrosa Nagellack, ein Hochglanzklatschmagazin. Anstelle der Erschöpfung, die sie im Taxi überfallen hatte, empfand sie nun Ruhelosigkeit und Ungeduld. Sie wollte Dallas wiedersehen, wollte spüren, daß sie wirklich heimgekommen war.

»Sarah?« In Gedanken versunken schaute sie auf, als Evan ihren Namen rief. Er hob sein Glas. »Willst du wirklich nichts?«

»Oh.« Mit einem Kopfschütteln begann sie noch eine Runde durchs Zimmer. »Nein, danke, ganz sicher nicht.« Da sie seinen Blick auf sich ruhen spürte, drehte sie sich um. »Und wie lief es hier so, Evan? Ich hab' ein paar Mal mit Max telefoniert und ein oder zwei Mal mit Mugs, aber eigentlich nur über Geschäftliches.«

»Ich glaube nicht, daß sich viel für dich verändert hat«, meinte Evan. Er trank seinen Gin, ohne sie aus den Augen zu lassen. Als sie die Hände in die Hosentaschen steckte, straffte sich ihre Bluse über den Brüsten. Ihm wurde noch heißer.

Daß er sie so aufdringlich beobachtete, war ärgerlich, aber Sarah strengte sich an, freundlich zu bleiben. »Du und Dallas, ihr habt euch oft getroffen, nehme ich an.«

»Dallas ist eine tolle Frau«, bemerkte Evan, wobei er nicht erwähnte, daß ihre Beziehung in den letzten Wochen ziemlich ins Wackeln geraten war. »Ich habe mich wohl bei dir noch gar nicht richtig bedankt, daß du ... uns zusammengebracht hast.« Der leicht sarkastische Anflug in seiner Stimme war nicht zu überhören.

»Ach, nicht der Rede wert.« Sie sah zu, wie Evan sein Glas leerte. »Ich fange jetzt mit dem Auspacken an, Evan. Du richtest Dallas aus, daß ich zurück bin, ja?« Noch mitten im Satz drehte sich Sarah zur Tür um.

»Was bist du denn so in Eile?« Er packte sie am Unterarm, ehe sie das Zimmer durchqueren konnte.

Sarah warf ihm einen Blick über die Schulter zu und bemühte sich um einen gelassenen Tonfall. »Ich bin fix und fertig, Evan. Ich habe einen langen Flug hinter mir.«

Er stellte sein leeres Glas ab, ehe er sie zu sich herumzog, so daß sie ihm ins Gesicht schauen mußte. Sarah machte sich steif. »Evan, ich ...«

»Du hast mir noch nichts über Paris erzählt, Sarah.« Er hob die Hand und fuhr ihr mit den Fingern durchs Haar, ohne den Blick von ihrem Mund abzuwenden. »Wir haben viel nachzuholen.«

»Ein andermal.« Sie redete mit ruhiger Stimme und versuchte, sich aus seinem Griff zu befreien. »Ich bin müde, Evan. Und du hast zuviel getrunken.«

»Du hast noch nicht deinen französischen Liebhaber erwähnt.«

»Das habe ich auch nicht vor.«

»Sarah – ich habe mir geschworen, daß ich dich kriege, wenn du zurück bist.« Er krallte ihr die Finger fester ins Haar und riß sie an sich. »Seit einem Jahr schon will ich dich.«

Seine Stimme war heiser vor Wut und Enttäuschung. »Ein ganzes verfluchtes Jahr. Ich habe noch nie eine Frau so lange begehrt.«

Sarah drückte ihm beide Hände gegen die Brust. »Evan, ich bin jetzt so etwas nicht gewachsen. Auf keinen Fall.« Ihre Worte, die sie gepreßt hervorstieß, stachelten seine Begierde nur noch mehr an. Er versuchte sie zu küssen, und als es ihr gelang, den Mund von dem seinen wegzudrehen, küßte er ihren Hals und begann gleichzeitig, an ihrem Jeansreißverschluß zu ziehen.

»Evan, hör auf! Untersteh dich!« In seiner Betrunkenheit war er gefährlich. Es gelang ihr, sich loszureißen, aber ehe sie zur Tür stürzen konnte, hatte er sie schon wieder gepackt, und zog sie zu Boden. Hilflos lag sie unter ihm und konnte sich nur noch verzweifelt hin und her winden.

»Laß mich los! Laß mich los, Evan!« Sie schlug ihm die Nägel in den Rücken und kratzte mit aller Kraft. Mit einem Schmerzlaut riß Evan den Kopf hoch, starrte sie mit fiebernden, wütenden Augen an, und riß mit einer schnellen Bewegung ihre Bluse auf.

Dann änderte sich plötzlich sein Gesichtsausdruck, als er ein Geräusch hörte. »Himmel.« Betreten suchte er nach Worten. »Sarah, ich ...« Sein Kopf fuhr herum, als die Wohnungstür aufging.

Dallas brauchte nur einen Sekundenbruchteil, um die Situation einzuschätzen – Sarahs weitaufgerissene Augen, die vor Tränen und Angst schimmerten, die zerrissene Bluse, Evans schuldbewußte, verdutzte Miene.

»Wie schön.« Die Arme voller Lebensmittel, stieß sie die Tür mit dem Rücken zu. »Willkommen daheim, Sarah.«

»Dallas . . .« Evan suchte nach Worten, aber er war sturzbetrunken und völlig durcheinander.

»Hast keine Minute vergeudet, nicht wahr?« fragte sie mit ruhiger, messerscharfer Stimme und schaute erst Evan an, und dann Sarah.

Sarah war totenbleich. Ihr Atem ging schnell und stoßweise.

»Also hast du die ganze Zeit über recht gehabt«, sagte Dallas gelassen. »Muß dir ja toll vorkommen, daß du so verdammt schlau bist. Oder wolltest du das hier sogar?«

Sarah schloß die Augen, sie konnte nichts mehr ertragen. »Ach, Dallas, nein.«

»Ach, Dallas, nein?« wiederholte Dallas und schleuderte beide Einkaufstüten durchs Zimmer. Sie barsten, und ihr Inhalt kullerte über den Boden. »Ach, Dallas, nein? Was zum Teufel soll ich damit anfangen? Du hattest recht, Sarah, du hattest so verdammt recht, daß es zum Himmel stinkt.«

Sarahs Augen sprachen Bände. »Bitte nicht . . .«

»Hör zu, Dallas.« Evan versuchte sich aufzurappeln.

»Halt's Maul«, knallte sie ihm hin. »Und steh auf, du Dreckskerl. Kannst du nicht mal die Pfoten von ihr lassen, wenn ich dir zuschaue?«

Schwankend kam Evan auf die Füße. »Dallas, entschuldige . . . ich hatte zuviel getrunken . . .«

»Drecksack, ekliger! Glaubst du vielleicht, ich weiß nicht, wie oft du dir vorgemacht hast, daß sie an meiner Stelle wäre!« Ihre Stimme klang vor Schmerz heiser. »Scher dich hinaus!« Sie schlug nach ihm, und der Hieb brachte ihn zum Stolpern und ernüchterte ihn.

»In Ordnung.« Er sprach jetzt ruhig, aber seine Hand zitterte, als er sich durch die Haare fuhr. »Du solltest dich mal um Sarah kümmern. Ich glaube . . . ich habe sie verletzt.«

»Nein.« Sarahs Stimme überschlug sich, als sie langsam hochkam.

»Laß mich.« Sie taumelte, und Evan wollte nach ihrem Arm greifen.

»Sarah ...«

»Rühr mich nicht an!« schrie sie. Noch während sie ihn wegstieß, hielt sie fest die Bluse zusammen. Ohne einen Blick zurück ging sie zur Tür und fingerte an der Klinke herum, bis sie sie endlich aufbekam. Dallas sah ihr nach, bis die Wohnungstür ins Schloß fiel. Steif drehte sie sich zu Evan um.

»Hau ab.«

»Ich geh' schon«, sagte er mit einem Nicken, ging auch in Richtung Tür, blieb dort aber kurz stehen. »Ich werde dir jetzt etwas verraten, was du vielleicht nicht glaubst.« Er drehte sich um und schaute sie lange an; ihre hochgewachsene, gertenschlanke Figur, den wuscheligen Lockenschopf, die tiefliegenden rauchgrauen Augen. »Ich habe nie an eine andere Frau gedacht, wenn wir miteinander geschlafen haben. Weder an Sarah noch an eine andere.« Damit ging er hinaus und ließ sie allein.

22

Verdrossen saß Cassidy vor dem Stapel Vertragsunterlagen auf seinem Schreibtisch. Es ging ihm durch den Kopf – wie immer, wenn er sich mit liegengebliebenem Papierkram konfrontiert sah –, daß er sich niemals von Haladay zu einer solchen Führungsposition hätte beschwatzen lassen dürfen.

Führungskraft, grübelte er. Aufgemotztes Wort für Schreibstubenhengste. *Scheißeschaufler*, dachte er mit größerem Wohlbehagen. Max, du Mistkerl. Er stierte auf ein zehn Seiten langes Angebot, und als er den Ruf der Gegensprechanlage beantwortete, klang es wütend.

»Miß Lancaster würde Sie gerne sprechen«, kündete Mrs. Fitzwalter in ihrem gepflegten Tonfall an.

»Was zum Teufel macht sie denn hier?« fragte er. »Lassen Sie sie nicht warten! Schicken Sie sie rein.«

»Gewiß, Mr. Cassidy.«

Cassidy klemmte sich eine glimmende Zigarre zwischen die Zähne und schaute auf die Unterlagen.

Sarah trat ein und umarmte ihn stürmisch. Errötend und zugleich erfreut erwiderte er die Umarmung und klopfte ihr mit seiner dicken Hand auf die Schulter.

»Nun, Sarah Lancaster, willkommen daheim. Und jetzt lassen Sie sich mal anschauen.« Er schob sie an den Schultern ein wenig von sich weg und lächelte sie an. Dann hob er die buschigen roten Brauen. »Mädchen, Sie sind erschöpft. Was wollen Sie denn hier?«

»Mich nach Arbeit umschauen.«

»Gehen Sie nach Hause und legen Sie sich ins Bett.«

»Das habe ich schon probiert.« Sarah lächelte. »Ich brauche Arbeit, Cassidy.« Sie trat einen Schritt zurück und hob flehend die Hände. »Geben Sie mir Arbeit, irgend etwas.«

»Sie haben in dem Jahr, seit Sie hier arbeiten, noch keinen Urlaub genommen«, meinte er besorgt.

»Nächstes Jahr. Jetzt ist nicht der richtige Zeitpunkt dafür. Von mir aus ein Baumhaus, Cassidy«, fuhr sie fort. »Ganz egal, was.«

Er verschränkte die Arme vor der Brust und bemühte sich um einen unnachgiebigen Blick. »Ich habe keine Berichte über Probleme am Delacroix-Projekt bekommen.«

Sarah seufzte und ging zu seinem Reißbrett. »Beim Kulturzentrum läuft alles gut. Es ist mein Privatleben, das mir im Moment Schwierigkeiten bereitet.«

»Diesbezüglich scheint derzeit ziemlich viel los zu sein.« Mit zusammengekniffenen Augen musterte er ihr Gesicht. »Evan hat um eine Versetzung in das Büro in Houston gebeten.«

Sarah wandte sich ihm zu, sah die Frage kommen, wehrte sie aber ab. »Ich muß unbedingt arbeiten, Cassidy.«

Er runzelte die Stirn. »Sie wollen Arbeit?« Er nickte. Dann ging er zu seinem Schreibtisch und fing an, in seinen Unterlagen zu wühlen. Als er auf einen Ordner stieß, hielt er ihn hoch. »Sie sollen sie bekommen. Hier ist die ausführliche Beschreibung eines Bibliotheksprojekts auf dem Navajo-Reservat im Norden.« Er erwähnte nicht, daß er ernsthaft erwogen hatte, den Auftrag selber zu übernehmen. Es wäre eine Herausforderung für ihn gewesen.

»Super.«

Cassidy beobachtete, wie sie den Ordner aufklappte. »Byron wird bei dem Projekt der Ingenieur sein.« Er bemerkte ihr erschrockenes Zusammenzucken, legte es aber falsch aus. »Hin und wieder macht er sich die Hände schmutzig; und dieser Auftrag liegt ihm besonders am Herzen.«

»Ich verstehe.« Sarah erinnerte sich an ihren Schwur, Byron Lloyd für die nächsten sechs oder sieben Monate aus dem Weg zu gehen. Sie seufzte. Man kann nicht alles haben, dachte sie. »Ich fange gleich damit an«, erklärte sie Cassidy und ging zur Tür.

Am nächsten Tag hatte Sarah schon mehrere fundierte Konzepte im Kopf, und nach einer kurzen Besprechung mit Cassidy konnte sie es kaum erwarten, die ersten Zeichnungen zu Papier zu bringen.

Mugs blickte von ihrer Schreibmaschine hoch, als sich die doppelte Glastür öffnete und Sarah hereinkam.

»Guten Tag, Miß Lancaster. Ihr Mittagessen ist hier«, sie tippte auf eine weiße Papiertüte auf ihrem Schreibtisch, »und ...«

»Hören Sie, Mugs«, unterbrach Sarah sie. »Stellen Sie bitte die nächsten paar Stunden nichts durch, sofern es nicht die nationale Sicherheit bedroht.« Sie stieß ihre Bürotür auf. Drinnen stand Maxwell Haladay und schaute finster auf ihren Dali-Druck.

»Was zum Teufel ist denn das für ein Geschmiere?«

»Ein surrealistisches«, antwortete sie und machte die Tür hinter sich zu. Sie lachte. »Möchten Sie auch etwas essen?«

Max warf einen flüchtigen Blick auf die Tüte. »Was haben Sie denn?«

»Kaviar ist mir gerade ausgegangen«, entschuldigte sie sich. Dann bedeutete sie ihm, Platz zu nehmen. »Wie wär's mit einem Vollkornbrötchen mit Thunfisch?« Sie hörte das verneinende Grunzen, als sie um ihren Schreibtisch ging. »Und es gibt noch Diät-Cola und ein Stück Rosinenkuchen«, bot sie mit einem schnellen Blick in die Tüte an. Das Grunzen steigerte sich von Verneinung zu Abscheu.

»Keine Essiggurken?«

»Leider nicht.«

Auf den ersten Blick konnte man leicht denken, daß Haladay eigentlich gesund aussehe. Er war braungebrannt, das Haar voll und von herrlichem Weiß, die Augen wachsam unter den dichten schwarzen Brauen. Doch Sarah schaute genauer hin. Sie entdeckte eine Magerkeit um seinen Hals, die vorher noch nicht dagewesen war, und tiefe Altersfalten. Sein Gesicht wirkte jetzt hagerer, nicht mehr so straff. Die Zeit hatte auch ihn am Wickel, dachte Sarah mit einem Stich von Mitleid.

»Nun ja, Sie können etwas essen oder mir beim Essen zuschauen«, sagte sie, als sie ihre Mahlzeit auf dem Schreibtisch ausbreitete. »Ich bin halb verhungert.« Sarah biß in die eine Hälfte des Brötchens, während sie die andere Haladay anbot. Er lehnte mit einer wedelnden Handbewegung ab.

»Ich habe schon vor fünfzig Jahren meinen Teil Thunfisch gegessen.« Er lehnte sich zurück und beobachtete sie. Auch er bemerkte Veränderungen; eine Spur von kaum beherrschtem Kummer. »Byron hat mich wegen Lafitte angerufen. Er war ein guter Kerl.«

Sarah nickte.

»Wenn man lange auf Baustellen arbeitet, sieht man zwangsläufig Unfälle. Viele tüchtige Leute lassen ihr Leben auf dem Bau, Sarah, daran kann nichts auf dieser verfluchten Welt etwas ändern. Lassen Sie sich das von einem Mann sagen, der seit mehr als einem halben Jahrhundert in diesem Geschäft ist. Herrgott im Himmel.« Angesichts seiner eigenen Feststellung schüttelte er den Kopf. »Das ist ja viel zu lange.«

»Nicht für Sie«, erwiderte Sarah lächelnd.

Bei seinem Grinsen hob sich sein Schnurrbart. »Sie und Byron denken das gleiche.«

Auf ihrem Gesicht zeigte sich die Überraschung so deutlich, daß es fast komisch war. »Tatsächlich?« Sie legte die Stirn in Falten.

»Die Berichte über das Delacroix sind zum gegenwärtigen Zeitpunkt alle positiv«, begann er, da er ihr Stirnrunzeln bemerkte. »Es ist Ihnen gelungen, Byron zu beeindrucken – kein leichtes Unterfangen. Auch Bounnet berichtet nur Gutes.« Sarah biß von ihrem Brötchen ab, dennoch entging Haladay die leichte Veränderung ihres Teints nicht. »Ceseare äußert nichts als Lob über Sie.«

»Bekomme ich eine Gehaltserhöhung?« fragte Sarah mit vollem Mund.

»Fünftausend im Jahr.«

Vor Überraschung hob sie abrupt die Brauen. Schweigend beobachtete sie ihn, während sie kaute und schluckte. »Sie kleckern nicht gern, nicht wahr?« Ihr gefiel sein herzliches Lachen.

»Wenn ich Ihnen angenehme Bedingungen schaffe, dann juckt es Sie vielleicht nicht allzu bald, selbst was auf die Beine zu stellen.« Sein Lächeln verblaßte. »Junge Leute sind rastlos. Haben's viel zu eilig, sich selber was aufzubauen. Sie schauen nicht auf das Ende. Nicht einmal auf morgen. Sie als Architektin müssen an morgen denken.« Er schaute ihr plötzlich scharf in die Augen. »Das haben wir gemeinsam.«

Einen Moment ruhte sein Blick auf ihrem Gesicht. Irgend etwas daran verwirrte sie.

Die Skizzen für die Bibliothek hielten Sarah bis weit nach fünf Uhr in ihrem Büro. Ihr schossen die Ideen nur so im Kopf herum, und sie wollte sie unbedingt aufs Papier bringen.

Nächste Woche, dachte sie, fahre ich hoch und schaue mir das Grundstück an. Aber meine Ideen taugen etwas. Die Unterlippe zwischen die Zähne geklemmt, konzentrierte sie sich auf die Dachlinie. *So wird es gut.*

»Sarah.«

Sarah sog Luft ein, ließ den Bleistift fallen und wirbelte samt dem Stuhl herum. Dallas stand mitten im Zimmer, die großen, mageren Hände in den Taschen ihrer weißen Leinenhose vergraben. Sie sah zu, wie Sarahs überraschter Gesichtsausdruck wich, entdeckte aber weder die Wachsamkeit noch die Distanz, die sie eigentlich erwartet hatte. Tief Luft holend kam sie näher.

»Entschuldige, aber ich habe geklopft.« Dallas schüttelte den Kopf, da sie sich dabei ertappte, nicht weiter zu wissen. »Es tut mir leid.«

»Ist schon in Ordnung«, meinte Sarah, die den wahren Grund für die Entschuldigung erriet.

»Nein, nein.« Dallas machte noch einen Schritt auf Sarah zu, dann wandte sie sich ab. Sie bewegte sich ruckartig und unsicher. Schließlich zog sie die Hände aus den Taschen und umklammerte ihre Ellbogen. »Nein, es ist nicht in Ordnung. Ich habe Tage gebraucht, bis ich den Mut fand, dir gegenüberzutreten. Sarah, ich weiß nicht, wie ich um alles in der Welt nur solche Gedanken sagen konnte.« Sie drehte sich wieder zu Sarah um; ihre Augen waren weit geöffnet und schimmerten dunkel. Jetzt begannen die Tränen zu fließen. »Ich weiß nicht, warum ich mich so benommen habe.«

»Dallas ...«

»Nein.« Sie schüttelte ungestüm den Kopf. »Herrgott, Sarah, ich wußte, daß du dich zu Tode geängstigt hast, ich wußte, daß dir dieser Mistkerl weh getan hatte, und trotzdem habe ich ... ach *Scheiße*!« Ungeduldig wischte sie sich die Tränen ab. »Ich wollte euch beide ohrfeigen. Ich konnte mich einfach nicht beherrschen, nicht einmal, als ich erkannte, was ich dir damit antat. O Gott.« Sie wandte sich wieder ab. »Ich kann es noch immer nicht fassen. Es war schlimmer, unendlich viel schlimmer als das, was Evan dir angetan hat, denn ich bin schließlich deine Freundin. Du müßtest dich doch auf mich verlassen können.« Sie setzte sich auf Sarahs Schreibtisch und stand sofort wieder auf, weil sie nicht ruhig bleiben konnte. »Ich kriege das nicht so hin, wie ich es eigentlich wollte.« Hilfeflehend schaute sie noch einmal Sarah an. »Sarah«, sagte sie aufseufzend, weil ihr schon wieder die Tränen kamen.

»Dallas, bitte.« Sarah rutschte von ihrem Hocker herunter und ging auf sie zu. »Du mußt gar nichts hinkriegen.«

»Nein, nein.« Dallas hob die Hand, um sie zu unterbrechen. Dann schlug sie sich die Hände vors Gesicht. »Warte eine Minute.« Sie wollte nicht aus Mitleid Vergebung finden, deshalb unterdrückte sie die Tränen und atmete tief durch. »Hör zu ...«, damit ließ sie die Hände sinken und schaute Sarah in die Augen. »Du hattest die ganze Zeit über recht, und ich wußte es schon vor Monaten. Aber ich konnte nicht aufhören. Ich war in ihn verliebt und habe die Dinge nicht mehr richtig wahrgenommen. So konnte ich mir ohne weiteres einreden, daß er mich auch lieben würde, wenn es dich nicht gäbe.« Sie raufte sich mit beiden Händen das Haar. »Es fiel mir nicht leicht, mit der Tatsache zu leben, daß du in allem recht gehabt hattest und daß Evan dich hundertmal mehr begehrte als mich. Die Worte, die ich dir an den Kopf warf, als ich in meine Wohnung kam, waren abscheulich. Die einzige Entschuldigung, die ich dafür habe, ist die, daß ich so verletzt war.« Sie schluckte schwer. »Es tut mir so leid, Sarah.«

Sarah schwieg einen Herzschlag lang. »Willst du etwas trinken?«

»Ja.« Dallas atmete bei diesem Wort mit einem Seufzer aus. »Gern.«

Sarah suchte in einem kleinen lackierten Schrank herum, ließ sich dabei Zeit und gewährte so Dallas die Distanz, die sie brauchte. Dann schenkte sie in zwei Gläser Wermut ein, während Dallas sich leise die Nase putzte. »Weißt du, was ich von Männern halte?« fragte Sarah, ehe sie durchs Zimmer ging und Dallas ein Glas anbot.

»Uh.« Dallas nahm einen so kräftigen Schluck Wermut, daß es sie schüttelte.

»Sie taugen nichts«, meinte Sarah freundlich, bevor auch sie trank. »Überhaupt nichts.«

»Ja«, pflichtete Dallas ihr bei und lächelte endlich. »Das kann man wohl sagen.«

»Natürlich kann sich diese Meinung jederzeit ändern.« Sarah erwiderte das Lächeln mit dem ihr eigenen Lächeln, das jeden Teil ihres Gesichts einzeln erfaßte. Dallas stiegen Tränen in die Augen. Sie stellte ihr Glas ab und umhalste Sarah stürmisch. »Ach, du meine Güte, was bin ich froh, daß du wieder hier bist. Ich freue mich ja so.«

»Du bist mir abgegangen«, meinte Sarah.

»Willkommen daheim«, murmelte Dallas, dann trat sie einen Schritt beiseite und suchte nach einem Taschentuch.

»Danke.«

Dallas holte tief Luft. »Ich habe mich gräßlich danebenbenommen.«

»Das ist komisch, ich mich nämlich auch. In Paris. Und zwar Männern gegenüber«, gestand Sarah und hob das Glas. »Diese widerlichen Mistkerle.«

Dallas nahm ihr Glas. »Sollen wir uns betrinken?«

»Ach nein.« Sarah schüttelte den Kopf. »Das habe ich in Paris auch gemacht.« Sie schaute ihr Glas an und zuckte mit den Schultern. »Es hat nicht viel geholfen.« Von Januel wollte sie jetzt noch nicht reden. »Weißt du, was du brauchst«, meinte sie plötzlich und richtete den Blick wieder auf Dallas. »Ein Date.«

Dallas ließ ein Mittelding zwischen Schnauben und Lachen hören. »Diese verfickten Männer«, sagte sie munter, dann schüttelte sie den Kopf. »Freudscher Versprecher. Das habe ich überhaupt nicht gemeint, eigentlich wollte ich verflixt sagen. Von nun an gelobe ich Enthaltsamkeit.«

»Wie viele Alternativen bleiben dir?« erinnerte Sarah sie, stellte das Glas ab und legte Dallas die Hände auf die Schultern. »Ornithologie würde dich ziemlich langweilen, und für Football bist du zu dünn. Bleib bei dem, was du am besten kannst. Vergiß Evan.« Als Dallas widersprechen wollte, furchte Sarah die Stirn. »Und zwar völlig«, fügte sie hinzu.

»Vielleicht hast du recht.« Sie schaute Sarah einen Augenblick nachdenklich an. »Was war denn in Paris, Sarah?«

»Jetzt nicht.« Sie drückte Dallas an sich, ehe sie sie losließ. »Auch ich muß erst einmal ein paar Dinge verdauen.« Grinsend deutete sie auf das Reißbrett. »Ich stelle es nur anders an. Hör zu. Warum fahren wir nicht nächstes Wochenende nach Las Vegas? Du hast mir doch vorgeschwärmt, wie toll es dort zugeht. Das möchte ich mir mal anschauen. Wir gewinnen Unsummen von Geld, und ich kann zuschauen, wie du Männer aufgabelst.«

»Einverstanden.« Dallas stand lachend auf. »Ich kenne diesen Typ, der beim Blackjack gibt . . . er hat sich As und Pikbube auf die linke Backe tätowieren lassen. Pobacke natürlich.« Sie grinste über das ganze Gesicht. »Natürlich kann man das nicht sehen, wenn er seinen Smoking anhat.« Sie fuhr sich bei der Erinnerung mit der Zunge über die Lippen. »Weißt du, was ich mache?« fragte sie. Als sie sich umdrehte, lächelte Sarah sie an. »Ich rufe jetzt Dennis an und frage ihn, ob ich ihn nicht zum Essen ausführen kann. Zum Chinesen. Ich muß auch bei ihm eine Menge gutmachen.«

»Heb mir ein paar Rippenstücke und eine Frühlingsrolle auf. Ich esse sie dann zum Frühstück.«

»Genau. Soll ich dir noch etwas mitbringen? Vielleicht etwas süß-saures Schweinefleisch?«

»Aber keinen Reis.«

Auf dem Weg zur Tür drehte Dallas sich um. »Ich mag dich sehr gern, Sarah, wirklich.«

23

Kurz nach sieben stand Sarah vom Reißbrett auf. Die vorläufigen Entwürfe gefielen ihr. Sie räkelte sich, als sie den Stapel durchblätterte.

Schön, dachte sie befriedigt. Byron wird daran nichts auszusetzen finden. Er kann sie sich am Montag anschauen. Dann fahre ich zu dem Grundstück. Sollte nicht länger als einen halben Tag dauern. Noch einmal breitete sie die Zeichnungen aus und nickte erfreut. Sie sind wirklich sehr gut. Nach einem raschen Blick auf die Uhr nahm Sarah den Telefonhörer ab. Warum bis Montag warten? fragte sie sich. Er sitzt wahrscheinlich noch in seinem Büro. Mugs sagt doch, daß er für gewöhnlich lange arbeitet.

»Byron Lloyd.«

»Sarah Lancaster«, erwiderte sie sehr geschäftsmäßig und nahm auf ihrem Hocker eine aufrechte Haltung ein. »Ich habe gerade die ersten Entwürfe für die Bibliothek fertig und dachte, Sie wollen sie sich vielleicht über das Wochenende anschauen.«

»Das ging schnell!« sagte Byron. »Bringen Sie sie rauf. Ich würde sie mir gerne anschauen. Ich schicke Ihnen den Aufzug.«

»Bemühen Sie sich nicht. Ich kann doch den öffentlichen nehmen.«

»Ich bin nicht mehr in meinem Büro. Das Telefon wird nach Feierabend direkt in meine Wohnung durchgestellt. Sie können mit dem allgemeinen Aufzug nicht bis ins oberste Stockwerk fahren.«

Zum Teufel mit meinen spontanen Einfällen, dachte sie gallig. »Ich wollte Sie keinesfalls zu Hause stören, Byron. Das kann ruhig bis Montag warten. Ich . . .«

»Bringen Sie sie rauf.« Er schnitt ihr das Wort ab und legte sofort auf.

Sarah knallte den Hörer auf die Gabel. Während sie die Zeichnungen in eine Aktenmappe schob, erinnerte sie sich daran, daß es ihre Schuld war. Sie hätte doch bis Montag warten sollen.

Bringen Sie sie rauf, wiederholte sie für sich und schaute finster zu, wie die Zahlen über der Tür aufblitzten. Kein *Bitte* und *Danke* von Byron Lloyd. Und auch kein *Würde es Ihnen etwas ausmachen.* Warum auch eine Unterhaltung mit Umgangsformen überfrachten? Vergiß es, riet sie sich. Ich gebe ihm die Entwürfe und ziehe gleich wieder ab. Dann muß ich bis Montag nicht mehr an ihn denken.

Nachdem sie den Flur des obersten Stockwerks betreten hatte, ging Sarah in die angrenzende Halle. Ihre berufsmäßige Neugierde gewann die Oberhand. Sie mußte zugeben, daß sie sich schon öfter gefragt hatte, wie Byron Lloyd wohl lebte. Ihr gefiel der große, weite Raum zwischen dem Eingangsbereich und den Wohnräumen. Weil es keine Türen gab, wirkte er sehr großzügig. Keine Schranken, dachte sie. Ein Dachfenster neigte sich über ihr.

Byron sah sie hereinkommen und kam schweigend in einem bequemen Hausanzug auf sie zu. Sie wünschte sich insgeheim, daß er noch immer Jackett und Krawatte trüge. Dann würde er mehr nach Büroalltag ausschauen.

»Die Mappe.« Sie hielt sie ihm hin. »Die Zeichnungen sind alle drin.«

Byron nahm sie ihr ab und ging zum Sofa. Er öffnete die Mappe, ohne Sarah eines Blickes zu würdigen. »Schenken Sie sich doch etwas zu trinken ein.«

Angesichts seiner lässigen Gastfreundschaft hob Sarah die Brauen. »Nein, danke, Byron, ich kann wirklich nicht bleiben.«

»Dann gießen Sie mir einen ein, wenn Sie schon da sind.«

Sarah klappte zweimal den Mund auf und wieder zu, ehe sie sich wieder in den Griff bekam. Dann ging sie zu einer Bar aus Chrom und Leder, die eine ganze Wand einnahm. Die Regale vor der Spiegelwand waren bestens bestückt. Im Spiegel konnte Sarah Byron auf dem Sofa sitzen sehen. Sie nahm eine Flasche Bourbon herunter, entdeckte ein Glas und schenkte ein. Ohne die Flasche wieder an ihren Platz zurückzustellen, stolzierte sie zu Byron.

»Nur weil Sie so nett darum gebeten haben. Sie erinnern sich doch, ich bin Architektin, keine Bardame.« Sie knallte ihm das Glas hin und schickte sich an zu gehen. Byron packte sie am Handgelenk und zog sie zu sich auf das Sofa.

»Sind Sie sauer, Sarah?«

»Haben Sie denn etwas getan«, erwiderte sie und versuchte, den

Zorn in ihrer Stimme zu zügeln, »was mich möglicherweise hätte verärgern können? Von ihrer unverschämten Art einmal abgesehen.«

Als Antwort darauf lächelte er. In seine Augen trat eine Verwegenheit, die sie an ihm vorher noch nie wahrgenommen hatte.

»Ich gehe jetzt«, sagte sie schnell, doch als sie aufstand, hielt er sie noch immer am Handgelenk fest. Langsam erhob er sich auch.

»Nein«, verbesserte er sie. »Das machen Sie nicht.«

Er sah, wie sich ihr Gesichtsausdruck änderte – wie immer größere Wut in ihr aufstieg, je mehr sie seine Worte auf sich wirken ließ.

»Ich gehe heim, Byron. Die Bürozeit ist vorbei.«

»Aus eben diesem Grund gehen Sie nirgends hin. Diesmal nicht.« Er ließ die Hand von ihrem Handgelenk zu ihrer Taille gleiten und zog sie an sich. »Das hat nichts mit der Arbeit zu tun, sondern nur mit dir und mir, Sarah.«

»Sie haben kein Recht . . .«

»Mach deinen Knoten auf.«

»Scheren Sie sich zum Teufel.« Sarah stemmte sich gegen ihn, aber er zog sie noch näher heran. Lachend fuhr er ihr mit der freien Hand durchs Haar, wobei die Haarnadeln herausglitten. Schwer fiel ihr Haar herunter. Zornig warf sie den Kopf in den Nacken. »Niemand hält mich fest, wenn ich es nicht will.«

»Ich weiß.« Er legte auch den anderen Arm um sie.

Bei dem verzweifelten Versuch, sich zu befreien, geriet Sarah ins Stolpern, doch Byron fing die Bewegung ab. Mit einem überraschten Aufkeuchen klammerte sie sich an ihn, und beide fielen hin. Dabei nahm er sie schützend in die Arme, rollte sich dann aber sofort herum und legte sich auf sie. Außer Atem packte Sarah ihn an den Schultern. »Mistkerl«, brachte sie heraus, aber das klang bereits kraftlos.

Byron strich ihr das Haar aus dem Gesicht. Ihre Haut fühlte sich warm an. Er sah, wie in ihren Augen Verlangen mit Wut kämpfte. Sie begehrte ihn, und er wußte es.

Langsam, ihren Blick festhaltend, senkte er den Mund. Ihre Lippen waren seidenweich, Sarah verstärkte den Druck ihrer Finger auf seine Schultern, aber er ließ seinen Mund nur einen Hauch lang auf dem ihren verweilen, fuhr mit der Zunge die Kontur ihrer Lippen nach und wartete. Sie bebte, und sanft fing er ihre volle Unterlippe mit den Zähnen ein. Sarahs Augen verschleierten sich und ihre Lider flatterten, als sie aufstöhnte. Er hatte lange genug gewartet; nun küßte Byron sie voll.

Sie erfuhr, daß Begierde überwältigend sein konnte, klammerte sich an ihn, verzehrte sich nach ihm, zerrte an seinen Kleidern, wollte ihn unbedingt berühren, lieferte sich ganz diesem brennenden Verlangen aus. Schon lagen ihre Kleider neben ihr, und sie fingerte an seinem Gürtel, während er ihr Hemd und Slip auszog.

»Jetzt«, flüsterte sie, und ehe sie ihre Bitte noch einmal äußern konnte, war er schon in ihr.

Sie erreichte sofort den Höhepunkt – trieb auf einer Woge der Empfindungen dahin, die ihr den Atem raubte und klammerte sich nach Luft ringend an ihn. Dann lag sie erschöpft und benommen da.

Byron hatte das Gesicht in ihrem Haar vergraben. Sie konnte seine langen, tiefen Atemzüge hören. Obwohl er mit seinem ganzen Gewicht auf ihr ruhte, lag sie still da und kostete diese Empfindungen ganz aus.

Sein Herz dröhnte an dem ihren, sein Atem strich ihr warm über die Kehle. Der Teppich unter ihrem Rücken fühlte sich weich an, sein Körper auf ihr jedoch hart. Seine Haut war feucht wie die ihre. Sarah spürte, wie er das Gewicht verlagerte, als er den Kopf hob, um sie anzuschauen. Ihr eigener Blick war seltsam verschleiert.

Während er sie ansah, versuchte Byron, sich über seine Gefühle klar zu werden. Noch nie hatte er sich in diesem Ausmaß für eine Frau interessiert, hatte noch nie dieses völlige Aufgehen in einem anderen Menschen erfahren. Sarah legte ihm die Hand auf die Wange.

»So etwas habe ich noch nie erlebt.« Mit ihrem heiseren Flüstern entwaffnete sie ihn vollends.

Zum Teufel mit dieser Frau, dachte er und küßte sie wieder voller Leidenschaft. Obwohl sie ihm jetzt zu gehören schien, konnte er ihre Kraft spüren. Er hatte sich getäuscht, als er annahm, sie habe sich ihm hingegeben. Vielleicht, und das war reichlich verwunderlich, hatte vielmehr er sich ihr ausgeliefert. Nach dem Kuß lächelte Sarah ihn an. Byron rollte von ihr herunter, aber als sie sich aufsetzen wollte, legte er ihr die Hand auf die Schulter.

»Nein, ich möchte dich anschauen.«

Ihr Haar umgab sie wie ein Fächer. Ihr Mund war weich und ein wenig geschwollen, ihre Haut von seinen Liebkosungen rosig und warm.

»Herrlich«, murmelte Byron, dann schaute er ihr in die Augen und spürte ihre Antwort, als er mit den Händen den Weg beschritt, den seine Augen schon genommen hatten. Daß er sofort Widerhall fand, ließ ihn auflodern. Er wölbte die Hand über ihrer Brust, beugte sich dann hinunter, nahm ihre Brustwarze zwischen die Zähne und spürte, wie sie erschauderte. »Frühling«, sagte er und kostete ihren Duft aus. »Du riechst immer nach Frühling.« Er spürte, wie sie ihm über die Schultern streichelte und seinen Rücken liebkoste.

Ihre langen Künstlerinnenfinger verfingen sich in seinem Haar. Als er den Kopf hob, trafen sich ihre Blicke unmittelbar, schienen tief in den anderen einzudringen - nicht suchend, sondern voller Innigkeit. Er fragte sich, was sie sah, was sie wußte, und mit einer rein instinktiven Bewegung rückte er ab von ihr. Lächelnd zog ihn Sarah näher zu sich heran. Ihr Mund war auf dem seinen, noch ehe er einen Gedanken fassen konnte.

Er küßte sie langsam, leidenschaftlich, mit einer unerwarteten Sanftheit. Wieder und wieder trafen sich ihre Lippen, erforschten ihre Zungen den Mund des anderen. Er hielt die Hände ruhig, lenkte all sein Verlangen in den Kuß. Ihr Herz schlug schnell und gleichmäßig unter dem seinen, und so kosteten sie den Kuß lang und schwelgerisch aus.

Seine Mund begann, sich über ihre Wangen und geschlossenen Lider, über ihr Haar und die Ohren vorzutasten. Noch immer berührte er mit den Händen nur ihr Haar, während er die Lippen ihren Hals hinunterwandern ließ. Er spürte an ihrer Halsschlagader, wie ihr Puls zu rasen begann. Die untergehende Sonne verwandelte ihre Haut in Gold und warf lange Schatten im Zimmer. Sarah streichelte ihm den Rücken hinauf und hinunter und wunderte sich über die Wonnen, die er ihr allein mit seinem Mund schenken konnte.

Er fuhr mit der Erforschung ihres Körpers fort, glitt mit der Zunge langsam über ihre Brustwarzen und dann hinunter bis zur Taille.

Mit Zunge und Lippen streifte er über ihren Bauch und verweilte bei ihrem Haardreieck. Stöhnend klammerte sich Sarah an seine Schultern, aber er bewegte sich mit nahezu unerträglicher Langsamkeit.

Mit der Zungenspitze umrandete er ihr halbkreisförmiges Muttermal am Oberschenkel.

Sie hatte sich verloren und war sich nur ihrer wachsenden Wonnen und stürmischen Begierde bewußt. Nichts hatte sie je so weit getrieben. Niemand hatte ihr je gezeigt, wieviel es zu genießen gab.

Er beobachtete ihr Gesicht, als er in sie eindrang. Das dunkle Dämmerlicht schickte geheimnisvolle Schatten darüber.

Sie hatte die Augen geschlossen, ihre Lippen erbebten bei jedem Atemzug, als er sich in langen, ruhigen Stößen bewegte und sah, wie ein Ausdruck leidenschaftlicher Verzückung über ihr Gesicht huschte.

Bald verloren sie jede Kontrolle über sich. Er spürte, wie er in ihr ertrank, konnte es aber nicht verhindern, bewegte sich immer schneller und erstickte mit seinem Mund ihr Keuchen der Lust.

Zusammen bäumten sie sich auf und erreichten den Gipfel.

Danach waren sie beide erschöpft. Byron rollte von ihr herunter, wollte sich wieder lösen, aber Sarah machte die Bewegung mit.

Warm und weich kuschelte sie sich an ihn und küßte ihn auf die Schulter.

Er wandte ihr den Kopf zu und bemerkte, daß sie ihn anschaute. Ihre Augen rührten ihn an; ihre Offenheit, ihr Glück, ihre Wärme. Morgen würde er dann nachdenken, beschloß er. Heute wollte er sich von ihr erfüllen lassen. Er stand auf und hob Sarah hoch. Ihr Haar ergoß sich wie eine Schleppe unter ihr.

»Ich bringe dich in mein Bett«, sagte er und trug sie hinüber.

24

Byron erwachte aus tiefem Schlaf und war sofort hellwach. Das lebenslange zeitige Aufstehen hatte sowohl seinen Körper als auch seinen Geist ans unverzügliche Aufwachen gewöhnt. Sowie er die Augen öffnete, war er munter.

Sarah lag zusammengerollt auf der Seite. Ihr Kopf ruhte in seiner Schulterbeuge, die Hand hatte sie ihm lose auf die Brust gelegt, und er spürte ihren zarten Busen. Ihr Herzschlag ging so langsam und regelmäßig wie ihr Atem. Die Gefühle, die in ihm aufstiegen, beunruhigten ihn. Nie hätte er sich träumen lassen, daß sein Verlangen nach ihr so hartnäckig sein könnte. Als sie seufzte, glitt ihr Atem ihm wie ein Hauch über die Brust. Er wollte sie, wollte ihre Begierde entfachen, noch bevor sie ganz wach war, wollte spüren, wie sie sich unter seinen Händen zu regen begann. Doch in seinem Ärger, daß eine lange Liebesnacht nicht genug gewesen war, hielt er sein Verlangen zurück, löste sich von Sarahs Körper und ihrem Haar und stand auf. Sie bewegte sich ein wenig und murmelte seinen Namen, ehe sie wieder ruhig lag. Fluchend ging er ins Bad.

Unter der Dusche dachte Byron darüber nach, daß er mit kunstfertigeren, abenteuerlustigeren, fordernderen Frauen geschlafen hatte – aber noch nie mit einer, die sich so hingegeben hatte. Sarah strahlte eine Offenheit aus, in der Gefahr lauerte, weil sie zu Offenheit als Gegenleistung verführte. Um die Dinge wieder im richtigen Blickwinkel zu sehen, war es seinem Gefühl nach nötig, zu Sarah auf Armeslänge Abstand zu halten. Ohne einen Ton zu sagen, forderte sie gefühlsmäßiges Engagement.

Als er ins Schlafzimmer zurückkam, hatte sich Sarah noch nicht bewegt. Sie lag ruhig auf der Seite, den Kopf nahe der Mulde, die er auf dem Kissen hinterlassen hatte. Im Schlaf wirkte ihr Gesicht friedlich. Auf ihrer bloßen Schulter entdeckte er blaue Flecken, die er selbst ihr beigebracht hatte. Sie riefen ihm ihre Zerbrechlichkeit ins Gedächtnis zurück, die er fortwährend vergaß. Stirnrunzelnd beugte er sich hinunter, um die Decke über sie zu ziehen. Ihre

Wimpern flatterten, hoben sich, senkten sich und hoben sich wieder; dann schauten ihre dunkel schimmernden Augen ins Leere. Sie starrte ihn an oder durch ihn hindurch, ohne die geringste Veränderung im Ausdruck. Sarah war nicht sofort hellwach. Allmählich nahmen ihre Augen ihn wahr, dann wurde ihr Blick wärmer, noch bevor das Lächeln ihren Mund erreichte.

»Guten Morgen.« Ihre Stimme klang heiser.

»Es tut mir leid. Ich wollte dich nicht wecken.«

»Macht nichts.« Sie gähnte unbekümmert. »Ich brauche mindestens eine Stunde, bis ich halbwegs wach bin.« Sie streckte und räkelte sich unter der Bettdecke. »Ich bin darauf geeicht, am Samstag auszuschlafen. Bist du schon lange auf?«

»Nein.« Er schob die Hände in die Bademanteltaschen.

»Wie spät ist es?« Verwirrt suchte sie nach einer Uhr.

»Viertel nach sieben.«

Sie riß die Augen auf. »In der Früh?« Entsetzt wandte sie den Kopf zum Fenster, dann schaute sie Byron an. »Du lieber Himmel.« Sie hielt sich beide Hände vor den Mund und gähnte noch einmal.⁻

»Möchtest du Kaffee, oder willst du den ganzen Tag im Bett liegen?«

Sarah setzte sich auf, wobei sie sich nicht die Mühe machte, die Decke hochzuziehen. Die Bewegung war völlig natürlich und unbefangen. Ihr Haar ergoß sich über Schultern und Rücken und fiel ihr über die Brust. »Du hast noch keinen gekocht, das würde ich riechen.«

Ihre Haut hob sich cremigweiß gegen die rehbraunen Haarmassen ab. Sie schlang ihm die Arme um den Hals und küßte ihn. Sofort erwiderte er begierig den Kuß und drückte sie an sich. Sein Hunger war noch immer nicht gestillt. Weil sie das fühlte, überraschte es Sarah, daß er zurückwich.

»Könntest du mir vielleicht einen Bademantel und eine Zahnbürste geben?« Ganz beiläufig fragte sie das und lächelte dabei.

»Vor oder nach dem Kaffee?«

»Vorher.« Er sah, wie sie an der Unterlippe nagte. »Aber vorzugsweise nahezu gleichzeitig, wenn's geht.«

Byron ging zum Kleiderschrank und holte einen dunkelblauen Bademantel heraus. »Zum Bad geht es da entlang«, ließ er sie wissen, als er ihr den Bademantel reichte. »Auf einem Bord im Arznei-mittelschrank findest du eine Zahnbürste.« Er sah ihr zu, wie sie mit der einen Hand ihr Haar packte und es sich auf den Rücken warf, ehe sie den Bademantel zuknotete. »Ich setze inzwischen den Kaffee auf.«

Er benahm sich so höflich, bemerkte sie, als hätten sie zusammen den Fünf-Uhr-Tee getrunken und nicht eine leidenschaftliche Liebesnacht miteinander verbracht. »Danke«, brachte sie endlich heraus. Mit einem Nicken drehte er sich um und ließ sie allein.

Sarah war überrascht, wie sehr seine Distanziertheit sie verletzte. Männer, dachte sie kopfschüttelnd. Wenn sie je einen Mann wirklich gekannt hatte, dann Benedict. Sie ging ins Badezimmer und runzelte die Stirn, als sie sich in dem großen Spiegel über dem Waschtisch mit dem Doppelwaschbecken anschaute.

Natürlich war sie sich dessen bewußt, daß die Romantikerin in ihr auf Januel reagiert hatte, die Idealistin, die enttäuscht worden war. Und jetzt gab es da Byron. Oder treffender, dachte sie, als sie eine neue, noch verpackte Zahnbürste entdeckte, es gab Byron schon seit einiger Zeit. Es hatte keinen Sinn, die Tatsache zu leugnen, daß sie über ein Jahr lang an ihn gedacht hatte. Ihn über ein Jahr lang begehrt hatte.

Ich mache besser ein paar Schritte zurück, sinnierte Sarah. Meine Gefühle gewinnen wieder die Oberhand; das kann ich nicht zulassen. Er ist gefühlsmäßig nicht beteiligt. Sie band sich den Gürtel um die Taille und ging dem Kaffeeduft nach. Als sie die Küche betrat, goß Byron gerade den Kaffee ein.

»Ah, perfektes Timing.« Sarah lächelte und widerstand dem Drang, sich die linke Schläfe gegen den beginnenden Kopfschmerz zu massieren. Es war ein Streßsignal, das sie zu ignorieren versuchte.

Mitten im Raum befand sich eine Eßtheke, und Sarah setzte sich dort auf einen Hocker. Byron stellte ihr eine Tasse hin, blieb aber stehen, während er trank.

»Du hast hier oben ein nettes Plätzchen, Byron.« Sarah ließ den Blick im Zimmer umherschweifen, während sie sich Sahne in den Kaffee kippte. Sie trank, wobei sie die Tasse mit beiden Händen hielt. Die Bademantelärmel fielen ihr bis auf die Ellbogen hinunter. »Du bist ganz abgeschieden, kannst aber schnell im Büro sein. Natürlich«, sie sah ihn wieder an, »beinhaltet diese Annehmlichkeit sicher auch, daß du zu hart, zu lange und zu viel arbeitest.«

»Hast nicht du höchstpersönlich gestern kurz nach sieben von deinem Büro aus hier angerufen?«

Sarah grinste. »Aber ich kann auch faulenzen.« Sie warf ihm einen schnellen Blick zu. »Besonders am Wochenende. Für dich ist Nichtstun wahrscheinlich ein Fremdwort; du kannst es doch gar nicht genießen, auf der faulen Haut zu liegen.«

Ihm gefiel, wie sie aussah – wie sie mit ihren zarten Händen die Tasse hielt, wie sich ihr schlanker Körper in seinem Bademantel bewegte. Ihm gefiel ihr ungeschminktes Gesicht, das in der hellen Morgensonne so schön war, ihr noch von der Nacht zerwühltes Haar. Dabei lag in ihrer Anwesenheit eine Selbstverständlichkeit, die ihn fast erzürnte. Er drehte ihr den Rücken zu und ging zum Kühlschrank.

»Möchtest du etwas frühstücken?«

»Kannst du kochen? Ja, natürlich, keine Frage.« Lachend preßte sich Sarah die Finger an den drohenden Schmerz in der Schläfe. »Und zweifellos sehr gut. Im Vergleich dazu schmecken meine Frühlingsrollen und Steaks sicher geradezu erbärmlich.«

»Wie bitte?« Byron stellte einen Eierkarton auf die Theke, wobei er ihr wieder das Gesicht zuwandte.

»Das stand für heute früh auf meiner Speisekarte. Dallas wollte mir gestern abend ihre Reste vom Chinesen mitbringen.«

Byron kniff die Augen zusammen. »Hast du gestern abend gar nichts gegessen?«

»Mmm?« Kopfschüttelnd unterdrückte Sarah ein Gähnen. »Nein.«

»Und warum zum Teufel nicht?«

Sein scharfer Ton ließ sie aufhorchen. Sie begegnete seinem Blick mit einem kleinen Lächeln. »Ich hatte etwas Besseres zu tun.«

»Verflixt, Sarah, du hättest doch etwas sagen können.«

Sie lachte. »Ich habe gestern abend nicht eben viel ans Essen gedacht. Ach, schau doch nicht so finster, Byron. So schnell verhungere ich schon nicht.« Sie glitt vom Hocker und ging zum Herd, um sich noch Kaffee nachzuschenken.

Während dessen holte er Speck aus dem Kühlschrank.

»Byron, ich mag keine Eier.« Seufzend schaute sie sich in der Küche um. »Hast du vielleicht Erdnußbutter da?«

»Seit ich zwölf bin, nicht mehr.«

»Du warst nie zwölf.« Sie trug ihren Kaffee zur Theke. »Na schön, dann esse ich etwas Speck, aber die Eier darfst du allein genießen.«

Sarah sah ihm beim Kochen zu. Er hantierte sicher und gewandt. Der Speckgeruch vermischte sich mit dem Kaffeeduft. Als er eine Platte mit Speck und Eiern auf die Theke stellte, nahm sie sich eine knusprige Scheibe und biß geräuschvoll hinein.

»Mm, sehr gut hast du gekocht«, lobte sie ihn, als er noch Toast und Butter dazu stellte. »Ich bewundere alle, die eine komplette Mahlzeit ohne Pannen auf den Tisch bringen.« Sie knabberte an ihrem Toast. »Alles, was ich koche, schmeckt gleich«, fügte sie mit vollem Mund hinzu. »Fürchterlich.«

»Deshalb bist du so dünn.«

»Ich bin nicht dünn«, widersprach sie und nahm sich noch eine Scheibe Speck.

Byron hob lediglich eine Braue und legte sich selber auf.

»Schlank«, fuhr Sarah fort und fuchtelte mit der Speckscheibe, »das ist etwas völlig anderes als dünn. Mein Vater war dünn.« Bei dem Gedanken an ihn seufzte sie. »Dallas ist dünn.«

Byron hörte ihr zu, während er aß. Der Bademantel war am Hals aufgegangen und enthüllte Sarahs Brustansatz. Byron schenkte Kaffee nach. Er ärgerte sich über sich selber, weil er sie begehrte, und noch mehr über Sarah, weil sie ihn unabsichtlich erregte.

»Was passiert denn, wenn du mit einem Mann schläfst, der nicht gern kocht?« Byron erwartete eine wütende Reaktion. Aber er konnte ihrem Gesichtsausdruck nur entnehmen, daß er sie verblüfft und verletzt hatte. »Ich bezweifle, daß Bounnet ein großer Koch ist, aber schließlich gibt es ja den Zimmerservice.«

Sarah schaute ihm in die Augen. Unter ihren Rippen baute sich ein Druckgefühl auf. Die Kopfschmerzen waren jetzt mit voller Wucht da. »Das weiß ich nicht«, sagte sie ruhig. »Januel hat sich immer geweigert, die Nacht mit mir zu verbringen. Er hat meinen guten Ruf als Ausrede dafür benutzt. Wir beide wissen, daß ich dumm genug war, ihm das abzukaufen. Und ich war genauso dumm anzunehmen, daß uns beide, dich und mich, etwas miteinander verbindet.« Sie stand auf. »Wenn du nichts dagegen hast, würde ich gerne duschen, ehe ich gehe.«

Sarah ging ins Wohnzimmer und sammelte mit hastigen, fahrigen Bewegungen ihre Kleider zusammen. Als sie sich mit ihrem verkrumpelten Kleid und ihrer Unterwäsche in der Hand umdrehte, stieß sie mit Byron zusammen. Er packte sie am Arm, als sie abzurücken versuchte, und hielt mit der freien Hand ihr Kinn nach hinten. Er spürte, wie sie unter den Schluchzern, die sie verzweifelt in Schach zu halten versuchte, erbebte. Seine Schuldgefühle machten ihn nur noch wütender.

»Verdammt, laß mich los!« Sarah wehrte sich gegen seinen Griff und haßte sich dafür, daß er sie weinen sah. »Faß mich nicht an.«

»Hängst du noch immer an Bounnet?« wollte Byron wissen. »Brauchst du noch immer Blumen, Sarah, und Lügen?«

Sie hörte auf, sich zu wehren. »Er könnte bei dir Unterricht nehmen, Byron, wie man andere demütigt.«

Byron lockerte seinen Griff, worauf Sarah sich losriß. Schweigend sah er zu, wie sie aus dem Zimmer lief.

Sarah vergewisserte sich, daß sie alle Spuren ihrer Tränen beseitigt hatte, ehe sie ins Schlafzimmer zurück ging. Es herrschte absolute Stille, so daß sie beim Anziehen ihrer Jacke schon dachte, Byron sei gegangen. Das würde es erleichtern, fand sie, und hob sich ihr feuchtes Haar hinten über den Kragen. *O Gott.* Sie kniff kurz die Augen zusammen. Wie konnte ich das nur zulassen? Tief einatmend ging sie ins Wohnzimmer, um ihre Handtasche und ihre Schuhe zu holen.

Byron saß fertig angezogen in einem Sessel. In seinem rauchgrauen Anzug sah er gelassen und völlig entspannt aus. Er ähnelte kein bißchen dem Mann, der sie in der Nacht zuvor geliebt hatte. Einen Augenblick stand Sarah voll im Sonnenlicht, ehe sie sich abwandte, um in ihre Schuhe zu schlüpfen. Ohne ein Wort wollte sie in Richtung Halle gehen, da packte Byron sie an der Hand.

Sarah zuckte zurück.

»Ich fahre dich nach Hause.«

»Nein.« Sie versuchte, mit der freien Hand seinen Griff zu lösen. »Ich bin mit dem Auto da.«

»Und ich habe deine Schlüssel.« Er zog sie in den Aufzug, ehe sie etwas tun konnte.

»Wer gibt dir das Recht, in meiner Handtasche herumzuschnüffeln?« Wieder versuchte sie, ihm ihre Hand zu entziehen, wieder gelang es ihr nicht. »Gib mir meine Schlüssel und laß mich in Ruhe.«

Sie wandte sich ab und schaute stur geradeaus. *Ich werde mich nicht noch einmal erniedrigen, indem ich ihm eine Szene mache*, dachte sie. Sie gingen über den Parkplatz zu Sarahs Auto, wobei nur das Geräusch ihrer Schritte zu hören war.

Während der Fahrt zu ihrem Apartment schwieg Sarah. Es verschaffte ihr eine gewisse Befriedigung, daß Byron mit dem Taxi heimfahren mußte. Wenigstens eine kleine Unbequemlichkeit für ihn! Als er vor ihrem Haus parkte, hielt sie ihm die Hand mit der Handfläche nach oben hin und forderte so die Wohnungsschlüssel. Byron beachtete die Geste nicht, stieg aus und hakte sie auf dem Weg zur Haustür unter. Erst vor ihrer Wohnung zog er ihre Schlüssel aus der Hosentasche und sperrte auf. Sarah streckte die Hand nach den Schlüsseln aus, fand sich aber auf einmal zusammen mit Byron in ihrer Wohnung wieder. Er hielt noch immer die Schlüssel in der Hand.

»Ich glaube nicht, daß ich dich hereingebeten habe«, meinte sie. »Wir haben uns auf privater Ebene nichts zu sagen. Und die Bürozeiten beginnen am Montag um neun.«

Byron ließ sie los und fing an, ziellos im Zimmer auf und ab zu gehen. Irgend etwas an seiner Art, sich zu bewegen, versetzte Sarah in Alarmzustand. Da war wieder diese Verwegenheit.

»Pack ein paar Sachen«, befahl er beiläufig, während er eine delfterblaue Schale hochhob und musterte. »Nimm genug Sachen für zwei Wochen mit.«

Wütend riß ihm Sarah die Schale aus der Hand. »Was hast du vor? Mich nach Alaska zu verschiffen, damit ich dort Iglus entwerfe?«

Byron musterte ihr zorniges Gesicht. »Nein«, gab er ungerührt zurück. »Ich heirate dich.«

Sarah entglitt die Schale. Sie zerbarst auf dem Fußboden zwischen ihnen. »Du bist wohl übergeschnappt.«

Er runzelte die Stirn. »Wo ist dein Schlafzimmer?«

Sarah schüttelte wieder den Kopf.

Byrons Augen verengten sich. Wortlos ging er in den Flur und in ihr Schlafzimmer. Sarah folgte ihm und sah, wie er in ihrem Kleiderschrank herumstöberte.

»Was machst du da?« wollte sie wissen, lief zu ihm hin und zerrte ihn am Arm. »Was zum Teufel treibst du da?«

»Hier.« Byron zog ein elfenbeinfarbenes langärmeliges Kleid, das hochgeschlossen und am Ausschnitt mit Spitzen verziert war, aus dem Schrank. »Das müßte gehen.«

»Gehen – wozu?«

»Als Hochzeitskleid. Ich nehme doch an, daß du eines tragen möchtest.«

»Um Himmels willen, Byron, wovon redest du überhaupt?«

»Zieh es an.« Er warf das Kleid aufs Bett. Dann ging er wieder an den Schrank und suchte noch mehr Kleider heraus.

»Byron ... du liebe Güte.« Ihr dröhnte der Schädel. Beide Hände an die Schläfen gepreßt, schaute sie zu, wie er Kleider aus ihrem Schrank nahm. »Hör auf. Hör auf damit!«

»Wenn nötig, ziehe ich dich an, Sarah, aber wahrscheinlich machst du das besser selbst.« Noch immer mit dem Rücken zu ihr, packt er sich Kleider über den Arm.

»Byron, du kannst doch nicht ... du kannst doch nicht einfach jemand zwingen, dich zu heiraten. Das ist doch absurd.«

»Und ob ich das kann.« Er warf die Kleider auf einen Stuhl.

»Warum?«

Mit einem Schritt hatte Byron sie an sich gerissen. Er schaute sie durchdringend an. »Ich will dich, und ich werde dich um alles in der Welt auch kriegen. Kein anderer Mann faßt dich mehr an.« Er ließ sie so unvermittelt los, daß sie ins Taumeln geriet. »Zieh dich um«, befahl er, während er eine Schublade aufzog.

»Nein.«

Er wirbelte herum, doch statt zurückzuweichen, ging sie auf ihn zu.

»Ich nehme außerhalb von Haladay keine Befehle von dir an.«

»Jetzt schon.« Er schleuderte ihre Unterwäsche aufs Bett. »Entweder ziehst du dich um, oder du gehst so, wie du bist.«

»Du bist doch nicht dumm, Byron«, sagte sie ruhig, obwohl ihr die Knie zu zittern begannen. Sie hatte seine Launen schon früher erlebt, aber diesmal sah er aus, als könnte er einen Mord begehen. »Du weißt sehr wohl, daß ich mich nicht umziehe, bloß weil du einen Koller hast.«

»Sarah . . .« Er packte sie an beiden Armen, merkte aber, daß er in seinem Zorn und Gefühlsaufruhr kein Wort über die Lippen bringen würde.

»Was willst du jetzt machen, mich schlagen? Ist das dein letztes Mittel, wenn Gebrüll und Einschüchterungen nicht wirken?« Sie stemmte ihm beide Hände auf die Brust und stieß ihn weg. Jetzt war sie genauso wütend wie er. In ihr baute sich etwas auf, das sie sich nicht eingestehen wollte. »Heute früh benimmst du dich so mies, daß ich mir schäbig vorkomme. Und jetzt erwartest du, daß ich in ein Kleid schlüpfe, losrenne und dich heirate. Nein, Byron, du bist nicht dumm. Du bist schlicht und einfach verrückt.«

»Ich sagte«, seine Stimme klang eiskalt vor Beherrschung, »daß ich dich heiraten werde.«

»Warum?«

»Zieh dich um, Sarah.« Er mußte die Hände zu Fäusten ballen, um nicht Hand an sie zu legen.

»Ich habe dich nach dem Grund gefragt.«

»Weil ich dich will.«

»Das reicht nicht.« Ihr Ärger verrauchte zum Teil. Statt dessen wuchs in ihr Furcht – nicht Furcht vor ihm, sondern vor dem, was sich in ihr abspielte. »Du hast mich letzte Nacht gehabt«, fuhr sie fort. »Heute morgen schienst du nicht sehr erbaut darüber.«

Byron drehte sich um. Er bemühte sich verzweifelt um Selbstbeherrschung. »Dränge mich nicht, Sarah!«

»*Dich* drängen?« schleuderte sie ihm entgegen. Diesmal ging sie zu ihm hin und packte ihn am Arm. »*Dich* drängen? Du Scheißkerl! Du stehst hier und traust dich, mir das zu sagen, nachdem du mir befohlen hast, dich zu heiraten? Du fragst mich nicht, ob ich dich überhaupt heiraten will, du fragst nicht nach meinen Gefühlen!«

»Deine Gefühle interessieren mich nicht.« Sie hielten einander jetzt fest, beide zitterten vor Wut – und vor etwas anderem. »Ich weiß, was *ich* fühle.«

»Dann sag's mir doch!« verlangte sie von ihm und zerrte mit beiden Händen an seinem Jackett. Er schaute sie hitzig an.

»Sag's mir!«

»Ich bin in dich verliebt, verdammt.«

Danach herrschte Schweigen. Verblüfft starrten sie einander an. Sarah ließ sehr langsam sein Jackett los und trat einen Schritt zurück. Sie fühlte sich, als ob sie kilometerweit gerannt wäre – atemlos, benommen, aufgeregt.

»Um Himmels willen«, brachte sie heraus. »Du meinst das ja im Ernst.«

»Mir paßt es überhaupt nicht.« Seine Stimme klang alles andere als beherrscht. »Ich sage dir das jetzt gleich. Mir behagt das gar nicht.«

»Nein.« Sie lachte, aber es klang benommen. »Nein, das ist mir klar.«

»Ich wollte dich von Anfang an.«

»Das weiß ich.« Die Benommenheit schwand allmählich. Jetzt kam der Schrecken. Wie lange hatte sie darauf gewartet, ohne sich dessen bewußt zu sein?

»Als ich nach Paris kam und dich wiedersah, wußte ich … da wußte ich, daß es mehr war als bloßes Begehren, aber ich wollte es nicht zulassen.«

»Das willst du noch immer nicht.«

»Nein, ich möchte nicht in dich verliebt sein.« Er streckte die Hand aus, um ihr über das Haar zu streichen. Dann verkrampften sich seine Finger fast darin. »Aber ich bin's.«

»Möchtest du gern wissen, was ich fühle?«

»Nein«, antwortete er schnell, und wieder trat Wut in seine Augen. »Ich habe dir schon gesagt, das ist mir egal.«

»Aber mir nicht, und ich bin ebenso egoistisch wie du, Byron.« Sarah hob die Hand, als er sie unterbrechen wollte. »Nein, das mußt du dir jetzt anhören, und dann mußt du dich damit auseinandersetzen.« Sie rückte von ihm ab, ehe sie weiter sprach. »Ich wollte Januel heiraten, weil ich auf einmal erkannte, daß ich mich nach einer Familie, einem Zuhause sehnte. Ich war nicht in ihn verliebt, wäre es aber gern gewesen. Zumindest wollte ich in den Mann verliebt sein, für den ich ihn hielt.«

»Ich will nichts von Bounnet hören, Sarah«, sagte Byron gefährlich ruhig.

»Das hat nichts mit Januel zu tun, Byron«, gab sie zurück, »sondern mit mir. Ich habe gelernt, daß Liebe wesentlich mehr heißt als nur Romantik. Obwohl ich vermutlich auch in Zukunft ab und zu ein paar liebevolle Worte gern hören werde. Ich wünsche mir noch immer ein Zuhause und eine Familie. Nach der Liebe ist das für mich der wichtigste Grund zum Heiraten. Und ...«, sie hielt inne, während sie einen Schritt auf ihn zu machte. »Ich habe mir nach Januel geschworen, nie einen Mann zu heiraten, den ich nicht liebe.«

»Sarah ...« Byron packte sie wieder an den Armen, er platzte fast.

»Ich hätte gern, daß du deine anfängliche Frage jetzt neu formulierst«, sagte sie gelassen zu ihm.

Er starrte sie an und mußte sich dazu zwingen, seinen Griff zu lockern. Wer zum Teufel war sie denn, daß er sich ihretwegen wie ein tölpelhafter Halbwüchsiger vorkam? Es gab Dutzende von Frauen, die ... Byron unterbrach sich selber. Er wußte, es gab keine andere Frau. Es gab nur Sarah.

»Willst du mich heiraten, Sarah?« fragte er sie. Dann sah er ihr Lächeln, ehe sie ihn an sich zog.

Mit einer Hand tastete Dallas nach dem klingelnden Telefon, wobei sie die Augen fest geschlossen hielt. Das Telefon krachte auf den Boden, aber es gelang ihr, den Hörer festzuhalten.

Neben ihr grummelte Dennis undeutlich.

»Mhm«, hauchte Dallas in den Hörer, während sie sich wieder in die Kissen zurücklegte.

»Dallas, ich bin's, Sarah.«

»Mhmmm.« Sie wischte sich die Haare aus dem Gesicht und döste bereits wieder ein.

»Dallas, wach auf. Es ist wichtig.«

»Ja, ja.« Gehorsam öffnete Dallas die Augen und stierte mit glasigem Blick ins Zimmer. »Ich bin wach. Willst du dein Frühstück? Wie spät ist es denn?«

»Ungefähr halb elf, denke ich.«

»Ach, verdammter Mist.« Dallas verdrehte die Augen. »Du

kannst dein Frühstück zum Mittagessen haben. Ich habe nur drei Stunden geschlafen. Ruf mich später noch mal an.«

»Nein, Dallas, leg nicht auf!« Sarah seufzte enttäuscht. »Ich bin in Las Vegas.«

»Vegas«, murmelte Dallas. »Ich dachte, das wäre erst nächstes Wochenende. Wir sind doch noch gar nicht nach Vegas gefahren.«

»Nein, *ich bin* in Las Vegas.« Sarah veränderte ihre Haltung in der Telefonzelle.

Das Geklacke der Slot-Maschinen drang durch das Glas. »Dallas, hör zu. Ja?«

»Jaah.« Dallas gähnte.

»Ich heirate in einer Viertelstunde.«

»Okay.« Als sie mit Gähnen fertig war, klappten Dallas' Augen weit auf. »*Was?*« Sie kam mühsam hoch, wobei sie Dennis verärgerte, weil sie ihm die Decke vom Rücken zog. Brummend drehte er sich um.

Dallas schüttelte den Kopf, um klarer denken zu können. »Was hast du gesagt?«

»Ich sagte, ich heirate in ungefähr einer Viertelstunde. In einer von diesen Ruckzuck-Traukapellen. Ich glaube, es gibt sogar ein Fenster für Trauungen vom Auto aus.«

»Du veralberst mich doch. Heiraten? In Las Vegas?«

»Ich stehe in einer Telefonzelle vor dem MGM-Casino«, sagte Sarah. »Ich wollte es dich nur noch wissen lassen, ehe ...«

»Sarah, wen denn? Wen in aller Welt heiratest du in der Drive-In-Kapelle um halb elf am Samstagmorgen?«

Sarah rückte sich die Hutkrempe zurecht. »Byron Lloyd.«

»Ach, du große Scheiße.«

»Tja, ich wußte, daß dich das freuen würde.«

»Wann? Wie?« Dallas raufte sich die Haare. »Himmel noch mal, Sarah, sag doch was.«

»Das ist alles ganz schnell gegangen«, setzte Sarah an. »Erst heute morgen, ehrlich. Ich erzähl dir alles ganz genau, wenn ich mehr Zeit habe. Ich wollte nur nicht, daß du dir Sorgen machst. Ich werde ein paar Wochen verreist sein.«

»Aber, Sarah, ich wußte nicht mal, daß du dich mit ihm triffst ...«

»Hab' ich auch nicht, nicht wirklich. Ach, Dallas, es ist alles so verflixt kompliziert. Es ist einfach *passiert*.« Sie spähte aus der Telefonzelle, aber Byron war noch nicht zu sehen. »Bitte, wünsch mir alles Gute oder gratulier mir oder was immer man jemandem vor seiner Hochzeit wünscht. Ich habe fürchterlich Schiß.«

»Ja, natürlich tu ich das.« Dallas setzte sich anders hin, entdeckte einen von Dennis' Socken unter sich und warf ihn auf den Boden. »Aber willst du das denn auch? Ist alles mit dir in Ordnung?«

»Ja, ich will es wirklich. Nein, mit mir ist nicht alles in Ordnung. Ich war noch nie in meinem Leben so aufgeregt. Es ist lächerlich, aber ich komme mir vor wie eine achtzehnjährige Jungfrau.«

»Sarah.« Dallas senkte die fuchsfarbenen Brauen. »Bist du in ihn verliebt?«

»Ach, du liebe Güte, ja.«

Dallas' Gesichtsausdruck hellte sich auf. »Toll. Ich kann's nicht glauben.«

»Ich auch nicht. Ich muß jetzt los. Die schleusen die Brautpaare bestimmt so flott durch wie Colaflaschen in der Fabrik.«

Dallas merkte, wie ihr die Tränen in die Augen stiegen, und seufzte. »Alles Gute, Sarah. Und viel Glück.«

Sarah lächelte, weil sie Byron entdeckte. »Ich werde mein Bestes tun.«

25

Die Wüste war unermeßlich viel größer als in Sarahs Vorstellung. Hier wuchsen vielarmige, haushohe Riesenkakteen und grotesk anmutende buschige Opuntien. Habichte flogen durch die Lüfte, und obwohl Sarah sie nicht sehen konnte, wußte sie, daß auch alle möglichen Schlangen und Eidechsen hier lebten. Die Wüste erwies sich zudem so farbenprächtig, wie sie es nie erwartet hätte: sie sah Braun und Gold, Weiß und Grau in allen Schattierungen zusammen mit den Gelb- und Grüntönen der Kakteen. Tafelland erstreckte sich in weite Ferne, Spitzkuppen und Kammlinien in wundervoll variierten Formen ragten auf. Felssäulen schienen sich aus dem Nichts zu erheben, in einen Himmel vorzustoßen, der so unglaublich blau war, daß er hätte gemalt sein können. Die Luft war knochentrocken. Sarah saß einfach da und ließ die Eindrücke auf sich wirken, während Byron den Wagen Richtung Norden lenkte.

Fünf Minuten, ein Formular, ein paar Worte und Barzahlung. Kreditkarten willkommen. Sarah war verblüfft, daß es so wenig gebraucht hatte, sich rechtmäßig mit dem Mann neben ihr zu verbinden. Sie schaute auf den Ring an ihrem Finger. Auch das war eine Überraschung. Ein schmaler Silberring, dicht besetzt mit Diamanten und Smaragden. Sie hatte nicht damit gerechnet, daß Byron sich die Zeit nehmen würde, irgend etwas Aufwendigeres als einen einfachen Goldreif zu kaufen.

Jetzt fuhren sie nach Nordosten. Sie würden zwei Wochen in Byrons Haus am Rande des Navajo-Reservats verbringen. Sarah erschien der Gedanke, daß Byron ein Haus besaß, verwunderlich. Das Penthouse mit seiner kühlen, stilvollen Einrichtung konnte sie leicht akzeptieren, aber ein Zuhause in der Wüste, fernab von der Großstadt, war schon schwierig vorstellbar. Andererseits hatte sie selber oft gedacht, wie viele verschiedene Facetten Byron Lloyd aufzuweisen hatte. Sie fuhr mit dem Daumen über ihren Ehering und seufzte.

»Müde?« fragte Byron und schaute kurz von der Landstraße zu ihr hinüber.

Lächelnd drehte sich Sarah auf ihrem Sitz zu ihm herum. »Nein.« Er hatte Jackett und Krawatte abgelegt und sich die Ärmel bis zum Ellbogen hochgekrempelt. Sie konnte beim Lenken das Muskelspiel an seinen Unterarmen beobachten. »Es erscheint mir so unwirklich.« Sie hob den Maiglöckchenstrauß und atmete seinen Duft ein, dann lächelte sie wieder. »Die Blumen sind allerdings echt.«

»Sie passen zu dir.« Byron schaute wieder zu ihr hinüber und beobachtete, wie sie das Gesicht in den kleinen Blüten vergrub. Er erinnerte sich an ihren gleichermaßen erstaunten wie erfreuten Gesichtsausdruck, als er ihr den Strauß überreicht hatte.

Er würde sich immer so an sie erinnern können – an ihre warmen, lebendigen Augen zwischen dem Maiglöckchengesteck und ihrem schulmädchenhaften Strohhut. »Ich habe mich noch gar nicht für den Ring bedankt.« Sie legte sich die Blumen auf den Schoß. »Ich war ganz verdutzt, als ich hinunterschaute und ihn an meinem Finger entdeckte. Er ist wunderschön.« Sie schaute ihn mit gespreizten Fingern wieder an. »Wie du nur die richtige Größe herausgefunden hast?«

»Ich kenne deine Hände ziemlich gut.«

Neugierig hob sie eine Augenbraue, als sie ihm das Gesicht zuwandte. »Wirklich?«

»Sie sind schmal, sehr zartgliedrig, und unter der Haut schimmern ganz leicht die Adern durch. Du hast lange, sehr schlanke Finger mit kurzgeschnittenen, rund gefeilten, unlackierten Nägeln. Die Hände einer Nonne oder einer Malerin.«

Stirnrunzelnd musterte Sarah ihre Hände. »Wie seltsam«, murmelte sie, ehe sie ihn wieder anschaute. »Ich hätte nie gedacht, daß du so etwas wahrnimmst.«

»Ich habe alles an dir wahrgenommen.«

Sarah schaute ihn noch ein wenig länger aufmerksam an, ehe sie sich zurücklehnte. »Weißt du, Byron, das alles erscheint mir so unwirklich. Vor vierundzwanzig Stunden hatte bestimmt keiner von uns eine Ahnung, was wir heute machen würden. Dallas hat es umgehauen, als ich ihr es erzählt habe. Ich glaube, allen anderen wird es genauso gehen.«

»Das sollte dich nicht weiter stören«, kommentierte Byron trocken.

»Nein, ich verblüffe die Leute gern. Was wohl Max dazu meint?«
Sie drehte den Kopf wieder zu Byron hin. »Ob er es wohl gutheißt,
was meinst du?«

»Warum sollte er denn nicht?«

»Du bedeutest ihm sehr viel«, erwiderte sie. »Vielleicht ist er verstimmt, daß du nicht mit ihm darüber geredet hast.«

»Ich bespreche nicht alles mit Max.«

»Nein, wohl nicht. Trotzdem, glaube ich, wird er etwas dazu zu
sagen haben, daß wir durchgebrannt sind. So wird es jedenfalls in
den Zeitungen stehen, wenn die Presse erst einmal Wind davon bekommt. ›Haladay- Vizevorstandsvorsitzender brennt mit Architektin durch.‹« Sarah lachte. »Das kommt davon, wenn man eine so
wichtige Persönlichkeit ist.«

»Und wenn man eine heiratet?«

»Ich bin noch nicht bedeutend«, stritt Sarah ungerührt ab. »Erst
nächstes Jahr. Ach, Byron, schau mal, diese Farbenpracht!«

Im Osten ragte eine Felsenkulisse empor, doch davor erstreckte
sich die Wüste in einem beeindruckenden Farbenspiel. Rot domi-
nierte, aber es mischten sich auch Schattierungen von Rosa, Pur-
pur, Grau, Weiß und Braun mit hinein. Dank der völlig klaren Luft
konnte man kilometerweit sehen. In einiger Entfernung entdeckte
Sarah eine Ansammlung von Häusern.

»Du solltest das mal im Frühling anschauen«, meinte Byron und
lenkte so ihre Aufmerksamkeit wieder auf sich.

»Was?«

»Die Wüste im Frühling«, erklärte er. »Dann wachsen unglaublich
schöne Blumen. Mohnblumen wuchern um hohe Kakteen, Wüsten-
ringelblumen, Kakteenblüten aller Art. Ich habe weiße Primeln so
üppig auf Sanddünen wachsen sehen, als hätte sie jemand irrtüm-
lich fallen lassen.«

»Kaum zu glauben«, murmelte Sarah. »Kommst du oft hierher.«

»Alle paar Monate.«

Nicht oft genug, ging es Sarah auf einmal durch den Kopf. Nein,
nicht oft genug. Irgend etwas hier tut ihm gut, aber er vergißt es
dann wieder für lange Zeit.

Die Ansammlung von Häusern entpuppte sich als ein in Sarahs
Augen idyllisches Städtchen. Es gab einen Imbißwagen mit einem

großen Glasfenster, eine Tankstelle mit zwei Zapfsäulen, wo sie blecherne Countrymusik aus einem Kofferradio scheppern hörte, und einen Krämer mit einem großen Holzschild als Reklametafel. Hier parkte Byron das Auto.

»Wir brauchen noch das eine oder andere ...«, meinte er.

Sarah war schon ausgestiegen und schaute sich um.

»Die Stadt liegt ja völlig einsam«, sagte sie, als Byron sich ihr anschloß. »Sieht so aus, als gäbe es sie schon ewig. Die Sonne hat allen Häusern denselben staubiggrauen Farbton verpaßt.«

»Komm mit hinein.« Er nahm sie bei der Hand. »Du solltest nicht so lang in der Sonne stehen.«

Als Byron die Tür aufstieß, quietschte es erst, dann bimmelten Glöckchen. Drinnen verquirlten Ventilatoren die Luft und konnten so einer fauchenden Fensterklimaanlage ein wenig Unterstützung angedeihen lassen. Hinter der Verkaufstheke saß ein nußbrauner, klapperdürrer Mann in mittleren Jahren. Er rauchte eine selbstgedrehte Zigarette und las den Sportteil einer Tageszeitung aus Phoenix. Als er Byron sah, veränderte sich sein Gesichtsausdruck.

»Na«, sagte er und zog nachdenklich an seiner Zigarette.

»Tag, Deerfoot.« Byron ging zu ihm hinüber.

»Wie lang bleibt ihr?« Diese Frage stellte er, während er den Blick zu Sarah wandern ließ. Sie lächelte, weil sie die widerwillige Zuneigung spürte, die er Byron entgegenbrachte. Durch eine Rauchwolke beobachtete er sie.

»Ein paar Wochen.« Byron registrierte die wortlose Kommunikation zwischen seiner Frau und Deerfoot, sagte aber nichts. »Wir werden ein paar Sachen brauchen.«

Deerfoot kratzte sich an der Oberlippe und setzte sich bequemer auf seinem Hocker zurecht. »Du weißt ja, wo alles steht«, meinte er. »Hat sich nichts verändert.«

Sarah wartete, bis Byron außer Hörweite war, dann ging sie zur Theke. »Haben Sie auch Erdnußbutterkekse?« fragte sie mit gedämpfter Stimme. »Ich bin am Verhungern.«

»Dritter Gang hinunter, auf der rechten Seite, oberstes Regal.«

Sie zwinkerte ihm zu. »Auch als Großpackung?«

Sein Grinsen empfand sie als endgültigen Sieg. »Mhm.«

»Ich heiße Sarah«, sagte sie und streckte ihm die Hand hin.

Deerfoot stand auf und wischte sich die Hand am Hosenboden ab, ehe er einschlug. »John Deerfoot, Madam.«

»Freut mich, Sie kennenzulernen, Mr. Deerfoot.«

Der Laden war vielleicht sieben mal neun Meter groß und bis auf den kleinsten Winkel mit Waren vollgestopft. Es gab Töpfe und Pfannen, Kerosinlampen, Jagdmesser, handbemalte Blumenübertöpfe, Glühbirnen, Briefpapier, Nähfaden, Haarnadeln und nach Sarahs Dafürhalten alles nur sonst Erdenkliche. Dazu noch alle mögliche Dosennahrung, Textilien sowie Milchprodukte, Bier und Erfrischungsgetränke im Kühlschrank. Sie schaute Byron zu, wie er einen Karton Eier, einen Liter Milch und ein Pfund Butter anbrachte.

»Ich mag Traubennektar ziemlich gern«, wagte sich Sarah vor, die einen Karton durch das Glas eines Regals erspähte.

»Dann bedien dich doch.«

»Weißt du, Byron«, setzte sie an, als sie die Regaltür aufschob, »wir haben den häuslichen Aspekt unserer Beziehung noch nicht erörtert.«

Er schaute sie an, wie sie einen Karton Saft herausnahm. »Wir werden uns wohl durchwursteln.«

Lachend warf sie ihm einen schnellen Blick zu.

Deerfoot tippte die Waren ein und verpackte sie dann in Tüten. Als er zu Sarahs Keksen kam, reichte er sie ihr. »Die sind gratis«, sagte er und freute sich über ihr Lächeln.

»Danke schön, Mr. Deerfoot.«

Als die Registrierkasse Byrons Wechselgeld anzeigte, redete Deerfoot mit Byron leise in einer kehligen Sprache, die Sarah für Navajo hielt. Byron antwortete kurz und hob die Tüten hoch. Als sie beim Auto ankamen, wandte er sich ihr zu.

»Wie schaffst du es nur, auf Anhieb alle Männer zu betören?«

»Tu ich das denn?« Lächelnd öffnete sie die Tür, damit er die Einkäufe auf dem Rücksitz verstauen konnte.

»Das weißt du doch ganz genau.« Er faßte sie unter dem Kinn und schaute sie an. »Deerfoot hat gemeint, dein Lächeln wäre mehr wert als alles Gold in den Bergen.«

»Wirklich?« Sarah schaute gerührt zur Ladenfront zurück. »Das war aber furchtbar nett. Und was hast du darauf geantwortet?«

Byron sah sie kurz an, dann zeichnete er ihr mit dem Daumen die Kinnpartie nach. »Daß manches nicht mit Gold aufzuwiegen ist.« Er bemerkte, wie sich der Ausdruck ihrer Augen veränderte, wie das Grün dunkler wurde, eine andere Schattierung annahm – ein deutliches Zeichen für ihre Gefühlsaufwallung. Er beugte sich zu ihr und gab ihr einen Kuß, den sie willig erwiderte.

Gleich darauf schossen sie den schmalen, zweispurigen Highway hinunter. Trockene Wüstenluft brauste durch die Fenster herein. »Willst du einen?« fragte Sarah, als sie ihre Kekspackung aufbrach.

»Nicht ohne Milch.«

»Wir haben Traubennektar«, erinnerte sie ihn und angelte eine Flasche vom Rücksitz.

»Das«, meinte er im Brustton der Überzeugung, »ist ein widerliches Zeug.«

»Nein, es schmeckt wirklich ziemlich gut.« Wie zum Beweis spülte Sarah einen halben Keks mit einem großzügigen Schluck hinunter. »Und es ist vor allem ein absolut einzigartiges Hochzeitsmahl.«

Byron warf einen zweifelnden Blick auf die Kekspackung und den Traubennektar. »Vermutlich hätte ich anhalten sollen, um dich zu füttern.«

»Ich bin schließlich kein Pferd«, erklärte sie und hielt ihm die Flasche hin; nach kurzem Zögern nahm er sie. Schließlich hatten sie eine lange Fahrt im heißen Auto hinter sich. Sarah grinste bei seinem Gesichtsausdruck, nachdem er getrunken hatte, enthielt sich aber jeden Kommentars. »Ist es noch weit?«

»Ungefähr eineinhalb Kilometer.« Byron gab ihr die Flasche wieder zurück.

»Du bist hier in der Nähe aufgewachsen, nicht wahr?«

»Auf dem Reservat. Meine Mutter ist dort Lehrerin.«

Nicht die Information an sich überraschte sie, sondern die Tatsache, daß er freiwillig damit herausgerückt war. Sie kannte seine Wortkargheit, was diesen Lebensabschnitt betraf, der mit dem sie jetzt umgebenden Land verbunden war. Sarah zerkaute geräuschvoll einen Keks, während sie Byrons Profil betrachtete. »Was unterrichtet sie denn?«

»Englisch. Sie hat sich auf englische Literatur spezialisiert.«

»Ach, dann hat sie dich also nach Lord Byron benannt.« Sarah nahm noch einen ordentlichen Schluck Traubennektar. »Ich habe mich deswegen schon gewundert. Liegt das Grundstück für die Bibliothek weit von hier weg?«

»Etwa fünfzehn Kilometer weiter nördlich.«

»Und das hier ...« Das Haus, dem sie sich näherten, fesselte ihre Aufmerksamkeit.

Weiß, kühl und nüchtern stand es vor ihnen. Es war auf drei terrassenförmigen Ebenen gebaut. Jede Ebene, die nach Sarahs Schätzung ohne Patio etwa vierzehn Meter lang war, schaute in eine andere Himmelsrichtung und verfügte über eine eigene Terrasse. Die Blumen versetzten Sarah in Entzücken. Sie erkannte Sonnenblumen, Ringelblumen, Geranien und Stiefmütterchen.

Auf der Nordseite gab es einen überdachten Autostellplatz, aber Byron hielt unmittelbar vor dem Haus an.

»Byron, das ist schön, einfach wunderschön. Hat Cassidy ...«

»Ja. Wahrscheinlich kannst du im ganzen Haus seine Handschrift erkennen.«

Sie schenkte ihm ein Lächeln voller Freude. »Ich weiß, es klingt so nach Klischee, wenn ich sage, daß es mir vorkommt wie ein Wunder. Aber ich sage es trotzdem. Es ist einfach fantastisch.«

Byron schaute ihr einen Moment in die Augen, ehe er sich um die Einkäufe kümmerte. Sie schob sich den Brautstrauß in die Schärpe ihres Kleides.

»Ich helfe dir«, bot sie sich an.

»Nein.« Er richtete sich auf, in jedem Arm hielt er eine Tüte. »Die Koffer hole ich gleich.«

Achselzuckend ging Sarah vor ihm zu der großen Vorhalle beim Haupteingang. Korallenbäume in lebhaften Rot- und Goldtönen wucherten links und rechts davon. Sarah konnte den Geruch von Hitze und eine intensive Mischung verschiedener Blumendüfte wahrnehmen. Sie spürte Byrons Hand auf ihrer Schulter. Als sie sich umdrehte, sah Sarah, daß er die Tüten abgestellt hatte. Er steckte den Schlüssel ins Schlüsselloch, stieß die Tür auf, dann hob er Sarah hoch. Verdutzt schaute sie ihn an, als er sie über die Schwelle ins Haus trug.

»Oh, Byron«, flüsterte sie, als sie den Mund zu dem seinen hob.

»Ich liebe dich.« Byron spürte, wie eine Woge von Glück ihn erfaßte, als sie ihre Wange an seine schmiegte. Er küßte sie noch einmal, ehe er sie wieder absetzte.

»Wir sollten die Vorräte wegräumen«, meinte er. Dann streichelte er sie von den Schultern bis zu den Handgelenken, ehe er sich nach den Tüten umdrehte.

Sarah spazierte im Zimmer herum. Es war dunkel und kühl, weil die Jalousien vor den großen Fenstern heruntergelassen waren. Es gab zwei niedrige eierschalenfarbene Sofas mit dunkelbraunen Kissen. Auf dem Hartholzfußboden lag lediglich ein handgearbeiteter Navajoläufer. Sarah fielen die heimischen Töpferwaren auf den Glastischen und der Toulouse-Lautrec über dem gemauerten Kamin auf. Sie schlüpfte aus ihren Schuhen und fühlte sich zu Hause.

»Es ist so kühl«, meinte sie. »Du läßt doch während deiner Abwesenheit bestimmt nicht die Klimaanlage laufen?«

»Ich habe uns heute morgen telefonisch angekündigt«, erklärte er. Als sie ihm nachging, landete Sarah in der Küche. Hier waren die Jalousien hochgezogen und ließen das Sonnenlicht hereinfluten. Vom Fenster aus konnte Sarah die Terrasse und die Pflanzenpracht darauf vor der Kulisse von Wüste und Tafelbergen sehen.

»Wie bringst du es nur fertig, von hier wieder fortzufahren?« murmelte sie und wandte sich ihm zu, während er die frischen Lebensmittel im Kühlschrank verstaute. »Du mußt mir sagen, wo alles hinkommt.« Sie schaute sich die Eichenschränke an, dann spähte sie in eine Tüte und nahm ein Pfund Kaffee heraus. »Soll ich uns Kaffee kochen?«

»Später.« Als er die Kühlschranktür zuwarf, sah er sie angesichts des Kaffees und eines Laib Brots die Stirn runzeln. Er stellte beides auf die Theke. »Später«, meinte er noch einmal, als sie den Blick zu ihm hob. »Ich zeige dir erst einmal das Haus.«

»O ja.«

Das zweite Stockwerk beherbergte ein kleines Gästezimmer, ein Bad und das, was Sarah die Bibliothek genannt hätte. Hier waren die Wände vollgestellt mit Büchern. Eingerichtet war dieser Raum mit zwei Sesseln, einem Schreibtisch und einem Sofa. In diesem Zimmer arbeitete Byron. Ab und zu verließ er zwar Phoenix, aber nur äußerst selten vergaß er deswegen Haladay. Durch die weite

Fensterfront hinter dem Schreibtisch konnte man auf die Terrasse schauen.

Über ein offenes Treppenhaus gelangten sie zur dritten Ebene, und hier befand sich das Wohnzimmer mit einer Bar, einer Stereoanlage und einem Schachbrett mit Teakholzfiguren. Es war dunkel getäfelt, die Deckenbalken unverputzt, und die Sessel tief und bequem.

»Kommt auch Max hierher?« wollte Sarah plötzlich wissen. »Ich kann mir euch zwei gut vorstellen, wie ihr hier an diesem Tisch Schach spielt.«

»Ja, und dann spielen wir auch Schach.« Als er ihr die Hand hinstreckte, legte sie die ihre hinein. Sie gingen über einen schmalen Flur ins Schlafzimmer.

Die Jalousien waren nicht ganz heruntergelassen, so daß das Sonnenlicht in schmalen Streifen einfallen konnte. Es war ein großes Zimmer mit einer antiken Kommode und einem Messingbett, das im gedämpften Licht matt schimmerte. Die hohen Türen aus gefärbtem Glas führten bestimmt auf die Terrasse hinaus. Jetzt waren sie geschlossen, und die Sonne warf bunte Flecken auf den Fußboden. Neben dem Bett standen eine Tiffany-Lampe und Kerzen in rustikalen Keramikleuchtern.

Byron ließ sie herumspazieren und beobachtete sie, wie sie alles anfaßte und aufmerksam musterte. Er hatte sich gewünscht, sie hier zu erleben, hatte wissen wollen, wie er sich dabei fühlen würde, sie inmitten seiner Dinge, seiner privaten Umgebung zu erleben.

»Es ist hübsch, Byron, ein wunderschönes Haus.« Sie warf einen Blick auf die Buntglastür. »Ich würde gern hinausgehen. Von der Terrasse hier oben muß man einen unglaublichen Blick haben.«

Schweigend ging Byron auf sie zu. Er nahm ihr den Hut ab und legte ihn auf einen Stuhl mit Lederlehne. Dann fuhr er ihr mit den Fingern zärtlich durchs Haar, ohne den Blick von ihren Augen zu wenden. Er löste den Brautstrauß von ihrer Schärpe und legte ihn auf den Nachttisch, ehe er die Schleife aufknotete. Raschelnd glitt die Seide zu Boden. Sarah begann das Herz bis zum Hals zu schlagen. Byron zog an dem Reißverschluß auf ihrem Rücken und streifte ihr das Kleid über die Schultern, so daß es zu Boden fiel.

Sie trug nur einen weißen Seidenbody, und er wußte, daß er ihn ihr mit einem Ruck vom Leib reißen konnte. Er sah ihr in die Augen, als er die Seide berührte.

»Du zitterst ja«, flüsterte er.

»Ich weiß.« Sarah schluckte, weil sie nur ein Hauchen herausbrachte. »Ich weiß, es ist albern, aber ich . . .« Er erstickte ihre Worte mit einem langen, schwelgerischen, leidenschaftlichen Kuß, hörte ihr leises Stöhnen und spürte, wie sie sogleich und heftig reagierte. Sollte er sie gleich jetzt an Ort und Stelle nehmen? Sein Blut geriet in Wallung bei der Erinnerung daran, wie es war, sie zu besitzen, wie weich sie sich anfühlte, wie gut sie duftete. Ein wenig schob er sie von sich und schaute ihr ins Gesicht. Ihre halb geschlossenen Augen waren schon verschleiert, den Kopf neigte sie einladend nach hinten. Byron faßte mit beiden Händen an ihren Body und zog ihn langsam nach unten. In der Stille war ihr leiser und stoßweiser Atem zu hören. Sie fühlte sich, als wäre es das erste Mal, war aufgeregt und voller Verlangen.

Er hob sie aufs Bett und streifte vorsichtig ihre Strümpfe über die Beine. Schließlich richtete er sich auf, um sich das Hemd auszuziehen, und es gelang ihr, sich jetzt aufs Bett zu knien.

»Laß mich das machen.« Ihre Stimme klang tief und heiser, sie zitterte wie ihre Hände, als sie an seinen Knöpfen herumfingerte.

Dann schlang sie ihm die Arme um den Hals, preßte ihm den Mund auf die Lippen und zog ihn aufs Bett herunter. Er schälte sie vollends aus der hauchdünnen Seide, bis sie endlich Haut an Haut nebeneinander lagen. Das Verlangen nach ihr brannte in ihm, aber er liebkoste sie weiter mit Händen und Mund, erregt durch ihre so heftige, leidenschaftliche Antwort darauf. Ihr Atem ging flach und schnell, und erst als er merkte, daß die Begierde ihn zu überwältigen drohte, schob er ihr die Knie nach oben und drang in sie ein.

Sarah stöhnte heftiger, als er sich schnell und rhythmisch bewegte. Wie durch einen Schleier hörte sie ihn ihren Namen flüstern, ehe sich alle ihre Sinne auf eins konzentrierten. Sie spürte nur seine Härte in sich, die feurige Hitze seines Mundes an ihrem Hals, seinen feuchten Körper an dem ihren. Dann erlebte sie ein Auflodern schier unerträglicher Wonnen, als er sie leicht anhob, damit sie so viel wie möglich von ihm zu spüren bekam. Aufbäumend ergoß er sich in sie und lag dann mit dem ganzen Gewicht auf ihr. Sie zog ihn nur fester an sich, genoß die fortdauernde Nähe. Ohne sich zu bewegen, blieb er weiter in ihr.

Sarah beobachtete das Muster der bunten Sonnenflecken auf dem Fußboden und wußte, daß nichts sie dazu bringen konnte, ihre Entscheidung zu bedauern. Wenn die Zeit nahte und wenn er sie verletzte, wie es wohl unausweichlich geschehen würde, sollte sie an diesen Augenblick zurückdenken. Keine Reue, sagte sie sich und schloß die Augen. Ich nehme jetzt, was ich brauche, und bezahle später dafür.

Langsam und zärtlich küßte sie seine Schultern, an die sie ihr Gesicht angeschmiegt hatte. Er bewegte sich, und da sie sein Herz an dem ihren hämmern spürte, streichelte ihn Sarah bis zu den Hüften. Sein Körper spannte sich dort an, wo ihre Finger entlang wanderten. Sie fühlte, wie er wieder in ihr anschwoll und schrie auf, als er in einen wilden Rhythmus verfiel und den Mund heftig auf den ihren preßte. Seine verzweifelte Begierde packte sie, und wo sie geglaubt hatte, vor Erschöpfung nichts mehr geben zu können, gab sie dennoch. So viel er auch verlangte, sie fand immer neue Kraft.

Als er schließlich befriedigt war, lag er einen Augenblick ruhig da, ebenso außer Atem wie sie. Ohne ein Wort rollte er sich dann von ihr herunter und drückte sie fest an sich.

Zum erstenmal seit Jahren schlief Byron am hellichten Tag.

Als er erwachte, hatte sich das bunte Muster auf dem Fußboden verändert. Vom Stand der Sonne ausgehend, schätzte er, daß es fast fünf sein mußte. Er drehte den Kopf, Sarahs Gesicht war nur wenige Zentimeter von ihm entfernt. Sie schlief fest und dicht an ihn geschmiegt, wie schon heute morgen. Einen Moment blieb er ruhig liegen und schaute sie an. Sie rührte sich kaum, als er wegrückte. Schnell stand er auf, nahm einen Bademantel aus dem Schrank, verließ geräuschlos das Zimmer und machte die Tür hinter sich zu. Er ging unverzüglich zum Telefon auf der anderen Seite des Flurs und meldete ein Ferngespräch an.

»Byron Lloyd«, sagte er knapp, wartete und hörte, wie es ein paarmal in der Leitung klickte.

»Byron.« Haladays Stimme drang dröhnend aus Phoenix zu ihm.

»Max.« Byron entdeckte eine Schachtel Zigaretten in einer Schublade und riß sie beim Sprechen auf. »Ich bin in der Wüste und bleibe ein paar Wochen hier.« Er riß ein Streichholz an, dann zog er den Rauch in die Lungen. Der Tabak schmeckte alt und stark.

»Ach ja?« meinte Haladay neugierig. »Geschäftlich oder zum Vergnügen? Gibt es Probleme mit dem Bibliotheksprojekt?«

»Nein. Ich schaue auf der Baustelle nach dem rechten, während ich hier bin, und erledige ein paar andere Dinge telefonisch. Am Montag rufe ich Kay und Cassidy an.« Er schwieg und zog noch einmal tief an seiner Zigarette. »Sarah ist bei mir. Wir haben heute früh geheiratet.«

Es folgte völliges Schweigen. Byron langte zum Fenster und zog die Jalousie hoch. Die Sonne knallte herein. Er konnte einen noch immer eigensinnig blühenden Kaktus sehen. Ehe er weiter sprach, drehte er sich wieder um.

»Wir sind heute morgen nach Las Vegas geflogen. Ich möchte ein paar Wochen mit ihr hier verbringen. Nur wir zwei.«

Haladays Stimme klang ruhig. Aber diesen Ton, das wußte Byron, benutzte er, wenn er seine Gedanken für sich behalten wollte. »Du hast mir nie von deinen Heiratsplänen erzählt.«

»Nein.« Byron starrte auf das Schachbrett. »Bis heute früh hatte ich auch nicht die Absicht.« Er blies einen Rauchfaden aus, enttäuscht und verärgert über den unwiderstehlichen Drang, sich zu verteidigen. »Und selbst wenn, wäre es Sarahs und meine Sache gewesen. Wir sind keine Kinder, Max.«

»Und warum zum Teufel brennt ihr dann wie zwei Teenager durch?« wollte Max wissen.

Byron nahm einen letzten Zug und drückte dann die Zigarette aus. »Wir haben uns schnell entschlossen und in aller Stille geheiratet.«

»Ich glaube, wir haben eine Menge zu besprechen.«

»Ja, wenn ich zurückkomme.«

»Ich möchte mit Sarah reden.«

»Wenn wir zurück sind.«

Er hörte den alten Mann ungeduldig in den Hörer seufzen. »Wir reden noch miteinander.«

»In zwei Wochen«, sagte Byron, ehe er auflegte. Die Schlafzimmertür öffnete sich.

»Byron?«

Sarah trat auf den Flur. Während sie sich umschaute, strich sie sich ihr zerzaustes Haar zurück. Der Schlaf hatte ihr die Wangen gerötet und machte ihre Bewegungen träge. Sie blinzelte gegen die Sonne an und entdeckte ihn endlich. Lächelnd streckte sie ihm die Hand entgegen.

Er ging zu ihr hin.

Die sonnigen Tage mit ihren klaren, kühlen Nächten verstrichen langsam. Sarah lebte ganz in der Gegenwart, legte all ihre Energien in jede einzelne Sekunde, ohne an morgen zu denken. Sie lernte mehr über die körperlichen Seiten der Liebe, als sie für möglich gehalten hätte. Wahre Leidenschaft forderte unendlich mehr, als sie sich je hätte träumen lassen, und Byrons Verlangen nach ihr schien unersättlich.

Sie aßen, sie schliefen, sie liebten sich. Es gab keine Störungen von außen, so daß sie völlig abgeschieden für sich lebten. Wein tranken sie in der Badewanne, sonnten sich nackt auf der Terrasse und liebten sich im gleißenden Sonnenschein. Sie unterhielten sich über nichts von Bedeutung. Obwohl Sarah wußte, daß diese Idylle mit ihrem Alltag nichts zu tun hatte, genoß sie diese Zeit. Vielleicht weil sie wußte, daß dem Idyll nur eine kurze Dauer beschert sein würde – wie den Blumen, die in der Wüste im Frühling geradezu explosionsartig aufbrachen. Die Zeit würde kommen, wo sie nach Phoenix und dem Alltag des Berufs zurückkehren mußten. So verging eine Woche, und das Leben draußen schien weit weg.

Sarah erwachte, die Jalousien waren noch geschlossen. Sie räkelte sich und berührte das leere Kopfkissen neben sich mit den Fingerspitzen. Byron stand fast immer lange vor ihr auf.

Nur gelegentlich weckte er sie oder blieb neben ihr liegen, bis sie sich rührte. Nach einem letzten genüßlichen Strecken stand sie auf und nahm einen kurzen weißen Bademantel von einem Stuhl. Sie knotete ihn locker zusammen, stieß die Terrassentür auf und trat hinaus. Sogleich stieg ihr der Blumenduft als Gruß in die Nase.

Sie pflückte ein paar Stiefmütterchen vom Terrassenrand und staunte über den neuen Kurs, den ihr Leben eingeschlagen hatte. Ich bin eine Ehefrau, sann sie nach und fragte sich, wie wohl das wirkliche Leben als Ehefrau aussehen mochte. Jetzt fühlte sie sich nur als Geliebte. Sie steckte sich die Blumen hinters Ohr und war für den Augenblick zufrieden. Zu früh, um über das ganze Leben, zu spät, um über das Morgen nachzudenken. Es gab nur das Jetzt. Sie benutzte das Geländer als Übungsstange und fing mit ihrem Morgentraining an, das seit zwanzig Jahren fester Bestandteil ihres Lebens war.

Byron blieb im Türrahmen stehen, um ihr zuzuschauen. Jede kleine Bewegung führte sie langsam und anmutig aus. Mit einem leisen Summen gab sie sich den Rhythmus ihrer Übungen vor, doch er konnte an ihren Augen ablesen, daß sie sich in Gedanken weit von ihrem Körper entfernt hatte. Um ihren Mund spielte die Spur eines Lächelns, während ihre Muskeln mühelos jedem Befehl gehorchten. Tief ging sie in die Knie, wobei sich ihr Morgenmantel hob und wieder senkte. Vorne stand er ein wenig offen, so daß ein schmaler Streifen Haut zwischen dem Revers herauslugte. Die Sonne brannte auf sie hernieder und hob die helleren Nuancen ihres Haars hervor, bis sie fast weiß schimmerten.

Er beobachtete sie gern so, wenn sie ganz in sich selbst versunken seiner nicht gewahr wurde. Die schlichte, uneitle Anmut ihres Körpers erweckte in ihm eine unerwartete Zärtlichkeit.

Mit gestrecktem Fuß hob Sarah das Bein an, dann drehte sie es aus der Hüfte zur Seite, ehe sie es langsam nach hinten führte. Er dachte, daß ihre Gelenke aus Wachs sein mußten, damit sie ihr solche Freiheiten gestatteten. Ihren Rücken hielt sie gerade, ihr Blick war verträumt. Sie winkelte das Knie in der Attitude-Position an, hielt es so, streckte es dann und führte es wieder zur Seite, dann nach vorne, ehe sie schließlich in der ersten Position verharrte. All diese Bewegungen vollzog sie mit völliger Selbstbeherrschung. Erst als sie sich umdrehte, damit das andre Bein an die Reihe käme, entdeckte sie Byron im Türrahmen.

Sie lächelte. Er trug lediglich Shorts, und obwohl sie mittlerweile seinen Körper sehr gut kannte, erregte sein Anblick sie noch immer. Doch jetzt fesselten seine Augen ihren Blick. Anders als in seiner Haltung lag nichts Beiläufiges darin. Einen Augenblick lang spürte sie ihre Macht über ihn, die schnell und heiß in ihr aufstieg und sich in ihrem Blick zeigte. Sie wartete auf ihn.

Er kam auf sie zu und langte ihr mit beiden Händen ins Haar, als sie das Gesicht zu ihm empor hob. Sie erkannte den Kampf in seinem Mienenspiel, sein Widerstreben, legte ihm die Hände auf die Hüften und streichelte ihm langsam über Bauch und Brust bis zu den Schultern. Dabei spürte sie, wie seine Muskeln zitterten, und kostete ihre Macht über ihn aus, dann erst küßte sie ihn auf den Mund.

Sofort zog er sie an sich. Sie meinte eine Spur von Zorn, von Verzweiflung bei ihm zu spüren. Fast unwillig wandte er sein Gesicht ab. Mit verständnisvoller Gelassenheit schaute sie zu ihm hoch. Er wollte sich abwenden, weggehen, sich selbst beweisen, daß er dazu fähig war. Da schmiegte sie sich wieder an ihn, und sein Verlangen nach ihr stieg ins Unermeßliche. Er küßte sie wild und stürmisch wieder und wieder, wollte mehr und immer noch mehr. Durch die dünne Seide ihres Morgenmantels konnte er jede ihrer Körperkonturen wahrnehmen. Es genügte nicht. Er riß ihr den Morgenmantel herunter, strich ihr dann mit den Händen über die bloße Haut, spürte ihre Rückenlinie, ihre schmalen Hüften. Er wußte, sie zog ihn in sich hinein und fesselte ihn gefühlsmäßig, wie sie es körperlich tat, wenn sie beieinander lagen.

»Sarah.« Seine Zähne fanden die empfindliche Stelle an ihrer Halsbeuge. Er spürte, wie sie an seinen Shorts zerrte, ehe sie ihn in ihre schlanken Finger nahm. Er erschauderte einmal, ehe er ihr Gesicht mit Küssen bedeckte. »Himmel, werde ich denn nie genug von dir bekommen?«

Es schwang etwas Verzweifeltes, etwas Wildes in seinen Worten mit, ehe er sie packte und ins Haus trug.

Es war schon Nachmittag, als sich Sarah im Bett aufsetzte. »Weißt du, was ich jetzt mache?« fragte sie und warf sich das Haar über die Schulter.

»Mmm?« Byron lag auf dem Rücken und starrte die Decke an.

»Ich koche heute das Abendessen.«

Er schaute sie stirnrunzelnd an. »Ach ja?«

»Du mußt gar nicht so skeptisch dreinschauen«, meinte sie ungerührt, drehte sich unbekümmert zu ihm hin und setzte sich rittlings auf ihn, dann sah sie ihn mit zusammengekniffenen Augen an. »Heute gelingt es mir bestimmt besser als die überbackenen Käsebrötchen, die ich neulich habe anbrennen lassen. Du bist nämlich nicht der einzige, der ein anständiges Essen zustande bringt.«

»Bist du dir bewußt, daß du stark zum Konkurrenzdenken neigst?«

»Ja. Ich koche Hühnerfrikassee und backe einen Zitronencremekuchen. Gibt es hier ein Kochbuch?«

»Wahrscheinlich schon.«

»Gut. Dann darfst du in die Stadt fahren und Eier, Milch und noch eine Packung Erdnußbutterkekse besorgen.« Sie beugte sich hinunter und gab ihm einen langen Kuß. Ihr Haar umhüllte sie beide, als sie ihre Wange an die seine drückte.

»Noch etwas?« fragte er und streichelte ihre Brüste.

»Ich denke noch einmal darüber nach ... nachdem ich dich verrückt gemacht habe.«

Tatsächlich entdeckte Sarah ein Rezept für Hühnerfrikassee und machte sich an die Arbeit, nachdem Byron in die Stadt aufgebrochen war. Sie kochte unverdrossen und zufrieden, während sie sich durch den Küchenlautsprecher mit Beethoven berieseln ließ.

Vorher hatte sie sich zwei Zöpfe geflochten und jeweils ein rotes Band um die Enden gebunden. Ihre kurzen Hosen und ihr weißes Hemd waren mehlbestäubt. Hin und wieder murmelte sie etwas vor sich hin, wenn sie mit gerunzelten Brauen das Kochbuch zu Rate zog. Sie war völlig in ihre Arbeit versunken, und als sie aufschaute und eine Frau in der Küchentür stehen sah, starrte Sarah sie entgeistert an.

Die Frau hatte ein ruhiges Gesicht mit dunklen, glänzenden Augen und vollem Mund. Das Haar trug sie straff nach hinten gekämmt und tief im Nacken zum Knoten zusammengesteckt. Abgesehen von ein paar wenigen grauen Strähnen schimmerte es tiefschwarz. Sie war groß und schlank und trug ein schlichtes, blaßblaues Hemdblusenkleid.

»Guten Tag«, begrüßte Sarah sie lächelnd.

Die Frau lächelte freundlich zurück. »Guten Tag.« Sie kam in die Küche. »Ich habe geklopft, aber Sie haben es offensichtlich überhört. Ich hörte die Musik, und die Haustür war offen. Ich bin Catherine Lloyd.«

Sarah stellte die Schüssel auf die Arbeitsfläche. »Byrons Mutter?« Sie ging mit ausgestreckten Armen auf sie zu, dann blieb sie stehen und schaute auf ihre mehligen Hände. »O je, ich schaue ja schlimm aus«, entschuldigte sie sich und wischte sich vergebens die Hände an der Hose ab. Lachend schaute sie Catherine an. »Ich habe mich selber in die Enge getrieben und versprochen, ein tolles Abendessen zu fabrizieren. Aber ich bin eine grauenhafte Köchin, und Byron macht alles so verflixt perfekt.«

Catherine lächelte. Die spontane Willkommensgeste hatte sie gerührt. »So war er schon immer, fürchte ich«, erwiderte sie. »Gelegentlich benimmt er sich mit Absicht so.«

»Ich freue mich sehr, Sie kennenzulernen.« Sarah deutete auf einen Küchenhocker. »Bitte, nehmen Sie doch Platz. Möchten Sie vielleicht einen Kaffee?«

»Ja, gerne.« Catherine ging zum Hocker und schaute dann zu, wie sich Sarah die Hände an der Spüle wusch.

»Byron ist in die Stadt gefahren«, berichtete Sarah, während sie sich an der Kaffeekanne zu schaffen machte. »Er müßte bald wieder kommen.«

»Hoffentlich ist es für einen Besuch noch nicht zu früh«, setzte Catherine an. »Als Byron mich anrief und mir von seiner Heirat erzählte, dachte ich, daß eine Woche Abwarten wohl reichen müßte.«

»Sie hätten mit Ihrem Besuch nicht zu warten brauchen«, antwortete Sarah. »Ich wollte Sie sehr gerne kennenlernen und mich mit Ihnen unterhalten, wirklich.«

Catherine schaute sie lange an, ehe sie lächelte. »Byron hat mir gar nicht gesagt, wie Sie heißen.«

Sarah ging zu ihr hin und streckte die Hände aus. »Ich bin Sarah. Und ich liebe Byron über alle Maßen.«

»Sarah, das freut mich sehr.« Catherine nahm Sarahs Hände und drückte sie fest, ehe sie sie losließ. »Können Sie sich beim Kochen unterhalten? Ich würde so gern mehr über die Frau meines Sohnes erfahren.«

»Ich kann viel besser reden als kochen«, meinte Sarah. »Was möchten Sie denn gerne wissen?«

»Wo haben Sie Byron kennengelernt?«

Sarah legte einen Deckel auf die Kasserolle mit dem Huhn. »In seinem Büro, als ich letztes Jahr zu einem Vorstellungsgespräch nach Phoenix kam. Er hat mich eingestellt. Ich bin Architektin.«

»Architektin«, wiederholte Catherine überrascht.

»Ja. Er kam mir angsteinflößend und distanziert vor. Aber ich mußte mich immerzu fragen, was für ein Mensch er in Wirklichkeit wohl ist. Er hält so viel von sich verborgen.« Sie hob den Blick zu Catherine.

Catherine verstand die unausgesprochene Frage und nickte. »Schon immer. Er schenkt nicht leicht jemandem sein Vertrauen oder seine Zuneigung. Maxwell Haladay ist der einzige, dem er beides zuteil werden läßt. Bis zu einem gewissen Grad vielleicht auch John Cassidy. Er war schon als Junge schwer zu durchschauen – und wuchs schließlich zu einem schwierigen Mann heran. Manchmal mache ich, vielleicht zu Unrecht, Maxwell Haladay dafür verantwortlich.«

»Max?« wiederholte Sarah verblüfft. »Warum denn?«

»Er hat Byron genau das gegeben, was er wollte.« Sie saß in der Sonne, und Sarah sah, daß ihr Gesicht glatt, fast faltenlos war und die gleichen Züge wie die Byrons aufwies. »Er sah den Mann in ihm«, fuhr sie fort, »und vergaß den Jungen.«

Sarah ging an einen Küchenschrank. »Ich kann mir Byron nur mit Mühe als Kind vorstellen. Er ist so unabhängig, so beherrscht.« Schulterzuckend stellte sie Tassen und Unterteller auf die Theke. Catherine sah den schmalen Reif an Sarahs Finger und fand die Hände, wie auch ihr Sohn, wunderschön. »Max hängt jetzt geschäftlich völlig von Byron ab – und vermutlich auch persönlich«, fuhr Sarah fort. »Byron leistet hervorragende Arbeit, sowohl als Manager wie auch als Ingenieur. Obwohl ich ihm das nie sagen würde.« Sie grinste.

Der Kaffee war durchgelaufen. Sarah brachte die Kanne. »Wie trinken Sie ihn?«

»Schwarz.« Catherine wartete, bis Sarah einen Milchkarton aus dem Kühlschrank geholt und etwas Milch in ihren eigenen Kaffee gegossen hatte. »Ich habe nie ernsthaft damit gerechnet, daß Byron heiraten würde.«

Sarah setzte sich auf den Hocker ihr gegenüber und schaute ihr offen in die Augen. »Nein?«

»Er hat seinen Vater nie gekannt, denn der hat mich verlassen, als Byron noch nicht einmal ein Jahr alt war. Byrons Vater haßte es, arm zu sein.« Sie hob ihre Tasse und trank. »Byron ebenfalls. Es war schwierig für ihn, ohne Vater aufzuwachsen, ein Halbblut zu sein und arm. Es fiel ihm vielleicht noch schwerer, weil er sehr aufgeweckt, sehr gescheit war. Er verstand zu vieles zu früh.« Sie schaute Sarah wieder in die Augen. »Er war furchtbar launisch. Manchmal gab es deshalb in der Schule Probleme. Raufereien, blaue Augen, blutig geschlagene Nasen, zerfetzte Klamotten.«

»Byron?« murmelte Sarah erstaunt.

»O ja. Ich konnte ihn leichter verstehen, als er aufbegehrte, als er wütend war. Verloren habe ich ihn, als er seinen Ehrgeiz entdeckte. Natürlich mußte das so kommen.« Sie hob wieder die Tasse und schenkte Sarah ein ernstes Lächeln. »Er lernte es, seine Energie, seine Gefühle, seine Launen zu zügeln. Ich habe mir oft gewünscht, daß ihm das weniger gut gelingen würde.«

»Hier, in diesem Haus, kommt er mir offener vor.« Sarah schaute sich um und gestikulierte mit beiden Händen. »Er braucht diesen Teil seines Lebens so sehr, wie er Haladay braucht.«

»Seit jeher«, murmelte Catherine. »Und was ist mit Ihnen?« Wieder trafen sich ihre Blicke. »Was brauchen Sie?«

»Byron«, antwortete sie wie aus der Pistole geschossen. Dann schüttelte sie lächelnd den Kopf. »Es ist natürlich nicht so einfach. Ich brauche ihn, brauche das, was wir meiner Meinung nach gemeinsam haben.« Sie hielt mit beiden Händen die Tasse fest und schaute Catherine über den Rand hinweg an. »Und ich brauche Haladay. Wir sind beide ehrgeizig. Ich weiß nicht, ob das unser Leben einfacher oder komplizierter gestaltet.«

Schweigend schaute Catherine sie eine Weile an. »Soll ich Ihnen verraten, daß ich Sie mir ganz anders vorgestellt habe, als ich von Byrons Heirat erfuhr? O ja, ich habe eine schöne Frau erwartet. Und eine intelligente. Aber . . .« Sie lachte ein wenig, ehe sie die Tasse absetzte. »Ich hatte auch eine sehr kühle Person erwartet, eine, die ihm *entspricht*. Sagen Sie, Sarah, könnten Sie das Menü für eine Abendeinladung mit fünfzig Personen zusammenstellen?«

»Ich hätte nicht die leiseste Ahnung.«

Catherine langte über die Theke und drückte ihr die Hände. »Ich freue mich so. Er ist mein einziges Kind.«

Sie hörten, wie die Haustür aufging. Sarah strahlte bereits, bevor sie sich zu Byron umdrehte. »Du hast dich beeilt«, begrüßte sie ihn und ging ihm entgegen. »Wir haben Besuch.« Damit nahm sie ihm die Tüte aus der Hand und trat einen Schritt beiseite. Er schaute auf die durch Sarahs Kocherei entstandene Unordnung und entdeckte seine Mutter. Sarah beobachtete, wie in seinen Augen Überraschung aufflackerte. Ohne zu lächeln ging er zu ihr hin und schaute sie an, ehe er sie auf die Wange küßte. »Mutter.«

Bei seinem Ton runzelte Sarah die Stirn, aber Catherine schien sich nicht daran zu stören. »Guten Tag, Byron, hoffentlich ist es dir recht, daß ich gekommen bin. Ich wollte deine Frau kennenlernen.«

»Aber gewiß doch.« Eigentlich sah sie, schoß es ihm durch den Kopf, viel zu jung und zu gut aus, um seine Mutter zu sein. Dann fiel ihm, wie üblich, ein, daß sie bei seiner Geburt kaum sechzehn Jahre alt gewesen war.

»Wir trinken gerade Kaffee«, meinte Sarah. »Möchtest du auch einen?«

»Ja.« Er holte sich eine Tasse.

»Du mußt dich mit deiner Mutter auf die Terrasse setzen«, meinte Sarah beiläufig, während sie die Kanne auf ein Tablett stellte, »während ich das Abendessen mache. Mit etwas Glück müßten wir um sechs essen können.« Sie lächelte Catherine an, als sie ihre Tasse und den Unterteller aufs Tablett bugsierte. »Wir haben doch noch einen Chablis, nicht wahr, Byron?«

»Ja.« Er strich ihr mit der Hand über einen ihrer Zöpfe.

»Wenn ich zum Abendessen bleibe«, meinte Catherine mit Blick auf die verwüstete Küche, »erlaubt ihr mir vielleicht, daß ich ein bißchen mithelfe?«

Tief ausatmend folgte Sarah Catherines Blick. »Nein, das wäre wohl Schummelei. Mir persönlich würde das nichts ausmachen, aber Byron ...«

»Schön, daß du Hemmungen hast«, gab Byron zurück. Er nahm ihr das Tablett ab, das sie ihm reichte.

»Wenn ich dir gestanden hätte, daß ich in Hauswirtschaft nur Fünfen bekommen habe, hättest du mich dann geheiratet?«

Er lächelte. »Nein.«

Sarah ging an ihm vorbei und öffnete die Terrassentür. »Es ist so hübsch auf der Veranda«, wandte sie sich an Catherine. »Vielleicht können Sie Byron dazu bringen, daß er Ihnen von meinen Vorzügen vorschwärmt, solange ich nicht dabei bin, damit ich nicht verlegen werde.«

Während der folgenden Stunde gab Sarah in der Küche ihr möglichstes und ließ die beiden auf der Terrasse allein. Als sie sich ihnen schließlich anschloß und noch einen Kaffee anbot, zog Byron sie auf einen Stuhl.

»Byron hat mir erzählt, daß Sie eine sehr gute Architektin sind.« Catherine beobachtete, wie Sarah ihm stirnrunzelnd einen Blick zuwarf.

»Ein ungeheures Lob von einem Ingenieur«, murmelte sie.

»Sie werden im Hinblick auf die Bibliothek für das Reservat zusammenarbeiten«, fuhr Catherine fort.

»Ja.« In Sarah erwachte das berufliche Interesse. »Kennen Sie das Grundstück? Es ist nicht weit von hier, nicht wahr?«

»Wir schauen es vor unserer Heimreise an«, versprach Byron.

Sarah lächelte ihn an und lehnte sich zurück. »Wollen wir nicht hier draußen essen?« schlug sie vor.

Das Essen schmeckte überraschend gut, und Sarah glaubte zu sehen, wie Byron sich entspannte. Er fühlte sich in Anwesenheit seiner Mutter nicht hundertprozentig wohl, doch Sarah spürte, daß das Band zwischen ihnen trotzdem stark war.

In der Dämmerung wechselte die Wüste die Farben. Die Schatten auf der Terrasse wurden länger. Im Westen war der Himmel rosa und wolkenlos. Sie blieben noch im Freien, bis sich die Luft mit Einbruch des Abends abkühlte.

»Ich würde gern beim Abwaschen helfen«, bot sich Catherine beim Aufstehen an.

Sarah willigte ein. »Vielen Dank. Byron würde ich ungern fragen«, gestand sie, als säße er nicht neben ihr. »Er ist beim Kochen so ordentlich; mein Chaos in der Küche würde ihm einen Schrecken einjagen.«

Er sagte nichts, sondern zog nur eine Zigarette aus der Tasche und zündete sie sich an, während Sarah die Teller zusammenstellte.

Bis die Küche aufgeräumt war, fiel die Sonne schon schräg durch die Fenster herein. Als Sarah noch ein Tablett mit Kaffee ins Wohnzimmer trug, sah sie, daß Byron gerade ein Feuer entfachte.

Er blieb, wo er war, neben dem Ofen kauernd, während er den Blick von seiner Frau zu seiner Mutter wandern ließ. Lächelnd tippte Catherine Sarah auf den Arm, ehe sie zu ihm ging. »Ich kann nicht länger bleiben.« Sie streckte die Hand zu ihm aus, und er nahm sie, als er sich aufrichtete. »Flitterwöchner muß man alleine lassen.«

Byron drückte ihr die Hand, die sich von der Küchenarbeit warm und vom Gärtnern rauh anfühlte. »Ich bin froh, daß du da warst«, sagte er.

»Ich auch.« Sie redete leise auf Navajo. Byron hob ihre Hand und hielt sie sich an die Wange, während er ihr antwortete.

Sarah stellte das Tablett auf den Tisch, als Catherine auf sie zukam. Sie faßte Sarah bei den Schultern und küßte sie auf beide Wangen. »Ich habe meinem Sohn meinen Segen gegeben und wünsche euch viel Glück.« Sie umarmte Sarah, ehe sie sich abwandte. Byron begleitete sie zur Tür. Dort blieb sie stehen, um ihn noch einmal anzuschauen. »Du hast eine gute Wahl getroffen. Ich bin mit dir zufrieden.« Als sie hinausging, leuchtete der Himmel in den prächtigsten Farben.

»Deine Mutter ist eine schöne Frau.«

Er rührte sich nicht von der Stelle. »Ja, ich weiß.«

Sarah kauerte sich vor dem Feuer nieder. »Sie ist sehr stolz auf dich.« Sie warf beide Zöpfe nach hinten, wobei sie ihm weiter ins Gesicht schaute. »Du kannst dich glücklich schätzen, daß du sie hast.«

Byron starrte in die Flammen. »Sie war fünfzehn, als sie schwanger wurde, sechzehn, als er sie im Stich ließ. Und sie hatte nie eine Chance.«

Er, fiel Sarah auf. Nicht *mein Vater*. »Was für eine Chance, Byron?«

»Wählen zu können.«

»Wem gibst du die Schuld?« fragte ihn Sarah. »Deiner Mutter, deinem Vater oder dir selbst?«

Er drehte sich abrupt um, verkniff sich aber die Worte, die ihm auf der Zunge lagen. Sarah schaute ihn an, ohne Mitleid, ohne Vorwurf, aber voller Liebe und Zärtlichkeit. »Uns allesamt, wahrscheinlich.« Er hob den Schürhaken und stieß ihn gegen ein Scheit. »Sie will kein Geld von mir annehmen.«

»Sie braucht dein Geld nicht, Byron.« Sarah stand auf, schlang ihm die Arme um die Taille und legte ihm die Wange auf den Rücken. »Du hast deinen Weg von hier heraus gefunden, weil du ihn finden mußtest. Sie bleibt aus dem gleichen Grund.«

»Ich habe sie nie verstanden«, murmelte er. Es fiel ihm schwer, über seine Mutter zu sprechen, doch in Sarahs Armen kamen ihm die Worte leichter über die Lippen. »Sie war selber noch ein Kind; sie hätte mich nicht austragen müssen. Sie hätte nicht all die Jahre der Mühen und Plagen auf sich zu nehmen brauchen.«

»Sie liebt dich. Deshalb hat sie dich behalten, und deshalb hat sie dich ziehen lassen.«

Er drehte sich zu ihr um und schaute sie an. »Woher weißt du das?«

»Weil ich dich auch liebe.«

27

»Guten Morgen, Miß Lancaster – Mrs. Lloyd«, korrigierte sich Mugs
und stand auf, als Sarah vor ihren Schreibtisch trat. Sie überreichte
ihr eine gelbe Rose. »Willkommen im Büro.«

»Danke, Mugs.« Sarah nahm die Blume, beugte sich zu Mugs hinüber und küßte sie auf die sommersprossige Wange. »Und im Büro
ist Miß Lancaster völlig in Ordnung.«

»Ja, Madame. Mr. Haladay möchte Sie um zehn Uhr sprechen.«

»Oh!« Sarah warf einen schnellen Blick auf ihre Armbanduhr. »In
Ordnung. Sagen Sie mir Bescheid, wenn es soweit ist.« Sie nahm
ihre Aktentasche in die andere Hand. »Gibt es noch etwas, das ich
wissen sollte?«

»Die neuesten Berichte über das Delacroix-Zentrum liegen auf Ihrem Schreibtisch.«

Ehe Sarah in ihr Büro gehen konnte, öffneten sich die Glastüren
des Empfangsbereichs. Dallas spazierte herein und faßte Sarah an
beiden Armen. »Hallo, Mugs. Ihre Chefin ist jetzt für eine Weile beschäftigt.« Sie führte Sarah in ihr Büro und schloß die Tür. »Also«,
sagte sie. »Und jetzt erzähl mal. Wie, zum Teufel, ist es gekommen, daß du Byron Lloyd geheiratet hast? Du bist doch verheiratet,
oder?« Sie packte Sarahs linke Hand. Als sie den Ring sah, atmete
sie hörbar aus. »Himmel, es stimmt also.«

»Das hat uns zumindest der Friedensrichter in Las Vegas erzählt.
Warum setzen wir uns eigentlich nicht?«

»Ja.« Dallas seufzte und ließ Sarahs Hand los. »Tun wir das doch.«
Sie ließ sich in einen Sessel plumpsen und musterte Sarah mit verschränkten Armen eingehend. »Du meine Güte, du schaust ja blendend aus!«

»Danke.« Sarah legte die Rose und die Aktentasche neben sich auf
den Schreibtisch. »So fühle ich mich auch.«

»Was«, begann Dallas nach einer Pause, »in aller Welt ist passiert?«

Sarah holte tief Luft, als sie ans Fenster ging. »Ich weiß gar nicht, wie ich dir das erklären soll.« Sie überprüfte mit dem Daumen die Feuchtigkeit in ihrem Efeutopf.

»Laß dir etwas einfallen.«

»Ich war schon lange in ihn verliebt«, murmelte Sarah. »Seit wann genau, das kann ich nicht sagen. Es kam einfach so.«

»Ich hätte nicht mal geglaubt, daß du ihn besonders nett findest.«

Sarah lachte. »Ich mochte ihn auch nicht immer, auch jetzt nicht. Byron ist nicht gerade ein Mensch, den man so leicht nett findet oder gar liebt.« Sie setzte sich auf die Schreibtischkante. »Von Anfang an habe ich mich allerdings zu ihm hingezogen gefühlt. Irgendwie ist er mir nicht mehr aus dem Kopf gegangen.«

Dallas hörte schweigend zu. Sie versucht, die ganze Geschichte sich selbst ebenso begreiflich zu machen wie ich mir, dachte Sarah.

»Als ich nach Paris ging und dort Januel kennenlernte«, fuhr Sarah fort, »wollte ich wahrscheinlich ein Märchen erleben. Er hat es mir gegeben, doch es war alles nicht echt. Die ganze Zeit, die ich mit Januel zusammen war, ertappte ich mich dabei, daß ich ihn mit Byron verglich. Dann kam Byron nach Paris, und ich . . .« Sie schüttelte den Kopf. »Herrgott noch mal, er hat mich ganz durcheinandergebracht, Dallas. Er kann so abweisend sein und dann wieder körperlich so präsent. Er besteht aus so vielen unterschiedlichen Facetten. Ich werde ihn wohl nie ganz verstehen. Vielleicht fasziniert er mich auch deshalb so sehr.«

Dallas fuhr sich mit der Hand durch ihren Lockenkopf. »Hast du also in Paris beschlossen, ihn zu heiraten?«

»Da wollte ich nicht Byron heiraten, sondern Januel.«

»Noch einmal«, bat Dallas. »Und bitte etwas verständlicher.«

Sarah gab ihr eine Kurzfassung ihrer letzten Tage in Paris. Erst als sie ihre Geschichte zu Ende erzählt hatte, rührte sich Dallas wieder und erhob sich langsam aus ihrem Sessel.

»Und dann bist du vom Flughafen schnurstracks zu mir gekommen.« Sie atmete hörbar ein. »Evan und ich haben dir einen mordsmäßigen Empfang bereitet.«

»Dallas . . .«

»Evan hatte wenigstens seinen Rausch als Entschuldigung. Ich dagegen . . .«

»Dallas, bitte.« Sarah nahm sie bei den Händen. »Hauptsache, du bleibst meine Freundin. Ich liebe Byron so sehr, daß es mir fast Angst einjagt. Ich werde eine Freundin brauchen.«

Dallas umarmte Sarah. »Ach, Mist«, murmelte sie. »Jetzt werde ich ganz rührselig. Garantiert.«

»Wie schön. In der Ruckzucktraukapelle war niemand, der für mich geweint hätte.«

Dallas schnüffelte und schob Sarah von sich. »So hat sie doch nicht wirklich geheißen?«

»Hätte aber gut gepaßt.«

»Und wie geht's jetzt weiter?«

»Ich weiß nicht genau. Byron und ich müssen uns wohl erst aneinander gewöhnen.« Dallas sah, wie sich zwischen Sarahs Brauen eine Falte bildete. »Flitterwochen und Ehealltag sind zwei völlig verschiedene Stiefel. Ich glaube nicht, daß es für einen von uns leicht werden wird. Und Geschäft und eine Ehe miteinander zu verbinden ...« Sie verstummte und ging dann ans Fenster. »Byron und ich werden bei dem Navajoprojekt zusammenarbeiten.«

»Und?« half Dallas nach.

»Und wir werden wahrscheinlich gut zusammenarbeiten. Das hoffe ich doch.«

»Aber?« soufflierte Dallas, worauf Sarah lachen mußte.

»Du kennst mich genau, nicht?«

»Jedenfalls gut genug, um zu wissen, was dieser Gesichtsausdruck bedeutet.«

»Ich überlege mir, ob ich nicht vielleicht eine eigene Firma aufmachen sollte«, meinte Sarah nachdenklich.

»Bei Haladay aufhören?« Dallas kam zu ihr ans Fenster. »Warum denn das?«

»Ich möchte als Sarah Lancaster Häuser bauen, nicht als Byron Lloyds Frau.«

»Oh«, seufzte Dallas. »Und was meint Byron dazu?«

»Ich habe ihm bis jetzt noch nichts davon gesagt.« Sarah zuckte mit den Schultern. »Und bin mir auch noch nicht hundertprozentig sicher, ob ich das wirklich will. Vermutlich möchte ich mir meine Möglichkeiten offenhalten, will nicht, daß meine Ehe mit meinem Berufsleben kollidiert und umgekehrt.« Sarah lachte wieder. »Vielleicht ist dieser Wunsch unrealistisch. Ich will alles, Dallas. Wenn ich es mir nur fest genug wünsche, bekomme ich vielleicht auch das meiste davon.«

»Ich erteile ungern Ratschläge«, setzte Dallas an.

»Aber?«

Lachend umarmte sie Sarah. »Laß die Dinge erst einmal ein wenig zur Ruhe kommen, bevor du etwas unternimmst. Rom wurde schließlich nicht an einem Tag erbaut.«

»Da waren sicher die Ingenieure dran schuld«, gab Sarah zurück.

Als die Bürotür aufging, drehten sie sich beide um. Sarahs Lächeln wurde breiter, als Cassidy auf sie zustapfte.

»Jetzt muß ich wohl Sarah Lloyd sagen, nicht wahr?« Er legte ihr die Hände auf die Schultern. »Na, dann lassen Sie sich mal anschauen.« Stirnrunzelnd musterte er sie.

»Und?« Sarah schaute fragend.

»Nicht schlecht. Ihr zwei macht ja alles hübsch flott.«

»Schaut so aus. Und sind Sie damit einverstanden?«

»Sie sind genau das, was er schon seit einiger Zeit gebraucht hat.« Er rubbelte ihr schnell ein paarmal über die Arme, ehe er sie losließ. »Hoffentlich tut er Ihnen genauso gut wie umgekehrt.«

»Tut er«, versicherte ihm Sarah erfreut. »Haben Sie ihn heute vormittag schon getroffen?«

»Er ist gleich zu Max gegangen.«

»Aha.« Stirnrunzelnd schaute Sarah auf die Uhr. »Ich soll um zehn zu ihm raufkommen.« Sie sah Cassidy an. »Wie geht es Max?«

»Sie haben ihn damit völlig überrascht«, meinte er knapp. »Das passiert Max nicht oft.« Cassidy wandte sich an Dallas und schaute sie vielsagend an.

»Ich habe Probleme mit einer Anforderung, die ich Ihnen vor ein paar Tagen geschickt habe. Die für die Tür.«

Dallas' munteres, eckiges Gesicht wurde völlig ausdruckslos. »Ja, ich weiß schon. Ich habe sie Ihnen zur Begründung zurückgegeben. Haben Sie mir die vervollständigten Unterlagen wieder geschickt?«

»Ich möchte die Tür«, gab Cassidy zurück. »Das ist die Begründung.«

Dallas faltete die Hände. »Das reicht leider nicht. Ich brauche eine Begründung, ehe ich die Tür von Debilleri in Rom kaufen kann. Die Kosten überschreiten den finanziellen Rahmen, und deshalb müssen uns Angebote vorliegen. In dem Antrag, den Sie mir geschickt haben, fehlten die genauen Angaben. Natürlich könnten sie Debilleri als beste oder einzige Bezugsquelle rechtfertigen.«

»Blödsinn.«

Seufzend wandte sich Dallas an Sarah. »Architekten verschwenden nie den leisesten Gedanken an Betrug, Mißbrauch oder Verschwendung. Und auch«, fügte sie hinzu, »niemand anderer sonst, weshalb ich dieser Aufgabe mein Leben geweiht habe. Schicken Sie mir die Unterlagen, und Sie können Ihre italienische Tür haben«, wiederholte sie zu Cassidy gewandt.

»Rutschen Sie mir doch mit Ihrer Begründung den Buckel runter«, brummte Cassidy und stolzierte hinaus.

»Siehst du?« Dallas seufzte zentnerschwer. »Betrug, Mißbrauch, Verschwendung. Überall.«

Sarah hielt es für besser, Dallas nichts von den Extras zu erzählen, die sie für das Bibliotheksvorhaben plante. »Du gehst jetzt am besten in dein Büro und paßt auf, daß dir nichts entgeht«, schlug sie vor. »Ich muß hinauf.«

»Mhm«, murmelte Dallas abwesend, als sie zusammen das Büro verließen.

Byron und Haladay standen auf, als Sarah ins Zimmer kam. Sie wechselte mit Byron einen Blick, bevor sie Haladay anschaute. Spannung lag in der Luft, das spürte sie sofort.

»Guten Tag, Max.«

»Guten Tag, Sarah.« Hatte er abgenommen? Unter seinen Augen bemerkte sie Falten, die vorher noch nicht dagewesen waren. »Jetzt sind wahrscheinlich Glückwünsche angebracht.«

»Ja.« Sie trat einen Schritt näher, bis sie zwischen den beiden Männern stand. »Wollen Sie mir alles Gute wünschen, Max?«

Sie sah, wie Haladays Blick über sie hinweg schweifte, und fragte sich, ob er ihre Heirat mit Byron mißbilligte.

Dann schaute er sie wieder an. »Ich wünsche Ihnen viel Glück, Sarah.«

Lächelnd streckte sie ihm die Hand hin. »Danke, Max.«

Er drückte ihr schnell die Hand. »Ich habe auch etwas für euch beide.«

654

»Ein Geschenk?« Sarah wandte sich Byron zu, als Max durchs Zimmer ging. Nicht nur Haladay stand unter Spannung, sondern auch Byron. Sieht so aus, dachte sie, als müßten wir schon jetzt damit anfangen, uns an die veränderte Situation zu gewöhnen.

Haladay nahm ein Gemälde vom Tisch am anderen Ende des Raumes. »Zur Hochzeit schenkt man doch für gewöhnlich etwas.« Lächelnd überreichte er Sarah das Präsent.

»Oh, Max, das ist wunderschön!«

»Besser als das, was Sie da in Ihrem Büro hängen haben.«

Sarah lachte, als sie zu Byron aufschaute. »Max mag lieber Cezanne als Dali.« Sie reichte Byron das Bild, dann küßte sie Max auf die Wange. »Vielen Dank.«

Der alte Mann seufzte. »Im Kühlschrank bei der Bar steht Champagner«, sagte er energisch. »Macht ihn auf, und schenkt mir bloß nichts von diesem Scheißsherry ein.«

Manchmal, wenn Byron sie liebte, spürte Sarah Verzweiflung in seinem Verlangen nach ihr. Sie dachte, wie bei ihrer ersten Liebesnacht, daß noch nie jemand sie in solchem Maße begehrt hatte. Sein Verlangen nach ihr war nahezu unvernünftig, und im Verlauf der Wochen änderte sich nichts daran. Nicht im Bett. Dennoch spürte sie dieselbe Wut in ihm, denselben Wunsch, sich zurückzuhalten. Er war kein Mann, der leicht Liebe geben oder empfangen konnte. Was er ihr vor der Hochzeit gesagt hatte, bewahrheitete sich noch immer. Er wollte sie nicht lieben. Sarah mußte sich ins Gedächtnis zurückrufen, daß sie mit offenen Augen diese Ehe eingegangen war. Sie wollte Byron und würde viel Geduld aufbringen müssen, bis sie ihn vollständig besaß. Aber Geduld zählte nicht zu Sarahs Stärken.

Das Bibliotheksprojekt nahm ihre ganze Arbeitszeit in Anspruch. Weil ihr das Projekt persönlich wichtig geworden war, wollte sie keinen Zeichner beschäftigen, sondern vollendete die Pläne eigenhändig. Sie und Byron arbeiteten eng zusammen, und in dieser Zeit wurde sie sich seiner Fähigkeiten erst völlig bewußt. Obwohl sie oft bis aufs letzte mit Ingenieuren gekämpft hatte – und Byron bildete da keine Ausnahme –, imponierte ihr sein genaues, umfassendes Fachwissen. In beruflicher Hinsicht harmonierten sie, das Kreative und das Technische hielten sich die Waage.

Mit einer Tasse kalten Kaffee in der Hand schaute sich Sarah die Blaupausen auf ihrem Schreibtisch an. Die Bibliothek war ein Teil von ihnen beiden. Bis jetzt hat er mich noch nie näher an seine Vergangenheit herankommen lassen, sann sie vor sich hin. Sie erinnerte sich an ihr Gespräch nach dem Besuch seiner Mutter. Damals hatte er sich ihr geöffnet, wenngleich nur kurz. Aber es war zweifellos ein wichtiger Schritt gewesen. Es konnte Wochen, vielleicht Monate dauern, ehe er einen weiteren Schritt wagte. Mit einem Seufzer der Enttäuschung stellte sie den Kaffee beiseite. Wochen, Monate oder gar Jahre, dachte sie. Herrgott, kann ich denn so lange warten, ohne ihn unter Druck zu setzen?

Sie wollte ihn nicht ändern. Nein, sie hätte sich nicht so sehr in ihn verliebt, wenn er anders wäre. Doch er sollte sie wissen lassen, wer er war. Er sollte ihr vertrauen. Sarah begann wieder die Entwürfe zu studieren. Byron und sie hatten sich besonders gut bei der Besprechung von Statik und möglichen Schwachstellen verstanden. Und wenn sie sich liebten, verspürten sie vollständiges, verzehrendes Verlangen.

Doch das war nicht genug. In einem Anfall von Erschöpfung preßte sich Sarah die Finger an die Augen. Es reicht mir einfach nicht. Und ich glaube, Byron auch nicht.

Als der Summer auf ihrem Schreibtisch ertönte, verdrängte Sarah die Gedanken an Byron und antwortete: »Ja, Mugs.«

»Ein Mr. Bounnet möchte Sie sprechen, Miß Lancaster.«

»Was?« Sarah hörte auf, ihren Ohrring zu befestigen. »Wer?«

»Mr. Januel Bounnet.«

»Januel«, murmelte sie, dann lachte sie leise und erstaunt. Nerven hat er ja, das muß man ihm lassen, dachte sie. »Schicken Sie ihn herein.«

Sarah stand hinter dem Schreibtisch. Sie machte sich nicht die Mühe, die Blaupausen und Unterlagen zu ordnen. Als er hereinkam, fiel ihr auf, wie blendend er aussah, einfach perfekt in dem teuren Anzug und der Seidenkrawatte. Sein Gesicht war so schön wie eh und je. Es überraschte sie, daß sie weder Schmerz noch Unbehagen empfand – nur Neugierde.

»Sarah!« Lächelnd kam Januel auf sie zu und faßte sie an beiden Händen. »Du siehst blendend aus!«

»Ich habe das gleiche soeben von dir gedacht.« Sie entzog ihm ihre Hände. »Ich habe nicht mit dir hier in Amerika gerechnet, Januel. Gibt es Probleme mit dem Delacroix?«

»Nein, du hast doch sicher die Berichte gelesen. Es geht gut voran. Ich bin nicht gekommen, um mit dir Geschäftliches zu besprechen, Sarah.«

»Nein?« Sie lächelte. Aber er merkte, daß es kein freudiges, sondern ein belustigtes Lächeln war, und mußte sich Mühe geben, nicht verärgert zu klingen. Er wurde nicht gerne ausgelacht.

»Mir ist etwas ganz Merkwürdiges zu Ohren gekommen.« Seine Augen ruhten noch immer warm und bewundernd auf ihr. »Daß du und Byron Lloyd geheiratet habt.«

»Was ist daran so seltsam?«

»Mein Liebes ... Sarah«, verbesserte er sich, als sie die Stirn runzelte. »Vielleicht sollte ich sagen – es kommt unerwartet.«

»Vielleicht«, stimmte sie zu und wartete, daß er fortfuhr.

»Bitte.« Januel spreizte die Hände. »Darf ich offen mit dir reden?«

»Oh, unbedingt.«

Ihr sarkastischer Ton reizte ihn. »Sarah«, sagte er mit bemüht sanfter Stimme, »wie kann ich es gutmachen, daß ich solch ein Narr war?«

»Überleg's dir.«

Mit einem schnellen Lachen schüttelte er den Kopf. »Du läßt mich nicht so leicht davonkommen, nicht wahr?«

»Warum sollte ich?« entgegnete sie. »Du hast dich abscheulich benommen. Wie geht es übrigens Madeleine?«

Er lachte wieder. »Sie hat mir prophezeit, daß du dich danach erkundigen würdest. Ich soll dich herzlich grüßen. Sarah ...« Sowohl in seinen Augen wie auch in seiner Stimme lag etwas Flehendes. »Ich habe einen Fehler, einen fürchterlichen Fehler begangen. Was ich tat, was ich sagte, war unverzeihlich. Ich habe nicht erkannt, was dir wichtig sein würde. Eine dürftige Entschuldigung, gewiß, aber hoffentlich glaubst du mir, daß ich dich gern hatte – dich noch immer mag, sehr gerne mag. Ist es zu viel verlangt, wenn ich dich bitte, daß wir Freunde bleiben?«

»Ja«, beschied ihm Sarah. »Viel zu viel.«

»Aber vielleicht haßt du mich wenigstens nicht?« Er lächelte gewinnend. Es erstaunte sie, daß er noch immer nicht damit rechnete, daß sie ihn durchschaute.

»Ich hasse dich nicht, Januel«, sagte sie ehrlich. »Du hast mir, wenn auch unabsichtlich, einen Gefallen erwiesen. Aber verlange bitte keinen Dank dafür.«

Er kam um den Schreibtisch herum und nahm ihre Hand. »Sarah, bist du glücklich in deiner Ehe?«

»Ja.«

Er seufzte und führte ihre Hand an die Lippen. »Sarah, wenn ...«

In diesem Augenblick kam Byron herein und sah Sarahs Hand in Januels, sah den zärtlichen, vertrauten Blick, den Bounnet ihr zuwarf, sah Sarahs Lächeln. Er machte die Tür hinter sich zu und kam herein.

»Lassen Sie die Hand meiner Frau los!«

»Byron!« Verblüfft starrte ihn Sarah an. Bounnet ließ ihre Hand blitzschnell los, so plötzlich, daß sie vielleicht gelacht hätte, wenn ihr nicht der Ausdruck in Byrons Augen aufgefallen wäre. »Januel hat ...«

»Unterstehen Sie sich, noch einmal meine Frau anzufassen.« Byron schnitt Sarah das Wort ab, ohne einen Blick auf sie zu werfen. Seine Augen waren nur auf Januel gerichtet.

»Ich bitte um Entschuldigung«, sagte Januel steif, als er zur Tür hinausging.

»Wie konntest du nur?« fragte Sarah, sowie sie allein waren. »Wie konntest du dich nur so idiotisch benehmen?« Sie schob ihren Stuhl weg und kam auf ihn zu. »Sag nie mehr *meine* Frau, als wäre ich eine teure Krawatte.«

Byron packte sie mit beiden Händen am Revers. »Ich dulde es nicht, daß du mit diesem Mistkerl Händchen hältst. Verstanden?«

»Das duldest du nicht?« warf sie ihm hin. »*Du* duldest es nicht? Hör dir mal genau zu. Merkst du nicht, wie lächerlich das klingt? Du benimmst dich, als hättest du uns in flagranti erwischt.«

»Ich will ihn nicht mehr in deiner Nähe sehen. Ich mußte in Paris hinnehmen, daß er an dir herumfummelte. Ich mußte tatenlos im Bett liegen, obwohl ich wußte, daß er nebenan mit dir zusammen war. Aber ich muß nicht zuschauen, wie er dich jetzt begrabscht.«

Sarah bemühte sich, ruhig zu bleiben. »Niemand begrabscht

mich, Byron, nicht einmal du. Und es ist jetzt ein bißchen spät, mir einen früheren Liebhaber vorzuwerfen. Ja, ich habe mit ihm geschlafen. Wolltest du eine Jungfrau? Dann hättest du dir eine andere suchen müssen. Wir hatten beide vorher andere Geliebte. Willst du, daß ich dir eine Liste aufstelle?«

Er packte ihren Blazer fester und zwang sich, sie nicht zu schlagen. Jetzt war es ihm nicht mehr möglich, Recht von Unrecht zu unterscheiden. Und das wollte er auch gar nicht. »Nicht Bounnet«, sagte er mit gebändigter Wut. »Du hältst dich zum Teufel noch mal von Bounnet fern.«

»Byron, ich ...«

Er schnitt ihr das Wort ab, indem er sie in einen Sessel stieß und dann das Zimmer verließ.

28

Geschlagene zehn Minuten saß Sarah völlig reglos da. Erst mußte das Zittern aufhören, bevor sie nachdenken konnte.

Es war nicht bloße Eifersucht gewesen, sondern kaum erklärbare Raserei. Wenn jemand Sarahs wahre Gefühle für Januel kannte, dann Byron. Er hatte miterlebt, wie ihr diese Beziehung vor ihrer Hochzeit zu schaffen gemacht hatte. Aber, erinnerte sie sich, seine Einstellung Januel gegenüber war schon immer alles andere als freundlich gewesen. Im Rückblick auf die Wochen in Paris glaubte Sarah eigentlich nicht, daß Byrons Abneigung gegen Januel etwas mit ihr zu tun hatte. Zumindest nicht ursächlich.

Kopfschüttelnd stemmte sie sich aus dem Sessel hoch. Der eigentliche Kernpunkt für sie war, daß Byron ihr nicht vertraute, und das tat weh. Mit dieser Szene hatte er sie eher in die Kategorie Besitz denn Person gestellt. Und das, beschloß Sarah zornig, mußte sich rasch ändern. Wenn er ein niedliches Frauchen gewollt hatte, das seinen Befehlen anstandslos gehorchte, hätte er eine andere heiraten müssen. Ihn zu lieben hieß nicht, daß sie nicht mehr Sarah Lancaster sein durfte. Vielleicht war ihre Idee, bei Haladay zu kündigen und ihre eigene Firma zu gründen, die Lösung?

Trennen wir unser Berufs- von unserem Eheleben, dachte sie. Wenn sie nicht mehr für ihn arbeitete, würde das ihr Privatleben unter Umständen etwas entspannen. Und, gestand sie sich ein, dann würde auch nicht mehr der Zweifel an ihr nagen, daß man ihr besonders begehrte Aufträge zuschanzte, bloß weil sie die Frau von Byron Lloyd war.

Sie wollte an die Spitze gelangen, aber nicht indem sie sich jemandem an die Rockschöße klammerte. Zwar wünschte sie sich eine intakte Ehe, aber ihre Identität wollte sie dafür nicht opfern.

Sarah ging zum Telefon und drückte ein paar Tasten. Eine Viertelstunde später betrat sie Haladays Büro.

»Max, ich weiß es zu schätzen, daß Sie mich so prompt empfangen.«

Er lehnte sich zurück, erhob sich aber nicht. »Es klang wichtig.«

»Ja, das ist es wahrscheinlich.« Sie merkte, daß sie aufgeregt war, nervöser als damals, als sie zum erstenmal sein Büro betreten hatte.

»Nehmen Sie Platz«, meinte er. »Gibt es Schwierigkeiten mit dem Bibliotheksprojekt? Die Entwürfe gefallen mir.«

»Nein, darum geht es nicht.« Weil sie nicht wußte, wie sie anfangen sollte, kam Sarah ohne Umschweife zur Sache. »Max, ich trage mich mit dem Gedanken an Kündigung.«

»Was?« Er zog die Brauen zu einer beinahe geraden Linie. »Wovon, zum Teufel, reden Sie denn?«

»Ich überlege mir, eine eigene Firma aufzumachen. Ich hatte schon früher einmal daran gedacht, aber ...«

»Was ist denn das für ein Blödsinn?« wollte er wissen.

»Es ist kein Blödsinn, Max.«

»Haben Sie denn irgendwelche Klagen?« fragte er sie mit noch immer finsterem Blick. »Über Ihr Gehalt? Ihre Aufträge?«

»Nein.« Sarah schüttelte den Kopf. »Nein, es hat damit nichts zu tun. Keiner Ihrer Mitarbeiter könnte sich darüber beschweren, wie Sie die Geschäfte führen, Max, oder Ihre Angestellten behandeln. Ich habe private Gründe.«

»Was in aller Welt soll das nun heißen?«

»Ich möchte nicht für Byron arbeiten.«

Daraufhin lehnte sich Max zurück und atmete langsam aus. »Warum?«

»Weil ich unsere Ehe fortführen und mir gleichzeitig meine Eigenständigkeit bewahren möchte.«

»Darf ich erfahren, was das bedeuten soll?«

Sarah lachte. »Nun, Max, ich liebe ihn. Ich möchte ihn nicht verlieren. Ich möchte mich selber aber auch nicht aufgeben.«

»Das erklärt nicht, weshalb Sie so hirnverbrannte Ideen haben – weggehen und sich selbständig machen!«

»Hirnverbrannt?« wiederholte Sarah und hob die Brauen. »Trauen Sie mir das nicht zu?«

Stirnrunzelnd musterte Max sie. »Ich traue Ihnen das durchaus zu«, gestand er. »Aber ich glaube nicht, daß Sie das nötig haben. Sie haben hier alle schöpferischen Freiheiten, die Sie brauchen. Ich könnte Leute wie Cassidy nicht halten, wenn ich sie gängeln würde.« Er hielt inne, hob einen Bleistift und trommelte damit auf dem Schreibtisch herum. »Was meint denn Byron zu dieser Idee?«

»Ich habe ihm noch nichts davon gesagt.«

»Warum, zum Teufel, nicht?«

»Weil ich das nicht mit dem Vizevorstandsvorsitzenden von Haladay besprechen möchte«, erwiderte sie gelassen, »sondern mit meinem Mann. Ich komme zuerst zu Ihnen, weil Ihnen das Unternehmen gehört. Ich werde mit Byron darüber reden, aber nicht während der Bürozeiten.«

»Ich verstehe«, meinte Haladay nachdenklich und tat es allmählich auch. »Ich hätte auch nicht gewollt, daß meine Frau für mich arbeitet. Sie sollte zu Hause bleiben und das Abendessen für mich bereit halten, wenn ich heimkam.« Er schüttelte den Kopf und konzentrierte sich dann wieder auf Sarah. »Aber Sie sind ein ganz anderer Frauentyp, nicht wahr?«

»Ja«, antwortete sie lächelnd. Sie hatte sich immer gefragt, was er wohl für seine Frau empfunden hatte. Jetzt erkannte sie, daß er verliebt in sie gewesen war.

Er legte den Bleistift hin und faltete die Hände. »Ich hatte nie einen Sohn«, fing er schließlich an.

»Tatsächlich, Max?«

Bei diesen Worten stockte er. Sie sahen einander kurz in die Augen, ehe er nickte. »Ja, Sie sind eine sehr gescheite Frau. Byron verkörpert alles, was ich mir von einem Sohn gewünscht hätte. Als ich ihn das erstemal sah, war er jung und zäh; er hungerte nach Erfolg. Himmel, dachte ich, das könnte ja ich vor dreißig Jahren sein. Aber er war gescheiter, intelligenter. Ich habe in diesen Jungen investiert, aber nicht nur geschäftlich. Es hat sich ausgezahlt.«

Sein Blick wurde durchdringender. »Es hat mir überhaupt nicht gefallen, als er mir von Ihrer Heirat erzählte.«

Sarah hielt seinem Blick stand. »Ich weiß.«

»Es gefiel mir nicht«, fuhr Haladay fort, »weil dies bedeutete, daß er sich damit von mir entfernt hatte. Wenn er an jemanden wie meine Laura geraten wäre, hätte ich nicht mal geblinzelt. Verdammt, Sarah, ich schaue Sie an und erkenne in Ihrem Ehrgeiz mich selbst wieder.«

»Ist das denn so schlimm, Max?«

Er stieß einen langen, müden Seufzer aus. »Ich bin ein alter Mann. Herrje, ich bin alt und nicht darauf vorbereitet. Sie sind die Frau, die Byron braucht. Es war höchste Zeit, daß er sich einen Schritt von mir entfernt hat. Aber das sage ich Ihnen – Haladay ist nicht darauf vorbereitet, eine seiner besten Architektinnen zu verlieren.«

»Max, das weiß ich zu schätzen, aber ...«

»Sie sollen das nicht zu schätzen wissen«, brauste er auf. Plötzlich spürte er ein Stechen in der Brust. »Denken Sie darüber nach. Ich habe auch in Sie investiert. Bringen Sie Ihre Angelegenheit mit Byron in die Reihe. Ich möchte euch beide morgen früh um acht in meinem Büro sehen.«

»Ja, Sir«, tat sie gekünstelt und beobachtete, wie sein Schnurrbart zuckte.

»Verdammt, Sarah, scheren Sie sich hinaus. Ich muß arbeiten.«

Sie stand auf, blieb aber an der Tür stehen. »Max, wie immer ich mich auch entscheide, ich weiß zu schätzen, daß Sie so mit mir gesprochen haben.«

Kurz nach sieben hörte Sarah, wie die Aufzugtüren auf und wieder zu gingen. Sie erhob sich nicht vom Sofa, sondern wartete, bis Byron die Wohnung betrat. Obwohl er sie sah, ging er wortlos zur Bar, um sich einen Drink einzuschenken.

»Byron, ich würde gern etwas mit dir bereden ...« Ihre Stimme klang kühl, aber sie konnte nicht anders. Noch immer war sie wütend. »Schieß los.« Er hob sein Glas, rührte sich aber nicht vom Fleck.

Und er ist auch noch wütend, dachte Sarah. »Ich habe es mir durch den Kopf gehen lassen, ob ich nicht besser von Haladay fortgehen und meine eigene Firma aufmachen sollte.«

Einen Moment lang sagte er nichts, sondern unterdrückte eine zornige Antwort. »Warum?«

»Dafür gibt es mehrere Gründe.« Sarah überflutete eine Woge der Enttäuschung. Wir unterhalten uns wie Fremde. »Byron.« Sie stand auf und wagte den ersten Schritt. Da er ihr nicht entgegenkam, hielt sie inne. »Ich finde, wir sollten nicht zusammenarbeiten.«

»Haladay beschäftigt einen ganzen Stab von Mitarbeitern.« Er kippte einen ordentlichen Schluck Bourbon.

»Verflucht, du weißt genau, daß ich etwas ganz anderes meine.«

»Warum sagst du mir dann nicht, was du wirklich meinst, Sarah«, erwiderte er kalt. »Ratespielchen mag ich nicht.«

»Herrgott noch mal, Byron, bist du ein Mistkerl.« Sie wandte sich ab und kämpfte um Selbstbeherrschung. »Ich möchte nicht für dich arbeiten, weil ich nicht will, daß du mich auch in unseren vier Wänden wie eine Angestellte behandelst.«

»Wie kommst du denn auf diese Idee?«

»Weil du mich herumkommandierst, Byron«, sagte sie und schaute ihn wieder an. »Deshalb. Du hast mir einmal erzählt, daß du keine Befehle entgegennimmst. Das war in einer geschäftlichen Situation, und du hattest völlig recht. Jetzt sage ich dir: Ich dulde in unserer Ehe keine Befehle.«

»Aha.« Er begutachtete den Whisky in seinem Glas, ehe er ihn trank. »Jetzt sind wir also wieder bei Bounnet.«

»Nein!« Erzürnt ging Sarah auf ihn zu. »Wir sind wieder bei dir und mir, weil es nur darauf ankommt. Ich mache das nicht länger mit, daß du unsere Ehe und unser Berufsleben durcheinanderwirfst. Ich bitte dich nicht, eine Wahl zu treffen. Zum gegenwärtigen Zeitpunkt besteht kaum ein Zweifel, wer das Rennen machen würde.«

»Ich weiß überhaupt nicht, wovon du redest.«

Allmählich drang sie zu ihm durch. Sarah sah, wie die Wut allmählich das Eis zu schmelzen begann. Sie ließ nicht locker. »Ich glaube, du weißt das sehr wohl, Byron. Wenn wir unser Eheleben nicht von dem trennen können, was wir unten im Büro tun, muß meiner Ansicht nach einer von uns etwas ändern.«

»Und welche Art von Veränderung stellst du dir vor?«

»Ich habe genug gelernt, um eine kleine Firma leiten zu können und habe mir auch durchaus einen Ruf erworben.«

»Aber beides hast du doch Haladay zu verdanken«, bemerkte er knapp und schenkte sich noch einmal ein. Ihm paßte es nicht, daß er gerade etwas verlor – es verlor, während er mit der einen Hand danach griff und es mit der anderen wegschubste.

»Das würde ich auch nie leugnen.«

»Was möchtest du dir damit beweisen, Sarah?«

»Daß ich es könnte.«

»Du wirfst eine Menge weg für dein Selbstwertgefühl«, meinte er.

»Es geht hier nicht um mein Selbstwertgefühl, Byron.« Sie fuhr sich durchs Haar. »Ach verdammt, vielleicht schon, aber nur zum Teil. Und ich weiß auch, daß wir zwei es nicht schaffen, wenn sich nicht etwas ändert. Du stehst seit unserer Rückkehr nach Phoenix unter Hochspannung. Du willst mich noch immer nicht verstehen, Byron, und ich kann das nicht akzeptieren. Je länger das so weitergeht, um so schwerer wird es dir fallen, mir Gefühle entgegenzubringen. Ich frage mich, ob mehr Distanz auf beruflicher Ebene nicht dazu beitragen könnte, daß wir die Distanz in unserer Ehe wenigstens zum Teil überwinden.«

»Ich habe dich nie belogen.«

»Nein«, sagte sie. »Das hast du nicht.«

Er umklammerte das Glas fester. In diesem Augenblick begehrte er sie so sehr, daß er vor Wut und Enttäuschung hätte aufschreien können. Eigentlich sollte er doch in der Lage sein, sich zu beherrschen. Er hatte seine Gefühle immer unter Kontrolle gehalten – seit er das Reservat verlassen, seit er seinen langen Aufstieg begonnen hatte. Sarah warf alles über den Haufen.

Unvermittelt schleuderte er das Glas an die Bar. Als es zerschmetterte, riß er sie an sich. Er tat ihr weh, das wußte er. Irgendwie wollte er das auch. »Ich brauche dich. Das weißt du doch, verdammt noch mal.«

»Byron ...«

Aber er verschloß ihr mit einem verzweifelten, wütenden Kuß den Mund und zog sie zu Boden. Sie dachte an das erstemal, als sie da gelegen hatten. Damals hatte sie ihn als verwegen und selbstsicher erlebt. Jetzt war er brutal und außer Kontrolle. Die Heftigkeit seiner Begierde überwältigte sie beide. Er brachte nicht die Geduld für Knöpfe und Reißverschlüsse auf. Sarah spürte, wie ihre Bluse zerriß.

Nichts anderes wollte er als ihre nackte, heiße Haut. Sie zerrte noch an seinen Kleidern, als er schon die Finger zwischen ihre Schenkel schob. Sarah bäumte sich auf und schrie beim ersten Höhepunkt, doch er kannte kein Erbarmen. Hier, hier an Ort und Stelle würde er sie haben, dann würde er auch seine Beherrschung wiedergewinnen.

Sie bebte und wimmerte, als er mit dem Mund nach ihrer Brust suchte. Dann verlor er sich in seiner Begierde, stöhnte, als sich sein Verlangen noch steigerte. Er konnte nicht genug von ihr bekommen und erkannte mit einem letzten Aufflackern von Zorn, daß er niemals genug bekommen würde. Mit ihren Händen führte sie ihn tief in sich.

Sarah lag ruhig da, obwohl ihr Atem alles andere als gleichmäßig ging. Byron neben ihr schwieg. Er hielt sie nicht im Arm, und als sie sich zu ihm hindrehte und ihn berühren wollte, stand er auf. Noch betäubt vor Leidenschaft, erschöpft vom Liebesakt, sah ihm Sarah beim Anziehen zu.

»Byron, wo gehst du hin?«

»Weg.«

»Weg?« wiederholte sie fassungslos und setzte sich auf.

»Genau.« Er knöpfte sich das Hemd zu, ohne sie eines Blickes zu würdigen.

Ihre Oberschenkel waren noch feucht von ihm. Verwirrt schüttelte Sarah den Kopf. »Warum?«

Ohne ein Wort ging er zur Tür.

»Byron!« rief ihm Sarah nach. Obwohl Schmerz in ihr wühlte, klang ihre Stimme beherrscht. »Geh nicht. Ich brauche dich.«

Ohne stehenzubleiben, ging er hinaus. Sarah hörte das Poltern des Aufzugs.

Sie lag auf ihren zerwühlten Kleidern und weinte.

29

Ganz gegen ihre sonstige Gewohnheit erwachte Sarah früher als Byron. Langsam dämmerte sie in den Wachzustand hinüber, drehte
den Kopf und entdeckte Byron neben sich. Ihr fiel ein, daß sie ihn
noch nie im Schlaf gesehen hatte, weil er sonst immer vor ihr aufgewacht war. Sie wollte ihn berühren, sich ihm zuwenden. Dann
erinnerte sie sich an den gestrigen Abend und drehte sich um. Bei
ihrer Bewegung war Byron sofort wach. Er setzte sich zur gleichen
Zeit wie sie auf und faßte sie am Arm.

»Sarah.«

Sie hielt inne. »Ich will duschen. Max möchte uns um acht sprechen.«

Er spürte den unvernünftigen Drang, sie zu schütteln, doch statt
dessen ließ er sie los. Die Badezimmertür schloß sich leise hinter ihr.

Schweigend zogen sie sich an. Sarah steckte sich gerade die letzte
Klammer ins Haar, als Byron sich das Hemd zuknöpfte. »Ich gehe
jetzt hinunter«, meinte sie.

»Ich komme gleich nach«, gab er tonlos zurück.

Byron beobachtete, wie sie die Wohnung verließ und hörte gleich
darauf das Aufzuggeräusch.

Sarah befahl sich, an nichts zu denken, als sie den Knopf für Haladays Stockwerk drückte. Sie wollte weder denken noch fühlen, solange sie es nicht unbedingt mußte. Sie wollte sich auch nicht überlegen, was sie Haladay sagen würde, wollte sich nicht eingestehen,
daß sie in diesem Augenblick gar keine Pläne hatte. Als die Aufzugtüren aufgingen, atmete Sarah tief durch und betrat dann Haladays
Büro.

Er lag mit dem Gesicht nach unten vor seinem Schreibtisch am Boden. Sie wollte seinen Namen rufen, brachte aber keinen Ton heraus.
Dann endlich schrie sie auf und rannte zu ihm hin.

Das Herz schlug ihr bis zum Hals, als sie neben ihm niederkniete.
Vergeblich versuchte sie, ihn auf den Rücken zu drehen – er war

zu schwer. Sie schaffte es nicht. Mit zusammengebissenen Zähnen versuchte es Sarah noch einmal. Als es ihr endlich gelang, streifte seine Hand ihren Schenkel. Sofort zuckte Sarah zurück. Seine Hand war kalt. Sie erkannte den Tod, noch ehe sie ihm ins Gesicht sah.

Ihr drehte sich fast der Magen um. Sie schüttelte den Kopf, wollte es nicht glauben. »*Max!*« Sie packte ihn an der Schulter und schüttelte ihn. »*Max!*«

Schließlich rappelte sie sich hoch und rannte zum Telefon auf Haladays Schreibtisch. Zweimal mußte sie wählten, ehe das Freizeichen ertönte. »Byron«, sagte sie, sowie sie das Klicken hörte, als abgehoben wurde. »Byron!«

»Sarah?«

»Komm schnell.« Sie ließ den Hörer fallen und eilte zu Haladay zurück, ignorierte ihre schreckliche Vermutung und suchte erst an seinem Handgelenk den Puls, dann am Hals. Verzweifelt zerrte sie an seiner Krawatte herum, um sie zu lockern. Das Herz hämmerte ihr gegen die Rippen, und sie fluchte, weil ihr die Hände zitterten.

Als Byron sie fand, knöpfte sie Max gerade das Hemd auf. Innerhalb von Sekunden war er bei ihr und stieß sie zur Seite. Er brauchte nur einen flüchtigen Blick auf Max zu werfen, um zu erkennen, daß es keinen Sinn mehr hatte. Dennoch suchte er wie Sarah nach dem Puls. Er konnte Sarahs stoßweisen Atem hören, als sie sich ihm gegenüber neben Max hinkniete. Vorsichtig streckte Byron die Hand aus und drückte Max die Augen zu. Sarah protestierte stotternd.

»Nein, Byron. Nein, nein, es muß doch noch etwas geben ...« Sie unterdrückte eine neue Woge der Übelkeit. »Wir müssen ihm doch noch irgendwie helfen.«

Einen Moment lang knieten beide schweigend neben Haladay. »Er ist tot, Sarah. Schon seit Stunden. Wir können nichts mehr für ihn tun.«

Er sah, wie ihr Gesicht bei seinen Worten erstarrte, ehe sie den Kopf auf Haladays Brust legte.

Während des Trauergottesdienstes stand Sarah gefaßt und in aufrechter Haltung da. Sie betrachtete den nächsten Grabstein und dachte benommen an das, was Max von seiner Frau erzählt hatte.

Als sie und Byron dann allein am Grab standen, legte sie eine Nelke auf den Sarg. Wortlos nahm Byron sie am Arm und führte sie weg.

Sie setzten sich auf den Rücksitz der Limousine, der durch eine schalldichte Scheibe vom Fahrer abgetrennt war. Zum erstenmal seit einer Stunde machte Sarah den Mund auf.

»Beim Tod meiner Eltern war ich wütend und traurig. Aber vor allem fühlte ich mich schuldig. Sie waren so gute Menschen und hatten mir Liebe und Geborgenheit geschenkt. Ich liebte sie beide und nahm sie als selbstverständlich hin. Nach ihrem plötzlichen Tod erkannte ich, daß ich ihnen nie gesagt hatte, wie sehr ich sie liebte.«

Seufzend schaute sie aus dem Fenster. »Am Tag vor seinem Tod war ich bei Max im Büro. In diesen paar Minuten fühlte ich mich ihm so nahe. Und er sagte ...« Ihr versagte die Stimme, und kopfschüttelnd versuchte sie, sich wieder unter Kontrolle zu bekommen. »Er sagte, er sei ein alter Mann, aber er habe sich noch nicht darauf eingestellt. Grimmig unterdrückte er ein Lächeln und befahl mir, ich solle mich hinausscheren, er müsse noch arbeiten. Ich hatte ihn lieb, so wie er war. Und jetzt lebt er nicht mehr.«

Byron erwiderte nichts. Sarah hatte keine Anzeichen von Trauer an ihm wahrgenommen; wenn er Schmerz empfand, so behielt er das wohl für sich. Doch erschien er ihr jetzt fremder als damals, als sie zum erstenmal sein Büro betreten hatte. Sie holte tief Luft, des Kämpfens müde. »Ich möchte nicht in den Sitzungssaal, Byron, und mir die Testamentseröffnung anhören.«

»Aber deine Anwesenheit ist unbedingt nötig.« Das klang entschieden und endgültig. »Aus verschiedenen Gründen muß das möglichst bald vonstatten gehen. Ein Führungswechsel in einem Unternehmen von der Größenordnung Haladays ist immer eine gefährliche Zeit. Es gibt Kredite, Verträge und Kontrakte, Hunderte von größeren und kleineren Angelegenheiten, um die man sich kümmern muß. Erst nach der Testamentseröffnung kann der Übergang stattfinden.«

»Das hat doch nichts mit mir zu tun.« Sie lehnte den Kopf gegen den Sitz.

»Es ist wichtig, daß du dabei bist.«

Er wandte sich ab, und sie schwiegen den Rest der Fahrt.

Im Sitzungssaal roch es nach Leder und Möbelpolitur. Ein sechs

Meter langer Walnußtisch mit hochlehnigen Stühlen und gepolsterten Sitzflächen beherrschte den Raum. An jedem Platz standen Waterford-Kristallgläser. Die schweren Damastvorhänge vor den Fenstern waren zugezogen. Cassidy riß sie mit einem schnellen Ruck auf, und Tageslicht ergoß sich in den Raum.

Sarah spürte, daß Cassidys Trauer die Form von Wut annahm und empfand Mitgefühl für ihn. Sie sah zu, wie Kay Rupert lautlos die Wassergläser füllte. Als sie damit fertig war, setzte sie sich ans Tischende und faltete die Hände. Neben ihr lagen Block und Bleistift parat. Ihr Blick huschte über Sarah, ehe sie sich diskret abwandte.

Sarah kannte fast keinen der Anwesenden. Zwei der Vorstandsmitglieder hatte man ihr früher einmal vorgestellt, aber die drei anderen, ernst dreinschauenden Männer in dunklen Anzügen, waren ihr fremd. Sie saß zwischen Byron und Cassidy und schaute gedankenverloren um sich.

Greenfield war Haladays Anwalt und, zusammen mit Byron, der Testamentsvollstrecker. Obwohl sie wußte, daß es widersinnig war, mochte ihn Sarah nicht, weil er das Testament in der Hand hielt. Mit einem Räuspern nahm er am Kopfende Platz. Seine Stimme klang sanft und erstaunlich volltönend, doch Sarah hörte ihm kaum zu.

Während er seinen Monolog herunterleierte, schnappte sie nur hin und wieder einen Fetzen irgendeines technischen Abschnitts auf; ein Stipendienfonds, eine Stiftung. Das alles hatte in ihren Augen nichts mit dem Maxwell Haladay zu tun, den sie gekannt hatte. Sie konnte Greenfields weiche, ausdruckslose Stimme nicht ausstehen. Wegen ihrer Erschöpfung fiel es ihr aber zunehmend schwerer, sich abzuschotten und seinen Vortrag an sich vorbeirauschen zu lassen. Als Cassidy die Hand ausstreckte und auf die ihre legte, drückte sie sie, dankbar für die einfache, mitfühlende Geste. Aber selbst als sich ihre Schultern gelockert hatten, verspannte sie sich wieder, als ihr Name fiel.

»Sarah Lancaster Lloyd vermache ich den Schmuck meiner Frau, der im folgenden aufgelistet ist, mein Anwesen in Cornwall mitsamt dem Haus und seinem Inhalt. Ich hinterlasse Sarah Lloyd außerdem fünfzig Prozent meines Anteils von sechzig Prozent an Haladay Enterprises.«

Sarah hörte nicht das Geraune um sich herum, als sie Greenfield stirnrunzelnd anschaute. Was hatte er gesagt? Sie warf Byron einen flüchtigen Blick zu, konnte seiner gefaßten, verschlossenen Miene aber nichts entnehmen. Cassidys Hand lag noch immer auf der ihren, also wandte sie sich ihm zu. Er legte ihr die andere Hand auf die Schulter.

»Bleiben Sie ruhig, Sarah«, murmelte er.

»Was hat er gesagt?« fragte sie, dann sah sie wieder Byron an. »Was meint er damit?«

Ohne ihr zu antworten, stand Byron auf und nahm sie am Arm. »Machen Sie bitte mit den speziellen Verfahrensbedingungen des Vermächtnisses weiter«, sagte er zu Greenfield, »ich bin gleich wieder zurück.«

»Ja, natürlich.«

Byron führte sie hinaus und schloß die Tür hinter ihnen. Beim Betreten des großen Empfangsraums entzog sie sich ungeduldig seinem Griff. »Byron, ich will wissen, was da vor sich geht.«

»Max hat dir den Schmuck seiner Frau, sein Anwesen in Cornwall und die Hälfte seines Sechzig-Prozent-Anteils an Haladay Enterprises hinterlassen«, sagte er nüchtern. »Ich würde das auf ungefähr fünfzig Millionen schätzen.«

»Um Himmels willen.« Sie konnte es nicht fassen. Ihr Verstand streikte. »Warum?«

Byron hob die Brauen. »Weil er es so wollte.«

»Das ergibt doch keinen Sinn, Byron. Ich habe für diesen Mann eineinhalb Jahre gearbeitet. Warum sollte er mir etwas vererben?«

»Max war nie der Ansicht, anderen Menschen Erklärungen schuldig zu sein. Du wirst über das Privatanwesen frei verfügen können. Was den Unternehmensanteil betrifft ...« Er stockte und schnippste sein Feuerzeug an. »Das hängt davon ab, wie sehr du dich im Unternehmen engagieren willst.«

Ungeduldig sprang Sarah auf. »Byron, das ist lächerlich. Ich habe kein Anrecht auf das Anwesen oder die Beteiligung.«

»Max hat dir das Anrecht gegeben«, entgegnete er. »Und die Verantwortung.«

Sie verkniff sich die Worte, die ihr auf der Zunge lagen, und schaute ihn aufmerksam an. »Du hast davon gewußt«, sagte sie langsam. »Du wußtest von seinem Testament.«

»Wir haben darüber gesprochen«, entgegnete er knapp und wandte sich ab. »Warte hier.«

Ohne sie noch einmal zu Wort kommen zu lassen, ging er durch die Doppeltüren und in den Sitzungssaal. Sarah starrte ihm nach. Was wurde hier gespielt? fragte sie sich. Warum hatte ihr niemand die Regeln erklärt? Sarah hörte, wie die Türen wieder aufgingen und drehte sich um. Heraus kam nicht Byron, sondern Kay Rupert.

»Mrs. Lloyd, Mr. Lloyd bat mich, Sie nach oben zu bringen. Er möchte, daß Sie dort auf ihn warten. Sie sollten keine Reporter empfangen und auch keine Fragen beantworten.«

»Ich verstehe.« Sarah warf wieder einen Blick auf die geschlossenen Türen. »Sie müssen nicht mitkommen, Kay. Mir geht es gut.«

»Mrs. Lloyd«, lächelnd machte Kay die Flurtüren auf, »ich folge immer den Anordnungen des Chefs. So wünscht er es.«

»Na schön.« Gereizt sah Sarah zu, wie Kay den Schlüssel in die Aufzugstür steckte.

»Ich darf Ihnen doch noch einen Drink einschenken, Mrs. Lloyd?« Kay lächelte sie mitfühlend an, als sie oben angelangt waren. »Sie schauen aus, als könnten Sie einen vertragen.«

Sarah wollte sie schon anfahren, daß sie allein sein wolle, riß sich dann aber zusammen. Die Frau versuchte ja nur zu helfen. »Danke, das ist nett. Möchten Sie auch einen?«

»Nicht im Dienst. Einen Brandy?«

»Ja, bitte.« Sarah setzte sich auf das Sofa und versuchte nachzudenken.

Kay beobachtete sie in der verspiegelten Barwand. Sie spürte, wie sich der bittere Geschmack von Wut in ihrer Kehle festsetzte. Sarah saß an ihrem Platz, an dem Platz, den sie selbst hatte einnehmen wollen. Zehn Jahre lang, dachte Kay erzürnt. Zehn Jahre habe ich gewartet, und sie hat alles in nicht einmal zwei gekriegt. Sie goß den Brandy ein und brachte ihn Sarah.

»Sie müssen über den Lauf der Dinge überrascht sein«, bemerkte sie.

»Überrascht«, murmelte Sarah, als sie den Schwenker nahm, »ist nicht der Ausdruck, der mir eingefallen wäre.«

»Mr. Lloyd dürfte sich freuen.«

»Byron?« Sarah schaute auf. »Warum denn?«

»Nun ja, jetzt verfügt er doch über die Anteilsmehrheit bei Haladay. Er hatte bereits zwanzig Prozent, und Mr. Haladay hat ihm weitere zwanzig Prozent hinterlassen. Zusammen mit Ihren dreißig Prozent hat er jetzt siebzig. Natürlich weiß ich nicht, weshalb ihm Mr. Haladay nicht gleich den ganzen Anteil vermacht hat, aber ...« Sie sprach nicht weiter, sondern zuckte mit den Schultern. »Ich kann nur hoffen, daß sie ihre Meinungsverschiedenheit vor Mr. Haladays Tod noch bereinigt haben.«

»Meinungsverschiedenheit?«

»Ja, es ist zu schlimm, daß sie am Abend vor seinem Tod miteinander streiten mußten, nicht wahr?«

»Wovon in aller Welt reden Sie?« Sarah hatte sich erhoben, aber Kay hörte nicht auf zu lächeln.

»Wußten Sie nichts davon?« Ihre Stimme klang so unbeschwert und geschäftsmäßig wie immer. »Ich dachte, Mr. Lloyd hätte es Ihnen gegenüber erwähnt. Ich mußte an diesem Abend Überstunden machen und wollte gerade einige Unterlagen in Mr. Haladays Büro bringen, als ich sie streiten hörte. Natürlich lauschte ich nicht, sondern legte die Unterlagen auf den Schreibtisch seiner Sekretärin und ging. Aber Mr. Haladay war wütend. Er hatte eine kräftige Stimme.«

»Byron hätte mit Max nicht gestritten«, beharrte Sarah und dachte an sein Herz. Und an den Herzanfall, der ihn das Leben gekostet hatte.

»Nun ja, es war bestimmt nur eine Meinungsverschiedenheit.« Kay genoß den Anblick, wie entsetzt Sarah war. »Mr. Haladay hat sich manchmal zu sehr aufgeregt. Ich gehe jetzt. Sie möchten bestimmt allein sein.«

Als Kay in der Halle verschwand, setzte sich Sarah wieder. Fünfzig Millionen Dollar, dachte sie benommen. Dreißig Prozent von Haladay Enterprise. O Gott. Und Byron hat sich mit Max am Abend bevor er starb gestritten. Nein, unmöglich, sagte sich Sarah. Er hätte Max niemals so aufgeregt, er wußte doch, wie schlimm es um sein Herz stand. Byron kann sich doch beherrschen.

Dann erinnerte sie sich daran, in welcher Verfassung er sie an diesem Abend verlassen hatte – an dem er sie wie ein Besessener geliebt und dann allein gelassen hatte. Nein, nein, nein! Sie versuchte, ihre

Gedanken zu verdrängen. Er hatte bestimmt nicht seinen Zorn an Max abreagiert. Dazu hätte er gar keinen Grund gehabt. Kay hatte sich geirrt. Sich geirrt oder gelogen.

Als sie den Aufzug hörte, sprang Sarah auf und wartete.

Byron bemerkte ihre starre Haltung und das unberührte Brandyglas. »Du solltest das trinken und ins Bett gehen.«

»Wie lange hast du schon gewußt, was Max in seinem Testament angeordnet hatte?«

Byron ging zu ihr, nahm ihren Brandy und trank ihn selber. »Soweit es dich betrifft? Seit sechs Monaten von deinem Anteil, seit zwei Wochen von dem Rest.«

Sarah atmete langsam aus. »Nun gut, Byron, warum hat mir Max die Beteiligung vermacht?«

»Er kannte dich. Er wußte, daß du gescheit, ehrgeizig und voller Energie bist.« Byron stellte den Brandy hin und nahm sich die Krawatte ab. »Er wollte, daß Haladay in starken Händen bleibt – und zugleich wollte er sicherstellen, daß keiner ein zu großes Stück vom Kuchen bekommt.«

Verdammt, Sarah. Ich schaue Sie an und erkenne in Ihrem Ehrgeiz mich selbst wieder. Sarah konnte Haladay diese Worte sagen hören, als stünde er mit ihnen im Zimmer. Weil plötzlich heftige Trauer in ihr aufstieg, wandte sie sich ab.

»Wenn er mir das doch persönlich gesagt hätte«, murmelte sie. »Wenn er das doch erst mit mir besprochen hätte.«

»Max tat prinzipiell das, was er wollte.«

Sarah nickte, dann drehte sie sich um. »Du wirst jetzt Vorstandsvorsitzender?«

»Der Vorstand wird darüber abstimmen.« Er starrte auf den Brandy. »Doch, ja, sie werden mich zum Vorstandsvorsitzenden wählen.«

»Und mit meinen dreißig Prozent hast du die Aktienmehrheit.«

Er warf ihr einen wachsamen Blick zu. »Diese Rechnung wird manchen Leuten in den Sinn kommen.«

»Ich frage mich, Byron, wie sehr du dir das gewünscht hast.«

Er verstärkte den Griff um das Glas. »Geh ins Bett, Sarah.«

»Hast du Max an dem Abend, bevor er starb, gesprochen?«

Sie sah, wie sich seine Miene veränderte. Aber es ging zu schnell, als daß sie es hätte deuten können. Sein Gesichtsausdruck war wieder verschlossen, als er antwortete. »Ja.«

Sarah spürte, wie sich der Kopfschmerz als langsames, gleichmäßiges Pochen in ihrem Hinterkopf aufbaute. »Warum?«

»Das geht nur mich etwas an.«

»Hast du dich mit ihm gestritten?«

Byron sagte nichts, hielt ihrem Blick aber stand.

»Verdammt, Byron, sag's mir. Seine Tabletten steckten noch in seiner Sakkotasche. Wenn er sich mit dir gestritten hat, wenn er sich aufgeregt hat ...«

»Ich habe dir gesagt, du sollst ins Bett gehen, Sarah.« Er lockerte den Griff um das Glas, da er wußte, daß es sonst unter dem Druck seiner Finger zerbersten würde.

»Er hat dir alles gegeben!« schrie sie, zornig über seine Reserviertheit. »Du warst für ihn der Sohn, den er sich immer gewünscht hat. Er liebte dich. Kümmert dich das nicht? Hast du denn gar kein Gefühl, Byron?«

»Meine Gefühle gehen dich nichts an, Sarah.«

Wenn er sie geschlagen hätte, wäre das nicht so schlimm gewesen. Byron hörte, wie sie nach Luft schnappte und dann bebend ausatmete. »So ist das also? Mit diesem Wissen kann ich nicht leben. Ich habe es riskiert ... und dabei verloren.« Sie atmete noch einmal hörbar aus. »Ich hoffte, du würdest mir allmählich vertrauen, mich mit der Zeit näher an dich herankommen lassen. Aber das war falsch. Mir reicht eine solche Ehe nicht, Byron. Ich will alles – oder nichts.«

Byron zuckte mit den Schultern, dann trank er wieder. »Das ist deine Sache.«

Sie drehte sich um und ging ins Schlafzimmer, um ihre Sachen zu packen. Als sie herauskam, war er nicht mehr da.

30

Sarah stand im zwanzigsten Stockwerk und sah auf das Verkehrs-
gewühl in den Straßen hinunter. Sie hatte nicht das Gefühl, heimgekommen zu sein, wie sie es gerne gehabt hätte, sondern kam sich
vor, als säße sie zwischen zwei Stühlen, als starre sie auf eine Uhr,
deren Zeiger sich weder vor noch zurück bewegten.

Wie hatte Dad doch immer gesagt? *Eine stehengebliebene Uhr zeigt
zweimal am Tag die richtige Zeit an.* Diesmal nicht, dachte sie seufzend.
Sie hörte nicht, wie die Tür hinter ihr aufging und jemand ihren
Namen rief. Erst als sie eine Hand auf ihrer Schulter spürte, wirbelte
sie herum.

»Benedict.« Sie fiel ihm in die Arme und klammerte sich an ihn.

Alles Vertraute an ihm überflutete sie; wie er roch, wie sein Bart
an ihrer Wange kratzte, der sanfte Klang seiner Stimme, die noch
leicht von der Bostoner Sprechweise geprägt war. Sie wollte in seinen Armen Schutz suchen und alles vergessen. Doch selbst wenn sie
die Uhr bis zum Zeitpunkt ihrer letzten Umarmung hätte zurück-
drehen können, so war sie sich doch nicht sicher, ob sie das auch
wirklich tun würde.

Langsam löste sich Sarah aus der Umarmung, um ihn anzuschauen. Nachdem sie ihm beide Hände auf die Wangen gelegt
hatte, lächelte sie. »Benedict, wie schön, dich zu sehen. Pat meinte,
ich könnte hier auf dich warten.«

»Sarah, seit wann bist du in Nework?« Er redete fröhlich drauflos, als er sie zu einem Stuhl führte, aber seinem von Berufs wegen
scharfsichtigen Auge war ihre Blässe nicht entgangen. Sie hat auch
abgenommen, dachte er.

»Seit letzter Woche. Du warst nicht da.« Sie lächelte noch einmal,
als sie sich in einen tiefen, weichen Sessel setzte. »Also habe ich beschlossen, mich an dem Morgen, an dem man dich zurückerwartete,
auf deiner Schwelle niederzulassen.«

»Ich wäre nicht weggefahren, wenn ich geahnt hätte, daß du
kommst.«

»Das weiß ich, Benedict.«

»Ich habe die Zeitungen gelesen.« Er machte es sich in dem Sessel neben ihr bequem. »Bei dir hat sich allerhand getan. Das Delacroix-Kulturzentrum, eine überraschende Blitzheirat mit Byron Lloyd, dann deine gleichermaßen unerwartete Erbschaft.«

»Ein hervorragendes Jahr«, murmelte sie.

»Erzähl mir davon.«

»Ich habe jemanden gefunden, mit dem ich nicht sehr gut harmoniere, Benedict.«

»Meine Glückwünsche.«

Sie lachte und lehnte sich zurück. »Du liebe Güte, deshalb bin ich zurückgekommen. Ich mußte wieder einmal lachen.« Sie beugte sich vor und nahm seine Hände. »Ich liebe ihn, Benedict, und ich glaube – nein, ich weiß, daß er mich auch liebt. Aber irgendwie reicht es nicht.«

»Warum?«

»Er läßt mich nicht an sich heran.« Sie drückte ihm in ihrer Verzweiflung die Hände und ließ sie dann los. »In den ersten paar Wochen nach unserer Hochzeit fing er langsam damit an, sich zu öffnen. Doch dann hat er sich mir wieder verschlossen. Er stößt mich zurück, er haßt es richtiggehend, mich auch seelisch zu lieben, wenn du das nachvollziehen kannst. Vielleicht muß man Byron kennen, um das zu verstehen.«

»Du kennst ihn«, sagte Benedict. »Verstehst du es?«

»Ja.« Sarah lehnte sich wieder vor und ließ die Worte aus sich heraussprudeln. »Er ist voller Gefühle, nicht unbedingt nur angenehmen. In ihm ist noch viel Bitterkeit und Wut von seiner Kindheit her angestaut. Viele Jahre über hat er seine Wut gezügelt. Anscheinend durchbreche ich zu oft seinen Panzer. Byron traut Gefühlen nicht. Er wollte sich nicht in mich verlieben. Das hat er mir selbst gesagt. Eines der schwierigsten Dinge, die er je getan hat, war wohl, seine Liebe zu mir sich selber und dann mir einzugestehen. Damit hat er mir eine gewisse Macht gegeben.«

»Aber er hat es dir gesagt.«

»Ja.« Sarah lächelte in der Erinnerung daran. »Auf seine Weise. Bei Haladay hält er die Macht in Händen, und er weiß sie zu gebrauchen. In unserer Ehe war das Machtverhältnis zwischen uns ausgewogen. Und das hat ihm nicht gepaßt. Er ist ein Mensch, der nicht oft genug lockerlassen kann und der niemandem vertraut. Dennoch kann er zärtlich sein. Ach, Benedict, wenn ich Byron mit einem Wort beschreiben müßte, würde ich ihn als *kompliziert* bezeichnen. Das deckt es weitgehend ab.«

»Du bist doch noch nie vor Schwierigkeiten zurückgeschreckt, Sarah.«

»Vor dieser schon«, sagte sie leise. »Ich bin vor ihr davongelaufen. Am Abend vor Max' Tod hatten Byron und ich uns sehr böse gestritten. Er verließ das Penthouse. Ich habe später erfahren, daß er in Max' Büro hinuntergegangen ist und eine Meinungsverschiedenheit mit ihm hatte.« Sie spürte, wie sich ihre Bauchmuskeln verkrampften. Dennoch zwang sie sich, weiterzuerzählen. »Nach der Testamentseröffnung fand ich mich auf einmal als Besitzerin eines Dreißig-Prozent-Anteils von Haladay wieder. Ich forderte Erklärungen. Und mir haben die, die ich bekam, nicht gefallen.«

Sie erhob sich jetzt, weil sie es nicht mehr in ihrem Sessel aushielt. »Byron hatte von dem Anteil gewußt. Nachdem ich eine Weile darüber nachgedacht habe, kann ich Max' Gedankengang akzeptieren. Was das Geschäftliche betraf, war er ein eigennütziger Mensch. Er wollte, daß auch nach seinem Tod alles in seinem Sinn weiterginge und suchte sich die Leute aus, deren er sicher sein konnte. Wie dem auch sei, ich dachte nicht so logisch, wie ich es hätte tun können. Ich hatte diesen alten Mann aufrichtig gern. Und wie ich diesem blöden Anwalt in seinem dunklen Dreiteiler bei der Testamentseröffnung zuhören mußte ... nun ja, irgendwie verankerte sich da eine Idee in meinem Kopf. Und ich habe sie weiterverfolgt. Ich schäme mich einzugestehen, daß ich leicht zu beeinflussen war.«

»Deine Schutzmechanismen waren beeinträchtigt, Sarah. Du bist schließlich nicht unbesiegbar.«

»Ja, das habe ich mir auch gesagt.« Sie starrte zum Fenster hinaus. »Es hat nichts geholfen. Ich habe Byron gegenüber den Anteil erwähnt. Wenn er vielleicht nicht so unbeteiligt getan hätte, wenn er verstanden hätte, wie sehr ich gerade da seine Hilfe brauchte ... Aber weder er noch ich haben die Bedürfnisse des anderen wahrgenommen. Das passiert uns oft. Ich habe ihn um ein Haar beschuldigt, daß er geplant hat, die Aktienmehrheit an Haladay mit meinem zusätzlichen Anteil an sich zu reißen.«

»Hast du das vermutet?«

Sie drehte sich um. In ihren Augen lag Trauer und Bedauern. »Ich wollte, daß er mir das Gegenteil versicherte, daß er sagte: ›Sarah, ich liebe dich. Du bedeutest mir mehr als irgendwelche Anteile oder Haladay.‹ Und als er das nicht tat, fragte ich ihn nach seiner Auseinandersetzung mit Max. Ich wollte ihn aufrütteln, ihm irgendeine Gefühlsregung entlocken. Er hatte sich seit Max' Tod völlig verschlossen – keine Trauer, nichts, und hat mir nur erklärt, seine Gefühle gingen mich nichts an. Da erkannte ich, daß ich nicht mit einer Beziehung fortfahren wollte, in der ich nie Nähe spüren kann, nie eine wirkliche Verbindung. Liebe allein reicht nicht. Mir nicht.«

»Und was willst du jetzt tun?«

»Ich habe noch nicht alle nötigen Entscheidungen getroffen«, meinte sie. »Ich brauche wohl etwas Zeit. Vor meiner Abreise aus Phoenix habe ich den Anwalt aufgesucht und Byron meinen Anteil an Haladay übertragen.«

»Wolltest du das denn?«

»Ja.« Sie holte tief Luft. »Ja, der Anteil könnte für Byron wichtig sein. Mir bedeutet er nichts.«

»Und was wünschst du dir für dich selber, Sarah?« Er stand auf und ging zu ihr. »Was ich mir immer gewünscht habe: Bauen. Erfolgreich sein. Ich will auch Byron. Aber das wird wohl kaum möglich sein. Nicht so, wie ich es will. Also muß ich mich auf meine ersten beiden Wünsche konzentrieren.« Sie schluckte und sank ihm dann wieder in die Arme. »Aber im Augenblick fühle ich mich nicht sehr stark. Ich fürchte, ich finde mich bald im Flugzeug nach Phoenix wieder, wo ich bereitwillig alles hinnehme, was er mir zugesteht. Ich liebe ihn sehr, Benedict. Doch ich werde mich dafür hassen, wenn ich wieder zu ihm zurückkehre.«

»Sarah.« Er rückte ein wenig ab, damit er ihr in die Augen schauen konnte. »Laß dir ein wenig Zeit. Du gewinnst wieder an Kraft. Dann wirst du die richtige Entscheidung treffen, wie immer sie auch ausfallen mag.«

»Meinst du wirklich?« fragte sie, wobei ihr ein mattes Lächeln glückte.

»Ja, ich kenne dich doch. Gönne dir etwas Schönes. Verreise für einige Zeit. Bleib nicht hier, nicht in New York. Das birgt zu viele Erinnerungen für dich.«

»Ja«, stimmte sie zu. »Das habe ich auch schon gemerkt.«

»Warum gehst du nicht zum Skifahren? Du bist doch eine begeisterte Skiläuferin.«

»Zum Skifahren?« Sie dachte eine Weile darüber nach, dann wurde ihr Lächeln intensiver. »Ja, das würde ich gern. Aber um diese Zeit liegt in Vermont nicht genug Schnee.«

»Du bist ein paar Wochen zu früh dran.« Benedict küßte sie freundschaftlich auf die Nase. »Fahr doch nach St. Moritz.«

»St. Moritz?« Sarah lachte. »In die Schweiz?«

»Warum denn nicht?«

Sie machte den Mund auf, aber es fiel ihr kein Grund ein, der dagegen sprach. »Ja, warum eigentlich nicht?«

Sarah glitt sicher den Hang hinunter. Sie genoß die Geschwindigkeit und das Prickeln des Windes im Gesicht. Die Welt erschien ihr weiß, offen und frei. Ihre trainierten Muskeln reagierten schnell, waren auf jede Drehung, jede Kehre vorbereitet. Ihr Atem stieg als Dampfwolke auf und verlor sich hinter ihr. Am Ende der Abfahrt bremste sie im hoch aufstiebenden Schnee. Lachend schob sie sich die Schneebrille hoch.

»Angeberin.« Dallas kam auf sie zu. »Es gibt nichts Ekelhafteres als Angeber, vor allem dann, wenn sie tatsächlich was können.«

»Hallo.« Sarah bückte sich, um die Bindung aufzumachen. »Ich dachte, du hättest heute vormittag Unterricht bei diesem blonden Hünen gehabt.«

»Hatte ich auch. Wir sind schon fertig.« Sie schaute zu, wie Sarah mit Ski und Stöcken hantierte. »Du bist drei Stunden auf der Piste herumgedüst.«

»Ach, das tut mir leid.« Sarah drehte den Kopf und warf Dallas einen Blick zu. »Das habe ich gar nicht gemerkt.«

»Du brauchst dich nicht zu entschuldigen. Jens hat mich schon beschäftigt. Weißt du ...«, sie atmete die dünne, klare Luft tief ein. »Mir ist schon immer eine furchtbar reiche Freundin abgegangen. Es ist so nett, wenn jemand aus heiterem Himmel anruft und sagt:

›Pack deinen Koffer, wir fahren nach St. Moritz.‹« Dallas grinste. »Irgendwie peppt das einen ganz schön auf.«

»Eine nette Abwechslung von Sonne und Kakteen.« Sarah schulterte die Ski und wies mit dem Kopf in Richtung auf ein kleines Café. »Was hältst du von einer heißen Schokolade? Hast du's heute geschafft, dich auf Skiern fortzubewegen?«

»Nur mit Müh und Not.« Sie wartete, bis Sarah draußen vor der Tür ihre Ski und Stöcke abgestellt hatte. »Jens gefällt es anscheinend, mich aufzuheben.«

»Und jetzt hast du dich entschieden, besonders langsam zu lernen?« Sarah glitt in eine Nische und zog sich dabei die scharlachrote Mütze und die Handschuhe aus.

Ihr Gesicht war von der Kälte und Aufregung gerötet, ihre Augen funkelten lebhaft. Bei der Bestellung lachte sie spontan und ungezwungen. Vor zwei Wochen, kam es Dallas in den Sinn, hatte sie ausgesehen, als würde sie jeden Moment zusammenbrechen. Sie hatte bei Reisebeginn etwas Verzweifeltes ausgestrahlt, doch das war jetzt verschwunden, und ihre Energie kehrte zurück. Dallas holte tief Luft, weil ihrer Meinung nach der richtige Zeitpunkt gekommen war.

»Weißt du, Sarah, du schaust blendend aus. Im Ernst.«

»Danke.« Sie strich sich eine lose Strähne hinter das Ohr. »Mir geht es auch ziemlich gut.«

»Du weißt, daß ich bald nach Hause muß.« Dallas hielt inne, während Sarah ihren Blick suchte. »Ich muß am Sonntag abreisen.«

»Dallas, kannst du nicht noch eine Woche bleiben?«

»Nein, ich muß heim.« Sie langte über den Tisch und tätschelte ihr leicht die Hand. »Und du mußt dir überlegen, was du dann machst.«

Sarah stellte die Ellbogen auf den Tisch und verschränkte die Finger. Als sie das Kinn aufstützte, fiel ihr Blick auf den Ehering. Sie starrte ihn kurz an, dann schaute sie wieder zu Dallas hinüber.

»Du hast recht. Ich habe mich lang genug verkrochen. Eigentlich würde ich jetzt gern sagen, daß ich eine Zeitlang nur herumreisen und mich amüsieren möchte.« Die Kellnerin stellte ihre Tassen auf den Tisch. Sarah schaute in den Dampf, der von der heißen Schokolade mit ihrem Sahnehäubchen aufstieg. »Aber ich weiß, daß ich das nicht kann. Es geht einfach nicht. Ich muß wieder an meine Arbeit. Das ist Entscheidung Nummer eins«, sagte sie seufzend und hob die Tasse. »Entscheidung Nummer zwei: Wohin?« Nachdenklich trank sie noch einen Schluck. »Ich könnte wahrscheinlich nach Nework zurück. Dort fühle ich mich wohl. Dank Max befinde ich mich in der Lage, das bauen zu können, was ich will und wann ich will. Und mit meinen Arbeiten bei Haladay als Referenz, insbesondere dem Delacroix-Kulturzentrum, sollte es mir nicht allzu schwerfallen, Auftraggeber zu finden.«

»Was ist mit Byron?«

Sarah schaute Dallas konzentriert an. »Ich glaube nicht, daß ich in dieser Angelegenheit eine Entscheidung treffen kann. Gern würde ich einen Rückzieher machen und sagen, daß meine Heirat ein Fehler war. Aber ich bin mir dessen nicht sicher. Außerdem habe ich mir irgendwann einmal geschworen, daß ich unsere gemeinsame Zeit nie bereuen werde. Ich habe ihn geliebt.« Achselzuckend hob sie wieder ihre Tasse. »Ich liebe ihn noch immer. Somit könnten wir wahrscheinlich sehr gut zusammenleben. Aber so wie die Dinge liegen, geht es einfach nicht. Ich habe das akzeptiert.«

Dallas ließ den Blick zu Sarahs Hand schweifen. »Du trägst noch immer deinen Ehering.«

»Du kennst mich zu gut«, murmelte sie und stellte die Tasse ab. »Nun, es dauert eben ein bißchen. Jetzt muß ich als erstes anfangen zu arbeiten. Alles andere ergibt sich dann schon.«

»Die Presse wird dich verfolgen, wenn du erst mal wieder in den USA bist.«

»Zum Teufel mit den Leuten.« Sarah hob die Schultern mit einer Spur ihrer üblichen Überheblichkeit. Dallas lächelte, als sie das sah. »Dank der Publicity werde ich leichter ein paar Aufträge einheimsen können. Man sollte meinen, daß sie bis zu meiner Rückkehr ihre ›Überraschungserbin‹-Story schon ausgeschlachtet haben.«

»Nichts mag die Presse lieber als ein schönes Gesicht, eine märchenhafte Story und einen Haufen Geld. Man hat dich sogar hier schon ein- oder zweimal erkannt.«

»Es wird ihnen langweilig werden, wenn sie erkennen, daß ich mich mehr für Häuserfassaden als für Stöckelschuhe interessiere. Komm.« Sie schlüpfte aus der Nische. »Gehen wir in die Sauna.«

Als die Sterne schon am Himmel standen, entfernte sich Sarah von den Lichtern des Wintersportortes und ließ sich vom Mondschein geleiten. Der Mond stand als Dreiviertelscheibe am Himmel und erhellte mit seinem Glanz den Schnee. Die Hände in den Hosentaschen, marschierte Sarah dahin. Sie hatte Dallas allein gelassen, die mit drei italienischen Touristen aus Süditalien flirtete. Sprachschwierigkeiten, dachte Sarah, kannte Dallas nicht, insbesondere wenn die Touristen männlichen Geschlechts waren. Sie legte den Kopf in den Nacken und beobachtete, wie eine Wolkendecke über die Sterne zog. Die Wolken brachten Schnee mit sich, dessen war sie sich sicher. Morgen würde frischer Pulverschnee liegen.

Benedict hatte ihr genau das Richtige verordnet. Und mit Dallas' Unterstützung war sie über den Berg gekommen. Sie mußte jetzt nur noch nach vorne schauen. Und das werde ich, gelobte sie sich. Ich muß Byron noch einmal treffen und eine klare Trennung herbeiführen, ehe ich nach Nework ziehe. Danach werde ich sehr beschäftigt sein. Vorher sollte ich meinen Verpflichtungen nachkommen ... vor allem die Bibliothek war noch zu bauen. Seufzend überlegte sie. Ich glaube, ich kann jetzt damit umgehen. Wenn wir erst unsere private Bindung aufgelöst haben, müßte es mit unserer beruflichen Beziehung klappen.

Ach, Mist. Sie schüttelte den Kopf und trat nach einem Schneehaufen. Ich werde niemals mit Byron privat oder beruflich umgehen können, ohne mich total lächerlich zu machen. Ich kann vieles schaffen, mich auf vieles einstellen. Aber nicht darauf. Das Beste wird sein, ich übergebe alle meine Unterlagen Cassidy und überlasse ihm das Ganze. Dann muß ich meine Sachen von Phoenix nach Nework transportieren und mich in Manhattan einrichten. Die Rechtsanwälte können sich dann um alles kümmern, was zwischen Byron und mir noch geklärt werden muß. *Feigling*, dachte sie grimmig.

Auf einem Grat hielt sie an und schaute auf die Bergkette vor ihr, auf die Weite und den Schnee. Die Landschaft vermittelte einen großartigen Eindruck von Kälte, Schönheit, Beständigkeit. Bei diesem Anblick mußte sie an die Wüste denken und wandte sich zitternd ab.

Jemand kam auf sie zu. Im Mondlicht erkannte sie sein Gesicht.

»Januel?« Überrascht wartete Sarah. Sein Gesicht sah im Dunkel blaß und edel aus.

»Sarah.« Er umfing ihre Hände mit einer herzlichen Umklammerung. »Wie wunderbar, dich hier zu finden.«

»Was in aller Welt machst du denn hier?« Sie ließ die Hände in den seinen ruhen, während sie seine Miene zu ergründen versuchte.

»Dem Büro entwischen«, erwiderte er mit einem strahlenden Lächeln. »Es herrschte dort völliges Chaos, so daß ich ein paar Tage für mich haben wollte.« Sein Lächeln schwand, als er sie anschaute. »So ein Unglück. Bei der Beerdigung blieb mir keine Zeit, mit dir zu sprechen. Und ich bin gleich danach nach Frankreich zurückgeflogen. Natürlich haben die Nachrichten über deine Erbschaft alle verblüfft.«

»Einschließlich mir selber«, entgegnete Sarah, entzog ihm ihre Hände, steckte sie wieder in die Hosentaschen und spazierte am Rand des Kammes weiter. »Ich gewöhne mich erst allmählich daran und wünsche mir nur, ich hätte mehr Zeit mit Max verbringen können.«

»Ich muß dir sagen, daß über dich im Augenblick ziemlich viele Gerüchte im Umlauf sind. Gleich nachdem du einen großen Teil eines der weltweit bedeutendsten Unternehmen und ein stattliches Privatanwesen geerbt hast, bist du von der Bildfläche verschwunden.«

»Ich bin eben exzentrisch«, antwortete sie leichthin. »Jetzt wissen das lediglich mehr Leute als vorher.«

Januel nahm sie sanft an der Hand, während sie dahinwanderten. »Andererseits war Byron in dieser, sagen wir mal Übergangszeit ziemlich präsent.«

»Byron ist eben alles andere als ein Exzentriker«, murmelte Sarah. Die Wolkendecke verdichtete sich.

»Er ist jetzt Vorstandsvorsitzender von Haladay.«

»Natürlich.«

»Es mutet etwas seltsam an, daß du derzeit nicht an seiner Seite bist.«

Sarah schaute weiterhin geradeaus. »Ich glaube, das geht nur ihn und mich etwas an, Januel.«

»Gewiß, *chéri*. Ich hätte mich auch nicht dazu geäußert, wenn ich mir nicht Sorgen um dich machen würde.« Er brachte sie zum Stehen, indem er sie auch am anderen Arm faßte und sie zu sich herumdrehte. »Sarah, der Gedanke, daß du unglücklich sein könntest, gefällt mir gar nicht. Du mußt wissen, daß ich dich sehr, sehr gern mag.«

»Januel.« Ihre Stimme und Blick waren fest. »Ich weiß deine Anteilnahme zu schätzen, sie ist aber unnötig.«

»Sarah.« Sie versteifte sich bei seinem schmeichelnden Ton, aber er ließ sich nicht aus der Ruhe bringen. »Ich war am Boden zerstört, als ich von deiner Heirat mit Byron erfuhr, kann aber nur mir selber die Schuld zuschreiben, daß ich so ein Narr war und dich von mir weg ihm in die Arme getrieben habe. Wir könnten noch immer ein Paar sein. Ich weiß, daß du mit deiner Heirat einer spontanen Laune gefolgt bist. Deine Ehe kann leicht beendet werden.«

»Meine Ehe geht nur mich etwas an«, gab Sarah zurück. »Ob ich sie weiterführe oder mich scheiden lasse, das werde allein ich entscheiden. Abgesehen davon verspüre ich keineswegs den Wunsch, mit dir zusammen zu sein, Januel. Und außerdem widert mich dieses Gespräch an.«

»Sarah, strafe mich nicht länger.« Er verstärkte seinen Griff, als sie sich von ihm losreißen wollte. »Wir könnten so viel zusammen erleben.«

»Dessen bin ich mir sicher«, pflichtete sie ihm bei. »Mit ein paar Millionen, damit wir es gemütlich haben. Du kannst mich nur einmal zum Narren halten, Januel. Du bist ein Opportunist, ein Schmarotzer.« Seine Augen flackerten. »Und was ist dein Mann?«

»Ich rede nicht mit dir über Byron. Laß mich jetzt los.«

»Warum bist du hier?« fuhr er fort und zog sie in seiner zunehmenden Gereiztheit näher an sich. In seiner Stimme schwang überraschenderweise Verzweiflung mit. »Tausende von Kilometern entfernt von ihm. Sowie ich erfuhr, daß du hier bist, bin ich losgefahren. Und diesmal hörst du mir zu! Sei doch realistisch, Sarah. Deine Ehe mit Byron ist schon jetzt am Ende.«

Sie standen sich jetzt so nah, Gesicht an Gesicht, daß sich ihre Atemwolken vermischten.

»Wir beide zusammen könnten Haladay übernehmen. Ein paar Jahre, mehr brauchen wir nicht dazu. Ich weiß, wie das zu machen wäre und brauche lediglich deinen Einfluß dazu. Und dann könnten wir es noch viel weiter bringen!« Die Worte sprudelten ihm in seiner Erregung nur so heraus, aber sie konzentrierte sich auf seine Augen. »Byron ist ein Tölpel, wie auch Haladay einer war. Zu viele Skrupel, zu penibel. Man kann Gewinne erwirtschaften, auf die er im Traum nicht kommt.«

»Wovon redest du?« Sie starrte ihn an. Auf einmal durchschaute sie ihn. »Redest du davon, Geschäftsgrundsätze zu ändern?«

»Es gäbe keine Veränderungen, geringfügige Rechtsbeugungen. Du bist doch klug genug zu wissen, daß das tagtäglich gemacht wird. Man muß eben bestimmte Opfer bringen, wenn man unter dem Finanzrahmen bleiben will.«

»Opfer? Hast du viele Opfer gebracht, Januel? Wurden am Delacroix-Projekt Opfer gebracht, von denen ich nichts erfuhr?«

»Das Delacroix ist ein Erfolg. Welchen Unterschied macht es da schon?« Er schüttelte sie zornig. »Zum Moralisieren habe ich keine Zeit. Ich brauche deine Hilfe.«

»Ist Byron deshalb gekommen? Ist er aus diesem Grund so lange in Paris geblieben? Hat er deine Machenschaften aufgedeckt? Hat er Max davon berichtet?« Sie stemmte ihm die Hände gegen die Brust. »Er hätte dich auf der Stelle entlassen. Du bist schlimmer als ein Schmarotzer. Du bist ein Betrüger, ein Dieb.«

Er packte sie noch fester, und seine Miene wurde unnachgiebig. »Ich sehe das realistisch, Sarah, und ich bin in meinem Beruf ein As. Du bist zu ehrlich, um das Gegenteil behaupten zu können. Ich brauche deine Unterstützung in meiner Auseinandersetzung mit Byron. Ich muß meine Stellung schnell festigen.«

»Deine Stellung?« warf sie ihm hin. »Du hast keine Stellung mehr, wenn Byron dich erledigt. Ich wünschte nur, Max hätte noch das Vergnügen gehabt, dich hinauszuwerfen.«

»Das hätte er auch, aber sein cholerisches Temperament hat ihm einen Strich durch die Rechnung gemacht. Er hätte es besser wissen sollen, als mit einer solchen Herzkrankheit in Wut zu geraten.«

»Was sagst du da?« Sie erstarrte und packte ihn am Jackett. »Du warst bei ihm? Du warst bei Max?«

»Er war wütend«, meinte Januel. »Ich bin überzeugt, er hätte mich geohrfeigt, aber dazu ist er nicht mehr gekommen. Du brauchst mich nicht so entsetzt anzuschauen. Ich konnte nichts mehr machen. Er war sofort tot.«

Sie riß die Augen auf. »Du hast ihn allein gelassen. Du hast ihn da allein liegenlassen, die ganze Nacht.« Die Worte brachen aus ihr hervor. »Wie konntest du nur? Du hast es niemandem gesagt, hast keine Hilfe geholt. Du hast ihn einfach auf dem Fußboden liegenlassen.«

»Was hätte es schon genutzt, wenn ich jemand geholt hätte? In was für eine unmögliche Situation hätte ich mich da hineinmanövriert? Er war tot«, wiederholte er und schüttelte sie. »Sein eigener Zorn, seine eigene Sturheit haben ihn umgebracht.«

»Und du bist davongelaufen.« Sie schlug ihm einmal kräftig ins Gesicht, dann noch einmal. »Du hast ihn allein gelassen. Dreckskerl, nimm deine Hände von mir!« Sie hätte ihn noch einmal geschlagen, aber er verblüffte sie, indem er sie mit dem Handrücken ohrfeigte.

»Hör auf! Ich sage dir doch, man konnte nichts mehr machen.« Seine Worte verhallten laut in der Dunkelheit. »Wie kannst du mir die Schuld an seinem schwachen Herzen zuschieben, an seiner Wut, die er nicht unter Kontrolle brachte? Ich mußte an meine eigene Lage denken.«

»Du hast Spezifikationen geändert.« Sie atmete stoßweise ein und aus. Ihre eine Gesichtshälfte brannte von seinem Schlag. »Du hast seinen Namen, seinen guten Ruf ausgenutzt. Das wirst du mir büßen. Zum Teufel mit dir! Die ganze Nacht lag er auf dem Fußboden!«

»Sarah, komm zur Vernunft.« Er erkannte, daß er zu viel gesagt hatte. »Ich bin in Panik geraten. Ich wollte, es wäre anders gewesen. Er starb so plötzlich, direkt vor meinen Augen. Du mußt verstehen, in welchem Zustand ich mich befand.«

»Nein, nein!« Sie stemmte sich wieder gegen ihn. »Du hast ihn mit deinen Betrügereien umgebracht. Dann hast du ihn allein gelassen. Er könnte noch leben. In seiner Tasche hatte er Medikamente.« Die Erinnerung daran ließ ihr Tränen in die Augen steigen, und sie nahm Januels Gesicht nur noch verschwommen wahr. »Du hast es nicht einmal versucht. Er hatte noch die Krawatte um. Ich habe sie selbst aufgebunden, als ich ihn fand. Du hast überhaupt nicht versucht, ihn wiederzubeleben. Das ist dasselbe wie Mord. Genau dasselbe!«

»Nein!« Januel schüttelte sie so heftig, als ob er sie zwingen wolle, die Worte zu verschlucken. »Nein, sage ich dir. Das darfst du nicht sagen.«

»Und ich sage es!« Sie begann sich verzweifelt zu wehren, doch der Schnee unter ihren Füßen war rutschig. »Ich werde es sagen, und man wird mir zuhören. Laß mich los! Bleib mir vom Leib!« Sie riß sich los, verlor dabei aber das Gleichgewicht. Mit einem Schrei stürzte sie nach hinten über den Rand des Kammes. Ein Echo war zu hören, dann herrschte Stille.

Voller Entsetzen wich Januel langsam zurück. Dann drehte er sich um und rannte auf den hell erleuchteten Ort zu.

31

Sarah wurde vom Schnee geweckt; er fiel trocken und kalt auf ihr Gesicht. Jetzt war der Mond nicht mehr zu sehen. Sie konnte nur Dunkel und Schnee erkennen. Ihr dröhnte der Kopf, als sie sich aufzusetzen versuchte. Völlig benommen und schwindlig langte sie sich an den Hinterkopf und spürte die verfilzten Strähnen, wo sie geblutet hatte. Das Blut war wohl in der Kälte erstarrt. Allmählich erinnerte sie sich wieder, und an die Stelle der Benommenheit trat Entsetzen.

Schnee wirbelte um sie herum und flog ihr in die Augen. Vorsichtig tastete sie mit der Hand um sich, dann erschrak sie, als sie merkte, daß der Gesimsrand nur Zentimeter von ihr entfernt war.

»Man wird mich suchen«, sagte sie laut vor sich hin. Ihre vom Schnee gedämpfte Stimme klang hohl. »Sie werden mich finden. Ich bin nicht so weit vom Ort entfernt. Ich darf mich bloß nicht rühren.«

Sie rollte sich fest zusammen und drückte sich mit dem Rücken an die Felswand. Vor Kälte und Schock zitterte sie am ganzen Leib. Eine dünne Schneeschicht bedeckte sie schon, und während sie sich verzweifelt bemühte, etwas um sich herum zu erkennen, fragte sie sich, wie tief sie gefallen war. Nicht tief, redete sie sich ein. Ich kann nicht weit gefallen sein, sonst hätte ich nicht bloß eine Beule am Kopf. Panik stieg in ihr hoch, die sie zu verdrängen versuchte.

Es wird bald jemand kommen. Dallas wird Alarm schlagen ... Aber sie hatte Dallas ja gar nichts davon erzählt, daß sie spazierengehen wollte. Sie wird mich bis zum Morgen nicht vermissen, und selbst dann ... o mein Gott. Sarah kauerte sich noch mehr zusammen. Bei einer Nacht im Freien blieb nur eine geringe Chance, den Morgen zu erleben. Januel wird jemand Bescheid sagen. Sie werden kommen. Sie werden mich hier nicht allein lassen. Er *wird* es jemand sagen. Wieder stieg panische Angst in ihr hoch, und sie biß die Zähne zusammen. Erst allmählich beruhigte sie sich und beobachtete den Schnee. Schlaf nicht ein, befahl sie sich. Wenn du einschläfst, hörst du sie nicht nach dir rufen.

Sie atmete tief ein und versuchte, logisch zu denken. Immer nur einen Schritt auf einmal. Sie sollte aufstehen und nachschauen, wie tief sie gefallen war. Vielleicht konnte sie hinaufklettern? Schon beim bloßen Gedanken daran wogte eine Welle von Übelkeit durch ihren Magen. Doch die Augen fest auf das Dunkel vor ihr gerichtet, stand Sarah trotzdem auf. Sie blieb so lange mit dem Rücken an den Fels gepreßt stehen, bis ihr die Beine nicht mehr zitterten. Zwar wurde ihr wieder schwindlig, aber sie wartete, bis es verging. Vorsichtig drehte sie sich dann um und schaute nach oben.

Der Schnee flog ihr in die Augen. Doch sie blickte weiter hinauf, versuchte, die Form des Felsens über ihr auszumachen. Behutsam tastete sie sich mit der Hand vor und glaubte, den Rand mit den Fingerspitzen erfühlen zu können, war sich aber keinesfalls sicher. Auf den Zehenspitzen stehend streckte sie sich, während sie sich mit der anderen Hand an einem Felsvorsprung festhielt.

Ein lockerer Steinbrocken löste sich bei ihrer Berührung, worauf sie sich erschrocken an die kalte Wand schmiegte. Der Wind peitschte den Schnee gegen sie, und als ihr schwarz vor Augen wurde, kauerte sie sich wieder hin und biß sich fest auf die Lippe.

»Gut so«, sagte sie laut. »Die gute Furcht vor der Ohnmacht. Ich darf das Bewußtsein nicht verlieren, weil ich dann vielleicht nicht mehr zu mir komme. O Gott, wie lange bin ich hier denn schon?« fragte sie sich verzweifelt.

Sie vergrub das Gesicht zwischen den Knien. Denk nicht, denk nicht! Warte bloß.

Wieder dämmerte sie weg, aber diesmal merkte sie es nicht. Dann hörte sie verschwommen ihren Namen, vergrub sich aber nur noch tiefer im Schnee, wobei sie den Kopf auf die Hand bettete. Der Schnee bedeckte sie jetzt wie ein Mantel. Sarah bewegte sich ein wenig und murmelte wirr vor sich hin. Eine Stimme drang wieder zu ihr durch, diesmal aus weniger großer Entfernung. Der Ruf klang so flehend, daß sie blinzelnd die Augen aufschlug. Sie wartete, bis sie noch einmal etwas hörte. »Ich bin hier!« schrie sie und legte all ihre Kraft in ihre Stimme. »Ich bin hier!«

»Sarah! Hör nicht auf zu rufen. Ich finde dich.«

Der Wind fegte ihr den Schnee ins Gesicht. Sie wischte ihn weg und versuchte, durch das Schneetreiben etwas zu erspähen. »Ich liege auf einem Felsvorsprung! Hörst du mich?« In dem verzweifelten Bemühen, sich an die Stelle, von der aus sie heruntergestürzt war, zu erinnern, preßte sie sich die Hände gegen die Augen.

»Ja, ich komme. Rede weiter!«

»Du kommst näher. Ich kann nichts sehen, aber ...« Noch während sie in das Schneegestöber und die Dunkelheit schaute, tauchte plötzlich Byrons Gesicht über ihr auf. Er schien aus dem Nichts zu kommen, befand sich nur ein kleines Stück außerhalb ihrer Reichweite. Im gleichen Moment strömten ihr die Tränen herunter. »O Gott, Byron ...«

»Bist du verletzt, Sarah?« schrie er, als sie zu ihm hochsah. »Bist du verletzt?«

»Nein, ich ...« Sie langte sich wieder an den Hinterkopf. »Ich habe mir den Kopf angeschlagen, glaube ich.«

»Halt dich ganz ruhig. Ich renne zurück und hole ein Seil.«

»*Nein!* Laß mich nicht allein!« Sie empfand wieder panische Angst. »Geh nicht, bitte, bitte, geh nicht! Laß mich hier nicht allein!« Sie legte die Stirn gegen die Felswand und schluchzte heftig.

»Schon gut, Sarah, schon gut. *Sarah!*« Beim beruhigenden Klang seiner Stimme verebbte ihr Weinen, aber sie preßte noch immer das Gesicht gegen die Wand. »Ich lasse dich nicht allein. Du mußt ruhig bleiben, Sarah. Ich ziehe dich hoch, aber du mußt mithelfen.« Sie hob das Gesicht und schaute ihn an. »Gut, so ist es schön.« In ihm krampfte sich alles zusammen, als er das Entsetzen in ihren Augen sah. »Weißt du, wie breit der Vorsprung ist?«

»Ich ...« Sie schluckte. Dann biß sie die Zähne fest zusammen, ehe sie zu antworten versuchte. In ihrer Kehle spürte sie wieder die Panik. »Als ich aufwachte, lag ich ungefähr zwanzig Zentimeter von der Kante entfernt.«

Byron fluchte, was Sarah aber im Heulen des Windes nicht hören konnte. Der Schnee fiel in dicken, schweren Flocken, und er sah, daß sie schon damit bedeckt war. Er stand auf und schaute zurück, um die Entfernung zum Ort abzuschätzen. Dann legte er sich wieder auf den Bauch.

»Gut, hör mir jetzt genau zu. Ich möchte, daß du die Hand soweit wie nur möglich nach oben streckst. Mach bloß keinen Schritt zurück. Halte dich dicht am Felsen und streck die Hand aus. Ich ziehe dich hoch. Mach alles ganz genauso, wie ich es dir sage. Verlaß dich nur auf mich, Sarah.«

Seine Stimme klang gelassen, und Sarah tat ihr Bestes, ihm zu gehorchen. Obwohl sie wieder zitterte, streckte sie sich in die Höhe. Auf dem Felsrand über ihr lag Byron auf dem Bauch und stemmte die Beine in den Boden, wobei er mit den Stiefeln Halt am Fels unter dem Schnee suchte. Er beugte sich ins Leere vor und streckte sich nach Sarahs Hand aus. Sie berührten sich kurz mit den Fingerspitzen, verloren den Kontakt aber wieder, als Sarah sich schutzsuchend an den Fels schmiegte.

»Tut mir leid.«

Er konnte sie kaum verstehen, da der Wind ihre tränenverschleierte Stimme verwehte.

»Es tut mir leid. Ich habe solche Angst.«

»Streck dich einfach nach oben, Sarah. Gib mir die Hand. Gib mir die Hand, Sarah!«

Wieder streckte sie sich, und ihre Hände berührten sich. Sofort packte er fest zu. Er spürte, wie sie zitterte. »Stütz dich mit der anderen Hand am Fels ab. Such möglichst mit den Zehen nach einem Halt. Ich ziehe dich hoch. Hilf mit, Sarah!«

Das Atmen tat ihr in der Kehle weh, und ihre Lungen konnten die eiskalte Luft kaum verkraften. Mit der freien Hand packte sie den Fels und konzentrierte sich auf die Berührung mit Byron, während sie mit den Füßen nach Halt suchte. Sie spürte, wie er sie zwei, drei Zentimeter hochhob. Ihre Stiefel schabten und scharrten gegen den Fels. Voll Entsetzen sah Sarah nach unten. Nichts als Leere ...

»Nein! Nein! Schau mich an, Sarah, schau nach oben. Nicht nach unten.« Bei seinem Befehl wandte sie sich wieder ihm zu und konzentrierte sich auf sein Gesicht. »Schau einfach nur mich an. Ich brauche deine andere Hand, Sarah. Du mußt mir auch die andere Hand geben.«

Sarah starrte ihn an. Plötzlich erinnerte sie sich lebhaft an ihr Gefühl bei ihrer allerersten Begegnung. Die Kälte, das blendende Weiß, die Furcht. Schwindel wogte wieder über sie hinweg.

»Sarah, verdammt, du wirst nicht ohnmächtig. Hörst du mich? Du wirst jetzt *nicht* ohnmächtig, verflucht noch mal!« Entsetzen überflutete ihn. »Gib mir die Hand. Schau mich an und gib mir die andere Hand. Sarah, um Himmels willen, ich brauche die andere Hand!«

Sie hörte ihn verschwommen, wie im Traum, hob aber die Hand in die Richtung, aus der die Stimme kam. Er packte schmerzhaft fest ihr Handgelenk und kroch dann unter Anspannung jedes Muskels auf dem Bauch zurück, zog sie langsam Zentimeter für Zentimeter nach oben. War sie noch bei Bewußtsein? Der Rücken tat ihm weh, als er sich in den Schnee stemmte und sie höher zog. Der Schnee peitschte ihm ins Gesicht und nahm ihm jede Sicht.

Er zog weiter, kam auf die Knie und brachte sie so bis zur Kante. Einen Augenblick schwebten sie zwischen Dunkelheit und Schnee-gestöber. Dann, nach einer letzten Kraftanstrengung, hielt er sie im Arm und rollte sie von der Kante weg. Sarah spürte seinen Mund, kalt und verzweifelt, auf dem ihren. Doch seine Worte drangen nicht zu ihr durch. Ein Nebel umgab sie selbst dann noch, als sie seinen mus-kulösen Körper über dem ihren spürte. Er streichelte sie, als wolle er sich vergewissern, daß sie auch wirklich heil und sicher bei ihm lag.

»Es war Januel«, murmelte sie, während sie wieder in den Däm-merzustand abtauchte. Doch der Schnee holte sie ins Bewußtsein zurück. »Er hat Max allein gelassen. Einfach allein gelassen. Ich bin gefallen ... ausgerutscht. Er hat die Spezifikationen geändert ... Hat er dir gesagt, daß ich gestürzt bin?« Auf einmal kam sie sich ganz schwerelos vor, als Byron sie aufhob. »Er hat niemanden zu Hilfe geholt ... ihn einfach allein gelassen, die ganze Nacht. Byron, laß mich nicht allein. Geh nicht weg.«

Im dichten Schneetreiben preßte er sie noch fester an sich und lief mit ihr auf den Armen auf die Lichter zu.

Sarah starrte an die Decke. Einen Augenblick pendelte sie zwischen Wachsein und Schlaf, dann schweifte ihr Blick zum Fenster.

Byrons Silhouette hob sich gegen die Balkontür ab. Er drehte ihr den Rücken zu und hatte die Hände auf dem Fensterbrett liegen. Wie er so dastand, wirkte er erschöpft, was Sarahs Neugierde er-regte. Ihr fiel ein, daß sie ihn in all der Zeit bisher nie müde erlebt hatte. Es schien, als sei er unzerstörbar, wie sie es einst Max Hala-day gewünscht hatte.

»Byron.« Sie dachte, sie habe nur im Geist seinen Namen gerufen, doch sie mußte ihn laut gesagt haben, weil er sich sofort umdrehte und zu ihr eilte. Noch während er die Hand ausstreckte, um ihr die Wange zu streicheln, hielt er inne, zog die Hand zurück und steckte sie in die Hosentasche.

»Wie geht es dir?«

Sarah holte tief Luft und versuchte, es selbst herauszufinden. »Ein bißchen mitgenommen, glaube ich«, meinte sie nach kurzem überlegen. »Und wackelig. Aber lebendig.« Als sie sich aufsetzen wollte, legte ihr Byron die Hand auf die Schulter.

»Nicht.« Er hob die Hand sofort wieder, als sie ihn ansah. »Du solltest schauen, daß du dich noch ein wenig ausruhst.«

»Ich würde mich aber sehr gerne unterhalten.« Entschlossen setzte sie sich auf.

»Der Arzt meinte, du könntest nach dem Aufwachen Tee trinken, wenn du Durst hast.« Ohne die Hände aus den Taschen zu nehmen, sah er ihr zu, wie sie sich die Kissen zurechtrückte. »Er hat ein Schmerzmittel dagelassen, falls dein Kopfweh zu schlimm werden sollte. Er glaubt, daß du eine leichte Gehirnerschütterung hast. Auf alle Fälle mußt du dich heute nachmittag röntgen lassen. Du hast auch ein paar Schrammen abbekommen.« Er ballte die Hände in den Hosentaschen zu Fäusten. »Gebrochen hast du dir zum Glück nichts.«

»Eine gute Nachricht.« Sarah lehnte sich zurück. »Ich hätte gerne einen Tee, aber die Medikamente möchte ich so schnell wie möglich weglassen. Ich bin ohnehin ein bißchen benommen.«

»Ich koche welchen.« Er ging in Sarahs kleine Kochnische.

Aufgestützt auf die Kissen und warm eingepackt unter der Steppdecke, saß Sarah still da und verfolgte die Morgendämmerung. Vor ein paar Stunden hatte es zu schneien aufgehört, und die Sonne verdrängte soeben die Dunkelheit. Sarah fragte sich, ob sie sich alles nur eingebildet hatte. Dann erforschte sie mit den Fingern ihren Hinterkopf, und die Beule und ihre Kopfschmerzen bestätigten ihr, daß es Realität war. Sie schloß die Augen. Verschwommen erinnerte sie sich – wie an einen Alptraum, der in der Nacht grauenerregend lebendig erscheint, aber am Morgen seltsam weit weg ist. Byron brachte den Tee mit Tasse und Untertasse und stellte ihn aufs Nachtkästchen. Sie bedankte sich mit einem Lächeln.

»Danke. Ich erinnere mich kaum mehr an das, was passiert ist, nachdem du mich gefunden und hochgezogen hast.« Sie atmete schnell. »Eigentlich weiß ich auch das nicht genau; die Einzelheiten sind reichlich unscharf.« Mit zusammengekniffenen Augen musterte sie ihn. Er hatte verstrubbelte Haare, war unrasiert, seine Kleidung verknittert. Anscheinend hatte er nicht geschlafen. Ehe sie den Mund aufmachen konnte, redete er schon.

»Du bist ohnmächtig geworden«, sagte er. »Ich habe dich hierhergetragen. Ein Arzt hat dich dann untersucht.«

»Du änderst dich aber auch nicht«, murmelte sie. Vorsichtig beugte sie sich vor, um an die Teetasse zu kommen. »Schildere es doch denen, die den letzten Akt versäumt haben, ausführlicher. Ich weiß nicht, was ich dir alles über Januel erzählt habe, aber . . .«

»Ich wußte von gewissen Schmiergeldern«, unterbrach Byron sie schroff. Sarah erwiderte nichts, sondern nippte nur ihren warmen, süßen Tee. Er beobachtete, wie sie die Tasse mit beiden Händen umfing, und zündete sich eine Zigarette an. »Nach Paris bin ich unter anderem deshalb gefahren, um einem Bericht, den Lafitte mir geschickt hatte, nachzugehen. Ich brauchte einige Zeit, um die Unklarheiten durch verschiedene Kanäle bis zu Bounnet zurückzuverfolgen. Er hatte sich ausgezeichnet abgesichert.«

»Ja, das kann ich mir vorstellen«, meinte Sarah. »Selbsterhaltung steht bei Januel an allererster Stelle.« Seufzend schaute sie auf ihren bernsteinfarbenen Tee.

»Lafitte würde noch leben, wenn die Schrauben für die Leisten nicht von minderer Qualität gewesen wären.«

»O mein Gott.«

Byron drehte sich um und erkannte an ihrem Blick, daß ihr der Schrecken in die Glieder fuhr. »Ein bißchen bei den Klempnerarbeiten, ein bißchen bei der Holzverarbeitung. Er hätte vielleicht noch länger so weitermachen können, wenn er beim Kulturzentrum nicht allzu habgierig geworden wäre. Lafitte hat das eine und andere mitgekriegt und mich informiert.«

»Armer Paul. Und Max.« Ihr Blick richtete sich wieder auf Byron. »Er war bei Max, als . . .«

»Ich weiß. Du hast es mir erzählt. Ich habe mich schon darum gekümmert.«

»Aber wie?« Sarah richtete sich höher auf. Ungeduldig strich sie sich das Haar aus dem Gesicht. Dabei sah er den Ring an ihrem Finger aufblitzen.

»Ich sagte, ich habe mich darum gekümmert«, wiederholte Byron und stieß verärgert eine Rauchwolke aus. »Lassen wir das Thema.«

Bei dieser Zurückweisung senkte Sarah den Blick. Ihre Wangen waren fast so weiß wie die Kissenbezüge, aber er sah an ihrem rechten Backenknochen ein bläuliches Mal. Er dachte an die blauen Flecken überall auf ihrem Körper, die ihm aufgefallen waren, als er sie ausgezogen hatte. Und sie war dünn, dünner, als sie sein sollte.

»Hast du Hunger?«

Sarah schaute zu ihm auf. »Ich frühstücke nie«, lehnte sie lächelnd ab. Als er darauf nicht reagierte, stellte sie den Tee beiseite. »Byron, bitte, ich weiß nicht, was ich dir sagen soll.« Sie nahm seine Hand. »Ich weiß nicht, wie ...« Stirnrunzelnd senkte sie den Blick. Auf seinem Handrücken war die Haut abgeschürft, die Knöchel wundgerieben. »Was hast du mit deiner Hand gemacht?« Erschrocken nahm sie sie in beide Hände. »Hast du dich mit jemandem geprügelt?« fragte sie ungläubig als sie ihm wieder in die Augen schaute. Einen Moment lang erschien ihr die Frage absurd, dann fiel ihr Januel ein. »Byron ...«

»Ich hätte diesen Saukerl umgebracht, wenn ich ein paar Minuten länger Zeit gehabt hätte.« Er sprach ganz nüchtern, während er die Zigarette in einem bereits überquellenden Aschenbecher ausdrückte. »So konnte ich ihm nur den Kiefer und die Nase brechen, vielleicht noch ein paar Rippen. Jetzt schaut er nicht mehr so aus, als wäre er einem Renaissancegemälde entsprungen.« Ihre entsetzte Miene erzürnte ihn. »Er hätte dich da draußen verrecken lassen!«

Sarah fuhr sich durch die Haare. »Aber hat er dir nicht Bescheid gegeben, wo ich war? Ich dachte ... Woher hast du es denn gewußt?« Sie hielt kurz inne, als ihr ein Gedanke zum erstenmal in den Sinn kam. »Byron, was machst du hier überhaupt?«

Er steckte die Hände wieder in die Hosentaschen. »Dallas hat mich angerufen.«

»Dallas?« wiederholte Sarah verdutzt. »Dallas hat dich angerufen?« Sie schwieg, dann nickte sie. »Ach so. Ich würde gerne sagen, daß sie das nicht hätte tun sollen. Aber da ich andernfalls wahrscheinlich nicht mehr am Leben wäre, verkneife ich mir das lieber.«

»Du warst nicht in deinem Zimmer«, fuhr Byron fort. »Nirgendwo warst du zu finden. Der Mann an der Rezeption erinnerte sich, daß du irgendwann nach dem Abendessen weggegangen bist. Aber er konnte nicht sagen, ob du wieder zurückgekommen warst. Also habe ich mich auf die Suche nach dir gemacht.«

»Dafür bin ich dir unendlich dankbar.« Sie warf die Decke zurück.

»Du darfst nicht aufstehen«, meinte Byron und kam auf sie zu.

»Ich möchte ausprobieren, ob ich aufstehen kann, ohne auf die Nase zu fallen.« Es gelang ihr, indem sie sich auf den Bettpfosten stützte, allerdings spürte sie noch die Nachwirkungen der Medikamente. Sie trug ein langes, weites Kleinmädchennachthemd mit einem üppigen Smokeinsatz über der Brust. Byron verspürte eine unmögliche Regung und wandte sich ab.

»Ich hol' dir deinen Bademantel.« Er brachte einen dicken Chenillemorgenmantel und half ihr hinein.

»Byron.« Sarah schaute auf ihre Hände, als sie den Gürtel zuknotete. »Ich weiß, wir haben uns nicht gerade im Guten getrennt. Und ich möchte dich um Verzeihung bitten für das, was ich dir vor meiner Abreise an den Kopf geworfen habe.«

»Ich möchte keine Entschuldigung hören.«

»Byron, bitte.«

»Du hattest guten Grund dazu. In der Nacht, als du zwischen Wachsein und Bewußtlosigkeit hin und her gedämmert bist, hast du Kay erwähnt. Ich kümmere mich darum, wenn ich wieder in Phoenix bin.«

»Ich hätte das nicht sagen sollen.« Kopfschüttelnd machte sie einen Schritt auf ihn zu. »Ich habe es nicht geglaubt.«

»Es gibt keinen Grund, warum du das nicht hättest glauben sollen. Was Max angeht, war ich mir bis vergangene Nacht selbst nicht völlig sicher, daß ich keine Verantwortung dafür trug.« Er schaute ihr gefaßt in die Augen. »Ich war bei ihm. Er stand unter großer Anspannung. Wir stimmten in einigen Punkten nicht überein. Ich dachte, ihm gehe es gut, als ich ihn verließ, aber ... andererseits konnte ich mir dessen nicht völlig sicher sein.«

Sarah dachte daran, was er wohl in den Tagen nach Max' Tod durchgemacht hatte. Was er empfunden haben mußte, als sie dagestanden und Antworten von ihm gefordert hatte. »Ach, Byron.« Vor Mitleid klang ihre Stimme rauh, als sie die Hand nach ihm ausstreckte.

»Faß mich nicht an!« fuhr er sie an und wich zurück.

Mit vor Entsetzen geweiteten Augen riß Sarah sofort die Hand weg und versteckte sie hinter dem Rücken.

Sie setzte sich wieder aufs Bett und umklammerte fest ihre Knie. »Wahrscheinlich ist es das Beste, wenn wir das Nötige regeln. Ich hätte das alles schon vor meiner Abreise aus Phoenix erledigen sollen, aber ich wollte nur weg.«

»Ja, dessen bin ich mir bewußt.«

»Hast du . . . das Scheidungsverfahren eingeleitet?«

»Nein.«

Sie biß sich auf die Lippe und sprach dann ruhig weiter. »Mir wäre es lieber, wenn du dich darum kümmern würdest, Byron. Ich habe mich entschlossen, nach New York zurückzukehren. Mit meiner privaten und beruflichen Neuorientierung werde ich ziemlich viel um die Ohren haben. Und obendrein bist du im Umgang mit Anwälten viel erfahrener als ich.«

»Nein.«

Sarah klappte den Mund erst auf, dann wieder zu. Sie starrte auf seinen Rücken. »Nein?«

»So ist es.« Er wandte sich ihr zu. Sie langte sich an den Kopf und versuchte, seinen Gesichtsausdruck zu entschlüsseln.

»Ich weiß, daß Greenfield wegen des Erbes mich offiziell als Anwalt vertritt, aber ich kenne ihn eigentlich gar nicht«, sagte sie. »Wir hatten nur einmal miteinander zu tun, als ich die Unterlagen unterschrieb, um dir meinen Aktienanteil zu übertragen.«

»Die habe ich zerrissen.«

Sarah hörte auf, sich die Schläfe zu massieren. »Was?«

»Ich habe diese Scheißunterlagen zerrissen.«

»Die Überschreibungsdokumente?« Sarah kniff verwirrt die Augen zusammen. »Warum denn das?«

»Ich will deinen Aktienanteil nicht.«

Sarah musterte sein Gesicht. In seinem Mundwinkel zuckte es, als er die Zähne zusammenbiß. »Byron, das verstehe ich nicht. Ich dachte, du strebst die Aktenmehrheit an.«

»Ich will deinen verdammten Anteil nicht!« schrie er sie an. »Du Idiotin, ich brauche deine dreißig Prozent nicht, um Haladay zu leiten. Das mußt du doch kapieren!« Er schaute sie derart hitzig an, daß sein Blick sie fast versengte.

»Das habe ich auch nie angenommen, Byron. Ich dachte nur, daß der Anteil für dich von größerer Bedeutung als für mich wäre, weil ich nicht mehr für Haladay arbeiten will.«

»Den Teufel wirst du tun.« Bleich vor Zorn redete er weiter, bevor sie den Mund aufmachen konnte. »Max hat dir diesen Anteil vermacht, weil er wollte, daß er dir gehört. Er hat dich eingestellt, weil er dich für sein Unternehmen verpflichten wollte. Du wirst jetzt nicht dem Unternehmen – und damit ihm – den Rücken kehren.«

Einen Augenblick schwieg Sarah. »Du hast ihn wirklich geliebt, nicht wahr?«

»Ja, ich habe ihn geliebt.« Voll Schmerz und Trauer brachen die Worte aus ihm heraus. »Und ich werde dafür sorgen, daß er seinen Willen bekommt.«

»Ich verstehe. Deshalb hast du die Dokumente zerrissen. Deshalb soll ich in Phoenix bleiben.«

»Ja. Nein!« Er drehte sich um und ging zum Fenster. Fast eine geschlagene Minute schaute er wortlos hinaus, ehe er den Mund aufmachte.

»Als wir allein in der Wüste waren, habe ich mich an dich verloren. Und redete mir ein, daß das in Ordnung war. Denn sowie wir in Phoenix wären, würde ich die Sache schon in den Griff bekommen. Es ist allerdings ganz anders gekommen. Mit einem Blick konntest du mich durcheinanderbringen.« Er wirbelte herum. »Ich kämpfte dagegen an, so gut ich nur konnte. Ich wußte immer, wenn ich dich verletzte. Aber du wolltest dich partout nicht von mir abwenden und es mir leichtmachen. Ich wollte nicht, daß du mir so verdammt wichtig bist. Du solltest mir nicht so unendlich viel mehr als alle anderen Frauen bedeuten. Du solltest mich nicht so verletzen können, wie du es getan hast, als du mich verlassen hast.«

»Byron . . .«

»Halt den Mund!« Er kam auf sie zu und faßte sie an den Schultern. »Laß mich jetzt ausreden!« Sein Blick loderte. »Fast eine Woche habe ich es ausgehalten, dann bin ich schier verrückt geworden, als ich dich zu finden versuchte. Eine Stunde, nachdem Dallas mich angerufen hatte, saß ich im Flugzeug. Um ein Haar wäre ich zu spät gekommen. Willst du wissen, was ich fühlte, als ich hinunterschaute und dich auf dem Felsvorsprung entdeckte? Ich habe dich fast verloren. Wenn du ohnmächtig geworden wärst, ehe ich dich richtig im Griff gehabt hätte ...« Er packte fester zu, weil seine Stimme zu zittern begann. »Ich nehme dich mit. Sobald du wieder reisen kannst, kommst du mit mir zurück. Es wird keine Scheidung geben.«

Sarah entzog sich ihm und wandte sich ab. Ihr Herz hämmerte so heftig wie auf dem Felsvorsprung. Aber nicht vor Angst. »Und was ist, wenn ich die Scheidung einreiche, Byron?«

»Dann werde ich mit allem, was ich habe, dagegen ankämpfen«, sagte er wütend. »Du brauchst eine ganze Armee von Anwälten, ehe du die Scheidung von mir durchdrücken kannst.«

»Ach, Byron, du bist ein Idiot!« Mit einem strahlenden Lächeln wirbelte sie zu ihm herum. »Deshalb bin ich auch so verrückt nach dir.« Sie lag in seinen Armen und küßte ihn, ehe er ihre Worte überhaupt verstand. Als sie sich an ihn schmiegte, spürte sie seinen heftigen Herzschlag.

»Sarah. O mein Gott, Sarah, ich liebe dich.« Er küßte sie stürmisch, überall, auf Gesicht und Haar. »Ich liebe dich.«

Lachend lehnte sie sich ein wenig zurück, weil sie ihm in die Augen schauen wollte. Alles Vorsichtige, Wachsame war verschwunden. »Ja, aber willst du das denn auch - mich lieben?«

»Ja, Herrgott noch mal, ja.« Er zog sie wieder an sich und hielt sie fest im Arm. »Ich wollte nie etwas anderes.«

Nora Roberts – Meisterin des spannenden Frauenromans

Nora Roberts, in Washington D.C. geboren, hat sich in erstaunlich kurzer Zeit in die Herzen vieler Millionen Leser geschrieben. Dabei entstand ihr erster Roman eigentlich aus Langeweile; sie war mit ihrem damaligen Mann aufs Land gezogen und wußte nicht, was sie tun sollte, als sie tagelang eingeschneit waren: »Ich hatte alle Bücher im Haus gelesen. Schließlich begann ich zu schreiben, was ich seit vielen Jahren schon immer vorgehabt hatte.« Dieser kleine Erstlingsroman *Irish Thoroughbred* wurde 1981 rasch zu einem Riesen-Verkaufserfolg. Seitdem schreibt Nora Roberts unermüdlich und wo immer sich eine Gelegenheit bietet – nicht nur zu Hause, sondern auch auf Reisen in Hotelzimmern, Flughafen-Lounges und am Strand von Cozumel.

Von ihren etwa 80 Romanen wurden mehr als 25 Millionen Exemplare verkauft; ihr Erfolg hat sie weltweit bekannt gemacht, ihre Titel wurden in ein gutes Dutzend Sprachen übersetzt und in noch viel mehr Ländern verkauft. Sowohl die Romance Writers of America als auch die Romantic Times haben sie mit Preisen überschüttet.

Dabei hält sie ihr Talent für nichts außergewöhnliches; in Kursen versucht sie Menschen, die schreiben möchten, Mut dazu zu machen: »Die Menschen müssen nur daran glauben, daß sie es können; auch mich hat die Vorstellung, daß Schreiben etwas für andere Leute wäre, lange davon abgehalten. Es gibt viele begabte Menschen, die einfach nicht den Mut haben, anzufangen.«

Zum großen Vergnügen ihrer Leser hat Nora Roberts den Mut zum Schreiben gehabt.

Verzeichnis lieferbarer Titel
(Stand April '98)

Ein König für Schottland
Eine Lady im Wilden Westen
Nächtliches Schweigen (01/9706)
Schatten über den Weiden (01/9872)
Sehnsucht der Unschuldigen (01/8740)
Verborgene Gefühle (01/10013)
Verlorene Liebe (01/9527)
Zärtlichkeit des Lebens (01/9105)

Die Bandnummern der Heyne-Taschenbücher sind jeweils in Klammern angegeben

HEYNE
BÜCHER

Utta Danella

Die Romane und
Erzählungen der
beliebten deutschen
Bestseller-Autorin:
ein garantierter
Lesegenuß!

Heyne-Taschenbücher